U0556866

舍不掉的予

老舍与中国现代文化

孔庆东 著

北京大学出版社
PEKING UNIVERSITY PRESS

图书在版编目(CIP)数据

舍不掉的予：老舍与中国现代文化 / 孔庆东著 . 北京：北京大学出版社，2025. 6.
ISBN 978-7-301-36100-9

Ⅰ. I206.6

中国国家版本馆 CIP 数据核字第 2025XJ9409 号

书　　名	舍不掉的予：老舍与中国现代文化 SHEBUDIAO DE YU: LAOSHE YU ZHONGGUO XIANDAI WENHUA
著作责任者	孔庆东 著
责任编辑	李书雅
标准书号	ISBN 978-7-301-36100-9
出版发行	北京大学出版社
地　　址	北京市海淀区成府路205号　100871
网　　址	http://www.pup.cn　新浪微博：@ 北京大学出版社 @阅读培文
电子邮箱	编辑部 pkupw@pup.cn　总编室 zpup@pup.cn
电　　话	邮购部 010-62752015　发行部 010-62750672　编辑部 010-62750112
印 刷 者	天津联城印刷有限公司
经 销 者	新华书店
	660 毫米 × 960 毫米　16 开本　27.5 印张　361 千字
	2025 年 6 月第 1 版　2025 年 7 月第 2 次印刷
定　　价	98.00元

目录

第一章

老舍是个文化窗口

各位同学们好，祝贺大家开始一个新的学期。也许在座的有部分是一年级的同学，大家开始了一个人生的新阶段，祝贺大家从中学生变成了大学生。

不过我说祝贺，只是从我个人狭窄的角度，是我个人的观点，也许有的人认为没什么值得祝贺的。我的观念比较传统，我总是觉得新学期到来了，有很多新的知识可以学习，人总是在新的学期里，变成一个跟以前更不同的人。可是如果从别的角度来看呢，也许有的人是留恋假期的，有的人是不希望开学的。这也不是老师和学生的不同，在老师中间、学生中间，肯定大家的看法也是不同的。比如说有的老师不希望开学，因为开学了老师更累，希望假期长一点。可是对于我这个当老师的来说，我希望开学，因为假期是我最累的时候，我假期没有放过什么假。相反我在学期里面除了每周上上课、看看书，相对来说休闲的时间还更多一点。也就是说同一件事情，有的人祝贺，有的人漠然，有的人甚至觉得应该诅咒。

同样一个问题，在不同的时空里，在不同的人身上，有着这样不同的记忆、不同的反应。有些看上去很清晰的问题，一旦改变了时空背景，就变得特别复杂。或者说如何处理我们与不同声音之间的对话，是一个非常高级的问题，是人类几千年以来一直在处理，一直没处理好，还在不断处理下去。

也许在座的有些新同学不知道中文系是干什么的，所以我总是要重复：中文系不是写作文的，不是写诗的、写小说的、写戏剧的，中文系是解决许许多多天下大事的，这些问题是比盖这座大楼、修这座院子，都要复杂、都要重要一万倍的问题。

今天新学期第一次上课，我想要满足不同的心情，不要把第一次课讲得太快、讲得太新，应该是像苏东坡说的"事有渐则民不惊"(《辩试馆职策问札子二首》)，也就是少折腾的意思。

我并不是一个反对革命的人，但是我觉得在人类历史的大多数时间段里边，应该以改良为主，改良实在不成功，迫不得已革命了，这个时候的革命才有它的合理性、正当性、正义性。人类历史就像人的身体一样，总是要咳嗽发烧感冒、头疼腿疼肚子疼，这不要紧，我们不能因为有病就把人打死打昏，或者动不动就动手术，我们应该尽量在保证舒服的前提下去治他的病，这其实就是改良。国家的政治是这样，我们的教育、我们的文化、我们的学术是不是也应该是这样的?

我不知道你们从小到大读书，一直到今天，挨了多少折腾，你们的课本换了多少次，你们的教学方法、教学体系换了多少次，你们对某些问题的认识被更改了多少次。就北京大学来说，有些东西是没有变的，没有变是因为北大有一个传统在延续，有人在坚守。但是管理学生、管理老师的一些东西，已经跟十年前、二十年前、三十年前比，变得面目全非了。比如说我们要经常填很多表，为什么要填表？是一种什么力量让你填表？填表为了什么？填表能达到什么结果？谁有资格让我填表？你凭什么问我今年上了几节课，写了几篇文章，你是谁？我想同学们也会填各种表，这些表关系到你们的生存。

那么我们的学术、教育，在这种折腾来折腾去的过程中，损耗了无数的时间，浪费了无数的青春，换来的到底是什么？所以我们好几位老师都跟学生殷殷嘱托，要做一个正常的人，【众笑】当然这个“正常”包含很复杂的意思。

我这个学期选择讲这样一门课——《老舍与中国现代文化》，也有我一点关于“正常”的思考。我们首先要意识到我们所生活的当今这个时代，不论是中国还是全世界，都有那么几分不正常，有的地方甚至太不正常了，有些地方显得还稍微正常一点，但是这个正常，是以其他地区的不正常为背景，为代价，为衬托的。比如我们今天在这里济济一堂地上课，但是在另一个地方，一个几岁的小孩子死在海滩上——那个照片大家都看到了。这两个场景没有关系吗？这两个场景之间是一种什么样的逻辑关系？怎么看待这个逻辑关系？

我在澳门做报告的时候，我说，全世界今天都很动荡，经济都很不好，看来看去最好的地方就是澳门，澳门真是一枝独秀。我是第四次去澳门，我每一次去澳门都发现它大兴土木，每一次去都又修建了一个新的金碧辉煌的大赌城，进去之后觉得人间就是天堂啊！——那个修赌城的人，那个设计师，他的人文素养一定非常高，他特别知道怎么忽悠人，一进去之后你就不想走，这是一种强大的综合的立体的对人心理的征服。但是我想，澳门之所以这么发达，这么有钱，你什么都不干，政府年底还发红包，给你九千块钱，那钱从哪来的？

所以要意识到这种不同时空下的不同事件之间的关联。澳门人民说，我们这两年收入下降了，不是下降，就是增长得不是那么快了，没有以前那么快了。我说当然了，因为党中央加大反腐力度了嘛。【众笑】大赌场里边没有几个澳门人，你一进赌场里边说的都是北京话、天津话、上海话、四川话、东北话、山东话。

为了理解正常和不正常之间的关系，我们想一想大家以前对文学的了解，对文学史的了解，对一些重要作家的了解，我们这些了解中有多少知识是正常的，有多少知识是不那么正常的？比如说你们最熟悉的现代作家一定是鲁迅，你们觉得这个鲁迅正常不正常？鲁迅算不算一个正常的作家？那么在我看来，鲁迅显然是最不正常的作家，他要是正常，不可能那么伟大！我们把“伟大”这个词放在作家身上，一放就是三个“伟大”，这只有鲁迅。对于鲁迅这样非常不正常的作家，我们当然要给予非常不正常的对待和认识，我们要用很多精力去学习、去研究。但是如果仅仅去研究鲁迅，你会发现很多问题永远想不清楚，非正常的东西、非常态的东西，只有放在正常东西的映照下，才能看得清楚一点。

今年我的许多朋友都被两次金融风暴、两次股灾所打击，有的还被打击得很沉重。他们有的人自己就是学经济学的，有的人还是经济学教授、副教授。他们感到很费解，说这不合理呀，我说这有什么不合理的，他说按照他的理解不合理，我说那就是你的知识有问题嘛。他问他知识有什么问题，我说就因为你是学经济学的嘛，你看看我们学文学的也有很多人炒股，咱们统计一下，学文学的人炒股亏得大，还是学经济学的人炒股亏得大，然后你再问一个为什么。我说，就因为你是学经济学的，所以你才更容易被忽悠。从你报经济学专业那一天，你就是人家盘里边的菜。今年发生的股灾，一点都不奇怪，在你看来奇怪，在我们看来很正常，因为我们彼此之间其实就差一本书，你学的那些我们都学了，我们都可以学，我们一个下午就学完了，但是我们有一本书你没读，这本书叫《子夜》。你读了《子夜》等于学八年经济学。

股市是经济学的问题吗？炒股是个经济活动吗？错了，炒股不是经济活动，就像澳门的赌场不是经济活动一样。所以我不用去澳门，我就知道澳门的收入会下降，我只要看了一遍党的十八大报告，我马上就知道香港会怎么样、澳门会怎么样，这就叫“秀才不出门，能知天下事”。而你学了那么多美国经济学、法国经济学、意大利经济学，有什么用呢？我用这样的比较偏激的语气，去打击对方的自尊心，其实就是启发他，应该用更多的视角去看待一个你觉得不正常的问题。

那么在我所讲过的若干个作家中，鲁迅算最“不正常”的，还有许多其他不正常的作家，比如你们熟悉的张爱玲，那也是个“不正常”的作家。你读她的作品，你觉得你挺喜欢，你愿意跟张爱玲谈恋爱吗？这才是你对一个人真实评判的时候。再比如说，在武侠小说作家里，金庸是正常的还是不正常的？不见得大作家、著名作家就一定不正常，在同样赫赫有名的大作家里边，老舍就是相对正常的一个作家。

我为什么对“正常”这个词很敏感呢？因为我自己也被这个词所打击过。在很多年以前，社会上开始试图描述我，可能人到了一定时候需要被描述了，我被描述成一个有点奇怪的人。有人说孔庆东这个人有点另类，他很怪，甚至还有人把我总结成北大几怪才之一，北大就出怪才。这种议论，首先就遇到了我的老同学的强有力的反击，我们老同学见面的时候，他们都很愤愤不平，因为他们从小到大努力怪了几十年，竟然没有获得北大怪才的称呼，【众笑】这怎么反而把老孔封成北大怪才了？他们特别气愤，说：“老孔，你有什么怪的啊？你太正常啦！”在这里边，我的老同学，现在也在北大中文系任教的臧力老师——我俩本科同学、硕士同学、博士同学，一直是同学——说“老孔这人特正常，都正常得有点不正常了！”【众笑】他说得特别好，我们同学能举出许多事例来，就是我这人特别正常。

我觉得这里包含着一种辩证法。有很多人说，哎呀，老孔你变了，你原来是这么说的，你原来是这样的，你现在怎么这样了。那么我反省一下我的人生历程，我好像从来就没有变过。臧力老师说得很有道理，我是一直守着正常的，我没有什么能力去突破，我没有什么能力去搞怪。我从小就是听话的孩子，听父母话，听邻居话，听亲戚话，听老师话，长大了听领导话，听太太话，我是一个特别听话的人。但是我发现别人好像不太听话，而且不太听话的人占多数，慢慢慢慢地这个社会变了，他们变了的人回过头来看我，觉得我很奇怪，他们觉得好像是我变了。就好像原来大家都是狮子、老虎，都在一块吃肉，但是有一部分狮子、老虎开始吃草了，开始咬树了，然后他们突然回头看见我吃肉，说你怎么这么怪呢？你为什么要吃肉呢？原来他们早就在吃草了。这不是一下子就能看出来的，是需要一个对照的。

社会上也有人讲，说孔庆东是左派，左派里很多人讲孔庆东是右派。当他们解释不清的时候，他们就说孔庆东原来是右派，后来叛变了，叛变成左派了。还有说孔庆东就是一根墙头草，投机主义者，看左派吃香他就投降到左派，右派吃香就投降到右派。

我们大家先划定一些大家公认的左派人士，再划定一些公认的右派人士，比较一下我和他们有什么不同。我发现我与他们有很多明显的不同。比如说这些公认的左派、右派，他们都仇恨金庸，左派是看不起金庸的，右派也看不起金庸，左派说金庸不革命，右派说金庸居然不宣传民主自由。就是说他们看上去是左和右，其实是高度一致的，他们都认为金庸没有宣传他们认可的思想。我说如果你们这样看金庸的话，你们是一丘之貉，你们都是法西斯。

明白这个道理我们再看看老舍，你看左派作家赞扬老舍吗？右派作家赞扬老舍吗？他们都对老舍不感兴趣。在北京大学这样的地方，只有我一个人讲老舍，而且不是今年，不是这十年，而是人类有史以来。【众笑】人类有史以来，只有孔和尚在北京大学多次开设“老舍选修课”——这很重要。我已经不是第一次开这个课，我以前讲过若干次老舍。

今天第一次课，我们慢慢地开始。有些同学要了解这个课具体的信息，可能还有一些来旁听的朋友，我先把这个课的信息给大家简单地说一下。

我们这个课的性质是北京大学的通选课。我经常批评学校的一些举措，但是该肯定的要肯定，北京大学这些年来的通选课，我是给予充分肯定的。以前我读书的时候没有通选课，没有全校可以打破院系、打破专业共同去选择的这种通识教育课。这是我们教育改革乱七八糟的全局中的一个亮点。北京大学开了很多不错的通选课，不是说我的课好，因为我看了通选课的目录，还有其他很多课开得很好，大家可以查到。所以我倒建议同学们在学好自己专业的同时，根据自己的需要和欠缺，适当地选一部分通选课。

当然，通选课有它的局限性，通选课的大多数选课同学不是本专业的，任何一个老师讲通选课的时候，会降低专业难度，提高它的普适性。所以想要学得深一点的同学，一个是把这个课的要求都达到，另外还要自己再去读书。如果有想转专业，或者想通过考研考到中文系的、考文学专业的同学，那也可以把它作为一个入门。

我觉得通识教育现在已经普遍开展了，但是通识教育的质量要提高。不但大学要开很多通选课，中学的选修课也非常重要。就说我们北京吧，有很多很著名的中学，但是大多数中学的著名主要来自它的高考升学率，来自考重点大学——985大学、211大学的成功率。可是我觉得不能用高考来衡量一个中学。我曾经对一群中学校长说，二十年后谁记得你的升学率？没有人记得你的升学率，一个校长想名垂青史，你只有培养出闻名天下的学生才行，有一个就够了。你就说你当校长期间教的学生，哪个学生现在特别有名，这一个就压倒所有升学率。我们现在记得哪一年哪个学校的升学率？我们记得20世纪60年代哪个学校的升学率吗？记得20世纪30年代哪个学校的升学率吗？没有人关心这些，所以你校长的时间几乎全都是浪费的。你发现那么几个好弟子，好好培养，就行了。

教育这个东西是很残酷的，大多数学生其实都是陪太子读书。你今天能够坐在北大这个教室里，你想想，在你中小学阶段有多少同龄人陪你读书，把你陪到这里来的，然后你就跟他们拜拜了，你就坐在这儿了。但是你要警惕，你可能正在陪别人读书，再过几年你们又要互相拜拜。教育就是这样的，这是一个无声的暴力。

在我刚才说的很多有名的中学里边，我评价最高的还是北大附中。北大附中不是高考最牛的学校，但是北大附中是具有北大精神的中学，我不敢说是唯一的——我觉得北大附中当然好，但是好像还不如我自己的母校，哈尔滨三中，【众笑】我说天下最好的中学是我们哈三中。当然，因为我们高考名额的限制，哈三中不可能像北京的那些学校一样，有这么多学生考上北大。在北京这些学校里，北大附中是具有大学风格的。当然大学风格也有它的缺点，就是它不追求升学率，不追求升学率的一个表现，就是那些不爱学习的学生，老师是不管的，它是两极分化的，好学生特别好，有一部分差学生爱上哪儿上哪儿，不追求升学率。

再有一个，就是它讲课是按照大学风格来讲的，突破我们中学那一套教学体制，比如说他们开很多选修课。最近我听说他们已经废除了语文教材。大家都知道，语文教材跟高考本来就没什么关系，【众笑】那跟高考有什么关系啊？学不学不一样吗？我们中学如果不学那语文教材——当然这对老师要求很高，很多老师离开教材不会讲课，我们假设老师水平很高的情况下，我们不用那语文课本，中学阶段，读一百部长篇小说当上语文课行不行？然后把这一百部长篇小说砍掉五十部，用那个时间去读其他优秀的文章，包括文学作品，行不行？那个成系统的教材真的那么重要吗？那还要审查一下那个系统是谁确定的。在我个人所接触的很多学生中，有些初中生已达到大学生的水平了，有些高中生已达到研究生的水平了，他还上那个语文课有什么用呢？当然我只是举一个语文课的例子，其他课都有很多的突破，很多的亮点。

我在这里讲通选课的问题，我觉得我们北大应该开好通选课。我可能每隔一两年会开一下通选课，我上课还是比较认真的，比较重视的。我希望虽然是通选课，要降低专业难度，但是我想在这种课上，尽量多地传递前沿信息。当然我不会很烦琐地去讲哪个教授在哪篇文章里怎么写的，我可能直接把它变成我个人的话，“剽窃”为我个人的观点转告给大家，而选择对大家有用的那一部分。

我以前讲过若干次老舍，包括本科生课程、研究生课程，一般来说要讲老舍这个人的生平，要挑他一些重点作品、一些重要的问题来讲。那么今年，我想稍微改变一下讲法。我们系的老师上课一般是没有什么教材的，都是上了很多年的课才把讲稿变成教材，变成教材是给其他的人用。当一个东西变成教材的时候，编教材的这个人又在向前走了，也就是说我们基本上是永远没有教材。这个学期我想讲的方式是真正把老舍与中国现代文化结合起来谈。

我上个学期开了一门研究生的课程，谈的是中国现代文学与文化，涉及教育问题、土地问题等，是从文学的角度看文化。这个学期的老舍课，我想把老舍作为一个观测点，用老舍来看文化。这样可能对同学的要求要稍微高一点，因为一些关于老舍的、老舍作品的内容，需要你自己课下去看，也就是说我课上不会讲那么多作品，不会讲那么多作品的内容，我只是为了讲一个问题点到为止。关于老舍的一些基本的材料、基本的生平，你得自己去看，当然你看的时候还要鉴别，有一些东西不一定准确。还有老舍的一些重要作品要看。

“文化”这个词是很虚的，以老舍看文化看什么呢？当然不是看他的文化水平、看他的文凭，就是看我们谈文化的时候常谈的一些范畴，比如说阶级问题。

在这个年代，好像有必要重新认识一下阶级问题。我发现大多数人，连什么是阶级都搞不懂，大多数人的认识是错的。包括北大学生，别看你高考分很高，你们多数都不懂什么叫阶级。很多人认为穷人就是无产阶级，富人就是资产阶级，连阶级的基本概念都没学好。当然还有更严重的，认为无产阶级就是好人，资产阶级就是坏人，有钱人就是缺德。

再比如民族问题。今天的世界，除了阶级矛盾尖锐，民族矛盾也尖锐。因为民族冲突，死了多少人？那这里边有很多理论问题要探讨：阶级是不是一个客观存在？民族是不是一个客观存在？我们在座的这么多人里，按照比例也应该有少数民族的同学，一定有少数民族，你问一下自己，你凭什么认为自己是那个族的？你真的是那个族的吗？要问一下。汉族同学更应该问自己，你凭什么认为自己是汉族啊？这个事儿是一个事实，还是一个认定？就是说有一种力量告诉你：你就是汉族，生下来填表填的就是汉族，所以你必须是汉族。你怎么能证明你家祖上哪一代没有跟香香公主发生过关系呢？【众笑】所以这里面都大有文章。

再比如地域问题、宗教问题、性别问题等，每一个问题，我们都可以在其他相关的学科进行专业性的探讨，比如在社会学、法学、教育学、历史学。但是我们用一个作家来看，可能他有他的独特性，那么讲独特性的时候就涉及一个真实的问题。什么叫真实？

一般人认为历史是真实的，文学是虚构的，在一般的语言意义上这样说是没错的，历史是真实的，文学是虚构的。但是当我们站在哲学角度去追问的时候，却似乎出现了问题。如果历史是真实的，那就不需要历史学这个专业了，只要每个人读历史书就行了，还需要历史学教授干什么？还需要历史的硕士、博士干什么？如果司马迁写的都是真的，郭沫若写的也是真的，那我们就不需要研究了。

比如同样是一部抗战史，不同的人写出来就不一样。共产党写的抗战史和国民党写的不一样，共产党和共产党写的还不一样。

什么是真实？你越研究就越会发现，我们看的那些所谓历史，太不真实了。说它不真实不等于说它没有价值，这些历史，恰恰是我们用来追问“什么是真实”的一个对象，一个材料。比如说蒋介石，他很勤奋，几十年写日记。如果日记是真实的，那就看他的日记就行了。我们有些历史学家，包括我们北大的，对蒋介石的日记有研究。他的日记在多大程度上是真实的？真实的一部分是怎么证明它真实的，哪些是不真实的？不真实就没有研究价值吗？可能不真实的部分更有研究价值，它为什么不真实？

当我们进行了这样的思考，会陷入一种迷惘，如果历史都是不真实的，那真实在哪里？我们很自信地活在这个世界上，说明我们是有一些东西可支撑的，还有一些东西我们认为它是真实的，靠它支撑着。支撑我们的是一些什么东西？我们总还是有一些共识的，当然共识也是动态的，共识是移动的。

比如说1945年8月15日那一天，日本天皇颁布了《终战诏书》，这个事好像还没有人否定。也就是说全世界的人都认为有这么一件事，这是我们共识的基础。刚才我那样说的一句话，它翻译成任何一个语言，大家都承认：对，yes，是有这么一件事。但是对这件事的解读，马上就发生了分歧。我们作为一个中国人，受到的教育让我们经常说是“八一五”

日本投降了。这样一说可能就有问题，你说“八一五”日本投降了，和我刚才说的，你以为是一回事吗？其实差距非常大。谁告诉你“八一五”日本投降了？1945年8月15日日本天皇颁布的叫《终战诏书》，这里边没有投降，没有“投降”这两个字，人家说得清清楚楚——“终战”。这在我们中日之间是不需要翻译的，“终战”——如果翻译成白话就是不打了，不打了！就好像一群人打群架，突然有人说不打了、不打了！——没说投降啊，人家就说不打了。或者就像小孩说不玩了、不玩了，你看你都把我挠破了，不玩了！【众笑】这没说投降啊，是你们中国人自作多情，自己说人家投降了。

当然你主张他们是投降，可以用其他的一些事件来印证——你看过几天他们又干什么了，过几天又干什么了，这不就投降了嘛。你可以用那些材料来证明，但是这一天发生的事，代表日本人发言的、被他们叫作天皇的那个人，人家没说投降。所以你要仔细去读《终战诏书》的原文是咋写的，这就是文言文的高妙。学过文言文的人都知道，文言文绕来绕去，包含着无穷的意思。

我的一位老师教导我们：以前互相写信，朋友来信托你办一件事，如果这个事很好办，就用白话文答复他；如果这个事不好办，就用文言文答复他。妙处在哪儿呢？文言文其实是不给人办事，但是说得还特礼貌，说得还特别好，绕来绕去反正就是不给你办这事。那白话文很简单，“没问题，包在我身上”“妥”，这就是白话文。文言文说了很多漂亮的话，它就是回避核心问题。

《终战诏书》就是这样的，说来说去就是世界大战打了这么多年，生灵涂炭呀，死了这么多人哪，太惨啦，朕看着不忍，【众笑】说来说去就是“朕于心不忍哪”。那于心不忍怎么办呢？咱不打啦。它简单的意思就是这个，你看，说来说去还是他发善心，他饶了你们了，不但没投降，是饶了你们了，不想再多打死你们了。

但是它反映出来的背后情况谁都知道。虽然天皇说得这么委婉，他已经明白了，是咱打不过了，所以叫“终战”，就是“大东亚圣战”进行不下去了。但是第一，他没说这是错误的，人家没说“大东亚圣战”是错的，只是说打不下去了，死太多人了；第二，没有道歉；第三，没有投降；第四，没有说以后不打了。逻辑很清楚，现在打不下去了，所以不打了，以后的事没说。

所以我们现在批判军国主义的逻辑，有时候跟对方是不在一个频道上的。我们的逻辑是这样的：你看，你们当年都投降了，今天怎么还搞军国主义呢？我们这个逻辑是很严密的，很有道理，你们已经投降了，不该再搞军国主义。可是对于对方来说，不存在这样一个事实，你这是强加于我们的。所以我们跟对方是没法对话的，人家就没说过以后不打了，人家说的是：现在挺惨的，不打了。

所以，这个问题是一个叙述的问题，是一个什么是真实的问题。有时候我们发现，在一些社会科学领域，找不到真实。法律的真实是什么？经济学的真实是什么？社会学的真实是什么？最后发现，真实只能到不真实里面去找，到不真实的材料里面去找。

我们读司马迁的《史记》，会知道里边很多叙述带有文学性，鲁迅已经说了，它是“史家之绝唱，无韵之离骚”。可是在它“离骚”的那一部分里边，存不存在真实？它那个历史书里有很多细节，很生动的细节，我们现在写历史一般不会这么写，因为细节是不可靠的。

比如中午我参加的聚会，有一个老师回忆他跟另一个老师的交往，他说：“二十多年前，一个漆黑的夜晚，我慵懒地躺在北大旁边的一个咖啡馆里。”我们说，这肯定不可信，二十多年前的事，你把这个细节叙述得这么生动，这就是文学。可是在这个文学里边，是不是包含着一种真实？就在我们都认为的一种夸张的虚构的形式里面，是不是包含着一种叫“本质真实”的东西？

我们往往容易被“形式真实”所迷惑。比如说写新闻，新闻有固定的文体，一件事情怎么写，我们大多数人会认为，凡是用这种文体写的东西，它就代表真实。

有时候我会在微博里故意写一条新闻体的微博：今天上午，北京大学教授孔庆东，在某地参加什么什么活动，孔庆东教授严肃地指出，什么什么什么……我为什么要这么写？你看这个形式是很严肃的，但是内容你一看就是假的，或者有虚假之处。那么我创作这个微博的动机是什么？就是要提醒那些有心人，提醒那一部分有心的网友，不要上当，不要被文体所迷惑。新闻媒体，经常是用来造谣的，而不是用来传递真实信息的。而真实信息往往存在于那些虚构的形式之中。用《红楼梦》里的一句话讲叫“假语村言”。你看它是“满纸荒唐言”，满纸荒唐言这个故事可能是假的，但是“一把辛酸泪”那个本质是真的。所以说有时候，文学比历史更真实。

大多数公民，没有直接读过历史书，除了上学学的那点历史教材之外，不再直接读历史书。你读过二十四史中的哪一部吗？读过《从鸦片战争到五四运动》吗？这些书都没有读。大多数人是不读历史书的，但是却有很多历史知识，你的历史知识经常来自文学作品，其实是文学作品构成了一个国家大多数国民的历史记忆。有谁看过《三国志》？不要说同学们，就北大中文系、历史系、哲学系的教授，有几个看过《三国志》？但是很多人都知道《三国演义》，我们也不会把《三国演义》当成历史，我们也知道《三国演义》是虚构的，但是虽然它是虚构的，我们凭着这个虚构的作品，大体上就能知道三国的时候大概是什么样的。我们不会相信那些细节，什么“张飞喝断长坂桥”，我们不会相信这个细节，但那个时代的一个大的格局我们知道了：魏蜀吴三国，那边有曹操领着谁，那边刘备领着谁，那边孙权领着谁，大格局我们知道了。一些重要的关节，比如说赤壁之战，比如说《出师表》，我们通过这些东西，能够构建一个历史的真实，而不用去读《三国志》，不用去读《魏书》。

回到我们这个课上，用老舍看文化，可能会看出一些真实的那个时代的历史。当然孤证不能成立，材料之间要互相印证。比如说20世纪30年代的时候，一串羊肉串多少钱？我们可以去查材料，查史料，查某个人的记载，但那个记载一定可信吗？假如老舍的某个作品里有一个细节，这细节对于作品并不重要，但是它偶然就写到了某个人去吃羊肉串，掏出一分钱买了五串羊肉串，这就很重要了。因为作家没有必要在这个细节上撒谎，而历史学家就像新闻记者一样，有时候是需要故意撒谎的。学者不是不撒谎，每个历史学家是有自己的政治立场，有自己的历史观的，他会忽略某些材料，会突出某些材料，因为他在故意地干着一件事。一件事只要是故意干的，主观的因素就会加进去，只有在不经心的情况下，才会保留最接近原始的素材。

一个作家写一个情节，那个情节是为了写两个人的爱情也好，写一个战争也好，写什么事也好，这里的物价问题不是他关心的，这个不影响他的文学效果，所以这个时候他不经意写的那个物价才是更接近真实的。当然还要考虑文体。李白说“金樽清酒斗十千”，有的学者就比较僵化，他就说唐朝的物价一斗酒十千，他没有考虑李白是为了押韵，【众笑】李白不是在那儿记载物价呢。

诗歌跟小说也不同。比如有的人专门研究张恨水，从张恨水小说看当时北京的一些消费情况，北京的公园门票多少钱，喝茶多少钱，北京的妓院分几等，里面那些小姐分多少等，然后再去跟别的材料印证。这在著名历史学家陈寅恪那里叫作“诗史互证”。就是文学的和历史的材料，互相阐发，互相来印证。

今天研究上古文化的人，已经不太注意一个材料是历史材料还是文学材料，他已经可以打破这个界限。比如说《诗经》，我们一般会把它当成文学，可是古人没有文学、历史的概念，古人就把它叫作“经”，我们今天没有“经”这个概念了，但是古人把它当作经。孔子说“不学《诗》，无以言”。所以看《诗经》，可以把里边很多东西当成历史材料，当时存在过的东西，当时人们消费的衣食住行的各种生活材料。

所以我说以老舍看文化，大体是用这样的方式、这样的角度来讲授，希望对同学们有所启迪。我认为通选课的任务，不是培养大家的专业意识，不是鼓励你来读中文系的研究生，读了研究生又怎么样呢？读了研究生也不一定当学者，而是不管你干什么，都能够对你的生命多少有一点丰富，有一点滋润，增加你的识别能力、观察能力、审美能力，让你作为一个人，活得更高大一点。

每个学期开始，总会有同学问这个课的要求，怎么样考试，等等。要求是这样的，由于我这个课上不专门讲某一部作品，所以要求大家自己去读作品。老舍的作品是很多的，我做这样一个要求，要求大家读老舍作品，五部以上。其中有三部是必读的，两部小说、一部话剧。小说是一长一短。

《骆驼祥子》号称长篇小说，其实只有十几万字，相当于现在的中篇小说。现在有的很长的短篇小说，写到近十万字。时代不一样了，特别是那个时候都是竖排的，有时候五六万字就能叫一本长篇小说。《骆驼祥子》比较短，十几万字，而且《骆驼祥子》的文字是非常粗浅的——不能说粗，它非常浅。《骆驼祥子》创造了一个奇迹，作为一本长篇小说，它所使用的汉字，几乎是所有长篇小说里最少的，它一共就使用了一千来个汉字。我们小学生都认识一千个字呢，小学毕业生就可以读《骆驼祥子》，没有难字，都是常用字，这个不得了！

《骆驼祥子》不只是我们搞文学的人在研究，搞汉语的人也在研究。语言专业的老师，很喜欢引用《骆驼祥子》的材料，来研究现代汉语。你们上中学的时候可能学过片段，老师讲一下背景，也大概知道它的故事了。这对于一个人来说是很有害的，就好像你曾经喝过用糖精配制的糖水，你就认为吃过糖，甚至认为吃过蜂蜜——你说“大概差不多就那味儿了，味道差不多”，但是，它们有本质的差别。它作为一部国家最重要的文学经典，我们北京大学的同学应该读过这样的经典著作，所以我希望同学能够读一下，一个是《骆驼祥子》，另一个是《四世同堂》。

《四世同堂》是要求读的作品里面部头最大的，《四世同堂》将近百万字，他写的时候就是照着百万字的规模写的。最后一部丢了，最后一部分是从英文又翻译回来的，所以这也是很有意思的一部小说。

《茶馆》是一个话剧，文字并不多，几万字。《茶馆》《骆驼祥子》都是一个下午可以读完的，《四世同堂》恐怕要读一个星期，希望大家必读这三本书。其他的至少再读两篇作品，但是你记得啊，不能是你中学里学过的，什么《济南的冬天》之类的，【众笑】不要拿这个来凑数。你就借一本老舍短篇小说选、散文选、话剧选之类的，随便再读个两三部以上，这样你才可以说，我真的选修过老舍这门课。

今天剩下的时间，我们给这个课简单地开一个头儿。讲一下老舍是什么人。

孔老师上课提的问题一般都是蛮幼稚的，都是一些老生常谈的问题。那老舍是什么人还用问我们吗？这不是常识吗？大家都知道！不但坐在这里的人知道，没上过学的普通老百姓也知道老舍是什么人，在北京这个城市更不用说。你随便找一个工具书，现在都不查字典了，现在都到网上去百度了，一查就知道。老舍是什么人？作家。不只是作家，很多人都知道——北京作家。还有的人知道，老舍是满族，老舍是满族作家，能够说出一大套来。还知道老舍不但是现代作家，也是当代作家，是个戏剧家、小说家。

还能说出一大堆老舍的作品。比如我要求大家必读的几部作品，你没读过也知道，甚至能说出一部分内容来，等等。还能说出点大概的生平，很多人尤其知道——老舍，“文化大革命”被迫害致死——基本上都能胡说一气，这些不用上北大都能查到。那我要跟大家探讨的，给大家讲的，当然不是这些，这些不需要讲。所以同是中文系，天差地别。

前一段在网上，我说中文系是不培养作家的，甚至“看不起”作家，这个很多人不知道，可是有一个出来跟我抬杠的，我一查，他就是某大学中文系老师，我觉得很悲哀。他竟然很愤怒，我就不知道他这个课是怎么上的。当然我接触过——我以前当过中学老师——一些同事，也都是中文系毕业的，后来我就问，你们中文系的课都怎么上？他一说我就明白了。他们讲老舍——老舍，北京作家，生于哪年死于哪年，写了什么东西，思想内容，艺术风格，等等，这样讲下来。就是把教材上的东西搬到黑板上，搬到课件上。我说，这还用上课吗？那同学们自己到图书馆一查，不就知道了吗？在宿舍里不都能学吗，要你当老师的干什么，你这个老师到底应该干什么活儿？

所以很多概念，很多人，不问的时候大家似乎都清楚，认真一问，就不清楚了。我们今天是不是不认真了？干什么都不认真，开会不认真，写文章也不认真。

当我们说老舍是作家的时候，我们说的是哪个老舍？在这里，我可能要先普及一个常识，就是作者与叙述者的问题。我们中学学的很多文学作品，老师会首先讲作者是谁，然后介绍作者。作者有时候是作家、诗人，有时候是其他领域的人，有时候是个科学家，写的是科学小品，有时候是个政治家。在我们文学作品中，继而扩大到文学作品之外，如果细究的话，除了作者，我告诉大家另一个重要的概念，叫“叙述者”。

作者跟叙述者是不同的。你从来没有见过老舍这个人——我都没有见过，我是1964年出生，他1966年就死了，我也没有见过，我们怎么建立起来关于老舍的知识的？你说你上课的时候老师讲过，书上写过。如果老师没讲过、书上没写过，你读了一本小说《骆驼祥子》，读完之后，一看那个封面上写着“老舍”——这个写《骆驼祥子》的叫老舍，你脑海中是不是已经有了一个老舍的印象？不用别人给你介绍他的生平，你不知道他生于哪年，死于哪年，哪儿的人，都不知道，你其实已经有了一个关于老舍的印象。然后其他人给你介绍了一些关于老舍的材料之后，这些又跟你先前的印象进行结合，这些东西融合在一起，是你脑海中那个老舍。而你脑海中那个老舍，跟生活中那个老舍，是一个人吗？这是一个问题。

为了搞清楚这个问题，文学理论里发明了一个术语，叫“叙述者”。叙述者不是生活中的作者。生活中有一个人他叫什么，我们不管，他取了一个笔名叫“老舍”，这个人在一定的时间里，坐在桌子旁边，坐在明窗净几的环境里，拿着笔在那里写作。可能每天写一段，也可能隔两天写一段，等等，这个人叫作者。这个人写的稿子交给出版社，寄给出版社，出版社给他印出来发行，卖钱，把其中卖得的一部分利润分给他，如果他的作品好、受欢迎，请他去开会，请他去做报告，等等，这个人叫作者。就是他是那本书的内容的制造者。稿费的一部分为什么要给他？如果别人冒用了他的身份，他可以去打官司。所以这个作者，是法律意义上的法人。这是作者。

作者和读者阅读他的作品之后产生的对他的想象，存在着非常复杂的关系。他们之间的相似度，可能比较高。比如说你读王朔的作品，读完之后觉得这个作者就是一个痞子。然后有一天你去三里屯酒吧，你看那边——哎，那不王朔吗？你看王朔在那儿的所作所为，正好和你读的很相像，那这就是他吧，没错，就是一个痞子。可能有比较高的相似性，这是一种情况。

但是，有的情况下也不那么相似，差别比较大。你读一个人的作品，你觉得这个人特别幽默，他张口全是段子，但是你见了这个人之后，发现这个人笨嘴拙舌的，甚至还是结巴，都有可能。这种情况也不只发生在作家身上，在演员身上可能更突出。我们现在由于全民文化艺术水平的低下——还在继续低下，我们大多数人分不清演员和他扮演的那个人物。你看了范冰冰的电影，觉得生活中的范冰冰就跟电影里那个角色是一样的，多数人是这么认为的。多数人把赵本山等同于他在小品里扮演的那个人，多数人把小沈阳等同于他在舞台上扮演的那个形象。这是我们太常见的错误了。我们回到小说中，这就更不容易察觉。

还有一部分作家，和作品中呈现出来的读者想象的那个形象，可能是截然相反的。你读一部小说，比如说是一个反腐败的小说，你觉得作者特别有正义感，一腔正义，痛斥社会黑暗。有一天有机会你见到了他，你发现他就是小说中的反面人物，【众笑】他就是最腐败那一伙的。

这都有很多例子。比如说著名的俄国作家果戈理，读他的小说，你就会觉得他是那种有正义感的作家，像高尔基一样的作家，其实不是。高尔基属于那种作者和叙述者高度吻合的，而果戈理正好是相反的，果戈理正好是他小说中抨击的那类形象。

你要说这不人格分裂吗，有这样的作者吗？其实这太正常了。如果在座的有学心理学的同学，就会知道这非常正常。人都是复杂的，人写作的动机是不一样的。有的人写作，是为了弘扬自己的人格；有的人写作，是为了自我克服；有的人写作，是为了自我平衡。同样是由小偷转变成的作家，有的小偷会写小偷很伟大，有的小偷会写小偷很卑劣，还是警察伟大——都有它存在的合理性。

所以简单地说，作者就是生活中那个写作的人，叙述者是读者通过作品感知的那个写作的人。我这样讲，可以打破很多青少年对作家的盲目崇拜。像过去没有影视作品，没有网络，读者很容易通过文字去想象作家，对作家进行个人崇拜。我研究过很多作家，都是在自己的粉丝中找到自己太太的。【众笑】一个人是这样，两个人是这样，十个人是这样……你就会发现这里边是有一个奥秘的——它起源于那个想象。比如巴金，他的太太原来就是他的粉丝，读了他的作品特别入迷，就写信给他，追求他，要求跟他见面。当然她见了面后发现他跟她想象的巴金是一样的。这是对上了。

所以说叙述者是作者和读者共同创造出来的人。当然，我这样说是一个线索很清晰的叙述。因为学者通过研究之后，还会向社会提供一部分作者的资料，于是一般读者所得知的作者，是一个综合性的形象。大家现在心里边想的老舍是综合性的，有你读他文字后想象的，还有老师和其他媒体给你的，灌输给你的。

在当今社会，我们对于一些著名作家的信息主要来自媒体，特别是网络。而网络媒体是最不客观最不公正的。媒体的背后我们都知道是资本，有的媒体后面是权力，而权力的背后又是资本。也就是说，所有劳动者所得知的信息，是资本集团认为可以并允许灌输给劳动者的。它是对资本集团不会产生根本危害的信息，相反只会巩固和加强资本对劳动者的统治。一旦它危害到这一点，这个信息会被修改或删除。当然它不一定以简单粗暴的方式，大多数情况下恰恰采取所谓学术的方式，采取所谓民主的方式。这是媒体的一个奥秘。

我们现在到网上去搜一搜关于老舍的信息，基本上都要强调，老舍是“文化大革命”迫害致死的。真是这样的吗？是谁希望有这样的叙述？这样的叙述对谁好，对谁有利？这样去想才是一个求学的态度。如果说以前我们为了高考，不能质疑这个知识，质疑知识就跟标准答案不一样了，我们必须跟标准答案一样，那么今天你有了一个比较大的可以跟标准答案不一样的空间，今天应该有一个新的对知识的态度，首先就是要怀疑。我并不主张在孩子们中过分强调怀疑精神，因为孩子需要一些基础知识。基础知识错了也不要紧，你发现小时候学的一些东西错了，并不要紧，因为那是打基础的时候，以后有的是纠正的机会。但是上了大学，特别是上了北大，要培养自己的怀疑能力，不轻信，保留。这个事儿就是：哦，我知道。知道了而已，并不相信，并不急于表态。

过去皇帝批奏折，四面八方的消息传上来，皇帝只写三个字——“知道了”。“知道了”是个天子口吻，他并没有采取什么特许措施，没有表态，只是说“我已经知道了”。所以那个大臣如果觉得这事儿着急的话，就再写奏折。第二次来他又写个“知道了”。第二次写“知道了”，可能就含有潜台词了——别烦我了。这个“知道了”的态度，其实是一个冷静的、客观的态度。特别是今天我们作为一个原子般的个体，怎么办呢？先保护自己不上当啊。

那么讲老舍是什么人，我们可以从许多角度去讲。比如我们可以强调一条，先看看老舍跟党的关系。我为什么开头说老舍是一个很正常的人呢？老舍不是党员，既不是国民党，也不是共产党。这不是说国民党不好，或者共产党不好，反正大多数中国人民不是党员。共产党、国民党再大，不管多大的党，大多数国民不是党员，这是事实，老舍就是那个大多数里边的。他不但组织上不是党员，思想上也不是党员。我们今天有很多人，怀有共产主义的信念和理想，但是他决定不入党，他说我组织上不入党，但是我做一个思想上的共产党员。我很佩服这样的青年人。但老舍连这样的思想也没有，老舍没有这样的思想，他既不是思想上的党员，也不是组织上的党员。

古人说，君子不党。在古代汉语中，“党”不是一个好词，“党”就意味着“结党营私”“党同伐异”。到了现代，出现了现代型的政党，这个政党是参政议政的。这个“党”变了，不一定是结党营私了，或者说合法的公开的结党，不一定营私，所以“君子不党”这个说法改变了。可是老舍仍然坚持古风，他“君子不党”。

老舍是君子，这是公认的，左派和右派都公认他是君子。在革命时代，大家认为好人应该入党，君子应该“党”啊，可是老舍没有入党。他不是党员，但是他非常爱共产党。当然，这不是他一开始的选择，爱共产党主要体现在新中国成立后。所以对老舍有一种很严重的人身攻击，说老舍拍马屁，拍共产党的马屁，投机。也就是说，有人认为所有对共产党表示友好的都是投机分子。一个正直的人，应该天天骂共产党，处心积虑地推翻共产党，这才叫“有人格”。我看在很多知识分子中流传着什么“中国大陆四个最不要脸的文人”，其中就包括老舍。我一看老舍他们的罪名是什么，为什么说“不要脸”呢？就是他们都歌颂过共产党，说共产党好，所以这就叫“不要脸”。

而这个段子的起源是哪里呢？起源是周作人的一封信。周作人给他的香港朋友写的一封信里边闪闪烁烁地说：大陆有四个人最不要脸，其中有郭沫若，有老舍，还有北大的冯友兰和谁谁谁。如果论不要脸的话，这些人还有周作人不要脸吗？【众笑】所以我很奇怪当下中国知识分子的智商，竟然没有人质疑一个汉奸说的话。不是说汉奸说的所有的话都没有价值，但是在谈论“不要脸”这个问题上，竟然相信汉奸的话，起码有点质疑吧？竟连我们北大最基本的质疑精神都没有。当然老舍跟党的关系比较复杂，我们只说一个事实，他不是党员，但是他很爱这个党。

这是需要注意的一个问题，以后我们会再继续探讨。

再有一个问题，老舍跟五四的关系也不一般。今年（2015年）恰好是新文化运动发生一百周年，大家都应该记得。今年是很多重大事件的整十年。纪念新文化运动的会也开了好几个了。我昨天参与了一个会，也是纪念新文化运动一百周年的。五四当然很重要，新文化运动很重要，没有它们就没有我们今天。

但是，很奇怪，老舍很少提五四，很少提新文化运动，因为他不是五四所诞生的作家。五四的时候，老舍是个闲人，是靠边站的人。老舍也不反对新文化运动，也不反对五四，每年纪念的时候，他因为有职务在身，还得出来说几句话。他说的话跟党是一致的，他不是拍党的马屁，因为他不懂，也没研究过，他也没有感情，也不知道怎么说出自己独特的语言来，反正党怎么说他就跟着说一遍：我们今天纪念五四多少周年，五四运动反封建反帝……

所以他对五四新文化运动采取的是敬而远之的态度，采取的是孔夫子对待鬼神的态度。孔夫子对鬼神是敬而远之。敬而远之是一种非常理性的态度，就是我不懂，不盲目反对，也不盲目赞成，我随大流，你们都说好，我也跟着说好，但是我保持距离。这是老舍与五四之间的关系。所以老舍这么有名的大作家，他却是一个非五四的现代作家。大多数现代作家都跟五四有千丝万缕的联系，紧紧地往上贴，或者要高举鲁迅的旗帜，继承某个社团的精神。老舍跟这些人都不一样，他也不反对，这是老舍的另一个侧面。

再看一个侧面，老舍被列入新文学作家，但是老舍的作品有那么多的读者，老舍的作品分明有通俗性，所以老舍是不是通俗文学作家呢？他跟通俗文学也没有亲戚关系。你看他怎么出道的，他不是鸳鸯蝴蝶派出身，可是他的作品里确实有通俗因素，他也能写通俗文学，如果他想的话。

比如老舍如果写武侠小说，他不一定能写过金庸，但是他会写出非常别开生面、非常有思想深度的武侠来。我们看他一个短篇《断魂枪》就知道，老舍太了解武术了，如果把他对于武术、对于武林的那些知识运用到文学创作上，会写出非常不一样的武侠小说来。老舍也能写科幻，他的《猫城记》就是带有科幻色彩的：一个驾驶着宇宙飞船的人，不幸坠落在火星上，故事由此展开。老舍也可以写像今天《三体》这样的作品。但是他没有往这个方向努力，他有这个因素。

老舍成为新文学的主力，可是这不是他主动追求的，是新文学把他紧紧地拉进自己的集团里边。我在一篇文章里有一句话，我说："新文学把老舍列为自己的重要作家，就等于把老舍所有的客户都拉了过来。"大家明白这个意思吧？因为老舍的客户太多了，他的读者太多了，把老舍弄成新文学作家，就从极大的范围上团结和争取了大众。这是老舍跟通俗文学的关系。

综合上面几点，简单地说一下老舍的立场。老舍不是没立场，他不是国民党、不是共产党，不等于他没有立场，他其实有一个人民立场。这个立场，不是他自己清晰地意识到的，因为这个人民立场，是后来经过毛泽东的叙述，才成为一个概念。在此之前，老舍不可能有这样一个清晰的概念。就像无产阶级不懂得什么叫无产阶级思想一样，无产阶级思想需要先进的知识分子灌输给无产阶级。老舍也是这样，他并不知道自己是什么立场，他觉得我活着就要有良心，谁都对得起，其实这是人民立场。

这种立场是非左非右的，甚至是无所谓左右的，他跟孔夫子，跟鲁迅，跟毛泽东一样，他是人民派。但是他又不像那几位一样，那几位是很清醒的，那几位因为清醒，所以在不同的历史时期，有时候选择站在左边，有时候选择站在右边，是追求一个整体上的不左不右，是整体上为人民服务。而老舍没有这么清醒的认识，他不是思想家，他只是本能地不关注、不注意左右问题，老舍所关注的是普通人的命运问题。

现代文学，一直到今天的中国文学，当然少不了鲁迅这么伟大的作家，但是王蒙先生有一句话说得好：如果都是鲁迅、如果有五十个鲁迅的话，咱也受不了，是不是？那不能都是鲁迅，文学一定要百花齐放，鲁迅有一个就够了。有人说应该再出一个鲁迅，我说用不着，这个鲁迅可以使一千年，鲁迅出一回就可以了。真正为提高我们国家的文学水平、文化水平，我觉得应该多出几个老舍来，这是实在话。而目前我们对已经出现过的这个老舍了解得太平、太泛，了解得还不够。所以我讲的“老舍与中国现代文化”，可能更多地偏向于普通人的命运，从普通人命运的角度看老舍，看中国现代文化。

好，这就是今天我们所讲的第一堂课的内容。下一次我们要讲老舍的身份问题。

今天就上到这里，下课！【掌声】

2015年9月15日

北大理教107

第二章

小狗尾巴：老舍与穷人

非常感谢同学们的热情，刚才的小丑表演，是一位远在上海的同学快递给我的一份礼物，我不知道快递的是什么礼物，原来是一个文艺演出。【众笑】我觉得这个活动还蛮有文化含金量的，如果我们将来都能够快递这样的活动，快递事业会有非常长足的进步，我支持这样的文化活动。

我们今天上课的日子很不巧，和我个人的一个日子遭遇了，【众笑】我自己不想这样张扬，但是纸里包不住火，慢慢地被人民群众所知道。【众笑】其实在网上我故意把我的生日都写错了，我写的不是今天这个生日，但是发现能够欺骗的人越来越少。中午在和别人交谈的时候我也讲了，不怕舆论掌握在坏人手里，不怕媒体是反动的，假如说我们现在的媒体遮天盖日地说，孔子是美国人，说上二十年，孩子们就都信了，会有很多的学者出来论证孔子就是美国人，那么这个乌云就永远能够遮住太阳吗？

想当年孔子生活的时代，虽然说大师辈出，但是大师辈出的代价就是人民群众受苦受难。大家想想春秋战国时期，你有多少概率能成为孔子呢？就算你好不容易成为颜回了，很年轻就死了。【众笑】孔子说他最喜欢的学生就是颜回，不幸短命，早早死了。那么说一点近的事，比如辛亥革命之后的几十年，是中国人民最悲惨的几十年，活得还不如古代，活得还不如大清朝。大清朝签订了那么多屈辱的条约，人民都过得比中华民国要幸福。中华民国是死亡率最高的历史时期，人民没过过一天好日子。这么多黑暗的岁月，我们不都挺过来了吗？当然这样说不是一个阿Q式的说法，不是说我们不去斗争了，正因为中国人民能斗争，而且是富有智慧的斗争，我们才有今天。

我是一个不大愿意过生日的人。因为从小我父亲就不给我过生日，我父亲也反对给小孩过生日。我父亲说："一个毛孩子过什么生日！"【用山东口音说，众笑】我觉得这话好像有道理，一个毛孩子过什么生日。后来不幸社会上流行起了过生日，那我就采取孔子的态度，"吾从众"。在很多普通生活问题上要从众。"从众"写出来是五个"人"，要跟大家一样，在俗事上要随大流，最后你会发现，这个俗有俗的道理。在普通的事情上，人民群众的选择，那个平均数的选择，有时候还真代表真理。

最好吃的菜——我怎么老说吃的，最好吃的菜就是家常菜，山珍海味你吃一次行，连续吃一天两天，你就会觉得很难吃、不好吃。最好吃的、能够坚持天天吃的就是家常菜。因为家常菜是亿万劳动人民从无数可能性中选择出来的，而且它还便宜，因为大家都吃，它就便宜了。比如说西红柿炒鸡蛋，最俗的菜吧，但是它是颠扑不破的菜，东西南北都能接受，人和鬼子都能接受。你到哪儿，点西红柿炒鸡蛋不丢人，这是亿万劳动人民的选择。所以多数的事情，我们要从众一点，也许从众是有道理的。

今天同学们给我这么好的祝福，我有点对不起大家，我今天讲的一个题目，好像不太跟幸福生活有关，【众笑】今天我讲的这个题目好像有点扫兴，希望我们的内容不那么扫兴。上次我说了，我们从老舍是什么人这个角度，进入中国现代文化的话题。

上课的时候，我喜欢向大家推荐一些书、刊物、文章等，那么今天上课之前，我推荐一本书叫《老舍与现代中国》，它和我们这个课就差“文化”两个字，但不是说它没文化。这个书的作者是我的同学，现在也是很有名的教授，汤晨光。我记得我们当年上学的时候，就不满足于教科书上还有老师们给我们介绍的那个老舍，我们都共同觉得老舍这个水很深，老舍可以联系到许多的问题，我们当时所学的文学理论和文化理论好像不足以解释老舍。

所以听过我一些课的同学会知道，我讲课不按照什么既定的系统来讲，尤其不按照教科书来讲，当然我参与编写教科书，我们编的一个教材，最近北大出版社要再版，但是教科书不管再版多少回，都是给别的学校用的，我们自己学校是不用教科书的。比如说我今天讲的这个话题，可能就还没有人讲过，但是有人涉及过，那么我想把这个问题专门谈一下，就是老舍与穷人的问题。

“穷人”是我们当今的一个关键词。我在网上看见许多人自称“穷人”，都说我们是穷人。还有一些人不站在穷人的立场上，而是讽刺穷人，他说一看你就是个穷人，或者他说你是仇富的人。还有政治立场更鲜明的一些人，把穷人、富人与阶级问题联系起来。

谁是穷人？穷人是用什么标准来划分的？所以，就像我上一次所讲的那样，我们不是要简单讲一些关于老舍的故事、关于老舍的知识，你如果不从事文学研究，那老舍跟你有什么关系？老舍可能跟你关系不大，但是穷人一定跟你关系很大。你这一辈子不是穷人就是跟穷人打交道。所以“穷人”是我们每个人生活中的关键词。

我们为了讲老舍与穷人这个话题，先看看其他的现代作家，我们列一些其他的现代作家，看看这些作家的情况。我简单地列了二十来个作家。

一说到现代作家，我们大家第一个想起的就是鲁迅。鲁迅是穷人吗？鲁迅肯定不是穷人，但是鲁迅好像跟穷人有点关系。我们学鲁迅的生平都知道，有一个词叫“家道中落”，他家曾经穷过，但是这个穷，还不至于穷到去给人家打工，进城当阿Q。他家最穷的时候，家里有很多东西拿出去当，鲁迅最深刻的记忆就是不断拿东西去当，把那些东西当完了，他家老人命也没了，钱折腾完了。那这个时候他也没去打工，他母亲还是给他凑了八块钱。可见那时候八块钱多值钱，他用这八块钱上了江南水师学堂。

鲁迅是不穷的，曾经生活拮据过，但后来日子就越过越好了。他为什么到日本去留学呢？他考取的是官费留学生，到日本留学不花钱，可见当时日本是个什么德行。【众笑】到这个国家留学是最便宜的一件事，走投无路的人去日本，这是事实。像鲁迅这种从日本留学回来的，是遭受到另一伙留学生看不起的，留学欧美的人是看不起留学日本的人的，认为这伙人是很差的一伙人。

鲁迅后来日子过得是非常好的，可能比他家的老人还好，比他的祖辈还好。我专门讲过鲁迅的收入，鲁迅的收入非常高，而且有多种收入。他在政府每个月就拿几百块钱，那时候几百块钱的购买力是现在的十几万，他可以随便在北京想买个四合院就买个四合院。兄弟俩失和了，他再找个地方住。而且他这四合院好几进，能养活好几家子。鲁迅最多的时候在八个学校上课，为什么在八个学校上课呀？我们不要把他想得很高尚，到处宣传革命真理去了，不是，都是为了挣钱，都是为了养活他、他老母亲、他老母亲给他娶的那个他不喜欢的媳妇，还有他的弟弟、他的二弟的一个日本媳妇、他的三弟的一个日本媳妇，【众笑】养活这么一大家子人！全家都过着那样的生活。后来在北京不干了，他又跑到南方去，从厦门到广州到上海。到上海过得很好，住一栋三层小楼，没事儿就叫辆汽车出去转一圈。所以鲁迅肯定不是穷人，而且单看物质生活标准，是消费标准很高的人。

下面的我们简单说说，看有穷人吗。我们先看现代文学的几大家族——鲁郭茅巴老曹。郭沫若——不是穷人，跟鲁迅很相近，出生在大家族，出来读书，反正自己有时候折腾得钱不太多了，但不是穷人。茅盾，不是穷人。曹禺不是穷人，是北洋军阀官二代，你想，像他话剧里写的环境，他就在那样的环境里长大的。赵树理，虽然出身农民，但在农村他家不是穷人，当然他农村的活儿都会干。巴金，很像郭沫若，不是穷人。艾青，不是穷人。沈从文，不是穷人。钱钟书更不是。穆旦，这是金庸的亲戚，老查家的。张恨水，平民长大，后来靠他的自我奋斗，在北京也买了一个大院子，娶了三个媳妇。【众笑】他的消费水平怎么说呢，就说每年养花的钱，就这一项，不说别的，就有几千大洋，你想他生活是什么样的。当然张恨水很了不起的是抗战爆发后，抛弃了如此富豪的生活，跟随政府转到大后方，在后方过得很苦，那是因为国家战争。向恺然——平江不肖生、还珠楼主，我专门举了两个武侠小说作家，就是这几个通俗作家，生活也都很好。

我们再举一些“二流”作家，非“一流”的。郁达夫，郁达夫三十岁就出版了全集，娶了美女王映霞，在杭州修了一个房子，号称“风雨茅庐”。现在里边驻的是个派出所，【众笑】保安嘛，为了安全。叶圣陶，也是很早就成名的，今天叶家也是一个很兴旺的文化家族。

冯至，这是一流诗人。

我们再举几个女作家，看看这里有没有穷人。冰心，大家族，一辈子过的都是精英生活。丁玲，这也不是穷人，丁玲还曾经被选为中华民国十大美女之一，跟什么胡蝶、宋美龄都一块儿的。萧红，去年有个电影叫《黄金时代》——《黄金时代》，不要理解错了，不是说中华民国那个时候是黄金时代，是说她这个女作家的那一段，是她创作上的黄金时代。虽然萧红那么能折腾，但是她并不穷，她生活过得可以说颠沛流离，但是她非常风流浪漫，她永远是怀着上一个男朋友的孩子去找下一个男朋友。【众笑】当然这不是什么好事儿，这也是痛苦，这是很痛苦的一件事。张爱玲不用说了，更不是穷人。虽然她自己并不是汉奸，但是被汉奸集团所利用，想把她树为汉奸文人集团的一面旗帜。

那么我们看，举了一些有代表性的现代著名作家，他们都不是穷人。是不是穷人，这里不能做价值判断，只能做一个事实描述。看这个情况，我们发现作家好像跟穷人不是一伙人，大多数作家跟穷人不是一伙人。我们总结一下他们的特点：第一，现代著名作家绝大多数不是穷人出身，刚才我们已经理了一遍。可是一个重要的现象是，他们虽然自己不是穷人，但是并不歧视穷人。不论他出身什么阶级，是官僚，是地主，是资本家，还是书香门第，我们发现作家这个群体普遍地不歧视穷人，不论他是什么阶级的作家。这就说明好像这个职业天生有点积德，好像这个职业天生有点良心，就是不歧视穷人，跟他们比较近。

他们自己为什么不是穷人呢，是不是只要写作就不穷呢？不然，写作受穷的多了，但是这些著名作家都是谋生能力比较强的。我们学很简单的文学史时，往往容易拔高他们创作的意义，经常把他们创作的意义联系到革命或者反革命上，其实他们，特别是开始创作的时候，跟政治关系都不那么近，主要是谋生。

我今天也接触大量的文学青年，也是物质生活不好，有点写作才华，很希望发表一部作品，起码能弄点稿费，首先想的是谋生。所以我经常告诉这些青年朋友，此路不通，这条路特别难。想靠写作养活自己，那是需要谋生能力特别强的，全国也没有多少人能成功。按照比例算，还不如当群众演员成功的概率高，【众笑】因为群众演员里还能混出个王宝强，你天天躺那儿演死尸，早晚有一天被导演看中了，他说“这个死尸都演这么好，演一回活的看看”。【众笑】

当然我们看从鲁迅到张爱玲，谋生能力都很强，很会挣钱，要展开说有很多很多故事。可是我们一般人的印象中，没觉得他们特有钱，这是什么原因呢？一个重要原因是他们喜欢哭穷，【众笑】作家可喜欢哭穷了，这是作家最具有欺骗性的一点。我们想想有没有哪个作家出来嘚瑟自己有钱的？好像没有。作家只要一写到自己永远是没钱的。一个是他们写自己没钱，另外还愿意写穷人，给人造成的印象就好像社会很对不起作家。当然很多作家有正义心，打抱不平、批判社会，站在穷人立场上，等等，所以给我们造成个印象：作家穷。

当然我们说作家的待遇还应该提高，特别是今天的社会稿费太低，稿费太低是文学艺术不够繁荣的重要原因，不是全部原因，是一个重要原因。今天，作家花好几年写一本长篇小说，一本长篇小说就算卖得比较好，也就能拿十几万块钱，像莫言这样的人，能不能拿到一百万我都怀疑，就算拿到一百万又能怎么样呢？假如你住在北京，有一百万你能干什么？所以莫言开玩笑说：我要买个大房子。买个“大房纸”吧。【众笑】我们都知道在北京一百万什么都不是。上个月我去俄罗斯喀山，喀山那么美丽的一个城市，那么好，五十多所大学，有文化，有科技，有体育，有教育，有自然美景，有美食，什么什么都有，在风景最美丽的水边，买一个豪华的别墅，数百平方米的别墅，只需要卖掉我在北京的厕所，

【众笑】也就是说我把我家的卫生间卖了就成了。这个作家，他是有钱不露，喜欢哭穷。

我再从另外一个方面看作家对富人是什么态度。我们发现大多数作家不论自己出身如何，在他们笔下，对富人好像缺乏好感。其实富人也没招他、没惹他，就算作家受剥削，他受的也是很间接的剥削，他不是受阿Q和祥林嫂那种直接的剥削。可是阿Q和祥林嫂反而对富人有好感，而作家对富人没什么好感。我们看没看过什么作品里边热烈地歌颂资本家和大地主？没有，好像没有。我们可以写论文写散文的时候给富人说点公道话，但是在文学作品里，你说有没有一个文学作品，主人公是一个伟大的资本家，特正义？好像我们没有这方面的印象。这是现代大多数著名作家跟穷人的关系。

在这个背景下，我们对比一下老舍，老舍是怎么回事。老舍太与众不同了！在这样一个豪华的不穷的阵容中，老舍是穷人。我们顺便可以简单地讲一讲他的生平。

老舍正好生在上个世纪之交——1899年2月3日，那年春节比较晚，祭了灶之后，老舍就生在北京底层的市民社会，是最底层。他生的时候他们家已经最穷，用老百姓的话叫“穷得叮当响”，甚至他的生日都是老舍自己考证出来的。【众笑】我们说穷人，真是不过生日，穷人不太记得自己的生日，毛孩子过什么生日，穷人不太记得这个事儿。而且那天晚上他大姑住在他们家，他大姑说那天晚上他母亲中了煤气，其实是他母亲生了老舍。

他们家为什么穷呢，他们家是干什么的呢？他家就一个人挣钱，就是他的父亲。他父亲干什么挣钱呢？他父亲什么都不能干，因为他父亲是满族的旗人士兵，也就是八旗战士。八旗战士是捧着铁饭碗儿的，国家规定你就是打仗的，因为打仗，所以不许找其他工作。可是给的工资多少年都没涨过。任何一个社会物价总是在涨的，只是涨得快和慢而已，但是他的工资不涨，所以这一大家子人过得很差。

关于满族的问题我们以后再讲，今天只讲穷的问题。他父亲是个底层士兵，就挣这么点钱养活全家，可是这个顶梁柱还死了。我们一看年份就知道，正好是八国联军进北京，“庚子事变”，随后就是《辛丑条约》。他父亲虽然不会打仗，但是毕竟是吃这碗饭的，不会打仗也得去打仗，打没打不知道，反正就在一家粮店门口死了。不管怎么死的，我们得说他是为保卫国家死的。但是作为一个具体的老兵，他死了，那就是有意义的。我们可以说国民党政府腐败，可以说清政府腐败，保卫不了这个国家，但是具体到一个战士身上，他毕竟为这个国家死了，不能让他负责任。他虽然不是民族英雄——你说他是民族英雄那就夸大了，但是他毕竟为保家卫国而死。对国家的意义不说，就对他们家的影响上来说，他家就彻底地没了钱粮，可能父亲死了，政府有点抚恤，给点钱。

除了他父亲，他家的亲戚圈儿基本也都是穷人，没有通过裙带关系而改变生活的可能。他老母亲一个人维持这个家，靠什么呢？也找不着工作，替人家洗衣服。过去洗衣服是劳动妇女都能干的最普遍的一种职业。但是一想，找她洗衣服的人也都是穷人，什么人找她洗衣服？都是体力劳动者。体力劳动者的衣服都是个把月不洗的，找她洗衣服的都是骆驼祥子那种人，穿了一个月的衣服，然后给她洗，都是很难洗出来的，而且给的钱也非常少。他们之间互相能挣多少钱呢？就在这样的情况下，他母亲把老舍养大。我们可以想一想，其他作家童年都不是这么过的。她母亲很了不起，家里那么穷，竟然让孩子上学。当然也是受了别人帮助，就在他九岁那一年，1908年——清朝还剩几年，老舍上了一个私塾。穷人让孩子上学是有远见的，但多数穷人的孩子上了学也白上，还是学不出来。

我昨天刚从四川的甘孜地区回来，从康定回来——“康定溜溜的城”，刚从康定溜溜的城回来。这个城里边接待我的一个领导——一个宣传部门的领导，是彝族的。他们整个两个大家族就出了他和他弟弟两个大学生。我说为什么啊，他说就因为他母亲让他上学。他家里很穷，但是母亲支持他上学。我说你父亲呢，他说父亲丢下他们母子走了，但是他母亲很伟大，让他上学。穷人上学多数是学不出来的，但是他很有出息，好好学习考上大学，然后又回到家乡当领导。所以这样的人当了领导之后，很有志气，他有很多宏伟的想法。

老舍也是这样一个性质的人，母亲让他上学，他自己能学好，能学出来。又过了五年，1913年，这时候是中华民国了，那一年他已经十四岁了。十四岁在我们今天已经初中快毕业了，初中最后一年了，他考进了京师第三中学，就是现在的北京三中。可是，上这样的学校是要交学费的，是要花钱的，他们家里交不起学费，也就是说北京市民在北京上不起学，所以就上了几个月，只好退学。

那个时代上不起学的人很多，包括大画家徐悲鸿，他有美术天才，考进美术学院，一上美术学院傻了，发现美术学院必须用面包当橡皮。他说他连馒头都买不起，同学们是拿面包当橡皮的，因为面包当橡皮蹭得干净。老舍虽然不学美术，他上普通的三中，都上不起。

上不起，天无绝人之路，还有办法。我们刚才说鲁迅，他考取官费到日本留学的，老舍岁数还小，他考取官费北京师范学习。师范学校不要钱，这是我们国家一个很好的传统，那个时候尊师的传统还存在。在新中国成立后，我们师范院校的待遇也是最高的，师范院校的助学金普遍都高。我前几天还跟一个人说，我上大学的时候我的助学金是十四块，他说他是二十二块，我说你怎么比我们一等助学金还高啊，他说他那是师范院校的二等助学金，【众笑】也就是说师范院校待遇高。老舍这个时候考师范学校是不要钱的，这给了穷人一条生路。他考取师范学校，到了1918年毕业，毕业之后就有了工作，就有了钱，我们下面再说。

反正从1899年出生到1918年毕业，周岁是十九岁，按虚岁算就是二十岁，这段人生，对于老舍来说将近三分之一的开始的这段时间，他都是穷人。一个人是不是穷人，有没有穷人记忆，青少年时期是最重要的，老舍有青少年时期的这个记忆，他就是一个穷人。

补充一些细节，他出生的这一天，往常都说是小年儿，正好是立春的前夕，所以他取名叫舒庆春，春天的“春”，又因为他生的这一年是农历狗年的年底，马上快过春节了，住在他们家的大姑就给他起了个小名，叫“小狗尾巴”，【众笑】这都是穷人的名字——“小狗尾巴”。他出生的地方就在新街口南大街小杨家胡同八号，现在这个地方还有，护国寺那儿。那一带的小吃是非常好吃的。

他祖上的情况就不仔细介绍了。他父亲确实是战斗而死，因为身上有明显的火药烧伤，也可能是被敌人击中，也可能是他自己身上的弹药着火，都有可能。他父亲死在南长安街的南恒裕粮店门口，可能是被追击到那儿，被打死了。这个事倒使老舍从小就有了反帝的意识，对鬼子没什么好感情。

关于他母亲，从材料可以看老舍写的一篇文章叫《我的母亲》，他母亲具有我们能够想象到的劳动妇女的一切优点。我们看作家普遍喜欢回忆自己的母亲，回忆母亲的文章远远多于回忆父亲的文章，好像当作家这一条，跟母亲的关系有点大。即使是不回忆母亲的，对这件事好像也耿耿于怀。我看过贾平凹写的一篇文章，他就说，我小的时候就没有什么母亲艰辛抚养我，没有什么姥姥教我认字这些事，很愤愤不平地说这件事，【众笑】说明他看了很多此类文章，觉得那些作家怎么动不动就回忆他们母亲呢。

老舍家里，他母亲本来生了八个孩子，也就是说老舍本来有三个哥哥四个姐姐，但是只活下来三个姐姐一个哥哥。这很常见，那个时候的人家基本上都是这样的一个死亡率，生八个死三个太常见了，平均得死四个。他出生的时候，大姐二姐全都出嫁了，家里边还有——刚才我说的——他的一个守寡的姑母。他父亲本来每个月有三两的饷银，后来死了之后，家里要天天吃棒子面咸菜。

棒子面咸菜在北京人的记忆中是非常重要的，我看许许多多的关于北京的材料中都提到棒子面，说明这个记忆太深刻了。我觉得北京虽然是首都，好像物质生活方面不如其他一些大城市，不如上海、天津、成都、杭州、广州、武汉、沈阳、长春、哈尔滨。我是20世纪60年代出生的，我也吃棒子面，我们叫苞米面，但是没这么深刻的记忆，因为我们也常吃细粮。天天吃棒子面咸菜那是很难受的。我们今天把这叫保健食品，今天吃粗粮是奢侈，但要天天吃你就受不了了。

老舍从小是营养不良。我们今天忙着给孩子补充营养，希望让孩子更聪明一点，所以现在小孩很小就长得肥肥胖胖的，但好像这样的孩子成不了什么大作家。你看老舍从小营养不良。而且营养不良还影响到智力上了，【众笑】影响到什么程度呢？老舍三岁还不会说话，这很严重啊！今天的孩子不要说三岁，一岁半不会说话，父母就疯了，那得抱着找多少大夫，被人骗多少钱啊！老舍三岁不会说话，他母亲竟然不着急，就好像知道他儿子将来是大作家一样，【众笑】“大作家急什么啊，话说那么早干吗啊，晚点说。”不光不会说话，三岁还不会走路。老舍说自己比一般的儿童迟得多。

这对我们教育很有启发，我们今天老说要开发智力，那么早就开发智力——胎教，我看有的母亲自己都没怎么读书，这怀了孕了，可积极了，买了全套的《莎士比亚全集》放在肚子上听啊。【众笑】你早干吗去了？是不是要那么早开发智力，教育学家、心理学家都有不同的看法。

可就是这么一个孩子，一旦上学，入了私塾之后学习就非常好。后来他一路学习，一直到师范学校，都是优等生。而且还不是那种死学习的孩子，课余生活还很丰富，放学之后经常去听书，听《小五义》《施公案》，等等。他家不是没钱吗？可有一个同学有钱，这同学叫罗常培，大家可能不知道，这是我们国家著名的语言学家，他俩同学，罗常培出钱他俩去听书。

当年他还没毕业的时候，在学校就帮助老师给低年级的同学上课，是代课的小老师。各门学科中作文尤其好，他的老师给他的评语说："庆春文章，奇才奇思，诸生无有出其右者。"老师的评价这么高！说他"奇才奇思"，是特别厉害的。我想老师这个评语可能很重要，对他将来走上什么道路可能很重要。我想想我从小到大成绩最好的是数理化，可是数理化老师就没有给我这样的评语，说"庆东解题思路出人意料"，【众笑】我算题又快又准，有时候我的方法老师都佩服，但他不给我写这样的评语，我们国家损失了一个重要的数学大师啊。【众笑】我语文不是特别好，但是我的语文老师给我很大的忽悠，让我承担很重要的跟文字有关的工作，使我走上了文学这条歪路。【众笑】

老舍不但写作好还擅长演说，演说时给自己起名叫"醒痴"，清醒的"醒"，痴呆的"痴"。这是很有时代色彩的一个名字，醒痴的意思就是唤醒愚昧的国人。当然这个名字带有一定的鸳鸯蝴蝶派色彩，鸳鸯蝴蝶派喜欢起这样的名字。后来在师范学校学习了五年，毕业时他是全班第五名——不是最好。全班一共四十二人。他跟第一名差几分，第一名的分数是89.66分，老舍的分数是85.78分。所以我们能不能说穷人的孩子就一定能够出人头地？也未必。老舍好像带有一定的偶然性，他跟前边那些作家都不同，有很多不同。这是我专门挑一个角度来说的。

我们经常讲个体命运，个体是能够超越自己所在的群体，能够超越自己所在的时代的。有些青年朋友看我写一些批判社会的文字，或者自己也参与批判社会，有时就容易因为对时代不满，而产生个人沮丧情绪。我认为，批判社会是我们的责任，出于正义感我们应该批判社会。哪怕它再好，我也坚持批判社会。坚持批判社会是必须的，但是不能因为批判社会就认为自己无所作为了，把一切都推给时代——社会太黑暗了。个人永远可以超越，个人遇到的问题首先要归结到自己，你不能说我们的老师不好，所以我学习不好。再不好的老师班上也有好学生，你为什么不是那个好学生？

就在那样一个艰难的环境中，老舍成为一个好学生、优秀的学生。虽然说文化成绩不是第一，是第五，他还有其他的擅长，比如作文、演讲。他们学校还很重视素质教育，曾经出去军训。我们今天的军训好像成了对学生的迫害，我就很不理解。同学们，军训是多好的机会啊，锻炼自己的意志，锻炼自己的身体。我竟然看见报道说某地方的高中男生，军训拔军姿十五分钟昏倒了，十七八岁的小伙子啊，站十五分钟就能昏倒，你还能干啥不？！【众笑】说明你什么都干不了！你这样怎么让日本鬼子看得起我们？

老舍他们军训去小汤山可不是拔军姿，而是真正的野战演习，真枪真子弹打，有两挺机枪、一门野炮。【众笑】我们今天哪个学校敢这么干？打死俩怎么办？【众笑】学校解散了。这个武器是从哪儿来的呢？是中华民国陆军部借给他们的，学校因为搞了这样真枪真弹的军训还受到教育部的嘉奖。今天，我听部队的首长同志说，某些部队的演习都弄虚作假，何况我们大学生、中学生的军训呢。所以老舍虽然自己以后没打过仗，但有这么点军训的经历，以后写小说的时候也能写点军事题材。虽然写多了露怯，但是多少写点，还有点模样。

说老舍早年的经历，是为了说老舍是一个穷人，他和鲁郭茅巴曹都不一样，他和那些人也都不一样。我们不说那些很高的政治方面的角度，就从生活上，他跟那些人不一样。鲁迅再穷也没有天天吃棒子面就咸菜，没有过，那几个人都没有过。当然这样讲是窄化了“穷”这个字的意思，我们这样讲主要是说，穷是没有钱、生活不好，其实穷的本意还不是这个。

汉字里面的“贫”“穷”常连用，但是“贫”和“穷”是两个意思。“穷”原来的意思并不是没有钱，并不是物质生活不好，是没办法、没辙了叫“穷”——穷途末路、日暮途穷、理屈词穷。“穷”本来不是没钱的意思。山穷水尽——山有什么没钱有钱的呢？所以“穷”是没办法的意思。当然后来因为没办法经常跟没钱结合在一起，我们现代汉语说“穷”，主要是指没有钱。所以如果不是从物质角度讲，也可以说很多知识分子都有穷的时候——没辙的时候是有的。

新中国成立后老舍写过两首诗，其中一首叫《昔年》，回忆他往日的生活。这首诗这样说：

> 我昔生忧患，愁长记忆新。童年习冻饿，壮岁饱酸辛。滚滚横流水，茫茫末世人。倘无共产党，荒野鬼为邻！

最后两句写得不好，太直白，这说的是真心话，但是从艺术的角度讲，太直白了。人家就开始说你这是拍马屁。直接地歌颂共产党，不好。但是前面说的都是事实。他是在忧患中长大的，童年是挨饿、挨冻。长大之后虽然有点钱了，但还是“饱酸辛”，这跟时代有关。因为前半生一直是兵荒马乱的，“滚滚横流水”，说的是那个时代，“茫茫末世人”。今天很多人说中华民国好，对于老舍来说那就是末世。所以他说是共产党救了这个国家，不然像他这样的人可能早就死了，像他死去的哥哥、姐姐一样，这是他的真心表达。

那么我们看，他是穷人，穷人有哪些特点？今天“穷人”不是个关键词、常用词吗？真穷假穷都愿意说自己是穷人。我们看穷人有哪些特点，说这些特点的时候不能空洞地说，得结合其他因素来论，引入其他的系数。

比如穷人跟金钱是什么关系？穷人对金钱很敏感。不是富人很敏感，而是穷人对金钱很敏感，穷人对小钱都很敏感。我就想了一下我是不是穷人。我小的时候家里没什么存款，可是大多数人都没什么存款。为什么没存款呢？是不是因为家里吃不下、喝不下了，都用来买吃的了？不是，因为不需要存款。你存款是干吗的呢？那时房子不需要买，上学不需要花钱，得了病组织上给你看，就没有花大钱的地方，你干吗要攒钱啊？什么人家攒钱呢？儿子快结婚了。攒钱一定是为了花钱，或者家里要买一块手表，要买辆自行车，要买几大件儿的时候攒钱，要结婚的时候攒钱，其他的时候不需要攒钱。

我虽然生在工人家庭，我家那点钱都被我爸爸喝酒喝光了，可是我对金钱也不那么敏感，我对金钱的态度是很中庸的。当然我同学里还有很多比我家更有钱的人。我曾经在文章里写过一件事，有一次写作文，我写有一天我在商店里边捡到五分钱，我就站那儿等，一会儿失主来了，一个大人来了，说谁捡了五分钱了，我说我捡着了，就给他了。然后我们班一个同学就说我瞎编——你就吹吧，你就瞎编吧，哪有一个大人丢了五分钱还回来找的？我说那是因为你们家太趁了，太富裕了，你们家是拿五分钱不当钱的；我说在别人那里五分钱还是个钱，因为一分钱还能买好几个沙果，五分钱可以买俩苹果了，五分钱当然是个钱。也就是穷人对金钱，有他独特的态度。

钱对于富人往往是个数字。我们想，对马云来说，五个亿和六个亿有什么区别？是不是就是个数字的差别？反正就是做个题。假如说你一个月只挣两千块钱，可能三百块钱、三十块钱对你都是很具体的。今天吃一顿饭，你马上就会算一下，一个月的收入能吃多少顿饭，这个钱是非常具体的数字。所以穷人出身的人和非穷人出身的人对钱的态度，是不一样的。

当然有一部分富人是穷人变成的，他可能始终没有丧失对金钱的敏锐，是有的，有很多富人没有忘本。这个没有忘本不是从道德的角度讲的，是从生物本能的意义上讲的，他还是保持着当年没发达时的习惯。比如很多人有钱了，但是他吃得很简单，穿得很简单，这种人是很多的。

我还看过一个大老板，非常大的大老板，他穷的时候养成一个习惯，只要上公共厕所必然把手纸偷走。【众笑】手纸不值钱，对他来说这一卷手纸也是钱，好几毛钱呢，他养成习惯之后就改不了了。他后来已经是身家亿万的大老板，只要上厕所一定把手纸偷走。他的秘书知道他这个习惯后，老板去一个地方，他首先安排当地的人把卫生间里的手纸换成最好的，说一会儿我们老板需要，【众笑】最后老板把手纸偷走。他可能在谈判桌上赔了几百万他也不管，这手纸是必拿的。【众笑】

看上去这是一个笑话，好像变态，其实这是人深刻的心理创伤，抹之不去的。我们想，他在每次偷手纸的一刹那，他心里唤起的是一种什么样的感情？那是他的奋斗史，是他的辛酸史。他可能不会写诗，要会写诗他也一定会说“我昔生忧患”，也是这一套。所以穷人对金钱有这样一个特殊的态度。

那么下一步，穷人和穷人就可能有分歧——对劳动的态度。多数穷人是用体力劳动换取生存资料，他们跟劳动有着最直接的联系，可是他们爱不爱劳动，这分歧可就大了。我小时候受的教育，经常有极“左”的一面，所谓极“左”，就是在左的合理范围内，再往前走，甚至走到极端，比如认为劳动人民都爱劳动。这就和我生活中观察到的事实不符，我就发现很多劳动人民不爱劳动。在我们家里，我爸爸妈妈都是工人，我妈妈爱劳动，我爸爸就不爱劳动。我爸不但是工人阶级，他还是老八路，他不爱劳动，他最喜欢干的是指使我劳动，【众笑】他坐在那里，让我干这干那，他很快活。我想要是没有共产党，我爸会变成什么人？不敢往下想了。这么剥削儿子，儿子学习这么好还要剥削。【众笑】

所以劳动人民不见得多爱劳动。这个不爱还不光是说他懒，他有时候还看不起劳动，别人劳动着，他还看不起。这样的人可不都是富人，而往往就是穷人。穷人不好好劳动，看不起劳动，还歧视别的劳动者，这是穷人很普遍的问题，很重要的问题。比如我家几次装修房子，装修房子的时候我就观察这些干活的人。观察社会堕落不堕落要观察最普通的劳动者，如果最普通的劳动者都不要人格了，这才是最可怕的。家里有过装修经验的人会交流，说现在这个工人，你一分钟不看着他，就给你弄虚作假，用假冒伪劣，甚至偷东西，等等。

说到这些问题，我并不是恨这些人，或者是觉得家里损失什么了，我是为这种现象而痛心——工人阶级的整体堕落。我们一方面还要为无产阶级、为工人阶级呼吁他们的权利，可是他们自己是一个什么状态？穷人对劳动是个什么态度？当然劳动的性质不同了。

今年五一劳动节的时候，重新谈劳动的荣誉等，于是就引发了极“左”派和右派同时不满。右派说：“怎么又赞美劳动呢？怎么又能赞美泥腿子呢？怎么能赞美这些穷鬼呢？劳动有什么光荣的？资本才光荣！我不开工厂你上哪儿劳动去？劳动是可耻的。”这是右派的观点。左派也不满意，极“左”派说：“劳动，为谁劳动啊？为资本家劳动有什么光荣的？我们都是给资本家打工。哪个单位不被资本所控制？劳动没什么光荣的，劳动是可耻的。”你看，极“左”派、右派都说劳动是可耻的，这是个可研究的话题。

再深一步，穷人跟尊严的问题。有个成语叫“人穷志短，马瘦毛长”。当然这不是一个科学的论述，人穷未必就志短，可是人穷和志短之间好像有关系，人在吃饭成问题的时候，可能要牺牲尊严。工人明知道工厂剥削他，还忍着在那干活。

可是我们也发现，穷人对尊严这件事，有时候又特别敏感，甚至变得“特别”敏感，这种敏感正是穷人心理受伤害之后的表现。有一部分穷人，经过奋斗或者其他原因，改变了生活情况，变成富人或者变成上流社会的人之后，他很忌讳说他过去的历史。这个忌讳有各种表现，有的是回避，有的是回马一枪。

穷人出身的人往往对穷人更凶狠，这也是一种情况。我们北大某些穷人出身的教授，原来是偏远地区的农民，学习好考上北大，继续学习好，当了教授。他张口闭口就骂别人“农民”。遇见不同意见，有的教授说人家“农民”——“你看这农民！”一查，他自己就是农民出身，顿顿棒子面儿咸菜长大的。他怎么一开口就想骂别人是农民呢？这心理受了多大创伤啊！

也就是说，穷人——可能对于他最大的伤害，不是吃咸菜吃棒子面儿的问题。我们看鲁迅先生所写的穷人，主要是心理受伤害。祥林嫂为什么死？不是饿死的，不是鲁四老爷不给她吃的，而是什么呢？是她要参加祭典，主人告诉她说：“祥林嫂，你放着罢。”说的话也挺礼貌，也不是很凶狠，就说“祥林嫂，你放着罢”，这一句话使她彻底地绝望了，就是“我是没有资格参与这种事儿的”。尊严受伤害了，所以她活不下去了。

所以尊严是穷人一个挺重要的问题。特别是我们——不管你是不是穷，你和穷人在一起的时候，说话要特别注意。我们发现富人往往有点皮糙肉厚，你可以当面骂富人为富不仁，骂他没文化，好像他不太在乎。我经常和富人在一起，富人好像禁糟蹋一点，【众笑】你说他贪财好色没文化等，可以尽情地开他玩笑。但是穷人，要特别注意，有时候你没有直接跟他开玩笑，你说别的事情，让他误以为你在旁敲侧击。所以这个社会对穷人的伤害，实在是更深层次上留下的这样一个记忆。

我们说具体的穷人是这样的，倘若一个民族一个国家，曾经在一个时期内，因为什么情况普遍比较贫穷，那么就会造成这个民族这个国家在这个问题上的敏感，你说话就要特别注意。比如我们中国周边有些国家、地区，曾经长期沦为殖民地，你发现这些国家和地区的人特别怕碰那件事。他想说他吃得特别好，其实根本就没啥吃的。这就是这个地区人民的一个普遍的心理创伤，因为它普遍那么穷过。

而我们中国，辛亥革命之后，也是全国陷入了普遍的贫穷、饥饿，这种贫穷和饥饿一直蔓延到新中国成立之后，基本上蔓延到1961年。我们从1962年开始，才没有一年不是大丰收——1962年之后中国神了，年年农业大丰收。但是在1961年之前，这个国家普遍有着饥饿的记忆。现在还有很多老人是经历过新中国成立前的生活的，他们小时候也是在冻饿中长大的。我小时候还有要饭的，一般都是中原一带的，也有南方的，到我们东北去要饭。东北基本没什么要饭的，东北太富裕了。所以有时候我举出东北的例子，和其他地方同学举出的例子都对不上。因为相对来说，东北地广人稀，物质太丰富，那么大的地盘一共才一亿多人口，工业又那么先进，普通的山村都有火车站，跟其他地方差别太大。但是因为有了那些要饭的，我想象我们祖国其他省份比较贫穷。后来我到北京上学，看见了这么多来自其他省份的同学，印证了我的想法。我知道我们国家的差别有多大。

所以这也更使我注重他人的尊严这个问题。今天好像很多人不太注意这个问题了。我曾经有一个学生，是青海考来的，他上了学之后，同学就问他，你们是不是骑骆驼上学啊？其实他们家也是住在大城市的。从内蒙古来的同学可能就会被问，你们家是不是住帐篷啊？提出这种问题的人都是我们北大的同学，都是天之骄子，但是也同样会如此的无知。

下面一个问题就是穷人跟文化的关系。要讲这个问题就要界定什么是文化。如果我们说文化就是文凭、就是上学时间长短的话，那穷人肯定处于劣势。因为读书需要钱，孔子号称有教无类，他还要收十根牛肉干儿呢。孔子说得很清楚，“束脩以上”，要不他不教你，但是交了这点牛肉干儿就有教无类了。后来的学校肯定都是要钱的，今天的学校更是要钱的，因为今天的学校不是学校，是打工养成所，是培养你找工作的资历的，更需要交学费。从这个角度讲，穷人在文化上天然是劣势的。上学少，平均上学少，就我刚才举的例子来说，偏远地区、老少边穷地区，升学率很低，甚至在绝望之下很多孩子就不上学了。

但是如果我们改变一下对文化的理解，文化，不是学历，不是文凭，不是上学时间长短的话，那文化是什么？文化就是人类的生活方式，对这种生活方式的掌握和理解，那穷人并没有什么劣势，相反穷人可能有优势。正是这种优势使穷人能够改变自己穷的处境和地位。

比如说孔子，我们不能说孔子是穷人，但孔子小时候很穷困，这是真的。所以孔子说“吾少也贱，故多能鄙事”。多能鄙事很重要，特别是这个“鄙”。孔子这样说好像是带有几分谦虚的，但我认为这是孔子之所以能成为圣人的最重要的原因。“吾少也贱”——我小时候很贫贱，“多能鄙事”——我能做很多底层的事，草根的事。我们把孔子翻译成鲁迅，这不就是家道中落吗？这就是家道中落，所以这一点很重要。这个“鄙事”不是文化吗？“鄙事”才是文化。这是儒家的第一圣人——孔子。

儒家的第二圣人——孟子，小时候是什么样的呢？我们都学过“孟母三迁”。孟子他家原来住在一个坟墓旁边，孟子跟人家学着哭坟。他母亲说，这太不吉利了，这死孩子成天学哭，这不好，搬家。然后搬了家，搬到市场旁边，跟一个杀猪的做邻居，孟子就学杀猪，拿刀杀猪。他母亲一看，这也不行，这没文化呀，这舞刀弄杖的，将来出了人命怎么办？又搬家。第三次搬到一个学区房，【众笑】在一个学校旁边，孟子跟人家书声琅琅。

我们讲“孟母三迁”的时候都说他母亲很伟大，让孩子学文化，不跟坏人在一起，不跟野孩子在一起，最后跟好人在一起，我们都是这么理解的。可是我想，假如没有前两次的经历，孟子能成为圣人吗？假如孟子生下来就住在学区房，他不一定能成为圣人。他之所以成为圣人，正因为他曾经哭过坟，正因为他曾经看过杀猪，所以孟子后来才能讲出不忍之心的大道理。你吃猪肉的时候很香，但是你也曾经看过，怎么白刀子进去红刀子出来。那不是文化吗？只有琅琅读书叫文化？杀猪不是文化？

我曾经听一个著名的哈萨克族作家给我讲一个故事，说他们哈萨克族跟蒙古族互相争论。蒙古族问他们，你们怎么杀羊的？他说我们把羊拽过来，一刀割断脖子，把最粗的那根血管割断，血一喷出来，这羊就杀了。蒙古族说，你们好野蛮啊！怎么能这样杀羊呢？哈萨克族说，那你们怎么杀羊的？他说我们把羊的四蹄捆好，让它不能动，在胸膛割一小刀，手伸进去把心脏一下抓出来。哈萨克族说，你们这是文明吗？【众笑】我们看，不同的民族总是站在自己的立场上，认为自己这种方式是文明的，说对方不文明。但是在我们看来，在学者看来，这都是文化，这正好是文化学研究的课题，这比上学有用得多。

所以说穷人和文化的关系，要从多种角度来解读。如果文化是固定的，那穷人不就永远翻不了身了吗？如果我们认为只有北大这样学校毕业的人才能担任重要领导，那这国家就离亡国不远了，那这国家阶层就固化了。这个阶层的人永远上北大，上这个大、上那个大，永远当官儿、当各个部门的领导；穷人的孩子永远在那个省待着，在那个偏远的地方待着，上不了重点中学，也就上不了重点大学。那这是一个什么社会呢？正因为文化不是这样的，所以所有的穷人都有一个翻身的机会。

再一个层面，我们看穷人跟政治是什么关系。我们考虑这些问题的时候，首先要回到生活印象中去，你想想你生活中接触的各种穷人，他们跟政治是什么关系。据我的观察和思考，穷人相对来说不太关心政治，尤其不太关注国家大事。喜欢关注国家大事的，是上层人士，是有钱的、有闲的、有权的这些人。在穷人里喜欢关心政治的，也是穷人中的上等阶层，或者自认为是上等的阶层。

比如在全国各地的穷人中，最关心政治的是北京的穷人。【众笑】虽然也是穷人，但因为是首都的居民，他老忘记自己的实际处境。你发现北京的人，不论是蹬三轮儿的还是卖白菜的，他经常把别人叫老百姓。北京的穷人互相聊天的时候经常说：嗨，你跟老百姓一般见识干吗呀，他是老百姓。【众笑】这是一个很有趣的现象。

这正好证明了穷人是不关心政治、不该关心政治的。他们关心的那一部分政治，经常是道听途说的，基本上是过时的，很多观念是错误的。穷人中有一部分比较有自觉性，那是这一部分穷人接触其他阶层比较多。接触其他阶层比较多的穷人，相对更关心政治，政治觉悟相对高，判断力相对强。大家想一想哪一部分穷人具有这个特点？——出租车司机。

出租车司机收入虽然不算太低，但是他们受的剥削很严重。可能实际收入一万甚至两万，但交的份儿钱很多，朝不保夕，不敢生病，开了几年出租，浑身都是病。开车这件事，特别是对男司机，有严重的根本性的不可复原的损害。你去采访几个男司机就知道，开出租这件事跟骆驼祥子拉车是一个性质。他们接触的人比较多，接触的人是三教九流的，别看他自己过得不好，他可能上午拉一个北大教授，下午拉一个政协常委，所以天南地北知道很多事。如果他自己比较爱思考，比较聪明，加上每天中午吃盒饭的时候互相交流——出租车司机每天中午都开研讨会，【众笑】你发现有一部分司机水平很高。我就很喜欢跟出租车司机聊天，他们知道的事是很多的，相对系统一点。但是这也还是证明了大多数穷人离政治比较远。

毛主席为什么要号召劳动人民关心政治、关心天下大事呢？毛主席说："你们要关心天下大事，关心国家大事。"穷人不关心政治，政治水平不高，是自己穷困的一个非常重要的原因。富人关心政治，穷人不关心政治，看上去好像是本能的选择，其实这正是他们各自处在现在地位的一个原因。

对政治形势能够进行比较准确的判断，得到最靠谱的信息的，相对来说是上层，所以他永远能坐上头一班车。想一想股市里的亿万散户，他肯定得不到最及时的消息，穷人得到一点可怜的有用的消息都打破头去抢。比如说今天半夜十二点油价要涨，你看今天晚上的加油站，出租车排出去一公里。我有几次遇到这种情况，我就有非常哀悯的那种心情，你说你排了那么长队，把油箱加满，一共能省几块钱？省不了几个钱，可是他们要抢着去，就省这几块钱。这就是出租车司机。而那些早就知道这个消息，甚至控制这个政策的人，早就成万上亿地把钱卷走了。所以当两种情况都知道，你有时很难下一个断语来评价这个国家。

我想起小时候看高尔基写的《童年》《在人间》《我的大学》，高尔基曾经在一个书铺里面学徒打工，书铺里卖《圣经》，进来买《圣经》的多数是穷人，他们那么穷却那么信上帝。老板和伙计就忽悠他们，《圣经》怎么好，上帝怎么慈善。高尔基在那里打工，他清清楚楚地知道，这个老板和伙计过的是多么罪恶的日子，他们在柜台后面，是怎么样的荒淫无耻，他们自己就不信上帝。我记得高尔基的那种心情，他知道前台是怎么回事，也知道后台是怎么回事。其实高尔基在讲政治，他讲的不是一个书铺销售的问题。

穷人和富人是有流动性的，可怕的社会都是固化的，固化的社会是肯定要崩溃的，有活力的社会要分化。别以为你们家今天很趁，很有钱，地位很高，也许明天就倒霉。社会一定要保持这样的活力。

可是社会有这么多活力，这么多可能性，不是随便给你留着的。跟穷人更有关系的一个词是“奋斗”。我这样讲，很有一点资产阶级个人奋斗论的意味。无产阶级不需要奋斗吗？所以讲奋斗，还不能狭隘地用阶级意识去看。就在我小时候的那个社会，在毛泽东时代，是一个基本平等的时代，那不需要奋斗吗？仍然需要奋斗，在那个时代仍然有过得好和过得不好、光荣更大一点和小一点的问题。

我有几次说我从小为什么要好好学习，我好好学习的动力是什么。我小的时候没有高考，我想上大学，我想上北大，我要通过什么办法呢？第一步都是“上山下乡”——我是城市的孩子，肯定要“上山下乡”。我想我学习好——我不但学习好，我还劳动好，我德智体全面发展，下乡之后，可能一年就能当生产队长，我在农村当生产队长，至少当个会计，第二年入党，第三年贫下中农敲锣打鼓把我送到北大——工农兵上北大嘛，肯定是选最好的知识青年。那个时候仍然存在个人奋斗问题。在社会主义，在共产主义，个人奋斗不但是需要的，可能是更光荣的一件事。因为你说是奋斗，但是这个奋斗同时就给社会造福、给其他人造福了。

而现在对于一个具体的穷人来说，奋斗是改变自己生活状态的唯一途径。当然，这是各自一盘散沙的奋斗。所以很多作家都写了穷人奋斗的失败史，这种失败是从整体意义上来说的。就个人来说，穷人跟“奋斗”这个词可能联系得更紧密。

当然奋斗很艰难，穷人的奋斗往往意味着互相践踏，它残酷就残酷在这里。所以不光是富人堆里产生那么多的纨绔子弟，穷人堆里流浪汉、“二流子”、懒汉、懒婆娘也非常多。这还不是说光资本主义社会，社会主义社会也一样。我小的时候，我家左邻右舍、我爸爸妈妈的工厂，我到我亲戚家住着的农村，不论城市和乡村，都有一些不奋斗的人，都有一些好吃懒做的人。只不过社会主义制度保证了他们能有饭吃，就是你懒，不好好干活，吊儿郎当，政府仍然给你饭吃，只不过政府要批评你几句而已。

所以当我们改革开放刚开始时，主流媒体宣传说要打破“大锅饭”，我觉得还是很有道理的。因为首先我脑海里想到的是这些懒汉——不好好学习、不好好干活，成天提意见、发牢骚，我以为改革开放是要把他们都动员起来，变得勤快一点呢。后来才发现不是那么回事，他们根本就没有改变。

我们怎么让大家都奋斗？毛主席说，“要奋斗就会有牺牲”（《为人民服务》），这是从革命者奋斗的角度讲的。从穷人的角度讲，我们有时候去想，那些不奋斗的懒汉，有没有一部分是因为看透了才不奋斗的？如果骆驼祥子一开始就知道他后来的结局，他还奋斗吗？骆驼祥子最后是不奋斗了，那是因为他经历了那样一个过程。

比如说我们的一个工人，一个年轻的工人，在20世纪80年代就知道90年代他要下岗，他无论在工厂里干得多好都要下岗，可能都会给他三万块钱买断他几十年的工龄的时候，他80年代还会不会玩命地为这个国家改革创新，发明那一套新的刀具、模具？他如果看到90年代的结局，80年代可能就不会奋斗了。而我们知道我们国家20世纪60年代、70年代、

80年代，有很多工人是很有文化的，一边劳动一边读大量的文学、历史、哲学著作，他们马克思主义修养很高。假如真有这么几个工人，80年代的时候马列主义水平很高，就看到了1995年之后几千万工人下岗，几亿农民失去土地，他自己又无力回天、改变不了，他可能80年代就不好好干活了。当然不好好干活之后还有多种选择。我们就讲穷人跟奋斗的关系。

所以我们看，作家为什么那么爱写穷人？就是因为穷人更有戏。巴尔扎克笔下写的那些流浪在巴黎的小青年，为了各种人生机会，相当于我们今天的“北漂”，漂在巴黎的“巴漂”，巴尔扎克非常成功地写了一系列的“巴漂”，其中不乏非常聪明的青年，看透了这个社会。这个社会就是弱肉强食，就是谁更无耻谁就活得更好。巴尔扎克笔下的一个人物，推荐给大家，叫伏脱冷，这个人物写得非常好，他把这个社会看透了，他自己特坏，他也教青年学坏。他看到一个青年受了打击之后就及时地给他洗脑：“你还做什么好人哪，你还看不透吗？这社会就这样啊，还是现在做坏事吧，大哥帮助你！”【众笑】我小时候读巴尔扎克，觉得资本主义怎么这么坏呀，觉得那是一个离我很遥远的罪恶的世界。所以我们一方面希望大家学好，但是同时又很矛盾，你把学生都教得那么好，万一他们吃亏上当怎么办？这是考虑穷人问题考虑出来的。

接着往下看。有人就说，你说的穷人是不是就是政治学上常说的无产阶级？我们快接近这个问题了，下面我们就谈阶级问题。

阶级问题是一个比穷人、富人更有学术性的更复杂的更具理论色彩的一个词。这个概念，我们在日常使用中经常是错误的，是不准确的，所以这个概念需要好好梳理。当然梳理起来也并不难。一般人经常说的阶级说出来都是错的，我们经常把阶级说成等级，把等级混同于阶级。在这里首先要厘清这两个概念。

从社会学的意义上说，什么是阶级呢？这必须以生产关系为参照系，而不是看你家银行里有多少钱，看你家有几间房，跟那些没有关系。也就是你在这个生产系统中，是否占有生产资料，是否利用你占有的生产资料去占有别人的劳动，这是划分阶级的科学标准。

比如说，咱们此时上课的这间教室是张三的，张三家有这样一个教室，但是张三本人不会上课，就雇了孔老师来上课。然后你们来听课，一个座位收一百块钱，一节课张三收了几万块钱，收完钱他从里边拿出一千块钱给我。【众笑】我觉得也不少了，我讲两小时的课，挣一千块钱，我觉得挺好，别的也跟我没什么关系，反正我不讲这些东西也烂在肚子里，我就讲吧，一千块钱也不少，能买很多张大饼，还能买点猪头肉什么的。【众笑】我就来了，就答应他了。

那么我们彼此之间是个什么关系呢？这个教室是他的生产资料，我是他雇佣来打工的人。他就因为占有了这间教室，就占有了我的很多劳动，占有多少他跟我谈。也许另外一个地方说，你讲两小时的课，给你一千五，我就上那个地方去了。这有一个市场判断，不管怎么判断，一定是有教室的这个人赚了最多的钱，我不过是今天在这儿挣一千块钱、明天跑那儿挣一千块钱而已。他挣了很多钱之后，可以再买一个教室。这是一种情况。

还有一种情况，老板有这间房子，他想请我来讲课，但是我要价特别高，因为我特别有名，全国哪儿都请我。他问，讲一节课多少钱啊？我说讲一节课十万，低了我不来。他到别的地方再也请不着我这样的老师，他就算了一下，算完之后，给了我这十万，他今天一共收了十二万，给我十万，他剩两万。也就是我比他挣得多，他比我挣得少。

难道我就成了资产阶级，他就成了无产阶级了吗？不是。他仍然是资产阶级，我仍然是无产阶级。大家懂不懂？我挣十万也好，一百万也好，这是我的劳动，我没有占有别人的劳动；而没有我来讲课，这间房子是个废房子，他占有的是我的劳动。还有可能，我讲完课刚走，这房子因为年久失修，“哗啦”就塌了，他赔了。他赔了也活该，赔了是他经营不善，愚蠢的资产阶级。【众笑】

我这样简单地讲，就是为了说阶级不同于等级。特别是我们很多社会上的愤青，由于社会不公，有一种仇视，有这种愤慨，把这两个概念给混淆了。我们说等级的时候，不是按照生产关系说的，说等级是按照你家里实际有多少钱财说的。这样讲的时候，把人分为穷人、富人，中间加一个中产。这种说法是常见的，因为它简单。可是正因为它简单，这种说法包含了很多谬误，它的标准很不科学。比如什么叫穷人，什么叫富人，什么叫中产？特别是“中产”这个概念蒙骗了许多人，有多少钱算中产？在有些时空里，中产阶级过得很好；在有些时空里，中产阶级过得很差。

比如最近这半年，有多少过得比较好的中产在股市上被掠夺一空。我昨天刚有个学生给我发来邮件，告诉我，他最近读书为什么不太好，因为心里不平静，夜夜睡不好觉。为什么夜夜睡不好觉呢？他炒股已经三十年了，基本是赚的。可是三十年来赚的钱，就在这半年中，损失得干干净净。我说你以前没读过孔老师的有关文章吗？【众笑】他说我刚读了您的《纸上的富贵》，哎呀，他说他恨不能早点儿读。我说即使你不读我的文章，你没看孔老师不炒股吗？你不听其言还不观其行吗？他说，孔老师你真的不炒股吗？我说我也炒股，一共炒一万块钱的股，用来作观察社会的晴雨表，【众笑】我说我这一万块钱我损失五百，我就知道你损失多少了。

所以穷人、中产、富人是模糊概念，日常可以大概其这么说，这不是科学使用的。所以我们说无产、资产和中产的这个“产”是不一样的。中产的“产”是财产，财产是可用来消费的，这钱随便可以拿出来用，想买什么就买什么这叫财产。而我们说无产阶级与资产阶级这个“产”，指的是生产资料。

生产资料是用于生产的钱物，用于投资的财产。所以大家明白农民为什么不算无产阶级了吧？很多人不明白，说我家在农村，特别穷，我怎么不是无产阶级？我家真没钱哪！你就搞错了，农民再穷，工人再富，工人是无产阶级，农民不是无产阶级。你家有铁锹吧，你家有镐头吧，这就叫生产资料，你家有牛吧……工人到工厂出卖的都是体力，资本家要提供机器，资本家提供车间，工人出卖的就是自己的劳动力。

而“产”这个字本来的意思就是“生”“造”，本来没有，出现了，弄出来，这叫“产”。“产”的繁体字下边有个“生”，所以我们平常说，什么“夺高产”，古人说“永州之野产异蛇”，要这样去理解“产”是怎么变成我们今天这个意思的，“产”本来就是能够变出东西来的意思。所以生产资料的“产”才是无产阶级和资产阶级的这个“产”的来源。

这么讲了之后，我想我们对这个混淆的概念就有了比较清晰的认识，不要把穷人等同于无产阶级。我们下面再讲一下穷人跟阶级的问题。

第一个，穷人不等于无产阶级，无产阶级不等于穷人。无产阶级可能相对还比较富裕，因为无产阶级是打工的人，有些时候，打工的人的工资可能很高，尽管他被剥削了，被剥削得太少，所以有些老板觉得很吃亏，说工人工资这么高，而且必须保证他的工资。老板为什么镇压罢工？我们看，一个工人你给他涨一千块钱不行吗？我们想的是一个小账，一个工人涨一千块钱，这个工厂上千工人、几万工人，如果一个工厂三万工人，每个人一个月涨一千块钱，一年下来那是多少钱，老板是比我们会算账的。

在有些情况下，就有富裕的无产阶级和贫穷的资产阶级。比如一个小铺子里一个伙计，伙计很能干，他是给老板打工的，老板每个月给他多少多少钱，小伙计如果省吃俭用，能攒下很多钱。可这老板可能一个经营不善就亏了，老板就变成穷人了，得勒着裤腰带过日子。

特别是中国的情况特殊，中国由于无产阶级很少，新中国成立前，四亿多人口的国家，真正的产业工人只有几十万，工人的定义宽泛一点，都不超过几百万，也就是说这个国家不到百分之一的人口是无产阶级。所以中国革命为什么这么艰难？我们要进行的是无产阶级革命，可是无产阶级在哪里？看不见无产阶级，就上海、北京、武汉、广州、沈阳这些地方，零星的有那么一点工人阶级，可是我们要进行的是无产阶级革命，这是中国革命的特点。

所以中国无产阶级革命的主力是农民，而农民不是无产阶级。谁领导农民革命呢？领导他们的又不是无产阶级，领导他们的是这个国家最优秀的知识分子，饱读四书五经又接受了西方现代文明的一群精英。最早的领头人就是两个北大教授，李大钊、陈独秀，早期的共产党就是北大党。北大一帮人，要搞无产阶级革命，可是看不见无产阶级在哪儿，所以革命老是失败。最后被毛泽东看明白这件事，说无产阶级革命必须由我等领导农民来搞。

知道这事为什么别扭了吧？就是知识分子领导农民进行无产阶级革命，但是还不能先搞社会主义，先搞的还是资本主义。新中国成立以后搞的不是社会主义，我们1957年才建设社会主义。在1957年之前，毛主席和共产党领导全国人民完成的是新民主主义革命，1957年才开始搞社会主义改造。那一代人对阶级问题考虑得是非常清楚的。到今天，很多人争论来争论去，搞不清楚，阶级都没搞明白。

而无产阶级也好，穷人也好，中间是存在很多差异的。我们简单地说说这几个差异。

一个是个体差异。同一个行业之间，比如我小的时候，工人工资是有差异的，八级工、七级工很少，能看见一些五级工、六级工。像我父亲原来是四级工，后来是五级工。毛主席说有八级工资制存在——那还有学徒工呢。

有个体差异，有行业差异。不同的行业同属一个阶级，但是行业差距很大。我们都知道电工是很吃香的，电工算技术工种，今天不算什么了，那个时候算技术工种。

还有地区差异。比如在今天，边境地区的一些退休公务员，比如一个退休警察，可能月收入十万，他可能在我们边境地区就算有钱的——虽然同是无产阶级。

当然，还有时代差异，大家读一读茅盾的著作，在茅盾的笔下，比如《林家铺子》里的林老板——在今天，开一个那样的铺子基本上是赚钱的，早就越滚越大了。可是你看林老板，说是个老板，跟穷人有什么区别？跟穷人没什么区别。而跟他同时代的一个北京的电工，就过得比他好。

所以穷人是和阶级有交集的但是又有明显差异的两个概念。掌握了这两个概念，我们才好去研究老舍和其他作家笔下写的到底是穷人还是无产阶级。搞清楚这个问题，能够进一步看清楚许多现代文化与阶级之间的关系。

好，我们今天就讲到这儿。

谢谢大家对我的祝贺。【掌声】

2015年9月22日

北大理教107

第三章

从校长到新东方：老舍脱贫

我最近比较忙，继续视察祖国的大好河山，发现人民还是比较安居乐业的。虚拟的生活和现实的生活要经常互相对照，如果每天生活在网络上，你会觉得国家明天就要亡了。你看网上，好事儿占不到百分之一，这里有水，那里有火，你看网上，民不聊生。

所以我很理解那些认为中国很快就要崩溃的言论，我在这种言论里已经习惯了几十年。从20世纪80年代开始，很多国家的精英不断地预言：今年冬天，中国就会崩溃了；明年春天，中国有三亿农民要起义。同学们比较年轻，可能听这种言论还不够多，我就是在这种言论中一路走过来的。每一个朝鲜领导人上台，西方媒体一定说，他必定患了严重的什么什么病，听说某某人已经死了。我觉得媒体挺有意思，坚持造谣某一个人死了，最后那一次一定说对了，因为人早晚是要死的——“你看果然死了吧！”

但是你到生活中去看一看，你会发现跟网上呈现的是两个世界。到生活中去看，中国老百姓过得很好啊，该吃的吃，该喝的喝。就是那些天天去上访、生活中真的遇到很多冤屈的中国老百姓，在物质生活方面也挺好的。他们穿得比我好，我浑身上下就这支笔值钱，这条围巾是昨天祭孔的时候发的。【众笑】昨天祭孔的时候正好下雨，戴上了，大家还嘲笑我，说是这么高效利用的一件人家的东西。等你到民间，看看老百姓很好，吃吃喝喝，打扑克的打扑克，打麻将的打麻将，更不用说天一黑，所有广场都被大妈们占领。

所以你很怀疑中国老百姓需不需要治理。我觉得中国老百姓好像不需要治理，自己都能找乐子，都过得很幸福。换个角度也可以说，如果让中国老百姓不幸福，政府一定是有很大的责任的，因为中国老百姓太善良了，太好管了，太能自得其乐了。物价涨了，他们不忧心，工资不涨，他们也不抱怨。中国老百姓自我调节能力是特别强的。这种精神是从哪里来的？它跟我们常说的叫中国文化的东西有没有关系？

我们要重视传播，重视媒体，重视互联网，但是怎么叫重视？是不是听风就是雨？很多人听风就是雨。当然我一说可能大家就明白我们要怀疑，可是，怎么样辨别真伪？怎么样确定真伪度？

昨天我在曲阜祭孔，我在微博上一发，不出寡人所料，马上极“左”和极右就从两翼包抄上来，【众笑】一种人认为，你不配祭孔，你是北大最坏的教授，中国最坏的人，怎么配祭孔呢？！还有人讲，孔子不能祭，孔子是坏人，你既然说毛主席好，那毛主席跟孔子是敌人，毛主席说打倒孔家店，你怎么还能祭孔？所以我就调侃这位哥们儿，我说：“亲，假如毛主席没有说过这五个字，你敢不敢打赌你全家明天就死？”【众笑】

我们的社会上怎么有那么多的人，完全没读过书，却敢对他没有阅读过的领域那么武断地发言？当你谈论一件事情的时候，你得了解吧，不用了解到教授的程度，了解到平均数才能发言吧？有人说你看这个孔和尚，天上地下什么都说。我说你要注意我没说什么，我没研究过的东西我不说，你看看我不怎么说油爆大虾的事儿，【众笑】因为我没有亲自做过油爆大虾，我做过回锅肉，我就说回锅肉的事儿。

那么多的人，根本没有读过毛泽东的书，没有读过《论语》，当你开口评论这两件事的时候，你不感到心虚吗？进一步说你不感到可耻吗？天下人有评价天下事情的权利，但是，是不是有了权利就要做？除了权利之外是不是还有个资格的问题？没有资格也可以评论，也不犯法，但是最后可能吃亏的是你。很多极“左”上来就说，“孔老二是为历代封建统治者服务的”，这句话的依据是什么？你从哪里知道孔老二是为封建统治者服务的？我要说孔老二是为劳动人民服务的，你怎么驳倒我？

人每说一个观点的时候，要假设反面观点出现在你面前，你要在心里先把这个东西驳倒，你才敢说出你的观点来。如果你心里没有先这样辩论一下子，就不应该贸然发言。祖国大地处处都有孔庙，我看进孔庙拜的很少是统治者，统治者只在大典的时候去应一下景；进孔庙拜的，我看都是劳动人民。以前的我没见过，现在的我见过，孔庙里挂的还愿的锦旗上，写的都是“感谢圣人保佑我大女儿考上北大”，【众笑】这是活生生的实例。每到一个地方我都把这些拍下来，不知道是不是侵犯人家版权，这个事要是解决了，我准备出一本摄影集，【众笑】把各地的庙、观里的许愿的文字都集中起来，这是研究中国文化的活材料。

我今天上午在北大开了一个会，出版了《孔子圣迹图》，我去开座谈会，其实也是纪念孔子诞辰。不过我给他们提了意见，我说你们出的这个本儿太豪华了，一般读者买不起。这个版本确实比较豪华，这是从历代《孔子圣迹图》里面精选的，都是仇十洲、文徵明他们画的。编者用了十年的工夫，不要说内容，就说形式，我们国家用最好的宣纸印制了这样一部书。所以我希望他们能够出一个简装版的，面向大众的。我说最好的传播手段，是图文并茂的传播。网络上无论左派右派，他们对孔子的污蔑，从学术上不禁一驳，可是它们却影响很大。为什么影响这么大，我们要想一想。

从这个问题引到我们要讲的老舍的问题上，我上次课讲老舍是穷人，那么在中国的大部分岁月里，穷人恨不恨孔子？穷人是不是认为孔子是为封建统治者服务的，是为上层阶级服务的？如果理性地看待这个问题，就会发现任何一种思想体系，只要它影响巨大，肯定首先被统治阶级所利用，还不单是思想文化，科技成果依然如此。无论是苹果5还是苹果6，首先使用的还不是有钱人吗？首先使用的还不是统治阶级吗？我们能说，世界上所有的工厂、公司都是罪恶的，都是为统治阶级服务的吗？罪恶是不是在于这些？在于那些生产者、那些劳动者？

所以孔子、孟子、老子、庄子，他们的思想被统治阶级利用是一回事，他们思想的本质是另一回事。就按我们今天的观念说，奴隶社会的、封建社会的那些草根，他们依靠什么希望活在社会上？比如像范仲淹这样的人，出身草根，家里很穷，父亲不在了，母亲守寡，一辈子怎么过？他怎么能成为宰相的？不就是有孔子鼓舞着他吗？他早上起来煮一小锅粥，“咕嘟咕嘟”把粥煮得很干，然后用刀把粥划成四块，这就是今天一天的饭，然后开始读书。是什么力量鼓舞着他？这不就是孔子吗？孔孟之道鼓舞着他，“朝为田舍郎，暮登天子堂”。我们后来读到范仲淹的那些作品，他的“先天下之忧而忧，后天下之乐而乐”，你非要把它解释成是为统治阶级服务的吗？这思想不是也很先进吗？所以一定要好好地去读原著、去读书，然后再来发言。

上次我们从老舍是穷人这一点出发，讲到了阶级、阶级与生产、穷人与阶级的问题，在这里特别要强调穷人不等于无产阶级。

当年在土地改革工作中为什么发生了很多偏差，就因为我们土地改革工作队的很多干部不懂什么叫阶级。他们到一个村，就问这村谁家有钱，谁家东西多，然后就把有钱的这家评为地主，次一点的评为富农，就像我上次说的，是按照可消费的财产来划分阶级的，所以它会发生偏差。马克思主义不能这样划分阶级，资产阶级和无产阶级这个“产”是生产资料。所以有很多聪明的地主，在土地改革前夕就把他家的东西都卖了，或者是尽量吃喝嫖赌挥霍一空。土地改革工作队一来，他的家很穷，家徒四壁，他就变成贫下中农了。而有些傻了吧唧的贫农或者中农，对政治不敏感，一看人家廉价卖东西，他赶紧买，买了很多。吃了一辈子苦了，当牛做马一辈子，1949年的春天买了十亩地，买了两间房，可能还买了一头牛，特高兴，买得特便宜，哎，刚买完，土地改革工作队来了，一看，你们家是地主。

当然，这也说明我们很多土地改革工作队工作作风不扎实，不严谨，不调查研究。后来毛泽东亲自纠正很多土地改革政策的偏差。但是靠毛泽东一个人纠正不过来，所以我们相信土地改革中一定有很多成分划分得不那么科学，从根本上讲，是我们对阶级的认识不准确。

今天，也要防止重新犯这样的错误，重新按照收入来划分阶级。不能按照收入来划分阶级，八级工与学徒工都是无产阶级，不然就会造成阶级内部的自我拼杀，自我冲突。说得通俗一点，一个普通的劳动工人和管理人员，他们是一个阶级。你如果说，好嘛！劳动工人一个月五毛钱，管理人员一个月一块钱，这差太多啦！然后你就发动劳动工人去围攻、去批斗管理人员，那是否合理呢？所以对这个问题要有这样的认识。这是我们上次讲到的穷人与阶级问题，我们今天继续来讲。

沿着这个逻辑往下看，又涉及这样一些复杂的问题，财产、阶级，我们刚才讲了一下，还有跟道德的关系。

在很长时间内，占统治地位的阶级，总想把不占统治地位的阶级说成是不道德的。比如在封建社会，封建统治阶级就老认为被统治的大众，特别是农民，多数都是小人。“小人”既是一个地位，同时也是一个道德的评价，我们经常是二者混在一起用。孔夫子讲的“君子”和“小人”是从道德角度讲的，但是它在使用过程中，不自觉地就将道德和社会地位对上号了，虽然不是一一对应的，但是大体上人们认为上层人物都是大人、君子，底层草根就是小人。

到了社会主义新中国，无产阶级在法律上成了国家的主人，在几十年的无产阶级当家作主的过程中，我们的宣传又不自觉地造成这样一种印象，似乎资产阶级都是道德上的坏人，无产阶级就是好人。这又把两个范畴的问题混为一谈。

有没有作为阶级的道德？即阶级本身是否有道德？我们谈道德的时候，经常是在个体的意义上谈，有没有作为一个阶层的道德？我们容易想到的是职业道德，有没有哪些职业天然地具有道德上的优越或者是不优越？我们曾经认为某些职业具有神圣性，我为什么堕落成一个人民教师？【众笑】就是因为我小时候受到的教育认为这个职业最好，最神圣。我们小时候选择职业不是选择哪个职业挣钱多，哪个职业挣钱都差不多，我们选择的都是最有道德优越感的。比如说最可爱的人——军人，那个时候女孩子都争着嫁给军人，不仅是农村的，城镇的也一样，嫁给军人是非常幸福的，当然国家也大力保障军人的婚姻、爱情的牢固性。

我去年到台湾，采访了一位国民党老兵，不是老兵了，是老官儿了——曾经做过国防部上校，老人家很悲伤地对我说，当年他的媳妇被人家拐跑了。我以前还没有听说过这种事，我听了有点诧异，我心想，上校的媳妇也有人敢拐？你们不保护军婚啊？【众笑】我要说这话他是听不懂的，我就知道广大国民党官兵是很凄惨的，跟着老蒋跑到台湾，连自己的媳妇都保不住，当了上校都保不住。我说我们解放军不要说上校，解放军一个班长娶个媳妇谁敢拐！在我们这儿军人这一行是非常有神圣感的。

我从小听到，老师就是什么灵魂的工程师、辛勤的园丁。我想当园丁挺好的，经常拿着剪刀收拾别人，【众笑】所以我愿意干这活儿。小的时候就把什么“春蚕到死丝方尽”这类诗句往老师脑袋上扣，我一直以为这是李商隐赞美老师的，【众笑】长大之后读原文发现不对，不是歌颂老师的，原来这是很暧昧的诗。

所以有些职业天然带有道德优越感，有些阶层也天然带有道德优越感。比如在中国文化概念里“士”这个字，是不能翻译成外语的，它不等于知识分子。知识分子是一个很忽悠人的概念。比如说大学毕业就管你叫知识分子，不管你学什么专业。其实在中国传统概念里，只要不是学文史哲的，不算知识分子，你就是自然科学家，都是打工的，都是劳力者。你说你是网络公司老总——劳力者。这其实不是歧视。

所以一个中国人看见“士”字，就涌起一种道德感。当然“士”既然有道德优越感，就会有承担，士要有担当。我前几天去曲阜祭孔之前，还去了衡阳——衡阳南岳，除了拜南岳之外，还专门去了王船山的故居。我对当地人讲，我们怎么重视王船山的思想，以及王船山思想对领袖思想的直接启迪。

客观地看，阶级也好，阶层也好，职业也好，它们的差异是客观存在，但是道德感好像不是固定的。“士”经常跟“大夫”联系在一起——“士大夫”，士大夫本来在儒家的意义上是国家栋梁，可是到了某个时候，国家如果出事了，就会把责任都推到士大夫的头上。宋朝灭亡的时候，明朝灭亡的时候，士大夫要承担很重的责任。

作为统治阶级来讲，统治阶级总是否认阶级的存在。统治阶级说没有阶级，或者说这是你们祖师爷马克思捏造的一个概念，哪有阶级啊，大家都是人。有一种泛人性论，就是认为大家都是人，无产阶级还有资产阶级不都有生老病死吗？无产阶级不也要谈恋爱吗？资产阶级也不一定长寿——这种说法能不能够抹杀掉阶级的存在？

从实际的表现来看，统治阶级的阶级意识其实是最敏锐的，他们一方面否认阶级存在，说不存在阶级，可是他们对阶级这件事最敏锐。统治阶级能够在第一时间迅速团结起来，共同地对付被统治阶级。当社会上越来越多的人对贫富两极分化产生怨恨不满的时候，统治阶级利用他们所掌握的媒体，立刻发明了一个词，叫“仇富”，说你们这是“仇富”。我们看，这个词发明得很精彩，这个词本身就带有道德歧视，本身的道德色彩非常鲜明。他不说阶级，他说你是恨人家有钱，叫仇富，他就把一个两极分化的事变成一个心理学概念，说你心理不正常。

大家发没发现，中国那几个最缺德的有钱人，每天早上起来就发微博，谈的都是心灵鸡汤。一点不奇怪吧？做着最丧尽天良勾当的那几个人，天天早上起来，很勤奋，跟周扒皮一样，起得很早，起来就进行阶级斗争工作。他发的所有微博都是让人们回归内心，不要跟人家攀比，不要追逐什么物质享受，要做一个“安和的、平和的”人，【众笑】你看这些人多“好”啊！而且他真的糊弄了很多人，有大量的粉丝。不同意他的人，他就给你扣帽子——“仇富”，不要仇富，人家的钱也都是辛苦赚来的，哪有什么剥削，世界上没有剥削，都是靠本事。他们制造了一个又一个神话，都是靠智慧发财的神话。比尔·盖茨那类的，都是因为人家聪明，爹妈给了一个聪明的脑袋，抓住了机会，加上顽强奋斗，所以他就有钱了；你看你呢，成天不好好挣钱，老仇富，所以你活该。

相比之下，被骂为仇富的这个广大群体，其实阶级意识是很淡薄的。这些人，都是互相仇杀，就是鲁迅笔下的祥林嫂和柳妈们，就是阿Q和小D们，他们是一个阶级的，但他们打得你死我活。也像我们同学到毕业那一年，为了争一个职位，两个同学之间像仇人一样，甚至会发生恶性案件。其实你们是一个阶级的，为了一个坑儿，两个萝卜打起来了。【众笑】

那么阶级和阶级之间有没有公认的道德？一旦一个社会建立了，社会有法律，法律是所有阶级都必须遵守的，法律是暴力。法律为什么必须遵守？因为法律背后有监狱、警察、军队，有刀枪。你承认这些存在，你必须服从法律，不服从法律那些东西就来了。所以在一个既定的社会里，我们说的阶级社会里，有一些公认的道德。比如说偷盗、抢劫、杀人、强奸，这些事是不被允许的，做了这些事是要受到惩罚的，这好像是阶级之间公认的道德。

在阶级社会之前，不存在这样的道德。动物之间没有这样的道德，动物之间没有抢劫、偷窃、强奸、杀害罪，没有。当然动物之间很少有互相杀害、互相强奸，这样的事基本没有。这是人类学研究的一个命题，为什么人就有，为什么要杀害同类，为什么要强暴同类，动物怎么就不这么干？但动物之间互相抢食物，这是经常发生的。但是动物之间是这样，谁抢着算谁的，没有法律约束。

我到哈尔滨虎园去喂老虎，花二十块钱买一大块肉，然后在高台上这么一晃，二十只老虎远远地就跑过来了。我看跑得太近了很害怕，就把这肉“哗”地奋力扔出去，然后老虎冲上去抢这块肉。我看一只老虎一口抢到，其他老虎就不抢了，就自然地散去，它有一个自然形成的规律。当然这里面有老虎这种动物的尊严——人家先抢到了，咱就不能死皮赖脸了，就不能上去不知好歹地再抢了。可是人类进入阶级社会之后，就有这样的法律规定，那么在这些法律的背后有没有阶级差异？

再讲阶级内部，阶级内部的成员，个体道德情况怎么样。我小的时候，我愿意思考问题，我就觉得电台报纸上老把无产阶级说得这么好，和我生活中接触的有很大差异，我生活中看见的无产阶级没那么高尚啊。我们一打开书，一看贫下中农，好像贫下中农都是特和蔼的人、特憨厚的人、特诚实的人。可是我接触的一些贫下中农，非常狡猾。【众笑】我去贫下中农那儿买瓜子、买花生，且跟他斗心眼儿呢，他们都促使我智力成熟很多。所以我让他给我约东西的时候，我把秤先翻过来看看下面有没有粘磁铁。后来我也学会了这些“坏事儿”。

我周围都是工人阶级，我爸爸是老八路，他非常粗暴，经常打我骂我，和电影里的八路军完全不一样。【众笑】有时候他把我打急眼了，我就拿电影上的八路军来衡量他，我说你跟电影上的不一样，你跟那些日本鬼子拼过刺刀吗？我爸说，不需要我亲自拼刺刀，我指挥指挥就行了。【众笑】我看见我周围很多工人阶级生活得很安逸，天天喝酒，打老婆打孩子，有的也很自私自利。当然工人阶级一般来说比较仗义，不太爱财。不太爱财的原因是他每个月都有工资，生活太稳定了，这个月可以把所有钱都喝了酒，下个月工资又发下来了。我也没看见有多少工人没日没夜地到工厂去加班。有，那样优秀的工人是有，但一栋楼里也就几个，多数工人八小时之外就在楼道里边晃悠来晃悠去。

今天反过来看，资产阶级真的很勤奋。像周扒皮《半夜鸡叫》的故事可能是有些夸张的，可能没那么厉害，但是你要承认资产阶级确实很勤奋，坏人往往更勤奋，因为他的江山不是正道来的，他真的会担忧。20世纪70年代的时候，工人阶级好像对阶级意识是不敏锐的，到了20世纪80年代，五毛钱的奖金就能让他们打得你死我活。他们不知道拿了这五毛钱奖金，过几年再拿五块钱奖金，再拿五十块钱奖金，就越来越离下岗不远了。他们没有这个意识。

而很多不道德的事件似乎都发生在无产阶级身上，都发生在无产阶级成员身上。而非无产阶级有时候不需要用不道德的手段去获取个人利益，所以看上去非无产阶级都是文质彬彬的。无产阶级动不动就打人、骂人、使用暴力，一看都是明显犯法的行为。在这个问题上，无产阶级又一次吃了亏。

我们看革命导师，那些革命的圣贤，他们用很大精力去讲无产阶级的自我修养问题。哪一年有机会，我开一个样板戏的课，专门讲讲样板戏。样板戏里几乎所有内容都在讲一个人怎么修养自己，在各种艰难困苦的条件下，怎么处理困难。这个困难主要还不是敌人，样板戏和其他革命文学作品主要处理的不是打仗的问题，打仗似乎并不难，打敌人很简单，处理的主要是内部问题，还有自己跟自己心灵的搏斗。脱去它的时代色彩，其实谈的都是儒家问题，如何克己复礼的问题。要复的那个“礼”是革命的“礼”，但是要复这个“礼”需要克己。你看样板戏的主人公多次都是——敌人很强大，自己跟组织联系不上，战士们很焦躁，没有人理解你，内部还有暗藏的敌人捣乱，这时候一个优秀的指挥员应该怎么办。我们人生不是经常遇到类似的困境吗——这个时候怎么办的问题。

总结多了你就会发现，英雄的周围经常都是一些不合格的人。我有一个学期专门讲过《红色娘子军》，《红色娘子军》里的吴清华——原先叫琼花，椰林寨里一个丫头逃出来遇到党代表洪常青，洪常青介绍她加入红色娘子军，吴清华是一个很好的无产阶级战士，但她来了之后干的是什么事呢？她为了报私仇，破坏了整个部队的作战计划。你说她这到底好不好？你从她的动机分析，其实她是非常自私自利的。她参加革命就是要利用革命队伍来报私仇，她不就是一个女阿Q吗？早期的吴琼花就是一个女阿Q。可是共产党了不起，就在于能把无数的男阿Q、女阿Q改造成真正的无产阶级战士。但是还有大量改造不了的，我从小看见那些成百上千的无产阶级可能素质就没有那么好。

所以我很早就认识到穷人也好，无产阶级也好，不等于好人。后来再读一些理论著作明白了：无产阶级不具有无产阶级意识，无产阶级和无产阶级意识是两回事，无产阶级意识是需要教育、需要培养，乃至需要灌输。而统治阶级天然地具有统治阶级意识。我们无数的富豪，成立了很多俱乐部，成立了这个会那个会，经常互相帮助。而无产阶级不互相帮助，无产阶级需要经过教育才互相帮助。像《红灯记》里面唱的，“穷不帮穷谁照应”，需要用很多手段来教育。

而最早具有无产阶级意识的并不是穷人，最早具有无产阶级意识的是马克思、恩格斯、毛泽东这样的人，他们先觉醒的。当然在中国比毛泽东更早的还有陈独秀、李大钊这样的人，他们先觉醒，有了无产阶级意识，然后去传播这样的意识。所以是先有了这样的意识，先有了这样的精神，然后才有了像样的那个阶级。我上一次说了，中国的无产阶级天生就弱小，天生人数就非常少，在无产阶级占极少数的一个国家里搞无产阶级革命，这是我们的“二律背反”的一个悖论。

所以我们就要格外地强调阶级内部的道德，我从小受的教育叫阶级感情。为什么要教育有阶级感情？就说明大多数阶级成员互相没有认同感，甚至不知道谁是自己同阶级的人。只要一个人比自己挣钱稍微多一点，马上首先反感这个人，想把他的收入拉下来。我在网上说，我们北大老师收入很少，马上有很多人上来骂：你们收入够多的了，我的收入是多少多少。他的意思是如果他每天吃一顿饭，就不允许别人每天吃一顿半。这是一种普遍的情绪。他就不能想到我们大家都是被剥削的人，我们是一个阶级的人，你的斗争对象应该是谁？你的斗争对象应该是老师吗？或者说你是一个小学的老师，你的斗争对象应该是大学的老师吗？而谁最愿意看到这种情况？当然是我们共同的剥削者。我们共同的剥削者最愿意看到这种情况，最愿意看见祥林嫂和柳妈打起来，最愿意看见大学老师和中学老师、小学老师打起来，最愿意看见老师和医生打起来。所以阶级感情也是需要启蒙的，需要唤醒的，需要培育的。

什么叫阶级感情？首先大家知道，我们都是打工的。自从周恩来说，知识分子是工人阶级的一部分，那就更明确了这一点，我们大家都是打工的。关于我们大家都是打工的这种思想，在好几部样板戏里面都予以强调了——“普天下受苦人同仇共愤”“他推车你抬轿，同怀一腔恨”，这就叫阶级感情，阶级感情是需要这样培育的。同一阶级之间不能去互相攀比、戕害，不能因为职业的原因、地区的原因、年龄的原因等，去进行阶级内部你死我活的斗争。而应该看见自己同阶级的人过得好了，下面就轮到你了。比如，假如我听到哪个大学涨工资了，我应该高兴，他们都涨了工资，离我们北大涨工资也不远了。我们一定要高兴本阶级的兄弟他们过得好。

我前年在腾讯讲过一次“青楼文化”的问题，谈如何对待东莞扫黄。我说社会上这么多人，怎么这么歧视妓女呢？说妓女，也许有的人还不同意，说是应该叫性工作者。什么叫妓女？妓女也是无产阶级，是我们的阶级姐妹，她们的状况谁该负责？警察凭什么给人都带走？还有在电视上不给人家打马赛克，露出人家的本来面目，这都是不尊重人家。

我们发现一旦引入阶级理论这个视角，很多原来看不清楚的问题都豁然开朗。当然阶级理论不是万能的灵药，不能什么事都用阶级斗争眼光去看，它是一种非常有效的社会理论。

那么，阶级斗争当然有它缓和和尖锐的时候，在缓和的时候人们就常常忘了阶级。但是统治阶级不会，统治阶级在阶级斗争缓和时期加紧它的剥削，缓和时期过去之后，他们剥削的程度加重了，两极分化严重了，阶级斗争重新尖锐。我们总是梦想一个好的社会是一个枣核形，大部分成员是所谓中产阶级，两头比较小，这是我们的梦想。也有个别的小的国家地区存在这样的情况，或者说长期存在这样的情况。但是大部分时空里，阶级都是一个动态的存在。

因为人都是有贪欲的，无产阶级要拼命地奋斗，资产阶级一方面要扩大他们的利润，另一方面就越来越想以高效的、省事的、不劳而获的方法去占有别人的劳动。我们常说的那种经典剥削，资产阶级已经觉得不过瘾了——就是说我弄块地，买个工厂、买机器、买设备，然后雇人来干活，剥削他们的剩余价值，这种剥削方法已经很不过瘾了，他看见别人有更好的方法了。因为这个很操心，还得生产出产品，还得卖出去，还得贿赂官员等。所以，今天这种蚕食式的剥削不如那种鲸吞式的剥削。还有我们的这些民族矛盾，背后其实仍然是阶级矛盾，每个民族内部的阶级矛盾会转化为民族之间的民族矛盾。

既然我们生活在阶级社会里，又不可能在这个阶段消灭阶级，改良一点的思想是，我们希望阶级斗争在长时间内处于比较缓和的状态。但是首先你要承认，你是有阶级的，承认的情况下，才能加以调和。如果不承认，就是鲁迅说的话：既损着别人的牙眼，还要别人宽容。你明明是剥削别人，把自己打扮成善人，欠着别人的钱去做你的公益，今天搞这个基金，明天搞那个基金。有钱你自己搞捐助，有钱自己做公益，拿自己的钱搞公益才是公益，才是慈善，拿别人的钱做慈善，那叫无耻。由于我们多数人没有阶级观念，所以就是老百姓说的，“被人家卖了，还帮人家数钱”。

阶级和阶级成员之间是什么关系呢？大多数阶级成员，他不能脱离自己的阶级，一部分阶级成员，可以背叛和超越自己的阶级——一部分可以。大家都知道的那个著名段子，周恩来和赫鲁晓夫的对话，赫鲁晓夫很牛，经常在别人面前显示自己的优越感，赫鲁晓夫就对周恩来说：

“我和你是不同的，我听说你是资本家出身，我可是正宗的工人阶级的后代。”周恩来反应很快，说：“你说得一点不错，我们都背叛了自己的阶级。”【众笑】周恩来常有这样的急智。但是周恩来说出了一个事实，我们会发现很多革命领袖，并非出身于无产阶级，特别是中国，中国优秀的革命领袖真的出身于士这个阶级。

我们曾经错误地听从共产国际的指示，共产国际很敏锐地发现了这个问题，说中国共产党的这些领袖怎么都是知识分子，都是资产阶级？说中国革命不靠谱。他们就指示中国共产党，一定要由真正的工人阶级领导。中国共产党早期很弱小，听共产国际的，于是就听他们瞎指挥，换了一些工人阶级当领导。结果这工人阶级出身的当了总书记，他比谁叛变得都快。我们原来以为工人阶级坚贞不屈、有斗争性，不是那么回事儿。我们党工人阶级出身的那个总书记，当了总书记之后，就用党费包养了一个妓女，然后被人家逮住了——被国民党特务逮住了，逮去之后，这个妓女坚贞不屈，竟然不招；他呢，还没等打，就招了。周恩来知道之后愤怒地说：“向忠发的节操还不如妓女！”（近年有人研究说，向忠发死于酷刑）

这样的事实教育了共产党，不能什么事都听共产国际的，无产阶级出身的不见得具有无产阶级品质。而中国共产党那些先烈的品质从哪儿来？从士大夫来——从士大夫阶层来。也就是孟子所说的“贫贱不能移，富贵不能淫，威武不能屈”。孟子所讲的大丈夫精神，在一部中国共产党的革命史上，表现得淋漓尽致。很多革命领袖，他是能够背叛和超越阶级的。背叛就不容易了，瞿秋白在《鲁迅杂感选集》序言中说，鲁迅就是封建阶级的逆子贰臣，鲁迅就是背叛了自己所在的阶级。但是，比背叛更高的是超越，并不是完全成为自己原来阶级的敌人。

统治阶级经常宣扬人性论，他宣扬的人性论带有心灵鸡汤的色彩，经常是用来忽悠的，但是从理论上说，人能不能同时照顾到各个阶级？我们进行无产阶级革命，但是也不要把资产阶级赶尽杀绝，能不能有一个更大的更悲悯的视角？比如苏联、东欧的革命，它就对资本家和地主、富农采取简单的暴力手段，枪毙了很多，关起来很多，把人家财产全部没收，不管人家以后的生活，昨天是地主，今天就是贫农了。我们中国共产党不是这样做的，中国共产党对于有钱人是不抓、不杀，把他多余的那部分分出来，给他保留的那部分相当于中农，不会把地主一下子变成贫农。比如这个村子，平均一家三亩地，把你家多出来的分了，给你留下的还是三亩，再多给你家留下一亩。

特别是对工商业的资产阶级的改造，中国的资本家，在新中国成立后都发了财，在旧社会他们是朝不保夕的。旧社会在国民党统治下，这些民族资产阶级大部分发不了财，刚发点小财就被吞并，大鱼吃小鱼。新中国成立后由于有了稳定的社会，有了国家订单，他们都发财了。公私合营之后，自己坐在家里吃利息。所以整个20世纪50年代、60年代，包括“文化大革命”期间，中国最有钱的还是这些资本家。共产党通过采取这样的政策，其实是照顾到所有阶级的利益。这些资本家虽然挣很多的钱，但是总数并不多，不会危害到整个国民经济，所以允许他们拿这么多的钱，这只是从经济角度说。

从整个社会阶级结构来讲，应该有这样一个超越于阶级之上的、一个大的力量，保持整个社会结构的平衡。既然承认我们现在不是共产主义，我们现在就是有阶级的。有阶级，就要调和阶级之间的关系。这是财产、阶级、道德的关系。

而这些关系，我们是从比较枯燥的理论角度去讲的，在现代文学史上，那些作品都或多或少、或深或浅地涉及了这些问题。我们一开始对这些问题的认识，也都是来自文学艺术，不是来自理论，都是通过读鲁郭茅巴老曹这些人的作品，慢慢地获得这样一个认识。如果读那些纯革命作家的作品，就容易把道德和阶级问题捆绑得过于紧密。你为什么觉得鲁迅作品伟大？它伟大在哪儿？鲁迅不是那么简单地看待这些问题，阿Q肯定是无产阶级，最穷的无产阶级，但是我想没有谁爱阿Q，你宁肯爱鲁四老爷，都不会爱阿Q的，这就说明无产阶级不见得都是好人。

回到老舍的问题上。上一次我讲老舍二十岁之前都是穷人。那么一个穷人，在不能革命的年代，靠什么翻身？在大多数时代穷人靠什么翻身？左派老是鼓励人们革命，革命具有正义性，我从来都是支持革命的，一旦发生革命，肯定有它的合理性，我支持革命。但是革命毕竟不能老发生，在大多数不发生革命的时候，你让穷人老等着你那革命不行啊，穷人得过日子啊。所以大多数情况下，穷人是靠自我奋斗改变自我的命运，当然改变不了阶级的命运，那也不是他的使命。改变阶级命运不是祥林嫂、不是吴琼花、不是阿Q的使命，甚至不是无产阶级自己的使命，那是士大夫的使命。对于大多数穷人来说，老舍的道路，才是具有普遍意义的。

我上次讲到老舍，他二十岁之前都是穷人，但是到了这一年，十九岁，虚岁二十岁的时候，老舍毕业了，学习很优秀，由于那时上学的人很少，小学毕业生都是知识分子——所以你们生在现在很可悲，读了博士也没人看得起你。【众笑】那时一个小学生，如果学校里再有校服，穿着校服，背个破书包走在街上，一拐弯儿遇见一个警察，警察马上说："少爷，你好！"【众笑】警察很尊重小学生，因为没准十年之后，这个小学生就是警察局长。那会儿知识分子太少了。所以说中华民国到底好不好？搞不清楚了，小学生这么受人尊重。老舍学习这么好，一毕业竟然能够当小学校长，这是今天很多博士梦寐以求的，现在有哪个博士一毕业能当小学校长？我的研究生能到一个重点中学当老师，那已经开心得不得了了。北京的一个重点中学，不得了！

老舍毕业之后就当了方家胡同小学校长，一下子就改变了社会地位。据说老舍拿到委任状的那一天，回到家里，跟他老母亲激动得一夜都没睡，有说不完的话，不知道说什么好了，他们家从此是一轮太阳出来了。好像老舍说了一句话，说：妈，以后你别再给别人洗衣服了。我第一次读到这个材料的时候，非常感动，眼泪都快下来了。你想想一个穷人家里边，一个孩子，当了校长了，就说了这么一句普通的话，不用讲什么孝顺、善良，这些词都不用说了，千言万语都包含在这一句话里边了，就是说：妈，你不用再给别人洗衣服了！——多么幸福的事！什么革命、民主、自由，这跟他们家没关系，就是儿子能挣钱了，而且能挣很多钱。

当小学校长，老舍也干得很好，就又升迁了，过了两年，他就当了京师教育局北郊劝学员。劝学员就相当于督学，管北郊一片学校。北郊大概是现在的北三环那一带，德胜门那一带，不到北四环——咱们这儿都荒郊野外了，咱们这儿连北郊都不算。德胜门外那一带的学校归老舍来劝学，归舒庆春来劝学。恐怕收入就更多了。所以老舍最早写的小说里就写了这一行的黑幕。老舍如果就在这一行里这么混下去，以他的才干，其实是一条对个人来说挺光明的路。我在这里写：这是小官僚之梦。小官僚之梦是可以实现的。

老舍升迁，他可没什么背景，完全是靠自己干的，两年就当了劝学员，再过几年也许就能当教育局长了，再过几年就混到教育部了，这是完全可能的。没准儿就跟鲁迅当同事了，完全可能跟鲁迅当同事了。鲁迅辛亥革命之后混到北京还是靠老乡的关系，靠咱们北大蔡校长的关系，是老乡给他在教育部弄了个差事。没准儿哪天来了一个舒庆春，跟鲁迅同事，老舍完全可以走这条路。

但是老舍和鲁迅一样，很快地看透了官场。他竟然不乐意！那些乐意走下去的，我们也不能说人家不对，人首先是为自己谋生而活，没什么错误，但是老舍竟然不走下去。在老舍的一些文字中，我们看到他为什么不乐意走下去，他就觉得这里边很黑。具体怎么黑，我们只能去想象。他说这些人很无聊，每天生活就是吃喝嫖赌。不要看这是什么局的官员，都一样，官员都一样，不分什么局。不要觉得教育局的人就有道德，就懂教育等，一定要改变这种认识。

老舍自己看明白了，这一行不好，他就不干了。他竟然辞官不干，又当老师去了。这种选择很罕见，是非常罕见的。你要知道老舍不是革命党，此时此刻的老舍，就是一个普通小知识分子，没受什么革命理想教育，也没上过北大，他是普通市民的发展道路。那你说老舍的骨气、气节、品格从哪儿来？谁给他的是非观？就是孔孟之道。

中国历朝历代这种小知识分子，有点节操，这节操都是孔孟给的。所以你能简单地说孔孟之道是为封建统治阶级服务的吗？有官不当，有多大钱不挣，还要回去吃苦受累。我们想一想老舍后来在《骆驼祥子》里写的祥子，他立志要买一辆自己的车总失败，后来娶了虎妞，虎妞有私房钱，虎妞说我给你买两辆车，把车租出去，咱俩不用干活，成天在炕上躺着，坐吃这份儿钱。祥子竟然不干，祥子说他不出去拉车身上难受。虎妞就理解不了，给他一顿臭骂，说你这就是下贱的命！你怎么就那么贱啊，非得干活啊？你身体那么好，干点别的活不行吗？老舍跟祥子是一样的，他竟然放着官儿不当，非要当个教书匠。

老舍后来当了一段时间的国文教师，到南开中学去教国文。这个时候老舍二十岁上下，依然很有奋斗的激情。他不但一方面继续当老师——其实还是靠自己的本事吃饭，同时他补习英文。这很有意思，也不知道谁告诉他的，你补习英文干吗呀？这跟你有什么关系？同时他又尝试文学创作。这个时候已经是20世纪20年代初，五四运动之后。而五四跟他没什么关系，五四是咱们北大这帮人弄的一个事儿，圈子并不大。这个圈子里的人谁知道舒庆春同学啊，他以后要不是成为老舍，他写的这些都白写。现在因为他是老舍了，我们总去查他的资料，知道他1921年发表过一篇小说叫《她的失败》。他以后要成不了老舍，那这就是“他的失败”。【众笑】1923年他又写了一篇小说，我们查到的，叫《小铃儿》，都是作文水平的东西。今天看来都很简单，但是这是他文学创作的起步。

就在这同时，老舍做了一件事，做了一件什么事儿呢？那个时候我们北大在沙滩，大家都知道，还在城里，未名湖畔这个地方当时是燕京大学，燕大。老舍不知道什么因由，谁给他介绍的，他竟然跑到燕大来旁听英文——自学，自己跑这儿来听英文，就相当于自己上了个新东方。【众笑】你看这人有主意，他为什么要上新东方呢？反正跑这儿来学英语了。学着学着，跟外教混熟了，竟然认识外教了，老舍很有本事。我们现在讲这些，跟阶级、革命都没关系了，就是一个平民的自我奋斗。

他跟外教混熟了，结果外教看舒庆春先生中文太好了，他的才华首先被外国人发现了，外国人发现这个人有语言天赋，知识渊博。他的才华不可能被中国人发现，他如果到北大来找蔡元培、找陈独秀、找胡适，找谁都看不上他。他竟然被一个外国人看中了，这个外国人就请他到英国去当外教。【众笑】他认识一个外教，这外教请他去当外教。1924年，老舍到伦敦大学亚非学院任讲师。老舍在伦敦的几个地方，今天也被找到、查实，已经挂上牌了，也是老舍旧居。老舍的命运带有一定的传奇性。

但是不管他怎么走，反正从1918年当了小学校长之后老舍就脱贫了。人是可以靠自己的奋斗脱贫的，你改变不了阶级问题，改变不了体制问题，但是你对于自己不要绝望。

我每年每月接到那么多各种青年的来信，都是抱怨自己的生活不好，老把自己生活不好跟时代联系起来。跟时代联系起来也是对的，我告诉大家，时代就这样，肯定有千千万万像你这样的人，这一点都不奇怪，但是这不等于说你作为一个个体没有希望了。作为个体希望永远存在，你永远可以比你的同僚、同伴、同侪们过得好。老舍就是这样的一个人。你看他七搞八搞地就变成伦敦大学老师了，这谁想到呢！你北大毕业的一个人，也不可能随便就变成伦敦大学老师，人家就成了。

这是老舍，20世纪20年代就脱贫了。老舍的个人奋斗是非常有韧性的，不停下自己的脚步，这一点又跟鲁迅很像。到那儿当外教，但是不满足于当一个外教，他那几年，过得非常好，过得非常充实，一方面当外教，一方面做了很多其他的工作，最重要的就是写了几部长篇小说。

1926年发表了第一部长篇小说——《老张的哲学》，这部小说使他一举成名。小说刚寄出来的时候还叫舒庆春，因为成名了，所以刚发表一部分，就改名叫老舍。他在英国那点外教的工作很轻松，业余就在一个笔记本上写小说玩。写完之后就想不能白写，这得变成钱哪，就回去投稿变成钱。一想光变成钱还不行，最好还能出名。想有钱还要有名，那就要投给重要的刊物。什么刊物最重要呢？《小说月报》。他竟然敢给《小说月报》投稿，中国第一文学期刊，主编是叶圣陶。你想一个名不见经传的人，一个在海外混事儿的人，写这么一部小说寄给叶圣陶。叶圣陶很了不起，本人创作并不是一流的，但中国文坛这么多人为什么佩服叶圣陶？好多人的处女作是他给发表的，所以见叶圣陶都得低头，都得感谢老爷子。叶圣陶真是慧眼识英雄，收到这样一个稿子，认真看，发现其价值，肯定其价值，就给发表了。

因为我这学期主要不讲老舍的作品，我也没规定大家必须读，但是我建议大家读一读《老张的哲学》，然后对照着再读《离婚》——这部小说写得特别逗，超级幽默，已经过分幽默了，幽默到有很多地方是比较贫的阶段，——就是北京人的贫嘴，全在这里体现出来了。《离婚》开头就写：张大哥是一切人的大哥。你看他长得就像大哥，你看见这个人，就觉得他爸也得管他叫大哥。【众笑】写出一种大哥范儿来。老舍的才华，你看了他的文字之后没法不佩服。由于我们对老舍研究得还不够，他这几年在英国到底学了多少不好说，他阅读了大量的西方文学名著，基本上把西方文化都掌握透了，但是他不露。老舍这个人，他努力做到中国士大夫的一流标准——所有的品德，特别是谦虚、含蓄这一点努力做到，有学问不露，他会的东西太多了。因为他不是五四这个圈子混出来的，所以他就更加低调。

一炮打响之后，他又接连发表两部作品，合起来我把它们叫“英国三部曲”——《老张的哲学》《赵子曰》《二马》。这几部小说水平都很高，当然不是一流小说。《赵子曰》是写五四时候大学生的。由于老舍不是五四这伙人，所以在他笔下的大学生的形象很值得注意，不是我们想的那种慷慨激昂的五四青年。特别是咱们北大人容易美化自己，一想五四青年，都是穿一长袍、围一大围脖——啪，“同胞们起来！”都是这样的。【众笑】其实在老舍看来不是这样的，老舍认为，北大学生也什么坏事都干。起码它是一个补充。比这两部更好一点的是《二马》。《二马》被拍成电影了。《二马》是非常客观地扎实地比较了中国和英国两国的国民性，这个比较是有批判，也有赞扬的。我觉得《二马》比很多同类的比较性的文学作品都要写得好。

到了1929年，他的任务完成了，他自己也觉得没有必要在欧洲待下去了，西方文化他觉得了解得差不多了，该玩儿的地方也都玩儿过了，岁数也不小了，也想念家乡了，就回国了。回国的途中在新加坡待了一个月，在新加坡又观察了一下南洋的文化。等他回到祖国一上岸，发现不得了，自己已经是著名文学家老舍了。【众笑】你想，出去的时候谁也不知道他，出去的时候是从“新东方”出去的，【众笑】这回来之后北大请他、清华请他，哪儿都请他，最后他到齐鲁大学任教，当了齐鲁大学教授。

这个时候我们回过头来一想，他辞去北郊劝学员，是有远见的——是冒险，但也是有远见的。他不愿意在那个地方混下去，他想有一个更高境界的未来，在此实现了，当一个大学教授。那个时候，1930年的大学，全国才有几个大学教授？不多，我估计1930年全国的大学教授加起来，可以在一张照片上照出来，一个学校没几个，可见那时他被重视的程度。

回国之后，全家更高兴了，老母亲更高兴了。他更有名了，挣钱更多了，也该解决个人问题了。经过别人介绍，1931年与胡絜青结婚。大家可以查查他跟胡絜青结婚时他写的对女方的要求。要求也是很有穷人特色的，首先就说我没钱，我挺穷，没空陪你去什么K歌啦，玩儿这个玩儿那个；得能洗衣服，能吃窝头；还有我没事不会陪你上大海边把衣服一脱，在那儿晾排骨。【众笑】这都是老舍原话，就是说，很打击一个女青年的自尊心的。

他的意思就是：我就这样，你爱跟我不跟，爱跟我就得过穷日子。胡絜青一眼就看透了他的小算盘：不就怕我是败家媳妇儿吗？胡絜青表示：你放心，我绝不是那败家媳妇儿，11月11日那天我也不去购物。【众笑】都跟他表白了。所以俩人一拍即合，俩人都是正经过日子的人。他的婚姻观是很实在的，市民婚姻观，其实他俩都是层次很高的知识分子。他也不是没有钱去过那种浪漫的、消费的生活，但是他们比较朴实。

他这一年发表了一部小说，叫《小坡的生日》，是写新加坡生活的，也是一部童话小说，童话体儿童题材的。这部小说现在也得到很多的重视，对于研究国民性问题、研究新加坡问题等都很有价值。老舍之所以是一个大作家，就在于他不重复自己，不断有新的探索、新的尝试。

1932年写了一部小说，叫《猫城记》。《猫城记》具有多重性质，既是一部科幻小说，也是一部政治小说。说它是科幻小说，因为它虚构了一个宇航员，我们从小受过教育，今天说宇航员我们不陌生，但是你想他20世纪30年代就能写出宇航员题材来！主人公是个宇航员，乘坐宇宙飞船，不幸途中飞船出了故障，坠落在火星之上，主人公在火星度过了一段岁月，发现火星上有生物——今天还没证明呢，老舍已经证明了，说火星上是有生命的，都是由猫组成的，上面有个猫城。老舍就写了猫城的生活，完全是影射中国的。

后面写的都是些政治寓言类的内容。比如说猫城的旁边有一个老要侵略他们的国家，那个国家的人个儿都很矮，【众笑】叫矮人国，矮人国的人非常凶悍，矮人国老要欺负猫城。猫城特别腐败，猫城里怎么官官勾结、贪污，写的完全就是中国。特别让人印象深的是一盘散沙、不团结，互相打，成立了无数政党，每天开各种会，敌人都打进来了，则争先恐后去投降，以为先投降的可以当官。最后这个国家被人灭了，就剩最后两个猫人，被活捉了关在笼子里，他俩在笼子里还继续打。最后写得很沉痛。

其实这是“九一八”刚发生过，这是对中国抗日战争的一个警醒。但是老舍在这里不分青红皂白，所有的政治团体都否定了，他否定国民党，也否定共产党。他在里边特别还影射了共产党，说这猫城有一个组织，叫“大家夫斯基”。【众笑】我们一看“大家夫斯基”马上就知道这就是影射共产党的，他说这也是一个闹不团结的，都一概否定。所以很长时间，《猫城记》都没有得到重视，没有得到应有的评价。

1934年，他到山东大学文学系任教，当了教授。老舍是两条腿走路，有点像沈从文，因为他出身是低的，所以他不断地向高处走，他的奋斗是不绝的。我们发现很多出身于上层社会的人没有什么奋斗精神，出身于中层社会的人奋斗精神一般，出身于下层社会的人分两种，一种自暴自弃了，剩下一种特别能奋斗的人，他永不停歇，没有终点，你觉得他已经混得不错了，他还要往前走。老舍写完这些小说，又当了教授，用我们今天的话说叫创作、学术双丰收，他在学校里还写了《文学概论讲义》等书，当然那不是我们要研究的内容。但是在这里还没有写到他最重要的作品。

再往后，到了1936年，他不干这个教授了，认为当教授影响他写作，辞职之后专门写作，写出了《骆驼祥子》。而写《骆驼祥子》之前，人们都认为他是幽默大师。我前面好像还落了他一部作品，还有一个重要的作品叫《离婚》。写《骆驼祥子》之前，《离婚》是他最好的作品，因为《离婚》基本上把握住了幽默的分寸，幽默得恰到好处，不油滑、不贫嘴，是最正宗的幽默。所以老舍这个时候已经坐稳了幽默大师的交椅。

像林语堂提倡幽默，但是没有人认为林语堂是幽默大师。鲁迅还批评了林语堂，说阶级斗争这么尖锐，还成天在那里搞那些无聊的东西。【众笑】但是你看人家老舍，写完《离婚》被拥戴为正宗的幽默大师。当然老舍这个人就是这样，你表扬他，他说谢谢你，但是他心里不满足于这个表扬，还要给你表演另一套看看——你说我幽默，我就不能不幽默吗？就像当年孔老师愤然写了一篇文章，叫《我不幽默》，老舍就给你写了个不幽默的，你看看，《骆驼祥子》，被公认是老舍最好的作品，不幽默，非常严肃，是读了让你流泪的。一个幽默大师的代表作是不幽默的小说，这是老舍的志气，他的志气在这儿。

到了1937年，《骆驼祥子》已经写完了，他又回到了齐鲁大学。他就是在创作界和大学里来回折腾，这一点也挺让人羡慕的，想当教授就当，不想当教授就不当，这教学怎么管理的，这学校怎么这么乱呢？！【众笑】今天不可能有这种情况。这个时候抗日战争已经全面爆发，回去也教不了书了，全国的知识分子都要大撤退，他就随着教育部、政府在11月退到武汉。退到武汉的时候有个事儿给他干了。人不能满足于挣钱和出名，你只要出了名，有事儿要找你啦。

这个时候成立了一个“中华全国文艺界抗敌协会”，这是鲁迅生前一直呼吁要成立的一个全国文艺界的统一组织。抗日战争还没全面爆发之前，鲁迅和很多人操持的就是这件事。现在这个组织成立了，全国文艺抗敌协会成立了，可是成立之后谁来当领导呢？如果共产党来当领导，国民党肯定不干；国民党当领导，共产党肯定闹事儿。他们两党不可能让对方领导文化界的，于是，两党达成默契，找了一个非国非共的人，找了一个中间人。这个人，不能有明确的政治立场，最好糊涂一点，不太懂政治，但是比较能干活。有才华、能干活、不太懂政治，这就选上老舍了。【众笑】所以老舍就“天上掉馅饼”，当上了全国文艺界的头儿。他是常务理事兼总务部主任，是实际上的一把手。我们今天一般说，总务部主任是不是搞后勤的？不是，他是抓全面工作的，这个协会的工作主要是由老舍来负责。

抗日战争期间，他写了好多作品，产量极高，但是质量并没有超过以前。中间有一件事，他翻译的《金瓶梅》出版了。《金瓶梅》有很多外语翻译的版本，今天公认还是老舍翻译的这个好。老舍一个是中文好，一个是英文好，还有一个重要的是：他太了解这些生活了！有些知识分子，光语言好还不行，你不了解生活。老舍是底层社会长大的。今天对比了很多版本，学术界还是认为老舍这个翻译得好。

就在抗日战争期间，他当然不只是在武汉，后来就到重庆去了。老舍去的时候是抛家舍业一个人去的，把老婆孩子都抛在后方。后来胡絜青女士听说老舍一个人在那儿很多年，这也不太放心，就带着孩子千里跋涉找到他，找到老舍，平息了很多事，包括老舍生命中很重要的事儿——咱们后面再说。

到了1944年，胡絜青就给老舍讲北平的状况，说北平自从沦陷之后的张家长李家短，给他讲，讲了很长时间，几个月。老舍就根据她讲的这些故事，加上自己对北京生活的了解，开始写他一生中篇幅最长的小说《四世同堂》。写《四世同堂》的时候，抗日战争还没有结束，是在他写作的过程中结束的。剩下的部分是出国之后写的。

1946年，老舍受美国国务院邀请，这回不是当外教了，是政府邀请他跟曹禺一块儿赴美讲学。1946年至1949年，他到美国又待了好几年。也就是说现代作家中，真正老老实实在西方待过的，没有政治任务，认真考察西方文化的，是老舍，而不是那些号称什么这儿留学那儿留学的人。但是你看老舍，他身上有洋味儿吗？恰恰他身上没有洋味儿，他从来不嘚瑟，说话不带英文单词一个一个往外蹦的。我见过多少海归，包括咱们北大著名海归，说话的时候，那些最简单的单词，专门用英语说——“今天，我这儿有一个table”，【众笑】今天见了太多这样的海归了。而老舍没这毛病，这正是把西方文化都消化得烂熟的人。

在美国过得挺好，忽然听说中华人民共和国成立了，老舍像许许多多的知识分子一样，不论文科、理科、工科的，自己盼望的这么一个好的国家建立了，于是不顾这个阻拦那个劝告，一定要漂洋过海回到新中国。老舍不是共产党作家，不是革命作家，他就是一个普通市民作家，一个骆驼祥子一样的人，他要回新中国，不留在美国，也不去港澳台，他要回大陆，回到他向往的新北京。

回来之后，情况比较简单。刚一回来，担任“中国民间文学研究会”

副理事长。那时一个新中国成立了，各个职位都需要新的人，先给他一个文学研究会副理事长。

1951年，他写出了话剧的杰作《龙须沟》。以前他写过很多话剧，写的很多都不成功，因为他不是干这行的，他是一个小说家。但是他不服气，非要写出好话剧来不可，终于写出一个《龙须沟》。北京市人民政府彭真市长亲自授予他“人民艺术家”的称号，这是唯一获得这个殊荣的作家。我们常常说“人民艺术家老舍”，这不是一个虚的称呼，这是真正授予过的。就好像聂卫平的“棋圣”一样，是真正授予过的，别人都没有得到过这个称号。

1953年，老舍当了文联主席、作协副主席。老舍是精力旺盛的人，创作极其勤奋，干活也极其勤奋，干了无数的事，只要政府让他干事，他就高兴。很多人攻击老舍，说老舍是拍共产党的马屁，这都是站在自己狭隘立场上说的，那种人如果干活，肯定是拍马屁，他们不理解老舍。老舍认为建立了一个穷人天堂般的国家，他这一辈子盼望的就是这样一个社会的到来，他愿意为这样一个社会付出一切！所以他孜孜不倦地去努力，去奋斗。

1957年，他写出了他话剧的高峰，东方话剧的代表性高峰——《茶馆》，这是人类话剧史上的奇迹，话剧从来没有这么演过！幸好老舍不是学戏剧的，他不知道话剧不能这么写，【众笑】所以他就敢这么写。一写，就让整个东西方震惊，到现在都是奇迹，到哪儿演出都是久演不衰的。在这同时，他还要写一个表现自己家族历史的长篇小说《正红旗下》（正，音“zhěng”），可惜没有写完。从他已经写完的这一部分看，已经非常了不起。

老舍不懂政治，可是又当了官。他就好像一个盲人，看不见自己在一个挺危险的环境里边。他是在官场上，涉及很多人的利益，但是他自己不太清楚。所以他无意中对别人那么好，这一方面就不太符合中国古典哲学的教育，你对张三好，就等于对李四不够好，这个道理很多人不明白——就是你上物理课的时间，肯定不能同时上化学课了吧？其实你没想得罪化学老师，对吧？

老舍在这个位置上，不知不觉他会得罪一些人，所以1966年他被一伙红卫兵批斗。“文化大革命”刚开始的时候，很乱，很多被打、被批的走资派，或者有预感自己被批的走资派，在他们还没被批的时候，他们的子女就率先组成了很多红卫兵组织。最早的红卫兵都是有背景的，有复杂背景的。普通的学生谁敢打老师，谁敢打校长？即使被校长批评过，老师给过你不及格，你敢揪斗老师吗？什么人敢带头打老师，这是“文化大革命”史专门研究的课题。但是不管怎么样，老舍反正是被红卫兵打了。当时很乱，被打的人也不少，打了也就打了，可能下个星期就没你事了，下个星期就打别人去了。就是今天你批我，明天我批你。

但是老舍是一个非常爱面子、非常有自尊的人，加上生活中的其他纠纷，这个坎儿就觉得过不去，加上晚上可能不让回家等原因，他就没脸见人了，老舍真是含冤自沉于太平湖。太平湖今天已经不存在——由于我们经济发展速度太快，北京很多水面已经没了。我非常愤恨的一点，在未名湖边，多次看见导游跟人说，当年老舍就是在这儿死的。【众笑】所以看见导游这样就要揭露。

老舍之死是一个可以专门研究的课题，今天很多材料都浮出水面，但是我们要知道这样一点，就是：伤害老舍的都不是穷人。老舍自己也不能从阶级问题、从复杂的政治视角看清楚这件事，即使他不死、他活着，也未必能把这件事弄清楚。但是起码有一点，老舍知道人的穷和富，这个事他是最敏感的。老舍一辈子对穷人好这一点并没有错，伤害他的不是底层老百姓，不是穷人，用政治话语说，不是人民群众。

看看老舍是怎么看待穷人的。

首先，老舍笔下写了很多穷人，可是他的阶级观念不突出。老舍具有朴素的阶级感情，他看待穷人主要是从财产角度看的，他没有马克思主义视角，觉得谁家没钱就是穷，有钱就是富，不按阶级观念看。但是他总得有自己的视角，他的视角是一个文化视角。所以老舍的笔下，穷人是有文化的。

我们可以把他跟鲁迅对比一下。鲁迅写穷人重点挖掘穷人精神上受到的损害，也会写穷人日子过得多不好，但是在鲁迅看来日子过得苦不苦这不重要，关键是精神上有没有萎靡，精神上有没有被奴化，这是鲁迅关心的。而老舍，他特别怕人家说穷人没文化，老舍要捍卫穷人有文化这个问题。所以老舍写的很多穷人活得很有滋味儿，很有知识，他们可能认字不多，但是很有见识，这是老舍写穷人的一个特点。

老舍的作品加起来，展示了一个穷人社会的众生相，从老舍笔下所写的所有穷人加起来看，他有一种关爱生命的倾向，在他笔下这些穷人都是一个个鲜活的生命，你看谁都有缺点，但是你看谁都挺可怜的，你看谁都想帮他一把，这是一种关爱生命的态度。

学者总结老舍的创作，说他是一种“含泪的笑”，那是他的创作风格。据我看来，老舍具有一种温厚的爱，是一种悲悯。大作家肯定要有几分悲悯的素质，这可能是带有共性的一个问题。我们看托尔斯泰、巴尔扎克、鲁迅、郭沫若，大作家都有一份悲悯。我们也看到很多二流的作家，很优秀，甚至有很多人喜爱他，但是说不出来为什么，你就觉得他好像不是一流的，怎么看他也不是一流的，可能看来看去少了一份悲悯。

我们当前有很多作家，也很优秀，但你看完一篇，总觉得这好像不是一流作品，总觉得是不是少了一些“温厚的爱”。比如说钱钟书的小说、张爱玲的小说，都非常好，都非常棒，但是你总觉得它少了一点什么东西。他揭露的全对，写得特生动，但是你写小说就是为了这个吗？你特有学问，看得特准，那些人都很笨，都很蠢，都很自私，这就完了吗？你觉得他少了一点东西，少的就是老舍、鲁迅、托尔斯泰的那个东西。

老舍看穷人也不是都好都坏，在这里边有区分。他赞美的是劳动和奋斗，他蔑视的是懒惰，懒惰的穷人他看不起。当然这就是赞美他自己，他自己就是一个奋斗的、靠劳动改变身份和地位的穷人。

我上次讲老舍写了一首诗，他其实一共写了两首，第二首是这样写的：

晚年逢盛世，
日夕百无忧。
儿女竞劳动，
工农共戚休。
诗吟新事物，
笔扫旧风流。
莫笑行扶杖，
昂昂争上游。

诗写得很好，重点我画了两个地方。一个叫“竞劳动”，他很高兴的不是儿女竞享福，不是儿女竞休闲、儿女竞有钱，不是！“儿女竞劳动”，这是老舍高兴的，儿女都能劳动，能劳动就不可能挨饿，能劳动在新社会更不可能挨饿。这是老舍的幸福观，看见儿女能劳动很高兴。最后是“争上游”，这是老舍一辈子的价值观。争上游也是没有阶级观念的，在什么社会他都要争上游，不是打扑克的“争上游”，【众笑】是永远往上走、天天向上的那个精神。

但是也由于老舍太争上游，不知道回避，不知道韬光养晦，不知道政治的复杂，所以他最后的悲剧，也跟自己这个争上游、太单纯是有一定关系的。这也是我们分析老舍作为一个穷人，他一辈子的奋斗史，需要重视的一点。

好，老舍与穷人的关系我们今天就讲到这里。【掌声】

2015年9月29日

北大理教107

第四章

从黑龙江来的：老舍与旗人

同学们好！我们开始上课。

我们前两次课讲了老舍与文化的抽象问题，讲了老舍与穷人的问题，通过“老舍与穷人”这个话题，探讨了现代文化中的一个重要话题，就是阶级问题。阶级问题是现代化最核心的问题之一。不懂阶级理论，你就必然看不清现代社会的种种问题，但是只懂阶级理论，又是远远不够的。

在我小时候那个岁月里，天天讲阶级斗争、阶级理论，把什么事情都上升到阶级斗争的高度来看，它造成了一种偏狭，其实是造成了一种思维的懒惰。阶级斗争这个理论工具确实挺管用，挺犀利，挺深刻，就好像我们现在习惯了出门就坐车一样——车这个东西很方便，很犀利，可以让你一天中到达北京市的任何一个地方，但是你坐车时间长了，老坐车，必然丧失了其他一种东西。

最近有人让我用微信运动，每天可以看到我和我通信录上所有的人走路的步数，还有排行榜，这很有意思。有时候我走了一万多步，排好几十名，我就不信这个邪，昨天半夜我走了五十步，排名第一！【众笑】人要随时注意到你获得了什么，失去了什么。

阶级理论确实是一个利器，它的有利性我们都知道，改变了大半个地球，大半个地球这一百年来，其实就是笼罩在阶级理论之下的。几个地球上本来最落后的国家，就因为有了这个理论，变成了强国，变成了大国，变成了让人望而生畏的国家。但是，是不是也因为对这个理论理解得比较僵化、比较机械，忽视了用更全面、更立体的眼光看问题，结果，自己就真的出了大问题。这是说阶级跟现代化的关系。

今天我们来谈另一个问题，谈谈“老舍与旗人”的问题。通过这个话题，我们来探讨现代化的另外一个问题——民族问题。

其实，民族问题也是这一百多年来不次于阶级问题的一个重要话题。一般人会认为，阶级问题和民族问题是自古有之的。只有你专门学习过，你才明白很多概念是人们制造出来的，这个概念的所指可能是客观存在的，但是当你没有造出这个概念的时候，那个世界是黑暗的，是一片混沌的。

比如当年有人问王阳明，当我们没到山里来的时候，山里的花开没开？这是一个很深刻的哲学问题，我们现在学的马克思主义理论这样说：客观世界不以你的意志为转移，你来不来这花儿都是开的，然后再继续地庸俗化那种伪造的仓央嘉措的诗，不管你来不来，它都在那待着。【众笑】世界真是这样的吗？王阳明的回答是：你没有看此花时，此花是一片黑暗的；当你看此花时，此花一时鲜艳起来。这是人类文明史上少有的几个伟大的回答。

也就是当我们不知道阶级和民族这样的概念的时候，阶级和民族存在不存在？存在的那个东西是什么？我们都是生活在我们自己制造的千百个概念之中，所以海德格尔说语言是存在的家园。这个话换一种哲学视角会很轻易去反驳它，但更重要的是我们如何理解它的意思。它的意思是什么？

当今世界，我们身处的这个世界，阶级问题和民族问题又一次尖锐起来。今天的世界上，国家比以前多了，国家比我小的时候多了，起码苏联一下分成十五个国家，南斯拉夫一下分成六个国家。这些国家多起来和民族理论有没有关系？这些民族问题到底是原来就有的，还是后来自然发展的，还是帝国主义煽风点火挑拨离间制造的？

当然这些问题，政治家们来不及去深入思考，他们必须马上处理今天发生的事——这个月发生的事，今年发生的事，哪个国家和哪个国家又打起来了，等等。但是一个国家要想做到长远的政治正确，它必须有很多人进行冷静的耐心的甘坐冷板凳的研究。而这些大的问题，除了那些专业的学者要研究之外——恐怕专业的学者也有他们的偏见、遮蔽等——需要全民族来思考，因为它涉及我们每个人的问题。

比如大家填表的时候，都很明确地知道自己是哪个族的，填上民族，但是要细问的话，恐怕这事不太靠谱。你咋知道你是你填的那一族的呢？你真是这一族的吗？这样一问，你就不敢确定了，你凭啥说你是某某族的呢？比如我读大学的时候有一位同学，他填表的时候，就毅然地填上了“土家族”，填完之后他很自豪地跟我们说：“嘿嘿，我们家就我是土家族的。”【众笑】我就讲这样一个细节，你就明白民族这个事它有多么可研究，它是非常值得研究的——他们家就他一个土家族的。

我们不从民族学的角度去研究这个问题，我们从现代文化的角度找一个切入口，看看老舍跟旗人的问题。在这个问题上，本人并不是专家，有其他的下了更多功夫的更优秀的学者已经进行过研究。我给大家推荐一部专著，是社科院关纪新老师写的一本书，叫《老舍与满族文化》。当然他也参考了很多别人的书、别人的观点等，2008年辽宁民族出版社出版的。关纪新老师是我很钦佩的一个学者，他本人也是满族，在我们学术界有许许多多的满族高手。由他来研究这个话题，可能一个是他下的功夫深，另外他会有更真切的体验。

辽宁是我们国家满族人口最多的省份，满族人口在辽宁省大概超过百分之十，据说有五百万，起码填表的有五百万。为什么说填表的有五百万呢？就是到底什么是民族，怎么界定？严格地说，现在会说满语的人，可能不超过五百个，但是这不影响他填表的时候填自己是满族。这对于我们的老舍研究来说是非常重要的一个话题。

说到老舍，有许许多多围绕着老舍的关键词，这些词可能都是绕不开满族的。以前——我说的以前是在新中国成立前，大家不知道老舍是满族，也不宣传他是满族，新中国成立后，就变了。大家都知道老舍是满族文化的优秀代表，跟老舍有关的词——“满族”“北京”“现代”“穷人”“国家”“传统”“文化”，谈这些关键词的时候，都绕不开满族。无论哪个学者要讲老舍，或者写稍微宏观一点的关于老舍的研究论文，他都不能完全回避这个话题，都要谈一谈老舍的满族问题。

其实有其他民族血统的作家多了，我们不一定这么去研究。比如说没人注意沈从文是苗族，我们讲沈从文的时候，用不着讲苗人，因为那跟沈从文可能没太大关系。他是苗人，他是白族人，还是汉族人，还是土家族人，不太重要。而讲老舍的时候似乎就必须讲满族。民族与民族之间的不同，不在于分布地域、人口分布，它们之间的不同，是在于怎样以不同的程度影响历史的进程。

我是很钦佩那些民族研究学者的，搞民族学研究的，我觉得那个研究特别有意思，我也很喜欢看他们的论文。尽管那个研究非常难，一个人的观点经常被别人驳倒，但是在这种反复的辩驳中，显出学问的鲜活，显出它的生命力，而且往往能给其他专业的学者带来新的启发。有时候我们研究来研究去，忽然发现人家把一个重要问题从根儿上说清楚了，我们还在这儿胡扯呢。比如李白是不是俄罗斯人？这其实很重要。李白是吉尔吉斯人吗？李白是哈萨克人吗？他跟四川人是什么关系？还有，李白的诗中有没有一些词是俄罗斯词语？我只是随便点一点。就是说老舍与满族关系非常重要。

说这个之前，我先随便扯点闲话，介绍一个微博。今年7月26日有人发一条微博说：

> 孔子到河南讲学，住在省委招待所。一天省委大院飞来几只老鹰，却死在了这里。保安上前一看，只见老鹰身上已经中箭，木杆石镞，长一尺八寸。省委立即派人捧着老鹰，去向孔子请教。孔子一边喝着胡辣汤，一边说："这是从黑龙江飞来的，当年武王招商引资，黑龙江以此箭入股。"回去一查省志，果然如此。

发微博这个人，每天都有人说他不务正业，一天到晚在网上瞎扯，其实此人这个时候正在备课，他7月26日正在备今天的课。也就是说今天给大家讲的内容，我在暑假就开始准备了，当然我更早就准备了。我这个人上课，你看我胡说八道，其实我是要备三遍课的。正好那一天准备到这个内容，我就顺便发了一条微博。

这是不是我胡扯呢，或者因为我是黑龙江人，所以把孔子往黑龙江身上扯呢？我发的这条微博，它是有着扎实的史料作为基础的，知道这个成语的人不用质疑，有个成语叫"隼集陈庭"。我不用仔细讲，在《国语》的"鲁语"中，在《史记》的"孔子世家"中，在《孔子家语》"辩物”这一章中，都提到了这个典故，就是“仲尼在陈,有隼集于陈侯之庭而死”(《国语》)。这就是我说他住在河南省委大院，然后这只隼是带着箭死的缘故。这箭多长——一尺八寸，“长尺有咫”。然后人家就来请教他：这哪儿来的啊，没见过，这怎么回事？怎么重伤而死呢？正好咱这儿有一大学者来访，就请教一下，这孔教授正好有个机会嘚瑟自己的学问，你看他那个口气“隼之来也远矣”，表示自己很牛，“此肃慎氏之矢也”。不管态度多么傲慢和嘚瑟，但是这学问确实很大，他一语就说出这是肃慎那儿来的矢，这很厉害!

什么叫有学问，怎么样判断一个人有本事，最后得以结果来判断。我曾经对我们中文系的同学说，你作为一个中文系的学生，将来到了社会上用什么证明呢？你的本事是什么？你到了单位也好，你到了机关给首长当秘书也好，或者你将来自己当了首长，你的本事是什么？我说比如人家学考古的，人家就有本事，人家随便拿起一个——嗯，此曹操之粉笔也,【众笑】这是人家的本事，中文系的本事是什么？每个人要想一想，自己要有本事。

你看，孔子就有本事，他为什么能到了河南河北都有饭吃呢？他能知道这是黑龙江来的东西，而且能给你讲出来，不是乱说，下面有逻辑链条——“昔武王克商，通道于九夷、百蛮，使各以其方贿来贡，使无忘职业”。下面讲的这几段，我估计他们都是互相抄的，来源于共同的史料，文字都差不多。第一段说是“此肃慎氏之矢也”,《孔子世家》里第二段就去了一个“氏”,“此肃慎之矢也”，到《孔子家语》里去掉一个“也”,“此肃慎氏之矢”。所以老师根据什么判断学生作业是抄袭的？这一看就是抄袭的，俩学生抄的略有不同，有的还能往上加两句，但故事的主干是没有变的，确实有这么回事。

孔子讲，当年那个时候——离孔子都很远的时候，武王的时代，肃慎氏能够进贡这样特殊的远程攻击性武器。那么近年来的考古证明了这一点，从黑龙江挖出了这样的弓箭来，证明了孔子确实厉害，孔子不是瞎说。当然孔子没到过黑龙江，所以说“秀才不出门，能知天下事”，从“隼集陈庭”，我说，可知孔子是东北文化专家。以当年的交通条件他不可能到东北这个地方来，当年能到东北相当于现在上月亮了，他来不了。但是他记忆力这么好，这个记忆力又能活用，马上根据一件事就给你讲历史的典故。可惜孔子这么有学问，在陈国也没有得到什么重用。

古人多次地反复地说这件事，后世还在说。他们主要用这个事来证明孔子很厉害，说你看孔子就是圣人，圣人无所不知，圣人多有学问哪，古人主要用这个来吹嘘孔子。可是这对于今天的民族学研究来说，是特别有用的，起码我们就可以用孔子这个典故去说，“黑龙江自古以来就是中国不可分割的一部分”，这就是一个材料——那个时候就上贡了，就进贡弓箭了。

我们看肃慎的方位，大家大概体验一下肃慎在今天的什么位置，我们今天是黑龙江以里，肃慎是包括黑龙江以外的，包括符拉迪沃斯托克（海参崴）那一带，直奔千岛群岛去了。也就是肃慎那么远的地方，它要向这一带来进贡，那也是千难万险，能够说明很多问题，说明政治的、商贸的、文化的许许多多问题。

在《汉书》的《武帝记》里，汉武帝还讲过，他说“朕闻”——他听说——“周之成、康”那个时候，“教通四海，海外肃昚”，“昚”是“慎”的别字，“北发、渠搜，氐、羌来服”。从肃慎往下是有记载的。当然这个尚武的民族研究起来非常复杂，也非常好玩，它真伪难辨。做学问好玩的地方，不是能迅速地研究出来一个问题。我们今天这种公司化的学术研究，总是要求你明确地迅速地研究出来一个问题，其实这是毁了学问。学问的最高境界是研究不出来，研究半天没整明白，这才是科学。哪那么容易就被你整明白了，应该是整不明白。就像下围棋的最高境界应该是和棋，谁也没赢——才是最高境界。但是谁也没赢，看客不乐意了，看客要求有输赢，所以围棋要搞一个规则，强行规定输赢，规则使和棋不能成立，其实真正的高境界恰恰是和棋。

那肃慎到底是什么人，其实并没有百分之百的定论，我们下面沿着大多数人这么认为的学术观点，来把这个发展史捋一下。我们为了讲老舍，从老舍他们家的远祖的远祖，给它捋一下。

说到肃慎，大体上已经是在先秦时代了，而先秦时代，其实汉族都没有形成。关于秦始皇是什么人，我看到过民族学的研究，有人认为秦始皇是蒙古人，也有人认为秦始皇就是肃慎人。这都不是乱讲的，这都是有其他专业的材料做佐证的。那个时候反正就有肃慎了，或者说肃慎那一片儿就有人了。不仅有人，它一定和中原的民族有来往，你才知道它有人，有交往，虽然没有建立明确的行政机构，但是有这个关系的。

《左传·昭公九年》记载："肃慎、燕、亳，吾北土也。"今天考古发现的莺歌岭文化遗址里边，通过出土的器具能够论证，先秦时代住在这个地方的人，已经是从渔猎向农耕、畜牧业过渡的一个阶段。它有打鱼的、狩猎的那些器具、武器，同时也有农耕生活所用的器具，也有畜牧生活所用的器具。那个时候，中原的主要民族，就是后来发展成汉族的主要民族，已经以农耕为主了。但是我们想，如果中原的农耕民族周围没有这些渔猎的、游牧的民族刺激——不断地骚扰、不断地侵略、不断地攻打，中华民族能不能真正繁荣强大起来？很难说。周围没人欺负你，没人跟你打架，你自己种地活着，这个民族能不能延续和发展得很好，这是一个问题。

这是肃慎。这种写法，是汉族人用自己的汉字去模仿某种发音，或者是根据一些地名等专有名词加以命名的。那个地方的人怎么称呼自己，我们不知道。所以后来如果再发现那个地方有人，再发现跟那个地方的人有来往，是不是还叫它“肃慎”？“肃慎”是不是还是原来那伙人？这都很难讲。就像我们现在北大校园里活动着各种游客一样，他们不知道此地原来不是北大，他们会把他们知道的一切北大的事都往这片土地上沾。其实这片土地1949年之前是燕大，再以前是和珅他们家。【众笑】没有专门的史料支撑，我们会犯很多错误。

后来又出现一个词叫“挹娄”，秦汉时有个挹娄。挹娄是谁呢？《后汉书·东夷列传》里讲：“挹娄，古肃慎之国也。”文言文比较简略，是什么意思？没说清楚，是说这个地方住的就是肃慎的后代吗？还是说他们住的地方是古代肃慎人住的那片疆域呢？没说，也没有办法去考察，那个时候也没有力量去考察。就假如说今年美国到火星上发现有生命，二十年后中国也上去发现还有生命，这两伙生命是什么关系？可能是个难题。反正《后汉书》是这么记载了，说这个地方有这么一伙人，叫“挹娄”，地方还是那个地方，黑龙江那一带，那这块儿的人现在记载的就比以前详细了。有什么特点呢？我们看：

“有五谷”，有五谷说明有农业，有农耕。“麻布”，说明有了纺织业。先秦就有麻布了，你看看《周礼》、看看《论语》那些都记载：有麻布。“出赤玉”，这个地方还有矿产，采矿了，有赤玉——红玉。现在据说和田玉快被采光了，现在东北地区的玉石被人看上了。看记载，那个时候就知道这儿出玉。

下面这两个字，是读“好（hǎo）貂”还是“好（hào）貂”？不知道，反正到今天为止东北妇女还喜欢貂儿，这一点没错。东北大姑娘、小媳妇人人弄个貂皮大衣穿，“好（hào）貂”这一点没变。我经常调侃我的女同胞，不管挣多少钱，手里提溜着蒜茄子，一定要穿个几万块钱的貂儿挤公共汽车。原来古人早都记载了，说此地“好（hào）貂”。

“无君长”，这个话带有中原中心主义的意思，有君长说明我们文明比较高，他们“无君长”。无君长怎么办呢？“其邑落各有大人”，就分成一伙一伙的，每一伙有头儿，这个头儿叫大人。这个风气好像今天的东北还在延续着，东北人喜欢一伙一伙的，每一伙里边都有大哥。这叫大哥的不是黑社会，每个单位每个班级都有大哥。我回到东北去，我那些同学、老乡、邻居、亲戚，反正就是我那个熟人圈子里边，我经常听到的都是“大哥回来啦”。【众笑】一般男的都管我叫“大哥”，女的就省一个字儿，“哥”，都是这样。【众笑】所以回到东北忒亲切。但是你仔细一想，这是一种“无君长”传统，东北人听了这个称呼，是很亲切的，有一个自己推举的头儿，自己保持这种原始的民主制。他也不反对上边派下来这个头儿，上边派下来什么厂长、书记，他也都认，但是他们心中另有大哥。

“处于山林之间”，这说得很对。“土气极寒”，非常冷。“常为穴居”，那时候没有高楼大厦，就往地下挖。我小时候我们都挖菜窖，家家都有菜窖，挖得很深，菜窖冬暖夏凉，上千斤的蔬菜都藏在菜窖里边，小孩还经常下去玩。我现在都会挖菜窖，我挖菜窖技术很好。【众笑】当然挖菜窖需要技术，也需要财产，所以说“以深为贵”，看谁家挖得深挖得大。我小时候还帮我们当地驻军、帮解放军挖过菜窖，挖进去的时候才知道，底下是一个地下长城啊！半个哈尔滨地下都是通的，是可以开汽车的，所以我就知道了这个“以深为贵”。“大家至接九梯”，这九梯到底多深不知道，反正大户人家是挖得很深的。我们中原是往高了盖，那个地方是往深了挖。

“好养豕，食其肉，衣其皮”，这地方有野猪，好养猪。我从小听到的大人讲的各种打猎的故事里，老人们告诉我：你们小孩认为老虎最厉害，可对于猎人来说老虎不厉害，比老虎厉害的是熊瞎子，比熊瞎子厉害的是野猪，野猪是最厉害的。不光食其肉，衣其皮，“冬以豕膏涂身，厚数分，以御风寒”，冬天冷啊，没有貂的人怎么办呢，往身上抹猪油，抹数分厚的猪油。这个传统我没有经历过，【众笑】我们小时候就没这习惯了。但是也可以想象，上古的人们那种生活状态。能够记载得这么详细，说明彼此往来很密了，生活的主要方面都记载到了，也就是说到了秦汉时期，互相来往肯定是增加了。

再往后发展，到了南北朝的时候有一个新词，叫“勿吉”。《北史·勿吉传》记载“勿吉国在高句丽北”，高句丽是今天朝鲜半岛由南向北发展到北边。“一曰靺鞨……自拂涅以东”，拂涅大概是今天牡丹江一带。《智取威虎山》里杨子荣说的，“牡丹江一带可都是我们的了”，这说的是勿吉，“勿吉”的了。“矢皆石镞，即古肃慎氏也”，又一次强调，“勿吉”是谁呀？就是古代的肃慎，从肃慎发展到挹娄，再发展到勿吉。

再往下我们中学历史都学过了：“靺鞨”（mò hé），靺鞨的“鞨”其实是一个通假字，它本来是“羯”，其实是“靺羯”，但是因为写错了，错写错念，就念成“靺鞨”了。由于写错而念错，或者由念错而写错的语言学现象比比皆是，最后一般都是错者胜利。因为语言是人民群众使用的，人民群众喜欢使用错的，所以最后专家总是要修改自己苦心编纂的词典，说“又作什么”，后来“又作”的那个就成了正统，每每都是这样的。

比如北京大街小巷那“羊蝎子”有多少写成“羊羯子”的，【众笑】光孔老师在博客上、在微博上就批评过多少次，但没有用，大概能有万分之一的饭馆老板看见就不错了，所以大多数人坚持写“羊羯子”。由于写成了“羊羯子”，再有一批不学无术的学者来解释为什么人家写“羊羯子”，【众笑】然后那个正根儿慢慢地就被淹没掉，总有一天这个“羊羯子”会成为正统。

那么靺鞨它能够影响大，还是因为中原的文化影响大。隋唐时期，记载得多了，《隋书》里面直接讲“靺鞨即古之肃慎氏”。它凭什么这么说，也没有材料，人家就说是古肃慎。《唐书》里面讲，“靺鞨，盖肃慎之地，后魏谓之勿吉”。它给你建立了一个线索：肃慎—勿吉—靺鞨。

靺鞨本身就很复杂了，肃慎我们知道得很少很少。有的时候我觉得对于后来的学者来说，知道的材料越少越好。有人老说什么“破四旧”把文物都毁了，其实历朝历代都在毁，对于研究者来说，有的时候可能毁得还不够。学那么多东西干吗？学者需要知道越来越多的事，可是那些事对人民群众来说，可能恰恰是不必要的。

到了靺鞨就研究不完了，一个学者一辈子研究靺鞨可能都研究不清楚。靺鞨分多少部，其中的粟末靺鞨，它和其他一些民族，特别是和高句丽的一些移民，建立了一个大的渤海国。渤海国问题是今天中国和韩国和朝鲜有学术争议、政治争议、领土争议、主权争议、文化争议的一个重要话题。

渤海国的主体是靺鞨。靺鞨在唐玄宗时已经很繁荣了。从唐初到唐玄宗，因为不断地册封它，它受唐朝很大影响，基本的文化、政治体制都采用唐制。从十几万人、几十万人发展到数百万人，一时称为“海东胜国”。但是一个文明，有的时候单纯的发展不一定是好事，发展得好了，就招来人家惦记了。它旁边就有人惦记它，惦记它的就是契丹，后来就被契丹给灭掉了。但是历史上是有渤海国的，渤海国在当时东北亚的国际关系是非常值得研究的，这对于今天的国际政治是个重要话题。

靺鞨还有很多其他的支系，在历史书上学的，除了粟末靺鞨还有黑水靺鞨。黑水靺鞨是更往北的一支，黑水靺鞨就发展成后来的女真，宋金元时代的女真来自黑水靺鞨。在《旧唐书 · 北狄传 · 靺鞨》这一节里边记载：“而黑水靺鞨最处北方，尤称劲健。”一个是指出它地理位置是最靠北的，再一个指出这个民族的一个精神特征，叫“劲健”。汉字它很妙，说“劲健”的时候主要不是说它有劲儿，你要说“有劲儿”，那哪个民族都有大力士，“劲健”——你看到这两个字的时候更想到一种精神。我们想想金庸写的《天龙八部》，我说那就是一个中国版的《战争与和平》，他写的当时的几大政权，你可以比较它的民族性，他写的萧峰他们那一族——契丹，跟汉人比就非常骁勇善战，但是他写又来了一伙人，比契丹还猛，就是完颜阿骨打那伙人，在《天龙八部》里就写，这伙人是要灭掉萧峰他们那伙人的。

金庸不是乱写的，金庸每天是用几个小时写作，另外几个小时读书，读史书，像这样基本的材料金庸肯定读过。《旧唐书 · 北狄传 · 靺鞨》中说黑水靺鞨，“每恃其勇，恒为邻境之患”，没说它别的，就是说这个民族劲健——“勇”；确实“勇”，经常是“邻境之患”。现在的东北地区可能大家都公认，黑龙江人最能打架，可是黑龙江人并不是黑水靺鞨的后代，现在的黑龙江人主要是山东、河北人，大部分是山东人。那这到底是血缘的原因呢，还是地理环境的原因呢？为什么黑龙江人这么能打架呢？我从小在黑龙江属于最文雅、最文明、最秀气、最纤弱之辈，【众笑】但是我来到北京，竟然没想到北京人这么怂，再一看，还有一大批比北京更怂的省份。我在北大这个校园里三十二年了，竟然一次没看到过打得头破血流的景象。【众笑】我不知道如何评价自己这种情感，我不能说我希望看人家打得头破血流，但是几十年没看见过，对于一个黑龙江人来说实在不爽！【众笑】我不是说那种东西好，我回到黑龙江我会批判，我说：怎么老打架啊！真是，三天两头就看见打得头破血流，而且人们也没把这个事看得太了不起，打破了，上点药水呗，过两天就好了，也没有说这两家孩子因为打得头破血流，家长就反目成仇了，也没有那事儿。

所以我就想，“每恃其勇，恒为邻境之患”，这个话是很耐琢磨的，很有文化学意义。这个“女真”，有一些不同的写法，有时候写成同音字“贞洁”的“贞”，又称“女贞”，还有一种写成“女直”。为什么写成“女直”呢？是因为要避宋真宗的讳——有很多时候还要考虑避讳的原因，汉族要避讳，我们有了宋真宗，就不能称它为“女真”，把下边腿儿给它掰折喽，变成“女直”。因为写了一段时间“女直”，有人又写错别字，写成“质量”的“质”，就变成“女质”。

女真的这个时候，它又像肃慎一样，都发展了上千年，它还是兼渔猎生活、农耕生活、畜牧生活。所以这个生活方式，有时候能够保持一个民族的活力。你看我们基本就全进入农耕时代了，现在我们又认为农耕是落后的，又进入工业文明；然后又认为工业文明是落后的，又进入信息时代。有了苹果6就要扔掉苹果5，这是现在的人的心理。这样的一种思维方式，它是否有利于一个民族的生存？

比如说当下中国，从整体上来看，还有一些地方保留着工业化时代的模式，还有一些前工业化时代的模式，这好不好？像美国，完全是一个金融帝国，成天就是玩数字，玩钞票，玩虚拟，它这个东西可靠不可靠？比如，说到军事上，一个步兵班有没有必要用电脑作战？步兵班要配置轻机枪还是通用机枪？这都是很具体的问题。比如当金融泡沫很厉害的时候，你会发现像德国这样的国家是牛的，它有强大的制造业，而我们现在的制造业，恰恰都是毛主席给我们留下来的，可是我们现在有多少合格的工人呢？有多少合格的技术工种、匠人？

女真是渔猎、农耕、畜牧都有，汉族文明所记载的女真往往是通过契丹的笔，在契丹人的眼中他们分为“生女真”和“熟女真”。“熟女真”就是跟他们融合得比较近的，跟他们混居在一起的，叫“熟女真”。“生女真”就是离他们更远的，还是在黑龙江一带，地图上画的最北边的肃慎那一带，叫“生女真”。

女真是很厉害的，我们知道后来就建立了大金国。由于后来的历史，都是站在宋朝的立场上写的，所以我们的历史对女真、对于金国人都自觉不自觉地有贬低、有蔑视。特别是像我们这种听《岳飞传》长大的，一说女真，金兀术啊，哈迷蚩啊，我们想到的都是那个，都是被岳爷爷打得落花流水的人。岳飞当然是民族英雄，但是人家那个民族就没有民族英雄吗？人家那个民族的民族英雄在我们这儿就一钱不值吗？恐怕有的时候还要换位思考。尊重各个民族的民族英雄，和捍卫自己的民族权益，和打击汉奸，并不矛盾。打击汉奸并不一定要否定其他民族、其他文明。

金国是建立了很繁荣的一个社会、很强大的一个国家的。但是亚洲北部这片地区很有意思，一个在我们看来很野蛮的民族崛起之后，它就变得文明了。文明之后，它旁边又来一个更野蛮的民族再把它灭掉。这样的历史一再重演，很有意思。这种模式是不断地反复重复的。住在中原地区的人自称文明，可能用某个标准来衡量也确实文明，但因为你文明，所以你老被那个野蛮的打掉。但是被野蛮的打掉之后，那个野蛮的不知怎么回事，它就觉得自卑，它就要文明，然后它一文明，就有一个更野蛮的来把它打掉。

女真建立了金国之后，它就觉得金兀术形象不好，我们不能老当金兀术、哈迷蚩，我们也要搞科举，也要画画，也要写字，也要炒菜吃，不能生着就咬。它这样之后，那旁边就有一个更厉害的来打它了。我们知道，后面就有一个蒙古。蒙古把金给灭掉了，建立了元。这个已经高度文明化的女真就没了，大概有五分之三的女真人就变成了汉人。

我开始的时候跟同学们说，你敢说你是哪个族的吗？你是不敢说的，谁也不敢说自己是纯粹的哪个族的，因为你搞不清自己家族史。谁也搞不清自己的家族史，就连我们家都搞不清。我们家是全世界家谱记载最清晰的一族，但是我们也搞不清。因为不能保证历史上哪个祖宗没有和其他民族的女性谈过恋爱，【众笑】谁也保证不了。五分之三的女真就融合进了汉族。还有五分之一——将近五分之二的就融合进其他民族，也就是说进关的女真基本就没了。

幸亏它还有没进关的、还留在肃慎故国的那些生女真。所以这个地方每次崛起一伙人，中原人出于自己的历史观，总是说他们的祖先是谁，“他们都是肃慎”，都往肃慎那归，其实每次兴起的都是新一拨的人。到了明朝，这伙生女真又强大起来了。明朝的时候明太祖、明成祖扫北，把蒙古打得差不多了；因为把蒙古打得差不多了，其实也帮着女真报了仇。

然后女真又崛起了，女真崛起分几大阶段，有一个阶段是分成三部：建州女真、海西女真、东海女真。后来这个努尔哈赤就是建州女真的。他们这些女真并不是金兀术的后代，所以后来像慈禧太后、光绪皇帝这些人，其实他们很喜欢听《岳飞传》，听岳爷爷打金兀术他们也挺高兴，因为金兀术不是他们的祖先。当然，这是一种比较复杂的心理。

这种问题说明东北文化的一个顽强的再生力。东北文化是一段段断下来的，中原人认为它是延续的，其实它每一次是重新崛起，等于是从零开始、白手起家，就依靠白山黑水，一支凶猛彪悍的人起来了。它不像我们中原和南方，真是代代相传，中原和南方有多少人家的家谱可以续到一千年以上，能续到两千年的少，但是能续到一千年的人家是很多的。我们这种确实是靠文化传承的。

明朝的时候女真强大起来了。明朝一是为了要统治他们，二是还要跟他们合作去打蒙古，所以在这里设置了——我们在历史书上都学到了，越往后就学得越仔细了——“奴儿干都司”，下边还有“三百八十四卫”“二十四所”“七地面”“七站”什么的，听着有点不像正式的行政单位，有点像土匪山寨之类的东西，就是根据当地具体情况设置行政机构，他们的自主权相对来说比较大。其中比较有雄心壮志的人，就会不满足于当一个地方派出所所长、当个公安分局局长，不会满足于这个——加上大明朝自己会出事，明朝以后中国出的事，推荐韩毓海老师的书《五百年来谁著史》，看看韩老师对这五百年中国历史的思考——其中有个叫努尔哈赤的，因为他的祖父和父亲被明朝错杀，他就立下了雄心壮志。这个雄心壮志真了不起！我觉得你如果是一个汉族人，你立下再大的雄心壮志也无所谓，因为你这个民族太大了，你的民族根基太好了，给你提供了这么雄伟的平台，你做什么事我们都不奇怪。你想一个努尔哈赤，据说家里有十三副藏甲、十三副兵刃就想统一天下，这真是雄心壮志，而且后来人家成功了。

讲到这些民族也好、族群也好，它的演变其实是有很多语音学上的蛛丝马迹的。前面讲的“女真”是个简称。怎么就叫“女真”了呢？很多人问，跟“女”有什么关系？看上去那么野蛮，哪来的女真啊，既不“女”又不“真”。【众笑】其实女真是从“朱里真”来的，当然“朱里真”这三个字也是汉字的音译，它有相近的一组词，都是一个所指：朱里真、朱里扯特、主儿彻惕、主儿扯惕、拙尔察歹、珠申，还有这个诸申。所以你就想，它们背后共同的发音是什么？你想象一下那个发音，那个发音是人家本来的名字，然后被操汉语者写成了这些不同的字。而且有时候故意给人家写的字，让你望文生义，觉得它很野蛮。像什么拙尔察歹，【众笑】这是蒙古人给它起的名字，蒙古人用汉字，找了四个汉字，说它又拙又歹。【众笑】人家后来自己觉得难听，自己改成了两个字“珠申”。这一看是用了功夫，找了两个好字来说自己。

后来建州女真强大起来了，努尔哈赤为他们打下了初步的天下。努尔哈赤的继承者皇太极也是雄心壮志。皇太极就觉得首先要正名，我们这名字不好听。人家也研究了很多汉文化，发现这些名字对他们都是有蔑视、有侮辱、有歧视，改了！所以皇太极就给他们民族改名叫“满洲”。有一种说法，“满洲”是佛教中的妙吉祥的意思。因为此时的满族人、女真人，珠申人也好，他们已经信了佛教。

可是据我们语言学研究，远在皇太极之前，“满洲”这个词已经开始出现。也就是说并不是他凭空造出来的，是他确认的。有一组词，它们原来的发音都是一个共同的词根，语音演变，“wo gi”，它被汉字写成以下不同的样式——沃沮、窝集，其实是一个词，前面我们讲过的“勿吉”，还有这个“靺鞨”，本来应该读“mò jié”，一直到满洲，我们去想，这一组词共同的发音是什么。这就是研究民族学的一个妙趣，它是一个跨学科的东西。尤其需要你有音韵学的训练，你能发现不同的好像离得很远的两个词，最后其实是一个词。包括我们说自己的“华夏”，“华夏”是个什么词？这都有很多很好玩儿的研究，都不是我们自己想象的那么高大上。

到了“满洲”，这个词可以说一直延续至今，而且这个词影响广大。在历史上很长时间东北地区就被叫作“满洲”，现在还有一个城市叫“满洲里”，满洲里是站在俄罗斯的角度，他们是满洲外，过了这块儿就叫“满洲里”。我今年夏天去了满洲里，站在那里就考虑这个问题。很多人看我发微博，都是只看到我吃喝玩乐的一面，他没有看到我那颗忧国忧民的心，【众笑】我站在那里所考虑的这个问题。今天仍然有很多国家地区，把中国的东北叫“满洲”。那你不能够强加于人，他就认识到这个程度，在他那儿，他读的材料，那就是满洲。你告诉他这是东北，人家不能理解，他说那也不北呀，比我还南呢。【众笑】

皇太极之后的这个民族的人，认为自己是满洲，那个时候还没有民族，不叫满族，他们说是满洲。他们建立的那个朝代，我们就把它叫作“满清”。他们这种文化策略，是有意把自己跟“金”和“女真”切割开。也就是说这个民族认为自己如果跟他们挂上钩，好像不太光彩——或者不太光彩，或者不太有利，反正是因为这两方面的考虑，就要跟它进行切割。这很有意思。

有些民族是要不断地去认祖归宗。不断地认祖归宗，要找。有多少日本人到中国来找祖先，他就说，他是谁家谁家的后代，都要找。比如说著名影星山口百惠，她就找到了，她是杨贵妃的后代，【众笑】都来拜了祖坟了。有些民族、有些族群是要不断地认祖归宗；有的民族相反，它要切割，它要说自己跟谁谁谁没关系。

在那样一个边陲的民族，人口很少的一个民族，要入主这么浩瀚广大的一个国家的时候，他的民族政策、文化政策是至关重要的。在这个关键的历史时刻，这个民族的领袖毅然地切断了自己跟金兀术的联系。也就是他让他新征服的广大地区的汉人认识到，不是金兀术又来了，你再抵抗我，你不是岳飞。这是它的一个深层的意义。而事实上，他们也确实不是金兀术的后代，是我们把他们叫作女真，他们自己怎么叫的，我们还不知道。因为我们看他们都生活在那一片，分成熟女真、生女真，到底是不是一个族的人，这可能还缺乏材料。反正他们的这种做法，结果是促进了民族融合。

当然这就具体的领袖来说，是英明的，就大的历史发展来说，这又是常态。北魏孝文帝改革也是如此，什么匈奴啊，鲜卑啊，没什么用！每家取个汉姓，都跟汉族人一块儿过好了。所以什么匈奴鲜卑，都没了，切割了！它的结果是民族融合了。汉族人总觉得是自己融合了人家，其实你融合了人家，不等于自己也乱了吗？只要说融合，其实互相都变了，怎么就是你融合了人家呢？你融合人家的同时，你自个儿不也变了吗？

只不过你占的股份多一点而已。但是随着时代的发展，这个“多”和“少”意义就不大了。

现在计算机能模拟古人说话，你让它读一首唐诗宋词，我们今天完全听不懂，只有中文系的人能听懂，就是受过语言学训练的人能听懂。古人读“明月几时有”。当然广东人、福建人可能能听懂一部分，因为很接近广东话，基本上从小说普通话的人，听了就是外语，你能想象那是你祖先说的话吗？我们祖先就是这样说话的。它经过多少次各种因素的融合，我们才变成今天这样的所谓的中国人。

到了20世纪有了民族理论，人一定要分各种族。古代人是不分族的，不用填表写自己什么族。现在有族了，所以这伙人，他们的后裔，被我们称为满族。古代只讲什么人什么人，不讲民族。汉人也不说汉族，汉人也根据文化、文明进化的程度来区分。

我们知道六祖慧能，那应该是中华文化集大成的领袖，圣人级别的人，慧能祖上本来是北京人，可是他在广东地区长大。广东被认为是文化不开化的地区，蛮夷之地，所以，他青少年时去学佛，他跟师父见面的时候，师父怎么称呼他？他自己也承认这种称呼——“獦獠”，这两个字都是带动物旁的，“gé lǎo”，或者读“gé liǎo”。就因为你文化水平不行，所以要带上动物旁，不管你是汉族还是别的族。

这是肃慎这一族的发展脉络。讲了这一段发展脉络，我们很难把它跟老舍挂上钩，就这样一个好貂的、无君长的、身上抹猪油的一伙人里边，能出老舍。所以说这就是文化研究的好玩之处，它很好玩。我直接说老舍还太突然了，前边有一个更伟大的人叫曹雪芹，也是这伙人的后代。所以，不要轻易看不起那个住在桥洞下边身上抹猪油的人，【众笑】谁知道哪块云彩有雨呢。

沿着这个往下看，就是这个民族建立了中华文明史上一个了不起的朝代，也是一个众说纷纭的朝代。这个朝代很难讲，特别在今天这样一个历史时期，曾经有的定论，今天都受到动摇。那我们就来看一看，如何评价清朝?

在座的都不是专门做这个学问的，但我想，你一定受到四面八方信息的侵扰，心里模模糊糊地对清朝有这种认识、那种认识。有的人是看了很多辫子戏，有的人是看了《百家讲坛》阎崇年老师等人的讲座。这里确实存在一个如何评价清朝的问题。我们没有办法在这里给评这个理，给算这个账，我们只能介绍一些材料。当无法进行价值判断的时候，我们先追求一下共同的事实判断。

作为一个现代国家，它是有明确的疆土概念的。清朝实际统治的国土，是中国历朝历代中最大的。为什么要强调实际统治呢？如果不是实际统治，我们可能有更大的时候。你说成吉思汗，那统治的土地没边儿，但他不是实际统治，他只是名义上统治，他拿下一个城市又走了，这个城市跟他没关系了。用我们东北话说，叫熊瞎子掰苞米，胳膊底下永远夹的是一穗，虽然已经掰了一百个，它不知道，它还是每掰一个都夹到这儿，前边那个没了。成吉思汗，他打下的疆土，最大的时候，从中心到四面八方任何一个边界，快马要走一年！他没有办法统治，那个时候的信息技术，使他没有办法统治这么大的国土，必然四分五裂。

我们说清朝是有效统治，也就是中央文件能够迅速传达、贯彻，这叫有效统治，这些地方都是听中央的。清朝有效统治的国土，是1250万到1400万平方公里，最大的时候达到过1400万平方公里。所以说它有本钱，后来又折腾出去几百万平方公里。有哪个国家能折腾起几百万？让人割走了几百万平方公里，还是个伟大的国家。那确实家大业大，曾经这么大过，都是爷爷挣来的，后来孙子又败家了，也败得起。这是它有效统治的疆土。

再看人口。清朝接管这片土地的时候，这片土地上的人口1亿左右，也有的学者说不到1亿，最低的说到六千多万、七千多万，也有说八千多万的。反正在人家手里就发展到4.3亿。中国人口能够论亿来数，是从清朝开始的。以前都是论万数，上了亿这个台阶，一说我们多少亿人口的时候，是清朝。

我提供一下抄来的一些人口数字，不一定完全准确。大体上，我们夏朝的时候有1350万。那真了不起啊！三千年以前有这么多的人口，当然是伟大的朝代！你就不用比那些破陶罐子、破铁片儿之类的了，关键了不起的是要比人口，你有多少人。那时候有一千多万人口，那了不起！

我们历史上最伟大的时候是西汉，将近6000万人口。也有说得更多一点的，接近7000万。为什么说我们这个族是汉族呢？汉朝确实了不起，人口达到过六七千万！那不可想象。但是因为古代的生产力和那种战争频繁的状况，不是人口不断地发展，它是增一增、降一降，增一增、降一降，后来就很难达到这个高度。

后来漫长的岁月里，到公元960年的时候，变成五千多万了；一直到了1400年的时候，才又超过7000万；1440年8200万；到1640年，是个历史转折点，一亿多了，1.3亿，然后1.41亿、2亿，这个时候就是乾嘉盛世。从康熙、雍正、乾隆开始，我们先不去管它什么政治上的、文化上的东西，就看人口增加。这样，到了鸦片战争爆发的1840年，中国人口四亿多。而这个时候全世界的人口只有十亿多，中国占这么多。所以你说鸦片战争怎么失败了呢？它就很有意思。

此后中国就陷入了灾难，尽管家底很大禁得起折腾，但毕竟是不断地折腾。人口就不再按原来那个速度增长了。当然这不能都赖人家帝国主义侵略，国内也是一片乱。太平天国起义那十几年中，人口反而下降，到1866年的时候，连3亿都没有，变成两亿多。这样，恢复到辛亥革命的时候，才又往4亿去了，接近4亿。

后面我们看，1921年，4.43亿，这是共产党成立这一年；1933年4.63亿；到1949年，5.41亿，后面什么情况我们就知道了。1955年6亿人口，1966年7.4亿。然后1982年突破10亿，1995年突破12亿。这是我们的人口发展数字。

那么1840年前后，我们刚才说人口这么牛，人口占世界40%，经济实力呢？按照一个叫贝罗赫的学者的计算，他说，按1966年美元价格计算，1800年英国人均收入324美元，法国220美元、中国228美元；1840年中国下降到了206美元，英国447美元、法国310美元、日本178美元。根据他的数据得出：1800年中国GDP占世界比重高达44%，到1840年鸦片战争的时候，中国GDP占全世界的37%。所以说是落后就要挨打吗？你的GDP还要发展到多大才不挨打呀？

按另一个学者麦迪森的估计，公元元年的时候，中国GDP占世界总量的26.2%；1000年的时候22.7%；1500年的时候25%；1600年29.2%；1700年22.3%；1820年32.9%。（《世界经济千年史》）也有的学者认为他们的计算可能是高估了，还有别的比较方法，还有别的计算GDP的方法。但不管怎么计算，当时的中国GDP在全世界所占的比重是高于今天的，更远远高于毛泽东时代。

当然“成也萧何，败也萧何”，清朝让我们思考的问题太多，我们回过头来看看清朝自身的问题。

崛起于白山黑水之间，人口少，靠着某些优势，它是怎么做的呢？这些跟要讲的老舍有什么关系？当然它有它的办法，它的核心的办法——用我们今天常说的话是“体制问题”，它什么体制——叫八旗制度，这就是它的体制。

八旗制度说起来很简单，就是军民一体。每个人没有固定职业，让你干什么你就干什么。该打仗打仗，不打仗，种地去！到了汛期，捕鱼去！动物长大了，打猎去！这就是八旗制度。因为人多，分成八个方面军。一开始不是八个方面军，是四个方面军，后来人口多了，变成八个方面军。

从努尔哈赤、皇太极开始建立八旗制度，所有在这个制度中的人叫旗人。我们今天讲的题目是“老舍与旗人”，但是我们要注意：旗人不等于满人，旗人是大于满人的。所有的满人都在旗，但是旗里的人不限于满人。因为除了满洲八旗之外，还有蒙古八旗，还有汉军八旗。这样说显得又简单一点。蒙古八旗和汉军八旗还有满洲八旗之间又通婚，这一通婚，它这血缘就又麻烦了。满族自己人口少，它为了实现自己的野心、雄心，它就要跟蒙古联姻，后来为了提高自己的文化，又要跟汉人联姻，联姻之后生下的孩子算哪个族的？它就麻烦。比如说曹雪芹，算不算满族？还是算汉族？这是问题。后来因为当时的民族情况、民族理论不那么明确，所以旗人满人也无所谓，大家更愿意说的是旗人，因为体制更重要。在旗不在旗是个吃皇粮不吃皇粮的问题，所以就叫旗人。

八旗的那些具体的生产、打仗制度我们不去讲了，我们要区分一些概念。八旗是哪八旗？今天的满族同学也未必说得清楚，因为我就问过满族朋友，我说哪八旗啊？他就说不清楚，这就是个知识。八旗是有顺序的，你不要凭着感觉认为——红旗肯定是第一旗吧?【众笑】不是，红旗不是第一旗，你想的是五星红旗了。人家的顺序是黄、白、红、蓝。本来就四个方面军：黄军、白军、红军、蓝军。

后来人口多了又增加四个，标志是什么呢？原来这四个方面军，每个方面军一面旗子，后来为了区别后增加的这四个，旗就镶上一个边儿。镶上边的这个旗叫镶某旗，原来没有镶边儿的是一个完整的，就叫整某旗。所以是整四旗、镶四旗。

可是这老百姓写字，都愿意往简化了写，简化字代表人性，简化字代表语言发展的潮流，是人民群众要写简化字，谁去写那个“整”啊？反正你知道我写的是什么，都写成“正”。所以大多数人不明来源，就都读成“zhèng”，都读成正（zhèng）红旗、正（zhèng）白旗、正（zhèng）黄旗 、正（zhèng）蓝旗，这是不对的，读“zhèng”的一看就没研究过。“正”字本来就是多音字，我们过年的那个月叫正（zhēng）月，写的也是“正”。所以准确的读法是“zhěng”，正（zhěng）红旗、正（zhěng）白旗。

而镶黄旗、镶蓝旗的这个镶，也因为笔画太复杂，很多人简化，就写成两厢的“厢”。写错的，取得了胜利。今天北京的很多地名都是这个“厢”。就离我们北大不远，厢白旗、厢蓝旗、厢黄旗，青龙桥那边写的都是这个“厢”，公共汽车站写的都是这个“厢”，政府文件里写的都是这个“厢”。也就是在语言学上，谬误会取得最后的胜利。所以不要太跟老百姓较真儿，你跟老百姓较什么真儿啊？最后你得投降，反正是。但是我们要知道它的来龙去脉，是从这个旗子的构成来区别的。

那是不是整旗的地位就一定高，镶旗的地位就一定低呢？又不对。这八旗分为“上三旗”和“下五旗”，它的排列顺序第一竟然是镶黄旗。镶黄旗、整黄旗、整白旗是“上三旗”。相当于西方的上议院，地位高一点。地位相对低一点的是“下五旗”：镶白旗、镶红旗、整红旗、镶蓝旗、整蓝旗。老舍他们家是整红旗，在“下五旗”里，还不是排在前边的。我们上一次讲到老舍是穷人，在旗人里，他家也是穷人阶级。

八旗制度因为它军民一体，就格外有效率，虽然人口少，但是以一可以当十，甚至当百。加上这个民族骁勇善战，当年八旗的人，说一句豪迈的话，说“咱哥们儿家里什么都没有，有的就是这一身疙瘩肉”！这一身疙瘩肉就是他的家产，就凭着这一身疙瘩肉打天下。这话确实听着像东北人说的。但是毕竟你人口少啊。

有时候我作为一个汉族人经常自我嘲弄，我说我们汉族人最鸡贼了，经常不跟人家打架，跟人家笑呵呵地过日子，然后偷着生了无数的孩子，以人口优势把人家给淹没了。你看没打什么架，然后欺负汉族那民族它就没了，【众笑】没有什么大的战役，慢慢地一百年过去了，你发现这汉族人越来越多，别的族的人就没了！【众笑】

满族人是很知道汉族历史的，它也面临着这样一个问题。怎么办？它只好把它的精兵强将分散到各地，因为它确实能够以一当十。全国一百三十多个地方驻有八旗兵。你想，满打满算它五百万人口，五百万人口能当兵的有多少？也就几十万，就算它十分之一的人当兵也就五十万。五十万人要分到一百多个地儿，一个地儿才多少人？也就是说这是它天然的一个难题。没有办法，进退两难——给你这么一大家子，说："不打了，你当皇上吧。"怎么当啊？子弟兵忒少。

所以清朝的一切的文化政策，首先都制约于悬殊的人口对比。我们不去说它前期入关之后那些残酷的杀戮，什么"扬州十日""嘉定三屠"，这都是汉族人民的伤痛，先不说这些伤痛，就假如说你不杀人，汉族不反抗，你怎么统治？这是一个难题。后来日本侵略中国的时候，我们老说小日本，这是不对的，日本其实很大，七千万人口的国家是个大国，我们那种感觉是错误的，它是一个七千万人口的国家。世界上有几个国家有七千万人口？那当然日本是大国。我们由于对日本判断错误，才吃了那么大的亏。

可是当年满族只有五百万人口，五百万人口可能还不是纯的。人口真的很少，所以说那个民族确实有了不起的一面。这么点人口，能够吃下去一个一亿人口的大明朝，肯定不光是靠打仗——有打仗有血腥这一面，还有很多的文化政策。可是毕竟你后来像酱油滴进白菜汤里边一样，你有多少酱油能滴进这一锅大汤里边啊？慢慢地就给你稀释掉、淡化掉了。一开始你还能够保持，可是随着岁月的流逝，它必然要变色。

古人说了，一个家族再牛，也延续不到五代以上，不可能五代不衰败，一般第三代就衰败了，能延续到五世不衰败的，就算是超出这个规律了。按照这个规律来看，清朝还真很了不起。它前面若干代领袖都是励精图治。中国这么多朝代，如果平均一下每个朝代皇帝的文化水平、统治才干，可能清朝要排第一。清朝的皇帝个个都是博士后水平，而且还不是一科的博士后，他们能够在北大四五个院系当博导，还不算骑马、射箭这一套。【众笑】这个皇帝是要格外的优秀，每个亲王都要优秀，他们有强烈的危机感。可是，他们的这个优秀，恰恰是以汉族文明为参照系的，这就是他们的一个两难。要统治这个庞大的汉族，就要提高自己文化水平；可是提高文化水平，是以汉族作为标准的，所以他们提得越高就越变成汉人。所以大家要明白他们这样一个两难的境地。

这样一个本来很先进的高效的制度，最后它自己给自己制造了乌龙球，所以我说这是八旗制度的乌龙。它本来是军民一体、骁勇奋发的这样一个体制，骁勇的程度可以说不亚于当年成吉思汗的军团，只不过成吉思汗在世界上影响太大了。八旗进关之后，一百年之后它还是非常能战斗的，可以说是世界上战斗力最强的一支部队，基本上就不打败仗，总是以少胜多。

努尔哈赤据说是熟读了《三国演义》的，努尔哈赤真是拿着《三国演义》打仗的。努尔哈赤有时一场战斗之前没招儿了，就翻《三国演义》，翻了像哪个：哎，按这个打！【众笑】往往还能够奏效。当时大明朝进剿努尔哈赤的时候，努尔哈赤有一个作战原则，叫“凭你几路来，我只一路去”。这不就是毛主席井冈山反围剿吗？这和毛主席的战略思想是一样的，叫“集中优势兵力，各个歼灭敌人”。管你几路来呢！我瞅准一路弱的，我打你个半死！所以说努尔哈赤是军事天才。

我们看前几个皇帝，和进关之后一半的皇帝，都是奋发有为的。按照正式的地位说，清朝十二个皇帝，加上一个多尔衮，应该说是十三个一把手。前三个，我把他们叫作“满清三杰”。这三杰不用说了，个顶个都是顶天立地的人物。据《清史稿 · 太宗本纪》，皇太极“无疾崩，年五十有二”。多尔衮其实是一把手，但是他没有就大位，实际上是摄政王，后来顺治皇帝是把他叫作皇叔的，所以一直有“孝庄太后下嫁多尔衮”这个传说。尽管学术界有争议，但是老百姓一般都是相信这个说法的，老百姓都认为：那肯定是他俩有一腿，【众笑】那不然这历史怎么解释？再说也不好玩啊。【众笑】所以电视剧上也是这么演的。反正不管他们两个有没有感情，孝庄确实是中国历史上奋发有为、智勇双全的这样一个杰出的妇女代表，很厉害。

它前期这些皇帝，都一个一个很了不起。我们现代人对别的朝代的皇帝可能了解得不那么细，对清朝的皇帝随便说一个，你应该知道他大体上有一些什么事。你应该知道“顺治出家”——想想韦小宝、五台山；【众笑】康熙做的那些事，收台湾，擒鳌拜，平三藩；雍正虽然年头不长，但是他继续了康熙的政策，雍正的政策可能偏铁血一点；乾隆在位的时间忒长了，可以说是将近百年的盛世延续着。我们说中国人口增加那个时期，主要就是这个“十全老人”时期。

当然他由于活得长，给自己贴了很多金，自己又太能写诗，乾隆一个人写了好几万首诗！【众笑】我最烦的一点就是走到全国各地都有他的诗，没一首好的——这也很难得，写好几万首诗，一句也记不住，【众笑】这水平也挺让人佩服。但是，正因为他写不出好诗来，可以看到他统治的那个时期是没什么大事的。好的作品一定产生于人民灾难，民不聊生、国破家亡，才有好诗。这可见一天到晚过得特无聊，没什么好诗，到一个地方就说这个地方好，阳光灿烂，【众笑】无非就写这些破诗。

其实，他这个好日子一直延续到嘉庆，中间尽管有和珅这些——我们认为和珅是贪官奸臣，今天一看，和珅也不太坏。和珅贪了那么多钱，人家没运到国外去呀，没存到瑞士银行啊！【众笑】所以叫“和珅倒，嘉庆饱”，和珅倒了之后，他家的财产又变成国家的了，等于替国家开个银行存着钱呗，【众笑】那不挺好吗？但是我们想，有些人虽然贪得不多，弄到国外去了，那才是更可恨的。

从嘉庆以后，清朝开始倒霉了。后五个皇上，从道光开始就倒霉了。所以我说这后五个皇上，帝号就取得不好，什么道光——都倒腾光了；咸丰——闲得都快疯了；同治——一看，这全国有病，全国开始治；都折腾光了，还往下继续——光绪；最后就剩下宣扬革命传统了——宣统，什么都没了！【众笑】这是我们搞中文的爱搞迷信，爱搞谶纬之学，你听后边这个帝号，就觉得不振奋。他们中间也不是没有进行过努力，因为我们后来对晚清太痛恨了，想起他们都是负面形象，但要一个一个说，其实文化水平都很高。尽管个人生活上有这样那样的问题，但你要允许，皇上也是人嘛，皇上在宫里待腻了，愿意出去玩一玩也可以。

但最后是：第一，国家没有弄好；第二，这个国家没弄好并不是因为他们个人贪污。其实个人贪污不算什么大罪，中国人民最恨的是卖国。所以我们数一下中国近代史，满清、北洋军阀、国民党政权，它们都不是亡在贪污腐败上，都是亡在对外关系上。

回到旗人的问题上。一个占统治地位的民族，不等于说它整个民族都过得好。所以马克思主义一针见血地指出，民族问题的背后还是阶级问题。即每个民族内部是存在阶级的。有时候为了解决民族内部的阶级矛盾，它发动民族战争，民族战争可以掩盖内部的阶级问题。比如说美国，它有严重的阶级问题，怎么解决阶级问题的呢？它是不断地对其他国家横征暴敛，不断地发动对外战争，掠夺其他国家的货币、资源；用掠夺来的财富的一小部分去改善穷人的生活，让它的穷人享受到足够的福利。所以它的穷人觉得，我们国家好啊，你看在我们国家不干活也饿不死，都有保障。所以它是用民族侵略解决了它的阶级问题。那对于被侵略的国家来说，解决不了这个问题。你本来就有阶级问题，再加上民族压迫，你就是被双重地凌迫。

在旗人内部，逐渐地就产生了一个八旗生计的问题。我们看八旗制度，它在开疆拓土的时候是非常有效率的，可是后来天下打下来了，不再打仗了，你在这儿驻五十个人我们都不闹，驻一百个人更不闹了。然后这一百个人驻到这儿就开始生孩子，没别的事了，开始吃喝玩乐。那这就有危险。

统治者制定两套体制，就是双轨制。旗人只能在旗，旗人只能当兵，他们的生活来源由政府统一供应，统一拨付。旗人不许从事其他职业，旗人不能种地，不能打工，不能经商。一开始来说对汉族人是有好处的，因为他就不能依靠权力来与民争利。可是时间长了，这八旗就有生计问题了，因为国家的税收是有限的，国家拨的军费也是有限的，他们这帮人等于靠军费活着。而军费是有定额的，特别是不打仗了，兵员不再增加。

人家八旗本来兵就不多，可是孩子在增多，有时一家只有一个人能拿军饷，这个东西叫“钱粮”。八旗制度是按照当兵人数，供给一定的银两和一定的粮食，合起来叫“钱粮”，旗人自个儿叫“铁杆庄稼”。铁杆庄稼好处是旱涝保收，坏处是永远这么点。原来这一家三个儿子，这三个儿子都是当兵的，一人有二两银子。后来这一家就永远是三个兵额，这家可能发展到十几个儿子了，加上孙子，青壮年十几个，就这三份口粮。这个制度是不变的，二百六十多年不变。人家这个制度执行得真好。可是它就把自个儿给害了，大量的旗人变成了社会底层的贫民，而且不是一般的穷。

可是政治地位又很高，他是旗人哪！他要面子，为了维护这个面子，他就会产生很多不正当的生活方式。老舍就在他的小说《正红旗下》记载他们穷人的生活，该买的东西也得买，可是家里没钱，没钱就赊账。所以旗人普遍都要赊，“赊”是他们一个常用词。没钱了，把小商店的那些人都叫来，要买肉，要买布，先消费着，然后在门口记上账。他们记账很简单，也很原始，就在你家门口划道儿，一长道儿、一短道儿代表了什么意思，商贩自己知道。

所以旗人家门口都画满了鸡爪子似的道儿，老舍把它叫“鸡爪子”。有的人就怀疑说，画得多了，等人走了之后，擦掉几个行不行？没这事儿！人们之间基本的信义还是有的，不会发生这种事情的，该画多少是多少。等过年的时候来讨债，把这些债还喽。还不上的也不要紧，还不上你就到别的地方去借钱，借钱要把这个还喽。还了之后，从正月里再开始画“鸡爪子”。

这种生活我想大多数同学都没有经历过，你想想，这会给一个人带来什么样的心理阴影？我们常说的那种八旗子弟，他们自己满语叫“苏拉”，就是闲散旗人，汉族很多地方叫“二流子”，产生了大量的二流子。二流子游手好闲，但是二流子中又有很多有才华的人，不能工作，但是别的事会的很多，比如说遛鸟，【众笑】有很多鸟类专家。北京人民艺术剧院有个话剧叫《鸟人》，当然鸟人不都是满族，但这里边确实有很多有各种专长的人，这个专长可能跟谋生没什么关系。现在你有心的话，可能还能在北京找到许许多多这种有专长的人，比如说养蛐蛐儿专家，他可以给你讲出一百六十多种蛐蛐儿。你再打听打听，很可能就是满族，上辈儿教下来的。

这就是“旗二代”“旗N代”的问题。这个问题，朝廷也多次考虑过，但是没有解决办法。怎么解决呢？没招儿，就好像是个死结。所以一直到太平天国起义，八旗发现自己镇压不了，大事儿终于来了。太平天国起义是谁给它镇压的？是湘军、淮军给镇压的。湘军、淮军为什么给它镇压？是太平天国自己犯了意识形态错误。太平天国如果举的是儒家的旗帜，那曾国藩、李鸿章没有道理去灭人家，太平天国恰恰犯了一个民族主义问题的严重错误，弄了一个谁也听不懂的叫“拜上帝教”。【众笑】

其实你好好的，不就农民起义吗？就是说这政府不好，民不聊生，你哪怕打一个“替天行道”的名义都可以，你说我是宋江的后代、方腊的后代都可以。【众笑】你非弄一洋鬼子，“拜上帝教”，谁也听不懂，动不动还“天父天兄下凡”。本来是正义的，被他们弄成不正义的了。结果曾国藩、李鸿章本来是镇压农民起义的，可是人家举的是儒家旗帜，所以曾国藩他们的胜利是儒家文化的胜利，是儒家文明打败了西方洋鬼子文明。所以既然你是儒家文化打败的，你就不好意思自己篡权了。镇压完了太平天国之后，曾国藩重兵在握，声望全球瞩目，多少人劝他、暗示他，革命了吧，不差这最后一脚啦！【众笑】但是这时儒家文化让他反思：这事儿咱不能干，哪能这么干呢？！人家这八旗已经孤儿寡母，怪可怜的，已经给我这么高荣誉了，咱不能干。

也就是到那个时候，八旗已经没有办法自我维持下去了。所以为什么说曾国藩他们搞的是一个中兴呢？就因为没有曾国藩他们这伙人，可能满清朝廷就完了。它自己的力量不够维持，后面的维持是靠传统文化、靠儒家文化的理念，又维持了几十年。到这个时候，八旗制度自身，它的体制就给它出了一个最大的难题，也就是你作为这个国家的统治集团，面对国家责任和民族命运，如何抉择？而这个抉择就影响了几十年后出生的那个叫“老舍”的人的命运。

好，今天我们就讲到这里吧，下次继续。【掌声】

2015年10月13日

北大理教107

第五章

旗人也是中国人：老舍的族群尊严

上课时间到了，请同学们都找好自己的座位。很抱歉还有这么多同学没有座位，注意不要着凉。快到重阳节了，佳节又重阳，玉枕纱橱，地板凉初透。【众笑】我上课之前有时候会说点闲话，模仿一下我们宋元话本。宋元话本小说在正式开场之前，往往说点闲话，聚拢一下听众的注意力，让一些听众把杂事儿做完。有时候讲个小故事，有时候讲一番什么大道理，然后再慢慢地开始。

我有时给大家推荐一些书刊，因为同学们会问我要读什么书，除了那些人所共知的经典名著之外，顺便给大家推荐一点不太著名的书刊。有一本杂志叫《艺术评论》，办得不错，涉及很多艺术领域，比如说各种戏剧演出、陶瓷、雕塑、建筑、舞蹈，也包括一些文学内容，这是中国艺术研究院办的。质量还不错，有时候还是有一些好文章的，比如说孔老师的文章，【众笑】顺便推荐一下。

大家并不做学问，但有时候需要关注一下学术界的动态，正好有一本杂志就叫《学术界》。这本杂志不是每一篇文章都好——实事求是地说，但是它能够保证每一期都有那么几篇文章是比较前沿的，或者在文史哲领域，或者在政经法领域。我不大了解他们的编辑方针，也许要把好文章藏在一些平庸的文章堆儿里，这也是一种办刊的方式。比如第九期有两篇关于环境的文章，有两篇关于抗日战争的文章，还有关于立宪的文章，都是值得参考的。说到环境，有一本专门谈环境的杂志叫《绿叶》，我多次在我的博客上推荐过，这是中国环境文化促进会办的。它不是一般的科普类、科技类的刊物，这是一本饱含人文情怀、人文水平的刊物。

我觉得作为一个北大人，说得夸张一点，应该无书不读。每个人要有自己的专业，但是要不限于专业，甚至要以谈自己的专业为耻。那是你的专业你有什么可谈的呢，有什么可炫耀的呢？你就是学这个的。大物理学家不跟人谈物理，大历史学家不跟人谈历史，武林高手不谈功夫。要努力谈离你专业很远的东西，那才叫本事。而要做到这一点，就要从年轻的时候开始博览群书、无书不读，用我们古人的话说，君子“耻一物之不知”（扬雄《法言 · 君子》）。当然这句话不可能百分百做到。就是对那些大家都能谈的话题，你应该是高居于众人之上。你只是一个北大的本科生，但是你要努力在很多领域都做到北大本科生的水平，甚至在某些领域达到研究生的水平。

这一期的《战略与管理》也不错，它本身就是一本高端刊物，这一期是一个佛教专号——“佛教与中国文化”。我念念它们的题目：《佛教的围墙困境及进入主流社会的路径》《从人性需求的角度看中国佛教的文化定位》《当代中国佛教的悲哀》《佛教与和平崛起的中国》《人间佛教要契理契机突出时代特色》《佛教入世的文化担当与出世的圣道坚守》《佛教在当代社会中的价值》《中国佛教的特质及其当代价值》。起码你看看这些题目，你也知道应该关心什么话题。如果我有机会，哪个学期我想在北大开一期佛教课，不然也白叫孔和尚了。【众笑】当然我想开的课太多了，不见得有时机真开。

推荐一本我们中文系老教授的新作，周先慎老师的——周先慎老师是古代文学专家，他出了一本书叫《周先慎细说聊斋》。周先慎老师也是几十年前给我们班上古代文学“宋元明清”这一段的老师，是大家。北大的大家有两种，一种是为社会所熟知的，还有一种社会上不太知道他，周先慎先生是介于二者之间的。他的文章被编入过中学课本，也在《百家讲坛》讲过课。这个书是他多年的力作。还有一本是上次讲老舍的时候提到的，关纪新老师的《老舍与满族文化》，辽宁民族出版社的。

今天我们接着上次的话题往下讲，上次我们涉及的“老舍与旗人”，其实是个非常大的话题，进去之后可以开得很大。我在上次课后到今天这一个星期里，又接触了一些跟这节课的内容有关的人和事，比如见了一些满族朋友。在我们国家特别是北京地区很有意思，你只要见到满族朋友，基本上都是很有水平的人。而且这些人不光有内秀，表达能力也都特好，随便拿出一个来都可以上《百家讲坛》的。所以我不断地充实自己。

我们上次是通过“老舍与旗人”这个话题去梳理老舍所在的这个民族的历史。从我的一个微博开始说起，讲到肃慎，从肃慎往下捋，挹娄、勿吉、靺鞨、女真，一直到满洲。然后我们谈了谈如何评价清朝这个非常复杂的问题，接着讲到八旗，才跟老舍比较近。顺便讲了一些八旗的知识：整八旗、镶八旗、蒙古八旗、汉军八旗。讲到老舍所在的是整红旗。大家知道曹雪芹家在哪一旗吗？【同学七嘴八舌】他们家是正白旗。

讲了八旗制度的建立对这个民族崛起的决定性的作用，我们又讲到了——我给它起的名叫“八旗制度的乌龙”，就是成也八旗、败也八旗。这样一个军民一体、骁勇奋发的民族，出了那么多的英雄豪杰，大多数皇上都是奋发有为的，都是智勇双全的，他们的平均水平超过任何一个朝代。中国历史上任何一个朝代，你拿出十二个皇上来，绝对跟这十二个比不了，没法比的，个个都是博士后水平，都是在北大做好几个专业博导的水平。可是，这决定不了它要走下坡路的命运。

接着我们就谈到“旗二代”“旗N代”的问题，它有内在的困境。现实的困境和这些材料，让我们认真地去思考民族问题，民族与体制的关系问题。如果放大一下视野，就会发现这不是中国一个国家的问题，好像全世界都有这个问题，所以我们才会经常问，民族这东西存在吗？比如我问大家，曹雪芹是汉族人还是满族人，这是不是个问题？

曹雪芹他家祖上是汉族人，也曾经为保卫大明的江山浴血奋战过。可是孤城被包围，中央不发一兵一卒，还说不到最后关头绝不轻言抵抗。所以曹雪芹祖上就投降了。不管中央有多少错误，反正你投降是最大的错误，投降是不对的。可是这些投降的人被编入了八旗，人家就赐给他们满族，就像历史上汉族也赐给其他的民族当过汉族一样，这本来就是一笔糊涂账。所以好多代过去了，到了曹雪芹，算什么？如果按照血统论，说：他太爷爷的太爷爷是汉族，他就是汉族；如果不按血统论，那就有另外的看法，虽然他太爷爷的太爷爷是汉族，但是慢慢他们家就成了满族，到曹雪芹这儿就算满族。所以我们今天学术界一般说曹雪芹是伟大的满族作家。也有人说，他们家祖上要是不投降，哪来的《红楼梦》啊！【众笑】文化之所以难于研究就是这样的，一个方程式本来快解开了，突然新出现了一组X，这就是文科的难度。

而对于清朝后期的皇上来说，体制困境、国家责任、民族命运是纠结在一起的。我们今天容易去指责他们是为了自己狭隘的民族利益而坑了这个国家。事实真的是如此吗？慈禧太后那些人真的不考虑整个中华民族的利益和命运吗？他们考虑的只是自己那些亲王吗？考虑的就是那几个阿哥吗？我想，老舍也会思考这个问题的，我们今天还会继续思考下去。我们不去做终极式的探讨，我们只来梳理一些史料。

按照老舍的说法，到了辛亥革命，满族就进入了残灯末庙的阶段。近年来不断地纪念辛亥革命，辛亥革命是海峡两岸都共同纪念的，只不过海峡对岸不知道海峡此岸纪念得更隆重而已。

当年我上中学的时候，有一次某大学的学生到我们学校来实习，我们班也来了两个老师。有一个讲党史的，讲得很好，口若悬河，一开口就说，“当时窃居我党总书记地位的陈独秀”，【众笑】我“啪”地举手，我说：“老师，凭什么说陈独秀是窃居？他从哪儿窃居的？窃者偷也，他从谁手上偷的？”他说：“你你你你你……你干什么的？”【众笑】陈独秀怎么能说是窃居呢？是全国的共产党员，包括全世界的革命者，选他为中国共产党第一任总书记，那是众望所归，不能因为后来对他有这个意见那个不满，就把他前面的历史否定。

所以说当时的情况是“推翻”还是“禅让”，这是大有玄机的。区别在哪儿呢？是不是“推翻”了就更好？假如革命党团结一致势力强大，不需要袁世凯从中渔利，连袁世凯都逮起来，一直打到北京，那不是“推翻”更好吗？“推翻”好不好，要看“推翻”这伙人的主张是什么。

这伙人的主张是孙中山的主张，叫“驱除鞑虏，恢复中华”。“驱除鞑虏”是什么意思？要把人家赶出去；“恢复中华”是什么意思？恢复汉族人原有的地区，这个地盘归我自个儿管。用今天的话说，其实叫分裂中华民族。你驱逐人家回去，赶人家回老家吗？老家是哪儿？东北！那满族回东北，你们汉族十八个省自己过吧。满族回东北了，蒙古呢？蒙古回蒙古呗。西藏呢？新疆呢？宁夏呢？云南那么多少数民族呢，广西那么多民族呢，仔细一想，是很可怕很可怕的。

蒙古、西藏、新疆那些王公，他们为什么依附中央政权，他们依附的是什么？依附的是一个民族吗？或者依附的是个少数民族吗？他们依附的是什么？他们依附的是一个伟大的意识形态。这个意识形态就是儒家的礼乐制度，就是儒家的内圣外王。因为各有各的宗教，各有各的语言。

中华民族建立在儒家的意识形态上，从来不讲血统论，从来不讲民族论，只讲文明。中国人讲的夷夏之辨，不是血统之辨，是文化之辨。你没文化，你粗俗，你就是夷，跟你是谁的儿子、谁的孙子没关系。你有文化，你修养高，你待人文明，你仁义礼智信，你就是夏。这是由你的修为，由你的功德所决定的。假如你是个杀人放火、无情无义、没有仁义礼智信的人，你再标榜“我是中国人民的儿子”，中国人民认为你连孙子都不是！跟你是哪个民族的没有关系。所以曹雪芹是满族也好，汉族也好，在文化上那是中华民族顶尖的人物。

由于这个和平解决，最后没有发生战争，就建立了一个中华民国。这中华民国是完完整整地从清朝手里接过来的，接过来一个四亿人口的一千二百万平方公里的多民族大国。不管统治力达到没达到，从法理上说，西藏、新疆、蒙古都在这里边，还不要说人家老家。所以说到这儿，你说这满族多亏，好不容易入了关，结果连老家都赔上了。

到这个时候，民国政府每年给他们孤儿寡母四百万两银子养活他们，还答应他们可以不迁出紫禁城。但是后来1924年冯玉祥进京，给他们都赶出去了，钱也不给了。正因为不给这个钱，把他们轰出去了。

到了这个时候，虽然是和平解决，但仍然算是一个惊天地的巨大变化。八旗怎么办呢？汉军旗人就比较麻烦。汉军旗人类似曹雪芹家后代的，融合得比较早，可能都被算成满人了。那个时候只不过不填表、不填民族。其他一些汉军旗人，由他们自己决定，你愿意“满”就“满”，愿意“汉”就“汉”。但是在当时的历史情况下，我们可以想象，绝大多数人都会选择汉族，都说自己是汉人。据统计，当时京师的旗族——

旗兵加上他们的家属，一共有六十万，这可能还没算城外的。京师地盘是很小的，就是今天的二环以里，二环以里才是北京，二环以外，像咱们这里西三旗、东三旗的，不是北京了。你想想，旗人是很庞大的，这上百万人的生活，一下子就出了问题，工资没有了，“铁秆庄稼”——断了，齐根儿断了。

而辛亥革命尽管并不是那种暴力的直接推翻，可是它的民族理论是从西方来的，是晚清涌进中国的西方民族国家理论。我们今天这么大讲民族问题，包括我讲这个课，要这么郑重地讲民族问题，就因为以前中国不存在这个问题，这是一百多年来严重影响中国的一个理论。这个理论的一个要害是，国与族是一致的，一国之内不容有二族。我们想，这应该是不符合事实的。人的起源这么复杂，地域这么复杂，哪个国家能够保证它百分之百都是一个族呢？但是有了这个理论，它就可以按照这个理论去消灭异族，同化异族，不允许异族存在。

比如说日本，它说我们都是大和民族的——可能吗？你可能一亿多人口都是一个民族的？你说你是一个民族，那就意味着你不承认实际存在的多种其他民族。北海道人跟九州人能是一个民族的？关东人和关西人是一个民族的？九州人跟四国人是一个民族的？我们至少知道，琉球不是你们一个民族的人，琉球人就是福建人。所以，号称是一个民族的国家是有严重问题的。

我在国外时不止一次被他们挑衅地问，你们为什么灭了五十五个国家？【众笑】我说，谁告诉你的？他说，你们不是自己说的有五十六个民族吗？你们有五十六个民族，意思就是说你们灭了五十五个国家，你们才有五十六个民族。我想人家也不是挑衅，它的理论就这样的，一个国家就是一个民族，你既然五十六个民族，那就是你汉族消灭了五十五个国家，统治了人家。

我说，那贵国呢？他很自豪地说，我们只有一个民族。我就跟他讲了，我说我有一个同学，他说他是土家族，他很高兴地说，我们家就我一个土家族。【众笑】我说你们才是血腥地消灭了很多民族，把人家强行冠以你们的名字，叫你们这个民族而已。随便查一查历史就知道，你们的民族何止五十六个。我说，就中国来说，民族划分也不过是一种理论，只要我们高兴，可以再划出一百个族来，只要我们高兴，还可以合并成二十六个族。我们汉族起码可以再划出几十个族来，这个省跟那个省完全就不一样啊，你凭什么说山东人跟广东人是一个民族的？我怎么看着不像啊！【众笑】说话也不像，长得也不像，那怎么是一个民族的呢？只要我高兴我就能多划分几个民族。

根据西方的民族国家理论，辛亥革命才要驱除鞑虏。最早的最有影响力的就是邹容的《革命军》。我们历史课上都学过，邹容，革命英雄，写了《革命军》，为了写这本书坐牢，等等。这些革命志士的革命精神我们都是钦佩的，但是如果仔细读他们的书，会发现这书里有很多值得反思的地方。

比如说《革命军》里面有这样一段："中国为中国人之中国。"这是什么意思？什么叫"中国为中国人之中国"，这看上去好像对，但是你说的中国人是谁？我们知道"中国"原来只指河南人，【众笑】近些年来为什么铺天盖地出现这么多污蔑河南人的段子？《河南人惹谁了》，有这么一本书，里面说就因为河南人是最正宗的中国人，必须彻底摧毁河南人的形象才能彻底打倒中华民族。"中国"那地方就是河南那一片儿，咱们这儿都叫"蛮夷"，这不是"中国"。所以你说"中国为中国人之中国"是什么意思？

"我同胞皆须自认自己的汉种中国人之中国"，你看，说这话的人觉得很自豪，好像是为自己的民族而自豪，可是他不知道他这种说法恰恰是鬼子思维，恰恰是西方民族理论。下一条，“不许异种人沾染我中国丝毫权利”，这看上去也很掷地有声，但是你这“异种人”指的是谁呀？这就有问题。下一条就很直接了，“所有服从满洲人之义务一律取销”，那这就容易混淆了，比如说一个国家的老百姓，他对国家所尽的义务，你是不是都要理解为对某个民族人所尽的义务？

比如说我们今天作为中华人民共和国的公民，我们要交税，要遵守交通规则，考试不作弊，我们要遵守很多规定，等等。这些算不算都是遵守共产党的规定？在网上很多汉奸就是这么煽动的，它把任何一个国家公民都要遵守的一些普遍原则，歪曲为遵守的是某一个小团体的野蛮规定。它很有煽动性，而一般人不去细究。

下一条，“先推倒满洲人所立之北京野蛮政府”，这一条好像还具有合理性，说的是事实，是满洲人立的政府，这个政府干了很多野蛮事，这句话好像还没什么毛病。下一条好像毛病很大，“驱逐住居中国中之满洲人，或杀以报仇”，那这一条我们今天看来也不能同意了，这是明显不能同意的。下一条，“诛杀满洲人所立之皇帝，以做万世不复有专制之君主”。

邹容的《革命军》里面，在那种高扬的很感人的民族精神、革命精神的背后，有很多作者自己并没有察觉到的西方的民族国家理论。不能说这个民族国家理论是对的或者错的，我们要理清它这个东西是从哪儿来的，怎么认识，它在有些空间使用可能是有正能量的意义，在另外一些空间使用就不见得。所以学者们会说民族理论是一把双刃剑，它可以让一些应该独立的民族独立，也可以瓦解一些不该被瓦解的国家。

你看我们现在这个世界，到处战火熊熊，很多战火都是被民族主义理论挑起的。苏联为什么“咔嚓”一下碎成十五块？南斯拉夫为什么分成六个国家？要肢解中国的势力，利用的是什么理论？我刚才开玩笑说山东人和广东人看着不像一个民族，这不是玩笑，有的人就是这么煽动的，现在有的势力就说：粤语不是汉语，广东话不是中国话。

对于满族来说，到这个时候，人家有了这么个理论，有了这样一个现实，他们就真的进入一个很难办的、很难度过的历史时刻。1912年，中华民国成立之后，满族可以说进入了一段地狱般的岁月。对他们的称呼，什么“鞑靼”——鞑靼本来是一个很模糊的称呼，各个民族称呼的“鞑靼”的内涵是不一样的，在汉语中反正都显得很野蛮——鞑虏、北虏、贱虏、逆胡、山虏、满洲鞑子、满洲贱族，不光是汉族这么称呼，其他一些民族也跟着这么称呼，朝鲜、日本也都跟着这么称呼。

日本侵略中国的理论很复杂，其中有一条理论就是这个——你们竟然能够被满洲鞑子统治，凭什么就不能被我们统治呢？就是鲁迅《阿Q正传》里写的“和尚摸得，我摸不得？”。【众笑】就是这种心理。因为在日本人看来，它离儒家更近，它认为它更继承儒家的意识形态，你满洲鞑子都能够当皇上，那我比它更文明，我凭什么不能来一把呢？这是它的一个侵略的理论。

还有一些歧视性的称呼，“野藩”“五百万有奇披毛戴角之满洲种”(《革命军》)，这一看就不是人的形象了，“披毛戴角”。大家如果到博物馆去看看，满族人的相貌，其实都很文雅，他们跟汉族是一个种。

可是这种民族主义理论在某个时期特别有号召力。鲁迅在《阿Q正传》里边写了阿Q做的梦，阿Q梦里的革命党是什么样的呢？是穿着白盔白甲，是给崇祯皇上报仇的。我们一般讲《阿Q正传》的时候，会说这是阿Q愚昧，阿Q不懂历史、不懂革命，我们会这样去指责阿Q。其实阿Q这个梦，是由普遍的集体无意识做基础的。大多数老百姓都会通过各种渠道受到这种民族主义宣传影响，他们认为，什么孙中山、秋瑾这些人，都是天地会的，都是陈近南一伙的，都是要反清复明的。金庸在

《鹿鼎记》里写，韦小宝天地会的身份被康熙识破，康熙说："我还不知道你们要干吗，你们不就是要反清复明吗？"韦小宝一听被戳穿了，赶紧耍个贫嘴，说我以后忠心耿耿，再也不反清复明了，专门反明复清！【众笑】康熙说："混账！我大清朝又没有灭亡，谁要你来复？"这种民族主义想法在康熙那个时候是没有的。

民国的领袖们，后来国民党的领袖们，他们回顾辛亥革命的策略，他们自己很清楚，当时怎么革命呢？叫作"以民族主义感动上流社会，以复仇主义感动下流社会"（梁启超编《癸丑新民丛报汇编》）。你想想他们怎么去弄掉卡扎菲、萨达姆，还有今天的叙利亚呀？也无非就是这一套，民族主义、复仇主义。

这就造成了整个社会对满族这样一个五百万人口的民族的整体性的报复和否定。这个民族整个被妖魔化了，把中国的一切灾难都推到这个民族的身上，还不仅是推到它的统治者头上，是所有这个民族的成员。像冰心这样的有学问的人，大作家，回忆说，她小时候，反感所有的旗人，这种回忆在别人那里也可以读到。冰心的父亲还是北洋水师的重要军官，还是参加过重大战役的，参加过黄海海战的，后来跳海游回来的，是爱国将领。这样一个爱国将领的女儿，都是从小就反感所有旗人。可见那个时候社会的舆论已经被当时的"公知"所占领，就是清末的"公知"已经成功地在全国人民心中点起了民族歧视的火焰。冰心是长大之后，她成了大作家慢慢回顾，在共产党的帮助下，才发现自己反感所有旗人是错的。

对旗人的这种过分的歧视，导致在一些地方发生暴力事件，杀害旗人，在全国引起新的动乱。所以孙中山进行了一个理论上的纠偏，孙中山不再提他那个"驱除鞑虏，恢复中华"，而是提出一个新的五族共和理论——汉满蒙回藏五族共和。那我们要细究，才五族共和，那还剩下五十一个民族呢？那些不共和了？所以这个理论是个无底洞，好在表达了各族共和的意思。所以北洋政府时候，到处都宣传五族共和。它在理论上进行了适当的纠偏，可是它无助于现实生活中这个民族的悲剧。

刚才我说汉军八旗的人自决，一般人都去选汉族，没有人说自己是满族。真正的满族只要有办法，他也不说自己是满族，想办法说自己是汉族或其他民族。所以到底谁是哪个族的，确实是很难说清楚的。今天中国有这么多的少数民族，都可信吗？有些人填表的时候填少数民族，是为了受照顾，是为了高考加分，是为了某种政策和受惠。那这占多少？这恐怕占很大一部分。还有的人是混血，父母是两个民族的，子女可以选是哪个族。

在这个歧视下，满族到了一个濒危的阶段。清末，北京有统计的旗人六十多万，全国的旗人是五百万，过了三十多年，1949年的时候，北京的满族人只有三万多，全国就剩了一百五十万满族人。也就是说，满族到了1949年剩这么点人了，跟藏族人差不多了。今天满族重新超过一千万，又是一个比较大的民族。就因为当年他们大多都隐瞒了身份。

那么满族人，刚刚我们讲八旗子弟，游手好闲，不事生产，但是其中产生了很多艺术家。各行各业的艺术家里面都有杰出的满族人。随便举一些例子：关肃霜；常书鸿，这是敦煌专家；唐圭璋，这是大学者；罗常培，咱们北大的语言学家；王度庐，武侠小说家；侯宝林，一流相声大师；程砚秋……我只是随便讲几个，这单子可以很长很长。还有好多人，他是满族，但是他不愿意提这事，甚至不愿意跟记者说。

那下层满族人怎么办呢？下层满族人，原来是吃那“铁杆庄稼”的，就像大批的下岗工人一样。我们想一想，20世纪90年代几千万工人突然下岗，这些工人，特别是很多中年工人，都是毛泽东时代培养出来的世界一流优秀工人。可是他就会干一件事，就会用他那个机床，上了机床就是世界英雄，他们那个车间是能够获诺贝尔奖的，但是把他赶出工厂了，他就什么都不会干了，“铁杆庄稼”没了。90年代，我到我们国家最大的工业城市沈阳去，就看见一个奇观，叫十里长街卖袜子，宽阔的一条大街两边，工人都在这块卖袜子，卖木梳，卖小镜子。这些人都是国家的宝贝，这些人的水平都超过今天国家最优秀的工科院校培养的博士。几百米长的一个大机器出现故障了，其中的一个工人用耳朵一听就知道问题在哪儿，是这样优秀的人，突然让他们下岗，他就成了一个废物。

旗人突然一夜之间没了粮食，他什么都不会干，所以大部分旗人的就业去向，就是社会最底层的，比如说车夫——这都有专家研究，都有具体的统计数字——北京市当年车夫多少，其中满族人占多少；还有些当巡警、妓女、小贩儿、最底层的工匠、底层的艺人，或者是给人家当用人。整个民族，突然就变成了这个状态。可是人家说，你原来这个体制不是不好吗，现在这个体制给你打破了，你自由啦，可以自由择业啦。这真是一个自由的反讽。就像资本主义社会对工人说，你自由哇，你可以选择工厂啊，你不是老板的奴隶呀，这老板不好你换哪。你只有选择奴隶主的自由，但是你还是奴隶，你没有摆脱奴隶的自由。

《月牙儿》的主人公说了一句话，什么自由啊，“肚子饿是最大的真理”。我不知道同学们有没有肚子饿的经历，我们今天不太容易肚子饿，只能自己制造，【众笑】所以我希望每个星期你绝食一顿，或者两个星期绝食一顿也行，你一顿不吃，最好是不吃晚饭，因为大家睡得比较晚，你坚持到半夜，看看什么滋味儿。然后你半夜三点钟的时候，饿醒，所有食堂都关门儿，【众笑】体验一下肚子饿的滋味，是挺有好处的，当然对身体也有好处，身体清理一下“磁盘”。

当然肚子饿不只是满族的问题，全国人民都肚子饿，但是满族尤甚，由于肚子饿，不得不选择这样的职业。所以从这些满族人来看，他们不仅仅是从政治上不喜欢中华民国，他们从肚子出发，就不能够赞成中华民国。中华民国号称“民主自由”，什么亚洲第一共和国，这些都是虚的。老百姓的生活质量不如清朝，不如兵荒马乱的签订了那么多丧权辱国条约的清朝。中华民国标榜“三民主义”，可是事实上没有解决好三民主义的问题，民生、民主、民族，统统都是失败的。如果说大家热爱中华民国，热爱的是它的理念，说中华民国的理念很好——假如那样多好哇。在鲁迅的笔下，只要出现中华民国就是反讽，一定是发生什么坏事，鲁迅才特意写：“中华民国十五年三月二十五日，就是国立北京女子师范大学为十八日在段祺瑞执政府前遇害的刘和珍杨德群两君开追悼会的那一天。”

所以就这个民族来说，老舍长大的岁月，是这个民族从残灯末庙到濒危，到大家都不敢说自己是这个民族，能隐藏尽量隐藏的这样一个历史时期。

幸亏到了1949年之后，历史有了转机。1950年，老舍从国外回来，他还不是跟中国境内的人，是跟境外的朋友说：“两年前，我的哥哥差点儿饿死。”——1947年、1948年的时候，全国有个“反饥饿、反内战、反迫害”运动——“现在他的孩子全有工作，他自己也恢复了健康。”（《老舍自传》）这是他自己的亲人，自己的感受。老舍又说：“现在我才又还原为人，在人的社会里活着。”你看老舍他不会讲马列主义那些术语，他不会说阶级，什么无产阶级，这些话都不会说，他说的是最朴素的话，就是“人”，就是我以前活得都不是人的状态，现在我是还原为人了。现在这个社会，他也没说是社会主义社会，没有，他说是人的社会，就是在一个人的社会里活着。

我们怎么感受1949年以后建立的那个社会呢？要去读一读那个时候人们写的东西，既要读共产党作家写的东西，也要读国民党作家写的东西，也要读老舍这样的人写的东西，还要读国外的人写的东西。综合起来你去感受那是个什么时代。而老舍朴朴素素地说的这种人的观念，其实恰恰回到了现代文学开始时候的理论，就是鲁迅讲的“人”。也就是这个时候，我们发现历史转了一圈，回去了。

鲁迅当年为什么投身新文化运动，为什么批判中华民国？鲁迅的名字不就叫“树人”吗？他的兄弟几个都是“人”——树人、作人、建人，他就是要一个“人”，鲁迅要建立的就是一个人国。鲁迅很年轻的时候，他就有一个理念叫“人国”，要立人国，他没说立哪个阶级的国。在人国里是尊重人的。为了这个理想中的人国，鲁迅用了那么大的力量，把中国历史都说成是吃人的，他就是要找一个不吃人的这样的空间。

那么有了这个，老舍才慢慢地找到自己虽是满族的那种真正的自豪感，开始敢说自己是旗人。在《茶馆》里有一句台词，“我是旗人，旗人也是中国人哪”，这句话我们今天听来是废话，今天没有人认为旗人不是中国人，对咱们来说，这话还用说吗？可是那个时候他要说，老舍还专门把它安排成一句台词说出来，那就说明，在很长时间内，旗人被认为不是中国人。我们想想邹容的《革命军》，按照那个理念，旗人不是中国人。可见旗人受了多大的屈辱。他要强调：旗人也是中国人哪！他这个时候并没说旗人怎么怎么高人一等，他说的“旗人也是中国人”，就要求这么一个资格。

所以我们看，在老舍的作品里，他永远低徊着一个爱国主义的主旋律。他爱的这个国是中华民族的这个国，不论是在民国时期也好，还是在新中国成立后也好，他有一个爱国主义的主旋律。这个爱国主义的主旋律，不是政府教给他的，不是国民党让他做的，也不是共产党让他做的，不是政府给他的“五个一”工程奖，不是作协给他分的任务，甚至他自己都没有很清楚地去想，他是不自觉地表现出来的这样一种情怀——他作为这样一个满族的成员，一个后代，他其实是深深地爱着这个国家的。

他以前不敢说他是满族，后来敢于说自己是满族了，其中有一件事，就是毛泽东当面对他的肯定。真正解决好民族主义这件事是很不容易的，需要有高深的理论修养，需要读透古今中外典籍，而这样的人我们中国是有的，这个人就叫毛泽东。因为毛泽东年轻时就把四书五经都打通了，后来又学了马列主义。当然学马列主义之前，他先学了西方那一套东西，就是西方民族主义那套东西他早都学过，拿破仑、华盛顿这些人对他来说都是耳熟能详的，年轻时就崇拜华盛顿、拿破仑，然后又反思了苏联的那种民族主义，结合中国，他就有了一个解决中国民族问题的新的理论设计。

在共产党内有一个领袖叫关向应，早年病逝了，原本他后来应该地位更高的。1946年的时候，在他弥留之际，毛泽东去看望他，关向应对毛泽东有一个嘱托，他对毛泽东说："我是满族，以后满族有什么事情，希望主席讲一讲。"

我看到这个材料的时候很感动。一个共产党的领袖，自己病重了，毛主席去看他，他应该有很多话可嘱咐，可是这个时候他委托给毛主席的一件事，是他们整个民族的事。也就是说1946年，他就知道这国家肯定是共产党的，毛泽东这人不只是共产党的主席，将来肯定是这个国家的主席。他想的是将来我们满族这个事，谁给我们说公道话，他把这事委托给毛泽东了。

而我们知道，毛泽东是湖南人，毛泽东是沿着王夫之、曾国藩这条线下来的。按理说，湖南人是最有汉族的这种气质的，最应该是驱除鞑虏的，但是关向应相信毛泽东的胸怀，相信毛泽东对民族问题有着跟孔子、孟子一样伟大的认识。所以，他等于是把一个民族托付给毛泽东。

你看说的话多感人："我是满族，以后满族有什么事情，希望主席讲一讲。"就是我们这一族，拜托你了！

这一天终于到来了。毛泽东就找了一个最能传播他的声音给整个满族的作家，这个作家的话语能力是最厉害的，毛泽东在人民大会堂对老舍亲口说："满族是个了不起的民族，对中华民族大家庭做出过伟大贡献！"毛泽东一辈子，对一个民族评价如此之高，只有这一次。毛泽东肯定对别的民族评价也不错，就是因为满族受了天大的委屈，毛泽东才专门要讲这样一句话，而且要对老舍讲，要对侯宝林讲，因为他知道，他们会迅速地传播给自己的族人。

我前一次讲，老舍师范毕业当了小学校长，回家之后激动得一宿没睡，这次回家又激动得一宿没睡。那一次一宿没睡，是为了自己家里改变地位，从穷人变成不穷，不愁吃喝啦，这一次是精神尊严问题。以前想方设法回避这事，不谈这事，现在毛泽东不是说满族受了委屈，说的是"是个了不起的民族""做出过伟大贡献"。老舍第二天就找他知道的这些旗人朋友、满族朋友，奔走相告。那个时候没有微博，要有微博，他第一时间就发微博了，【众笑】他只有自己口头发微博，说主席说了，咱满族是了不起的民族，以后再也不用隐瞒这件事了！以后逮谁就跟谁说——知道吗，我是满族！就变成特自豪的一个状态。由于有这个情况，很多艺术家都开始承认，甚至很自豪地说，我是满族！这是具有划时代意义的一个事件。

可是民族问题在理论上解决了，实际上它很早就复杂化了。满族入关前，满汉就开始融合，入关后这二百多年，已经融合到真是难分你我的程度了。就像那首民谣说的，把两个泥娃娃打破，再和泥，再做两个泥娃娃，你中有我，我中有你。比如今天两个同学很好，一个汉族一个满族，到底谁的满族成分多，真是很难说。

血缘融合了，姓名都融合了。满族像许多其他少数民族一样，原来是没有姓氏的，后来它要向中原汉族看齐，把自己的一些部落的称呼，就叫作他的姓。满族一般的说法有八大姓：瓜尔佳氏、钮祜禄氏、舒穆禄氏、董鄂氏、马佳氏、那拉氏、索绰罗氏、伊尔根觉罗氏。这八大姓里边，还竟然没有爱新觉罗，【众笑】但是大家肯定都知道爱新觉罗，忘不了，他们家是皇上。这八大姓，慢慢都觉得叫起来拗口，叫起来别扭，不容易记，就演变成跟汉人一样的姓氏了。变成汉姓之后，这八大姓有两种说法，一种是关郎舒董马那索赵，另一种是佟关马索齐富南郎。所以你见到这八大姓的人，可以怀疑他是满族，特别是在北京和东北地区。在北京和东北地区，你遇见一个姓关的、一个姓郎的、一个姓索的，都可能是满族，姓那的不用说了，当然不能说百分之百都是，但是他的可能性比较大。

有的再加上音变，又产生很多别的变化。比如说姓舒的，在东北好多姓舒的是满族，可是有些东北人是从山东来的，或者是从胶东来的，他们说舒的时候不念"舒"，念"许"，说老许，所以有姓"许"的也是满族人。还有多音字"宿"，也念"xǔ"。我有一个同学就姓宿，我们按照普通话，管它念"sù"，到他家发现，他们家管自己念"xǔ"，说我们是老xǔ家。这样就解决了很多疑难问题，这个"宿""许""舒"其实是一个姓，可能都是舒穆禄氏。而老舍家自己就是舒穆禄氏。满族姓氏，也是个专门的学问，有好多专家在研究。

姓名融合了，语言也高度融合。我们今天哪些话是满语，哪些话是蒙古语，哪些话是女真语，经常没有统一的看法。学界没有统一的看法，就说明融合程度高。我是哈尔滨人，"哈尔滨"是什么语？我小的时候得到学者的考证说，"哈尔滨"是女真语。后来又说不是原来的女真语，是满语，有人说是满语被汉化了，有好多种说法。"哈尔滨"是什么意思？“哈尔滨”是打完鱼晒渔网的场地，所以“哈尔滨”的意思简单地说叫“晒网场”。有一首歌叫《哈尔滨的姑娘》，哈尔滨的姑娘来到晒网场。【笑声】

所以今天的汉语里不知不觉融入了很多别的民族的语言。比如说“胡同”，“胡同”是什么语？本来我小时候得到的结论是，“胡同”是蒙古语，可是最近又有人说“胡同”是满语。再查史料，发现远在元朝之前，文献里已经出现了“胡同”这个词。那这“胡同”到底是什么？还有，最早的“胡同”是什么意思？有人说“胡同”就是井，或者说“胡同”是有井的十字路口。研究这些东西都挺有意思。

风俗也融合了。我们常说的“满汉全席”，这是饮食风俗的融合，到底哪个菜算是满族的，哪个菜算是汉族的？比如我们说“东北乱炖”，“东北乱炖”是满族菜还是汉族菜？“酸菜炖粉条儿”是满族的汉族的？“杀猪菜”是满族的汉族的？就不好分得那么清了，你从两边说，都能找到依据。

整体上，满汉文化已经融合了。因为汉族的体积太大，表面上经常表现为汉族容纳、消化了其他民族，可是你消化人家的同时你就变化了。就好像我们一个人吃了别的动物的肉，长成的是自己的肉，但是你也不好意思说，我这块儿是猪肉，这块儿是牛肉，【众笑】这是没有办法辨别出来的。所以中国的民族和西方的是不一样的。

满汉融合的结果，是我们看见出身满族的旗人中出现了很多文化大师。很多年轻人喜欢纳兰性德的词，纳兰性德的粉儿特别多。纳兰性德作为满族的这样一个贵公子，他用这么高深的、这么玲珑剔透的汉语写出那么好的词来，而且那个时候是清初，你怎么解释这个文化习得的问题？到了雍正、乾隆年间出现曹雪芹，曹雪芹小时候并不爱学习，小时候和他笔下写的贾宝玉有点相似，还没有贾宝玉学习那么好，但贾宝玉的缺点他都有，小时候就专门和家里的女同学在一起从事各种非学习类活动，【众笑】但是你看，人家长大之后就不一样了，能成为这样的文化大师。

清朝完了，再到中华民国。中华民国时期，我们就说写小说的，一个是被认为新文学作家的小说大师老舍，另一个是通俗文学小说大师王度庐。我讲武侠小说时讲王度庐，王度庐也是我们北大的旁听生，当年可能还没有这样的地板可坐，当时那个冬天，北大是非常冷的。

我们回到老舍的身上。老舍在新中国成立后，意气风发地、自豪地恢复了自己的满人身份。可是，他在新中国成立前是不敢这样说的。他不敢这样说，他便不能有效地压制自己心中的种种的情绪、情感。在老舍的笔下，有没有写过旗人？怎样写旗人？这也是近年来研究老舍的一个话题。学者们，比如我介绍的关纪新老师他们，就发现老舍笔下的很多人物，以前我们没注意，仔细研究，发现都疑似旗人。为什么说疑似呢？因为老舍并没有在作品中说他是满族，那个时候不能说。我们要知道，一个群体受到屈辱的时候，他回避还来不及呢，但是我们今天通过研究可以看到。

这些旗人是有各种各样的。比如说被认为是老舍幽默之代表作的《离婚》，老舍不是被称为幽默作家吗？他最好的幽默作品被认为是《离婚》，《离婚》里有一个不好的形象，叫“小赵”。跟我家的猫一个名字，【众笑】小赵，是个坏形象，这个坏形象就被认为疑似旗人。游手好闲，好吃懒做，欺软怕硬，跟我家的小赵一模一样，是一只坏猫，【众笑】这很像八旗子弟。而且，在北京地区姓赵的，疑似满族人的概率比较高，它是满族八大姓之一，你不要以为姓赵的都是赵云的后代，【众笑】是满族人的比例还是比较高的。

《骆驼祥子》中并没有说祥子是满族，但是北京车夫多数是满族。祥子作为北京周围的一个破产农民，被迫进城当车夫，有点像旗人。当然我不同意把这事说死喽，缺乏证据，缺乏硬的证据。人家说你凭什么非得说他就是满族人呢，说他是汉族人不行吗？说他是朝鲜族人不行吗？说他是蒙古族人不行吗？别的族人也有可能，我们只能说他像。老舍创作这个人物的时候，脑子里会想象很多他认识的人，同类的人，比如他认识的车夫。

再有，《我这一辈子》里，那个主人公是个可怜的基层巡警。我们不要以为巡警的地位有多高，因为巡警有时候要镇压人民，我们就觉得巡警好像是属于统治阶层。其实巡警很可怜，很惨，工资很低，要养活全家，但是任务不轻，这一片儿的事都归他管，上面的人还不断欺压他，有时候老百姓还不听他的，巡警也没什么社会地位。所以巡警只能说可能比车夫好点儿。

毛泽东时代警察地位真正高。因为社会治安太好了，警察一天到晚就学雷锋。有个电影《今天我休息》，那里边的民警马天民，一天天尽帮人做好事了，那地位肯定高。那时候民警穿的都是雪白的衣服，那衣服是不脏的。

老舍写出了基层警察的倒霉样。《我这一辈子》里这个巡警，疑似满人的程度更高了。因为他们家里的种种生活状态，他儿子怎么样，老婆怎么样，完全是一个典型的底层满族家庭。

底层的满族，男性，两大职业是车夫和巡警，满族女性，很多被迫只好去做妓女。老舍是一个职业一个职业都写到了，他没有点名他们是满族，但是加起来看，他怎么就把他们都写全了呢？他专门写了一个《月牙儿》，我们以前读《月牙儿》、解释《月牙儿》，说《月牙儿》是为身为妓女的妇女感到不平，为她们进行血泪控诉。今天再仔细研究，《月牙儿》里的母女俩，这个妓女带有明显的满族妇女的印迹，所以他能够写得那么深——一个男作家用第一人称去写妓女的故事，都是从心里面发出来的呼喊。你如果看了《月牙儿》，你就知道中华民国就是一个地狱，什么民主、自由、人权、共和，都是假的。清朝固然不好，中华民国绝对不如清朝。当然，老舍自己未必想得这么清楚，但是他通过笔下的人物就让你看出来了——以前，还能吃上馒头；现在要吃馒头，拿肉体去换。这是一个行业、一个行当地来写。

到了《四世同堂》这部杰作——上个星期讲完课，正好北京文史馆的领导来找我，让我给他们写《四世同堂》的事。《四世同堂》，是一部百万字的杰作，全景地展现贫民命运。专家认为这伙贫民里边不能说都是旗人，但是有旗人影子的很多。

比如说主人公这一家，老舍为什么故意让他家姓祁呢？是不是暗示着他们家是旗人？祁老太爷，祁掌柜的，祁大爷，祁二爷。他们家的很多风俗、说话，都带有明显的旗人规矩。还有胡同里小文夫妇这一家，他们家是侯爷的后代，那这也是有旗人的想象的空间。还有富善，姓富的，旗人也比较多。这是《四世同堂》。《四世同堂》涉及问题多了，以后我们再涉及。

新中国成立后让老舍赢得“人民艺术家”这个称誉的话剧是《龙须沟》，《龙须沟》里的主人公程疯子，那是一个典型的游手好闲的又被迫害被侮辱的底层旗人。就因为新中国成立了，他翻身了。我说《龙须沟》等于是一个男性版的《白毛女》。《白毛女》就是旧社会把人变成鬼，新社会把鬼变成人，《龙须沟》是旧社会把好人变成疯子，新社会把疯子变成好人，程疯子他就不疯了。程疯子，他是张口就说快板那种人，也是艺术家，有才华。你看，《龙须沟》很多段儿都是用快板书来连缀。程疯子最后能够去看自来水，他很自豪，他在新社会里是个有用的人。

在另一部更杰出的话剧《茶馆》中，老舍写了清末到民国期间旗人的末路。《茶馆》第一幕，常四爷、松二爷进来的时候，还是精神抖擞，说话的时候很有底气，那一举一动，跟戏台上一样。然后就一幕不如一幕。到了第二幕，中华民国了，这俩人都自谋职业了。松二爷找不着工作，常四爷就说——因为常四爷是劳动人民出身，参加过义和团，是身体好、能打架的——松二爷，你能写能算的，怎么还找不着个事由呢？松二爷说了一句话：咳，谁要咱们旗人呢？松二爷这句话里潜台词很丰富，“谁要咱们旗人呢”，这到底什么意思？按理说松二爷更容易找着工作，可是他找不着。常四爷是挎个小筐儿卖菜。到了最后一幕，1948年，这时候松二爷已经饿死了，是通过常四爷的口，常四爷说，松二爷，多好的一个人哪！饿死了。常四爷还活着，最后他们老哥仨一块儿给自己撒纸钱儿。

老舍最后一部作品叫《正红旗下》，没有写完，他有心来展示旗人社会的百态。虽然没有写完，但一看这一部就是杰作。而且可能只有老舍一个人，能给我们留下这么活生生的旗人生活的原貌——旗人怎么婚丧嫁娶，怎么吃喝拉撒睡，见面怎么打招呼。写得又非常幽默，幽默和悲痛是连在一起的。

路上，俩旗人见面互相打千、互相问候，然后把对方所有的亲戚都问到。从父母、兄弟姐妹、儿媳妇、大姨子、大伯子，所有的这些人都问到——“小少爷好吧？”这一问，就得问他个五六分钟了。【众笑】我曾经有一篇文章就调侃说，这也太费工夫了，他这边一个加强排问过来，那一个加强排问过去，【众笑】这得天下多太平才有这闲工夫啊。那绝对是太平盛世，闲得五脊六兽的才能那样。老舍把这个百态都写出来了。

简单总结一下老舍对旗人的态度。开始他是采取回避，这可以理解，他长大的过程就是旗人受屈辱的过程，他肯定是回避的。但是回避不了，心里边老装着这事，特别是后来当了作家得写，写出来我们发现，他和鲁迅对中国人的态度很接近，就是“哀其不幸，怒其不争”。那个不幸的一面充分展示出来了，但是，他也不是说自己这民族多冤枉，他还是能检讨，说我这民族还有问题，他把那不争的一面也写出来了。比如刚才我们说的松二爷很可怜，但是松二爷也很“废物”，他一辈子就是养那小黄鸟，别的都不干。他被侦探带走了，还念念不忘他那鸟，嘱咐人家把那鸟给他送家去，就是他饿着也不能让他的鸟饿着。八旗子弟就是这样的人，老舍把这一面也给展示出来了。

到了后来，到了晚期，他对自己这个身份不再回避，对自己的这个民族感到自豪，甚至达到能够深爱与超越，不回避自己深爱的自己出身的这个民族，但同时能够超越到一个更高的人类文化的视角，来看待自己出身的民族，看待整个中国。这是老舍成为伟大作家的一个根基。

说到最后，我们每个人也都有自己的民族问题。我们可以回去思考，你如何看待自己的民族呢？你是汉族，你就想一想你如何看待汉族？你是某个民族，你就想一想你如何看待你那个民族。你是韩国人，你就想想你的那个韩民族；你是缅甸人，想想你那个缅族；你搞不清自己是哪个民族，你替别人想一想也行，你虚拟自己是某个民族，也可以。我到外地去，有时候就想象自己是当地那个民族。我经常怀疑我上辈子是蒙古族，因为我一听蒙古族音乐就特激动，【众笑】我一听悠扬的马头琴长调，就觉得好像以前我在这儿奔驰过！【众笑】这种想象有助于扩展自己的精神世界。

好，今天就讲到这里。

2015年10月20日

北大理教107

第六章

十面埋伏看地域：老舍与北京

我们开始上今天的课。

我们这个课讲过了两大主要的专题。从老舍与穷人的角度，谈了从文化视角看阶级的问题。阶级问题是很复杂的，我前面讲得很清楚，阶级与穷富没有关系。

一般情况下，无产阶级受剥削这是不对的，无产阶级处于贫困地位这是不对的。不是说无产阶级一定就是穷人，好的社会无产阶级应该不是穷人。我小的时候无产阶级就不是穷人，我小的时候无产阶级是这个国家的中产阶级，他们衣食无忧。像我的爸爸每个月都把他那点工资花完，都去喝酒了，反正下个月还有，永远有，无产阶级铁打的江山，他认为会永恒地延续下去。

所以无产阶级不是天然的穷人，穷人也不见得是无产阶级。我前几天出门到首都机场，有一个衣冠楚楚的人说他卡丢了，向我借二百块钱，我就给了他三百块钱。然后我把这事发到微博上。有人说孔老师啊，你上当了，这是骗子啊，骗子天天有，等等。孔老师何尝不知道他可能是骗子呢？孔老师何尝不知道他是骗子的概率可能是百分之九十呢？所以，第一时间不要去指责孔老师这样的人会犯低级错误，而是要想：孔老师为什么会给了他？这才证明你是上过学的人。永远不要企图用低级常识打倒权威。【众笑】

我们有一些不懂事的学生，就会犯这样的错误。的确有一部分专家学者可能是名不符实的，但是他名不符实，水平也很高。比如一个教授可能不配当教授，但他可能配当副教授，可能配当讲师，他仍然水平比你高得多。一个医生出了一次医疗事故，不见得他在医学上就什么都不是了，他可能仍不失为一个专家，专家可能犯错误。我们看体育比赛，当你看见冠军把亚军打得落花流水的时候，你没有资格嘲笑那个亚军，那亚军比你还高十万八千米。所以我们要常常用这些个案、特例，把它们上升到一个规律性的层面去提醒自己。

我们第二个问题讲的是民族问题。通过老舍与旗人的关系去探讨民族问题，这个问题更复杂更深奥。

我们在像北大这样的学校里，很容易学到一套一套的理论，这些理论固然都很重要，但是我们很容易学成“客里空”——这是俄罗斯文学作品中的一个人物——会说很多漂亮的理论，其实这些理论跟你自己的生命毫无关系，只是说说而已。越是大城市长大的孩子，越是重点大学毕业的孩子，越容易有这个毛病。看上去你好像什么都知道，其实不知道，因为它跟你这个具体的生命没有发生关系的情况下，就等于不知。你还不如完全无知的人，比如在一个穷乡僻壤长大的孩子，他清楚地知道自己知道什么，不知道什么，所以他反而是一步一个脚印地在前进，而你很小就认为自己什么都知道了，其实你知道的一些信息，必须融入血液中才叫知道。

我看大家都坐好了，我们今天开始讲下一个话题，谈谈老舍与北京人的问题，通过这个问题来谈另一个文化层面的、具有理论意义的问题，叫地域文化。

阶级、民族、地域，这些概念经常是纠结在一起的。我们在各种媒体上，经常看到各种企图分化瓦解中华人民共和国的言论，他们颠覆和瓦解中华人民共和国有种种的手段，其中之一就是要挑拨中华人民共和国各个地区之间的矛盾。你在网上轻易不敢批评一个地方的人，你一批评一个地方的人，那个地方的人就火了，就群起而攻击。而攻击性最强的可能不是这个地方的人，攻击性最强的是身份不明的人。可能是鬼子，鬼子假装成上海人来攻击北京人，鬼子假装成北京人来攻击河南人，鬼子假装成河南人来攻击新疆人，等等。

有人说孔老师，你怎么就有火眼金睛，你怎么一看就知道这个人是什么人呢？有时候我说这个人是什么人，网友到那个人的微博上翻一翻他前后的言论，说：欸，真是哎！难道说孔老师有时间翻这么多人的微博？你这个功夫是怎么练成的？怎么能一眼就看出谁不是东西，谁是好人？【众笑】那么多人对你说话都很客气，你怎么就能分辨出谁是你真正的粉丝，谁是居心不良的？所以我们要经过很多年的工夫，才能有这个本事。

孔夫子说“五十而知天命”，我现在过了五十，我不敢说我知天命了，我可能刚刚达到孔夫子四十那个境界，叫“不惑”。我当年四十的时候，都不敢说我“不惑”，我出了一本书叫《四十不坏》。我说我到四十了，我不学坏了，以后多干好事儿，少干点坏事儿，已经是个大人了，老大不小了，我说我到四十的时候要不坏，到五十的时候勉强达到不惑的境界，起码对阶级问题、民族问题、地域问题，人类一些大的问题，有一个比较清醒的、独立的判断。

我们对人类很多重要问题，不见得能找到终极答案，但是我们要有一个自己的判断。有了一个自己清醒的立场之后，你就能做到“风吹不昏、沙打不迷”。而年轻的时候千万不要摆出那样一个姿态，好像你很牛，你什么都懂，你没有读万卷书、行万里路，你是不可能懂的啊。大家都会说那句话，“读万卷书，行万里路”，还要阅人无数，你才能达到那个境界。

我们通过讲老舍的这个课来探讨一下北京人的问题，当然我们不是专门来研究北京文化，而是借着老舍来谈。

老舍的身份，刚才说了，一个人有很多身份，就看你侧重哪个层面去谈他。老舍是穷人，我们谈过了；老舍是旗人，我们谈过了；老舍是北京人，而老舍是北京人这个身份，往往是放在第一位的。你查一些工具书，或者到网上去搜，它一般都会先写：老舍，北京人。一般不会强调他是穷人，特别是我们这个时代，不会说谁是穷人。先说他是北京人，然后才说他是旗人。所以老舍作为北京人，这个身份是最突出的，所有人想到老舍，首先想到的是北京人，北京作家。

这个事情就很有意思。当我们说鲁迅的时候，为什么不想他是浙江人呢？我们都知道鲁迅是浙江人，但是想到鲁迅的时候，一般很少把他跟浙江挂上钩，这就说明鲁迅的地域特征不太明显。尽管鲁迅写那文字不是标准的普通话的文字，读起来疙里疙瘩，但是不能说这是浙江人的方言。就是说鲁迅的特点，显然跟浙江的关系要小于老舍与北京的关系。当我们说到巴金，我们也不去强调巴金是四川作家，没有人这么想。在这些大作家里只有一说老舍：哦，北京人。

还有一个问题可以考虑，在我这一行，研究中国现当代文学的学者里面，喜欢老舍的不多。客观上大家要面对老舍这样一个巨大的存在，不敢不说他是大作家，他确实在那摆着的。二十年来很多媒体搞了一些投票，“你最喜欢的中国作家”“你最喜欢的名人”，等等，最后统计，鲁迅永远是第一位，第二名以后就有很多变化，但不管怎么变化，老舍出不了前五名，永远是前五名的。这说明你用阶级的办法、用民族的办法、用什么办法换来换去，老舍是一个重要的存在。

可是，我的同行好像永远跟人民群众保持着距离。我的同行作为一个整体是跟人民群众的看法不一样的，但是他们不敢公开跟人民群众叫板。所以在我这一行里，很多学者不太重视老舍，或者他的重视在我看来是一种误读的重视，他其实不太了解老舍，他想把老舍往他的那个观念上去说。后来我想，是不是我的很多同行，他们就不喜欢穷人呢？是不是他们就不喜欢旗人呢？是不是他们就不喜欢北京人呢？而老舍恰恰在这几个方面是很重要的一个存在，他使我的同行觉得不好受、不舒服。有很多人不说，也有一部分人就说出来了——哎呀，我不喜欢老舍，老舍太贫了，太俗了，老舍没什么深刻思想，老舍有点三俗——他恨不得把老舍说成郭德纲。【众笑】如果我要说郭德纲是伟大的艺术家，他们更火了。我已经说过赵本山是伟大的艺术家。郭德纲现在是假扮三俗，不再敢激烈地批评社会了。

所以我们看看老舍作为北京人，他在文化研究中的一个位置。那么怎么研究地域文化？我轻易不告诉别人的，今天孔老师把自己的秘诀告诉大家。【众笑】孔老师有一个“十面埋伏法”。我先读一下，这都是我自己总结的，你看都押着韵呢——“读其史，访其古；观其地，研其图；乘其车，行其路；交其人，居其屋；品其食，观其俗。”

从二三十年前我们文化界兴起所谓地域文化研究之后，我一方面很重视地域文化，但是另一方面我看了很多地域文化的著作，我很嗤之以鼻。我说就这帮人还研究地域文化呢，你有资格研究地域文化吗？那么多研究北京的、研究上海的东西，我看都是一堆垃圾文章，因为它没有做到孔老师说的这“十面埋伏”。当然这是我后来总结的。但是我从小学的就是毛主席的《矛盾论》《实践论》，不论做学问，还是做事，都是要实事求是。我们这代人，学习好的人，从小学的就是毛主席的实事求是、调查研究的做法。调查研究不但是一种群众路线，同时是一个做学问的方法，不是你拿了一个理论就可以瞎扯的。

大家可以看到，孔老师有的时候被什么地方邀请去开会、去考察，有的时候是去视察等——虽然我不是领导，但是我发现很多地方经常请我去视察，我到任何一个地方几乎都是享受高级领导待遇。我一开始很不舒服，后来习惯了就宠辱不惊了。再后来我发现这是中国一种文化。

既然如此，我就利用这样的机会去进行我的地域文化研究。你看，孔老师随便到一个地方，就能发现别人发现不了的问题，就能够比较有深度有厚度地总结这个地方的特点。有的地方我以前从来没去过，就去一两天，我可能三言两语，就会使这个地方的当政者茅塞顿开。他从我的话里找那么几句能够操作的，也许就会改变这个地方的面貌。这样的事情太多了，不胜枚举，等我老了我总结总结，我都造福了哪些地方的人民。【众笑】那么怎么做到这些呢？其实就是老老实实地调查研究，就是我说的这几个方面。

“读其史”是很重要的，非常重要。不用到那个地方去，就是读这个地方的历史。当然不是读了这个地方的历史，就等于了解这个地方，因为历史还是人写的，但是至少要读。我还是世界旅游文学协会的发起人之一，我谈旅游的时候，谈的也是这个问题。什么叫会旅游？大多数人成天去旅游都是白花钱。你如果去一个地方之前，你没有读这个地方的历史，就等于白去。

而读历史是可以自己进行的，可以不花钱的。你哪怕用半小时大概地读一下这地方的历史——我没去过北京，这回要去北京了，把北京的历史简单读一下——是大有好处的。当然，光读历史绝对不够，我们有些学者读了历史，就开始研究这个地方的地域文化了，那这就是闭着眼睛捉麻雀。

“读其史”之后要“访其古”。“访其古”的“古”就是一个地方的名胜古迹。“访其古”特别重要。我想对同学们说，有时间——放假的时候，周末的时候，赶紧去访古。因为“古”每天都在消失，不可逆转地消失，你去访的可能就已经是假的了。门头沟有一个著名的爨底下村——那个“爨”，你现在让我写，我都不敢保证能写对——爨底下村是明朝的房子，从明朝到现在一直保护得很好。哎，被发现了，坏了，就好像贫下中农的女儿让狗地主看见了一样，【众笑】不看见，大家还挺好，也不过就穷点儿，看见之后灾难就来了。我们想，看见这种地方，各种势力就来了——政府、专家、房地产商、旅游团……这地方就赚了钱了，旅游的人多了肯定赚钱了，赚钱之后就想赚更多的钱。那怎么办呢？看你们家这房子是明朝哪一年的，我们家这个不是，那怎么办呢？我们家可以盖呀，可以修啊。原来你们家这是一个古居，我到你们家门口卖苹果卖核桃，我也赚了钱，现在我也要盖一个明朝古居。【众笑】所以现在全村家家都是明朝的房子，都是接轨时期盖的明朝的房子。所以现在那么些人轰轰烈烈地去爨底下村参观明朝的房子，那我只有苦笑。因为我去这个村的时候，是这个村已经出名了一段时间，村里还有很多真正明朝的房子，我去的时候正在轰轰烈烈地兴建明朝的房子，所以我知道这些房子快落成了，会迎来更多的游客。

那个“古”在哪里？“访其古”的“古”在哪里？就北京来说，哪里还是古的？整体上说，可能故宫是古的，颐和园是古的，长城是古的。这也只能整体上说，不可较真。

所以“访其古”大家要记住，要争分夺秒，在我们说话的时候有许许多多东西都消失了。我上大学的时候，我是几乎每个周末都骑着一辆自行车——那自行车看起来很旧，那都是经过我买来之后再加工的，【众笑】质量很好，北京周围有很多地方，都是我骑自行车去的。十三陵，我骑自行车去的；卢沟桥，我骑自行车去的；戒台寺、潭柘寺，我骑自行车去的；盘山，我骑自行车去的。早晨起来，带上点吃的，带上咸菜、水，骑着自行车出去了。一天在外面，到晚上回来，路上很自豪，觉得我这跟徐霞客也没啥区别呀，【众笑】要有这种自信。

下一个是要"观其地"。我们现在的旅游，多数是脚不沾地的旅游，是坐着车去的，应该步行去走很多地方。小时候我很向往北京，来到北京之后，我就想我要走遍北京的胡同。我走了很多的胡同，很多地方是骑自行车，很多地方真的是步行，一条一条地穿胡同，一边走一边看历史，听人家说北京这个那个。后来听说北京胡同你不可能走完，说老北京的胡同是九千九百九十九条半。我一算，这走不完，我说算了，那先把八大胡同走完了就拉倒。【众笑】

"观其地"非常重要——步行。我很高兴的是我在韩国住了两年，步行了韩国的大部分地区。我周末休息的时候，拿着地图就出去了。我走的很多地方，大多数韩国人都不知道，比如地图上写着这有一个墓碑，哪一年在这里杀了多少人，这都写得很明确，我已经到了这地方，觉得就在这儿了，我看见老百姓我问他，老百姓说没听说过，还很认真地帮我看，研究半天，他再问别人，都说不知道。然后我往后边一走，150米，就在那儿。你说我这个收获有多大！都是这样的收获。所以我既访了古，还了解了它的民情，这就是号称全世界最有文化的韩国人民。

"研其图"。我不知道现在大家喜不喜欢看地图，我是有地图瘾的。我从小就喜欢看地图，我小的时候家里那个十平方米的屋里边，墙上挂着两个大地图，一个中国地图，一个世界地图。没事儿我就趴在上面看。

你看我爸文化水平不高，他记得几十个国家的首都。所以长大了我就想，我不但要记得每个国家的首都，每个国家我至少要记住三个地儿。

我看地图是活的，我看地图上面不是线条和地名。有的人烦了，说这有什么好看的，除了线条不就是地名吗，写的字儿吗？我看地图全是活的，我看一个地方，它突然就能像现在的电子游戏一样，上面很多人就活了，在活动，很多人在生产、在厮杀、在吃饭、在打架、在谈恋爱，这个地方是活的。这就叫“研其图”。所以我到任何一个地方去，要看那个地方的地图。有的酒店里每个房间给一张地图，是免费的，我就把这地图拿走，回到家里我拿笔在上面画——哪个地方我去了，哪个地方没去，我昨天从哪条路走的，在上边画一画，那个地方就被我“占有”了。“研其图”是很重要的，要研究那个地图。

我有时候找一个地方，如果不是时间太紧迫的话，我还不太愿意问路，我就要憋着自己，按着地图找到这个地方。有时候跟我一块儿去的人很烦我，说你问一问不就知道了吗，非得自己研究，显得你有学问哪？我说，研究地图是很好的，研究地图是非常重要的。

有位学生小时候，从杭州坐火车回北京，回到中南海，毛主席就问他，你是怎么回来的？他说，我是坐火车。从哪儿坐？从杭州，什么什么，回到北京。毛主席说，你这一路上经过哪些山哪些水啊？这位学生答不上来。毛主席又问他一个问题：假如火车开到安徽，突然发大水，铁路冲断了，你怎么回到北京？毛主席这句话对这位学生产生了巨大的震动，他才知道什么叫学习，他才知道毛主席心里装的是活的祖国的山山水水。毛主席还没问他呢，假如到安徽，铁路冲断了，又被一万敌人包围，你怎么回到北京？【众笑】这才叫真的研究历史、地理。

还要“乘其车，行其路”。因为交通工具是一个地方文化的很重要的表征。我到任何一个城市，哪怕小县城，我要问的问题必然包括：你们这儿出租车多少钱，起步价多少，怎么加钱？有机会我要坐所有交通工具，公交车、出租车、私家车，还有其他各种临时交通工具。行其路包括坐车走和步行，看它的路线是怎么样——路是一个地方的很重要的特征。比如北京跟上海一个巨大的区别是路不一样，在北京不用问路，你看过一遍北京地图，这路就不用问了。北京的路都是东南西北、横平竖直，像写楷书一样，北京的路是楷书。你看北京的地图，那就是“井田制”的路。所以我进城——北大属于郊区——之后回来我从来不问路，我也不挑路，随便走，只要往北往西、往西往北，早晚能回到北大。【众笑】往北走，看见是红灯，那你就往西拐，往西拐看见红灯你就往北，反正往西往北、往北往西，一会儿就到北大了。【众笑】这就是北京的路。你在北京错过一个路口，不要紧，你从前面还能绕回来，每个地方是方的，正好围成一圈儿。

你到上海、到天津、到香港、到哈尔滨，就不是这样。那些地方你要错过一个路口，你以为能绕回来，不知道绕哪儿去了，绕哪儿去的可能都有。因为那些路不是横平竖直的，不是楷书，它是行书甚至是草书，有的地方那个路是不一样的。还有道路的宽与窄，路边的建筑的密与稀，看上去都很有意思。很多人旅游，都要到所谓的景点，被导游忽悠着，看这是什么那是什么，他认为这才是旅游。不对！你一上了车就开始旅游了，“旅”就是行程，路上的一山一水、一草一木都是可看的。我发现有很多人坐在车上什么也不看，车窗外才是真正的风景，等到了某个景点，导游要你下车，看的多数是假的，那些东西倒没什么可看，要看的是这一路的东西。

到了景点，更需要看的不是景点，而是那些看景点的人。他们在看景点，你看他们，这才叫会旅游。你观察那导游是什么样的，观察卖票的是什么样的。这几天我去了甘孜，一路上那个司机就很有意思，我就注意看他到哪个收费站怎么交费。别人都没注意这事，我不到一天就发现了这个司机的规律。他怎么交费呢？如果收费的是个男的，他交费很快："多少钱？""五十。"啪，给个五十的，开车就走；如果是个女的，他交费就比较慢，如果是个美女，哎呀，那交费，五十块钱且找呢，找半天，恨不得一块一块给人家，【众笑】他要拖延那个欣赏的时间。大家居然都没有注意这个，我在那看一会儿就看明白了。我说："老常啊，我已经把你看明白啦。"【众笑】他很不好意思，后来我就提前给他打望，我说："前面就是美女，准备好零钱！"【众笑】他提前准备好零钱就行了。这才叫旅游。这比他带我们到景点看有意思多了，这才是活生生的人性呢。

这些东西都是死的，最难做到的是我下面说的这点，也不好苛责于人的，叫"交其人，居其屋"。

怎么了解一个地方的文化？最重要的是跟这个地方的人交往，交往得越深越好。如果没有交往，你很难理解这个地方的人的那个活的灵魂。别的那些都是死的，你可以读史、访古、观地、研图、乘车、行路，这都能做到，交人是最难的，要交这个地方的朋友。假如你是外地考到北大来的同学，你能不能交北京朋友？北京朋友可能包括你同班的北京同学，不同班的北京同学，外地的北京人，你能不能在北大外边那些做生意的人里找到北京人，跟他做朋友？能不能跟北京人谈恋爱？要有深度交往，没有一定的深度，你不可能了解这个地方的文化。因为这个文化是体现在人的言谈举止中的，体现在他的办事风格中的。你如果不跟某个地方的人有深度交往，别的都不敢谈。如果你没有和一定数量的北京朋友深交过，你也就不要研究老舍这样的问题，你肯定是自欺欺人，浮皮潦草。所以交其人是非常重要的。

跟这个相关的就是"居其屋"。你有没有在北京人家里住过？先不求你自己成为北京人，假如有一天你可能自己成为北京人，自己在北京买了房，你就算居其屋了。但这还不一样，你到北京人家里去住过，哪怕住一宿，他们家完整的生活你就知道了。你现在住在北大宿舍里，这不算北京的屋子，这是北大屋，你知道北大人的方式。我现在一般不去学生宿舍看了，我不知道你们宿舍什么情况，反正我原来知道北大宿舍是特别乱的，北大不论男生宿舍、女生宿舍都是非常乱，都是找什么东西很难找。我们的一些同学毕业后就把北大宿舍的风格带到单位去了。但不是每个学校都是这样的，学校宿舍是有风格的，一个城市，一个乡村，老百姓家里边，肯定有它的特点。

我到不少北京人家里去过，有的还住过，我就发现北京的老百姓，不太讲究家庭内部的装修，尤其和这个煌煌的国际大都市不匹配，在我看来是不匹配的。你再观察北京人，北京人不太注意穿戴，北京人穿得很土，可以说是大城市里最土的，随便找一个省会城市都比北京洋气。北京人的家里也不装修，家里也很土。现在可能装修的多了，原来就是大白墙。如果是北京北城的房子，多数家具都不是买的，都是公家发的，公家发的几十年不变的那张破桌子、那个旧沙发。而只要你出了北京，到保定看看，到邯郸看看，到张家口看看，听上去这城市好像挺土，家里都装修得漂亮着呢。所以要“居其屋”。

有时候家里的风格会影响到这个地方的宾馆、酒店、饭馆。家里装修不太漂亮的地方，我个人感觉还有成都。成都是这么有诗意的一个城市，也是个大城市，可是成都人好像也很朴素。而这个朴素恰恰构成一种魅力。你到成都茶馆去，最有魅力的是那些破破烂烂的老茶馆，那个藤椅，一条腿儿是瘸的。就这样的地方让人有亲切感，它代表这个地方的文化，那装修得富丽堂皇的地方，反而买卖做得不好。

还有最后两点，“品其食，观其俗”。到一个地方去，要吃这个地方的各种饮食，少去千篇一律的大饭店吃饭。最难吃的是旅游团的团餐，那团餐说得不好听，简直就不是给人吃的——我这不是骂人，因为我自己也多次吃过。一个饭店它跟旅游团建立了联系之后，那一拨拨的游客进来之后，你看里边的服务人员、老板——一大盆难以下咽的米饭，分几碗，每个桌子一分。反正导游也折磨你们一天了，这帮人也累得够呛，又累又饿，给什么都吃，趴那“哗哗哗”一顿吃。你如果站起来一看，什么场面啊!【众笑】有一天我吃完了，我站那块儿——“啰啰啰啰啰”。【众笑】是调侃，但是心里是很心酸的。都是有身份的人，怎么这样呢?这不是文化吗?这就是一种不尊重人、不拿人当人的文化。

所以到一个地方去，应该去吃普通的当地老百姓吃的那些小吃。你随便在路边吃碗面，那些你觉得卫生条件还可以接受的，到那样的地方去。食品本身都有一个漫长的发展历史，从这个历史本身，也能够跟其他的“人”“地”等都联系起来。这些东西加起来，是它的“俗”，是它的民俗。

当然还有一些特殊的民俗，你去一个地方简单地旅游不见得会遇见的，比如说婚丧嫁娶，要观察一个地方的婚丧嫁娶。我到一个地方去，忽然赶上这里的一个熟人结婚。结婚，你要随份子，随多少钱，各地是有差异的。怎么随?这钱怎么给?所以我到哪个地方，我看这个地方如果有办婚礼的，要看两眼，看看它怎么办。

现在越来越大同小异了，越来越一般化、庸俗化，都穿着白的婚纱——我们中国人认为只有丧事才能穿白的，现在不知怎么回事，都是喜事穿白的，穿着婚纱，结婚前还到处去拍婚纱照。那婚纱照都是一帮没文化的人拿着个破相机，让你摆这个姿势、摆那个姿势，这些姿势也都是千篇一律的、毫无创意的。我说句真话——“做有爱状”,【众笑】其实这俩人感情怎么样不知道，但是要摆出很恩爱的样子，然后一个没文化的人摆布你们："哎，拥抱、拥抱、抱起来，把她抱起来。"【众笑】你觉得拍这照片有意思吗？还要花那么多钱。

但是在这些大而化之的、越来越没人味儿的普世价值的缝隙中，还能够看到一些当地的民俗。有的时候到偏远的地方越多——礼失求诸野，越能看见。在北京这样的城市，有很多年轻人是不办婚礼的，反正也脱离父母了，父母也管不着了，俩人同意，一登记就住到一块儿了，也许早都住到一块儿了，反正一登记合法结婚了，给好朋友、同事送一点喜糖，说我们结婚了，就可以了。这是一种新民俗，这种新民俗在北京这样的地方也延续很久了。但是总之好像结婚这事得告诉人，为什么非告诉不可？这是什么道理？我俩结婚跟你们有啥关系啊？【众笑】为什么非得告诉你们呢？为什么非得让你们吃糖呢？它里边蕴含的意义是什么，这才是要研究研究的。

在我们东北，出嫁的时候，女儿要从娘家带走一块肉，号称叫"离娘肉"。说女儿是妈妈身上的一块肉，走的时候要带一块"离娘肉"走，可是带的是猪肉。【众笑】我从小参加很多婚礼，她们都要带这一块"离娘肉"。现在家里钱多了，带的肉越来越多，越来越重，有的家里有钱的是带半扇猪，【众笑】半扇猪，有人扛着，说这是"离娘肉"。【众笑】这个风俗的演变很好玩。

我觉得至少要从这十个方面去研讨一个地方的文化，你才能把死的材料和活的生活结合起来，才能做到有点深度。而我们现在对一个地方的研讨、研究，看上去出版了很多书，其实多数都是很肤浅的，特别是关于北京文化的研究。当然，在历史资料整理方面，还是有很多成果的，但是其他方面就很不够。比如说，老北京的小吃看上去都是千篇一律的，这些人都是互相抄来抄去。你到底有没有到那胡同里一家一家吃过？我们一说吃好像是一种享受，但是你要真的去品尝很多家，那不是享受了，到后来你吃不动了。

我记得有一次，我跟中央电视台烹饪大赛的导演说："你什么时候请我来当这个节目的评委呗，老请我当别的节目的评委，能不能让我当这个节目的评委？当这个评委多好哇，吃着人家，喝着人家，还给人家打分，说人家这个好那个不好，这事儿我看挺过瘾，我愿意当这个评委。"导演说："孔老师啊，你在电视上看见的那都是决赛，看见决赛你觉得挺好，吃着美食；你要当了评委得从初赛开始，知道吧？【众笑】今天要吃160道'宫保肉丁'，第一天要吃完，你得吐那儿。"后来我想，后面都是享福，原来辛苦在前面呢。因为它的选手160个，160个选手每人来一道宫保肉丁，然后评委吃了打分，我说这太残酷了！【众笑】所以一个东西一旦当成专业，它是劳动，是很辛苦的。

所以不可能在短期内把一个地方的食品考察清楚，这个特别需要时间。你这个周末去牛街吃一趟，下个星期去护国寺，再下个星期去隆福寺，你得吃北京很多条街，才能大体上知道一点它的食品特点。

我这是笼统地谈一下怎么研究地域文化。下面我们再来看什么是北京人。

我们不能否认作为中国当今最重要的城市，北京人在所有中国人中的重要性。虽然人和人是平等的，但是我们仍然要尊重事实。如果说要研究中国的地域文化，人们首先想到的应该是北京；研究中国的城市，首先想到的应该是北京；研究哪块儿的人，北京人肯定是首先被想到的，事实上也是被研究最多的。尽管我对这些研究不满，但是我是站在一个比较高的层面来提出这个不满，毕竟我们还要承认是有很多研究成果的。

大家都经常使用"北京人"这个概念，不加反思，一反思就有问题，什么概念都怕反思。说北京人的时候，我们如果不较真就会吵成一锅粥。网上有很多人在批评北京人，马上就有很多北京人出来反击。批评北京人的会指出很多很多缺点，北京人的反击很有意思：你不喜欢北京跑我们北京来干吗？回你们家待着去，上你们家种地去吧。我们北京都是被你们外地人搞坏的，物价被你们提升了，房价被你们提高了，抢我们的生意，抢我们的大学，你们都回家去吧。后来我就研究，发现说这种话的，很多不是北京人，而是要挑拨北京和其他地方矛盾的人。因为他的目的是让外地人更加仇恨北京，更加看不起北京。因为这个话明显是不合逻辑的，甚至是不合道德的——不合事实、不合逻辑、不合道德。不排除北京确实有不懂事的人这么看，特别是那些孩子，但往往是先有人挑拨，才使那些没有鉴别能力的人相信了这种说法。

我很小的时候，有一次跟我爸爸出差，路过北京，住在天桥那里。我中午吃饭的时候，旁边一个北京的叔叔问我是从哪儿来的，我说是从黑龙江来的。他马上对我保持尊敬，说："黑龙江来的啊？那是反修前哨哇！"【众笑】我当时很佩服一个北京普通老百姓有这么高的政治觉悟。【众笑】因为当时我们可能要跟苏联打仗，黑龙江人民准备随时反击社会帝国主义的侵略。他马上想到，黑龙江——那是反修前哨，他觉得我们黑龙江是保卫北京的。虽然我自己没这意识，我到了北京，才发现原来自己是边疆人。【众笑】首都人民很感谢我们边疆人民保卫了他们，说我们是反修前哨。我知道这是对我说的好话，那种对我的尊敬是真诚的，没有今天地域之间这种纠葛。而今天，这个纠葛有了，复杂了。

还有北京也变化了，北京扩大了。严格意义上说的北京就是四九城，就是那九个城门里边的，才叫北京。出了德胜门就不叫北京了，出了西直门就不叫北京了，出了阜成门、复兴门就不叫北京了。我们知道原来北京是那么点个地方，当然当时已经算大城市了。但是这些年北京发展得特快，原来咱们这地儿真是郊区，还是远郊区。

不往前说，就我上大学的20世纪80年代，北京人如果听说谁住在三环外，大家都很同情：住那么远哪。【众笑】都住北太平庄了，都住马甸了，大家觉得特同情——一个人住在三环外。我在北京奋斗了那么些年，都买不起三环的房子，就可见北京变化多大。我现在是住在五环外，当时北京人要说五环——那时候没有环呢，就说我们现在这个位置，人家都认为是河北，【众笑】那肯定是属于河北的。很多人不明白行政和文化是两回事。行政上，只要一声令下，北京爱划多大划多大，那是行政上的命令，它改变不了文化属性。

所以北京本身是变化的，是流动的，今天要说北京就得搞清楚，什么是北京。法律上的北京人，也就是今天北京行政区域内有户口有身份证的人。比如延庆山沟里的一个人，他是法律意义上的北京人。其实延庆文化是北京文化吗？延庆话是北京话吗？延庆风俗是北京风俗吗？它跟北京有什么关系吗？北京北部这几个县，原来都不是北京的，都是河北的。后来根据北京发展的需要，政府就把这几个县划给北京管了。

就说咱们北大后勤食堂的一些师傅，他们是顺义的、延庆的、平谷的，你听听他们说话是什么口音，你就知道了，这不是北京人，但他们是法律上的北京人。就拿高考这件事来说，他们按照北京的分数线来高考。所以他们在法律上，承担着北京人的义务，享受着北京人的权利。这是法律上的北京人。

我们北京大学的老师，就有一种尴尬。我们从法律上应该算是北京人，可是北京的很多福利，我们经常享受不到。北京市的高校涨工资了，不包括北大清华。他们说，北大清华是国家的院校，都是副部级单位，你们的政策另说，我们这都是给北京市高校的福利。这北京市高校不包括北大清华。可是北京市如果扣什么钱，一定包括北大清华。【众笑】他们说，你们都是在我们北京，你看你们占的地儿是北京地儿吧，你们用的水是北京水吧，所以你们是享受了北京市的好处的，所以扣钱一定要扣北大清华的。

一般人不会张口闭口谈法律，什么事一谈法律，都是最低层次。大多数人是从地域上来看谁是北京人。假如一个人几十年住在北京，生活在这里，他没有北京户口，没有北京身份证，一般人认为他也是北京人。没有人去查他身份证，说你拿身份证出来给我看看。你住在这儿，就被认为是北京人。

我是上大学来到北京的，我并不把自己当成北京人，可是我从北京出去到别的地方，人家都把我当成北京人，一说话都是你们北京如何如何。特别是我到了外地，我说这空气真好啊，他们就嘲笑我，说你们北京空气不好吧？就带着同情，说北京怎么怎么不好。我说你们这儿空气太好了，我可能醉氧，一会儿假如我昏过去了，你们赶紧把汽车尾气打开，【众笑】抢救我，让我有回到北京的感觉。于是人家就更加高兴。

那也就是说，大多数人是从地域的角度来看人的，你住哪里就算哪里人，北京是这样，外地更不用说了。我到四川去，只要我看一个人在四川住很长时间，他说四川话，我就不再管他年轻时候是不是从河南来的，是不是从浙江来的，我就不再管了，我认为他也是四川人。所以我们多数情况下，是用居住地、生活地来判断人的地域性的。

说到北京也是这样。老北京很多人就没什么户口，很多老北京人甚至没有结婚证。而我们要研究的，是文化上的北京人。一个人如果不是法律上的北京人，也不是地域上的北京人，他有没有可能是文化上的北京人？如果一个人是法律上的北京人，也是地域上的北京人，他有没有可能不是文化上的北京人？这个问题就麻烦了。

就像钱钟书先生研究唐诗和宋诗一样，他提出的观点，一开始人们都不理解，他说唐人写的诗未必是唐诗。一般人觉得这不矫情吗？钱钟书说唐人可能写的是宋诗，宋人写的可能是唐诗。这话如果今天发表在微博上，就会有无数高手上来撕扯，说这人连基本的常识都不懂，脑子都混乱了，怎么还能当社科院专家呢？悲惨哪！斯文扫地呀！其实深刻的道理说出来往往是这个效果，就是下士闻道，哈哈大笑。可是你仔细想，这才是有道理的。唐人写的真未必是唐诗，唐人完全可能写的是宋诗，唐人还可能写出现代的诗来。而宋人就可能写出唐诗来，因为它是一种文化气质。

还可以进一步说，写诗的人就是诗人吗？不写诗的人就不是诗人吗？诗人是什么？诗人是不是写诗的人？有的人可能一辈子也不写这些东西，但是他为人处事飘逸潇洒，那就是诗人，这叫诗人气质。

什么是文化上的北京人，这就不好界定了。说起来最有意思的，大家经常议论的，其实是文化上的北京人。由于我们经常把文化跟法律和地域纠结在一起，所以经常说不到一块儿去。那些种种的纠葛、争吵、趣味，都产生于此。如果说文化的范围太宽泛，文化里面最有代表性的特征，我们把它叫作精神上的北京人。

我们要谈北京人，就要从周口店北京人谈起。【众笑】从上大学的时候我就发现，我的一些北京同学，有一些概念不清楚，认为北京人历史很悠久，有几十万年、上百万年的历史。后来我跟他们说，你们不是周口店人的后代，知道不？【众笑】他说，你从哪儿知道我们不是周口店人的后代？我说，你从哪儿知道你是周口店人的后代？我说从周口店到你这，中间断了多少代呢？你怎么就认为自己是周口店人的后代呢？再说是不是周口店人的后代，跟个人荣辱没有关系，你干吗非得当那群猴儿的后代呢？【众笑】当然周口店不是猴，已经是人了。

我们迄今在这片土地上找到最早活动的人，是在周口店。大概地复习一下周口店人。周口店当年的考古材料今天全都丢了，不知在哪儿，这是考古学之谜。有学者怀疑是日本侵略者拿走了，但是问日本人，日本人说不知道。我们也不能无端地诬陷人家，说一定是日本人拿走的，只能说可疑，就在日本侵华期间，这东西没了。也可能是后来美国拿走了，反正这东西找不着了。因为找不着，造成很多考证上的困难，所以周口店人的时代距今是七十万年到二十万年之间，跨了五十万年，跨度这么大。

脑量平均一千毫升多点儿。头部特征比较原始，但是看上去是明显的蒙古人种特征。为什么要强调蒙古人种特征呢？因为中国北方人都是蒙古人种。有学者认为他们不是蒙古人种，有学者认为是欧洲人种，所以要强调他是蒙古人种。男性身高一米五六左右，女性身高一米四四，这相当于一百年前的日本人身高，但是已经比较高了，比猿要高。食物源于狩猎和采集，是原始社会特征，一般就是男的狩猎，女的采集。尽管历史进化到今天，其实男人和女人的基本特性没有变。我们经常追究说男人擅长什么，女人不擅长什么，经常吵得不可开交，其实到今天为止，男人的特长还是从事跟狩猎有关的活动，女人还是从事跟采集有关的活动。

比如说女人开车怎么就开不过男人呢？人家说司机分三种，老司机、新司机、女司机。【众笑】这不是歧视女性，女性的空间感没有男性这么敏锐，因为她不需要这样的空间感，她每天就是采集，她是要采集的。男性才需要敏锐的空间感，男性要运动，要瞬间捕捉，要一击必中。所以你看这女人，为什么喜欢唠叨呢？男人就反对唠叨，男人回家就恨不得不说话，一个人拿着遥控器盯着电视，还在继续盯着运动，看动物世界，这是男人。【众笑】女人就在那唠唠叨叨说这一天的事儿，男人特烦，能不能不说？其实这并不代表他们感情不好，是说我们其实走不出这个模式，离走出这个模式还远着呢。

已经懂得用火和熟食，这是人的重要特征，动物是不会用火和熟食的。北京人的发现，解决了爪哇人发现以后，关于直立人是猿是人的争论，它证明直立人是人类最早的历史时期，是一个重要环节。北京人是南猿的后代，后来智人的祖先，北京人具有直立人的典型特征，对火的使用完备了其作为人的特征。周口店也是我上大学期间骑自行车去的。我到北京第一个想看的就是周口店，所以找了一个机会，那时候就去看了，当然已经没什么东西了，看的是遗址。

周口店旁边，就是山顶洞。我当时跟我的北京同学探讨，我说不但你们不是北京人的后代，连山顶洞人都不是周口店人的后代，尽管他们在一个地儿发现的，这中间隔了很长时间了。山顶洞就在周口店上面那个地方，往前走一段。那是又隔了许许多多万年，才发现这儿又有一拨人。他们那个时候已经是旧石器时代晚期，属于晚期的智人。因为发现在周口店龙骨山山顶的洞里，所以叫山顶洞人。山顶洞人的年代，也是跨度比较大，但是没有周口店人跨度那么大。大概来说是距今两三万年，有的专家说两万多年，有的说四万多年，好像中学课本取的是中间数，说的是三万多年。

距今三万多年，已经处在母系氏族公社时期，这就不用讲了。母系社会的种种特点，你往上贴就行了，就是一切都是女的说了算。你别看男的在外边打猎，不如坐在家里的好。所以孟子早都说了，劳心者治人啊。你在外边跑，你就得给人家打工，这男的都是打工的。在外边跑了一天又累又饿，回来人家给点食物在外边一吃，听着洞里人家女的抱着孩子，在那儿高高兴兴的，也不知道哪个孩子是自个儿的，【众笑】所以这男的活得是挺凄惨的，多少万年男人就这么过的。说今天男女不平等，其实这男的过上好日子没几天啊!【众笑】过上好日子没几天，人类大部分时间都是女的欺负男的。【众笑】

为什么说他们是旧石器时代晚期呢？他们已经会打制石器，并且能够磨光、钻孔；不但狩猎、采集，还会捕鱼。就说明那个时候，北京地区有很大的水面，河湖纵横。他们还能到很远的地方，同别的原始人交换生活用品，有市场贸易了，但是没有货币，是以物易物。能用骨针缝制衣服，有简单的装饰品，这就已经有了艺术。装饰不是生活必需的，所以一定是有闲工夫了，爱美了，装饰对他的婚丧嫁娶有用，有了精神追求，这是高级人的一种特征。你看动物是不需要装饰的，我有时候给我家那猫身上挂点儿什么东西，它可讨厌了，马上就弄掉，想方设法摇头摆尾弄掉，它觉得这东西不美，它不认为这东西对它有什么好处，我在它脑门儿上贴个什么东西，它要跟我拼命。【众笑】就是人，而且是比较高级的人，他要装饰。

周口店人也好，山顶洞人也好，他们都跟现代的北京人没什么关系，我们只能说在这个地方发现了人类活动的痕迹。今天我到很多地方去，看那地方捯自己的历史，都说什么什么时代，这个地方就发现了什么陶器，发现了什么东西。但你不能证明你发现的那伙人跟今天这伙人有关系，这中间的变数多着呢。

是周口店人也好，山顶洞人也好，他们有没有灭绝？有没有延续？如果灭绝了，你甭说了；如果延续了，他们的后代在这儿吗？他们的后代不走吗？你怎么能证明印第安人不是山顶洞人的后代呢？古代到哪儿去随便，只看你的能力，不要护照，【众笑】你有能力就可以走到印第安那个地方去，走到美洲去。

最早开发美洲的正是我们东亚人，其实就是中国人。不是法律意义上的中国人，是那个时候生活在这个地区的中国人，经过西伯利亚、楚科奇半岛，经过白令海峡、阿拉斯加、加拿大、美国，散布在南北美洲大陆——这是印第安人。我们现在还不能确切知道印第安人的祖先是谁，那没准儿是周口店的，是有可能的。反而是一伙人留在当地几十万年不动，这个可能性太小太小了，这才是小的可能性。所以山顶洞人如果说是今天北京人的祖先，这个可能性反而最小，他们是哪儿的可能性都大于这个，不动的可能性是最小的。

当然这都是考古发现的，古人并不知道这些，这都是一百年来我们增长的新知识，考古知识反而是新的。而古人只知道那些有文字记载的东西，因为山顶洞人他们不可能有文字。说到山顶洞人和周口店人，我们先看一个作品，跟老舍齐名的现代作家曹禺，有一部著名的戏，就叫《北京人》。那个"北京人"是在戏剧里担负多种功能的。首先是剧里的一个人物，这个人物是一个人类学家的同事，他们单位的一个考古队员，因为长得像猿人，被叫作"北京人"。袁园是这个人类学家的孩子，说家里来客人了，喊："'北京人'到！"大家莫名其妙，站起来探望，这老头曾皓——"啊。（望着门，满脸笑容）请，请，（话犹未了——）"下面是舞台介绍。曹禺的舞台介绍写得非常精彩，是所有剧作家里写得最精彩的——

> 蓦然门开，如一个巨灵自天而降，陡地出现了这个"猩猩似的野东西"。
>
> 他约莫有七尺多高，熊腰虎背，大半裸身，披着半个兽皮，浑身上下毛茸茸的。两眼炯炯发光，嵌在深陷的眼眶内，塌鼻子，大嘴，下巴伸出去有如人猿，头发也似人猿一样低低压在黑而浓的粗眉上。深褐色的皮肤下，筋肉一粒一粒凸出有如棕色的枣栗。他的巨大的手掌似乎轻轻一扭便可扭断了任何敌人的脖颈。他整个是力量，野得可怕的力量，充沛丰满的生命和人类日后无穷的希望，都似乎在这个人身内藏蓄着。

曹禺的舞台说明从来不是简单的一个物理性的介绍，而是要写到这个人物的内心去。可能现实生活中存在长得这样很凶的、很野的、有点儿像猿的一个人，可能有，特别是那些身强力壮的体力劳动者，又是经常参加考古队的，这个人是可能有。但是曹禺绝不是故意写这么一个长得有点奇怪的人，来刺激观众，绝不是，他是有寓意的。

大家读过《北京人》剧本会知道，他是要批判现代的北京人，批判现代的北京人已经在所谓文明的束缚下，变得没有血性，没有野性，没有斗志，其实走向了文明的反面。而被我们认为很原始的那些人，我们的祖先，看上去并不文明，其实他们可能比我们离真正的文明更近。所以他要塑造这么一个形象。而他把这个剧写成《北京人》，恐怕也并不是要完成一个地域文化批判。不是说他看不起北京人，曹禺虽然是天津人，但他并不是说对北京人怎么看不起，他很长一段时间就住在北京，他是要完成一种文化批判。这个文化批判就体现在下面这段上：

> 小柱儿连笑带跑，正跑到那巨幕似的隔扇门前。按着曾宅到十一点就得灭灯的习惯，突然全屋暗黑！在那雪白而宽大的纸幕上由后面蓦地现出一个体巨如山的猿人的黑影，蹲伏在人的眼前，把屋里的人显得渺小而萎缩。只有那微弱的小炉里的火照着人们的脸。

这写的挺可怕，其实就是一个舞台效果。

> 小柱儿：（望见，吓得大叫）奶奶！（跑到奶奶怀里）
> 陈奶妈：哎哟，这，这是什么？
> 曾文清：（依然偎坐在小炉旁）不用怕，这是北京人的影子。

那屋里就是那个人类学家袁任敢，给孩子讲课了：

> 里面袁任敢的沉重的声音："这是人类的祖先，这也是人类的希望。那时候的人要爱就爱，要恨就恨，要哭就哭，要喊就喊，不怕死，也不怕生。他们整年尽着自己的性情，自由地活着，没有礼教来拘束，没有文明来捆绑，没有虚伪，没有欺诈，没有阴险，没有陷害，没有矛盾，也没有苦恼；吃生肉，喝鲜血，太阳晒着，风吹着，雨淋着，没有现在这么多人吃人的文明，而他们是非常快活的！"

这是20世纪40年代曹禺写的《北京人》中，他对文明的反思。这里边有五四精神，但是比五四精神又往前走了一步。五四主要批判的是封建礼教，"人吃人"这个概念是来自鲁迅的。所以五四那个时候是批判封建社会，说封建社会不好，我们现在要建设现代社会，现代社会不再人吃人了，这是五四精神。可是曹禺比五四又往前走了一步，他说现代也是人吃人，他认为远古的时候好。那我们都知道，原始社会是真正的人吃人哪，把人当成食品吃，这是原始社会的事。根据我们学的历史，奴隶社会为什么是进步的呢？奴隶社会比原始社会进步，因为奴隶社会不吃人了。奴隶社会把抓到的俘虏留下来干活，让他当奴隶。为什么那么多人愿意当奴隶呢？因为不吃你了。原始社会抓到对方的俘虏是吃掉的，吃掉你补充我的战斗力，直接消费掉，所以那是真正的人吃人。

可是鲁迅他们说的人吃人显然不是这种意义上的——把对方肉体吃掉的人吃人。两厢比较，到底是原始社会好，还是现代社会好，这是在两个层面上进行的对话，它难以回答就在于这儿，它不是一个层面上的事。如果单论一个层面，那都容易理解。你愿意人糟蹋对方，把对方吃掉吗？这只是说的肉体的被吃。我们今天指的“人吃人”，是另外一个问题。我肉体没被你吃掉，其实我灵魂无日无刻不在痛苦中被你们折磨着，我们还互相折磨着。

所以在这个对比下，曹禺这样的知识分子，他要赞美人类的祖先，祖先是往过去说，他说同时是人类的希望，他认为将来也是往这个方向发展。发展是指什么呢？叫：要爱就爱，要恨就恨，要哭就哭，要喊就喊，不怕死，不怕生，尽情，自由；没有虚伪、欺诈、阴险、陷害等。所以是在这个意义上，用北京人作为一个意象，对现代人进行批判。在曹禺的笔下，这北京人是两种，一种是现代那种，那些欺诈、阴险、陷害的北京人。说到这个，我们今天仍然有很多北京人陷在这种痛苦中。亲戚、好友互相陷害，为了争夺一点蝇头小利，搞得六亲不认，甚至拔刀相向的都大有人在。可是曹禺认为，真正的北京人不是这样的。

这是文人的想象呢，还是只是给我们设置了一个更加具有希望的含义？如果说原始社会就是这样的，那我们可能也不信。原始社会就真的没有欺诈、没有阴险、没有陷害吗？只能说相比之下比我们淳朴多了。我很喜欢观察动物，动物确实很让人向往，比人好多了，但不是完全没有阴险、陷害、欺诈，不是完全没有，是有的。比如蒲松龄写的那个狼，就是会给人设圈套的。

我经常观察我家的猫，猫也是要给人设圈套的，有它阴险的一面，但是不至于那么坏，也许是智力不够发达的原因。人类有这能力，变得更阴险、更虚伪了。这个不可深思，深思下去就会想，是不是这是历史发展的必然呢？我们必然要经过这个阶段，才能到达一个更自由的层次呢？这是我们介绍完周口店人、山顶洞人之后，顺便用曹禺的《北京人》，来谈一下意象中的北京人文化。

我们看看中国史籍记载北京这一片土地，它经过什么样的行政上的变化。实际上历史记载中最早的是“周武王之灭纣，封召公于北燕”（《史记》），燕城就在今天的北京地区，具体是在房山的琉璃河镇，今天这儿已经是市区以内了，遗址还存在。后来又封尧的后人于蓟——今天天津的蓟县——但是这个地方已经发生了很大的变化，这个蓟本来在北京西南。说是国，其实国都不大，后来燕国就把蓟国给灭了，灭了之后，迁都到人家那块儿去了，还叫燕。所以，更具有代表性的北京的古称是燕。今天我们这儿叫燕山、燕都、燕京，都跟燕有关系。而蓟，由于是被人家灭了，所以这个名虽然也被继承了，它得迁地。今天说蓟县是天津蓟县，而蓟国本来不在蓟县这个地方。

今天为了发展旅游，各地市县争得一塌糊涂，什么东西都争，其实，这都是没有注意到历史上行政区划的改变。比如说武松是山东人还是河北人？大家都认为武松是山东人，可是今天清河划进河北了，或者因为历史上清河曾经是河北的，于是河北人就说武松是我们河北人。我经常去给调和这种矛盾，我就说武松是山东人、河北人有那么重要吗？本来没有那么重要，本来是没有这个争论的，今天就为了发展旅游，如果是你们这儿的，你们这儿就多了一种宣传。

秦朝的时候实行郡县制，广安门外这地方划成蓟县，属于广阳郡。我号召同学们去访古，广安门还有那个遗址。往广安门那边一溜达还能找到，在一个酒店的门口，还能找到那块碑。

到秦汉有点复杂了，简单地说，汉朝的时候这块属于幽州，“幽燕之地”就是这么来的。隋朝的时候，改幽州为涿郡。“涿”这个地名本来也是早就有的，刘备就是涿郡人，今天有涿州影视城。虽然涿州属于河北，但是涿州那里的房价是高于河北省会的。涿州、廊坊等地，房价都高于石家庄，就因为它靠着北京。那块儿的手机号都是北京的号。

唐朝又改回幽州，这中间还有一些小的变化我不说了，我就简单地沿着一条直线说这幽州、涿郡的变化。唐朝的时候这边其实还有一个重要地名叫渔阳。唐诗说“渔阳鼙鼓动地来，惊破霓裳羽衣曲”（《长恨歌》），渔阳就是这儿，安禄山起兵的地方。安禄山是节度使——当时节度使地位很高，掌握一个地方的党政军大权。节度使有这么大的权力，所以把这一大片儿都划归给安禄山，安禄山就由此起兵。安禄山造反的时候，是建立了国家的，国号就叫大燕。安史之乱后来是被平定了，其实平定不平定不要紧，他建立过帝号，是当过皇上的，他建的政权叫大燕。

再往后宋辽时期，宋被打败了，被打得往南跑，辽国控制了这里。北宋的首都是开封，现在是人家辽国的地儿。当然咱们所在这地不是辽国的首都，是陪都，就是第二重要的城市，叫南京幽都府。辽的首都在北边，所以北京曾经是南京，看古书的时候看见南京先不要往南边想，北京也当过南京的，南和北是相对的，看以哪儿为中心。北京曾经叫南京幽都府。我们现在的南京，还叫过金陵。当然，人都愿意把自己的名叫得古一点，我现在到很多地方去发现那儿都恢复了古名，都尽量把自己叫作什么州什么州，都是古代那个州，也不管是不是。但是北京显然不愿意把自己叫南京吧?【众笑】南京喜欢把自己叫金陵，北京也要叫个元大都。

这个地方到金朝成为真正的首都。金国的金主完颜亮真的建都于此，称中都。这是它成为一个大国首都的开始。元大都是到了元朝的时候，成吉思汗麾下大将木华黎在1215年攻下北京，设置了燕京路大兴府，到元世祖的至元元年（1264年）改称中都路大兴府。至元九年（1272年），正式改名为大都路。元大都是这么来的。大都路用突厥语说是“甘巴力克”“汗八里”，就是大汗之城，元世祖大汗之城的意思。元朝的行政区划是什么什么“路”，大都路是这么来的。

今天北京城这个规模是从元大都开始奠定的。我们知道，朱元璋他们元末大起义推翻元朝之后，首先并不是以这里为京师，而是以应天府为京师，明朝的首都本来是南京。那北京这地方也很重要，因为它是前朝的首都，所以在洪武元年（1368年），把“大都路”改称为“北平府”。一个地方叫什么“平”，往往并不是“和平”的意思，而是“被平了”，就是这地方被平定了。我们东北话今天还保留这个意思，我们小时候打架有时候互相威胁，“我把你们胡同平了，你信不信”，【众笑】我们是这么说的，“我领几个人把你们胡同平了”。一旦平了，这地方就叫什么“平”什么“平”。

这个情况下，北京被称为北平府。马上，过俩月，因为军事需要它划归山东行省。那你看，连这地儿都属于山东，那武松还不是山东的吗？行政规划是这么复杂，你到底以哪个时期为准哪？到洪武九年（1376年），北平府改为北平承宣布政使司驻地，那地位是比较高比较重要的，但不是首都，成为首都是跟燕王有关系。朱元璋死后，燕王朱棣从自己侄子手中夺得皇位。他是重视北方的，夺了之后——我们不管他们老朱家自己怎么内斗，反正对国家有利就行——为了国家的长治久安，他觉得这国家的首都不能放在南京，先是在永乐元年（1403年）改北平为北京。由平改为京，这就不一样了。就是南边有个南京，我这儿再搞个北京，北京是为行在。行在不是法律意义上的首都，但是皇上住这儿，叫行在。北京是从此得名的，开始叫北京。

到了永乐十九年（1421年）正月，正式迁都北京。迁都北京要经过激烈的斗争，因为大臣都反对，大臣都愿意住在南方，大臣里南方人也多，不愿意往北边住。北边离蒙古这么近，皇上经常要御驾亲征。正是因为要御驾亲征，所以才把首都放在北京。南京怎么办呢？就指定顺天府是北京，为京师，应天府作为留都，叫南京。

中国历史上经常是两都制，洛阳、长安，这是一种东西向的两都制，到了元明清时代，经常是北京、南京这样的两都制，南北两都制。这也说明随着这个国家疆域的扩大，南北重于东西。可是并不是一直就这么做，中间曾经又有变化。明仁宗、明英宗的部分时期，北京又一度降为行在，京师复为南京。曾经有这么复杂的变化，但是我们沿着大势说，北京就成为一个大帝国的正式的首都了。

到了清朝，清朝倒没有什么变化，清朝打进北京之后就把这儿定为首都。这可以理解，我们上次讲旗人，他们是从东北打进来的，到这儿来把它定为首都，不能再往南迁了，再往南迁就照顾不了东北。其实中国地图，北部是非常宽大的，南部是窄小的，所以首都应该定在北方，这是从地理上说。当然还有其他的种种缘由，特别是从八卦方位上讲，北京做首都是非常有道理的，也是非常正确的。

今天因为北京市种种的发展问题，交通、人口、资源，等等，最近说北京市政府要迁到通州去，这个影响很大。现在通州的房价都在快速地上涨，本来这些年就一直在涨，现在还要涨。通州房价涨上去，通州周围的河北省的那几块儿都要涨，比如说燕郊、廊坊，会影响整个这一片的发展。

明清都是延续二百多年、将近三百年的，疆域也很大、历史也很长的朝代。特别是清朝入关之后，首都没有变化过。我上一次讲满族文化的时候也讲过清朝，清朝实际控制的疆域是中国历史上最大的，1250万平方公里到1400多万平方公里，这是实际行政区划控制的。

我讲清朝的时候，顺便也讲到了中华民国辛亥革命，就从北京的行政上说这个事，中华民国时期恰恰是北京最混乱的时期。1912年1月1日，中华民国建立了，首先定都在南京。这我们都知道，革命党人是南方人，他们要驱除鞑虏。同年3月迁都北京。为什么迁都北京，因为袁世凯。袁世凯不肯到南京去就任，还特别在北京怂恿他手下发动了骚乱，威胁这些南方代表，所以南方代表被迫同意袁世凯在北京就任大总统。

袁世凯这件事做得到底对不对？袁世凯后来是反面形象——因为袁世凯要搞复辟，要称帝，所以袁世凯一切都算坏的，袁世凯的名字叫窃国大盗。那假如袁世凯后面不要称帝，把后面这段掐了，光看袁世凯前半段，对袁世凯的评价会不会完全不同？当年袁世凯是钦命驻扎朝鲜总理，朝鲜开化党发动政变，请日兵入宫“护卫”，袁世凯主张勒兵勤王，韩王被营救入清营，我中华历史上可有这样的威风？那么，袁世凯让清朝和平地把整个疆域交给中华民国，这是功还是过？包括袁世凯要让首都定在北京，而不是南京，只是为了他个人享受方便吗？为了他个人权力巩固吗？如果不看后面，只看前面，怎么去评价袁世凯？

人有一个全局性的评价，还要有分段的评价。今天说汪精卫是汉奸，可是他生命中的每个阶段都是汉奸吗？如果把后一段掐去呢？当年他跟随孙中山闹革命，革命志士不怕牺牲，只身进京刺杀清朝权贵，写下慷慨激昂的诗：“慷慨歌燕市，从容作楚囚。引刀成一快，不负少年头。”这不是大英雄吗？往后也不能说马上就变坏了，往后还干了很多好事。所以评价历史人物要有总有分。

反正中华民国一开始本来想定都南京，但不久就迁都北京了。迁都北京之后，是北洋军阀统治。中华民国分两段，一段是北洋军阀统治，一段是国民党统治。1914年，改顺天府为京兆地方，只要北京是首都，那周围这一片儿都得给首都当附庸。过了十多年，人家南方人又反了——北伐军。我们今天站在正义立场上认为北伐军是对的，是革命的，反正北伐军进北京了，北洋政府下台了，然后就撤销原京兆地方。北伐军胜利，首都就定在南京。因为南京离蒋介石他们家比较近，定到那儿了。

那北京怎么办呢？北京又改名，又改北平了——又被人平了，【众笑】

不又被人平了吗，就改为北平特别市。大家学过郁达夫《故都的秋》，它怎么就叫故都了呢？它又被人平了，又被人平了才叫故都。它本来是北京，现在叫北平了。所以很多人说新中国成立前北京就叫北平，这又是不懂历史乱说，它复杂着呢。到1930年的时候，北平都保不住了，北平降格为河北省省辖市。后来觉得太不公平，对北京人民打击太大，11月又升为院辖市，行政院直辖。

“七七事变”后，北平被日本人占领，在此成立了伪中华民国临时政府。既然是政府了，这儿又不叫北平了，改名为北京。可见说北平不好，叫北京也不见得好——是被侵略者占领之后，人家给你起名叫北京了，还是屈辱的。所以我们很多电视剧演的抗日战争时期这个地方叫北平，这是不对的。抗日战争时期这地儿叫北京，抗日战争之前和之后那一段才叫北平。1945年日本投降，北京又重新更名为北平，因为更名为北平，所以才有平津战役。它为什么不叫京津战役，为什么叫平津战役呢？因为那时候还叫北平。北平又被平一次，平津战役，1949年1月31日，北平和平解放。

这个北京，虽然在历史上多次被人家平，但是这个“平”字毕竟是个好字，就是杀人不多，基本上一打就打下来了。你看，城墙这么厚这么高，里边这么多人，党中央也在这儿，最精锐的军队在这儿，但基本没有经过特别大的血战。这真是一个吉利的风水宝地。你想1949年林彪百万大军把北京包围得风雨不透，傅作义要是不投降，那得死多少人。共产党派人进京，把哪些地方不能用炮来轰击，都调查清楚了。很多人为什么感动呢，说解放军太好了？要打就打呗，还事先把地图画得这么清楚，这有个什么古迹，那有个什么古迹，不能把它轰平——所以感动了很多人。最后还是傅作义深明大义，也因种种原因吧——不光他深明大义，他身边共产党太多了，【众笑】连他女儿都是共产党，没办法，他起草的电报都是手下共产党给他起草的，【众笑】反正最后这仗没法打了，最后就和平解放。和平解放对谁都有好处，一个人不死，到这个时候就和平解放了。

到1949年9月27日，也就是10月1日之前，又一次决定了此地的命运。政协第一届全体会议通过中华人民共和国国都、纪年、国歌、国旗的决议，决定北平又一次更名为北京。

我们下一次要讲什么是北京人，北京人分几种。你是北京人，你还是北平人？你还是元大都人？你还是周口店人？这是一个更深的问题。【掌声】

2015年10月27日

北大理教107

第七章

北京的贵族气：老舍是哪种北京人

我们开始上课。天气已经凉了，秋风阵阵吹燕园，已经到了故都的深秋了。今天继续来讲“老舍与北京人”这个题目。

我们上次捋了北京人的历史，顺便也带着对北京人意象的分析，从唐宋元明清讲到混乱而苦难的中华民国。中华民国不止一次使北京成为故都。我还特别提醒大家注意，北京什么时候叫北平。也不怪人们记不住，实在是腐败而无能的中华民国把北京搞得太乱了。当然，中华民国给北京带来的苦难不如给南京人民带来的苦难多。起码北京每次被人家打下，没死那么多人，南京城每次被人家打下来，都是血流成河。其实这个事要懂文化的话，从八卦上很容易解释，看看《易经》就知道。南京是一座真正的文化艺术消费城市，不适合当首都，谁当首都都是被人家打下来。北京你看着好像不如南京那么舒服，军事上也不如南京那么易守难攻，可是北京这地儿经常是和平解放。【众笑】所以上次我调侃说，北京叫北平，它是有道理的，它一方面是被人家平了，但是，是

“和平”地平，用不着屠杀三十万人民。

所以说，一个政府，一个国家机器，有没有文化是很重要的。可是，一个城市当不当首都有那么重要吗？现代文学史上有个著名的文学派别叫京派，京派恰恰好像跟北京成了故都、跟北京成了北平有关系。因为前面多了一个“故”，它就有了很多韵味。我们想，今天的故宫为什么有魅力？跟前面这个“故”字是不是有关系？假如故宫今天不是“故”，是今天的党和政府所在地，那么你觉得这个国家好像不对劲儿。

为什么毛主席从来不进故宫？他来到北京的时候住在香山，进城之后住在中南海，他离故宫那么近，一次都没有进去过。据说有几个夜晚，毛主席戴着口罩，由警卫人员陪同，在故宫大墙外散步，不知道他老人家想的是什么，反正散了半天步，他还是没有进去。党中央没有进去，保证了故宫的“故”字，这个“故”是这样的令人觉得挺神奇的，挺不可深思的。

最近故宫限定每日游客八万人，不然承受不了了，而且实行实名购票认证，我觉得这都跟这个“故”字有关。大家可能读过郁达夫先生《故都的秋》，老师也可能讲这篇文章怎么好——我觉得这篇文章不好，因为郁达夫其实不懂北方文化，他在《故都的秋》里面模仿的那两句北京话，都写错了。【众笑】但是我们不能埋怨他写错了，因为他是浙江人，我们不能要求像郁达夫啊、鲁迅啊，都说一口京片子，但是他那篇文章的好处是他觉出了北平有味道，而这个味道恰恰跟“荒凉”——就是后来张爱玲所喜欢用的那个词——往往有关系。我们到一个地方说这个地方有文化，有时我们没有反思，说一个地方有文化的时候，其实它破败了。

我们说北京是故都，其实说得还挺中庸的。中国还有一个比北京更有文化的城市，人家把它叫废都。其实废都这个城市是更伟大的，更了不起的。我们在北京住着，老觉得这个文化名城，说来说去，从元大都开始算，我们有八百年历史；我们到了废都一看，才知道什么叫文化，你那八百年历史不算历史，你那八百来年历史，人家博物馆的一间屋子就给你全废了。【众笑】

我到废都去看博物馆，一开始看得很绝望啊！从公元前最早那个时候开始讲，好大一个大厅才讲了一个朝代，又一个大厅才讲了一个朝代，走了大半天累得腰酸腿软，刚走到唐朝，【众笑】我说这什么时候算完呢，什么时候算一站呢？没想到唐朝完了之后，迅速地就结束了，【众笑】后边的不算历史，然后整个北京都被废掉了，在人家那儿北京这不是历史。

可是那个城市之所以这么伟大，首先在于它自己被废掉了很长时间。从文化上说，站在它的角度，元朝以后的字卖不出钱了。你看人家那碑林，一个老头蹲地上摆摊的字儿，到北京可以混进故宫里。可是它从那时候就被废掉了。

从政治上说，一个城市是不是首都，可能关系到这个城市居民的心情，从文化上说，可能不那么重要。我们现在习惯了，都觉得北京是我们伟大祖国的首都，现在如果不管什么原因说首都要改，恐怕大多数人不习惯，不适应，感情上不能接受，会找出各种理由来反对。其实一个城市是不是首都，跟它有没有文化没多大关系，政府往往是从经济的、行政的、军事的、环境的诸种因素去考虑。当年定都北京，那是考虑了这几项因素。只考虑文化，那当时这个地方算不上。

也有人，还有一些作品调侃，说首都能不能改在哈尔滨？你还别开玩笑，哈尔滨真当过首都。就在新中国成立前夕，平津战役还没有进行，辽沈战役刚打完，党中央已经筹备好要建国了。大家看我今年春天写的一篇博客，写第一届政协的，《新政协从哈尔滨开始》，当时党中央把成立一个国家所需要的人才都运来了，从香港、上海等地都运到哈尔滨来。

但是没想到革命形势发展太快，这边还没筹备好呢，北京和平解放了。平津战役结束后，又把这帮人运到北京来。运到北京来的时候，毛主席还没来呢，是林彪等人在清华园车站欢迎他们。（中共北京市委党史研究室《中国共产党北京历史》）我说，即使哈尔滨当了几天首都，由于它那个位置不合适，很快也还会迁到北京来的。从各种角度讲，新中国的首都应该是北京。可是，永远应该是北京吗？比如现在我们说要把首都迁到哈尔滨去，大家肯定不同意，最大的理由是太北边了，那是边疆地区啊，怎么能迁到那儿去呢？离我们国家大部分国土太远了。这是我们现在的国土这个样子所决定的。

文化和政治经常是纠结在一起的，我们从文化角度研究一个曾经成为首都的地方的时候，要注意到它的政治特点，而政治性往往是文化性的核心要素。一个地方当没当过首都，对这个地方的人民的气质影响是很深的。我们很多省会曾经当过首都，或者是全国性的首都，或者是割据、偏安政权的首都。我觉得我们这个世界上的学者，全世界的学者，应该集中研究一下首都文化。就是曾经当过首都的地方，它有什么特点。你研究一下首都文化，再反过来去研究各自国家的首都，可能会获得很多新的启发。

比如我们今天说到“北京”两个字，我们是从哪个角度说北京的？我从小在哈尔滨长大，我说到北京的时候，那个感觉是不一样的，是很向往的。读中学时，我在日记上好像不止一次地写下我的雄心壮志，我很小就认为北京是我的城市，这地方我一定要来。我那日记本翻几篇有一张彩色照片，是北京的某个景物，颐和园、长安街啊，我在下面就写上一些狂妄之言：这是我家门口。【众笑】你想就一个那样的小孩，他为什么会有这种想法？

我记得在一篇作文里我写到——二十年后，一个华灯初上的夜晚，我夹着皮包走在长安街上……过了不多年，这个场景就实现了。当我走在长安街上的时候，没什么激动，就像我们同学来到北大之后会失望一样，来到北京人们都会失望。失望之后你一反思，为什么失望？原来你把北京想象成一个文化上非常全面非常完美的城市，来到这里之后会发现它不是。曾有的光环褪掉之后，会使人反思，会使人有一个否定的阶段。再经过这个阶段，达到否定之否定，你才能真正品出一个地方的特点，那个时候你喜欢它的地方是真的精华。

我们今天说北京是什么意思？这个北京有多少种要素？为什么说北京文化很难研究？虽然出版了那么多的书，但是我觉得，很多学者工作虽然很勤奋很可敬，多数是一种盲人摸象。我上一次讲了，要研究地域文化，你就要怎么做怎么做。比如我们想想现在住在北京，北京原来是18个区县，现在是16个区县，16个区县你是否都去过？北京数以千计的景点，写在旅游手册上的那些景点，你去过十分之一还是百分之一？北京这个城市，你闭上眼睛能数出多少条街道来？你吃过它的什么地方特色小吃？你交过多少北京朋友？读过多少跟北京文化有关的书、写北京的书和北京作家写的书？你看过多少演出？这个城市是首都，你在这个城市生活，有没有参与过跟首都有关的活动？比如你参加过一些青年志愿者活动，每个城市都有青年志愿者，你得参加过类似奥运那种活动，才算跟首都挂上钩。你怎么证明你在首都生活过，而不只是在一个面积大、人口多的大城市。这方方面面加起来，你再有一点学者的素质，可能才会对这个城市有相对深入一点的了解。

很多人喜欢说老北京，北京人喜欢说，外地人也跟着说，媒体也跟着说。那什么叫老北京？我们上一次梳理了北京的发展脉络，老北京肯定不是从周口店、山顶洞开始算，那不是老北京。山顶洞人后来不知道跑哪儿去了，跟今天的北京人相比，我们找不着他们之间的逻辑关系。今天的老北京往上捯，它的根儿在哪儿？今天能找到的线索表明，老北京最主要的来源是东北。

我三十多年前来北京上大学不久，就发现了一些很有意思的现象。北京话跟河北话不一样，反差巨大。按照正常的人类学、社会学发展规律，一个地方的文化应该跟邻近的很贴近，它是慢慢过渡的，除非有天然的大江大河大山屏障。一般来说，这个村跟那个村、这个县跟那个县都是平缓过渡的，你要走过几百公里才能发现语言变化了，风俗变化了。

可是北京不一样，那时你走出二环、三环之外，基本上就发现是河北省的天下，说话不一样，风俗习惯不一样。我发现北京小孩玩的游戏和我小时候玩的游戏基本上完全一样，而跟河北不一样。小孩游戏、日常语言、婚丧嫁娶的习惯，北京完全和东北一样，而北京人自己并不知道，他们也没人去考虑，它跟河北为什么不一样。

这就是文化孤岛现象。凡是一个地方成为文化孤岛，说明历史上发生过突变，它不是正常发展的，一定发生过奇怪的事，可能还不止一次发生奇怪的事，才能够有这样的现象。后来我又发现北京差别很大，北城和南城不一样。以长安街为边界，北京其实是两座城市。人均收入不一样，人的情感趣味不一样。你现在还可以看到，长安街以北，每个学校放学的时候，家长挤在那里接孩子，开着很多豪华车；长安街以南不是这样，原来很少有人接孩子，现在也开始有人接孩子了，因为有些有钱人到南城去买房了。但是接孩子的规模、车的档次，跟北城比那是两个城市。整个人的生活节奏，包括说话，都不一样。

我用了很多时间，有很多次，到据说是代表老北京文化的南城去串胡同，我觉得这才是做学问。你要研究北京文化，就要串胡同，才是老老实实做学问。研究北京文化，成天坐在图书馆里看书，那叫不务正业。有的专业需要坐在图书馆里，那叫务正业，你出去瞎跑叫不务正业。对有的课题来说，什么叫务正业？你研究那个地方文化，你不到这个地方去跑，不接触它的人，不接触它的地，你连它的酸奶都不喝，那叫不务正业。

我到北京胡同里一跑——20世纪80年代还有很多老北京，你想想80年代如果有八十岁的人，那是清朝过来的，你听听他们说的话，我一听，这不是我们东北话吗？说的完全是东北话。比如他们说“干什么”，不说“干啥”，而说“嘎哈”——嘎哈呢，嘎哈呢？【众笑】这不是东北话吗？【众笑】我原来以为只有东北人这么说；老北京不说“我们”，说“姆们”，【众笑】这个“我”只是一个加重的声母，在普通话里就没这个音。“别跟姆们来这一套”，这是老北京话。所以凡是说“我们”的，是假北京人，这都不是老北京。这种例子太多了。

他们下一代的人，就是现在的老年人，现在八十来岁的人，七十来岁的人，如果没有上过大学，没有被我们这些所谓知识分子污染过，他还能保留一点纯正的北京味儿。现在抢救一些真正的老北京话，还稍微来得及，赶快把这些老北京话都录下来。你不要以为北京电视台、北京人民广播电台里边那个老北京的节目说的都是北京话，不对，那里变化可大了。很多地方都说要抢救方言，但是没有人意识到抢救北京方言是非常迫在眉睫的。

因为有很多糊涂的认识，认为北京话就是普通话，所以你就抢救不到位。离普通话越远的地方，它越重视保护地方文化，而北京人最不重视。你到胡同里看看，到地铁上转转，还有多少人说“姆们”，还有多少人说“嘎哈”。

我讲的这个东西，也是从我们系的语言学家那里，借鉴了很多研究成果。我们北大中文系，几十年前就开始调查北京话。不像我说的这么没有学术性，人家是列出各种表来，每一个音怎么变化，会讲得大家听不懂，我只是用举例的方式让大家领会。

北京作为一个文化孤岛，北京文化在很大程度上是东北文化空降到这里来的。具体怎么空降的，还要查丰富的史料。在这个基础上，北京话、北京文化、北京风俗受到周边的河北和山东文化的影响，但这个影响是比较近。特别是山东人口激增，土地不够用，大规模地闯关东。闯关东的过程中，最野蛮的闯到关东去了，不够特别野蛮的闯到河北、北京、天津一带——就差不多了，不用再往北边去了，走到这儿都齁冷齁冷了，【众笑】就停在这儿了。很多京津冀一带的人，其实往根儿上数也是山东人。

有一部著名的当代文学作品叫《金光大道》，知道作者是谁吗？浩然。浩然的《金光大道》写的是河北的事，就是京东的事，当时算河北，现在好像已经划到北京来了，芳草甸。高大全他们家就是从山东闯关东来的，到了这个地方一看，水草丰美，挺不错，比老家好多了，就不往北走了，就停在这儿了。

所以老北京的来源，不是几千年前、一千年前土生土长的北京人世世代代这么延续下来的。这倒是符合规律的，大多数地方都不是这么世世代代延续下来的。今天的成都人，绝不是八百年前的成都人，更不用说今天的哈尔滨人、沈阳人了。这就是文化融合的魅力，特别是中国这样一个庞大的文化地域。人口迁移是一门很有趣的学问。

现在人都说，全国有29个省的人，大多数都是从山西去的，山西洪洞大槐树，当年人口迁徙都在那大槐树下集合，后来小孩长大了不知道自己老家是哪儿，就有一个共同的大槐树回忆，一说都是大槐树底下来的。你要单独截取这段历史，好像是山西提供全国的人口。【众笑】可是这些从山西走出去的人，他们又是从哪儿来的呢？他们世世代代生长在山西的吗？又不是。再往前数，这帮山西人又是从山东来的。

我前不久去陇南地区参观了刚发现的大堡子山秦墓地。就是秦始皇他们往上捯，秦人最早也是从泰山过去的，还是山东人。那这么说中国人都是山东人吗？不对。你到山东再考古，发现往上找，山东人是从辽宁去的。这很奇怪，不是闯关东吗？怎么关东倒着闯啊？所以说研究人类学特别好玩，这里边有很多魅力，能让人清楚很多事。

就从文化体现最明显的语言这一层面来看，北京话里边悄然地隐藏了很多河北话和山东话的因素。我们有时经常会在一些最常见的概念上犯错误。比如我这里提什么是北京话，什么是普通话，我们发现书上写的清清楚楚的概念，大多数中国人都搞不清楚。大多数中国人都认为，北京话就是普通话，普通话就是北京话。

而北京话本身是非常复杂的。什么叫北京话？是现在北京交通台说的那种赖赖唧唧的话吗？现在大城市堵车，堵得车上的人心烦意乱，所以交通台——我要表扬交通台——那俩人特别贫，他俩也不觉得累，一小时就得换一对儿，一个男的一个女的在那儿使劲调侃，把天下人民的痛苦都说得很有趣，这儿怎么了，那儿又怎么了，讲很多好玩的事。为了表示讲得有趣，他的语言不自觉地就会越来越通俗，越来越“三俗”，让大家觉得好玩，让大家解闷，那个语言就充满了市井气，特别喜欢说各种俗的、网络上的、速朽的一些话。如果你不是北京人，你会误以为这是标准的北京话。他们说的北京话是非常复杂的，里面有普通话的因素，有当今市井北京话的因素，还有他们自己并不自觉的老北京话的因素。

你到北京上大学，宿舍里有北京同学，你不自觉想模仿他的北京味儿，但是你可能并没有去反思他说的是不是真正的北京话。我记得我上大学的时候，我们有一些同学就愿意去学北京话，有的人坚持说自己的方言，我觉得也没有什么优劣。但是我观察，一般女生都迅速地说一口流利的北京话；坚持说自己家乡那种方言，坚持得最厉害的是男生，是南方某个省的男同学。【众笑】而女生一般是最早最迅速地向环境投降，要让人识别不出她的故乡，以让人识别不出她的故乡为荣。而男生坚持说他家乡的方言，就等着别人问他是哪儿的人，【众笑】他好向人展示他的文化。

我记得有一个同学，属于学霸，很爱学习，她发现北京人爱说一个词儿，叫“压根儿”，【众笑】她觉得这个词儿很好，这个词很有味儿，很像北京话，于是她就经常说话里面带个压根儿，上自习的时候你问她“你吃了吗？”“我压根儿就吃了！”【众笑】我嘲笑她很多次，让她明白这个话错在哪儿。还有一个同学，不是我们宿舍的，更好玩，他发现北京同学说话都啰唆，动不动就说一个词叫“丫的”，他觉得这个挺有范儿，【众笑】这个挺像北京话的，所以他说话一张口就“我丫的”。【众笑】

因为大家并不用将来去研究语言、研究方言，所以说说笑笑也就过去了，但是当你仔细研究，这里面都大有学问。比如我们把带有一点轻微侮辱色彩的这个“丫的”进行分析的时候，它其实和这个国家什么是骂人话、中国为什么用这些话当成骂人话，是很有关系的。

其实中国骂人的话在外国看来是很文雅的词，可是我们中国人为什么认为这些话不文雅？这个世界上大多数民族，表达对一个人的蔑视、看不起、侮辱，想在语言上打击你的时候，他就直接把你对应到一个他看不起的事物上，这叫骂人。比如说“你是猪”“你是狗”，他认为这就是骂人。或者把你直接比拟到一个他看不起的低等生物上，他说“你是个石头”，他认为也是骂你，“你是个木头”，也是骂你，反正那意思就是你智商不够，能力很差，他认为这样是骂人。

而我们中国人觉得这不算骂人，孩子笨，老师经常说“你是个榆木疙瘩”，我们觉得这个话可以接受，甚至父母也经常这样说孩子，我们说一个人是猪是狗，那个人也不太愤怒，会辩解，会反击，但一般不是特别愤怒。

我们中国人的骂人话主要体现在什么方面呢？是企图混进对方家族。【众笑】大家明白了吧？这件事在外国人看来很奇怪，这怎么就是骂人了呢？他不就是想当我们家的某个人吗？【众笑】这跟我没啥关系，这对我不构成侮辱，你想当我家的某个人，那你就当呗。【众笑】所以文化上很难对接。而他不懂，中国人会认为这些话是侮辱性的，是骂人，这是跟我们儒家伦理联系在一起的，这又是中国文明高度发达的结果。你可以说我不好，说我笨，说我死，说我什么都行，你不能把我们家谱搞乱，【众笑】把家谱搞乱罪莫大焉——这家里都有谁，人人都写得清清楚楚的，五服之内都有不同的名称。

就像那天我在微博上只写了一个简单的亲属关系，大多数人就搞不清楚了，我说“上帝的小姨子她姐夫”，好多人翻译：“上帝的、小姨子的、姐夫”，【众笑】谁呀？找半天。我们这种词是非常发达的。如果这一次五中全会不及时放开二孩，一大批有价值的中华名词会消失。再过一代人，孩子就不知道什么叫“舅舅”，什么叫“姑父”了，什么叫“姨夫”，这些词全废了。幸好现在放开二孩了，解放的不仅是人口，解放的是文化。就是说儒家体系是不能乱的。那么中国为什么这么讲究名分？这说明我们中国很早经济制度就特别发达，因为不同的人，涉及他在财产继承权上的不同权益。

正因为这样，那个“丫的”才是骂人话。有的人说，你们北京人怎么说话这么粗俗呢？然后我就给“丫的”这句看上去粗俗的话找了一个非常古老的来源，原来在《战国策》里就有了。《战国策》里就有一句骂人话，叫“尔母，婢也”，“婢也”是什么？就是“丫的”。“尔母，婢也”翻译成现代的汉语就是：“你妈妈是丫头，你就是丫的”。看上去这么俗的话，它其实是这么有文化！是非常有文化的。【众笑】

我们刚来北京的时候，会觉得它跟我们原来想象的高雅的首都不太一样，它有这么多俗的东西。可是很多北京文化俗的一面，是经得起颠扑的，你颠扑来颠扑去会发现：原来这是其来有自。北京很多俗话，我们都能找到它的所谓的古典来源。

而北京话跟普通话的关系，也是容易被人们混淆的。首先世界上不存在普通话，普通话不是生活用语。普通话是这个民族为了交际而形成的，并不断被规范、被建设的一种通用语——普通话是通用语。古代有各种官话，各地的人为了交际、为了交往、为了交流，互相主动地减少一点方言色彩，互相向对方让一让，以使语言能够互相听懂。所以我就想，当年孔夫子周游列国，他怎么不带翻译呢？尽管写的字是一样的，但是发音一定不一样，那时候没有人推广普通话啊。你看古人一直不提这个事，古代那些科举考试，从各个省来的人，最后皇上在太和殿还要面试他。古代一定是有办法解决这些问题的，所以古代产生了很多官话。

随着商品社会的发展，到了宋元以后，人口流动的密度增加，官话传播的范围一定越来越广。特别是士人——知识分子、商人、做官的，他们会慢慢形成官话交流这样一个圈子，还会有人去研究。这其实就是普通话的基础。但是自然发展的官话，过一段时间才有学者出来给它正韵、正音——太慢，不适应1840年之后中国要亡国灭种的现实、急于富国强兵的需要，所以急需国家力量的介入，国家组织学者来建造一个普通话。这个任务经过一百多年，可以说到今天才算大体完成。

而西方各国在侵略我们之前就已经完成了。通过他们的文学大师，给每个民族打造了它的普通话。德国人说的话德国人都听得懂，英国人说的话英国人都听得懂。他们也有一些方言差别，那个差别不至于导致听不懂。那个方言差别就像我们的山东话、河南话一样。再往大了说，欧洲各国语言的差别都没有汉语各省差别大。所以一个国家的强盛到底是因为什么？就在普通话诞生之前，德国还是一百多个小公社，就因为出了歌德、席勒这样的大作家，它就成了世界一流强国。首先是语言统一了，也就是有了普通话——有了普通话是这样的重要。

但是有了普通话，或者说普通话产生得太快的一个结果是，原有的地方文化迅速消失。我们经常自我贬低，说中国人怎么不珍惜文物，西方人怎么珍惜文物，这都不符合历史。西方保护下来的文物少而又少，大多数文化永远不可逆地消失了。莎士比亚故乡的人，跟莎士比亚还有什么关系？歌德、席勒故乡的人，跟歌德、席勒还有什么关系？全都消失了，除了烧不掉的石头，基本上都烧了。

中国历史这么长，要按照年均损害文物的程度，那可能不到西方的百分之一。中国人太心疼文物了，所以说起这些事来很心疼。中国人创造新东西的时候，总是想着把那旧东西保护一下，可是其他民族不见得是这样的。所以我们在创造普通话、推广普通话的同时，要强调保护方言。

今天看来，我们对方言保护还是很不力的，对地方文化、地方戏曲、地方曲艺保护很不力。不要说对那些外地的，就是北京的曲艺，都濒于灭绝，只剩下郭德纲一个人苦苦支撑。很多人不明白我为什么说郭德纲是民族英雄，他觉得这个事跟国家强盛没什么关系。这都是不懂文化。如果有一天中国没人会说正宗的、传统味儿的相声了，有什么后果？

普通话是我们人为打造的一种为了富国强兵而存在的语言。这里边就有一个悖论，中国人理想生活的最高境界是什么呢？最高境界是“相忘于江湖”。不要国家这么强大，不要互相看着，不要记那么多密码，不要有那么多身份证识别的系统——那是最高境界。可是你想按照那个境界活却不行，因为你周边有那么多的野蛮文明，它们要灭掉你。可能曾经有的民族那样生活过，中国可能在某个阶段那样生活过。

更长时间那样生活，生活得特别幸福的是印第安人、玛雅人，他们可能数千年来过着那样的幸福生活，把他们的智慧只用在科学、技术、数学、天文、艺术、水利、医学，用在这些方面。生活中充满了善，人人都是雷锋，最后不会打仗，看谁都是好人。一旦来了一伙强盗呢，来了一伙跟你想法完全不同的、三观跟你正相反的人呢？印第安文明就迅速地被灭掉了。因为他们不知道人可以这样，人可以说话不算话，人可以杀人如麻！他们想不到世界上有比畜生还坏的人。

所以为了富国强兵，又要放弃那种你认为最自由的、最高雅的生活，也就是每个人都要牺牲自己的那份自由来。我昨天还在浙江的乌镇——文学大师茅盾的故乡，我看乌镇的介绍，它很自豪的一点是，这里人人都会双语——既会讲乌镇话也会讲普通话，这叫“双语”。看到这句话，我能看到写这句话的当地领导确实是很自豪的：他说我们这里经济很发达，文化很发达，旅游搞得很好；这里的每一个小商贩、每一个船夫都能讲普通话。

我也亲自跟他们对话了，确实是普通话都讲得很好，而且还不是一般的好，——眼界很开阔，能说很多时尚词汇。我住在一个老百姓家里，我说你家有wifi吗？那家的大妈马上过来迅速地帮我连上wifi，【众笑】说了很多网络用语——“我跟你讲，我们家这个路由器还是蛮快滴。”【众笑】你听上去，哎呀，你会有很多文化的感慨。

我很早就起来，在乌镇里逛一逛，早上起来没有什么外来游客。我就听他们用那种家乡话去对话，我听他们家乡话的味道还浓不浓。味道浓不浓，我这个水平不太能鉴别，但是我能听出来，中间不断地嵌入很多普通话的词，讲着讲着就有一个普通话的词嵌到里面。所以语言这个东西，你想永远保持原汁原味是不可能的。

我走在小石桥上，看着桥下的水——语言就像流水一样，不管流得多慢，它在那儿流，桥这边的水和桥那边的水已经不一样了；一代孩子成长起来，他说的话一定跟父母不一样了。我就想到鲁迅写的《故乡》，《故乡》后面他说，我躺在船上听船底潺潺的水声，想到水生，闰土的孩子，他们的命运。一代孩子长成了，文化就已经变迁了。

回到我们北京话这个主题上来。今天你们同龄的北京人，同龄的北京同学，他们所具有的那些北京文化素质，算北京文化吗？你要想了解，我前面说了，你要交北京朋友，可是你交了北京朋友，有一天你可能成为北京女婿、北京媳妇，你是否算进入北京文化了？这就是一个问题。

当年我们系的前辈语言学大家林焘先生，现在已经去世了，有一次我听他课，我去向他请教问题，他跟我说，这个北京啊，像北边出了西直门、德胜门，就不是北京文化了，说的都不是北京话。这说的是20世纪80年代的时候。但是这二十多年变化下来，北京城扩大了，一个是城市行政区划扩大了，内外交流变化了；再有一个重要的问题是把很多老北京人通过拆迁，通过置换，给置换到五环外乃至六环外。而原来他们住的大片的四合院地区，现在住的都什么人呢？从文化上讲都不是北京人。北京人哪买得起六亿一个的四合院啊！最近有个人要卖一个四合院，说孔老师我便宜点卖给你吧，4.5亿。我说谢谢你的好意。【众笑】

想到有一些老北京人二十多年前很便宜地卖掉他的四合院，还觉得自己卖得挺贵的——我真的很心痛！我也不知道为什么痛。二十年前有人，比如说八十万、六十万就卖掉一个四合院，今天那个四合院的价格是以亿来计算的，而住在这个四合院里的都不是北京人。

那谁来记录我们这个时代呢？有些时代被老舍记录下来了，有些时代被王蒙、王朔记录下来了。谁来记录我们这个时代？对一个时代最好的记录，并不一定是市政府组织的写什么《地方志》，《地方志》记载了一堆枯燥的数字。这个数字本身有不真实的嫌疑，数字还要进行研究、考证。数字是可研究的，就算它是真实的，它并不能反映很多活的历史。真正活的历史是写在文学作品中的，恰恰是虚构类的文字保留了真实，而自诩为真实的文字，却往往是不可信的。

那么这里提了很多问题，来让大家反思什么是老北京，同时你可以反思什么是老上海，什么是老武汉，什么是老哈尔滨，什么是老成都，一样。你到一个地方去，千万不要以为你去了几次，有了一些努力，你就了解这个地方了，在徐霞客那个时代可能还能做到。今天，这个问题百倍复杂了，大多数城市都千篇一律了，特别是二三线城市、县城，街道都惊人之一样，街道、广场、店铺都一样。所以往往是你自己在地图上没有标明的那些地区去找，你才能发现它真正有特色的东西。

从北京说到北京人。北京人有多少种？我曾经在文章中概括过几种，我说有四五种。今天不说有多少种，我们具体地分一分，什么是北京人？你算不算北京人？你认识的那些人是属于哪一类北京人？

说到北京人，你可以看北京台的节目，特别是北京春晚之类的节目，里边经常有人标榜自己是老北京。什么叫老北京？我们把这个要求放得很低很低。在今天来讲，至少要新中国成立前祖辈就在北京。比如你的父母是“60后”，你的祖父那一辈应该新中国成立前就在北京居住，你才好意思说自己是老北京——这是最低的限度。要是严格要求一点，你们家应该在清朝就是北京人了，至少辛亥革命之前就是北京人。你说我们家光绪年间是河北沧州的，后来跑到北京来卖烤羊肉串，可以，那你得在辛亥革命之前就来了。这样你说你家是老北京，一般人不会有什么疑问。

至少也得是新中国成立前来的，你说我们家原来是东北的，“九一八”之后流浪进关，到这儿成了北京人，这也勉强可以算作北京人。因为“九一八”以后到北京来的那个人，怎么也是你爷爷辈的了，这可以是。我们过去说的北京文化，主要是由这帮人承担的，说北京人指的就是这帮人。

毛泽东、周恩来等人，虽然从1949年就住在北京，他们不好意思说自己是北京人，毛泽东都说他是湖南人。可是，有一大批跟着他们来的人，却慢慢地就被认为是北京人了，这就是新中国成立之后大批进京的干部、军人。这还不光是北京，新中国的成立，伴随着的是大批的人口迁徙。

为什么有一句话叫“山东干部遍天下”呢？因为山东是我党最早控制了全省的解放区。在抗日战争期间，共产党就控制了山东全省，除了少数大城市被日军控制之外，国民党力量很小。所以抗日战争一结束，我们就组织山东干部出关，林彪的十万干部、十万骨干都是山东带过去的。解放战争中，山东又是我党力量最雄厚的根据地，淮海战役之所以能够打赢，尽管有人说谁功劳最大，最后还是陈老总说得好：胜利是山东人民——山东的二百万民工用小车儿推出来的。所以斯大林搞不明白，斯大林说，这奇迹呀，你们六十万怎么能消灭人家八十万呢？他不知道这六十万后边有二百万民工。我们的后勤太伟大了！为什么后来抗美援朝牺牲那么多人呢？因为后勤供应不上，山东的小车儿推不到朝鲜半岛。

所以解放战争打到后来，还没打呢，干部都准备好了。过长江之前，南方各省的干部都已经安排好了。这些干部就夹着一个牌子跟着解放军，解放军打下某个县城，就出来一个干部把牌子一竖，某某县人民政府，他就进去办公啦，领着一帮山东哥们儿。【众笑】所以你一看，全国各地都有山东干部。

这就是新中国成立带来的人口迁徙。北京更是这样，我们共产党进京之后是老北京格局基本不动，但是在老北京这个格局外边，郊区附近，建了一个又一个大院儿，今天都是北京主城区了，当初可是在二环之外。长安街两边扩展，有多少大院儿？今天复兴门，往中央电视台、北京西站那一溜儿，你看看，空军大院、海军大院、工程兵大院，一堆一堆大院儿，北京还有很多大院儿。

那么进来的这些人，进来之后就住在这儿了，在这儿工作，不打仗了，开始生孩子。这些孩子到了20世纪60年代就成了红卫兵，后来成了大学生。他们是北京人，这些人就是北京人。可是这些北京人和我们前面说的新中国成立前的北京人是不一样的，是另一种北京人。这个北京人，你问问他父亲是哪儿的，母亲是哪儿的，很可能他父亲是四川的，母亲是江西的；或者父亲是山东的，母亲是陕西的，都有可能。但他是北京人，他从小就跟大院儿之外的其他的北京孩子交往，一块儿长大，当然他们交往的关系很复杂。我的大学同学中，就有不少是这样的北京人。一开始我认为他们是北京人，跟他们交往很长时间之后，经过对比发现，他们和老北京有很大的差别，你不能说他不是北京人。我们能意识到，他在北京人这个大概念中属于哪一类。

跟这类人时期差不多、性质有所区别的，是进京的各类专家技术人员。随着新中国的建设，有许许多多的技术人员也要迁徙。比如说建设大三线工程的时候，把东北很多的工厂，连着家属区，整个厂子都搬到西南、西北去。成都附近有一个厂区，十万人说的全是东北话，过的都是东北生活，冬天都吃猪肉炖粉条。你一问，是三线建设的时候整个从沈阳搬过去的。云贵川有许许多多这样的迁徙。那么北京是首都，更需要人员调配。

我们国家的科学家多数是南方人，你看咱们国家院士，你数一数，多数是南方人，可是他们主要住在北京。你再在校园里统计一下，过去一百个老师，南方人占多数。这些进京的各类专家、技术人员，和他们的后代形成的这个新北京人，带有什么特点？他们是现在北京文化的组成之一。

再往下就是我们大学大规模招生，招生开始扩大，这里边越来越多的留京大学生——就包括我在内，在北京上了大学，后来留在北京工作，把北京大学的集体户口转变为北京个人户口，户口落在北京市某个派出所的这些人。这些人现在也都到中年了。我是1983年到北大来上学，今年32年了。这个城市里还有谁比我更了解这个城市，活着的我真没遇到，不管新北京老北京，清朝明朝的，有一个算一个，你拉出来比比，没有人比我了解这个城市。可是我不敢说我是老北京，我是新北京，我是20世纪80年代以后才来到北京的。我是读了多少书，走了多少路，花了多少工夫，损害多少脑细胞，慢慢琢磨我生活的这个城市。我很早就定下一个目标，当我在这个城市的居住年头超过我在哈尔滨的时候，我对这个城市的了解，要超过我对哈尔滨的了解。

我实现了这个目标，我现在希望找到知音，谁能跟我坐下来一块儿聊北京，天南海北地聊北京。你说一段快板儿，我唱两句大鼓——没有，找不到。曾经可能有，但那是老一代的，可能他们去世了。我曾经想找汪曾祺先生聊北京，我觉得他特别了解，可惜汪曾祺先生去世了，而他也不是老北京，他是江苏高邮人。

因为我们的学生经常写论文，会写到北京文化，促使我们当老师的要反思这个问题，有时候我想，真正了解一个城市的，是不是并非土生土长于此的人呢？人一定要有一个参照、一个比较。我小的时候其实不太了解我的家乡，我是走了这么多地方，回头再去看，才发现我家乡那个好处在哪儿，缺点在哪儿，才看得更清楚一些。

这些留京大学生，如果从20世纪80年代、90年代留京开始算，现在基本上都在比较重要的工作岗位，可以说参与着、决定着北京这个城市大部分的事务。你到北京各衙门口看看，那些处长、副处长、科长，好像多数不是北京人。你一问，都是——我人大毕业的，我清华毕业的，我北师大毕业的，还有一些外地毕业分来的，并不是从小在北京长大的，而他现在是北京人，他的孩子在北京就读。有成千上万这样的人，决定了现在的北京文化。你走在北京街头、过街天桥上的时候，你慢一点走，走到中间，往下看看，那个滚滚的车流人流，你想一下北京文化的问题，这些千军万马谁是北京人？

再下边一类是我们常说的进京务工人员，我加个谋生——不光是进京务工，还有谋生，那多了。为什么这个要单独分一类呢？因为他们是没有北京户口的，前面这些人都有北京户口，是法律意义上的北京人。我上次一开始就区分了，我们要强调法律，这些人法律意义上仍然是外地人，可是他长年在这块儿，有流动的，只不过是常来常往。我认识的人，有一个月办一次入京证的，他的车每次来北京都得现办入京证，可是他基本上每年有二百多天在北京，还有的人天天在北京。

各省市在北京都有驻京办，还有很多县在北京也有驻京办。尽管中央三令五申要取消这个机构，可是取消不了，取消的是那个牌子。不让搞驻京办，人家不搞驻京办，但人家在北京要办事，不可能在北京不办事，既然办事至少得有仨人吧？一般得有十个人。全国多少个县？一个人来驻京办，家属也全来了吧？为了方便得让孩子在北京上学吧？所以北京的问题怎么来的？北京问题有许许多多的因素，这是一个因素。为什么很多事非得到北京办不可？我们现在信息这么发达，都可以开电视会议、视频会议，当天的指示就能够传达到最基层，为什么还要在北京，人人见面去办事呢？进京办事人员又是一大类。

再下面一个是，包括在座很多同学的在读外地大学生。如果你从小就是北京长大的，是北京孩子，你在北京上学，这个问题很简单，你还可能不在乎宿舍条件如何。那么很多在京读书的外地大学生，你们的身份是什么？现在还属于“妾身未分明”——还说不清楚自己的身份。你到底算北京人还是算外地人？那么这些同学对北京的感受是千差万别的，有的人觉得北京特好，有的人觉得北京不好。

前天我去参观浙江的桐乡中学，桐乡中学条件特别好，男生四个人一个宿舍，每个宿舍里都有单独的卫生间，每个人有单独的空间。食堂也非常便宜，整个食宿条件、学习条件都特别好，比北大好。他们的领导当然希望他们的学生都考上北大，也希望我们北大老师多关注他们。我说，假如贵校的同学不幸考上北大，生活条件就下降了。【众笑】我说北大的宿舍、食堂都不如你们学校好，贵校同学去了之后受委屈了。我说这个情况应该跟贵校的同学讲一讲，有心理准备为好。现在同学们宿舍都有了空调，前几年空调还没有普及，北大一些宿舍还没有普及空调，那成了北大当时人人诉苦的一条罪状，而且影响很不好。其他学校的宿舍都有空调了，北大学生在网上跟人家辩论就经常吃亏。北大说，我们有民主，人家说我们有空调；【众笑】北大说我们有自由，人家说我们有空调。北大说有什么，人家就一句“我们有空调”，把你打败！【众笑】

这里涉及一个对北京文化解读的问题。我为什么专门很关注这一点呢？因为我自己就曾经是在读的外地大学生。我在读书期间就努力地去解读、去理解北京文化。这种解读很真切，就在于我自己的身份还不明。我好像有一篇小短文叫《分配狂想曲》，就是写毕业分配的时候，我能不能留在北京。我那些同学都在奔走，每个人“伪造”了一份简历，里边把自己说得好点，借一身好点的衣服，把自行车擦得干干净净的，出去找工作。人家都找工作，我也跟着一块儿瞎找，就顺便当成一个社会实践。漫无目的，就骑着车从中关村大街往里骑，看见一个大楼不错，就进去问：你们这儿要人吗？那时候都是这么找工作，半认真半恶搞，去了很多单位。

我还去过北京舞蹈学院，【众笑】问人家需不需要老师。问了半天，他觉得我这个人挺难缠的，问什么都会，最后就问了一句，你会弹钢琴吗？我说这个我不会。【众笑】我还去过一个最荒诞的单位，我一直骑到八宝山，就去了八宝山殡仪馆问："你们这儿需要人吗？"【众笑】有那种经历之后，你走在街上，看着高楼大厦，会想，这就没有我一间房吗？凭什么我就不能住这儿啊？我想会有很多人，特别是青年人，涌起跟我相同的看法——对一个城市的感觉。也许有的同学读过巴尔扎克的小说，巴尔扎克的小说里写那些法国外省青年对巴黎的感觉，其实写的是我们今天很多住在北京的青年人的这种感觉。

这些青年人除了我们说的在读的外地大学生之外，还有我最后列的各种北漂。外地大学生虽然现在不算北京人，可是你的户口在北大，叫集体户口，从法学意义上说，你要归北京管，归燕园派出所管。那还有各种北漂，北漂是这几十年形成的一种北京文化的特殊现象，因为它人数特别巨大。

为什么会有北漂？毛泽东时代怎么就没有北漂？那个时代户口管理严格，不许人随便乱窜，还有火车票太贵买不起。其实那时候火车票并不算太贵，主要是你不需要到北京来，你如果真有才华，适合到北京的一个部门学习和工作，组织上不会漏掉你的，基本上不会漏掉。那个时候大批的人也都是调来的，各类专家、技术人员包括文艺人才，也都是外地的。你有才，组织上发现你，北京需要你，很简单，就把你调来了。

现在是你有才，没人发现你；发现你，不但不提拔你，还拼命把你掩盖掉、踩掉，想上北京更没门儿。除了考大学之外，你要想办法到北京来，面见各种直接关系到你命运的人，你才有机会。这是形成北漂这个庞大群体的一个社会原因。

那么北漂的各种悲惨的生活，有许多媒体在报道，这不需要掩盖，他们的身份也不那么重要，我们在生活中也常常能看到。我有的时候起得比较早，在一些大的地铁站，天通苑、望京、霍营那边，看见那些北漂，几万人挤在地铁站外边，浩浩荡荡的。大多数青年人，也都是有过差不多的高等学历，在那里匆匆忙忙地吃个煎饼馃子，手里拿着包子，各种东西，上了地铁，地铁上是一个大餐馆，各种食品的味道混在一起。每天浪费大量的时间，去两小时，回来两小时。他们在忙什么？他们的成功率有多少？所以有时候我挺好心地劝告这些北漂，你估计一下自己的成功率，如果不到百分之二十、三十的话，是不是赶紧回家比较好？就你这点才华，在你家乡可能足够用的，可能十年后你已经是个小头目了；而十年后你在这儿，可能还住在地下室跟人家合租呢。

我现在住的房子，不过就是个三室一厅，我楼里同样跟我家一样面积的一家，我看见他租给七户人。中间那个厅就隔成了三个小间儿，可能每个小间儿里住一个青年人，剩下的一个正式的卧室就租给一家人。而我看出来那些人也都像是有身份有能力的，他们就在北京这样熬着。

对每个人来说，成功率我们不知道，但总体的成功率我们还是知道的，能够出人头地的很少。你说你会画画，在北京会画画的有多少；你说你会弹琴，北京会弹琴的有多少；你说你会表演，那更多了，北京是天天有上万的群众演员奔走于各个剧组，每天互通消息“这边需要人，赶快来吧，这边还差二百个死尸”，赶紧来演。【众笑】到那边，副导演派几个人，脸上抹点“血”，“躺下”，“哗”一躺。你说你哪天能被导演发现，成为王宝强？而这个问题已经构成了北京文化的一种，北京市政府也在统计，想办法怎么加强对这部分人的管理。

而这些人也成为网上常年被议论的话题。来北京的这些务工谋生人员，要承认，他们给北京市做出的巨大贡献，包括过年过节，他们一走，我们买馒头买面条都没地方，过年那几天买食品成了一个重要的问题。“哗”都走了，一般来说正月十五之前不会回来了，如果生意做得比较好，挣钱比较多的，整个正月都不回来了，过了二月二才回来。比如说我们东北人，二月二之前是不干活的，“二月二，龙抬头”，老子才干活!【众笑】整整一个月。当然也带来管理上的问题。所以他们和有北京户口的北京人之间有矛盾，在网上有时候会互相说一些过激的话，加上有一些人从中挑拨——挑拨离间的往往不是北京人，是故意撮火，故意辱骂人。

我们今天生活的北京是由这么多种北京人组成的，所以我们面临的北京文化不一样了。在这个时候，我觉得去读老舍，去看看老舍笔下的北京人，可能具有新的意义。原来我们读老舍更多的是带一种赏析的意味，觉得有意思——哎，北京人这样哎，北京人怎么这么说话啊。今天这个国家传统与现代冲突得这么厉害，我们可以走出赏析，因为它好像关系到我们自己了。

特别是语言问题，你自我鉴定一下，你说的是什么话。你说的是标准的北京话吗？你说的是标准的普通话吗？你说的是川普？是带有东北味儿的普通话？是带有山东味儿的普通话？是带有港台腔的普通话？是本来说得挺好的普通话，后来表示时尚故意趋向港台？等等。而背后都有你的意识形态动机。说深了，都和你的政治立场有关系。刚才我不经意提到的，为什么女生不愿意说方言，男生坚持要说方言？这和妇女地位没有关系吗？所以一个问题深入下去，它就会涉及邻近的其他问题。

讲完这些，我们看一看，如果我们以老舍作品呈现的那种北京文化为老北京文化标准，用今天的北京文化去衡量，会发现曾经被我们简单地作为赏析对象的老北京文化，今天已经流散了，变形了，失怙了，混杂了，肤浅了。我们发现网上的争论有时候是不在一个层面的。有一个人说北京好，有一个人说北京不好，其实他俩说的对象不是一个。说北京好的那个人，可能读的是老舍的作品，他说北京文化好；另一个人可能没读过老舍的作品，可能就是生活在北京，可能就是今天一个简单的京漂，这个京漂，他感到北京文化不像原来那么精致了。

所以我说这几点，比如说第一点流散，流散是随着人口迁徙造成的。原来在二环里生活的，现在到了五环外，那是不是五环外就有了老北京文化？还有一些原来的北京人到了外地去生活，那他所到的外地，可能就有了北京文化。我到昌平的一些地方去，昌平的某个小区是从草桥、洋桥、广渠门那边拆迁过去的，在这个小区里，我发现了比较原汁原味的老北京文化。这就是一种流散。而当年负责拆迁的管理层，没有注意到这个问题；他们是随意的，只以经济为杠杆，把这些人随便地流散出去了。这些人随便地流散出去，就使这些老北京陷入了异文化的汪洋大海，使它不容易保存。可是这个我们文化工作者很难顾全它，因为我们一是不能要求政府不拆迁，二是不能要求拆迁的时候，把原有的居民都拆迁到一个地方去。

我上次提及，假如北京市政府迁到通州去，考虑的只是经济功能、行政功能等，可是那时北京市政府周边的那些人不是北京人，不但不是老北京人，连新北京人都不是。因为通州文化是夹杂了京津文化因素的河北文化。老舍有一个作品，里面说老北京人不愿意出远门，最远只到通州，他说通州是最远的。因为那时候通州不算北京，通州、石景山、门头沟、房山等地都不算北京，连海淀都不是。今天海淀的南部算老北京，海淀的北部不算。老北京文化在流散，可能流散的速度还多于其他老文化区，比如多于杭州，多于成都。

再一个是它的变形。20世纪80年代，我们拿着录音机去录老北京人说的话，今天我们拿着更先进的设备再录一遍北京话，发现已经变了，已经完全地变了。比如一般人会注意到北京话里边有很多儿化音，所以有些人为了显示自己是北京人，就把一句话里边都加上“儿”，他以为这就是北京话了。这个问题且不说，其实北京话里的儿化音本身还在不断变化。比如说，“瓶子”的“瓶”，如果加上儿化音怎么读？“瓶儿”，是吧？可是现在很多北京的年轻人，“瓶”加个儿化音，和“皮肤”的“皮”加个儿化音，发音是一致的，都叫“皮儿”。他说“给我拿一‘皮儿’来”，他说的是拿一瓶，也就是把中间的鼻音给省略掉了。再比如说，“小车”儿化音怎么读？“车儿”。可是现在你听北京人说“小车儿”“小吃儿”，都叫“小吃儿”，趋同了。

语言学家是从科学的角度去研究，它们的音是百分之百一样的，还是百分之九十是一样的。老百姓一定会问，研究这些有什么用啊？研究这些有什么用可能不是语言学家的任务，而是我们的任务。就是它为什么要一样，为什么要越来越省事，为什么说“瓶儿”和“皮儿”是一样的。这个变形后面一定有它的政治因素，一定有它的意识形态因素。就好像一个好好的孩子，为什么咬着舌头说话，为什么假装他是刘德华、刘若英呢？每一种文化选择，无不打上政治的烙印，区别只在于你是否自觉。背后却是你崇拜什么，你崇尚什么，你想干吗，你想让人怎么看你。

老北京文化流散了，变形了，可是为什么没有人关心、没有人保护，总在失怙呢？凡是政府大力强调我们要保护什么的时候，就是这个东西失怙的时候，没人保护，没人管了，只剩下“两会”代表有时提一提，少数专家提一提，然后政府回应一下，都回应在文件里，回应在口号里，实际上没有人保护。就像表面看上去全国还有好多相声演员，可有几个会说相声啊？他们以为耍贫嘴就叫相声，以为不论用什么手段，只要让人乐了就叫相声。那这就是相声死了。

再一点是北京文化里混杂了许多其他因素。由于北京是首都，什么文化都有，海纳百川。海纳百川是好处，但是海纳百川的同时，它混杂了几乎古今中外所有的东西，混杂了外地文化，还混杂了外国文化。当然我说的混杂不是从贬义角度说的，它不一定好，也不一定坏，我们也不说它好坏，就说它混杂这个客观现象。比如曾经有那么十来年，北京的青少年把一个东西特别漂亮叫"特biū"——北京人不说"很"，不说"非常"，说"特"，"特好吃""特漂亮"——把"特漂亮"不叫"特漂亮"，叫"特biū"。【众笑】来一妞儿，说"特biū"。"特biū"是从英语来的，"beautiful"。你看，一般我们说北京话真是很厉害，它能够把洋文都吃进来，把英语吃进来，吃到它的"特"字结构里。有时候有这种现象，它是混杂的，如果不及时确定它的来源，后人不一定能够找到，后人会瞎编、乱编。

在失怙状态下的混杂、变形、流散，最后在文化层面就造成它的肤浅。那些古雅的东西会流散，会被人忘掉，人们愿意记得、愿意传播的是那些浅层次的东西，是那些媒体上的娱乐栏目喜欢传播的东西，它甚至会传播到最严肃的媒体上去。《人民日报》是这个国家最重要的一张报纸，竟然——说"竟然"不准确，应该说"悍然"——悍然使用了"屌丝"一词。【众笑】对于这个事件，它造成的影响，今天还无法最终做出结论。反正这是中国新闻史上、文化史上一件大事，后人一定会用这个做文章的——《人民日报》用了这个词。我们想想孔夫子活着会怎么说，毛主席活着会怎么说——也许他们活着根本就不会有这事儿。这个因果有时是比较复杂的。

这是站在老北京文化的角度讲的。下面来看看我们心目中的北京文化应该怎么研究。今天研究地域文化，人们张口就说京派、海派，这是一个固有的套路。而且京派、海派经常会泛化使用，甚至有时把京派等同于北方，把海派等同于南方，这就不太准确了。就京派、海派本身来讲，恐怕也有胶柱鼓瑟之嫌。我刚才讲了京派是在北京成为故都之后的，而我们这个课讲的老舍，恰恰不是京派。很多人不明白这个概念，京派不一定是北京作家，现代文学史上京派的代表人物都不是北京人。沈从文是京派代表作家，萧乾是京派代表作家，林徽因也是，他们都不是北京人，还有后期的汪曾祺，这都不是。京派恰恰不是北京土生土长的，它的文化奥妙就在这里。京派、海派在很多情况下容易被附上褒贬色彩，认为京派好，京派高雅；海派不好，海派势利，海派有商业气味。

后来还是鲁迅有一个比较精辟的概括，鲁迅说京派呢，它近官；海派呢，它近商。鲁迅概括当年的京派、海派之争，讲到京派不要以为自己了不起，京派不过是近官而已，海派不过是近商，然后它们互相看不起。这是从当年狭义的“京海之争”讲起。我们如果放大“京”和“海”的概念、“排转折亲”的话，把跟北京有关系的都叫京派，硬把老舍他们都拉进来；把跟上海有关系的都叫海派，那就不能限于官和商这种解说了。鲁迅的那种解释里面是两个都批判的，可是鲁迅自己恰恰是原来在北京，后来到上海。也就是鲁迅自己跟官和商都是有联系的。鲁迅自己原来就是官，就是教育部官员，后来他不当官了，退出北京那个官场，重新开辟一个战场，开辟到上海去了，所以他深知上海的商业气。可是鲁迅自己也很会赚钱，他自己在这个商业体制中，也运转得很自如。

还有我们知道，海派不光是商，上海是中国红色革命的根据地。可是我们今天，人们被媒体洗脑，一想到上海就是什么新天地呀，咖啡馆啊，什么外滩啊，想的都是这些，你为什么不想上海是中国革命家的摇篮？中共一大是在上海开的——虽然我们说共产党是孕育在北大校园里的，可是一大是在上海开的，鲁迅晚年是在上海住的，第三次上海工人武装起义是在上海，国民党、共产党意识形态争夺的阵地在上海，党中央很长时间都在上海。就拿新中国来说，今天经济也很发达了，那都是当年工人阶级一砖一瓦盖起来的，中国每六块钱里就有一块钱是上海生产的，上海的工人阶级是了不起的。所以不能只看到它的商的一面。

由于不重视对生活全面的研究、探讨，我们研究地域文化就容易标签化——贴标签。我刚才说的话，也是我在一些场合表达过的，有的学者讲海派文化，讲了半天，就是上海的什么弄堂啊，咖啡馆啊，这些东西。我说，你讲上海文化怎么不讲《海港》呢？为什么不讲《海港》？为什么不讲上海的码头工人？中国工人阶级本来就少，上海工人阶级是中国最优秀的工人阶级，你讲了半天都是上海人如何精明，如何会赚钱，你不讲这个国家多少机器是上海工人阶级生产出来的——“上海制造”，就是质量的保证！今天全国假冒伪劣遍地，好像上海查出来的是最少的。我说，你说了半天上海那么会赚钱，那上海赚钱，人家是靠头脑赚钱，不是靠造假赚钱啊——当然你不能说上海没有造假，比较来说，查出来的少，就说明人家是有本事的，这不是它的文化吗？这个文化不应该研究吗？难道上海文化是喝咖啡喝出来的？到底有多少上海人没事喝咖啡？这很可疑，这是你们学者瞎写的。

我去过上海很多次，我注意这些问题，我看上海没多少人去喝咖啡，喝咖啡的人都是装的。我看上海多数人还是在家里边吃泡饭的，早上起来买碟小菜，吃一碗面。有多少人跑到新天地、跑到外滩去喝咖啡？有时迫不得已招待一下我这样的北京朋友，抵消一下北京人的暴戾，搁点咖啡来融化一下我们，他自己未必去喝咖啡。所以什么是一个地方文化的真相？

我曾经写过一篇文章，叫《北京文学的贵族气》，就不在这里罗列原文了，我只念这个题目。为什么我要写这篇文章呢？一般人一想到北京就想到老舍，想到王朔，想到很世俗的方面，想到什么大杂院之类的。所以我要特别强调北京文学，再扩大一点，就是北京文化有贵族气。这个贵族气并不表现在写贵族，写贵族不见得有贵族气，那只是身份，还是贴标签，是在这些俗的东西中有贵气。而这种北京文学的一种气质，它又是中国文化的一种气质。就是说中国文化是俗中有雅的，中国文化是每个人身上兼具雅俗两极性的。一个人的变化，他的未来的可能性是很大的，你预料不到他将来会有多少变化。

在很多其他民族的文明中，人很早就被分了层次，我们上了当，认为这是快乐教育，其实不是快乐教育，是分层教育。大多数孩子，从小就让你不用好好学习，叫快乐教育，吃喝玩乐都行，愿意怎么玩怎么玩，老师哄着孩子——反正你将来就是普通打工的，你永远当不了总统、议员，你也当不了科学家，那你快活吧，我给你自由！人人都可以选总统，但是你水平很差，你肯定选不上。在小学阶段，就决定了你选不上，到中学更决定你选不上了，你只能上公立大学，上不了私立大学。而公立大学就是哄孩子玩的，你还觉得民主、自由。

其实那个国家的那一万个精英，真正统治那个国家的那一万个人，学习是很累的，人家也从来不减负，到了高中阶段也是每天只睡四五个小时的，他们才能将来担负起领导这个国家的任务。那个国家的文明是这样的，这是它的真正的奥秘。

而我们国家不是，我们国家人人都有可能将来当主席，当省长，当校长，人人都有可能，所以我们竞争很激烈。就此刻，你们都竞争了好多轮了，都坐在这儿成为北大学生了，将来还不一定，将来真不一定，也许你们这里将来有总理的，有获诺贝尔奖的，有坐牢的，【众笑】今天都在这儿坐着呢。中国人的可能性太大！这就是儒家文化，它把人都看成潜在的圣贤，到了毛主席手里把它实现了，叫“六亿神州尽舜尧”。

所以中国的这个贵族气是诞生在平民百姓的日常生活中的。很多学者不明白，他老是觉得老舍很俗，他看不出老舍那个俗的背后，有贵族气，有大家气象。可能老舍自己都体会不到，他这个大家气象是从何而来，这就是老舍作品的一个令人捉摸不透的魅力。

我小时候没有机会到北京来看这些精彩的演出，幸好我们还能看电影看电视——越是像我们这种不能看活人演出，看电影看电视长大的孩子，越喜欢去模仿，看了一个好的文艺作品不断地模仿，所以我们小时候会记得很多电影的台词。像老舍《茶馆》这样杰出的作品，我们班找几个同学就能全演下来，所有的台词都记得，也不是说要看十遍八遍才记得，看几遍基本就都记住了，没事儿就拿这些台词来互相调侃、逗哏。

在这样的实践中，我们觉得像这样的作品，它是那样的俗。可是如果真是俗的，怎么那么有魅力，你怎么那么愿意去模仿？后来我们发现，在举手投足之中，有一种贵族气。老舍话剧里那些最基本的人物，《龙须沟》里的程疯子，都那样一个人了，你觉得他是有贵族气的。他换一身衣服，换一个地方，他就能在官场上出现，他可以当一个政协委员。你看看《茶馆》里那些人物的台词，那不就是底层人到一个大茶馆喝茶吗？但是他们之间的唇枪舌剑，那是《左传》水平的，那完全是《左传》里的对话。

像《茶馆》第一幕，秦二爷，民族资本家秦二爷，代表改良派的那个人，来到这里，跟王掌柜，跟庞太监，跟秦四爷，他们之间那个斗嘴。那个机锋，那么精彩漂亮的台词，看上去又是那么普通。这就是我说的北京文学中的贵族气。

我体会老北京人，他其实收入不高，甚至家里很穷，吃的穿的都很简单，又不装修，但是你觉得他说话中是有贵族气的。这个贵族气有时会有点让人讨厌，有时因为他端的块儿太大，超出了他实际的状况，你会觉得这个很烦人。你摆脱讨厌他的心理，客观地看，他自觉不自觉地就有这种气象。你先观察出这种气象来，然后再去琢磨，他这个气象的底蕴何在，底蕴是从哪儿来的。我们前面讲的老舍与穷人的关系，老舍与旗人的关系，这个穷人、旗人、穷旗人，怎么还能保留贵族气？

我也认识一些满族朋友，有时是第一次认识、第一次见面，我会试探地问，我说，我问个问题，您是不是满族啊？他说，我是满族。你怎么知道我是满族的？——当然我也没有百分之百把握，猜嘛，从各种迹象猜，其中一个角度就是看见他有贵族气。他可能不经意，他自己都不知道，他不经意的一个动作，就带有贵族范儿。你再参照一些其他因素，比如他的姓氏，他的爱好，他说话那个味儿，那个味儿是不是真正老北京的味儿。

本来有机会我想请真正的老北京学者，来我们课上讲一次，让大家听听北京味儿，但是我要请的这个专家身体不太好。真正的老北京的那个味儿就是得端着说，你说真正老北京话的时候，你整个人是一种很兴奋的状态，整个人被提起来了，是那种状态。而我们今天接触的那种大多数的北京话，为什么说它是市井北京话呢？说这个话的时候人是松垮下来说的。我们说今天北京男孩子、女孩子说起话来都是赖赖唧唧的，特别是男生有点娘娘腔——“干吗跟你呀”，【众笑】都这样的。当然我们不能去指责，时代就是这样。但是大家不要认为这是标准的北京文化，北京话就是这样的——不是这样，北京话怎么是这样呢？北京话都是精精神神地说的，是提起来说的：“我来看看你会做生意不会！”【众笑】北京话要这么说的——“鸟笼子给我拿着！”“喳！”——这样的话，并不是只有舞台上这么说，生活中就是这样的，叫嘎嘣脆，说起来要有节奏感、音乐感。尽管物质生活过得并不是太好，但是说话的时候，人是具有一种自信，具有一种优越感的。

如果一个国家的首都，它的大多数人都有这种气象，那你想这个国家的气象应该是好的。如果这种气象又建立在比较富庶的物质文明的基础上，那这个国家才可以说是两种文明都非常充实的，而且具有很大的文明的远景，具有希望的。

好，北京文化今天先讲到这里，下次我们再细致地探讨老舍笔下的北京文化。下课。【掌声】

2015年11月3日

北大理教107

第八章

多元包容是北京：老舍的大气

为什么要研究历史？是因为我们并不是活在一个固定的时空里。哲学上的话大家都懂，“人不能两次踏进同一条河流”。还有一个哲学家抬杠，说人也不能一次踏进同一条河流。这个话好像在逻辑上不成立，但是它提醒我们，当你踏进一条河流那一瞬间，这个河流已经改变了。

大家知道重视历史，可是历史不是摆在那里给我们看的，我们看的瞬间，分分秒秒都在改变。所以我们要尊重学者，但是不能够迷信学者。有时候历史记载的东西，反而不如文学更真实。历史记载往往就是新闻的归纳，新闻的杂烩。新闻学这个专业经常忽悠它的学生，说咱们今天写的新闻，就是将来的历史。学生们听了很振奋——原来我们就是历史学家呀。

是这么回事儿吗？如果是这么回事的话，那么历史不是谣言集合吗？我们天天都骂新闻是造谣，那怎么能够相信由新闻归纳出来的历史呢？五十年后的人来写今天的历史，难道是根据今天的新闻写吗？那历史就没有神圣感了。所以从事物的本质上讲，比历史更真实的是文学。

顺便给大家推荐一本杂志，叫《北京文史》，这是北京文史馆办的——因为这几节课在讲北京的问题，顺便推荐一些杂志——里边有关于北京的历史、北京的文物、北京的各种艺术等等的介绍。到图书馆的时候，顺便要翻一翻这样的刊物。我不知道同学们自己是怎么安排自己一周的生活的，你们从周一到周日怎么安排的，比如这一周要读什么书，每次去图书馆，怎么利用去图书馆的时间，在图书馆里待多长时间。

人和人的时间是一样的，为什么十年八年之后，人和人的距离就恁大？其实就在于你怎么安排时间。有的人老说忙，世界上有比孔老师更忙的人吗？【众笑】你看看孔老师的微博，孔老师每天都不务正业，号称“飞天大和尚”，可以一天走三个省，那你看我耽误什么正事了？不但没耽误，我一个人胜过六十个学者。怎么做到的？道理很简单，就是科学利用时间，但是做起来却非常难。什么叫科学利用时间？我怎么去图书馆看书的，你可以到图书馆找一些老员工，让他回忆当年有没有那样一个学生，怎么在图书馆里看书的。同样两小时，我可以看多少种东西，就像这些杂志对于我们来说，跟我们的专业不太密切，很随便的一本杂志，你是怎么看它？你用五分钟的时间、十分钟的时间，翻一翻此类杂志，十年八年之后，你和你的同学就不一样。除了看你自己专业的东西之外，要随时地看别的专业的东西，你才能更好地驾驭你自己的专业。

立冬已经过了，不知道同学们对老舍的作品阅读得如何？特别是选了这门课的同学，我提醒大家要好好阅读作品，不要光听孔老师天南海北地乱扯文化问题，除了读老舍之外，大家也要去想，我在这个课上跟大家探讨的这些问题。我们读老舍干什么？我们又不认识这个人。通过读老舍，去思考跟你自己有关的事。比如说什么叫阶级，你是哪个阶级的，你怎么对待你的阶级和其他阶级；你是哪个民族的，你怎么对待民族问题，你认为当今这个中国应该怎么对待；还有地域文化问题，上次我们剖析了北京人，什么是北京人，你算不算北京人，你打不打算当北京人，你打算跟其他北京人保持一种什么样的关系；北京人跟巴黎人、伦敦人、纽约人有什么同和异。

这是我们上这个课能得到的跟我们自己生命有关的收获，而不是让你去掌握一点关于老舍的死材料，他哪年生哪年死，你可以不记，你可以记错了，这都不要紧。能够考试填空打分那些东西可能都不是真知，真知是最后你的本事，你的本事是你的真知。假如我们大家是学考古的、学文物鉴赏的，是不是那个考试分数最高的同学就是文物鉴赏大师？那不一定，最后是比本事，给你拿一个矿泉水瓶子："你说说，这是什么年代的？"你说："哦，东晋初年。"【众笑】这就叫本事。那我们学完老舍这一课，本事何在？

我们沿着老舍与北京人这个话题展开了很多，从北京人的历史到北京人的意象。上一次我们探究了北京话的一些问题，讲了有多少种北京人，你是哪种北京人；感叹了老北京文化的流散、混杂、肤浅化，接着谈到北京文化研究，最后提到孔庆东写的《北京文学的贵族气》。那么沿着这个贵族气的思路，今天来谈谈跟北京有关的文学。

跟北京有关的文学很多，主要有两种，一种叫京派——京派文学，另一种叫京味儿。这是不一样的两种文学，当然此外还有广大的空间。一个作家在北京写了作品，这算不算北京文学？一个作家在别的地方写了关于北京的作品，这算不算北京文学？这就是问题。

前天——星期天，我累了一天，我们那一天给十个研究生开题，其中有一个研究生的毕业论文打算以《四世同堂》为中心，研究北京的家族邻里问题。老师们就给他提了一些问题，老舍的《四世同堂》不是在北京写的，老舍很多写北京的作品不是在北京写的，我们可以给它起一个名叫“异地书写”。异地书写一个地方的文字和“当地书写”有什么不同，这里深入进去又复杂了，如果这个作家也是异地作家，一个上海作家在上海写成都，和一个成都作家在上海写成都，它们有什么不同？

若干年前有一首何其芳的诗叫《成都，让我把你摇醒》，我们看题目就知道，他认为成都睡着了，而且成都睡着了，好像他不太满意，要把它摇醒。这个题目就提供了他的空间位置，这个人的空间位置不在成都，假如你也在成都，干吗把它摇醒呢？或者你现在是住在成都，你也一定是处在你认为醒的状态，你只有在醒的状态下才能把你认为没醒的人摇醒，如果你也是睡着的成都人之一，你怎么去摇醒他们呢？这存在一个异地书写还要再分析的问题。

我们常说的京派文学和京味文学虽然有交叉，有的人是京派也是京味，但大体上它们是很固定的名词：京派指的是现代文学史上，特别是20世纪二三十年代，有一群住在北京的外地作家，他们写的作品。而他们写的作品很多内容跟北京没有关系，他们写的是其他地方的事。你看作家也不是北京的，写的事也不是北京的，就因为他们住在北京，他们写作品，就被称为京派作家。

这很有意思。比如周作人不是北京人，写的也不是北京，他被称为京派领袖；沈从文不是吧？沈从文不是北京人，写的作品是他家湘西那儿的事，被称为京派作家；萧乾不是北京人吧？等等，这一拨人，他们被称为京派。而且这帮京派的人后来跟海派还干起来了，他们代表北京文化跟上海开战。而后来鲁迅出来以貌似支持京派的态度，把这事说得比较明白，其实是两边都给了几个耳光。鲁迅说，京派大师出来收拾海派小丑，你听这话好像是表扬京派的，其实是讽刺他们，是说他们自以为是大师。当然鲁迅指出海派近商，京派近官，听上去好像商不太好，商好像跟钱有关系，其实如果你堂堂正正地跟钱有关系，这有什么不好呢？按照鲁迅的思想，近官可能更可耻，近商倒未必是不道德。

京派、海派之争为什么复杂，今天还在延续呢？反过去看，那些海派作家也基本不是上海人。这不是上海人的一帮作家，和不是北京人的一帮作家，在争论上海和北京谁好。

那么京味作家，倒有一批北京土生土长的人。因为只有土生土长的人，他可能掌握这个叫“味儿”的东西。但是也不尽然，其中也会有一部分外地作家，在北京时间长了，他也知味儿了，他就想当京味作家了。我觉得这部分作家也挺值得研究：你明明是外地人，你为什么非要说一口让人家觉得很标准的北京话？就像我上次举例我们同学似的，你问她：“吃饭了吗？”“我压根儿就吃了。”【众笑】她为什么要这么说话？你分析她那个心理是一种什么心理。

好，同学们都坐得差不多了，我们来读一段文字，我写《北京文学的贵族气》的时候说：

> 北京文学的研究者一般都注意到了北京文学的平民气，从老舍到王朔，都被看成“市民精神”的代表。然而如果仔细研究北京文学所表现出来的平民气，特别是与其他城市文学的平民气进行比较的话，就会发现，北京文学的平民气之外，或者说背后，还有着强烈的贵族气。这不但是北京文学区别于其他城市文学的重要标志，而且也是北京文学的平民气与众不同的重要标志。

我们今天住在这个城市的人，大多数原来都不是北京人。对这个城市的感觉，不管你是喜欢也好，还是反感也好，你跟它纠结的原因，有一个核心的东西，其实就是我指出的这个贵族气。你觉得不舒服，觉得它有贵族气；你向往，你想变成它，也是因为它这个贵族气。这才是它独特的东西。后面我要批判北京精神，我们先把这个问题搞清楚，把这个问题展开来说。

我们谈谈北京文学里面叫京派文学的贵族气，就是京派这帮人，什么沈从文这些人。

> 他们描写的是下层社会，但关心的却是人类文明走向的形而上的问题。正如陶渊明虽然“种豆南山下”“带月荷锄归”，但他的思想境界仍然是贵族的。鲁迅戏称他们为“京派大师”，就是准确地看到了他们贵族气的一面。贵族也关心平民疾苦，或者说正因为他们是贵族，他们才关心平民的疾苦；重要的不是“疾苦”，而是“关心”，贵族的姿态就从“关心”上展现出来。

我们今天的慈善家到底是不是好人？哪儿一有灾害他们就会捐款，就组织义演，这些人到底是在干好事还是干坏事？怎么分析这个事儿？

“林徽因的《九十九度中》非常关心炎热的暑天里的穷人，但小说的阅读效果却很爽快。”读了之后你真想去关注那穷人吗？没有，你读了之后觉得，哎呀，小说好，多好啊！多关心平民百姓啊！然后你就去吃西瓜了。【众笑】

“凌叔华的《绣枕》非常关心平民子女的命运，但小说的笔调是那么优雅。正如通俗小说经常描写王公贵族的富丽堂皇的生活，却恰恰因此暴露出自己的世俗气息。”你看什么人愿意看王公贵族的历史连续剧。“京派文学正是用一种‘垂青’的态度，俯瞰人间的态度，使人觉得其高不可攀，京派文学表面的轻松里，蕴含着深厚的自负，仿佛和蔼可亲，实则距离明确。”

这是京派文学的内容。当然它能够关心疾苦，这已经是不错了，但是我们要给它一个准确的定位，它能不能够真的解决社会问题？就像今天靠这个基金、那个基金搞慈善，能解决中国的贫富两极分化吗？不！他们一定会加剧两极分化，才能进一步表现他们的慈善。如果杨白劳不活得很惨，黄世仁怎么嘚瑟他的善心呢？这才是辩证法。

那我们再看看京味儿。京味儿，跟北京话紧密地联系在一起。

> 有些写北京的散文，虽然事实都对，感情也真，但就因为缺少生动的北京语，或者对北京语表现得有问题，于是就不能列入“北京文学”的家族。例如林语堂的《说北平》，讲了北平的许多方面，但就是没有讲北平的语言，结果等于是写了一座“无声的北平”，文章的价值大打折扣。郁达夫的《故都的秋》倒是写了北京的语言，但是把北京人说的“一场秋雨一场凉”写成了“一层秋雨一层凉”，还自以为很会欣赏北京话，真是大煞风景。江浙一带的作家大多不能体会北京话的妙处，郁达夫如此，不懂装懂的徐志摩也如此。其他如鲁迅、周作人、茅盾、朱自清则老老实实，干脆不写。所以京味文学的作者，主要是土生土长的北京人或者长期住在北京的人。否则，对北京生活没有深厚的体会，是难以“知味”的。

我是当过几年中学老师的，我就发现北京的中学老师，起码自己是北京人，可是他们竟然不知道北京话是怎么说的，他们还在那里得意洋洋地说郁达夫写得怎么好。我当场就说了：你还是北京人不是？你连

“一场秋雨一场凉”这话都没听过，你是哪儿长大的？稍微有点语言学知识，一看郁达夫写的“一层秋雨一层凉”，就知道这肯定写错了，老百姓没有这么说话的。是因为他听不懂，他不懂这个“场”在这里读“cháng”，而“场”在古代本来就读“cháng”，北京的土话里恰恰保留了古音。你看今天虽然已经立冬了，今天这个雨一下，不就更凉了吗？这叫“一场秋雨一场凉”，哪来的“层”呢？当然郁达夫是好心，他还很用心。但不是一个人到一个城市，你随便就能掌握这个城市的神韵，还不如像鲁迅、周作人那样老老实实。

鲁迅、周作人基本上回避北京话的描写，因为他们知道这不好弄，干脆就藏拙。但是鲁迅偶尔写一下还是很生动的。鲁迅写到鞋店里边买鞋，他发现两只鞋大小不一样，但是伙计说：“一样，您瞧！”（《事实胜于雄辩》）于是鲁迅就没话说了。他那个话写得很生动，就写北京伙计怎么糊弄人，【众笑】北京伙计不跟你讲道理。你学了鲁迅的这个细节，你到商店里看看北京各商场售货员怎么对付你，基本上是一个套路，不跟你讲细节，不跟你讲数据，专跟你谈感觉。而感觉是很难说的，感觉是没标准的，他就说可以。比如你说：“这菜太咸了吧？”他说：“哎，我刚才尝了，不咸哪！”【众笑】你跟他没有道理可讲。

那么京味文学里面的贵族气何在？

> 京味文学的贵族气首先表现在，对文化生活的眷恋以至迷恋成为作品的主要内容。以邓友梅的《那五》《烟壶》为代表，作品所写虽是日常生活，但却不是着重于柴米油盐的物质方面，而是着重于精神方面。这种精神追求并不是“仓廪实而知礼节”式的物质满足之后的追求，而是与物质生活水平无关的集体癖好，甚至仓廪不实也要知礼节，即越穷越要摆谱，用老舍的话

说:“我们创造了一种独具风格的生活方式:有钱的真讲究,没钱的穷讲究。”(《正红旗下》)

老舍的话说得太精辟了!看上去北京人表面上挺土,其实骨子里很讲究,讲究一个“味儿”,他不是讲究表面那东西。北京人不讲究表面,穿的好或者家里装修得漂亮,不讲究,他讲究坐在破板凳上喝那一两二锅头,他咂摸那个滋味。过去有特穷的老北京人喝酒,喝酒连咸菜都没有,怎么喝呢?弄那个鱼缸底下的小碎石子儿,用咸盐在锅里一炒,炒一小盘石头子儿放在中间,俩人喝酒。然后轮流夹那石头子儿咂摸一下,咂摸一下,也能喝二两酒,喝完还能写出诗来,咂摸那个滋味。这里就是平民生活中显示出来的贵族气。

我举个例子,韩少华的《遛弯儿》。孔老师在著名的北京二中当过老师,二中出了很多文化名人,比如说韩少华。韩少华《遛弯儿》有这么一段,大家用心地读一读,什么叫标准的北京话:

“这遛弯儿,敢情不光图个舒活腿脚儿。遛这么一趟,见识多少东西呀,”一位退休多年的邻居,昨儿个从地坛遛回来,说,“越遛,我就越开眼,开心,开窍儿了……”

你在心里可以想这个人是老年人还是中年人,他怎么说话。你如果不在北京这地儿生活很长的时间,你写不出这个北京话来。你看他这个句式是非常灵活的,但又是绝对合乎语法的,这段话完全可以做现代汉语语法分析的案例。

从这段话里我们可以看出,北京人老爱说“遛弯儿”,现在全国人民都跟着说“遛弯儿”,这“遛弯儿”到底啥意思?我原来没到北京来的时候就听北京人说“遛弯儿遛弯儿”，我这人老瞎想，老跟这“遛狗”联系起来，【众笑】我老想，他走的路是直路他也叫“遛弯儿”，根本就没有弯儿，北京的路多直啊，北京这里拐弯儿最少，在其他城市经常要拐来拐去的，可是那些城市不叫“遛弯儿”，北京非要叫“遛弯儿”，它很有意思。

在北方的其他地区，比如在东北，经常说“溜达”——“嘎哈去？”“溜达溜达。”“我溜达去。”“溜达回来了？”“溜达够了没？”都说“溜达”。大家品品这“溜达”，它有什么文化含义？这“溜达”好像更侧重于闲得五脊六兽的，无所事事，“达（da）”这个轻声格外加重了这种闲散感，就是没心没肺地——溜达。一般说“溜达”，不注重心理活动，说“溜达”的时候，好像是被人家在“溜”那种感觉，【众笑】“溜达溜达”，它显得最轻松。

但是后来随着上学，我们都觉得说“溜达”好像挺土的，好像自己没文化，于是从书上学了一个书面语叫“散步”，【众笑】所以我们很长时间都说：“干吗去了？”“散步去了。”说散步就觉得自己是文明人，挺雅的，就好像20世纪70年代人往胸前别钢笔一样，觉得自己有文化。别钢笔这种“土鳖”行为，【众笑】就相当于我们张口说散步。又过了一段时间，我们发现说散步才是真没文化，是典型的装。散什么步啊？因为“散步”这两个字都太正规了，“步”是文言的，把“步”散开，我越想越装——一个人拿着架子在那里，好像一步一步丈量着土地在走，【众笑】这叫“散步”。

南方传到北方的一句话，很长时间内在普通话里也很盛行，叫“压马路”。“压马路”是上海人爱说的，最早上海人说“压马路”。这就很有意思。你单独看没看出意思来，你要把它跟“遛弯儿”比，它就有意思了。上海其实没那么多大马路，宽阔的道路就那么几条，到处都是小弄堂、小巷子，到处都是弯儿，可是真正到处都是弯儿的这个城市，它不说“遛弯儿”，它要说“压马路”，【众笑】它要给人一种他出去不是外滩就是南京路的感觉。“干吗去了啊？”“压马路去了。”一说“压马路”，就感觉这是去外滩了，这是去南京路了。这里展示的是一种什么心情？所以“压马路”天然地跟一种洋味结合在一起。“压马路”往往伴随着吃冰棍、吃点心、喝咖啡、看电影，跟这些活动不自觉地联系在一起，所以后来在北方一些城市也都习惯说“压马路”。发展到20世纪六七十年代，“压马路”成了搞对象的暗语。【众笑】

我小的时候，看我父母那一代人，或者比他们更小的，他们的同事，经常以“压马路”代替“谈恋爱”。还有结婚不久的年轻夫妻出去散步，也叫“压马路”。“嘎哈去啊？”“压马路去了。”“呀，又压马路啦？别把马路压塌了，啊！”【众笑】都这么说。所以说“压马路”不一般，“压马路”有一种展示的意味，展示自己过一种带有洋气的、浪漫的、高雅的生活。现在我们很少说“压马路”了，但是因为它曾经流行的时间很长，我们一看还知道它的意思。

这些年兴盛的是“遛弯儿”。在这组词汇里，你去比较“遛弯儿”的文化含义，就是韩少华《遛弯儿》里面讲的，它不光是体力劳动，不光是“舒活腿脚儿”。它里面包括舒活腿脚儿——你看“舒活腿脚儿”本身也是可以分析的，不是锻炼身体。那显然他不只是为了舒活腿脚儿。有舒活腿脚儿，还有精神享受，关键是见识，通过“遛弯儿”他要见识。所以北京话“遛弯儿”好像是土话，却土中含雅。也就是这个“遛弯儿”，其实是小规模的旅游，它不自觉地含有了旅游的含义。而我们成天报名参加团，花了很多钱去旅游，往往什么都没得到。每次一过长假很多人出去找罪受，花钱遭罪、惹气，根本没得到休息，其实就是不懂得旅游的含义，旅游是干吗的。而喜欢“遛弯儿”的北京人，通过遛弯儿达到了旅游的效果。他不是恶性锻炼，他使身体也舒坦了，舒活了；但是同时他有一种精神享受。

而北京人为什么要说“遛弯儿”呢，明明都是四通八达的坦途？这就是人的心理回避效应。上海人明明没那么多大马路，偏偏说“压马路”，让人以为他们马路很多，而北京人马路已经很多了，不必再炫耀，一定要炫耀我们这儿有很多曲径通幽处的地方，我们这儿有文化味道，所以偏要说“遛弯儿”，其实我发现很多人没有拐弯儿。这是京味的味儿，得体会到这个程度，这个味儿才出来，所以这个“味儿”也是不太好翻译成外语的。

那么我总结一下京味的节奏：

> 京味文学的贵族气其次表现在，叙述态度的从容不迫。作品的叙事节奏一般都比较舒缓，不急于推进故事情节，而是重在“咂摸滋味”。叙事者对于保持作品的吸引力具有高度的自信，只管娓娓道来，而不过多卖弄新潮的叙事技巧。所以很多京味儿小说都有散文化的倾向，或者说是小说与散文的混合体。

一般越通俗的小说，由于文化含量少，文化味道少，它靠什么来吸引读者呢？靠推进情节，不断有悬念——出事了，杀人放火了，老有这些事，要通过外在的节奏抓住你。而有味道的文学，不仅是京味文学，比如说成都味文学也好，青岛味文学也好，它只要有这个味儿了，就不再急于去讲那个惊天动地、催人泪下的故事了。往往节奏要慢，要拉着你一块儿品，品这个滋味。

假如说，我们以青岛大虾为题材写一篇小说，就有两个路子：一个路子是重情节的，把大虾这事写得惊心动魄；再一个是不重情节的，咂摸这大虾的滋味，让人觉得你三十八块钱吃一大虾，一点都没吃亏，没冤枉，真值啊，还便宜了。那就得动用散文化的手段，把这虾的味道写好。所以味道又跟节奏有关系。

京派文学在这个方面倒是跟京味儿接近。京派文学也不太重视情节，它也在咂摸某种滋味，当然不一定是北京的滋味，而是它写的那个地方的滋味。比如沈从文比较好的作品，像《边城》，也没有什么复杂的情节，情节很简单，你读了《边城》留下的是一种滋味，湘西滋味。

我们再来看另一个北京著名作家陈建功——当过中国现代文学馆馆长，陈建功的《找乐》，是20世纪80年代很有名的一篇小说。我们几个同学为此还去采访过他。陈建功的《找乐》里开头说："'找乐子'，是北京的俗话，也是北京人的'雅好'。"陈建功已经不自觉地把握到了"滋味"，既是俗也是雅，是俗话也是雅好。"北京人爱找乐子，善找乐子。这'乐子'也实在好找得很。养只靛颏儿是个'乐子'。放放风筝是个'乐子'。一碗酒加一头蒜也是个'乐子'。即便讲到'死'吧，他们不说'死'，喜欢说：'去听蛐蛐叫去啦'，好像还能找出点儿乐儿来呢。"

《找乐》后来被拍成电影，黄宗洛演的，那个电影挺有味道。就是说找乐是北京文化的一个重要特征，我们在急急忙忙的建设现代化经济强国的过程中，首先摧毁的就是这种找乐的味道，找乐的精神。

什么叫对传统文化的摧毁？没有找乐的人了，或者说你想找都找不着乐。现在我们想找点高兴的事很难，所以新出现一个词叫"搞笑"。本来没有笑却要搞出来，【众笑】搞出一个笑来，这都深刻说明了现在是一个痛苦的时代。过去北京人出门就能找着乐子，看见地上有蛐蛐他都乐，他都高兴。我上个月还在一个学校的校园里边逮了一只蛐蛐，我就找了半天乐。然后我回家找根细绳，把它一条腿儿拴着，扔在我家客厅地板上了。第二天早上就剩一条腿儿了，【众笑】我就把我家那两只猫抓来，

"谁干的？说！"它俩互相看。【众笑】这生活中确实是到处都有乐，我相信不光是北京有这个乐，但是北京文化就养育出了能"找乐"这样一种方式。

很多人在北京生活了很多年，怎么看他是不是北京人呢？不是看户口，而是看他有没有找乐的精神。你觉得一个人不像北京人，其实就是觉得他这人没劲儿，没什么味儿，不管他工作多好、多优秀。当然这不一定就是人的缺点，有的人工作太忙，工作性质太严肃，没法找乐。一些领导，在北京住很多年，没办法找乐，但是有时候你仍然能从他们身上发现，他得空还是要幽默一下，还是要说点闲话，想说点闲话的。

我们再看看另一个被称为京味作家、早年也是京派作家的外地人，他写的北京，这就是汪曾祺。汪曾祺被认为是沈从文的学生，他跟沈从文一样是外来人，他家是江苏高邮的，我有一年去那边，还专门去看看他的故居。他不是北京人，可是他特喜欢模仿北京口语。我读了他很多作品，还专门研究过这事，他为什么这么想变成北京人。他使用一种描述性极强的又富于抑扬顿挫韵律的语句，我举一段他小说中的对话，《八月骄阳》里有俩人对话，这个对话是很干脆利落的北京话：

> "还有个章法没有，我可是当了一辈子安善良民，从来奉公守法。这会儿，全乱了。我这眼面前就跟'下黄土'似的，简直地分不清东西南北了。"
>
> "您多余操这份心，粮店还卖不卖棒子面？"
>
> "卖！"
>
> "还是的。有棒子面就行……"

我们看这两句，两个北京人的对话，如果你走到那个老北京人的生活区，随处都能听见这样的对话，但我们可能没注意就过去了，没有分析这个话里边的艺术含量。有时候我们听了人家说话，也只听他说的内容——说什么事儿呢？听的是人家说的什么事儿，一般人不去注意人家说话里面的艺术性——说得多好。我们以为艺术只在艺术家那里，不对，每个人都有艺术，在于有没有发现。

汪曾祺作为一个外地人，他对北京话感兴趣，可能他格外关注，他就能提炼这样的场面。我们想这话如果翻译成普通话怎么说？翻译成你们家乡的话应该怎么说？

他的第一句话是"还有个什么没有"——这是北京话常用句式："有个章法没有？""有个规矩没有？"他可是怎么怎么着了。然后话题再一转，"这会儿"怎么着——"这会儿，全乱了"。他本来是说现在乱得分不清东西南北了，但是他有一个很形象的描述，这个描述从功能上来说，是个废话，不需要，叫"我的眼面前"。北京话经常说，"我眼面前"怎么样，"你眼面前"怎么样。这"眼面前"也有的人给写成"眼目前"——"眼目前就跟'下黄土'似的"，这样就有一个形象。北京人随便说话的时候，喜欢给它形象化一点。

然后，第二个人觉得他挺乱的，想一下子把他驳倒。北京人反驳人，经常不是从道理上反驳，而是好像并不否认你的合理性，他说你想的这些事可能也合理，但是，他从另一个角度否定你，说你"多余"——"您多余操这份心"，还要加个'您'。"你看，"操这份心"是个好话，操心嘛，但是加一个"多余"——"您多余操这份心"。然后怎么证明自己的论点呢？怎么证明"我认为你多余"是对的呢？

北京人喜欢单刀直入，用一个小细节否定人家的整体描述。我就问你一句话："粮店还卖不卖棒子面？"这话很有意思，粮店里卖很多东西，不是专门卖棒子面，还卖白面、大米、油呢。棒子面是最基本的食粮，粗粮——别的东西都没有了，还有棒子面，有棒子面就能活。人就问你一句话：“粮店还卖不卖棒子面？”

这句话是北京特色，北京人到粮店买粮，北京人吃玉米面，把玉米面叫棒子面。我们东北叫苞米面，有的地方叫玉米面，北京叫棒子面。那人回答很干脆，“卖”！也很配合。马上就接上了——他知道他必然说卖——“还是的。”我们读这段，虽然是两个北京人的对话，仿佛看见是《战国策》里的对话，【众笑】仿佛是孟子见梁惠王，一下给梁惠王引进一套儿里——还卖不卖了，那人说“卖”，“还是的。有棒子面就行……”——什么“下黄土”呃，有棒子面就行。

正是通过这种味道，它表现出了北京人的一种世界观，北京人特别是老北京的世界观——甭管世界怎么乱，有棒子面就行，就是还有口嚼裹儿，别的事都可以不操心。其实也操心，是自我安慰，那个操心是多余的，“您多余操这份心”。而这个话是从一个江苏人汪曾祺笔下写出来的，这叫“京味儿”。

另外，我总结过北京人的口头语，这是近几十年北京人爱用的，我用批评的口吻讲了这两个口头语，“就是说”和“等于是”，用这两个口头语可以连接任何上下文。【众笑】例如：“你喜欢张艺谋的电影吗？就是说他的电影吧，特有个性，等于说你一看开头就被它给吸引住了。”【众笑】现在满大街的北京青年人是不是全这么赖赖唧唧地说话？“我觉得咱们中国足球肯定没戏，就是说中国这个民族就不适合踢足球，等于是陪人家老外白玩！”【众笑】这是我们这个时代的北京话。也就是说：

> 北京人的一大段话中往往塞进了许多“就是说”和“等于是”，而上下文之间却经常并不存在可以等价替换或者相互阐释的关系。北京人就是这样把本来没有关系的万事万物都“等

于”和“就是”到一块儿，以其昏昏，使人昭昭，侃的云山雾绕，有时自己也忘了到底要说什么。他们并不注意事物间客观上的具体联系，而主要是为了求得主观上的表达愉悦，图个说得“嘎崩流利脆”。说完就完，谁较真谁傻冒。用个时髦的学术名词叫作“能指的游戏”。北京人是语言艺术大师，但不是语言大师，更不是生活大师。他们在玩弄语言中，得到了许多幸福感和优越感，但也有被语言所玩弄了的时候，更多的时候是被生活给玩弄，被那些语言能力平庸甚至是结结巴巴的外地人给玩弄了。只有那些聪明的北京人，能放弃这两个舒服的口头语，是就是，不是就不是，实事求是地看世界看人生。（孔庆东《口号万岁：北京人的口头语》）

这是一点小感慨，其实要真正做语言学的分析，这里是大有文章可做的。我在生活中就发现这个情况是愈演愈烈，有时候我们在正式的场合——学术发言中，在听学生的汇报中，有大量的学生这么说，满口“等于是”“就是说”，而且他还不是北京人。现在全国都这样。我每到一个城市，我很注意听这个城市的标准方言，比如这个城市的交通台的播音员怎么说话。基本都受北京影响，受北京侵蚀，而且不是受北京好的一面的侵蚀，是受“就是说”“等于是”的侵蚀。他就觉得，我这么说话有点像北京人，以此为荣，他不知道这个本来不成立，背后是有心理原因的。我们大家不自觉地多少都要说这么几个“就是说”“等于是”，而这只是近几十年的新北京话现象，原来没有。我们读老舍的作品，会觉得不是今天的北京话。

其实北京话很多是我刚才说的“能指的游戏”，是为了在语言层面表达亲昵的关系，表达对人的尊重。北京话里边充满了“您”，“您”跟

“你”对比，它多了一个“心”，表示我是由心往外地在称呼对方，“您”是尊称。从发音角度讲，由于它多了一个鼻韵母，nǐ——这是“你”，nín——这是“您”，在发音上也加重了尊敬感。

可是，问题就在于当“您”和“你”相对比时，尊敬的意义才显出来。如果我们对所有的人都称“您”，这个尊敬的意义还存在吗？那等于我们把“你”取消了，不要“你”了，把“你”的地方全变成“您”，尊敬的意义不就没有了吗？尊敬一定要在不尊敬的映衬下才成立，一定要对有些人称“你”，对有些人称“您”，才对。

另外，我们特别尊敬的那个人，用称“您”吗？这都是问题。比如说你私下里对你的父母是不是要称“您”？“母亲，请您用餐！”你母亲不揍你吗？【众笑】“你要干吗，你要造反哪？”【众笑】就是我们最亲近的那个人，还不能用“您”，正因为你跟他特亲近，所以要变得最随便，最随意。我们看亲情最好的父母和子女，往往说话特随便，经常还带着埋怨的口吻，“都凉了还吃不吃啊”——都是这么说话的，这才说明感情好。如果满嘴都是“您”，都是那种用语，那有问题。关系最好的两个人应该是夫妻，是两口子，有互相称“您”的吗？“您还不就寝吗？”【众笑】这是差不多要离了。感情最好的反而不客气。也就是说老北京话这个“您”，其实是把人固定在一个语言层面亲近的空间里，不太考虑实际的两个人的距离，它是用语言来构建一种文明。

由于北京人喜欢说“您”，所以再随着上下文的变化，他经常会说“您呐”“您呢”。北京人有时候说一句话，后边随意地加了一个“您呐”——“瞧好吧，您呐！”“您呐”放在后边，从语法上来说没有什么确定的功能，但是起到加重语气上的尊重和亲昵的作用，这是老北京一个语言的特点。

可是曾几何时，这几十年，我们很少听见这个“您呐”“您呢”。我在上大学的时候还听到北大的一些食堂的师傅会这么用。我打饭的时候，说："哎呀，谢谢师傅，今天给的肉挺多。""吃去吧，您呐。"师傅表示很理解你对我的这个赞美——"吃去吧，您呐！"他会这么说。慢慢地这个就听不见了。

我们现在听到更多的，表示两个人亲昵关系的是"你丫"。【众笑】一个宿舍的同学之间表示亲昵，经常用"你丫"——"你丫咋还不来哪？""你丫来不来啊？"经常听到这么说。我晚上出门，看见路边有打电话叫朋友的，经常说的是"你丫"，"你丫颠儿哪儿去啦？"都是这么说的。当然这样说，并不是骂人，仍然表示亲昵，功能是一样的，表示咱俩不见外才这么说。指第三者时说，"那丫"怎么怎么的——"那丫特鸡贼。"【众笑】都是这么说的，也是表示亲昵。可是同样表示亲昵，却为什么从"您呐"变成"你丫"了？语言学背后的文化含义何在？这就是城市文化的流变。

我还注意到，北京旁边其他城市——南方我没有很详细地了解——有不同的、起到类似功能的口头语。天津人表示亲昵，经常在一段话后边或者前边加个"你妈"，【众笑】这不是骂人话，你容易误认为它是骂人话。经常"你妈，你妈"，老这么说。【众笑】因为我是东北人，我不怕冷，我这天儿窗户还开着，我们宿舍有个天津同学，他说："你妈真冷啊！老孔，你妈把窗户关上。"【众笑】让我把窗户关上。你要不知道以为他骂我呢，他没骂我，他那个"你妈"跟"您呐""你丫"差不多的意思，就是表示亲昵。

20世纪80年代，我听人说一个北京人出差到天津去，下火车之后，看火车站那儿"咕噜咕噜"，有人在那卖卤煮，卖煮的肠子肚子什么的，在那儿"咕噜咕噜"煮着，北京人过去问，说："嘿，同志，您这卖什么呢？"那个人说："介（这）你不知道哇？介不你妈肠子嘛！"【众笑】

北京人一听很生气，北京人说你怎么张口骂人啊？【众笑】他就说：“谁骂人了啊？谁骂人了啊？”这俩人吵起来了，警察过来了：“怎么回事儿！怎么回事儿！怎么回事儿！”北京人说：“同志，您看看，我就问他这是什么东西，他张口就骂人！”警察说：“啊！介你不知道哇，介不你妈肠子嘛！”【众笑】他这一看人家天津警察也这么说。警察也是为了给他俩调解，为了表示亲昵，才说“介是你妈肠子”。【众笑】那你想，天津人为什么不认为这是骂人？他为什么能拿这个来当亲昵词使用？这和我上次讲中国话中的骂人话，跟亲属关系，跟家族制度的联系都有渊源。

还有其他一些城市，比如说自称“爷”，自称“老子”，都不是骂人，但是追根溯源，好像仍然和家族制度有关系。一个北方男人很自豪地自称“爷”，包括过去说“此处不留爷，自有留爷处”，说这个话的人可能是个十几岁的孩子，一个十几岁的孩子也敢这么说，你是谁的“爷”啊？就不能这么追问，他愿意用这个来自称。可是自称怎么不自称孙子呢？【众笑】

“老子”用的范围更广。你还要注意不要用错了，人家四川人自称“老子”，四川人还有一个口头语叫“格老子”，【众笑】你不能自称“格老子”，“格老子”和“老子”是不同的。那么从不同城市这些话——这些亲昵的口头语对比中，我们看到，北京的“您”，它尊敬的意义何在？土话中的雅味儿何在？相比一下，是不是这个“您”“您呐”“您呢”，更雅？它的雅是比较出来的。

由官话演变的普通话里，经常自称不是“爷”和“老子”，而是自称“兄弟”。这还是跟家族制度有关，降低自己的辈分，表示雅。老北大校长马寅初先生，以前在学校讲话，都是自称兄弟。“今天是北大校庆，兄弟来讲几句话。”【众笑】他都是这样讲的。好像再以后的校长，没有这么自称过。一个校长自称“兄弟”，并不是说要跟你们平辈，不是说跟你们这些毛孩子一个辈了，他都那么大岁数，白发苍苍的了，这个“兄弟”仍然是第一人称，它的功能就是“我”。但是由于“兄弟”本身这个词的原意，它在家族中有一个固定位置，所以它带给人一种亲切感。现在能够自称“兄弟”的，一般来说只剩下黑社会了——“大哥，你就饶了小弟吧！”自称“小弟”，只剩下黑社会了。这是从京味儿谈到北京话，北京的一些口头语。

讲完了文学，下面我们来试图归纳一下，我们能够感觉得到的，能够大体认同的北京文化的特点。北京文化到底有哪些特点？先不要着急去弄几个词给人家概括，这一概括就有丢失，其实就有损害，就有损伤。

文化整理从来都是伴随着毁坏的。从孔夫子开始，孔夫子整理诗书礼乐，同时就是一个毁坏的过程，他整理完了，我们看见的是他整理的成果，他以前的东西我们再也看不见了，那些东西都没了。整理才是最大的毁坏。所以我们在整理之前，要接触一些原生态的东西。

我们看北京这个城，从元大都到现在，它有什么特点。我觉得大概有这么十多个特点，一条条地说。

第一点，北京文化具有一种——我把它叫“天子亲兵”的优越感。我们经常说北京是哪儿啊？叫“天子脚下”。我也看到过一些北京人跟外地人吵架，吓唬外地人：“你甭在这儿撒野！你知道这是什么地儿吗？这是天子脚下！”有时候外地人也这么认为，外地人说，这儿可不能撒野，这是天子脚下。大家都认同这是天子脚下，内外都认同。所以生活在天子脚下的人，他并不是跟天子有直接关系，但他感情上认同，好像自己跟紫禁城有关系。我知道有一些老北京人，一辈子没进过紫禁城，一辈子没进过故宫。以前有机会的时候他就没进，现在更没机会了，现在票价这么贵，更舍不得去了。票价贵的地方外地人还舍得来，这是一个普遍现象。一个名胜古迹门票贵了，当地人反而更不去了，外地人好不容易来一趟，贵就贵点吧，还是要进去看一看。

我觉得我挺幸运的，故宫我进去好多回，特别是二十多年前，我在系里当科研秘书，经常陪同外国学者和来访的一些其他客人、留学生，去北京各地游览，经常带他们去故宫。去故宫是最方便的一件事，我只要把他们带进正门，就告诉他们："一直往前走，咱们后门集合。"【众笑】然后他们一直往前走，我就自己去看了，我自己看了很多偏僻的地方，它是这边修那边开，那边修这边开，这样我看了比今天可看的大得多的地方。

故宫据说是九千九百九十九间半房子，但是大多数人能够参观的不到一千间房子，我大概看过有三千间房子，所以现在我脑子里仍然有故宫比较清晰的布局。你进过紫禁城你再体会住在紫禁城外面的老百姓。老北京地图就是北边是紫禁城，外边"啪"就出来一大块，到崇文、宣武。你想象一下自己是清朝、民国住在那儿的人，他真有一种天子亲兵的优越感，好像皇上随时能叫我办事。其实皇上一辈子也不会叫你，皇上不但不会叫你，宫里的人他都认不全。《阿房宫赋》里说宫女都认不全，"有不得见者三十六年"，有的宫女进了宫三十六年没见过皇上，也就更不用说外面的百姓。但是他有这么一种感觉。

这个封建思想不是想批判就能批判的，再过多少年，人们想的还是天子亲兵。北京现在这些楼盘取的名，都有封建意识，都是什么"王府"，都是往王府上靠，让你想象你离皇上很近，都是一个思路。都什么年月了！所以，天子亲兵的优越感一点都没有减少。

我以前还讲过，北京人说话爱称呼其他人为老百姓。这很有意思，说话的人自己就是老百姓。我看锣鼓巷、后海那块儿有蹬三轮的，两个蹬三轮的没活时就在那儿聊天，一个人跟另一个人说："嗨，你干吗和老百姓一般见识啊，甭理他。”这口气多大！他当然知道自己是老百姓，但这个口吻是天子亲兵的口吻。他未必是旗人，就是有这种作为北京人的天生的优越感。我觉得不要说北京是首都，北京现在就算不是首都了，两代人可能都消减不了这感觉。我以前还讲过，我小时候来北京，受到北京人民热烈接待，那个接待就是一种天子脚下的臣民接待边疆人民的热情。【众笑】对我很尊重，一听说我从黑龙江来的，“哦，反修前哨！”把我就定位在“反修前哨”了，我是给北京人民站岗的。

要注意这个优越感，你注意到这点，你就不会反感这个优越感，你会理解，你认识到我们其实是平等的。他这是一种户口优越。北京户口确实值钱，得承认这一点。

第二点，我把它叫“花鸟鱼虫的旗人范”。我们前面讲过“老舍与旗人”，旗人文化是北京文化一个重要特性，而现在已经不管是不是旗人，只要是老北京，他就有一种休闲娱乐式的玩赏。我为什么用“花鸟鱼虫”呢？他玩赏的是生活中的一些并不太高档的玩物。不像字画家、书法家、大的文物家玩的那些东西那么值钱，就是一般老百姓都有点小爱好。你走进一个挺破烂的北京市民家庭，可以发现他沙发后面摆一溜蝈蝈笼子、蛐蛐笼子。他要是跟你感情好，会很热情地跟你介绍，这蛐蛐他哪天逮的，跟谁斗过，现在值多少钱，冬天怎么养活它过冬。这就叫“花鸟鱼虫的旗人范”。其他城市的人也有各种爱好，不能说别的城市没有，但是北京文化中这一点特别突出、特别普及。

我们可以注意到，越是有文化底蕴的、历史越悠久的城市，这种玩赏文化就越普遍。比如说西安、成都、福州、广州这些城市，很多人爱玩这个爱玩那个，一看呢，都是老城市。新崛起的城市就没有这个特点，你到深圳看看，没有；你到石河子看看，没有。历史不到一百年的城市，积淀不了这东西。

它可以变成一个文化赏玩的体系，出版很多著作，还有学者对它进行研究。曾经有国外的学者问，想找真正的老北京人，到哪儿找去？我说，你到那花鸟鱼虫市场上找去。他问，到潘家园行不行？我说，潘家园不行，潘家园的不是真正的北京人，那里都是想发财的人。去潘家园的人，都是恨不能用二百块钱，哪天买着一个值二百万的东西，都是那种人，他不是为了玩，是为了钱。我说，你要到花鸟鱼虫市场上去找花五块钱买一勺金鱼的——找这样的人，他可能是老北京人，玩鸽子的，玩鼻烟壶的，找这些。

所以说“花鸟虫鱼的旗人范”，因为前面我们讲过旗人，就不用再细讲了。这当然不是当初入关的八旗了，这已经是熏染了二百多年之后的人们常说的，八旗子弟的那个“旗人范”，但是去掉褒贬色彩，我们说当今中国最会玩花鸟鱼虫的，还真是这拨人。我注意看休闲的杂志、休闲类的书，各地现在也都有休闲文化兴起，我觉得当今很多的休闲文化说穿了还是一种财富崇拜。动不动就要讲这东西的出身高贵，在市场上值多少钱，国际市场上值多少钱，最后一定指向财富。这就脱离了赏玩。真正的赏玩应该是我前面读的老舍的那句话，叫穷讲究，就是刚能温饱，甚至温饱还成问题的情况下，他还讲究，这才是有一种真爱好，就是穷人的艺术爱好。穷人的艺术爱好，在北京人这里就能得到体现。

我前两年有一次去大栅栏，大栅栏改造得有点商业气息太重了，一看土豪的味儿出来了，大栅栏旁边的几大胡同，是当年著名的妓院所在地，八大胡同，我没事儿就逛那八大胡同。【众笑】为什么呢，因为八大胡同还有一部分老北京人没有搬走，他那房子特值钱，但是人其实很穷，因为他把那房子卖了，还是买不起相同地界的大的住宅，岁数也大了，可能也不愿意搬了，又有一点花鸟鱼虫的爱好。我就在那一片的胡同里发现还有一些老北京人，家里过得挺差的。我还去过一家，他会一种快失传的曲艺，一种拉弦的曲艺，不是大鼓，也不是北京琴书，已经没有传人了，谁要听他一段儿，他给你演，特便宜，就要五十块钱。我听完了，给了他三百块钱，我觉得我要支撑一下他这个民族传统，也是表一下自己的心意。

我就和老头儿聊天，我是觉得他生活得不好，觉得政府应该投资扶助他，这是我们从民族文化角度去想的，可是老头儿自己觉得过得挺好，他获得自尊心了。他觉得有人来看他，给他五十块钱也行，有时候一天也没一个人来听他的，那些游客也不往胡同里钻，而他一天就是熬点白菜，买个火烧，就这么吃了，就这么过了，他觉得挺好。我们是按照今天普遍的生活标准，去想一个北京这样的老艺人，他应该活得很好。他老是跟过去比，越往过去越惨，他是新中国成立前生人，新中国成立前朝不保夕，谁死谁活都不一定。他也盼着生活越来越好，现在他生活绝对是安定的，温饱没有问题，还能有人来听他演出，至少给他五十块钱，遇见我这样的给他三百块钱，他特高兴。

这种人是真正沉浸在他的“玩意儿”里头，老北京人把这些都叫“玩意儿”，而且老北京人一般爱上一个玩意儿，一定连带地爱玩许多其他的玩意儿，一般不会说只玩一种。我们看看老舍的《茶馆》，里边的刘麻子，到茶馆里去兜售那些小洋玩意儿，他就知道一个人爱上甲，就可能爱上乙。他掏出一个洋表来，向人家兜售——你听听这个，走起来嘎噔嘎噔的——听的人就会被他打动，因为他曾经喜欢过别的东西，他就会喜欢这个。

我们今天有俩破钱儿也可能去收藏点什么东西，我就想收藏的心理是什么？收藏的心理经常是觉得这东西值钱，能升值。有多少人真的是爱上这东西本身的某个特性吗？你收藏一块怀表，你是不是没事儿就拿那表贴在耳边听一听，那怀表走动的声音是多么迷人！——还有这样的爱好没有？

说起花鸟鱼虫的爱好是说不完的，因为有各种各样的。我的母亲喜欢养小金鱼，她老去买小金鱼，但她的小金鱼一般都活不过一个星期，【众笑】我觉得特别可惜，我说："妈，你又给养死了，它怎么又死了呢？"她说："不要紧，我星期一再去买。"【众笑】我就觉得，我家老太太心真大啊，不管这鱼死活，她不讲究养的技术，买回来就往盆里一放，死了再买，反正便宜。——有这么一种玩鱼的，什么人都有。后来我就想，我妈原来也没这爱好，怎么到了北京就有这爱好了呢？她还是受北京人的影响，尽管她不是北京人，也不跟北京人有多么密切的来往，她不知道什么时候就受到这个影响，忽然要买小金鱼。这是说第二点"旗人范"。

第三点是人们经常忽略的，就是北京这个城市的清真色彩。我们一说北京这城市，顶多就想到满汉全席，满族人和汉人，其实我们要注意到，北京这个城市回民文化色彩很重。正因为它是从元朝开始的一个稳定的帝都，历经明清两代的多民族国家，而明清两代这个多民族国家要解决的一个重大的问题，就是如何整合中国西北文化。西北文化近六百年来带有浓重的穆斯林色彩。

中国文化是要整合的。我们今天说是民族问题，从中国传统文化说，民族不重要，甚至"民族"这个词都不存在，其实是文化问题，就是意识形态问题。北京作为一个帝国首都，天然地要包括多种意识形态，组合在一个以儒家为核心的意识形态体系中。所以北京这个城市，天然地就有穆斯林色彩。你到避暑山庄去看一看，清朝的民族政策的体现。清朝的皇帝为什么要说多种语言，要会说多民族语言，要学蒙古文、藏文、维吾尔文，他学那么多语言干吗？难道只是为了自己好玩，花鸟鱼虫？它后来是变成花鸟鱼虫了，但当初是有政治功能的。

就因为有这种政治功能，演变之下，北京城里就有一大批回民。关于北京城，还有北京城跟回民的关系，我推荐大家看一部长篇小说——霍达的《穆斯林的葬礼》。《穆斯林的葬礼》这本书是我一直推崇的，非常好，过了这么些年仍然是一部非常优秀的小说。它既可以看到北京，也可以看到穆斯林，还可以特别研究北京穆斯林。而且这个小说还跟北大有关系，主人公都是北大的人。所以推荐《穆斯林的葬礼》这本书。

今天在北京，最能够体现穆斯林色彩的就是饮食。其实北京城里的汉族人过的，跟人家回民和满人相比不太讲究，汉族人过得很随便，可以说这是一种随遇而安，一种豁达，但是跟人家比显然不如人家规矩。满族人也好，朝鲜族人也好，蒙古族人也好，回民也好，好像都对汉族人有一点这方面的意见，说汉族人过得太随便。我们想这种批评是不是有道理？好像是有道理的。因为我到这些民族同学家里去，人家是比我们家里要整齐、干净。而且这种整齐、干净，不是因为物质条件好，家里的经济条件都差不多，人家就是比我们汉族同学家里收拾得好。穆斯林规矩很多，尽管这个大城市的穆斯林已经不像西北那些小县城、小城镇或者农村的穆斯林那么原生态了，已经跟其他民族深深地融合了，特别是跟汉文化融合得很密切，但是固有的一些原则性的东西，仍然顽强地保持着。

所以在北京，你可以吃到最正宗的穆斯林饮食，不必是兰州拉面、新疆拉条子那些，不是那些，就是北京本地的非常正宗的穆斯林饮食，你去吃，比如你要去牛街，牛街那边吃的牛羊肉，必须是阿訇念经以后宰杀的。一般人以为吃牛羊肉就是穆斯林了吧，还不是，你随便宰杀的牛羊肉不行，没有经过真主的批准，一定要是阿訇念经以后的，才是合乎规矩的。我想这好像在科学上也是可以解释的，因为动物在临终前，它的心理活动是影响到它的肉体质量的。我这样解释不知道对不对，清楚不清楚。一般来说，动物在临终时，如果它是怀着怨恨死去，身体里可能有毒素。

为什么孔夫子说“君子远庖厨”，这仅仅是一种君子的虚伪吗？君子远离杀猪杀羊的场面。很多古代圣贤，不论是哪个宗教的圣贤，说的话是从伦理角度说的，今天往往能够被科学所证明。当然，他们不同的穆斯林，有不同的屠宰牛羊的方式。我听中国作协的一个哈萨克族领导讲过，他说我们哈萨克族跟蒙古族杀羊的方法是不一样的。就是说各个民族之间要互相尊重，不要用自己的习惯去衡量人家。但是在我看来，吃牛羊肉的民族，他们仍然有不同的宰杀习惯。

北京的清真色彩，我觉得已经影响到北京的非回民。北京的非回民也很喜欢吃清真菜。我们吃到的很多北京菜，一部分是鲁菜进宫廷之后，转一圈出来叫宫廷菜，其实还是鲁菜，再一部分就是清真菜。清真菜与鲁菜综合，形成现在的所谓北京菜。

我刚才推荐大家读《穆斯林的葬礼》，《穆斯林的葬礼》里有一个情节，我印象挺深刻的，在北大的宿舍里——主人公是北大女生——两个同学吵架，一个是回族，一个是汉族，她们班的团支部书记、班干部，就批评汉族同学，说你不应该跟少数民族同学吵架，你怎么这么不尊重少数民族同学呢？但是，听了这个班干部的话的这个回族同学，她心里恨这个班干部，并不恨跟她吵架的那个同学。

作家写出了一种真实。我们想，那个跟她吵架的汉族同学才是跟她平等的，因为她心里没有民族观念，没有芥蒂。两个同学嘛，我对你有意见，该吵就吵，这种心理状态才是真的民族平等。而班干部觉得自己很尊重少数民族，也就是她心里先有一个民族观念，从这个民族观念出发去尊重人家，恰恰是人家反感的——谁要你尊重我？你凭什么尊重我？

北京这个城市，我们前面说它包容，也体现在这一点。我在北京城这么多年，遇见北京这么庞大的穆斯林群体，没有觉得北京这个城市有什么民族问题。所以到底什么是包容？一个帝都文化，它的结构怎么维持一种最佳状态？这是我们思考北京文化的时候，还要继续去研讨的。

好，今天我们就讲到这里。下一次我们继续来探讨北京文化。【掌声】

2015年11月10日

北大理教107

第九课

下雨天碰见虎妞：小区灭了胡同和大院

我今天没有什么好的书刊推荐给大家，我今天看的刊物，可能大家都看过了。我最近也比较忙，这个星期都比较忙乱，大概每天都有两件事以上。前天参加“庆贺孙玉石教授八十华诞暨孙玉石教授学术思想研讨会”，给大家介绍一下我们系的孙玉石老先生。说“老先生”是按照现在的年纪来说，在我的印象中，这些老先生都是年轻教师，因为人对老师的印象，一般都是第一次见到他的印象，像孙玉石老师，包括严家炎老师，顶多是中年老师；像钱理群、曹文轩都是年轻老师。因为我来到北大上学的时候，他们留校不久，所以心中留下的印象，都是他们很有朝气的时候。

孙老师是从为人为学方面，都受到很高评价的一位先生。我在这个课上特别强调一下，孙老师是满族，和我们讲的课有关系，而且孙老师好像跟老舍都是舒穆禄氏，都是舒家的。我们讲老舍的时候讲过，他们都可以姓舒，同时我那次课还讲了，舒，这个满族的姓，还可以引发出好几个汉族的姓，有姓舒的，老舍他们家就姓舒；还有姓许的、徐的；“宿舍”的“宿”的；还有姓孙的，他们可能都是从这一支出来的。你不要一看见孙老师姓孙，就以为他们家会兵法，那是两回事儿，姓孙的也有从满族来的，在这里特别介绍一下。我们教研室除了孙老师，还有一个跟我同一年龄段的老师，也是满族，那是我们黑龙江老乡，吴晓东老师。大家可能不会想到，在我们学术界，满族的比例占得如此之高，这里面包含着中华民族几百年来的一些秘密。

我们上一次讲了北京文化的特点，今天接着这个思路往下讲。上次我列了十个特点，讲了三个：谈了北京文化的特点中这种天子亲兵的优越感；花鸟鱼虫的旗人范；面向西北的清真色彩，最后谈了北京菜系里的清真特色，日常生活中的清真色彩，还推荐了霍达的《穆斯林的葬礼》。

今天接着说下面几个特点，我们只是泛泛地提到这些特点，并不能系统地展开，做很深入的学术剖析，点到为止，大家从中主要去领略北京这个城市的风范。我们上次说东北问题，我们看看东北问题。

随着北京城的扩大，大家有没有感觉，特别是近十年，北京四环、五环、六环这么扩出去，有一些人马马虎虎地已经有这个感觉：北京越来越像东北。这和我上次提到的一个问题有关，北京不断地扩大，它怎么不像河北呢？不是越扩大越占了原来大批河北的地盘吗？可是你发现扩大出去之后，没有扩大成河北，每扩大一块儿，这块儿就变成东北了。特别是北京的东部和北部——昌平、平谷、顺义、延庆、通州以至于燕郊，以至于廊坊，不知不觉地在东北化。我一直在悄悄地关注这个问题，我发现没有任何学者关注。你到昌平看看去，那是北京吗？满街说的是东北话，满街都是东北馆子，甩着胳膊走路的幅度大于世界上任何一个地区。【众笑】我说这不是东北吗？

为什么东北风韵跟北京结合得如此紧密？这有很多原因，有一个直接的原因，就是东北外迁人口有很多滞留在北京一带。东北人是不太愿意在东北那疙瘩待着的，东北人有一个遥远的回乡梦，都认为关内是自己的老家。当年“九一八”之后，他们唱歌叫“打回老家去”，那是因为东北被人家侵略了，在东北没被人家侵略时，他们认为老家是关内。我有一篇文章叫《老家是山东》，老一辈的东北人都问，回老家了没有？老家指的是山东、河北一带，所以东北人有一个习惯性的进关的动力。进了关，他们觉得走得不近了，走得挺远了，所以很多人走到京津冀一带就不走了，这使得北京一带滞留了大量的东北人口。

但是这不是全部的原因，这只是一小部分原因。还有原因是东北文化有很多其他的特色，我们这里不是专门讲东北文化。我今年有个博士生，也准备写论文专门研究东北文化问题。我们说说东北文化跟北京文化，有哪些地方能够接上轨，或者说北京文化接受东北文化的哪些方面。我顺便提几点，比如说“顺溜”——有个电视剧里的人物名字叫“顺溜”，“顺溜”是东北话，也是北京话，现在进入普通话。

我问过很多人，我说大学宿舍不管五个人还是六个人，只要有一个东北人，毕业时大家说的话都多多少少带上东北味，【众笑】这是一个普遍的事实，而不会带上其他味儿——不会带上四川味、上海味、湖南味、陕西味……都不会。你的宿舍里有哪些省区的同学，你就会熟悉那些省区的方言，一听就知道，但你自己说话时一般不受他拐带，但是只要宿舍有一个东北人，其他人毕业的时候，自觉不自觉地，说话就会有东北味，别人就会老问他，你是东北人吧？他就老要辩解“我不是东北人”，最后想起来原来他跟东北人一个宿舍过。这恨啊！就因为跟东北人一个宿舍过，就变成东北味。【众笑】

我也去问过，我说那你们为什么不知不觉就带上东北味了呢？有人就说东北话顺溜。顺溜是个主观感觉，如果切进去的话，这里边有许许多多值得分析的道理——东北话有巨大的感染力。而不论被感染的那个人，原来的方言是多么固执，或者他原来觉得自己的母语多么有优越感，都容易被感染，而被东北话感染特别多的就是北京人。北京因为是首都，倚仗着首都的优势，北京话大量地侵入其他方言，其他地区受北京话很大影响。但是北京自己却不断受到来自更北的那个区域的影响，这虽然是文化的影响，但是这跟一部古代战争史是一样的——不断地从北边、北亚地区来一股强大的力量，占领京津冀一带，再从京津冀推向更南的中华大地，这是同构的一个东西。

所以“顺溜”是可以作为一个研究题目的，怎么“顺”、怎么“溜”了——怎么就顺了，怎么就溜了。除了语言之外，有没有一种思维方式上的东西，东北人是怎么思考问题的，东北人怎么看人的喜怒哀乐，怎么看各种人间悲喜剧。比如我们遇见一个东北人，他家里最近有点什么不幸的事，发生点灾难，当我们问候他、同情他、安慰他，东北人怎么说呢？东北人有时候采用这样的说话方式：唉，这不家里摊上点事嘛！这是东北人对待灾难的态度，叫家里“摊上”点事，轻描淡写的一个“摊”，它背后透露出一种什么思维方式呢？就好像这事是老天爷分配的，只不过偶然分配到我家头上了，按照概率我们家摊上一份。轻描淡写，并不把这个事放在心里，也许他心里真的很难受，但他表达出来，要说“家里摊上点事”，这次摊到我家，下次可能就摊到别人家了。

这其实是一种东北人的英雄气概，英雄气概说出来是轻描淡写——“老张啊，你很坚强，你看你家里这么大的事你还能坚持工作。”“唉，不就摊上点事嘛！”他有英雄气概，但他要把这个英雄气概给轻描淡写化。英雄往往在众人面前显得有点不好意思，自己明明做了好事，觉得仿佛有点对不起人民群众似的。就像武松打虎下山之后被人抬着游行，那是武松最不好意思的时候。武松有一些不好意思的时候，一个就是打虎下山被人抬去游行，再一个就是潘金莲劝他喝酒。潘金莲说："你若有心，吃我这半盏儿残酒。"那是武松最难受的时候，恨不能一刀宰了她。就是说英雄有一些时候是怕被人尊重，英雄往往要想一些话来化解自己的难堪，所以他说"摊上点事"。而这种说话方式是有感染力的，它内在的一种英雄气息具有感染力，使人觉得它能够化解很多语言所指的对象，这就叫顺溜。顺溜是从这儿来的。

普通的东北人，描述能力、分辩能力、讲道理的能力，哪怕是讲歪理的能力都特别强。我有机会到东北农村去，特别喜欢听东北农村妇女讲话，原生态的妇女讲话——讲歪理，或者是两个妇女打架，我特兴奋，【众笑】赶紧向人民群众学习语言。她明明没有理，她能说出一套一套的东西来，有时候你会很吃惊：她这个本事从何而来？她又没有学问，又不占理，她能讲那么长时间，站在人家窗户、门口骂。【众笑】后来我发现，她所有的这些功夫，是来自她的世界观，她能把一切用语言给整顺了。你明明觉得这个人挺可恨的，但是你又佩服她的语言能力。

这个深入进去和东北的文化状态是有关的——地广人稀，一马平川，是中国最大的平原。火车奔驰在东北平原上让人绝望，什么时候是头儿啊，咋还没有山呢，连个小土包都没有，有不知道走到哪儿算一站的那种感觉。人的这种开阔感就从这儿而来——太辽阔了！我曾经开玩笑说，火车一出了山海关在东北大地上奔驰，你听那个火车轮子的声音就是"真辽阔""真辽阔""真辽阔"……就那种真辽阔的感觉。【众笑】

当年东北抗日联军为什么损失很大呢？东北地广人稀，日本鬼子把小村小庄都给合并喽，叫归了大屯儿，都归到一个一个大屯子里，然后用部队看守好。东北联军在外面找不到老百姓，找不到人，夏天还可以有吃的，东北有五个月的冬天，这五个月冬天就让他们陷入绝境，茫茫大地冰天雪地什么吃的都没有，饥寒交迫。

所以开阔的自然，影响到人的心胸，使人的心胸特别开阔。大家注意赵本山，他模仿盲人——还有人攻击赵本山，说他不尊重残疾人，这个另说，这肯定是对赵本山的污蔑，那这样说，文学作品里写残疾人都得写成英雄？大家有没有注意到，东北的盲人和其他地区盲人好像不太一样，你有没有细致地观察过？东北的盲人，因为平原特别多，他迈的步子、他的步伐、他的身姿比较大胆。他碰到东西摔跟头的概率小，不会一抬腿就有个山包，一抬腿有个小河沟，没这事儿。

如果在江南水乡有个盲人，他是一种什么生活状态？所以东北绝不会出现《二泉映月》，东北没有瞎子阿炳，《二泉映月》这么伟大的乐曲，它产生于瞎子阿炳之手，我们会知道阿炳受了多少人间的苦难！每一步都走得不容易。但是你看东北二人转里那个盲人，他经常带一点欢快，东北盲人并不能赢得其他地区盲人获得的那么多的同情心。他除了盲之外，走路基本不会摔跤，平原太多，太好走道了。所以去研究不同生理特点的人，他跟自然的关系也很有意思。

我原来想写一条微博，前一段，我跟纪连海老师夫妇一起出去，路上他们两口子吵嘴。纪连海说："你看我视力这么不好，我眼神这么不好，半夜起来喝水从来不开灯，直接就摸到水那儿，一滴水都不带洒的就把水喝完，我就回来了。你看你，眼神这么好，起来还开灯，开了灯还没有准确地摸到水杯，还把水弄洒了。"【众笑】然后他们两口子就吵，让我给评理。我说，纪连海，这就是你没有道理了，我说你认为眼神不好应该开灯，你这逻辑不能成立啊。正因为你眼神不好，所以你几十年来练就了一身硬功夫，【众笑】使你夜里起来不用开灯，就能准确找到你想找的东西。嫂子呢，因为人家眼神好，没你这硬功夫，所以人家晚上起来得开灯。我说正因为平时跟你接触，知道你看上去好像视力弱，其实功夫很深，所以没有人因为你的视力同情你。你看我什么时候同情过你？平时我们吃饭，你这一筷子能准确夹到你想夹的那肉丸子，【众笑】我什么时候都抢不过你。

所以我们看，这种开阔的、能够自嘲、能够自我调侃的人生风格，东北和北京是最接近的，在很多地方是一致的，甚至用的词都一样。上次我说过像“嘎哈”这样的词，还有一个词，老北京人也说“膈应”，跟东北是一样的，“别膈应我”——“膈应”，有的是写成这个“膈”，有的是写成这个“咯”。表示讨厌一个事物的时候，用得很形象的词，北京话跟东北话都注意说话时，要塑造一个可视的形象，塑造一个可视感，而且努力用一些事先全民公认的语言预置件去重新组合。

东北话和北京话里都有这样一个结构，叫“什么了吧唧的”，它是一个预装结构，你可以随着语境自己往里装，“傻了吧唧”“硬了吧唧”“软了吧唧”“冷了吧唧”“热了吧唧”……随便往里装，随时可以活用——由你自己创造。类似的结构非常多，你自己语言能力越强，你还能从中生发出新的结构来。

我除了喜欢说语言问题，就喜欢说吃的，我们看北京菜和东北菜，它们从菜系上说都是大鲁菜系的一部分。可是跟鲁菜等菜系相比，它们是开放的菜系。之所以很难给北京菜和东北菜做清晰的定义，就因为它是开放的，不断接收别的菜。所以我们日常认为什么什么菜是北京菜、是东北菜，可能都是不对的认识，都是一种媒体上的误导。我们认为东北菜就是什么乱炖，什么猪肉炖粉条、蘑菇炖小鸡，这只是一般的家常菜，而且以前东北没有什么乱炖，这都是为了让南方人明白，起了个名叫“乱炖”——怕你听不懂。就像很多外国人认为北京人天天吃烤鸭一样，【众笑】北京人是天天吃烤鸭吗？北京烤鸭在北京菜里，是很边缘的一种。特别因为北京是首都，它不断地接纳其他菜系的东西，所以即使在号称正宗的北京菜馆，也可以吃到四面八方的菜。

东北菜也是这样，必须真的到东北去吃饭，你才知道东北饭馆里面到底卖的是什么东西。东北菜里有强大的一支，是俄罗斯菜，是欧洲菜，有的已经半汉化了。还有东北菜里面有很奢侈的一种，炫耀珍贵的，一般人吃不起的，比如说熊掌。20世纪80年代有一件事，两个上海人到东北，一看熊掌，八块钱，两个人就吃了，结果看错了，是八百块，80年代八百块钱是天文数字，吃了个熊掌走不了啦！【众笑】

在这种顺溜和开阔的表象下，非常容易给人一种没心没肺的感觉，满不在乎。我刚才强调英雄气概，可是任何一个成系统的文化，必然是对立统一的，有正面一定有反面。大多数人都会不假思索地认为，某个地方只具有某一种文化样态、一种性格、一种风貌。所以我常常提醒大家，你想到山东不要只想到武松，你一定要想到，第一，武松还有个哥哥，【众笑】你凭什么就非得说武松代表山东，那武大郎就不代表了吗？还要想到，还有个西门庆，没有武大郎没有西门庆就不可能有武松，还得有潘金莲呢。所以要系统地去了解一个地方的文化。当然，你说武松是一个突出的代表，但是你不要忘了，支撑他的是什么。

那东北人和北京人为什么喜欢装得没心没肺？就比如很多人批判赵本山，批判二人转，批判郭德纲，为什么都批判错了？他们看的都是表象，就是你批判的东西，正是他展露出来给你调侃的，那个不是“他”。赵本山和小沈阳所扮演的形象，不是赵本山也不是小沈阳。小沈阳说晚上有人跟着他，他一直跑，跑到坟地里，然后说：“你还追啥呀，我到家啦！”那是小沈阳吗？那不是小沈阳，是他塑造的一个文学人物，是他用语言和形体塑造的一个人物。你说我要批判这个人物，对呀，小沈阳就是批判这个人物，小沈阳已经替你批判好了；他不替你塑造，你怎么批判？就像鲁迅不过是用语言塑造了阿Q一样，你知道阿Q不是鲁迅，你怎么认为小沈阳塑造的那个形象就是小沈阳呢？

北京在这方面有相似之处，北京人也把事情轻描淡写地说过去，比如上次我们分析遛弯儿，说得非常轻巧，把很多事都说得很轻巧，这背后有一种掩饰沉重的意味。其实生活的沉重大家能差多少？生活的沉重有差距，整体上没那么大的差距，关键差在怎么对待这个沉重上。进行系统的了解之后你会发现，顺溜和开阔背后是有忧伤的，而且这种忧伤，可能比展示出来的忧伤要更深。有些文化动不动就喜欢袒露伤口给人家看，动不动就恐怕对方不了解自己，拼命要告诉对方，“你不知道我爱你有多深”。凡是能说出来的爱，都是浅薄的爱，最深的爱一定是没心没肺的，已经没法说了，还说它干吗。早都想透八百遍了，反而说出来的一定不是爱，而是说“离我远点，哪凉快哪待着去”——你能不能从这些话里，去分辨出哪个是特别爱你的人？那个不爱你的人也这么说，爱你的人也这么说——“别在我面前穷嘚瑟”“滚”“滚犊子”。【众笑】说这话里的人，可能真是不喜欢你，也有可能就混杂着一个特别爱你的人。而那个说“你不知道我爱你有多深”的，除非你找不着对象了，你再跟他接触。【众笑】你年轻有那么多的机会，一定要远离说这种话的人，这种人才会真的伤你一辈子。

豺狼虎豹是不轻易展示自己伤口的。你什么时候看见老虎趴在山坡上告诉人，“你看我这儿受伤了”？老虎不可能不受伤，也许哪天走着走着、跑着跑着，脚上就扎个刺，它不会跟那些山羊小白兔倾诉的，它一定会在深林月夜之下，自己舔舐自己的伤口，甚至另一只老虎，它都不屑于告诉，但是它是有忧伤的。第二天，它又精神抖擞地在那散步，在那“遛弯儿”。【众笑】

所以开阔、顺溜背后的忧伤，我们要能够去体会。去德云社听相声，你看郭德纲、于谦俩人，成天没心没肺地在那儿往死了调侃。那郭德纲受多少打击呀！你能不能从他那一个又一个段子里，看到他说出来的都是泪啊，能不能看出这一面来？有一个桥段，郭德纲骗于谦，他要给他演坠子，然后他拿一扇子打他，于谦就跑，于谦一边跑一边说“郭德纲又打人啦”，下面那些粉丝“哗哗”鼓掌。为什么鼓掌？就是因为媒体造谣说郭德纲打人，郭德纲在这个事上受了多少伤害！但是如此深重的伤害，他只在一个笑话中就过去了，做一个调侃——“郭德纲又打人啦”，大家会心一笑。这就是英雄的忧伤。英雄的忧伤要轻描淡写，一笑了之。你知道了，你就是我的知音；不知道，咱哈哈一笑了事。我跟你说得着吗？我跟你说不着。正是在这一刻貌似没心没肺的桥段中，郭德纲的形象巍然挺立。

要了解为什么北京和东北的艺术这么有魅力，看上去那么俗，它包含着最雅的艺术因素在里面，直指人心，直指人生中那些最重要的悲欢喜怒。我们还有很多机会说东北跟北京的关系，在这里就说到这。

我们再说说跟北京地理距离比较近的地区。我们常说，出了北京就感到是东北，难道它跟河北就没有一点关系吗？这是不可能的，当然有。特别是这二十年，北京不断地扩大，迅速地侵入河北省地盘。我曾经有两年老去石家庄做节目，我就说石家庄真委屈，河北人民真委屈，河北人民辛辛苦苦开发一块地方，不是被北京拿走了，就是被天津拿走了。再往以前说，本来天津就是河北的，以前河北省省会是天津，然后天津成了一直辖市。

人家河北人民说算啦，天津我们不要啦，那我们换一个省会，这个省会叫保定。保定当河北省省会也不行，最后找了一个非常年轻的城市，全世界最大的庄，叫石家庄，【众笑】石家庄当了河北省省会。

石家庄人民很自卑，老觉得我们这叫个“庄”不好听，老要改名。我坚决反对，我说你要改名就没文化了，正因为你是世界上最大的庄，这就是你的文化。它曾经想改成西柏坡市；还要改成正定市。我说咱就堂堂正正叫石家庄怎么啦？要争一口气，要让石家庄超过保定！

但是，北京确实太厉害，我们大家都知道，河北省靠近北京地区的房价全都超过石家庄，它作为一个省会确实挺难办的。所以我在这儿是站在河北人民的立场上，为河北说点公道话——河北的蔬菜，河北的水，河北的一切资源，真可以说都是为北京人民做贡献。北京说要什么，河北就拿什么。

但是客观上，首先是北京、天津的扩大，扩进来许多河北省人口，而河北省的很多人口，特别是京津一带的河北人口，有很多来源于山东，这就使得北京不知不觉沾染了一点河北、山东文化的色彩。我有时努力去分辨一些北京人——特别是北京郊区人说话的口音，多少就开始带河北味，不像东北味那么明显，个别语音开始往唐山那边转。因为河北省北部有一个很强大的城市叫唐山，唐山地震之前，力量还不这么大，经过唐山大地震，重新建立了一个新唐山，人更集中，而且人更团结，我觉得唐山话传播的范围比以前广了。我在北京的时候，我就听到有些话像唐山话。我上次说花鸟鱼虫的旗人范，去花鸟鱼虫市场看人家买鱼，有的人说"你看我这两条淆淤儿"，"淆淤儿"（小鱼）——这不唐山话吗？说这话的人不是唐山人，就是北京人。

有一次，我去我们国家一个大书法家的工作室，书法家的客厅里养着一只鹦鹉，鹦鹉特聪明。书法家年事很高了，是他教的还是谁教的不知道，那鹦鹉说他年高德重，会说"年高"两个字。我一进去，那鹦鹉就喊"蔫高，蔫高"。我说，这是河北鹦鹉。【众笑】在一些很细的地方，不知不觉地我们能够看到河北对北京的影响。

除了人口之外，北京在资源上也受到河北源源不断的滋养。其实北京从面积上说，十分之九的地理部分应该都是原河北的。包括海淀这一片，老北京是不包括海淀的，老北京就是四九城。北京近百年来不断地、一块一块地占河北的地方。

当然北京北部的那部分河北地区，在文化上可能算东北文化，可是西边、南边很多地方是河北文化，门头沟再往西可能已经接近山西文化。从门头沟那条路，那条我们北方的茶马古道，很快就能走到山西去。所以由于有资源的源源不断，就使得北京现在多少有点直隶状。北大东门外有个直隶会馆。你看直隶会馆，河北省大部分地方本来叫直隶，本来这个省就是直接属中央管的省。刚才我说河北人民吃亏了，这个吃亏也是有传统的，传统上就是吃亏的，直隶省天然地跟首都有文化上的牵连。

古代有句话叫“燕赵多慷慨悲歌之士”，北京人也经常用这句话，燕赵本来指的就是河北，今天说这句话时指的是河北出英雄。北京人常用这句话，意思是把自己也包括进燕赵了。我前边不断强调北京文化跟东北文化的相似性，但是说到江湖好汉这一点，好像不太像东北；哪儿都有江湖，北京的江湖就另成一类。

北京人说得特别狠，没见真打过。东北人是不说，上来就打，【众笑】东北人都是打完再说，打了好几分钟，把一个人打得头破血流，打倒在地，然后喘一口气：知道我为啥打你不?【众笑】所以我觉得“燕赵多慷慨悲歌之士”，是不是自从荆轲刺秦王失败以后就没了呢？好像又不是这样——想起张飞，燕人张翼德。

我到河北经常看到，河北人真有很多长得像张飞的，叫“豹头环眼”。【众笑】你看从唐山、蓟州区、遵化往保定一带，河北省中部冀中平原，好多河北男的，特别是三四十岁的中年汉子，长得像张飞，豹头环眼、脖子粗而短，这种河北人很多。我想当年的雁翎队，可能这些抗日英雄都长这样。

这种由当年山东闯关东的一部分人滞留在河北，现在在影响北京文化。在多大程度上影响天津文化呢？我不知道，没有专门研究过。因为我是在北京，每天就老留心这些事。其实我不论坐车走路，我的耳朵里是留心听每一个人说话。当然我留心的不光是方言问题，我留心听很多很多东西，我等于时时刻刻在做社会调查。冀鲁文化的滋养是不可忽视的。

有一些北京作家，或者写北京的文学作品，自觉不自觉地写的是北京周围的河北。比如说当代作家刘绍棠，他的题材，号称“写京门脸子”，他写的京门脸子一带，现在就是通州那一片儿，通惠河，现在那块地价已经很高了。我看现在房地产就有一个广告说“运河岸上的院子”，我老故意念“运河院上的岸子”，让人搞不清楚。就是说刘绍棠写的那一片儿，刘绍棠写的时候，行政上已经归北京了。

还有当代著名作家浩然，他写的是河北农村，芳草地，河北三河市。但是三河、大厂那一带，现在已经跟北京文化高度融合，你中有我，我中有你。我们常说的京东肉饼，本来是河北肉饼，因为在北京东边，所以它叫京东肉饼。它怎么不叫冀北肉饼呢？按理说你应该叫冀北肉饼，跟我们北京没关系啊，但它叫京东肉饼。然后北京人呢，也把京东肉饼拿来当北京菜卖，当北京饮食。而现在你说这京东肉饼，到底算河北还是北京呢？

我专门到三河、大厂一带，在那儿吃过肉饼。有一家号称“百年老字号”，我就问那老板，我说：“你们家真的是百年老字号吗？”老板说：“是啊，你看，我64，我儿子36，你算吧。”【众笑】我说，你们家这个百年原来是这么算的，你64，你儿子36，加起来100。我说，问题是你这64里包括你儿子这36哇！你这欺负我数学不好是不是！

你看他这种鬼精灵里边，这是北京文化还是河北文化？这种抖机灵不是东北特点，东北人不会这么开玩笑。肯定也不是上海，也不是四川，也不是陕西。这种狡猾劲儿，你只要一个不注意，就给你混过去了，你只要不动脑筋，他就混过去，而且他很得意，就是这种思维。

而我们看浩然笔下写那些富裕中农那点算计，他笔下打“小算盘”那些人，对社会主义有私心的那些人，我们当时就觉得这是不觉悟的农民，它其实带有地域文化色彩。我小的时候，在收音机里听浩然的作品《金光大道》《艳阳天》，我就觉得这不是我们东北，我们东北地主不是这样的。东北地主和我刚才说的一样，豪迈中夹杂着忧伤，那是东北地主。我说浩然写的这是关里的地主，关里哪儿的那时候我没法判断。

还有一个北京作家叫邓友梅，邓友梅写了很多老北京文化，比如《那五》《烟壶》。邓友梅原来是山东人，还曾经被日本人抓去当过劳工，后来回来又参军，他的经历也很是传奇的。后来他写老北京文化。那么他一个山东人的文化特质，在他笔下北京题材中是怎么显露的，这些我没有专门进行过研究，没有写过文章，我只是偶尔有这样的思想火花，去想一下。

说到北京跟周围的关系，我就联想到，北京是一个开放的城市，但是它有城门。大家知道北京各城门的功能吗？这些城门是跟城外河北联系的一个通道，所以它既隔绝又交通。这老北京的城门，是“内九外七皇城四”。“皇城四”是里边皇城的几个小门，过去跟老百姓没关系的。天安门、地安门、东安门、西安门，这是里边皇城的四个小门。外城七个门，今天都在，地点、地名都没变，这些门都是老百姓住的地方，老百姓要走的门：广渠门、广安门、左安门、右安门、东便门、西便门、永定门，这是北京下层平民百姓生活的地区，这是外七门。内城九门，是我们过去说的北京四九城，这是二环以内，顶多往三环蔓延一点，这算老北京。

这些门都有不同的功能，而为什么形成这些不同的功能呢？因为它跟城外的河北经济分布是有关系的。这九个门里，只有一个门特殊，就是正阳门。正阳门平时是关着的，只有皇上能走。你看现在一般谁也不走正阳门。反正我们北京是有一些很奇怪的规矩。比如说经济发展到这个程度，地铁为什么大多只运营到晚上十二点？按理说那么多后半夜要回家的人，怎么不延长到两三点？这是谁留下来的规矩？这里边有什么说法？这个我们不说。

其他的门，我们看看。东直门是过去运木料的，木料从东直门进；西直门是运水的，为什么西直门运水呢？水从西山来，水从西山经过海淀入城，今天就没必要了，今天海淀没水了，我早说了，海淀区变成“每定区”了，两个三点水都没了，【众笑】所以西直门没有办法走水车了，北京市的水都无限地向龙王爷要；阜成门是走煤车的；安定门是走粪车的，这归环保局管；德胜门是走兵车的，所以叫德胜门；朝阳门过去叫齐化门，老北京的作品里提到的多数是齐化门，齐化门是走粮车的。每个地方每个门走什么车，跟城外产什么、离什么产地近、离什么渠道近是有关的。朝阳门为什么走粮车呢？因为过去有运河漕运，南方的粮食从大运河运来，跟这个有关系。朝阳门附近，就有禄米仓。所以你研究北京地图，要把这个地图看活了，看出北京的历史来。

崇文门，崇文门过去叫哈德门。北京人读这个字并不按普通话读“hā”，而读“hǎ”，跟东北是一致的。我们小时候也不把我们城市叫哈（hā）尔滨，我们都叫哈（hǎ）尔滨，到了北京一听，北京人也叫哈（hǎ）尔滨，特亲切，原来老人都是读“hǎ”，没有读“hā”的；读“hā”一看就是从小学普通话的人。老北京都把崇文门叫哈德门。哈德门是走酒车的；宣武门是走囚车的，大家都知道菜市口问斩，菜市口是杀人的地方，所以囚车是从那儿走。当然不是说必须只能走这个车，别的车不能走，我们说的是它的主要功能，而这个主要功能，就联系着城外河北的地理经济分布。

我们也可以从老舍的一篇散文《想北平》里看看，老舍也知道北京跟城外的关系。里边有一段儿：

> 至于青菜、白菜、扁豆、毛豆角、黄瓜、菠菜等等，大多数是直接由城外担来而送到家门口的。雨后，韭菜叶上还往往带着雨时溅起的泥点。青菜摊子上的红红绿绿几乎有诗似的美丽。果子有不少是从西山与北山来的，西山的沙果、海棠，北山的黑枣、柿子，进了城还带着一层白霜儿呀！哼，美国的橘子包着纸，遇到北平的带霜儿的玉李，还不愧杀！

可见新中国成立前美国橘子就是包着纸来卖的。为什么说文学留下的才是真实呢，它不经意的一句话，就告诉了我们真实的情况。现在很多水果是包着纸卖的，那个时候美国橘子是包着纸卖，原来这是鬼子的规矩。我们土产不用包着纸，为什么呢？人家自己带着一层白霜儿，你想想那个时候的自然好到什么程度。但是老舍知道这不是城里产的，这跟北山、西山有关系。而北山、西山就是河北的地方，也就是说，河北，虽然文化上跟北京不一致，但是它在经济上养育了北京，养育了这个城市。

下一点我们说说北京的胡同味儿。说到这儿，这是一个专门的话题，专门研究胡同的论文、论著已经有不少了，有兴趣的可以去看，这方面的材料很多，胡同可以说可能是研究不完的。我们从北京这个角度谈谈。

首先说“胡同”这个词是怎么来的。我小的时候本来以为这个问题已经解决了，小的时候专家们告诉我说，“胡同”是从蒙古语来的。现在学术界有了不同的说法，这个问题有点乱了。有人说是蒙古语，有人说是女真语，有人说是后来的满语，还有人说，什么蒙古、女真、满语，就是汉语，本来就是汉语。我只能告诉大家有不同的说法，我自己没有研究，所以我不敢下定论。

那么“胡同”到底是什么意思？也有很多种说法。有一种说法是很有影响的、很有地位的，就是“水井说”，说胡同原来就是井。因为北京没有大江大河，北京的饮用水、老百姓饮用水主要来自水井。刚才有同学问，你刚才不是说西直门是进水的吗？是，西直门是进水的，西直门进的是甜水，居民区都有水井，为什么还要买西直门进来的水？说明井水不好喝，说明井水有问题。不是说所有的井都有问题，有的井也没问题，人家就不用买，有的有问题的就得买，水车运来的水毕竟是好喝的水，另外花钱买。

井是北京很重要的一个地方，往往人们是依井聚居，现在北京最繁华的市区叫“王府井”，就跟井有关系。因为那是王府的井，可能那个井，水比较甜。这是“水井说”，因为有水井了，所以慢慢地，这个地方就叫什么什么胡同。

从语言学考察，“胡同”这个词是蒙古语，再往前说，是突厥语。我看语言学家标注的音标，到底应该怎么发音，我也不会模拟，但是我们可以想，它原来的发音就接近于呼和浩特的“浩特”——本来是“浩特”，变成了“胡同”。“浩特”跟“胡同”的声母是一致的，都是“H”。“浩特”“胡同”，过去没有个规矩的翻译准则，都是人们叫来叫去，到了汉族人这里，找两个汉字给标出来了，也可能就标成“浩特”了。今天内蒙古还有那么多“浩特”——呼和浩特、锡林浩特、二连浩特、乌兰浩特，非常多的“浩特”。浩特跟胡同是什么关系？

还有一种写法，叫“火弄”——“火弄”，也是跟“浩特”一类的发音来的。如果从“火弄”再往下发展，也许到了北方就变成胡同了；

到了南方就剩下一个“弄”，南方的胡同就叫弄、弄堂。也有学者不同意，说，你只从语音上判断，恐怕不足为训。也有的学者从《诗经》中、从《楚辞》中，找到规律，说远在《楚辞》《诗经》时代，北方把这种东西就叫“巷”，南方把这种东西就叫“弄”，而“巷”的古代发音是“hàng”，现在很多地方还是读“hàng”——巷（hàng）道。“巷”（hàng）跟“浩特”是一样的，他说，不一定是我们借鉴了蒙古语，可能是蒙古人借鉴了汉语。

当然这个说法有利于去探索真理，我们不急于去下结论。也就是说北方叫胡同，南方叫弄、弄堂，这个是有很久的历史了。当然也有一些南方叫胡同的，就要考察这个城市的人从哪儿来的。他一定跟北方有很密切的关系，这个城市有许许多多的本来该叫弄的，它叫胡同。还有的学者说，不管胡同发音是起源于哪个语，既然写成这两个字了，就是汉族人在这两个字里包含了“胡人大同”的意思，说：胡同嘛，就是最后要胡人大同，都把你们同化。这说法好像也有点道理，但是只靠一个道理是站不住脚的，所以说各执其词，现在好像还不能形成一个压倒性的说法。

但是这个语音说，毕竟有很多的证据。音义是互相变换的。今天看到北京很多的胡同名，我们不要望文生义，以为原来是这个意思，起的这个名。比如“屎壳郎”胡同，一个胡同怎么会叫“屎壳郎”呢？难道这个胡同“屎壳郎”特别多？【众笑】——不可能。“屎壳郎”是蒙古语，“屎壳郎胡同”的意思是甜水井，“甜水”的发音，汉族人听起来像屎壳郎，就给人家起了个名叫“屎壳郎胡同”。而北京文化特别喜欢调侃，特别喜欢把一个东西给它世俗化，就跟东北人一样，明明这个东西挺高大上的，一定要给人家脸上抹一把泥。

我上大学的时候，我问北京同学，你们上小学时，有没有这种恶习，看见哪个同学穿了新鞋，就上去踩一脚?【众笑】他们说："对，我们这儿就是这样的。"我说我们要调查一下这个风俗是从哪儿来的，为什么人家穿个新鞋，上去要给人家踩一脚？这种胡同名有很多，一查查出无数来，不说了。

胡同的历史非常悠久。在元杂剧里，这俩字就这么写了，《张生煮海》里家童问梅香："我到那里寻你?"梅香说："你去……砖塔儿胡同。"砖塔胡同今天一点没变，还是元朝那个砖塔胡同。从这一点来说，北京这城有一些了不起的地方，而且这话就跟今天一样，这是元朝的话呀，你要跟今天的话比比，可以一个字不变地当普通话。今天一个北京作家也可以把这话写下来，你分不出这是什么时候的作品。包括关汉卿的话，它是个唱词，但是听着也很现代："你孩儿到那江东，旱路里摆着马军，水路里摆着战船，直杀一个血胡同！"杀得血呼啦的，挺吓人，但是能看出当时"胡同"已经是常用词，可以用来活用作比喻了——杀一个血胡同。这是从胡同的语义上去探寻。

我们看看胡同跟北京格局有什么关系。还是老舍的《想北平》里，他比较北平跟其他国际大城市：

> 论说巴黎的布置已比伦敦罗马匀调的多了，可是比上北平还差点儿。北平在人为之中显出自然，既不挤得慌，又不太僻静，连最小的胡同里的房子也有院子与树；最空旷的地方也离买卖街与住宅区不远。这种分配法可以算——在我的经验中——天下第一了。北平的好处不在处处设备得完全，而在它处处有空儿，可以使人自由地喘气；不在有许多美丽的建筑，而在建筑的四周都有空闲的地方，使它们成为美景。每一个城楼，每一个牌楼，都可以从老远就看见。况且在街上还可以看

见北山和西山呢！

老舍的《想北平》，自从本人把它推荐到中学教材里，就再也没出去过。很多年前，我发现老舍这个作品写得好，它虽然半个多世纪了，在今天看来，是谈北平文化的经典之作。它不是那种泛泛的游记，说这儿漂亮那儿漂亮，它抓到了北平文化的神韵。北京好在哪儿呢？好在处处有空儿——“处处有空儿”，仅仅是北京这个城的特点吗？它不是中国山水画的特点吗？不是中国的儒释道精神吗？不是老庄哲学、孔孟之道吗？而老舍竟然从北京的胡同和房子里，看到了这一点。

我们老觉得北京城看上去挺土，不那么靓丽，但是你觉得它亲切、它美，它美在哪儿？我们老说近年北京市被破坏了，看见这高楼大厦很生气。北大也被破坏了，我们到底对北大生气在哪儿？你从北大东门一进来，走到理科教学楼这里，觉得特别憋闷，觉得这不是人喘气的地方。老北大好在哪儿？这两天我跟我的同学们正在愤愤不平地责骂，说把我们上本科时住的32楼给拆了。当然不仅是怀念自己住过的那座楼，而是怀念原来北大那一片宿舍区，处处有空，可以使人自由地喘气。自由怎么来的？不是你说自由就有自由的，不是法律上规定你可以投票，你就有自由的。在这一片教学区里面，这么大的楼跟那么大的楼离这么近，就好像三个姚明脸对脸站着一样，有喘不过气的感觉！这怎么会美呢？它就不美！老北大、老北京美在哪儿？老舍都说了，这跟北京的胡同是有关系的。

胡同是怎么布局的，胡同有什么特点？胡同首先是道路的起源，然后是道路的末端。胡同有活胡同和死胡同。当你走进一条胡同，如果你是陌生人，你不知道它的死活，看见胡同里的人，你要问一句，说：“哎，大哥，这能过去吗？”“没事儿，能过去！”你就过去了。也许有的人故意坑你，他说能过去，你拐两个弯儿，它就过不去，那人在后面乐呢："哈哈，傻帽，走一死胡同。"【众笑】"死胡同"成了一个日常用语。我们经常说走进什么什么的死胡同，走进学术研究的死胡同，走进资产阶级思想的死胡同，"死胡同"可以比喻。当人走进胡同里的时候是有想象的，因为两边有墙。可是胡同毕竟连着路，胡同虽然有死的，但给人的感觉主要是活的，它跟对语言的感觉有关。

我刚才写了"巷"，有一个著名的诗人叫戴望舒，号称雨巷诗人，他写了一首著名的诗叫《雨巷》："撑着油纸伞，独自彷徨在悠长，悠长又寂寥的雨巷。"这首诗，跟"雨巷"这个概念有关，尤其跟"巷"这个字有关。如果把这首诗里的这个字改了，改成下雨的胡同，【众笑】那个感觉还有没有？还是撑着油纸伞，走在下雨的胡同里，马上味道就不一样了，你觉得就不那么忧伤，对吧？它只有写成"巷"，才特忧伤。在巷子里碰见一个有着丁香一般忧郁的姑娘，你觉得是那样一种味道。你觉得要是在胡同里，会遇见一个什么姑娘呢？胡同里迎面走来一个虎妞。【众笑】你看，文化的细微之处在这里。

胡同在自然与社会之间有一个平衡感，给人的感觉主要是活的。特别是北京，你不用担心走到一个地方拐很多弯儿会出不去，北京绝大部分胡同都连着马路。随便钻进一个胡同，一般人不会很惊慌失措。你就走吧，不论拐弯走还是直着走，不太远，就一定会走到一个比较宽的路上，再走就到大马路。北京的胡同是平衡的，它有自然感，有社会感。所以北京的胡同是连接着中庸之道的，这就是北京胡同的魅力。有时候觉得这胡同没什么看的，但你走着走着会上瘾，走在这里挺好玩儿。

北京胡同到底有多少条？我查了好多材料也没有统一的说法。20世纪90年代有一个统计，它说到1980年，街巷胡同总数是六千多条，其中胡同一千多条。但这准确不准确我也不知道。它按什么定的胡同，是名字叫胡同就算胡同，还是按宽窄长短定的？北京有许许多多的胡同之最：最长的胡同，最短的胡同，最宽的胡同，最窄的胡同。最窄的胡同不到半米，只有四十多厘米，那真是——我就没法过了。所以北京人的性情、精神，特别是老北京人，是跟这胡同有关的。而现在呢？城市改建，胡同大面积消失了。

我们不能说反对城市改建、现代化建设，不能反对现代化，我们只是说有这么一个现象。随着胡同成片成片地消失，北京文化发生了根本性的变异，长在胡同里和不长在胡同里完全是两种人。原来北大东门外一直往北，往上地那边，往北京体育大学去的一片，包括清华西门外这一片，叫成府居民区，光这一片里就有多少胡同！现在都消失了，没了，很多村儿没了。原来北大出了南门往四环去，往北四环去，到海淀镇里边，那块儿有很多胡同，我记得老虎洞胡同，是当年康熙射杀老虎的地方。也就是说康熙年间，我们这里有老虎，康熙在这里可以打老虎。我上大学时当然没老虎了，我在那里吃过一碗桂林米粉。

随着胡同的消失，现在这北京孩子如果不在胡同里长大，他和以前胡同里长大的，显然是两种人。他家没院子，没有院子里的东西。老北京形容家里生活条件好、比较富贵的中产人家，要叫“天棚鱼缸石榴树”，北京宅子六件宝，起码得有这三件。现在没院子，哪来的天棚鱼缸石榴树呢？还有后三种，后三种说出来对我们知识分子是个侮辱，叫“先生肥狗胖丫头”。有钱人家得有一个教书先生，这教书先生是跟肥狗和胖丫头并列的，表示这家很有钱，有钱的标志，是他们家丫头都很胖，他们家狗很肥，完了还有一教书先生。【众笑】所以你说哪个时代尊重知识分子？

这是新中国成立前的说法，老北京人“天棚鱼缸石榴树”，那你家得有院子。你出了院子不是大马路，出了院子是胡同，胡同有别人家的院子，有的是独门独院，有的是大杂院。再出了胡同，可能出一个胡同还不够，才能到马路。那种空间长大的人，他对城市是一个什么感觉？假如胡同里的一个孩子上了北大，他和今天住在某某小区的一个孩子上北大，是不是不一样？我还接触过这样的同学，后来我当中学老师，还教过在胡同里长大的孩子，而他们现在已经开始怀旧了，因为他们亲眼看见，他们比我更心疼北京的变化，胡同一条一条都没有了。

我们不再展开胡同，说说跟胡同对立的另一种北京建筑格局，叫大院儿。这种大院儿，如果从纯粹的意义上说，不能说新中国成立前没有，新中国成立前当然有一些大院儿，有一些王府，但数量不是这么大，比例不是这么高，意义不是这么重要。我们今天说这个大院儿，是新中国成立之后，北京拔地而起的一种新文化现象。

1950年之后，随着北京成为中华人民共和国首都，共产党带领它的党政军等等人员进京，他们不能去占用老百姓的房子，不能去侵占老百姓的房子，除了没收以前官僚资本的一些房屋之外，这么多人不够住，就得自己盖房子。所以沿着长安街等线延伸出去，在老北京住宅区之外，基本上在三环一带地方建了一些大院儿。这些大院儿刚建的时候都是很粗糙的，就是圈一块地，弄上墙，站岗放哨，里边住上首长，就完了。可是首长要结婚要生孩子，孩子一生，他就算北京人了，而这孩子出去会跟胡同里的孩子打架、玩儿、交流。北京文化是这么变的。过十年二十年，一个班里有大院儿的孩子，有胡同的孩子。他们说的话是一种什么话？他们对北京对中国对世界是一种什么看法？谁影响谁？发生了“文化大革命”，成立了红卫兵组织，谁当头儿？谁敢首先打老师？要从这个历史中去找。

大院儿首先是一种新中国气象，其他城市也有类似的大院儿，不会像北京这么集中，规模这么大。而每个大院儿都是一个小城市，它的功能是特别齐全的，比今天一个一个的小区要齐全得多，在大院儿里什么都能解决。如果你没有工作的话，可以在大院儿里过一辈子。从基本生活设施，到医院、银行、邮局、电影院，所有的都有。所以有一些胡同里的孩子，想办法混进大院儿去看电影。

这种大院儿文化一直到20世纪80年代，由于大院儿发展太多了，1982年北京市有一个方案，方案里说今后不能再搞大院儿，要打破自立门户、大而全小而全的格局。这个方案是从城市建设角度说的，说得好像有道理。可是大院儿打破之后的结果是什么？很复杂。实际上一直到20世纪80年代末，据统计，北京的各种大院儿达两万五千个。胡同还没上万呢，对北京胡同数量最夸张的一种说法也就是九千多条，可是大院儿有两万多个。也许是大院儿算得多，那起码有一万个吧？所以大院儿跟胡同对于北京来说是一样重要的。

大院儿跟胡同相比，胡同里有很多小院儿，小四合院关起门来是一家，但现在住了很多家。可是一个大院儿就是一个城镇，大院儿等于是北京的城中之城。大院儿还有不同性质，有军队大院儿，有政府大院儿，有科教文卫大院儿，我们北大也是一个大院儿。所以我们活在这个地方，活在燕园，是个大院儿文化，但它是高校大院儿。我们有一些老师出身于这个大院儿那个大院儿。这些大院儿合起来，在北京这么集中，这么大规模，所以它是国家的象征。

这些大院儿的存在，对北京市产生了举足轻重的影响。首先语言上，大院儿里的第一代人，基本上说的都不是北京话，天南海北。我们想一想，十大元帅出身都是哪个省？十大将军出身于哪个省？1955年第一批授衔的上将、中将、少将，分别是各个省——你一想就明白了，大院儿里说的是什么话，说的主要是南方话，少数华北、东北其他地区的方言，这是大院儿文化的语言特征。他们的孩子，第二代孩子，一方面说北京话、普通话，另一方面也熟悉父母的方言，这是第二代。到第三代，可能就不熟悉第一代的方言了，就跟大院儿之外的没太大区别了，而且他们已经充分融合了。

关于大院儿子弟的北京文化观，大家可以看王朔这些人的作品，王朔就是大院儿子弟。老有人说，王朔写的北京怎么跟老舍不一样？当然不一样，老舍是胡同的孩子，王朔是大院儿的孩子。当然在大院儿孩子里，王朔又是一类，他是大院儿里人生失败的子弟的孩子。所以你看王朔的作品发展，很有意思，他一开始对这个社会充满了不满。这个不满恰恰是因为到了改革开放时期，他不能靠自己的红色身份，在人生上有光明的发展，你虽然是大院儿孩子，你也得自己有本事。所以王朔说得很对，什么本事都没有的，只能当作家。话说的是自我调侃，有一种北京人的自嘲精神，但也是个事实。可是他对社会骂来骂去，发现那么多人比他骂得更厉害，这时候王朔不干了，说你们骂谁哪？你们知道我跟你们不一样吗？你们知道我是谁吗？我活了这么长时间我知道了，我是共产党的儿子——王朔终于找到根儿了，王朔发现自己是共产党的儿子。

王朔回过头去想他小时候，每天在大院里疯玩，玩到黄昏时分，看见一群解放军从大门外走来，都穿着四个兜的军装，他就知道，“爸爸们回来了”。爸爸“们”——【众笑】回来了。而他并不管里边有没有他爹，撒腿就往家跑，回家装乖孩子去。【众笑】因为他知道这一群汉子里面有他爹，他就跑回去了。无数次这样的黄昏，就给王朔留下了一个终身难忘的形象：共产党是我爹，我是共产党的儿子，我骂行，你们骂不行。你们骂就是想推翻共产党，他骂是埋怨自己没有得到很好的待遇。而你们骂，你们配吗？你们想干吗？用王朔的话说，我一门三七炮废了你们。【众笑】因为王朔当过海军。他虽然当了几天海军，不一定是个好战士，但是他很为自己那段军人经历而自豪。所以你看王朔的语言里，那种霸气不是胡同孩子的那种气概，是大院儿的霸气——你别看我不行了，老子废你还很容易。

大院儿集中着相对来说优越的资源。我们看大院儿出身的作家写的小说也好，影视作品也好，它有一种资源上的优越感，他们能搞到很多别的孩子搞不到的东西。就说最普通的军装吧，我们小时候都向往穿一身正宗军装，我们也可能弄到军装，但不正宗，都是山寨的。人家能弄到正宗军装，正宗军装“啪”一打开，里边都印着章呢，什么部队，甚至写着他父亲的名字——这是最牛的。如果能弄到点正宗的武器，那就可以在社会上当个老大。比如弄一把正宗的军刺，哪怕弄一个部队发的教练弹呢，都可以。而这些我们大院儿之外的孩子很难得到，大院儿里面有。

我小学同学里也有哈尔滨大院儿的同学，比如说部队里团长的儿子、副师长的儿子，但是他们跟我们没有太大的隔阂，他们家也不是特别富裕，肯定比我们富裕，我们在一起还能平等，我们揍他们也白揍。但是你毕竟知道他们有一些优越的东西，他们家细粮比我们多，我看他们家老吃大米饭，我们家就不能老吃大米饭，因为我一个月只有八斤大米，他们好像得有十五斤大米。

那么大院儿的文化从很大的程度上，改变了北京文化的结构。我们老觉得老北京怎么就不行，就没有了呢？特别是在我们新中国的前三十年，是大院儿文化不断地融合胡同文化——特别是第二代之间的融合——改变的。到了今天我们看，胡同文化和大院儿文化同时遇到了危机，同时发出了哀鸣。是谁灭了胡同，也灭了大院儿呢？是一个叫“小区”的东西。不知不觉中，一个代表了资本家原始罪恶的东西，叫“小区”，崛起了。来了一伙你根本不知道的人，叫“物业”，【众笑】管着你，然后还向你收钱，拿走你的自由，随时切断你的水电，该来暖气的时候不给你来暖气，进出门还要查你，给你制造了种种不方便，你还要交钱，而你不知道他们是什么人。

全国各地许许多多的矛盾，都是跟他们有关。而住在小区里的人原来有住胡同的，有住大院的儿，可能从大院儿出来的人住的小区稍微好点儿，但是物业费一定交得贵；从胡同里出来的人可能物业费交得少，那你就要受更多的罪。反正是新崛起的一种东西，要灭了胡同和大院儿，这只是趋势，还没有完全灭。现在北京市仍然还有很多胡同、很多大院儿，和雨后春笋般崛起的这些小区，现在是三足鼎立。这是现在北京文化的一个格局：胡同、大院儿、小区。前途如何？

我前几天去看我的老师钱理群，钱老师现在住进养老院，最近成了社会话题。我说："老师，你怎么最近成了'养老明星'了？"钱老师微微一笑，说："这也没办法，记者们爱怎么说就怎么说吧！"钱老师原来住的小区不错，物业管理挺好，是先进小区。可是即使这样的小区，老人家都不愿意住在那儿。所以我也想，假如老师住在大院儿里，他可能就不去养老院了。如果在胡同里有个四合院，完全是自己家的四合院，他可能也不去这个养老院。

就是小区再好，它毕竟好像有问题。小区的性质到底是什么？谁是小区的主人？我明明买了房子，这房子是我的，我为什么还要交钱？你们这些物业跟我是什么关系？按理说是我雇你们来打工的，你怎么还管着我呢？这都有待于法律上、政策上进一步解决，这不是我们文化讨论的问题。我提醒大家的是，今后小区里长大的孩子，他的北京文化特征怎么来归纳？——小区北京人。小区北京人和小区重庆人、小区上海人，还有什么区别？都一样的户型，一样的生活模式，早上喝一样的牛奶，晚上看一样的韩剧、美剧。那这样的人有什么区别？说的话也越来越雷同，现在我发现很多外地人也张口闭口“你丫的”，那这个地域文化特征怎么表现？

跟胡同也好，小区也好，大院儿也好，伴生的是北京这个城市跟其他城市相比，比较突出的“特权追慕”。北京人不一定收入高，穷人也很多，但是你看穷人身上也有对特权的仰慕。这不需要特别分说，很容易理解。大家大概都能总结出来，跟“皇家”有关，之前是皇家所在地，新中国成立后又是首都，它本来就有特权可追慕。你说哪个地方人民挺平和，不追求特权，因为它那没特权。当然我们不是说特权就不对，有些特权是合理的。我们反特权首先要界定，有些特权是合理的。比如党和国家领导人，他应不应该有很多特权？当然应该有，他应该有自己的专车，他出门时应该有安全措施。这个特权是为了国家考虑，应该的，不是所有的特权都要反对的。我们需要界定哪些是合理的特权，哪些是不合理的。

伴随着首都的特点、皇家的特点，这个城市里等级观念比较明确，分的等级特别多。特别是有大宅门特点的，有大院儿特点的，这两类人都愿意讲等级。比如说你爸爸是正局还是副部？这都是根深蒂固的等级观念。伴随着等级的是资源，是资源分配。

也就是说，我们不在乎的东西，可能是很多人在乎的。是不是不能完全否定这种虚荣？人生是不是需要一些虚荣？而北京这个城市即使是平民百姓，也有那个虚荣心。有时候不要去戳伤人家的虚荣心，人生可能是需要有一些东西自我保护的，你干吗老去戳伤人家呢？在不损害你利益的前提下，是不是互相理解一下，理解一下人家需要的那份虚荣？

下面就谈谈前面我们几次涉及的北京人说话。北京人说话是典型的闲聊。中国人本来就喜欢闲聊，喜欢闲聊的地方特别多，东北叫“唠嗑”，四川叫“摆龙门阵”，西北叫“谝”。我很早一次去西北，来了好多粉丝，一帮人围着我，说：“今天饿们不放你走，要和你好好谝一谝。”（西北话）【众笑】但是相对来说，北京这个地方显得特别喜欢闲聊，其他地方“唠嗑”“摆龙门阵”，还有一些具体的内容，人们的兴趣有时候是在那些内容上，就希望听一些故事，听一些奇怪的言谈、言论，还带有打听消息的意味。比如东北，谁要是出差了，到北京到上海，他回来了，我们围着他，听他讲一讲外面的世界。

而北京人，可以没有内容就聊天，这是北京人一大特长。这需要一些条件，第一得有闲。我们发现北京人确实有闲，北京人基本的温饱大概都不愁。虽然北京有穷人，但穷人不是用很多时间来挣钱，他也不太着急挣钱、不太着急发财。北京人在经济上的欲望没有其他地区的人强。

原来我住的小区，里面就有被拆迁的农民，政府给他们几万块钱就打发了。他们就用这个钱买了一辆车，开出租车，或者是黑车，这就是他的新职业。按理说，你要很辛苦地从早拉到晚啊，不是，他们很少出活儿，把车停在一块儿，都在那儿打牌。我出门，我说：“刘哥，拉不拉呀？”“不拉！正打牌呢！”【众笑】他不着急挣钱，那就说明他家里还有吃的，家里不愁温饱，这样的北京人很有闲。有闲的人多，时间多。鲁迅有一个杂文集叫《三闲集》，他的对手攻击鲁迅，说鲁迅这个人就是有闲的人，说鲁迅有三个特点，第一个是有闲，第二个是有闲，第三个还是有闲。【众笑】鲁迅就拿过来说我正好出一本书就叫《三闲集》。这是鲁迅的思维特点。反正北京人有闲。

第二个，光有闲还不行，他有信息。可以没内容没思想，但是他有信息。这些信息就相当于下酒菜，下酒最简单的菜。交流信息的一种最典型的人群，是出租车司机，新中国成立前就是骆驼祥子们、车夫，现在就是出租车司机。你别看他很累，他每天几次都在聚会，一人拿一盒饭在那互相交流，“我刚才拉一北大教授，告诉我什么什么……”那人说“我刚才刚从钓鱼台拉一什么人，告诉我什么”。他们交流很多信息，这是他们一个过瘾之处。他们交流不注重内容，注重艺术感觉，注重谁聊得好，谁会聊，谁说话有意思——“那丫特能侃”。

所以北京人经常会推崇一个范围内的几大侃爷——比如我们单位有几大侃爷，有什么“京都四少”“北京四大侃爷”“东城四大侃爷”什么的，要总结这些东西，北京产很多侃爷，这侃爷并不是说他是哪方面专家，而是说他什么都能侃。我也认识一批侃爷，他们在侃的过程中获得优越感，而并不管侃的内容。这就是成语中说的言不及义。“言不及义”本来是个贬义词，说你们瞎耽误工夫，没说正事；可是言不及义对于北京人来讲，不见得是贬义的，他追求的就是言不及义。那世界上没什么严重的事，有什么可说的呢？什么事都不担惊受怕，主要乐趣在这“说”上；“说”本身充填了人生的很多时间，把人生填满，说完就完了，谁当真谁傻冒。这是他闲聊的一个特点。

这个闲聊，我也有一些体会，我曾经写过一篇《吃文断字的北京话》，我们说北京话经常把一个字吃掉，也有一些地方愿意吃字，我们看北京人是有特点的。我念两段：

> 您注意过没有？北京人把“西红柿”叫作“凶事”，或者“星势”。
>
> “喂，侯大妈，干吗去您哪？”
>
> “哟，他齐婶儿呀？这不，我买点凶事去！晌午要吃凶事鸡蛋面。”
>
> “噢，您买星势去啊？您瞅我这刚买了一大堆，您早言语一声，我给您顺便带回来不就齐了？您瞅这星势，个顶个小包子

似的，多俊哪！”

听出来了吧？西红柿还没做成鸡蛋面呢，就已经被吃了一大口。被吃的部分并不一定是个完整的字，更多的可能是某一字的韵母和另一个字的声母。被破坏掉的家庭再重新组合，就形成了一种新的音节。例如“西红柿”，“西”的韵母吃不吃掉没关系，但要把“红”的声母吃掉，这样一组合，就出来了“凶”，但声调却由“西”来决定，“红”没有发言权，仿佛孩子要随父亲的姓一般。如果把“红”的韵母也吃掉一点，就剩下一个后鼻音，那就出来了“星”。

北京人从小就习惯了这种“多吃多占”，千万不要以为北京人的普通话是最好的。上小学的时候，他们看见课本中的“西红柿”，还会一个字一个字地念，那是“识文断字”的需要；等到一长大，他们看见“西红柿”的时候，不再是三个字，而是一个完整的词儿，这个词儿的发音也是现成的，凶事，或者星势。这时候，就进化到“吃文断字”的阶段啦。

大家到生活中去体会，这样的例子比比皆是，非常好玩。

所以不论您的普通话多么好，只要不懂“吃文”的秘诀，一到北京，就被发现是外地人。而且您的普通话越好，您就越进入不了北京人民的圈子。当年台湾要派几个特务来炸天安门，知道他们的港台式国语不正规，就命他们每天跟着中央人民广播电台，刻苦学习了一年多的普通话，【众笑】几乎达到夏青、方明的水平了，然后空投到北京郊区。不料刚进永定门，就被逮了。【众笑】为什么？因为他们问路时，问的是：“天、安、

> 门，怎么走？”而北京人从来不说“天安门”，北京人把“天安门”叫“天门”；【众笑】您要是自作聪明以此类推，准以为北京人把“地安门”叫“地门”吧？错啦，“地安门”不叫“地门”，而叫“电门”。【众笑】
>
> 您跟着电台学，哪天才能学到这么高的水平啊？就算您天安门、地安门都学会了，那个“怎么走”也必定露馅，因为北京人说“怎么”的时候，那个“么”只做一个口型，很像广东话里“五”的发音，相当于“怎”字发出之后，闭嘴呼气，摆一个面部pose，显得潇洒、有范儿。特务要是能学到这个程度，就不吃特务那碗饭了，改行当语言学家啦。【众笑，掌声】

大家到生活中去体会，什么叫北京话。简单地说，北京话是一种艺术语言，代表着汉语各方言里最高的艺术水平，所以千万不要把北京话等同于日常交往的普通话。普通话艺术性并不强，普通话是交流的语言，交流功能是最好的。

好，今天我们的北京文化讲到这里。下课!【掌声】

2015年11月17日
北大理教107

第十章

一切都是乐子：老舍与帝都气象

这两天北京像个北京样了。我们一直在讲北京，什么是北京？在这个城市里住了很多年，未必知道什么是北京。知道一个地方的特点，一定要知道它所在的系统，要知道系统中A的特点，就要知道系统中B、C、D、E、F的特点，再回过头来看这个A。我刚才从未名湖边走过来，觉得很好，树叶还有绿的，还有黄的，还有落尽了的，湖水微微地结了大概两毫米的冰——就是靠近岸边那一片儿，欲冰未冰之时，还有些叶子欲落未落。你说它是冬天呢，还是春天呢，还是秋天呢？

文化人的本事要见微知著，为什么这里是首都？在这个季节如果一片银白世界，冰天雪地，哈尔滨、长春、牡丹江，你觉得好像那些地方当首都不太合适；你说这个时候还零上30摄氏度、29摄氏度，还跟我们炫耀，我们这儿还可以游泳——一看你那就不适合当首都。首都有什么特点？首都就有刚才我说那特点，还有绿的叶子，但是湖水已经结了两三毫米的冰，结的这个冰，你看着是冰，不敢踩上去，这叫如履薄冰。

而现在黑龙江有的地方，恐怕已经结了将近一米厚的冰，再过若干天，松花江上可以横过汽车，可以不走江桥，开始有小汽车——胆大的试一试，慢慢开过去了，然后后面一辆跟一辆就开过去了。到了春天，冰一天天薄了，但是司机并不知道，还一辆一辆地开过去，【众笑】只要前面有人开，那凭什么到我这儿就出事儿啊？他肯定还是跟着开，直到有第一辆汽车“咕咚”下去了，后面才知道，不能再开了；然后报纸上、电视上开始通知：广大司机朋友，不要再开——绕道而行了。

今天说帝都气象这个问题，也是我们讲北京文化的最后的一个特点，它有时候在自然景物方面也能体现出来。

下面我们来继续上次的话题，讲老舍笔下的北京人跟帝都气象的关系。我们首先来理解一下“帝都气象”。

笼统地说，北京是帝都，大多数人都会同意，不论你喜不喜欢这个城市，你说北京好也行，说它不好也行，说北京很土——我几十年来没有改变过这个观点，说明我第一次判断就是对的，我第一次到北京是小时候，后来上大学又一次到北京，觉得北京特别土，直到今天都没有改变这个印象。可是当我这么直接说，很多北京朋友会不高兴，因为他认为“土”是一个贬义词，就会争论说：北京哪儿土啊，北京怎么怎么洋……他会举出北京不土的地方，可是他越举例就越说明他土。【众笑】他不知道我说北京“土”，其实是含着赞美，当你辩解说北京不土，说明你已经是有洋奴心态了。你为什么不能理直气壮地说，我就土，咋啦？这才叫首都气象。北京的好处恰恰在于它土，它要都洋了，就坏了。所以我们表扬一个地儿，最好的表扬是带着调侃的表扬，而不是严肃的表扬，严肃的表扬本身就是侮辱。一本正经地说人好话，总让人觉得居心不良，你不会对你最心爱的那个人，站在她面前读一篇很漂亮的散文——我为你写了一篇赋——这一定是包藏祸心。

大家都同意北京是帝都，要是分析起来，什么叫“帝都”？就是具有帝国气象的首都。这个形象、这个印象，还往往是跟一些不太令人满意的、让人经常提意见的现象联系在一起。比如我们看见宽阔的马路上，八车道的一条宽阔的街道，甚至十车道的街道上堵满了车，一动不动，此刻北京全城的汽车平均时速15迈——才15公里或者20公里，大家肯定都烦，觉得这是不对的。可是这个时候你往外看一眼，你会觉得，有一种非常伟大的气象在这里。

有一本书就叫《帝国》，帝国理论现在是文化研究的一个很有名的理论。那么什么是帝国呢？并没有人下一个权威的定义，在人们日常的理解中，帝国是包括狭义、广义不同的层次。狭义说的帝国是一种体制，是有皇帝的国，有皇帝的大国。有皇帝不是光说有一个人他自封为皇帝就行了，这个皇帝得得到其他地区、其他政体的认同，即了解他的人的认同。

比如说四川有一个农民，他造反自封皇帝，那不算帝国，因为它没有得到承认。可能大家不知道，不说以前，就是新中国成立以来，中国境内大大小小称王称帝的已经达数百起。如果严格地统计历史上有多少人称过帝，很多人就会忽略，说新中国以后就没有了，不，新中国以后还有很多，只不过媒体不加报道而已。就在改革开放年代，还有一些地方的农民自己就称了帝，特别是云贵川、西部地区比较多。

我在博客上写过，有一个农民他造反称帝，得到很多周围农民的拥护。他的口号是：“有钱大家花，有饭大家吃，娃儿随便生”。然后他领了人就去攻打县城，【众笑】在一个上午就占领了县医院。很有意思，医院是最容易占领的地方。到中午时，把这医院控制了，把医院里的一些护士都封为什么贵妃。【众笑】下午一点钟，被县公安局迅速平定。他在监狱里还要呼吁成都帝国和北京帝国跟他平起平坐。这个人可能心理上有一些毛病，但是他的这个想象很有意思，他要称帝，还有他的荒唐的封贵妃举动，这是一个体系。他为什么会有这些想法？虽然他的行为是非常微不足道的，可是他的想象是很庞大的，那个想象就来自我们中国所有国民都有的帝国情结。

不是每个民族、每个国家的人都有帝国情结，很多国家根本就没有，或者他们不知道什么叫皇帝。很多国家把“王”，把国王认为是皇帝。在中国看来“王”是很渺小的，称王很容易，称王称霸很容易，在一方当了什么霸主，那很容易。今天简单地说就是当各种老大。很多民族国家的想象只在王这一层，“王”外边加一框，大家知道就念“国”。在中国人看来这个“国”，都是帝统治之下的一个第二等级的区域，第二等级的一个系统。比如我们的故宫，故宫是皇宫，有些国家只有王宫，没有皇宫，王是要经过皇帝册封的。所以狭义的帝国是很少的，最标准的帝国就是中国两千年来的体制，这叫帝国。所以每个中国人心里都有帝国情结。

我们正统的认识，觉得秦始皇这人不好，很残暴，即使对秦始皇有正面评价的人，说他有很大历史功绩，但承认他很残暴。可是很多人心里其实都想当秦始皇。为什么？毛泽东说“百代皆行秦政法”（《七律·读〈封建论〉呈郭老》），秦建立了一个人类历史上空前的帝国统治，它建立的国真正叫帝国。虽然统治时间不长，二世而亡，但是后起的汉，直接继承了秦的体制，就是帝国体。能够跟中国的帝国体制相比拟的很少，什么波斯帝国、罗马帝国，但是，多少还是要差一点，能不能达到中国这种体制的八成，都是一个问题。

如果不这么狭义地理解帝国，广义理解，那很多地方都可以称为帝国。帝国要有一个中央集权式的东西，要有一个中枢，有一个完整的自洽的系统。比如我们每个人其实是帝国的结构。人只有一个大脑，所有其他的系统是在大脑指挥下运转的，人身体形成一个丰富的自洽的系统。当然在这个系统中，还存在着一些不为大脑所控制的因素；不为大脑所控的那部分，另外有宇宙的秘密在控制它，最后会使这个系统耗尽它的能量，直至走向消亡。

关于帝国的言说很多，从北京是帝都的角度来谈帝国，我们看一看在哪些方面它们有共通点。一个是多元与包容。帝国必须是多元的，像人的身体一样，不能到处都是胳膊，不能到处都是腿，它得是多元的，多种多样的。多种多样的情况下互相包容，而不是少数的一元的包容。在这个意义上说，我举一个例子，苏联是帝国，俄罗斯不是。

我昨天下午去见俄罗斯使馆的参赞，我跟他还讲了这个问题，正好想到今天的课，我还跟他讲，不知道您是怎么想这个问题的，苏联的崩溃是人类的一大悲剧。今天的俄罗斯可能也发展得很好，但是，远远不能跟苏联相比，苏联是一个伟大的帝国。当然，当时苏联那个帝国，我们中国人并不喜欢，特别是中苏关系紧张的时候，在我们中苏边界陈兵百万，我当时作为黑龙江人，我也要参加备战。但是从大的战略上说，苏联对中国不足为患。

那么一个庞大的帝国怎么就崩溃掉了？当时的苏联没什么问题，经济、生活、科技、教育、军事全都是超一流的，怎么就垮掉了呢？我们想，假如我们有一个敌人，这个敌人特别高大，有力气，会武术，有文化，身体特棒，一点病都没有，人际关系特好，手下有很多小弟，【众笑】你怎么打败这个人？有什么办法能打败这个人呢？假如说像武大郎要打败武松一样，或者武大郎要打败西门庆一样，唯一的办法是让他自己脑袋发病，让他自己认为自己错了，自己认为自己过得不好，自己解除自己的武装，认为自己没有必要长两个肾，先割掉一个再说——这是最高的武功。

现在俄罗斯也很好，但是这个俄罗斯已经不是帝国了，它不是帝国主要还不是因为它经济不行——俄罗斯现在经济总量只相当于中国一个省，由一个超一流的国家变成一个三流国家，幸亏还有核武器，还有强大的国防，没有这些，连三流国家都不是。苏联是帝国，因为它有多层次，它有多元与包容。我们20世纪80年代特别迷恋苏联的文艺作品，苏联的美术、苏联的音乐、苏联的电影，现在我们还能看见什么？现在很少看见。建议大家下载一点苏联的电影看看，现在的俄罗斯电影也不错，绝对是精品，你看一部俄罗斯的作品，胜过看一百部美国的垃圾剧。苏联的影视作品在每一个细节上都是绝对精致的，里面人物随便的一个动作，一甩手，“摔门而去”这样的动作，都是精品，浑身都是艺术，因为毕竟以前它有过这样一个帝国的基础。

除了多元与包容，它还必须是有层次与等级的。当我们发现一个帝国有层次和等级，怎么样打败这个帝国呢？就要把它的优点说成缺点，把有层次与等级说成是错误的乃至罪恶的。“人和人是平等的”，所以一定要宣传“民主”，宣传“民主”“人和人平等的”，才能毁灭一个帝国。说有层次是不对的，总司令怎么能骑马呢？你应该跟战士平等啊，总司令应该趴在战壕里跟战士一块儿打枪、拼刺刀、扔手榴弹，这叫“民主”——这是一个有效的瓦解帝国的方式。就像我们挑拨一个人身体上各个器官的毛病一样，你看手和脚那么劳累，怎么让嘴去吃饭啊，饭应该在腿上开个口子塞进去，大家平等。这样才能最有效地摧毁这个机体。

而帝国的伟大，恰恰在于它有合理的层次与等级。大学生就是大学生，小学生就是小学生，小学生不能跟大学生胡搅蛮缠，胡搅蛮缠，一脚踢一边去，滚蛋！这才叫帝国！它的结构是复杂的，但是是清晰的，是合理的，也就是孔夫子说的“君君臣臣父父子子”。怎么理解“君君臣臣父父子子”？它是一种非常现实主义的合乎客观规律的认识与遵守。

“君君臣臣父父子子”不是说臣要无条件地听从君的话，子要无条件地服从父亲，不是。是说君王就像个君王的样子，大臣就像个大臣的样子，爹就像个爹，儿子就像个儿子。难道要倒过来，君像臣，子像父吗？那就错了。

父亲就要对儿子承担养育和教育两个任务，不能糊弄孩子说，“咱俩是好朋友，我不是你爹”，【众笑】那你就不是人。父母和子女实际上是不平等的，你就不应该欺骗他，说你们是平等的，等他长大了你们再平等。所以中国有句老话叫“多年父子成兄弟”，得多年之后，儿子成年了，甚至到四五十岁中年了，你的认识、水平已经超过你的父亲了，才能平等，而这个平等，仍然要保持着尊重。

帝国还有一个特点就是傲慢与自尊。看上去这是带有贬义的描述，其实它的傲慢从哪儿来呢？因为它不仿效别人，想怎么着就怎么着，这才叫帝国。所以我们看，当今世界——我们说的是当今，不是历史，当今世界哪个国家最具有帝国范儿呢？当然是美国。你不要看这个国家没有皇帝，我们说美国是帝国主义国家，是帝国主义老大，这是一针见血，美国是真正的帝国主义。这里说它帝国主义不一定带有褒贬，是一个客观的描述，美国是多元的、包容的，有层次有等级的，美国是傲慢而自尊的，美国是不仿效别人的，它想干什么就干什么，它具有原创性。它在次要的东西上不原创，因为它可以原创，所以它买你的、抢你的、掠夺你的，而在核心的科技问题上，都是原创的。

这样，就养成美国人民的帝国情结，美国人民都是想干什么干什么，不循规蹈矩，不模仿别人。美国人花五千美元买了一件很漂亮的衣服，忽然觉得这里少个兜，他找块布缝上就当个兜。欧洲人会说，你看美国人真土、真没文化，这么好的衣服糟蹋了——那说明欧洲人不是帝国，欧洲人只是贵族，只是有一种贵族想法，很低；真正的帝王是，我这需要一个兜，我就缝一个兜，怎么啦？我是爷！【众笑】这叫帝王气象。

我们看，北京是不是就具有这个特点？当然这个特点在减少。中国境内其他城市，为什么不能跟北京比呢？它再好再有钱再现代化，它是仿效的，它心里边有一个追慕的形象。比如上海也是一个很伟大的城市，可是你觉得上海它永远在追着一种什么东西，它以追上那个东西、贴近那个东西为荣。

我到上海去，上海朋友请我吃饭，到了一个很好的西餐馆，说，绝对正宗的德国香肠，一级棒！——跟我这样讲。我很感谢他对我的友善，但是他这一番话，就说出了上海文化的秘密。他觉得用一个特别正宗的德国香肠来招待我，表现了他的一片真心，也就是说，他的文化是仿效的，是不具有原创性的。其实我倒很希望他带我去他们家吃吃上海泡饭，从暖水瓶里倒出昨天晚上吃剩下的锅巴，但是他觉得这太不好意思了。而北京人不是这样的，北京人会领你去个小胡同，说这家是个“老字号”，破破烂烂的，吃一碗炸酱面，北京人不觉得丢脸，这就叫帝国气象。其实北京肯定也有很洋的、很高大上的地方，上海肯定也有很土的，小弄堂里面老虎灶旁边的东西。

所以从这些角度，我们去体会北京这个城市还有这个城市里的人的那种帝国气象。大家在这个城市里住久了，住时间长了，慢慢地会染上这种帝都气象，慢慢地你会认出带有北京色彩的人和物。比如你在首都机场，一下飞机进城的这一路——其实首都机场建得离城区有点儿远了——你觉得是有帝都气象的。北京的建筑是浪费的，北京的道路也是浪费的，但是浪费正是帝国的一个标志。

我这几年参与光盘行动，跟一些朋友到处标榜把盘子舔干净。我真是觉得中国人太浪费了，所以我是从环保的角度、节约的角度参与这个活动。有一次中央电视台还跟着我们拍，看我们是不是真正地吃光，我们在一起聚会，他们在旁边架好摄像机看着我们吃饭，【众笑】我们更得吃得干干净净了，因为人家要播出。但是我在有这种正确感、正义感之余，总觉得这有点不像话，我们至于做得这么过分吗？把每个盘子吃得干干净净的让人家照一下？【众笑】觉得这多少有点寒碜。浪费肯定是不对的，铺张浪费是错误的，但是至于一点都不剩？好像这又不太符合中国文化，中国文化讲究多少还得剩点，剩个百分之十、百分之五；当然你要剩三分之一以上有点不像话，但是剩个五分之一好像是可以接受的。这是从这个角度去体会北京。

下面我们来看看北京人说话，它的这种多元性、多层次性，我们看看他在什么样的空间说话。我举了一段老舍《茶馆》的舞台说明。茶馆，老舍只是描写一个具体的场景，但是我们可以把其他的地点也认作茶馆，其他的地点是不是跟茶馆有同构性？我们看《茶馆》开头的舞台说明是这样说的：

“**幕启：**”幕一拉开，好像有一个旁白一样，老舍的声音在旁边介绍。“**这种大茶馆现在已经不见了。**”他说的“现在”是写作的时候，20世纪50年代初。“**在几十年前，每城都起码有一处。**”他说的这个“每城”可能是指北京九城，不是每一个城市。当然中国也是到处都有的。“**这里卖茶，也卖简单的点心与菜饭。**”我们看是不是有点像现在的咖啡馆？现在的咖啡馆卖咖啡卖茶，也卖简单的点心与饭菜，可以吃饭，但是不能高声喧哗，这是区别。茶馆好在哪儿呢？你看，有各种人——“**玩鸟的人们，每天在蹓够了画眉、黄鸟等之后，要到这里歇歇腿，喝喝茶，并使鸟儿表演歌唱。**”我们看这是茶馆的一个功能。

“**商议事情的，说媒拉纤的，也到这里来。那年月，时常有打群架的，但是总会有朋友出头给双方调解；三五十口子打手，经调人东说西说，便都喝碗茶，吃碗烂肉面（大茶馆特殊的食品，价钱便宜，作起来**

快当)”，其实老舍的解释还不全面，它为什么又快又便宜呢？就在于“烂肉”的“烂”字——是用下脚料的，甚至是已经快变质的破肉，一般的人做菜也不能做、做馅也不能做的那个肉做的面，所以是给穷人吃的。“**就可以化干戈为玉帛了。总之，这是当日非常重要的地方，有事无事都可以来坐半天。**”

今天还有这样的地方吗？好像比较少了。所以说这是过去一个交际场所。我读这一段，我也理解了为什么在北京看不见打架，因为还没打呢，就有人给调解。声势很大，声势很壮观，可以找三五十口子，其实是三五十口子人要蹭饭吃，【众笑】要蹭一碗烂肉面吃，都假装加入某一伙要参与打群架，其实没打，基本上打不起来，就没看过几十人打架。后来我就想，我们东北为什么能时常看见几十口子人打架，乃至有上百人打架呢？就因为没人给调解，所以我觉得东北文化还不够，需要有人给调解。

“**在这里，可以听到最荒唐的新闻，如某处的大蜘蛛怎么成了精，受到雷击。**”我们看这个功能后来被报纸取代了，报纸的副刊上经常说这种话，叫“科技奇闻”“世界趣闻”，哪个地儿怎么怎么样，“印度一妇女又生了九胞胎”，现在这功能都是由报纸来承担了。“**奇怪的意见也在这里可以听到，像把海边上都修上大墙，就足以挡住洋兵上岸。**”这有让北京人“议政”的功能，北京人经常谈论天下大事，有很多“议见”。“**这里还可以听到某京戏演员新近创造了什么腔儿，和煎熬鸦片烟的最好的方法。这里也可以看到某人新得到的奇珍——一个出土的玉扇坠儿，或三彩的鼻烟壶。这真是个重要的地方，简直可以算作文化交流的所在。**”

老舍的语言带有调侃性，可是调侃背后又是真实的，它不是文化交流所在吗？当然是。北京穷人，最底层的人都有文化，都有信息，都有想法可交流，那么茶馆是一个最好的、最大的、层次最丰富的交流场所。

由于茶馆的那个特性，它可以让三教九流的人都到这儿来。除了茶馆，其他的地方也有这样的功能，比如说小饭馆，也有一部分功能，胡同口、胡同里，都有这样的功能。这样的功能加起来，在北京成千上万个一堆一堆的人在这儿交流，合起来就是前面我们说的帝都气象。

其他一些城市，有就类似于北京的这种说话空间，这样的城市往往也是当过一阵首都的，或者当过割据性政权的首都，那些城市就具有这样的功能。比如成都，成都就有跟北京相似的地方，杭州就有这样的地方，西安——曾经担负过首都功能的那个地方的人，就有帝都情结，他就愿意浪费生命，做一些跟吃喝拉撒睡没关系的，做一些跟直接满足温饱没关系的闲事。他自己不知道说的很多话是无聊的吗？哎，帝王就要做无聊的事儿。高级的人的表现就是要做很多无聊的事儿。“不做无聊之事，何遣有涯之生”——标志你活得好，就是要无聊。

要支撑这样一个空间需要许许多多的人物，我们来简单地、举例式地看看老舍笔下一些典型的北京人。老舍写的人物太多了，有时候一个作品里就写了几十个人，一般也写十来个人。举一些大家印象比较深刻的。有时候老舍的作品中并没有明确地说这个人是哪儿的人，这个故事发生在哪个城市，但是我们根据作品的内容，可以推断出是北京——《老张的哲学》的主人公老张，《二马》的主人公老马、小马，《离婚》的主人公张大哥、老李，《猫城记》里写的猫人。《猫城记》虽然是科幻小说，但是它比拟的、它虚构的、它影射的也是北京。《骆驼祥子》不用说了，直接点名是北京的故事，像祥子、刘四爷，这是不同类型的北京人的代表。《四世同堂》的小羊圈胡同里有三个典型的人物：祁家的祁老太爷，钱家的钱诗人钱默吟，冠家的冠晓荷，这是不同的几个北京人。新中国成立后写的《龙须沟》里有程疯子，《茶馆》里有众多的人物形象，像王掌柜、秦二爷、刘麻子以及小刘麻子——老舍写的很多人物是传代的，刘麻子他儿子叫小刘麻子，唐铁嘴他儿子叫小唐铁嘴，而且由一个演员来扮演，这是可以称绝的一种技巧。《正红旗下》那是系统地完整地写北京旗人的生活。

我们通过举一些例子来看看这些人物，他们怎么样体现出北京人的特点。我们先看《老张的哲学》里的老张。《老张的哲学》是老舍写的第一部小说——不是他的处女作，是第一个进入文学园地，混进文学圈，在《小说月报》发表的成名作。《老张的哲学》一开头是这么写的：

> 老张的哲学是“钱本位而三位一体”的。他的宗教是三种，回，耶，佛；职业是三种：兵，学，商。言语是三种：官话，奉天话，山东话。他的……三种；他的……三种；甚至于洗澡平生也只有三次。洗澡固然是件小事，可是为了解老张的行为与思想，倒有说明的必要。
>
> 老张平生只洗三次澡：两次业经执行，其余一次至今还没有人敢断定是否实现，虽然他生在人人是“预言家”的中国。第一次是他生下来的第三天，由收生婆把那时候无知无识的他，像小老鼠似的在铜盆里洗的。第二次是他结婚的前一夕，自动的到清水池塘洗的。这次两个铜元的花费，至今还在账本上写着。这在老张的历史上是毫无可疑的事实。至于将来的一次呢，按着多数预言家的推测：设若执行，一定是被动的。简言之，就是“洗尸”。

你要单看一个细节，似乎不能断定他是哪里的人，谁说北京人只洗三次澡呢？北京又不是特别缺水的地方，但是老张所有的行为合起来有一个主心骨，钱本位而三位一体，特别是他脚踩三只船这种行为。老舍的第一部小说是带有比较深刻的国民性批判的意味的。虽然老舍不是五四那伙人，但是当他进入文学圈，对中国国民性的批判，已经成为一种正确的意识形态。只不过老舍不是像五四作家那样，从观念出发去批判中国人不民主、不自由、不人性。他是从生活出发，从他了解的人出发，他发现了中国人有这样那样的不对。他最了解的中国人是哪儿的呢？就是北京人。

在北京这个城市里有伊斯兰教，有耶教，有佛教。我们发现好多北京人好像是什么都信，现在仍然这样，有一些北京人信多种宗教。也信佛，也去教堂，如果接近于回民区，他也信伊斯兰教。职业也有多种，能在部队里挂职，能够办学，还能够经商。老张就是这样，自己办一个学校，在学校里开一个小商店，规定学生只能在学校商店购物，在外面买东西就算不爱校，这是老张的做法。老张说话，官话——就是我们今天说的普通话，奉天话——就是东北话、山东话。说奉天话大概是为了跟兵界打交道，说山东话大概更多的是商业需要，因为很多铺子都是山东人的。他什么什么都是“三”，老舍用这个荒谬的方法把他夸张到洗澡也只有三次而已。脚踩三只船，这是老张的一个特点。

我们看看老张其他的特点，继续说，接着洗尸往下说：

> 洗尸是回教的风俗，老张是否崇信默哈莫德呢？要回答这个问题，似乎应当侧重经济方面，较近于确实。设若老张“呜呼哀哉尚飨”之日，正是羊肉价钱低落之时，那就不难断定他的遗嘱有“按照回教丧仪，预备六小件一海碗的清真教席”之倾向。（自然惯于吃酒吊丧的亲友们，也可以借此换一换口味。）而洗尸问题或可以附带解决矣。
>
> 不过，十年，二十年，或三十后年后肉价的涨落，实在不

易有精密的推测；况且现在老张精神中既无死志，体质上又看不出颓唐之象，于是星相家推定老张尚有十年，二十年，或三十年之寿命，与断定十年，二十年，或三十年后肉价之增减，有同样之不易。

老舍写老张——在故事展开之前的这一番调侃，很像鲁迅在《阿Q正传》前面那一段对阿Q姓名的调侃。通过调侃，主要不是写这个人有没有这方面的故事，是在讽刺和批判某些社会现象，某些文化界的现象。也就是他信这个也好，信那个也好，关键是要落实到经济问题。而他自己并没有太大的经济学的能力，会打小算盘的人往往不会做大生意，老张正是这样的一个人。这是从洗尸扯到羊肉的价钱。接着说老张怎么请客：

猪肉贵而羊肉贱则回，猪羊肉都贵则佛，请客之时则耶。

为什么请客的时候则耶？

耶稣教是由替天行道的牧师们，不远万里而传到只信魔鬼不晓得天国的中华。老牧师们有时候高兴请信徒们到家里谈一谈，可以不说“请吃饭”，说“请吃茶”；请吃茶自然是西洋文明人的风俗。从实惠上看，吃饭与吃茶是差的多；可是中国人到洋人家里去吃茶，那“受宠若惊”的心理，也就把计较实惠的念头胜过了。

到洋人那里吃茶，抵得上到华人家里吃饭。

这种妙法被老张学来，于是遇万不得已之际，也请朋友到家里吃茶。这样办，可以使朋友们明白他亲自受过洋人的传授，至于省下一笔款，倒算不了什么。满用平声仿着老牧师说中国话："明天下午五点钟少一刻，请从你的家里走到我的家里吃一碗茶。"尤为老张的绝技。【众笑】

最早外国人学中国话，所有的字都念第一声和第二声。这是老张端着这个架子请人家吃饭。其实关键在于省下一笔款子，别的倒算不了什么，但是一切，一定要出师有名。

写到这里，可以看到，老张不是一个——我们即使不像老舍这么糟践他——直爽的人，他心里的目的就是省钱，他的经济学就是节省，但是他一定要绕着弯子达到他省钱的目的。一般人总觉得北方人很直爽，南方人不直爽，南方人绕弯子，这未必合乎现实。我们跟南方人打交道，经常发现南方人才直爽，南方人直截了当地提出经济要求，因为他认为这没有什么可害羞的，他就说这个多少钱，那个多少钱，我要达到什么目的——直接谈钱。我们认为南方人很婉转，可能是受了文学艺术的影响，南方的文学艺术是婉转的，南方人在现实问题中则很现实。南方人，在我们认为最应该婉转的地方的那些人，做人其实是最直的。

我们一般想江南人最不直吧，错了。鲁迅最直，朱自清最直，这也完全吻合我个人的生活经验，江浙人是最直的。但是江浙的艺术是婉转的，你听越剧，你不要上当，不要以为生活中的浙江人都跟越剧"小百花"似的，那是两回事儿，江浙人谈钱很直接。北方的艺术没有那么婉转，而恰恰北方人平时说话可婉转了。他其实说了半天还是钱的意思，但是绝不直接表达。不说这好和坏，这是一个特点。特别是跟北京人、天津人打交道，你最好从第一时刻就认识到他是在谈钱，不是在谈别的，这样反而能够节约时间。不然你遇到老张请客，你会跟他争论吃饭吃啥的问题，且争论呢！最后他还是要请你到他家去吃茶。这是老张请客的行为。关于宗教的问题我们这里不展开讨论，宗教也是研究老舍的一个重要问题，后面有时间专门再来谈。

再看《二马》。《老张的哲学》是老舍第一个作品，像投名状一样，要写得故意过分一点，过火一点。到了《二马》，一般认为是老舍很成熟的一个作品，显得很自然。老舍的《二马》中，主要人物是老马，老马是北京到伦敦去做生意的人，有点小成功。我们看，到了伦敦的老马怎么生活。老舍这么写：

“马老先生是伦敦的第一个闲人，下雨不出门，刮风不出门，下雾也不出门。”那我们想伦敦没别的天气啊!【众笑】伦敦除了下雨刮风就是下雾，没什么晴天。“叼着小烟袋，把火添得红而亮，隔着玻璃窗子，细细咂摸雨，雾，风的美。中国人在什么地方都能看出美来，而且美的表现是活的，是由个人心中审美力放射出来的情与景的联合。烟雨归舟咧，踏雪寻梅咧，烟雨与雪之中，总有个含笑的瘦老头儿。这个瘦老头儿便是中国人的美神。这个美神不是住在天宫的，是住在个人心中的。所以马老先生不知不觉地便微笑了，汽车由雨丝里穿过去，美。小姑娘的伞被风吹得歪歪着，美。一串灯光在雾里飘飘着，好像几个秋夜的萤光，美。他叼着小烟袋，看一会儿外面，看一会儿炉中的火苗，把一切的愁闷苦恼全忘了。他只想一件东西，酒!”

这一段写得是很精彩的，我们看刚才写的老张，是贬的，老舍把一部分坏人，特别是唯利是图、又没大本事的那种坏人的特点写出来了。老马不是坏人，老马是挺好的人，挺善良的人，经济上比小康还要高一级的生意人，在伦敦没事。一个人经济上没有了问题之后，就过的这样的日子。他并没有受过什么很高深的教育，但是他天然地知道应该怎么享受生活。我们看他怎么享受生活？就是不去计较是非得失，一切都从美中去看，用李泽厚先生的理论，说这叫“乐感文化”，一切都是乐子。

用孔老师的座右铭就是，一切都是个乐子，什么都是乐子。

我这个“一切都是乐子”，也是来到北京之后，慢慢悟出来的；看了陈建功写的《找乐》，再看了老舍，我就悟出来——人生的最高境界就是乐，“知之者不如好之者，好之者不如乐之者”，最高的是乐。西方人是罪感文化，西方人生下来就有罪，一辈子怎么活都是白活，都是罪人，你就对不起自己，对不起上帝，谁都对不起，所以不如杀人放火算了，反正是罪人。日本人是耻感文化，日本人怎么活着都是可耻的，还是杀人放火算了，反正是可耻的。【众笑】

中国人不是，中国人活的就是个乐子，怎么都是高兴的；挣钱不挣钱，信什么宗教，都一样，就是乐。老马就是，看人家汽车由雨丝里穿过去，美。比如今天我们看见汽车在雪地上走，人家那开车的多辛苦啊，多不容易啊，但是旁边人看着，美！好看！看一个女的“啪”摔一跟头，说：好看，美！【众笑】我今天早上起来，把我家两只猫抱到窗台上，跟我家两只猫一块儿看外边的景儿，我就想，这两只猫跟老马的心情是一样的，他们看什么都是：好，这好，这汽车又撞上那汽车了！【众笑】

猫不关心人间疾苦可以，但是人类里也有这样一些人。具有这样心态的人，他就是帝国之人。你要问他，你不知道外边那些人不容易吗？他肯定知道。老舍在这里顺便调侃了中国传统文化“烟雨归舟”，我们有很多画是画“烟雨归舟”的，你看这个画的时候，你就觉得他好像是不关心舟上的人——烟雨归舟，那个划船的人，在雨里多艰难啊。比如有的地方要拉纤，纤夫多不容易，多辛苦，可是唱出来却是“妹妹你坐船头，哥哥在岸上走”。哪有那美事啊？那么这种对美的欣赏，是不对吗？好像又不能说它不对。人是不是时时刻刻都要关心劳动人民疾苦？什么事情都要从阶级斗争角度去说呢？这就是一个问题，美和现实的问题。

对于老马这样典型的北京人来说，他可以不关心那些问题，看够了，倒点酒喝。所以老马这样的人，作为一个北京人的代表，住在伦敦，他会和那个资本主义世界发生一点碰撞。因为英国人是每天很辛劳的，要挣钱，要生存，他的房东跟他关系很好，但是也要计较房租问题。这就是两种文化的碰撞。老舍对老马是带着既欣赏又批判的态度来描写的，老马这样的人到底好不好，老舍并没有一个特别决绝的态度。我们能够看出有批评，这个批评是本质化的，还是一种策略化的？

如果全中国都是这样的人，那中国没法实现现代化了，大家有口吃的就来欣赏美，那你肯定要被成天忙碌的西方人打败。人家是不欣赏美的，人家买一幅画首先看值多少钱，能不能升值。你肯定是打不过那个文明的。当然，如果人都那样活着，那人生还有什么意义？

跟老马对照，老舍在后边塑造了一个他的儿子小马，小马跟老马不一样，代表一种新人。可是我们发现，老舍写的这些新人，这些年轻人，都是不成功的。不仅老舍，20世纪中国文学塑造了很多新人，可是这些新人加起来一看，普遍不如旧人写得好。

以前我们解释，说旧人是因为作家很熟悉，新人他们不熟悉，这是从一个角度去看问题。是不是还有别的角度？新人是从哪个系统中生出来的？像老马这样的人，是植根于中国丰富的传统文化系统，他活得是很扎实的。我们要塑造的新人，是什么样的？他从哪个文化产生出来？所以在现代文学中塑造的新人往往不成功。在当代文学中塑造的新人，在一定程度上成功了，因为有了社会主义制度，在这个制度下，确实在生活中涌现出很多新人，像雷锋、王进喜、陈永贵，“遍地英雄下夕烟”确实有了，但是这段历史毕竟短，这段历史在多大程度上能够经受打击？我们现在身边为什么忽然就没有了雷锋，就没有了王进喜，就没有了这些英雄？这些新人“哗”地又没了。当这些新人没了之后，我们发现连老马都保不住了。现在能不能还有老马这样的闲人？都很少。就我们现在这种教育体制，能培养出老马来吗？不需要有多高的学问，挣点小钱儿之后，在窗前能够欣赏人生之美，这好像也很不容易。

我们再看一个更早的人。作品是后边的《正红旗下》，但是写的都是清朝的人了。《正红旗下》叙述者的大姐夫就是个闲人，养鸟，“**大姐丈不养靛颏儿，而英雄气概地玩鹞子和胡伯喇。**”这都是吃鸟的鸟，玩儿老鹰，这还保留着满族人的气概。“**威风凛凛地去捕几只麻雀。这一程子，他玩腻了鹞子与胡伯喇，改为养鸽子。他的每只鸽子，都值那么一二两银子；‘满天飞元宝’是他爱说的一句豪迈的话。**”他养的鸽子都是名贵的种。“**他收藏的几件鸽铃都是名家制作，由古玩摊子上收集来的。**”这是北京人的又一个特点。前边我介绍过，老舍说北京人“有钱的真讲究，没钱的穷讲究”，其实很多旗人家庭，慢慢地收入越来越少，人口越来越多，开始入不敷出，入不敷出就赊账生活；但是原来那个花鸟鱼虫的旗人范儿，不能减少，还要保持着。

其实大姐丈也没什么钱，有点钱都投在这个玩儿上，而不是投在怎么给家里经营生产上。他玩的东西，是为了玩一种威风。人家一般养个黄鸟，养个八哥就可以了——不，他养鹰，养鹞子；那个玩腻了又养鸽子；养鸽子不是一般的鸽子，是每只鸽子都要值一二两银子。那相当于今天几千块钱，一只鸽子就几千块钱，“啪”这一窝鸽子放出去，天上飞的都是元宝啊！【众笑】你想，早上起来，把鸽子一放出去，天上飞着几万块钱，【众笑】那个爽，非常爽！他要的就是这个爽。过去北京人为什么因为一只鸽子能打架呢？就因为这不光是爱鸽子，“啪”，一只鸽子落到你们家来，一看是名种，就给藏起来了，所以两家会因为鸽子打架。——而他要的就是“满天飞元宝”。

你看他家并不太富，他还有钱去古玩摊子收集小玩意儿。鸽子本身形成一种鸽子文化，一种文化一定要有它的衍生产品，鸽铃儿——鸽子身上系的，一飞起来“嘤嘤嘤嘤”直响的。鸽铃儿还有名家制作与非名家制作之分。文化精细到这种程度！可是恰恰是文化精细到这种程度的八旗兵，就守不住这个国家了，这都是八旗里的军官，这么有文化，这么会玩儿！而来了一帮不会玩儿的人，来了一帮他们认为是野蛮人的强盗，就把他们给收拾了。所以老舍越去仔细地写他大姐夫这么会玩儿那么会玩儿，其实这里就含有越多的伤痛，含有越多的民族伤痛。一个国家，一个民族，它怎么就这样了！——这是写他的大姐夫。

再往下看一个人。《离婚》被认为是老舍幽默把握得最好的——说是把握了中庸之道的作品。不谈幽默，我们今天是看人跟北京的关系。《离婚》中的张大哥，我们可以在很多北京的这种具有大哥范儿的人的身上看到。小说一开头是这么写的：**“张大哥是一切人的大哥，你总以为他的父亲也得管他叫大哥；他的‘大哥’味儿就这么足。”**我有一篇文章，写韩毓海老师的，我把韩毓海老师写成“二哥”，其实就是从老舍这儿受的启发。因为看见韩毓海就想管他叫二哥，看着就不像大哥。

> 张大哥一生所要完成的神圣使命：做媒人和反对离婚。在他的眼中，凡为姑娘者必有个相当的丈夫，凡为小伙子者必有个合适的夫人。这相当的人物都在哪里呢？张大哥的全身整个儿是显微镜兼天平。在显微镜下发现了一位姑娘，脸上有几个麻子；他立刻就会在人海之中找到一位男人，说话有点结巴，或是眼睛有点近视。在天平上，麻子与近视眼恰好两相抵销，上等婚姻。近视眼容易忽略了麻子，而麻小姐当然不肯催促丈夫去配眼镜，马上进行双方——假如有必要——交换相片，只许成功，不准失败。
>
> 自然张大哥的天平不能就这么简单。年龄，长相，家道，

> 性格，八字，也都须细细测量过的；终身大事岂可马马虎虎！因此，亲友间有不经张大哥为媒而结婚者，他只派张大嫂去道喜，他自己决不去参观婚礼——看着伤心。这决不是出于嫉妒，而是善意的觉得这样的结婚，即使过得去，也不是上等婚姻，在张大哥的天平上是没有半点将就凑合的。

我们看，一个大男人，一个中年男人，他的生活的主要内容就是这个，他的才学、他的知识、他的智慧都用在做媒上。他的做媒还不仅仅是一种人情交往、人际交往，还具有比较宏观的社会学意义：在张大哥自己看来，这样做，用我们今天的话说利于维稳，社会稳定。他后面有世界观，每一个人一定能找到他的另一半，用今天的话说，关键看能不能找着；张大哥就有这个本事，能给你找着——两边一平衡。张大哥的这种世界观、人生观，典型地透露出北京文化中的中庸之道来。

北京人讲究什么事都不过分。北京人并不想挣大钱，挣钱的欲望远远小于其他省会城市；北京人也不盼望当大官；也不希望孩子当大科学家。北京人不愿意受穷，不愿意低贱，但是好像也没有特别远大的志向，不把孩子往那方向培养，也不希望孩子走太远。老舍的作品中讲，北京人认为，经常出门儿逛逛，知道点外边的世界——去通州看看就行了，不主张走太远。张大哥具有北京人的这种中庸之道，他把这个中庸之道发挥到极致，你就觉得他是大哥。所以张大哥就变成一个职业的结婚专家。

他下边还说，哪家如果有没出嫁的姑娘，听见外面说一声“张大哥来了”，这姑娘马上脸就红了，就知道来给她做媒了。这是张大哥想的中庸之道。这个中庸之道能不能够在现实中实现？现实是不是张大哥想得这么理想？近视眼就能跟这个麻子结婚，这是张大哥的一种想象。也许在风平浪静的太平年月，社会上有一些这样的张大哥，比如一个社区、一个小区，有这么一两个张大哥式的人物，确实有利于维稳，中国社会可能还真是有赖于这些人维持着。可是时代不一样，那个时代已经是风雨飘摇的一个时代，一个新旧转型的时代，有些人偏偏就不按张大哥的规矩生活了。所以，小说恰恰写了悲剧降临到张大哥自己的头上。小说里还有一个主要人物叫老李，老李就不按照张大哥的规矩生活，老李的婚姻，就让张大哥十分头疼。

在这里就显出了北京文化，或者说传统中国的帝都文化遇到了挑战。北京人很大气，说我不要当大官，我也不要挣大钱，我就这么活着不行吗？我觉得很悠闲，欣赏美。本来是可以的，可是现在不行了。

再来举一个女性人物。因为我们后面可能要专门谈女性问题，在这里举一个女性来看看。刚才说了《正红旗下》的大姐夫，再看看大姐。大姐夫他们家没有太多的钱，可是大姐夫还那么不着四六，还那么“满天飞元宝”，那家里的日子怎么过呢？这个家里有非常好的一个大姐。大姐的好在很多方面都描写过，这里只说她一个细节，讲大姐对长辈。

> ……她在长辈面前，一站就是几个钟头，而且笑容始终不懈地摆在脸上。同时，她要眼观四路，看着每个茶碗，随时补充热茶；看着水烟袋与旱烟袋，及时地过去装烟，吹火纸捻儿。她的双手递送烟袋的姿态够多么美丽得体，她的嘴唇微动，一下儿便把火纸吹燃，有多么轻巧美观。这些，都得到老太太们（不包括她的婆婆）的赞叹，而谁也没注意她的腿经常浮肿着。在长辈面前，她不敢多说话，又不能老在那儿呆若木鸡地侍立。她须精心选择最简单而恰当的字眼，在最合适的间隙，像舞台上的锣鼓点儿似的那么准确，说那么一两小句，使老太太们高

兴，从而谈得更加活跃。

这是绝对经典的一段，世界上除了老舍，谁也写不出这样漂亮的文字，这么准确、简练，把人物写得栩栩如生；把一个标准的旗人年轻妇女的美、勤劳、善良、聪慧，都写在这段文字里。当我第一次把这段文字拿出来单独欣赏的时候，有一个著名的旗人艺术家非常庄重地向我表示感谢，他说："孔老师，谢谢你！我第一次知道我们旗人妇女这么美、这么伟大。"我说："不要感谢我，要感谢就感谢老舍，是老舍把她写出来的。"

他写的是一个旗人妇女，我们想，世界上其他民族，我们还真的很难找到这么好的一个年轻女性。我脑子里过了一遍，我想一想我喜欢过的那些文学作品中的年轻女性，谁能这么好？托尔斯泰笔下的娜塔莎行吗？不行；川端康成笔下的日本女性行吗？不行。——我比了一圈儿。你读了这个之后，你也很希望有这样一个大姐，但是你又很同情她，又很心疼她。所以我说这是二百年旗人文化发展到顶峰，二百年旗人文化造就出来的文化精华。

他大姐在老太太们面前是一个优秀的服务生、优秀的服务员。我们今天经常会对很多服务员不满意，觉得服务员没文化，起码的礼貌都没有。我们不要求她事事得体，就连起码的对人的尊重都没有。但是另一方面，有时候我遇到很优秀的服务员，我的脑海中就会浮现出老舍这段文字，又非常同情她。有的时候我宁肯遇到那些不礼貌、没文化的服务员，还好一点。我很害怕在高级饭店里吃饭，每个人后面站着一个穿旗袍的，非常得体的，有点接近于大姐的这种服务员。我经常想，她站时间长了，她的腿是不是肿了？她的身体是不是累了？她家里是不是还有什么事她在想着？她是不是身上的手机响了她不敢接？所以我很不希望吃饭的时候有什么人在旁边伺候着，我希望她们赶快，该走走该干吗干吗去，我宁肯让她们去偷懒，你只要端菜的时候别把汤洒到我身上就行了，我的要求是很低的。

中国的很多顾客，为什么对服务员有比较高的要求呢？因为我们中国人曾经可以达到这么高的程度，这还不是在什么贵族人家，就是普通的下等旗人家庭——草民，草民也可以这样优雅！这个优雅不需要钱来堆积，就是需要细心、尊重、聪慧、勤劳，就是这几个动作。我小时候到东北农村去，到山东农村去，也看到过一些媳妇怎么伺候老太太们。她们可以说也有这个趋势，努力做得好，做得到位，但是她们做不到这么美。我小的时候有一次回山东，山东也是老规矩很重的，山东人家来客人的时候，妇女不能上桌，吃饭的桌上只有男人，女人都不上桌。而且我当时只是一个小孩，也算一个男人坐在那里。每个男人后面都站着一个什么嫂子、弟妹、姑姑啊。坐着的这个姨父那个姑父的，反正后面站满了女人，站在我们后面，随时地伺候我们。

我们在东北吃饺子是一盘一盘的，每人前面有酱油、醋；山东吃饺子不是每人端着一大海碗，海碗里面装满了饺子，蒜跟酱油、醋摆在中间这么吃，这是古代吃法。我们是后边站着一个妇女，拿着一个大勺子，我这饺子刚吃了三分之一，“咵”一勺子添上，【众笑】这个印象太深刻了。所以我那个时候就下定决心，我长大了一定要解放妇女，【众笑】一定要打倒封建礼教！这还得了，妇女这么受压迫！当然这个想法是有侠肝义胆的，现在看来想得比较简单了，这事情是非常复杂的。

给人家吹火纸捻儿、倒茶可能还不太难，最难的是后边写的，就是说那么几句话，她又是一个优秀的主持人。老太太在一起是天南海北地胡聊，就像前面茶馆里说的，胡聊。可是怎么让她们聊得更尽兴，让她们不经意间就聊得好，这又是需要艺术技巧的。所以后面老舍说，像锣鼓点似的说那么一两小句，我们想这不就是一个优秀的主持人吗？再想想今天那些主持人为什么那么没文化？就是他自己对话题都不了解，也对嘉宾没有爱，没有尊敬，拿着一个话筒，生硬地往人家嘴前一递：谈谈你的想法，当时什么心情？更不要说地震时，推开营救人员强行拍摄——下面一个老人在叫唤，一个主持人竟然说：“再叫唤两声！”我当时恨不能杀了那个主持人。

所以我们不能简单地从封建礼教的角度去评价这样的女性，有封建礼教，不能排除，但是老舍写的时候，感情是非常复杂的。这个大姐，可以在某种意义上理解为是人类的一个女神。中国的女神不像西方的女神那么简单，把衣服一扒就是女神了，【众笑】老舍前面写老马，中国有一个美神是个瘦老头儿，中国瘦老头儿可以是一个美神，那这个大姐也是一个美神。而我们看，老舍这样饱含深情地写这样一个传统妇女，这很不合乎五四精神啊，这个大姐好像应该是五四要解放的女性啊，五四作家会怎么写这样的女性啊？五四作家会经常写，这老太太拿着烟袋锅子往她脑袋上敲，另一个老太太拿一根针扎她一下。那种事可能也有，但是五四作家会突出那个方面。而老舍写的是这样，当然他也写了她的腿站得肿了。我们在这里简单地说一个女性形象。

下面再看看对话。从对话里看看，我们选《茶馆》里的两段。《茶馆》里人物众多，《茶馆》在很多方面都是经典，不光是戏剧经典、北京文化经典，也是人物对话经典，等等。茶馆里的掌柜叫王利发，王掌柜，第一幕是他年轻的时候，这个老裕泰茶馆，租的是民族资本家秦仲义的房子。秦仲义在戏里代表民族资本家，属于拥护改良派的。故事开始时，正好戊戌变法百日政变被镇压，谭嗣同他们都被杀了，正在这个时候，秦仲义来到这个茶馆。我们看一段他跟王利发的对话。

“(**秦仲义，穿得很讲究，满面春风，走进来。【惊堂木】**)”大家有空一定要看《茶馆》老版的话剧，演得非常好。王利发，这时候年轻的王掌柜：**“哎哟！秦二爷，您怎么这样闲在，会想起下茶馆来了？也没带个底下人？”**我们看他这个话特别得体，是一个非常精明的会做生意的年轻人，显得很亲切；用的词儿，你如果不是北京人，你不会用得这么到位，而且潜台词很多。北京人打招呼经常先说个“哎哟”，其实没什么吃惊的，要表示吃惊，表示吃惊才能让谈话有意思。所以北京人经常说话之前有一个象声词，有一个语气词，“哎哟”“呦呵”“嘿”——北京人经常会有这样的一个语气词开头。

其实早都看见了，好像刚看见一样，“哎哟，秦二爷，您怎么这样闲在？”北京人说话开头经常要恭维对方没事儿，你看着是很平常的一句话吧，北京人很少说“你怎么这么忙啊”，不，北京人都说“你怎么这么清净？今儿没事儿呀？今儿有工夫啊？”北京人开头说话要这样，因为恭维对方没事儿才是对对方的尊敬，说明对方过得好才没事儿。“今儿个闲啦？”北京人不问今儿个忙不忙，“有闲工夫没？”

“您怎么这样闲在？”“闲在”是北京话。“会想起下茶馆来了？”茶馆这个地方，前面的动词是可“上”可“下”的，我们可以说“上茶馆”，也可以说“下茶馆”。我在微博上出过题，我们为什么说“上饭馆”，而不说“下厕所”，都说“上厕所”？“上”“下”是怎么用的？这里他为什么说“下茶馆”呢？是因为秦二爷地位高，是资本家，一般不会到茶馆来的，所以随便用一个“下”就恭维了对方，而且还说了一句“也没带个底下人？”“底下人”是口语，并没有说“没带个小弟？”不能那么说。你看，处处都在恭维对方，但是这个恭维又是事实，因为对方确实是身份很高的人。所以王利发这几句话，这个人物性格开始凸显出来。

秦仲义说：**“来看看，看看你这年轻小伙子会做生意不会！”**秦仲义这一句话，性格就出来了，他的地位，他的身份，他跟对方的关系。他的回答也是轻描淡写的，不说来干什么，说得很含糊，“来看看”，都是看看。比如我们东北人出门：“干吗去？”“玩去！”东北人都说“玩去”，一般不直接把干什么先告诉你。秦仲义说“来看看”。

“看看”还可以带具体的内容？看什么呢，后面说的话显然不是他真实的目的。“看看你这年轻小伙子”——你的辈分也不如他，你不但是他的房客，辈分也不如他。“会做生意不会？”本来我们常常说“会不会做生意”，“会做生意不会”，这个顺序一颠倒，什么味儿出来了？舞台味儿出来了。这是北京人经常看戏，“会做生意不会”，这是舞台用语。如果是“会不会做生意”，就很实在了。轻描淡写像是闲话，闲话里面包含着可进可退的实质性内容。

而王掌柜心领神会，也想看看他的生意情况，王掌柜怎么说呢——两个人好像在打招呼，其实都是在过招。王利发说，“唉”。刚才还“哎哟”呢，刚才“哎哟”很精神，一提到怎么做生意马上“唉”。我们看生意人永远要说自己生意不太好，马上要把气氛压下来。“**唉，一边作一边学吧，指着这个吃饭嘛。谁叫我爸爸死的早，我不干不行啊！好在照顾主儿都是我父亲的老朋友，我有不周到的地方，都肯包涵，闭闭眼就过去了。在街面上混饭吃，人缘儿顶要紧。我按着我父亲遗留下的老办法，多说好话，多请安，讨人人的喜欢，就不会出大岔子！您坐下，我给您沏碗小叶茶去！**”

王利发的话，起到了多少种功能？一是拉他爸爸的人情，他是老字号，这个字号是他爸爸创下的，他爸爸就跟老秦家有关系，爸爸死得早，显得我可怜。二是说自己不行，说你别以为我赚了很多钱，告诉对方我没赚什么钱，我本事不行。但是本事不行怎么样了呢？我人好，人缘好，我能混人缘，我这人缘又是由父亲那儿继承下来的，所以人们都肯照顾我。所以我这儿一方面挣不了大钱，另一方面，不会给您惹事儿，出不了大岔子。而且把双方的感情弄得很近，他俩本来是商业关系，是房东跟房客的关系，但是北京人经常把商业关系弄成人情关系。

这一点很像东北，东北人就把商业关系都弄成亲戚关系。东北做生意的见谁都叫“哥”，见谁都叫“姐”。我到哈尔滨一下火车，就有人过来，“大哥，吃点饭呗！”我说：“吃啥饭啊？”“哎，你坐这么远车，怪饿的，吃一口呗！”好像到了家一样，其实跟他非亲非故的，他一定都要这样搞。北京人也是，他这么一说，不管秦仲义有什么目的，先不好意思三分。

但是秦仲义不是好惹的，这是大资本家，赚钱出身，王利发这点小心思他早都看出来了，一句话就给拒绝了——“**我不喝！也不坐着！**”他仍然是昂头挺胸的，自己的范儿是不肯降低的，说的话又是很有舞台色彩，“我不喝！也不坐着！”意思是你别忽悠我！什么沏小叶茶，别来这套！

王利发马上就跟上了，“**坐一坐！有您在我这儿坐坐，我脸上有光！**”吹捧对方，一定要从实际出发，不能够空着吹。秦仲义坐这儿，肯定他脸上有光，但是他又把这话说出来，给对方把这个台阶一个一个铺实，一直铺到对方愿意。话说到这儿，秦仲义说，“**也好吧！**”然后坐下来了。“**可是，用不着奉承我！**”仍然把距离推远，你别蹬鼻子上脸，给你点脸你就上来，坐可以，别奉承我。

王利发：“**李三，沏一碗高的来！**”不要说北京人，就是整个北方跟南方比，应该算是不会喝茶的。当然由于北方也不是主要产茶的地方，茶叶质量也不好，由南方运来都不新鲜了，北京人为什么喜欢喝花茶呢？就是用花儿掩盖住茶不新鲜的味道。如果不是在好的季节，在北京茶馆里只能喝花茶。老北京的穷人连一般的花茶也喝不起，只能喝茶叶末子。茶叶末子里面又分很多等级，最高的叫“高末”，有时候你看作品会看见“来碗高末”，就是穷人之间互相穷讲究。但是这里王利发说的“高的”不是“高末”，是高档次的好茶叶，一般人在茶馆是喝不起的，是专门招待像秦仲义这样上流人物的，所以叫“沏一碗高的来”。

在茶没上来时，要跟客人说话，把时间填满，所以下面要打招呼，“**二爷，府上都好？您的事情都顺心吧？**”“府上都好”是用不着回答的，但是是必须问的。如果再往前还要一个一个地问，如果两个人关系很近，要把对方家里的人一个一个都问道：“老太爷好？嫂子好？小少爷好？”一个一个问；两个人关系没那么近，不用一个一个地问。下面问“您的事情都顺心吧？”你看，是从主观感觉去问。

我们看秦仲义的性格，秦仲义是不顺着对方说话的，很懂礼貌，但是并不顺着对方的话茬往下接：“**不怎么太好！**”王利发其实并不是关心对方好不好，主要是表现自己吹捧对方：“**您怕什么呢？那么多的买卖，您的小手指头都比我的腰还粗！**”这句话说得好像是实情，但是处处都有潜台词，意思是我这点买卖不算什么，您千万不要打我的主意，其实是说不让他加房钱，怕他加房租，所以处处都埋伏着说“您比我强多了，不能在乎我这点儿钱”。

唐铁嘴是个看相的，在茶馆里混茶喝的，唐铁嘴凑过来：“**这位爷好相貌，真是天庭饱满，地阁方圆，虽无宰相之权，而有陶朱之富！**”秦仲义：“**躲开我！去！**”我们看上等人打发这种人的那种语言，干脆利索，那种清高，他不说“滚开”，不说“离我远点儿”，而说“躲开我”。王利发赶紧帮秦仲义打发这个场面：“**先生，你喝够了茶，该外边活动活动去！**”

《茶馆》一开幕，前面就是王利发打发唐铁嘴，管他叫“唐先生”，唐先生您外边遛遛。对这种混茶喝的人，王掌柜并不得罪，但是当唐铁嘴干涉了有地位的客人，他要出来维护场面，要保护有地位的客人不受骚扰，这个时候他仍然称他为“先生”，不失礼貌。老北京生意人，这一套八面玲珑的做生意的技巧，在这里都体现得非常清晰，把唐铁嘴轻轻地推开。

这并不是《茶馆》里面太生动太典型的一段，我随便找这么一段，你就能看出来老舍把握北京文化、把握北京话之精微。就这么两个人平平常常的对话，有没有觉得其中是有帝国气象的？它是有帝国气象的两个人在茶馆里对话。所以这样的话演出来是非常有吸引力的，非常精彩，这个对话中有一种张力，它让人期盼着他们说下去，而他们两个人并不能一直这么说，不断地会有别人插进来。

再来看一段秦仲义与庞太监的对话。秦仲义在这儿坐着，一会儿就发生了一些事，然后讲完，秦仲义就走了。秦仲义往外走，王利发送。**小牛儿搀着庞太监走进来**。这时候还是清朝末年，1898年，戊戌变法刚失败。庞太监走进来，**小牛儿提着水烟袋**。这是一个太监的形象。太监一般是地位很高的，特别是大内总管，不会到这么低级的茶馆来，他来茶馆一定有特殊的事情。没想到他来了之后，正好碰见秦二爷，这一段对话也很显两个人性格，挺好。

庞太监说：“**哟！秦二爷！**”跟北京人一样，要先打一个招呼，先用一个象声词“哟”，他其实肯定是先看见秦二爷了，我们看秦仲义的回答：“**庞老爷！这两天您心里安顿了吧？**”这个话像刀一样戳人心，这两天是哪两天？就是镇压了戊戌变法，谭嗣同问斩这两天；那就说明庞太监所代表的利益集团胜利了，秦仲义的这一伙改良派失败了。所以这两个人貌似在茶馆偶然见一面，其实是两个阶级的交锋，但是，说的话很文明，都是外交辞令。“这两天您心里安顿了吧？”“安”“顿”这俩词儿用得多狠！虽然这个阶级失败了，但是仍然要一刀捅过去，意思是：你们胜利了，没事了，你的脑袋保住了！——包含着这么丰富的意思。

我们看庞太监说什么——“**那还用说吗？天下太平了，圣旨下来，谭嗣同问斩！告诉您，谁敢改祖宗的章程，谁就掉脑袋！**”这段话说得特别好，本来他那个太监说话声音不太正常，但是那种嚣张、那种杀完人镇压了对方之后的嚣张气焰，是不含蓄的，他是直接威胁对方的；一个“谁”，就把那个阶级气焰表达出来。

秦仲义：“**我早就知道！**”寸步不让，你说的这些吓不住我——我知道！刚才还是客客气气的，现在这两个人交锋，突然气氛就凝固了。“**茶客们忽然全静寂起来，几乎是闭住呼吸地听着。**”庞太监说：“**您聪明，二爷，要不然您怎么发财呢！**”

秦仲义：“我那点财产，不值一提！”

“**太客气了吧？您看，全北京城谁不知道秦二爷！您比作官的还厉害呢！听说呀，好些财主都讲维新！**”这句话是要给他网罗罪名，意思是说你是维新派、维新党，步步紧逼他。秦仲义怎么化解他的攻势呢？“**不能这么说，我那点威风在您的面前可就施展不出来了！哈哈哈！**”庞太监说：“**说得好，咱们就八仙过海，各显其能吧！哈哈哈！**”

两个“哈哈哈”，本来北京人打招呼经常用这种虚腔的、带舞台腔的“哈哈哈”，但是这两个“哈哈哈”用得特别好，一个是临危不乱，有自己信仰的坚定——虽然我们这次失败了，但是你们是没有前途的！而庞太监并不理解这个时代的发展，他认为，我们都胜利了，你还横什么呀！但是，两个人本来是敌人，北京文化使得在这种场面下仍然不能撕破脸。撕破脸就显得没文化了，谁先撕破脸谁没文化，就一定不能越过最后那个底线，兵戎相见，还要用外交辞令裹着。

“**改天过去给您请安，再见！**”几个回合过去之后，不分胜负，暂时告一段落，咱们来日方长，说“再见”，意思是我们还有交锋的时候。秦仲义先走了，庞太监觉得很奇怪，“**哼，凭这么个小财主也敢跟我斗嘴皮**

子，年头真是改了！刘麻子在这儿哪？”刘麻子是要给他找一个老婆，年头都乱了，太监要娶媳妇，【众笑】刘麻子给他介绍一个农村姑娘当媳妇，老舍写出那个年头的乱。

通过这一段话，我们主要来体会北京话，北京话后面的那个北京文化。即使在最尖锐的时候，不能撕破脸，撕破脸就显得不斯文了。就是谁先骂人，谁先把话说露了，直接说那个政治语言，谁就叫“跌份”。所以北京人谈经济、谈钱、谈政治，都不摆在桌面上说。我前面说北京人没有南方人直，南方人见面反而不这么讲，南方人就直接谈戊戌变法了，你看这俩人一句戊戌变法的话都不谈，都是绕着说，这才叫艺术。

老舍把北京话后面包含的艺术分量，在最接近边界的地方给你展示出来了。你读这样的对话，觉得好像他在打一个擦边球。这些对话不好写，不是特别熟悉北京话就容易写过了。而我们反复地读这一段台词，觉得没有一个字是多余的，好像不可增不可减，所以《茶馆》才能成为经典。

我们最后再看看老舍代表作里的“祥子”，祥子身上有没有北京精神。祥子本来是农村的，他不是老北京市民，是农村进北京的，那么我觉得相反，恰恰在祥子身上，我们似乎能够发现某种北京精神，所以我们才觉得《骆驼祥子》是老舍的代表作。

我们看祥子拉车这一段，写的是非常棒的。他先写了祥子身体的高大、健壮，一个青年小伙子那种身体美。下面写——

> 这么大的人，拉上那么美的车，他自己的车，弓子软得颤悠颤悠的，连车把都微微的动弹；车箱是那么亮，垫子是那么白，喇叭是那么响；跑得不快怎能对得起自己呢，怎能对得起那辆车呢？这一点不是虚荣心，而似乎是一种责任，非快跑，

飞跑，不足以充分发挥自己的力量与车的优美。那辆车也真是可爱，拉过了半年来的，仿佛处处都有了知觉与感情，祥子的一扭腰，一蹲腿，或一直脊背，它都就马上应合着，给祥子以最顺心的帮助，他与它之间没有一点隔膜别扭的地方。赶到遇上地平人少的地方，祥子可以用一只手拢着把，微微轻响的皮轮像阵利飕的小风似的催着他跑，飞快而平稳。拉到了地点，祥子的衣裤都拧得出汗来，哗哗的，像刚从水盆里捞出来的。他感到疲乏，可是很痛快的，值得骄傲的，一种疲乏，如同骑着名马跑了几十里那样。

天下没有第二段文字写车夫拉车写得这么棒，写得这么美，这么有哲学境地。祥子与车的关系，我们用武侠小说的一句话来形容，叫“人剑合一”，祥子和车已经融为一体，这就是达到最高境界的北京精神。

好，我们今天就讲到这里。谢谢大家!【掌声】

2015年11月24日

北大理教107

第十一章

关公很为难：老舍的信仰是什么

我们开始上课。今天我们想探讨一个跟前边的话题有相关性的题目，谈谈老舍与宗教的关系问题，可以叫“老舍与宗教”。

关于这个话题已经有不少学者进行了探讨，因为研究老舍到一定程度，不论从他的作品，还是从他的生平，一定会涉及、一定会进入这个话题。不过这个问题可能比前面一些问题更难、更深。比如老舍与满族的关系，找到材料就可以进行基本的研究，然后去读民族史，读历史，就可以研究到一定的程度。我给大家推荐过的关纪新老师的《老舍与满族文化》，就写得非常好。

但是宗教这个东西，是世界上最高深的研究对象，我不敢说它是最高深的一种思想。北大有专门的宗教学系，研究宗教的应该是什么人呢？佛教，什么人研究得最好？是不是和尚呢？是不是方丈呢？可能一般人不去想，想当然这样去认为。这种认识可能是不对的，研究一个领域最好的人不一定是内行之人。对宗教研究得不深，就很难深入去研究某某与宗教，宗教与什么什么，这样的话题是很难进行的。但是如果你就是一个宗教里的信徒，你说你了解得很深了，你是行内人哪。行内人研究有行内人的问题，行内人深深地陷在这一行业里，这个行业跟你有利益纠葛，就使你很难客观。你要完全客观，恐怕你又不配做这个行业的人。

当然行业和行业是不一样的。比如说和尚，和尚是可以骂佛的，这是由佛教本身的伟大所决定的，但是别的宗教不这样，你听见过牧师骂上帝吗？没有吧。所以一个牧师能够客观评价上帝吗？当然我们不能这么要求人家，我们也没有这样要求，但是我们知道事实是什么样的。我们见过和尚骂佛，见过和尚把佛像劈喽，但是不可能看见一个牧师向耶稣的画像上吐口水，这是不可能的，所以它的难度可想而知。我们现在学院里的一些老师、同学，学了一点文学研究、文化研究的理论方法，随便拿起一个题目就做研究，那是不可能深入的。不是你看见别人做了什么，你就能做。你看人家研究了米饭，你就想研究面条，那是肯定不行的。你必须走遍很多地方，吃过多少种面条，才能涉及这个题目。

我这不是随便举个例子，有关部门就请我写一本书，这本书就叫《面条文化》，我没敢答应。我真的吃过许许多多面，我对这个问题也很感兴趣，但是我觉得我的学问还不够。约稿的人说，孔老师，您的学问还不够，那您能不能推荐够学问能写的？我说中华民族的面条文化很发达，但是中华民族的学术发展还没达到可以找一个人写面条文化的程度。当然你要马马虎虎写篇介绍性的，一般深度的，也可以，真要把面条写好，那很难。我提一个问题，让他们看看如何解释：面条为何以河南为界，越往东越细，越往西越粗，到了意大利已经粗得不得了了，中间扎个窟窿叫通心面？【众笑】这是偶然的事情吗？那不是偶然的事情。

要谈老舍与宗教，熟悉老舍并不难，读书就够了，关键在于宗教问题。我上个学期给研究生开的讨论课上，也专门讨论过宗教问题。《华严五教章》有“分教开宗”之说。我们现在一般把“宗教”当一个词，一起来说，但是在汉字里面，“宗”和“教”又是不同的。

仔细来讲，“宗”是指你主观上以什么为宗旨，这可能是一种主观的信念。也就是说我们要“宗”这个东西，这是宗旨。“教”呢，显然不是。“宗”的宾语是个事物，“教”的宾语是人，“教”谁，所以“教”是开化。

宗教的定义林林总总很多，常见的是马克思主义的定义，也有其他社会学的定义，那些定义都可参考。但是从这两个字出发，“宗教”的意思就是“以某种信念去开化人群的思想体系”，从这两个字的本义上推出来的，这叫“宗教”，这是孔庆东的定义。我们就是从汉字中拿出这两个字组成一个词“宗教”，去翻译西方语言中的“religion”。这个词在西方也有多种语源，发展到近代，它大概的意思是指一种团体性的信仰。所以这个翻译是准确的，不但高级而且准确。你通过开化、教化才能形成一个团体，这个团体有一个信念，也就是团体性的信仰。

要讲宗教理论那得专门讲一个学期，我们在这里不是要讲宗教，只是为了讲老舍，通过老舍来看宗教，看中国人的宗教。

宗教的分法也有很多种，看你从哪个角度去区分。从它所“宗”的对象上来看，一般可以分为多神教、一神教，还有泛神论。可以自己去想，你所知道的宗教里哪个是多神的，哪个是一神的，哪个是泛神的。

多神教就是它所宗的这个体系中有多个主神。有时候你搞不清楚哪个更重要，或者同一个宗教，它这个场所是这个神，另一个场所是另外的神。大多数人马上就会想起佛教，佛教的几大道场。五台山是谁的道场，峨眉山是谁的道场，九华山是谁的道场，普陀山是谁的道场，梵净山是谁的道场。这五大道场我都去过，最后去的是梵净山，梵净山是弥勒佛道场。

那很奇怪，不都是一个教吗，怎么每个山头儿立的主要的神不一样呢？所以一般的老百姓经常会问，如来佛和观音菩萨谁大啊，他俩谁厉害啊？老百姓经常有这种问题，这个问题的起源在于佛教是多神论的，且不说它混杂了其他宗教的东西，它自己就是多神论的——多神教。

跟多神教截然对立的是一神教。一神教只有一个主神，它经常强调“万主非主，唯我是主”“上天入地，六合八荒，唯我独尊”，天山童姥这种的。我说一神教大家也很容易就想起，你所熟悉的某宗教，就是一神教。在一神教看来，多神教都是胡扯，怎么会有那么多神呢？神就有一个。一神教认为多神教不是正宗宗教，是很肤浅、可怜的，所以一神教决心要解放和改造多神教。可是一神教并不是指一个宗教，有好多宗教都是一神教，都说它那个神是唯一的。那一神教和一神教之间会发生什么事情呢？都说我这个最好，如果俩人住得比较远也就打打嘴仗，俩人如果接触且天天这么说，那这个世界的很多事情是怎么产生的，我们就可以想象了。

泛神论很像多神教，但是多神教毕竟能数得过来，佛教的神再多，一百个、二百个，反正它是有数的。泛神论是认为所有的客观事物都有神灵。它从古印度的“梵天”到近代发展成一种泛神论哲学，西方很多人崇拜斯宾诺莎，其实很多原始宗教也是泛神论。当原始人遇见解决不了的客观事物，他觉得这后面有一个东西，有一个神，于是他对这个东西充满了一种敬畏。比如说萨满教，一会儿我们讲老舍再说，萨满教带有泛神论的色彩。

比如说有一个人推开门就走出去了，然后我推一下门却推不动，推了好几下也推不动，我就会认为那是我推的姿势不对，或者是外面谁给锁上了，我会从所谓的科学角度去想。古人可能不这么想，古人认为，哦，他一推门出去了，我一推出不去，一定是我得罪了门神。【众笑】他可能就来拜这个门，或者做某种仪式，做了某种仪式之后，“芝麻开门”，这门“啪”开了。【众笑】这门真的开了，证明他先前的仪式是正确的。由于这个人做了某种仪式，门应声而开，其他的人看见后可能认为这个人是通神的，这个人在群体中可能就具有了特殊的地位。

我们现在观察不到原始人，但我觉得可以观察动物。我们校园里有很多猫，你可以观察观察猫。北大很多同学很有爱心，一看见流浪猫就去喂它，你喂它的同时可以观察它。不仅观察它的动作，还要去看它的心理，你看猫有没有泛神论倾向，你看猫是一神教的还是多神教的。当然很多人都说，猫认为自己就是宇宙间的神，猫肯定认为自己是神——你看我什么都不干，他们就给我吃的，就供养着我，我不是神能这样吗?【众笑】我就是神，我们就是北大的主人，这些北大硕士博士成天养活我们。

但是它会遇到挫折的。猫有很多闲暇时间来考虑哲学问题，【众笑】它吃饱喝足不担心温饱，睡足、玩够的时候，它经常思考。当猫望着夕阳西下，它在想什么呢？肯定不是想明天的饭，也不是想复习考试，它一定想一些抽象的问题。当它想抽象问题的时候，不愿意被打扰；当猫思考问题的时候，如果你进入它的生活，打扰它，它马上会装得什么都没想，好像很没心没肺，突然装得很俗；其实不，刚才它曾经很高雅。我从小到大用了很多时间，观察猫、狗这些动物，它们和宇宙万物是个什么关系？由这个来想我们原始人，再想原始人怎么发展到今天的。

这样来思考，我们会发现宗教其实有广义和狭义之分。广义像刚才我说的，一切有信仰的、有团队的思想体系，都是宗教。可是这样一说，就会产生新的问题，科学是不是宗教？我们一般都把科学跟宗教对立起来，站在科学的角度说宗教是迷信。可是一百多年前鲁迅还不是鲁迅的时候，他还是个年轻的周树人的时候，他一方面努力学习科学，同时他指出，迷信是不可废除的——“迷信可存”（《破恶声论》），这是鲁迅振聋发聩的名言，也就是说鲁迅早就认识到科学跟迷信不矛盾。后来我们会知道更多的事实。

今天宗教界人士，特别是高端人士，特别喜欢引用科学成就来证明他们那个教义是对的。当场在座的有一个先生叫司马南，司马南就说：“您怎么知道这是上帝写的呢？”他说：“这是科学家证明的，科学已经证明了这是上帝写的。这块石头已经三千五百多年了。”司马南先生问：“您怎么知道它是三千五百多年前写的呢？”我说：“司马南你真无知啊，一点‘科学’都不懂，碳十四嘛，同位素鉴定嘛，人家拿着机器一照，就能照出来。”牧师说：“对呀，还是孔先生有学问。”【众笑】司马南说：“我知道这东西，就是这石头能测出来是哪年的，问题这字是哪年写的，您怎么测出来的呢？哪怕这石头一万年了——我今天找着这一万年的石头，我在上面刻了字，您怎么能知道这字也是三千多年前写的呢？”我说，司马南啊，你就欠找一个人把你戳死，还没戳死你。这里就有科学和宗教的关系问题。为什么宗教界人士要借助科学来证明自己？这很有意思。难道说科学家没发现这个、没发现那个，你们这东西就不成立吗？神需要借助科学吗？不断地告诉我们说在哪儿发现了诺亚方舟，在哪儿发现伊甸园，当年亚当、夏娃就在这儿做游戏的——这个事情很有意思。

还有一个有趣的事是，很多西方的大科学家，研究到高深层次之后就皈依了宗教。大家都知道牛顿，牛顿晚年基本上就是拜上帝，研究炼金术。还有爱因斯坦，晚年对佛教非常感兴趣。还有刚刚去世的乔布斯也是信东方宗教。

还有，民主是不是宗教？法律是不是宗教？我们一般情况下不把它们算作宗教。有些人张口闭口“科学”，那不科学的、不够科学的是不是就成了敌人、成了罪犯？人有没有不讲科学的自由？不科学是不是一种犯罪？反科学可不可以？——我不同意科学，我反对科学，我主张迷信，算不算犯法？

狭义地讲，我们一般认为的宗教，是指那种什么样的思想体系呢——它的信仰中必须有超自然的人格神。它这神，老百姓的理解，就是有神力的，耶稣基督是有神力的，如来佛是有神力的，得这样；太上老君是有神力的，他和我们一般人不一样。还要有教团，得有团队，得有这么一伙人，光一个人在那宣传一种思想不行。一个人抱个吉他在地铁里唱，不管唱什么，不能说它是宗教。它得有一伙人。当然教团因宗教的不同，组织形式也千差万别。有了教团就要有这个组织的清规戒律。戒律根据宗教的不同，有的宽有的严，有的多有的少。

大家可以想一下，哪个教团的戒律最多最烦琐，要求最严，不许吃这个不许吃那个，一天洗几遍手几遍脚，到哪儿干什么；有哪一个戒律最少；有哪些比较适中，不多不少，差不多可以做到又可以约束。一般人识别宗教，往往是从戒律角度，但是戒律不是根本的。一般人理解不了教义，理解不了那个信仰的思想体系，学了半天都是学的戒律，所以都白学。

就好像没上学的孩子，趴在小学教室的窗户往里边看什么叫上学，一看这帮学生都背着手坐在那里，他认为这就是上学，回到家里就背着手坐在椅子上，以为这就是上学了。这就是大多数人对宗教的理解。大多数人认为和尚不吃肉、不喝酒、不近女色，认为这是和尚。这完全是大错特错，就像那个只看见人家背过手去一样的孩子，他不知道学生学习好可以不背手。为什么要背过手去？是为了让他集中精力听讲，背不背手完全是次要的。你看到中学到大学，哪个老师还要求学生背着手？假如在我们课堂上，忽然有一排同学背着手坐那儿，我就害怕了，【众笑】我就紧张了：这是要干啥啊？这不是正常学生。

假如有一个庙的和尚，从方丈到小沙弥，一辈子都忙活着不喝酒不吃肉，这庙可能不是好和尚庙。好和尚庙大概说一下清规戒律，有人违反了不要紧。和尚是干吗的？和尚是启迪民众、救苦救难的。所以李世民为什么规定少林寺可以喝酒吃肉，就是因为少林寺是护国寺。李世民才是懂得宗教的。

有教团有戒律，还要有一些仪式，仪式包括你加入教团、在教团里的等级制度等。随着现代社会的发展，很多教徒都觉得仪式比较烦琐，各个宗教都进行了各种改革。现在基督教最为时尚的就是家庭教会。在各个小区、各个农村，都有许多家庭教会，家庭教会的仪式很便捷很简单，就是一伙人聚集到一家里面，在家里干什么也不外传，谁也不知道。我相信很多人都是好人，单位里的很好的工作者，学校里的很好的学生，他们是由于需要找一个心灵寄托，或者找一个温暖的团体，就信了主。人家在一块儿度过一个愉快的周末，唱唱歌使心灵得到净化，这也挺好。另外，家庭教会跟罗马教廷，跟一些其他强有力的宗教组织，没有那样的组织纪律性的纽带，他们内部的区别，不是我们要关心的。

我们把广义和狭义的区分之后，就产生一些新的可供我们思考的问题。特别是，儒家算不算宗教？这是一个问题。21世纪初时流行一本书，是美国亨廷顿写的《文明的冲突》。《文明的冲突》中讲：这个世界必须进入、已经进入最后的决战，最后的决战就是三大宗教的决战，基督教、伊斯兰教和儒教的决战。不管他说的对不对，或者引起我们什么思考，他在这里明显地把儒家作为一个教，基督教、伊斯兰教、儒教，三大文明圈。

古代的典籍里已经出现了“儒教”这个词，这个词是有，但是不能拿这个做依据，说你看古人都说“儒教”，说明我们是宗教。古代的“教”不是宗教的意思，古代的“教”是教化的意思，所以你看典籍里出现的，联系上下文，它都不是宗教的“教”。远在春秋战国时期的墨家把儒家的思想称为什么呢？它不叫儒教，它把儒家思想称为道教。要注意这个词的区分，这不是讲的信太上老君那个道教，道教指的是儒家思想，因为儒家强调“道”。

我们看梁山泊上竖着一面大旗“替天行道”，你千万别认为这是道教组织。宋江这一伙人恰恰是儒家文化，他可不是道教，跟张角不是一伙的。黄巾军起义张角那伙人是道教的，宋江这一伙人是要行忠义的，写着“替天行道”，却是儒家。这是讲墨家认为儒家是道教。有一部分佛教人士也认为儒家是道教，有的佛教著作里也是这么说的。

而我们看“道”这个字，是儒释道都共同讲的，但是理解有角度上的差异。作为中国人，理解中国文化就会明白：中国文化很玄妙，它存在着多个层面，不好说哪一个就是中华文化最重要的思想，只能说，从不同角度说它是重要的。我们常说的儒释道，其实又包括了其他的诸子百家，它把它们战胜了之后，吸纳了人家有用的东西。儒家里面没有法家的东西吗？可是当你强调到一个不恰当的极端的时候它就会有反动，这个反动从哪儿来呢？是你体系内部本来就潜伏着的异己因素。

“文化大革命”后期有一个“批林批孔”运动，进一步发展成“评法批儒”，也就是用法家思想来克服儒家思想中一些消极的不适应时代的东西。而兼儒家、法家大师的不就是荀子吗？有了荀子才有韩非，所以那个时候把荀子当成法家代表人物，可是荀子其实是儒家重要代表人物。

如果大体上做个比喻，我们可以说中华思想体系表面上看是儒家最重要，因为这作为一个国家意识形态，历朝历代都尊孔尊儒，可以说儒家思想为主干。但这可能是一种意识形态建构的需要，既是统治民众的需要，也是外交的需要。我们除了听其言还要观其行，朝廷的政策是按照儒家的去制定去推行的吗？倒是毛泽东看得准确，他说“百代皆行秦政法”（《七律 · 读〈封建论〉呈郭老》），政治体制都是秦朝的，都是秦始皇定下来的，但是对外宣传的是儒家。古人叫“杂王霸道而用之”，宣传的是王道，行的不一定都是王道。你遇见流氓、地痞你也行王道吗？可能要先行霸道把他拿下，再给他讲王道。

可以说儒家思想是主干，而道家思想是肌理，是更内在的；后来又有了佛家，佛家思想是血脉。中国的每一个老百姓可能接触最多的是佛，然后是道，间接地接受儒家思想。因为他不认字，不认字他也接受儒家思想了。

之所以说儒家思想不能算狭义的宗教，因为它有多种面貌，不同的发展阶段，差异很大。我们一般叫儒学、孔学，儒学和孔学是有很大区别的，儒学很多东西跟孔子没关系。因为儒学是一条发展的大河，到后边有理学——程朱理学。理学有时又被称为道学，过去讽刺一些人叫道学先生，这个“道”字很重要。还有陆王的心学，陆王心学也是儒家的。如果说要把儒家思想搞成宗教，那要扩大宗教的定义，它和我们已经理解的宗教是不一样的。

当然也有人说，大家都要拜孔子，竖孔子像大家都来拜。现在特别是高考的刺激，很多重点学校的校园里都竖了孔子像。所以我到各个学校去总是很受欢迎，除了我自己不务正业之外，也得益于我老祖宗。不过我想，拜孔子这件事符合孔子思想吗？那些人很热爱毛主席，要把毛主席弄成一个神，这件事符合毛泽东思想吗？这些可爱的同志有没有想过，要把孔子弄成神符不符合孔子自己的思想？你们如果真的爱孔子，能不能好好地花更多的时间读《论语》？你们如果爱毛主席，能不能花更多的时间好好读读毛主席的著作？不要把你崇敬的那个人，弄成给你们家看家护院的，你出了什么事，一呼唤他，他就出来保佑你。那是对他的崇拜和尊敬吗？——我弱弱地提个问题。

我们大家都很熟悉或者经常见到佛家、儒家的东西，鲁迅先生有一句话，“中国根柢全在道教”（1918年8月20日致许寿裳信）。道教追溯自己的思想源头追溯到道家那里去，不能说没有关系，但是其实差别很大。我们今天在各种道教场所的所见所闻，你觉得那是老子的思想吗？那是庄子的思想吗？那是列子的思想吗？那是淮南子的思想吗？那里有多少老庄的东西？你如果读了《老子》《庄子》，你就会知道老子、庄子认为这些都是没用的。但是它要把自己的历史追溯到那里去，找到一些其间的联系。道教这个宗教在本土的强势崛起是汉朝的时候，有太平道、五斗米道。倒是用马克思主义能够解释得很清楚，就是老百姓要生活，要结成团体，互相帮助。五斗米教的崛起，有民间的需求。历代道教都出名人，像金庸小说里塑造的一些道教的武侠人物，也都是有历史原型的，王重阳、张三丰、张无忌、令狐冲，可见道教力量是很大的。

那么鲁迅为什么说“中国根柢全在道教”呢？我刚才说表面上看儒家最厉害，其实血脉里渗透的都是佛的精神，道是肌理。这个道教，能够渗透百家。如果到中国各地的道观里去看看，会发现道观里边什么都有，有大量佛家的东西，它把佛家的、别的东西都放到一块儿。道教的神仙特别多。你在人生中有任何一个需求，道教都能给你找一个神、一组神、一群神来帮助你。你去妙峰山看看，你想上大学，有神帮助你；你近视，有神帮助你；你想生孩子，有神帮助你；什么都有人帮助你。

跟其他宗教相比，道教的特点是“现世成仙”。世界上大部分宗教，都承认现世生活是痛苦的，是苦难的，怎么办呢？忍耐也好，斗争也好，反正幸福在未来——下辈子就好了，下辈子托生个好人家。道教不是，道教讲下辈子很悬，强调这辈子就要享受，通过修炼，这辈子就有功名利禄。所以中国的富贵人家，家里的雕塑、各种吉祥物，基本都是道教的，“寿星佬”这都是道教的。我这辈子要活得好，最高境界是成仙。

成仙和成佛是不一样的，成仙不是成圣。一个人要成圣，那是什么形象？文天祥是成圣，“人生自古谁无死，留取丹心照汗青”，这是成圣。成佛呢？是“救苦救难，法力无边”。成仙是什么？成仙就是把个人生活弄得贼舒服，【众笑】有个词叫“欲仙欲死”。“欲仙欲死”这个词为什么不能换？你咋不说“欲佛欲死”呢？为什么不说“欲佛欲死”“欲儒欲死”“欲耶欲死”？耶稣就不舒服，钉在十字架上这有什么舒服呢？哎，一定要说“欲仙欲死”。可见这里面有中国文化的秘密，成仙是个体舒服。

所以中国几大重要思想体系把人生的一切都包括了，而且它还留有无穷的空间可以把什么都弄进来。比如中国现在基督徒不知道有多少，我也不知道在座的有多少位基督徒、天主教的教友，但是反正你只要到中国来，你发现慢慢你就会改变。那天晚上，我们和那位中国的大牧师在探讨基督教问题的时候，也探讨了很多正经的理论问题。我说基督教到中国来，慢慢地也在中国化。大牧师作为基督教的内中人，他不一定观察得很仔细。我说你发现没有，我就看见中国现在很多教堂开始贴对联了，【众笑】我说我就没看见欧洲的教堂贴对联。这挺好，中国化了嘛，更显得可亲了，以后还会向这个方向发展。因为佛教本来就是外国文化，佛教在印度就不这样，到中国就变成这样的东西。

佛教它本来源于古印度。印度文明也了不起，历史悠久，非常复杂，搞不清楚。佛教当年的崛起，是因为它比婆罗门教更简便易行，更接地气，所以它当年战胜了婆罗门教。它后来在印度又衰落了，又被人家给战胜了，那还是自己出了问题。佛教出了一个了不起的人物，就是释迦牟尼。释迦牟尼那个故事我们都知道，当然这个故事有多种不同的解释，特别是中国佛教和道教斗争的时候，他们都用“老子化胡”的典故。

什么叫“老子化胡”？老子写完《道德经》五千言之后，骑着青牛出了函谷关。我专门讲过鲁迅的小说《出关》。老子骑着青牛出了函谷关，那不就变成唐三藏了吗？就去西天取经啦。老子最后去哪儿了呢？这就是道教和佛教争论的一个话题，于是就产生了“老子化胡”这一典故。“老子化胡”关键在于这个“化”字很伟大，“化”可以解释为“教化”，也可以解释为“变化”“化成”。道教的人就这么说，说我们老子骑着青牛，走哇走，走哇走，就走到一个叫印度的地方，在一棵树下睡了七天七夜，起来之后，他改了个名叫释迦牟尼。【众笑】我们一看就知道道教为什么要这么说，意思就是说你们是我们的后代，我们老子到你们那儿变成释迦牟尼的。这就是“老子化胡”。佛教可以解释为“老子化于胡”，说你们这个老子来到我们印度之后，受佛教教化，所以我们是你们的老师。

中国佛教、道教斗争了上千年，也是非常激烈的，中间也不都是和平的，因为有时候要争夺中央意识形态话语权——到底是以佛教为基础，还是以道教为基础。《西游记》里用文学的手法形象地表现了这个过程，两边斗法，赌的是脑袋，最后是佛教取得胜利。所以整体上，是哪个国家更相信和尚。但是道教，有广大的老百姓做基础——因为道教什么事都管，而且道教还不断地吸收别的东西，什么都给放进来。

佛教有几个发展过程，从原始佛教到部派佛教，到大乘佛教。经过南传、北传，在北方，也就是中国的中原地区，形成了大乘佛教，最后发展到禅宗；而东南亚地区，是小乘佛教，包括中国云南。

所以中国佛教的兴起，影响了东亚其他一些国家地区，而佛教在印度却衰落了。今天印度的主要宗教仍然是它本土的印度教，佛教不太重要了。那你说宗教和社会的发展有没有关系？我在微博上发了两组照片，一组是中国的高铁，另一组是印度的火车。印度的火车看不见火车，就是人组成的一个火车，火车上上下下都爬满了人，有密集恐惧症的不能看，就跟粘了一车蜜蜂一样。印度为什么会这样？和印度教与佛教的区别有没有关系？一个大多数人信佛教的国家，一个大多数人信印度教的国家，和一个大多数人信基督教的国家，有什么区别？印度发展的成果，它的财富都到哪儿去了？这是一个问题。

回到我们中国，中国人是不可能单信一个宗教的，尽管我们有单独的教徒。比如你看见和尚，剃着光头，他是和尚，但是这个和尚其实真正的思想里一定有儒家的东西，一定有道家的东西。你看见一个牛鼻子老道，一样，他有儒家的东西，也有佛家的东西。我若干年前去武当山，武当山有一个武术表演队，水平非常高，有个小孩剑术非常好。我表扬他，我说你将来就是武当山优秀的接班人，你将来说不定就是武当七侠之一。我就是表扬一下孩子，结果小孩说："不！武当山只是我人生发展中的一个平台而已。"【众笑】吓了我一跳！你想这梳了那种头的一个孩子能说出这种话来，这是什么思想啊？武当山不过是他人生发展中的一个平台，还而已——这是什么教？【众笑】我当时真蒙住了。这句话给我留下很深很深的印象，你听他这话的意思，下个月你在少林寺看见他，一点都不奇怪，下个月你很可能在少林寺武术表演队里就看见他了。所以中国人不可能单独只信一个宗教。

与东方宗教不同的是西方的宗教，包括中东地区、北非地区的伊斯兰教。这些教大部分都属于一神教，它们之间都存在亲戚关系，简单地说都是从犹太教中分离出来的，最早是犹太教。今天能够考察出来、用科学证明的历史，中国不是最古老的。我们现在进行的夏商周断代工程，这三代的中间有很多断点联系不上。我们一说中国孔子的那个时候很发达，但是孔子那个时候跟埃及比已经很晚了，跟巴比伦两河流域比，我们很晚了。从犹太教发展出来，有基督教，有伊斯兰教。基督教，大家如果学过古罗马帝国的历史就知道，后来发展出天主教、东正教。

后来的事，我们也学过马丁·路德改革，这都不用我说了。我们现在说的基督教，是狭义的基督教，指的是新教。新教里又分很多种。特别是现在，基督教也好，佛教也好，很多都是个体户。个体户不等于都是邪教，但是要小心邪教。我觉得人要找一个归宿，不论你学什么，那不都有现成的书吗？又都有文化修养，不能自己看《圣经》吗？不能自己看《古兰经》吗？不能自己读佛经吗？为什么放着书不读，去相信一些个体户呢？这很奇怪。说来说去还是我们教育的悲哀，都是怎么教育学生的？考完试不知道读书了。你通过书才能跟上帝最近地接触，你干吗要经过那么多倒手的呢？

跟这些一神教相比，中国人对宗教的态度是什么呢？中国人可以调侃神，对神可以不尊——说尊，经常不尊。中国老太太到一个庙里烧香拜佛，"保佑我儿媳妇给我生一个大胖孙子"，结果生下来一看，是个闺女，老太太张口就骂："什么神哪！一点都不灵！"【众笑】下次听说后村有个庙挺灵，奔那个庙去了。你说这老太太对神是什么态度？人家基督教的教徒绝不会这样对待上帝，但是中国老太太就是这样。

而且这个东西上升到理论家那里，宗教理论家认为这是对的，这才是真正的佛教精神。佛教一个标准是能不能"呵佛骂祖"，"呵佛骂祖"才是过了一关。假如说有佛，绝不是只保佑你一个人的，绝不是你求什么他给你什么的；反过来，你也不用天天那么小心谨慎地去巴结佛，你跟他之间不是那种关系。假如说佛跟我们的关系就像上帝和羊一样，假如我们是低一等的生命，那你可以想，假如你家里养了二十只猫，你就是它们的上帝，你会平等地保佑每一只猫吗？不一定吧？你会说哪只猫对你最献媚你就保护那只猫吗？也不一定吧？你保佑哪只猫，你对哪只猫更好，不是猫能决定的。也许你就喜欢最调皮的那只猫，也许你最喜欢身体最弱的那只猫，也许你会喜欢最聪明的那只猫；你喜欢哪个，跟猫是不是向你献媚没关系。

中国自己是这样的——呵佛骂祖，但是中国人要尊重其他人的宗教，尊重那些一神教的人。人家跟你不一样，人家不呵佛骂祖，你要入乡随俗。所以中国人到了人家的教堂里，要入乡随俗，尊重人家的上帝。你可以不信上帝，但是到了人家教堂里你要严肃；同样你到了清真寺，也要严肃。人家不跟你开玩笑，你开玩笑在自己的团队里开，你怎么说如来佛都行，你说玉皇大帝跟西王母有一腿，可以，中国人可以这么说；但是你到人家那儿不能乱说。这并不是什么欺软怕硬，这恰恰是胸襟博大。

在这里，我们应该想起孔子的教诲，这种态度在孔子那个时候早都成熟了。孔子有几句话，孔子说“敬鬼神而远之”，这句话还要结合“不语怪力乱神”。孔子首先是“不语怪力乱神”，别人说可以，自己很少说这些乱七八糟的事。就像上次我念的《茶馆》似的，在茶馆里听说哪儿打雷劈死一个蜘蛛精——孔子一般不扯这些东西，但是别人扯，他尊重，听听，不把这些东西当成生活中的主要内容。但是遇见这种事怎么办呢？“敬鬼神而远之”。这就是我们成语“敬而远之”的来历。

“敬鬼神而远之”是个什么态度呢？首先承认人家说的这个鬼神，说完怎么样呢？不去反对，不去批判——敬。“敬”很有意思。敬鬼神，但是“远之”。孔子的态度是最理性、最科学的态度，不贸然反对人家、否定人家，但是，不往里边跳，保持一个冷静的距离，叫“敬鬼神而远之”。

如果有必要，可以参加这些活动和仪式，孔子也有一句话，“祭神如神在”。对人家的尊敬是发自内心的，不是敷衍，要不就不参加；如果参加人家的仪式，重大的文化、祭祀等活动，就要“如神在”。这个话写得太妙了，什么叫“如神在”？他在不在不重要，可能你认为是不在的，比如你不信上帝，不信他宣传的那个东西，但是既然你参加了，你要很严肃，好像真有这回事一样。用我妈妈的话说，“装得跟真的似的”，【众笑】要装得跟真的一样。孔子这个严肃背后有一个大幽默——“祭神如神在”。假如你真的相信这个神在，那就要真的严肃。比如祭祀家里的祖先，就像祖先在你面前一样，你当然是非常严肃。假如你祭祀别人一个“怪力乱神”的东西，参与了，也要如这个在一样。

孔子还有一个举动，“乡人傩，朝服而立于阼阶”，这也是值得我们参考的。在孔子那个时候就存在很多民间的迷信，“傩”，就是驱神驱鬼。现在西南地区的少数民族还有“傩”，现在很多地方又恢复了。“乡人傩”，“傩”肯定不是孔子的思想，但是乡里的人都举办这个活动，孔子怎么办呢？孔子“朝服而立于阼阶”，孔子穿得整整齐齐，孔子穿着朝服，立在东边的台阶上——东边的台阶是迎客人的台阶。我觉得孔子给我们做了一个榜样。

我去美国大使馆或者朝鲜大使馆，我先想想人家的风俗是什么样的。比如朝鲜人，都喜欢穿很整齐的西装，我平时是最讨厌穿西服的，我那套西服一辈子也没穿过几回，但我觉得去人家朝鲜大使馆要尊重人家的风俗，我就穿西装去。朝鲜穿西服，比我们内行多了，而且穿得非常规矩、严谨。见美国人的时候，美国人虽然也穿西服，美国人骨子里跟中国人是最近的，特随便，特大大咧咧，美国人西服穿的是最不讲究，跟中国乡镇企业干部差不多。【众笑】所以到美国大使馆要穿得随便一点，因为并不打算跟对方较劲，只是进行一个礼仪活动。那么在宗教问题上，是不是也要采取这样的态度？

上面大体谈了一下宗教问题，我们不再往下谈，再谈太深了。我们要看看老舍生活的时代，中国人的宗教如何。老舍生活的时代，是从晚清到北洋到国民党，一直到新中国成立后十几年。到了晚清，中国真出了事，除了表层的政治、经济之外，深层的意识形态出了什么事呢？儒教、儒家思想这个时候变成什么？有五四前辈告诉我们，儒家思想变成了封建礼教。为什么一说封建礼教就是个贬义词？我们今天弘扬传统文化，千万记住不能够重新将其变成封建礼教。我刚才说了，儒家很多东西跟孔子没有关系，礼教跟孔子没什么关系。孔子强调的是礼，而这个礼是要发自内心的，发自内心对人仁爱，对人尊重，发出来肯定带有一定的仪式，但这个仪式不是僵化的，如果仪式僵化了，慢慢地内心的那份诚意就没有了，只留下外在的礼仪。

比如学生看见老师，由衷地觉得要尊重老师，点头也好，鞠躬也好，反正你那个意思表达出来，对方一定能感受得到——他在对我致敬、对我表示敬意呢。但是有些团体、有些人群就把这个礼给规定死了，见到老师要鞠躬九十度，或者见到班主任鞠躬九十度，其他老师六十度。【众笑】如果规定得这么详细，它好不好？过去咱们中国封建大家庭里，是一夫一妻多妾制，妻和妾之间肯定有个礼仪关系，这个关系要不要把它规定死？妻的孩子和妾的孩子是什么关系？这套东西随着中国封建社会发展慢慢地都僵化了，僵化之后丧失了原有的善、仁，它就成了鲁迅批判的“吃人”的礼教。任何外在形式僵化了就变成吃人的，还不光是儒家，任何一家都这样。马克思主义僵化了之后就好吗？会不会也吃人呢？这就是问题。所以一切东西要在动态中保持它的鲜活。

正因为儒家思想变成封建礼教，所以它被批判，被新文化运动大规模地批判，批判之后并不是像一些汉学家说的，毁坏了、中断了传统文化——不！这种批判本身就是传统文化活力的一个见证。正因为我们是中国人，我们才能够自我批判，而且禁得起这种批判，批判了之后重新摸索。民间的老百姓依然信仰各种宗教，包括怪力乱神。因为你那个朝廷的意识形态不管用了，老百姓就要胡乱摸索一些东西。比如说义和团，义和团反帝的行为是正义的，是英勇的，但是义和团的思想体系是乱七八糟的。什么喷口水吃个药就刀枪不入这一套，它肯定不是儒家思想，正好是孔子批评的“怪力乱神”。

中国的东西不行了，再弄进来一些乱七八糟的外国的东西，显得很奇异。比如太平天国，太平天国的意识形态是拜上帝教，这个拜上帝教看上去并不复杂，可是怎么也让人想不明白，它很奇怪，拜上帝教跟上帝也没啥关系。虽然太平天国请了一些传教士，但它跟天主教和新教都不挨着。它这上帝可以随便下凡，人家那个上帝、基督且不下凡呢，老下凡这圣诞老人的商品就卖不出去了，就仗着不下凡，才能卖东西。洪秀全、杨秀清他们动不动就下凡，严重干扰市场经济，最后搞不好，只能怨自己。可是它又叫太平天国，你听着“太平”这两个字又像道教，也就是他们把一些道教的“怪力乱神”和一个他们道听途说的天主教的东西结合起来。

晚清以来还有各种秘密宗教。我前些天去钓鱼台参加一个统战会议，去会见中华全球洪门总联盟总会长。我写了微博，很多朋友才知道——啊？原来真有天地会呀！【众笑】你以为这是小说虚构的？当然有。天地会是一直存在的，就是现在的洪门。洪门弟子众多。洪门过去老被看成黑社会，我们也不否认，洪门一些底层的人确实有不法行为，打家劫舍，都是为了生存。但是，洪门是有光荣的革命传统的，特别是有“中华魂”。我们开的座谈会的名字就叫“忠义魂，中华情”。天地会最早就是要反清复明，它是有民族情怀的。

所以，我跟他们的总会长——按照原来的说法应该叫“总舵主”当今的“陈近南”先生就讲了天地会三百年一部光荣革命史。包括我们许多领袖都是洪门出身，都在洪门里有位置，像秋瑾、孙中山，都和洪门有关。我说我小时候不明白一件事：我们近代的一些领袖发动起义，几个人开一个会，说咱们回到家乡去发动起义，然后他们就回去了，你看他们回去之后就能发动起来。我小时候就很奇怪，这咋发动的呢？这中间肯定省略了什么事没说，肯定把这事掐了。后来我看了很多帮会史，原来他们之所以能迅速地把人组织起来，一定是利用了帮会，就是在革命过程中都大量地渗入了帮会，而帮会后边又有宗教，宗教之间又是你中有我，我中有你，非常复杂。所以研究宗教是非常有意思的一门学问。

大家读金庸的小说会隐隐约约觉得这事挺玄，张无忌他们领导的轰轰烈烈的明教大起义，明教到底是什么教？明教有没有西方背景？比如最早的其实就是“祆教”，后来叫“拜火教”，它跟“摩尼教”都有关系。今天的洪门表面上看是中国自己的一个团体帮会，它有中国的意识形态——他们出门之前是要拜关公的，崇尚江湖义气，崇尚“忠义”二字。

我跟洪门的朋友说，我们不谈政治，但是我们都应该支持祖国统一大业，要坚决反对台独。我们知道有一个党叫中国致公党，致公党的前身是洪门。当年洪门从辛亥革命到抗日战争，一直支持国内的革命。那个洪门大佬叫司徒美堂，开国大典的时候，司徒美堂和毛主席一起在天安门城楼上。所以是有一部洪门的光荣革命史的。老舍生活的这个时代，中国的宗教比古代更多，更混乱，更有待于整合。到了今天，我们跟西方结合得这么紧密，教育也提高了，所谓科学、民主如此深入人心，我们看看北京的一些地名，就知道今天北京人的信仰体系。

比如我们的国子监，北京有国子监，国子监很热闹，除了官方举办活动、民间举办活动，还有很多要高考的学生往国子监跑，到国子监拜孔子。有西什库教堂，当年八国联军的时候，义和团攻打西什库教堂，那是一场激烈的战役。西什库教堂大概早都知道中国人要攻打他们，所以建得非常坚固，像军事堡垒一样。但是远不如今天的美国大使馆，大家可以去看看美国大使馆，那简直是一座坚固的小城市。我最近去是七层保安，简直是太牛了，估计可以防原子弹。

白云观大家去过没有？那是北京道教圣地，但是中国老百姓去白云观那个地方并不准备拜太上老君，主要去打金钱眼，都往那里投钱投硬币。妙峰山，大家有机会一定要去，你去妙峰山能够非常生动地体会到中国文化的驳杂性。妙峰山上有一个神叫“王三奶奶”，“王三奶奶”是什么神呢？很多人都奇怪，她就是天津一个老百姓，乐善好施，给人们吃药吃什么东西的，后来老太太去世了，“王三奶奶”就成神了，那里专门有供奉“王三奶奶”的。北京寺庙很多，护国寺、白塔寺等。

伊斯兰朋友，到牛街那一带去。我们前面讲北京文化专门讲了伊斯兰清真文化对北京的影响。北京还有古代意识形态的一些代表性的场合：天坛、地坛、日坛、月坛、社稷坛，这么多的坛。还有个“中华世纪坛”。当时我想，这个“世纪坛”是什么意思？“世纪坛”跟社稷坛是什么关系？社稷坛就在原来太庙那边，劳动人民文化宫那里。

再看看天安门广场的象征性，天安门广场的布局。为什么说到了天安门广场感觉就不一样？北边是天安门，中间是人民英雄纪念碑，西边是人民大会堂。所以你可以说，中华人民共和国是人民崇拜。东边是国家博物馆，后来新建了毛主席纪念堂，这是一个完整的布局。剩下的那个空地的广场仍然是世界上最大的广场。我们到外国去，地图上写着什么广场，找半天找不着，那广场只有这教室的四分之一大，叫广场，早都走过了，心里想咋还没到啊？【众笑】到了中国才知道什么叫广场。我看一个电视节目，一帮农民到北京去看天安门广场，一下车，农民大吃一惊：“啊？这足有八百多亩啊！”在很多国家半亩地就是广场。那么广场的象征意义，有没有宗教色彩在里面？

在这样的时间和空间中，我们来看一位中国北京作家的宗教状态。老舍，前面我们讲过，是满族，是旗人，正红旗下的人。既然是旗人，他先天地就有萨满教的传统在他身上影响着。这里我们顺便说说萨满教的问题。

萨满教就来源于“萨满”这个词，这是一种原始宗教，生命力非常顽强，几千年前就有了，到今天仍然存在。萨满教主要分布在中国东北地区，以中国东北地区为核心向四周蔓延，向西蔓延到中国西北、新疆，中亚，俄罗斯的中部地带，欧洲；向东蔓延到朝鲜、韩国、日本。日本的国教神道教，其实是萨满色彩非常浓厚的。向南可以影响到中国华北地区。

萨满教是一种带有泛神论色彩的宗教，它认为万事万物都有灵有仙。古代东北那个地方没有汉族人，有其他一些东北亚民族，后来汉族人大量进入、繁衍，像我这种从小在东北地区长大的，身上也不自觉地带有萨满教的一些意识形态。也就是我总认为，万事万物都有灵有仙，不敢或者是不愿意随便毁坏任何一件东西。很多东西我都尽量让它物尽其用，没事不损坏它。一根木头好好的，孩子如果拿着刀在上面刻，大人就会说，你为什么要刻这个呢？它疼不疼啊？大人会这样说，小孩说，木头有什么疼的呢？大人认为它会疼。这就是萨满教的影响。

它和其他的泛神论有什么不同呢？它有一个重要的职位叫“萨满”。“萨满”如果翻译成纯粹的汉语就是“大神”。这个“大神”具有超自然的能力，能预言，能解梦，能占卜，能呼风唤雨，能驱鬼。所以学者翻译“萨满”把它翻译成“智者”，其实我看就是“先觉”的意思，就是很多宗教里的“先知”，先知先觉。萨满和其他宗教里的牧师、住持等不同，他必须有超自然能力，衡量他的水平不是理论水平，而是他的法术水平。特别在原始部落里，这种能力越强的人，在部落里地位就越高，部落首领基本上都是萨满担任的。

我写过一篇短文表扬完颜阿骨打，完颜阿骨打就是萨满，过去女真人的部落首领，他是能歌善舞、智勇双全，人还得长得漂亮，也就是说是这个部落里最优秀的小伙子担任首领。萨满教由于它的草根性，蔓延的范围非常广，甚至在伊斯兰教和东正教中也有萨满。由于萨满的通神，他随时可以进入超常的状态。大家想想那些跳大神的，跳大神的里边也是一样，鱼龙混杂，有真的，有假的。我小时候就知道，老百姓就会说"谁谁谁跳大神，他不是神，他是假的，他骗人"，但是有真的。

我家的亲戚，有时就找大神来给他们治病。在农忙季节，请不起人工，如果生病的话，感冒了怎么办？——感冒了不论你怎么治、花多少钱治，拍什么片子，那也得一个星期才好，你吃药不吃药都是一个星期，扎针不扎针都是一个星期。可是一个星期不干活，农忙季节过去了，怎么办？老百姓最有效的办法就是跳大神。找一个大神来，给大夫那些钱，看病吃药那些钱，你给大神，大神来给你跳一小时，生病的人睡一觉，第二天早上起来病好了，生龙活虎干活了，所以老百姓就信这个。当然，跳大神的场合有很多禁忌，像我这种人，人家不许进入。我说让我看看，人家说，不能看，你是信科学的，我们是信迷信的，"汉贼不两立"，就是不让我进。但是我知道它真的有效。

学者考证认为，萨满教起源于东夷的蚩尤。蚩尤后来被黄帝打败了，就是迷信被科学打败了，黄帝代表科学，更理性一点。打败之后它就流散了，南迁的叫作"蛮"，我们都说"南蛮"，北迁的叫作"胡"。在蛮胡地区有这种萨满教。清朝，由于是从东北来的，政权仍然供奉萨满，你今天到故宫的坤宁宫去看看，那里就供奉着萨满。北京、天津周围，包括城里，很多民俗，你去考证它的源头，其实都是萨满教。

我去门头沟，门头沟有一个现在很著名的民俗表演叫太平鼓，太平鼓其实就是萨满教的一种歌舞，还获过奖。我去朝鲜瞻仰金日成同志的陵寝，金日成同志的陵寝除了有社会主义的色彩、社会主义的文化之外，还有其他色彩——跟我同行的一些同志说，孔老师，总觉得这个有点怪怪的，说不出来哪儿怪。我说，朝鲜同志自己都没有察觉到，这就是萨满教的色彩，一种萨满教的文化气氛，结合在这里。

由于老舍受萨满教的影响，他本来就是满人的一分子，所以我从老舍的文字中看出，他那种天生的对生命的敬爱，敬爱生命。我作为一个祖籍山东的东北人，我没来到北京之前就读老舍的作品，为什么觉得这么亲切？总觉得老舍的文字中有一种东西能够直接打动我，那是一种什么东西？其实北京文化不都是我喜欢的，北京文化有一些我调侃的东西是我不太喜欢的，有一些很虚的东西，但是我在老舍这里发现了什么？其中一个我就发现了，是对生命的敬爱。

这种对生命的敬爱当然不能说都来源于萨满教，但是它带有很浓的很鲜明的萨满教的色彩。我们平时说的敬爱生命，那怎么也得是个生命，而且一说好像层次很高，但是我从老舍这里看到的是他对那种层次不高的东西，也有敬爱。这种敬爱还不只是怜爱，不是佛教说的“扫地恐伤蝼蚁命”——佛教那个东西是慈悲的，老舍也有，我们下次还可以接着讲，就是老舍对生命的爱里有一种敬，就是什么都不能得罪。

老舍的一辈子就是什么都不得罪，谁也不得罪。不得罪不能解释为胆小怕事，老舍的“不得罪”不是胆小怕事，而是真正地有一份“敬”。对家里的一个椅子、一个木头、一个水杯，对家里养的鸡、鸭、鹅、狗，对来伤害你家畜的豺、狼都敬。我们东北人敬三仙儿，哪三仙儿呢？狐狸、蛇、黄鼠狼，东北人特别敬这三仙儿。我小时候有邻居养鸡，夜里黄鼠狼来吃鸡，咬这鸡，他家放了鼠夹子，鼠夹子把黄鼠狼夹住了。早晨起来邻居一看，就很害怕，说这不行，这得罪黄大仙，不能得罪黄大仙啊！赶紧对黄鼠狼进行救助，给它上药，把它放跑。你看对黄鼠狼的这个感觉，不是对一个小动物说它受伤了那种——有一种敬在里边。

这种敬爱生命的精神发展起来，就会发现它很容易跟其他宗教里讲的那些生命之间的关系、那种思想结合起来。所以我从这个角度，更深地理解了老舍对生命的态度。还有那些对生命采取粗暴践踏的势力，老舍为什么痛恨？老舍恨的人跟政治没什么关系，跟民族也没什么关系，他恨的人就是不敬爱生命的人，就是糟蹋东西的人，就是不好好过日子的人。所以老舍笔下那些人是坏人，但是，他即使写这些坏人，也都努力地去挖掘他内在的动机、背后的原因，仍然在批判的同时又体现出一种敬爱来。

这是我们梳理了宗教问题之后，讲了老舍作为满族人与萨满教的关系。下一次再来谈老舍与其他一些宗教的关系。

今天就讲到这里，祝大家保持健康，小心雾霾。下课！【掌声】

2015年12月8日

北大理教107

第十二章

背着十字架不祷告：老舍的思想“插头”

我们开始上课。

今天天气很好，好像春天一样，从未名湖走过来，波光粼粼，前几天结的一层薄冰早都化掉了，不知道是不是因为我们在讲宗教的原因，老天爷照顾我们。

我们今天接着讲老舍与宗教的问题。我们上一次很多时间都在介绍宗教，宗教是人类非常重要的问题。很多人走投无路时，纷纷找个“宗”找个“教”拜一拜，可是，多数人恰恰并不了解什么是宗教，这好像也是人类历史中很普遍的现象。

多数人好像总是难以逃脱这样的命运，所以孔子说“唯上知与下愚不移”。我们可能没有办法改变全人类的这个格局——改变不了“上知下愚”的格局，我们能改变的是不是只有自己？自己能不能想办法从“下愚”的堆儿里出来——挣脱出来？能不能靠近或者接近“上知”的那伙人？如果这样的话，我们也对得起自己的一生了。

好，我看同学们都坐得差不多了，我们来复习一下上次讲的内容。

我们先大概地说了一下关于宗教的知识。“宗”和“教”在汉语中有什么不同，当我们翻译西方这个词的时候，是动用了哪两个汉字。宗教应该有教义、有教主、有教团，分为一神教、多神教、泛神论等，上一次我们用了不少时间来讲它们。重要的宗教可能大家能说出来，但未必能够说到第二层。

我们还探讨了儒家思想算不算宗教。儒家思想又很复杂，孔子之后儒分为八，儒家思想发展到理学的时候，发展到心学的时候，它是不是宗教？比如说“心外无他”“吾心即是宇宙，宇宙即是吾心”，这是不是宗教？中国本土的宗教——道教，鲁迅为什么说“中国根柢全在道教”？表面上看影响最大的似乎是佛教，可是佛教分很多宗，禅宗密律净，大的有这么多，要仔细分，还分为好多支。西方的宗教倒是有一个根，这个根就是犹太教。后来从犹太教发展出伊斯兰教、基督教，我们现在说的基督教其实是新教。基督教先是有天主教，分出来东正教，再后来马丁·路德改革为新教。上一次最后我们讲了萨满教，老舍与萨满教的关系问题。

在宗教里面又有邪教。什么是邪教？一部人类思想史是不是有正和邪的斗争？那么如何界定“邪”呢？我们大多数人可能不会从思想史的角度去考虑，但是多数人会读武侠小说，武侠小说会启发我们思考正和邪的关系。是不是一伙人号称正教，他们的敌人就是邪教？金庸把这个问题探讨得无比深刻，超过了很多哲学家。号称正教的未必是正教，被看作邪教的未必是邪教，即使它真的是正教，正教里边可能有邪人；即使是邪教，里边可能有非常伟大、光辉、纯洁的人。我们想一想《笑傲江湖》，我们想一想《倚天屠龙记》，把正和邪的问题探讨得惊心动魄。

那么大多数人，在大多数时段中，能不能寻找到一个共识，说某教就是邪教？标准是什么？它的标准应该是危害正道。这样说很抽象，那具体从哪些角度去分析判断它是邪教呢？是不是应该从关系中去找，这个教的教徒与教主之间是什么关系？比如一个人宣传某种神，宣传某种信仰，让大家都跟着他去信这种信仰，信着信着变成信他自己了，信这个人——这是不是有一点问题？

还有一个是与教友的关系。共同信仰某种神、某种道的这个团体中的成员，互相之间是什么关系？我知道有的宗教，你入了之后，教友之间以前彼此的社会关系、伦理关系都不复存在。无论以前是夫妻、父子、母子、父女、母女，在里边一律可以乱伦。这是一个考察的角度，那这是正还是邪？

再有是与俗众的关系。你们这些信了的人和外面那些不信的人是什么关系？你们信的人是不是就特别优越、特别高级、特别高尚？你们就拥有了杀戮那些不信的人的权力？说杀戮可能过分了，或者说就拥有了教训他们的权力，歧视他们的权力，充满优越感地给人家上课的权力？——因为那些人是糊涂蛋哪，都没找到真理啊，你找着真理啦，你们这伙人是特殊的子民哪！

这样说一说我们就会发现问题很复杂。不是我举这个例子就说这个例子一定是邪教，这是我们思考问题的一些途径。所以要思考明白这个问题，它还有一个大的前提，就是人应该怎么样生活。想明白人应该怎么样生活，才能明白什么是正，什么是邪。所以揭开迷雾是很难的。

我们还涉及了宗教与一些信仰体系的关系：科学是不是宗教？文艺是不是？哲学是不是？法律是不是？我们这样提问题的时候，很容易回答——不是啊，当然不是啊！可是生活中有很多人对它们的态度——就是。

昨天我有一个微博访谈，我和两个法律界的人士一起做访谈，一个是公安部打拐办的陈主任，还有一个是著名警察。有网友问，普法是不是很重要？我说普法当然很重要，但是比普法更重要的是普德。如果没有德做基础，法不过是个工具；法可以有好法有坏法，法还可以掌握在好人手里，也可以掌握在坏人手里。可是竟然有网友说，“法律比道德重要”，这就是“法律教”的人。

确实有大量的人认为法律是个固定的东西，是神圣不可侵犯的。他不知道昨天的科学今天正在被骂，今天的科学永远被明天的科学骂，哪个是神圣的？人到底应该胖一点好还是瘦一点好？怎么每十年二十年说法就不一样呢？

我们各种拥戴的主义是不是宗教？自由主义是宗教吗？共产主义是吗？无政府主义是吗？环保主义是吗？今天有很多环保人士，还有很多“狗粉儿”，极其狂热地反对别人吃狗肉，为了保护他那只狗，他可以杀害人类。我也很喜欢动物，我在路边看见一只流浪的狗，我也心生怜悯。但是你既然对狗都这么爱，那对人是不是应该更爱一点？我有没有权力闯进一个狗肉馆，把人家砸了，不让人家吃狗肉？我如果有这个权力的话，那我应该不许人吃一切肉。你为什么不闯进羊肉馆，不许人吃羊肉？我看小羊羔更可爱啊，那你说你不吃肉，你吃素，——我看白菜就挺可爱！【众笑】你凭什么把白菜吃了，白菜是生命啊，你咋这么不讲理呢，你凭什么歧视白菜啊？

貌似纯洁的背后，是不是有非常肮脏的东西自己没有察觉到？自己举着一个信仰就去杀戮不信仰这个东西的人。所以有的时候主义和主义之间是可以比较的，有些问题在比较中可能更凸显。世界观是不是宗教？我们今天动不动就说毁“三观”——某某事可毁“三观”了——这个“三观”跟宗教是什么关系？

对宗教应该有什么态度我也不知道，但我觉得好像和王国维大师总结的人生三境界有点类似。人一开始是没有宗教的，小孩、青少年没有宗教，有宗教的是被大人带着的，似懂非懂。没有宗教的时候，成长到一定阶段遇到人生困惑，就希望有一个东西给你皈依，那个时候的境界是“昨夜西风凋碧树，独上高楼，望尽天涯路”。“望天涯”望什么呢？就希望谁给我指个路啊，人生的路怎么这么难走啊！20世纪80年代《中国青年》发起一个讨论：人生的路为什么越走越窄？伪造了一个潘晓来信。其实就是时代转换的时候人的灵魂没有皈依，到处找，所以人在很多时候都会有“独上高楼，望尽天涯路”的感受，这是普通人。

第二个境界就是有信仰，得了道了，找到一个无政府主义，找到一个环保主义，为了这个前仆后继，流血牺牲去奋斗，“衣带渐宽终不悔，为伊消得人憔悴”。到了这个境界是很可敬的，因为你可以为一个东西去牺牲，去奉献，去付出。各种主义、各种宗教里都有这样的人士。达到这个境界就是优秀的人了，或者是值得我们敬仰的人，可是这似乎不是最高境界。

最高境界是经历了这些之后，第三个境界，叫“众里寻他千百度，蓦然回首，那人却在灯火阑珊处”。“众里寻他千百度”已经概括了第二个境界，必须有这个过程。如果你说一开始你就发现他在那个灯火阑珊处，在那儿影绰着呢——那不是。必须有第二个阶段，达到第三个阶段才是真的，否则就是口头禅，是狂禅，是装的。

我们对人类思想的认识是不是也有类似的几个阶段？我们现在接触了很多宗教，会产生迷茫：第一，我要不要信一个东西；第二，信谁好呢，信哪个好呢？所以有的时候我们就想，老舍信什么呢？鲁迅信什么呢？我们都信孔子，孔子信什么呢？我们信释迦牟尼，释迦牟尼信佛吗？马克思为什么愤然说“我不是马克思主义者”？要想这些问题，才能达到比较高的境界。

老舍的思想“插头”太多了，我们如果分析一下老舍，老舍身上插了很多“插头”——萨满教、佛教、道教、伊斯兰教、儒教、基督教、西方文明、马列主义全都有。为什么我很喜欢我的工作，很喜欢我的专业？我研究中国现代文学，这个专业使我接触到所有的人类文明成果，这个工作逼迫我去读所有的书，逼迫我思考所有的问题。而其他专业没有这样的方便，也没有这种工作压力。研究李白的人可以不读鲁迅，而研究鲁迅的人必须读李白。我要研究老舍，就得把这些东西都读了。

我们上一次讲了老舍与萨满教的关系。萨满教是一个原始宗教，从东北地区蔓延到西北地区，满族、蒙古族，欧洲、日本、朝鲜都有萨满教。萨满教有特殊性，它的萨满是一种智者，能够预言、解梦、占卜，能呼风唤雨，他是诸葛亮。跟其他泛神论的区别是它必须有一个中介——大神，即萨满。萨满本身是具有丰富的经验与高超法术的。萨满教之所以厉害，因为它是原始的，能够渗透到很多其他的宗教中，伊斯兰教、东正教中皆有萨满。

我没有到美洲去考察过印第安人，但是我在视频中看见印第安人的一些活动，特别我听它的音乐，我觉得印第安人的文化就是萨满教的文化。

有一天我看一个视频，在美国街头，几个印第安人在那里演奏，在那里吹木制的乐器，其实是乞讨，前面放个人偶，再放一个要钱的东西。那个音乐是非常大气的，充满王者之气。我一看我说，哎，这不是《诗经》吗？这就是《诗经》风雅颂里边的“颂”啊！这可能就是我的商朝兄弟吧？【众笑】因为我们老孔家就是商人的后裔，既是商汤的后代，当然也是商纣王的后代。我们今天还要考古去研究商朝人怎么生活，商朝人还活着呢！就在美洲，我那商朝同胞正在美洲要饭呢。【众笑】从他们那里，我就看到那种人和大自然的关系——既亲密又充满王者霸气的关系。能够产生那种音乐的，一定是一个非常辉煌的伟大的文明。后来可能因为种种原因它就腐败了，它就堕落了，它就被一伙野蛮人灭了。周跟商比，周是野蛮民族，商是非常繁荣、富强、发达的，它被周文王、周武王他们处心积虑给灭掉了，然后周再继承商的文化。有学者考证它源于蚩尤，蚩尤南迁为蛮，北迁为胡，一直蔓延到今天。在故宫的坤宁宫可以看见萨满教的遗迹，当今中国人生活中的跳神儿，还有像北京郊区门头沟太平鼓等，上次我讲过。归结到老舍身上的萨满教因素，我最后总结说：老舍有对生命的敬爱——敬且爱，不是一般的喜欢，而是真的敬重中有爱，爱中有敬重，是这种对生命的态度。

我也反思了我作为一个东北人，长大这么多年，我对生命是个什么态度。比如我路上不肯踩死一只虫子，好像不完全是佛教的心理，不完全是那种怜悯，“扫地恐伤蝼蚁命”，好像不完全是这个心态，我对小虫子好像也有一点敬。我对小虫子这个敬是从哪儿来的？有时候我不得不打死、消灭一些我认为是祸害的东西，可是在取它性命的一刹那，我心里似乎有所触动。我这个知识分子就有病，老反思自己，打死一只苍蝇也反思一下该不该打死它，【众笑】先证明一番我打死它是对的是合理的。

我还总结了一下我这辈子都害过哪些生命，残杀过最多的是苍蝇、蚊子，杀害过若干只老鼠。我就反思这些做得对不对。我为什么要反思？反思本身说明我有一个东西在这里起作用，那个东西逼迫我反思。就是说凡是一个生命，首先要敬它，那在什么情况下才能够不敬，甚至取它的性命？

前年我到一个禅寺，跟禅寺的方丈相谈甚欢。我在网上经常批判和尚，我说住在庙里的没几个懂佛教的，这是一种广义的批判，不能说百分之百都是这样的，还是有很多大师的。我跟方丈相谈甚欢，因为他非常懂得佛理。谈到很晚，他就留我住在他的禅房里，把他的卧室让出来给我住，对我是非常尊敬的。我当然很高兴，就住在他的禅房里，睡觉之前一看，墙上趴着若干只这么长的大蚊子，非常大的蚊子。你想这要在咱们自己家里肯定就先灭了再睡，不灭蚊怎么睡觉啊？但是我一想，今晚我是住在庙里呀，【众笑】而且是人家方丈的卧室啊，真正地住在方丈室里边，我在这里杀生，这非同小可！【众笑】我就想起佛祖“以身饲虎”，用自己的身体喂老虎，用自己的肉来喂鹰，佛祖都能做到这个，我贡献点血给蚊子吃吃都不行吗？于是我就说，我今天不打你，你随便喝我的血。今天我也试试，我到底是真和尚还是假和尚。然后我就睡了，一夜无事，早晨起来一个包都没咬，而且早上起来那蚊子还在那趴着呢。我觉得这个事真是神了！我跟方丈一说，他微微一笑，【众笑】我也不知这有什么“诡秘”。

我们上次讲了老舍与萨满教的问题，今天再来看看老舍与其他的思想有什么关系。

老舍作为一个现代中国知识分子，当然跟儒家思想有密切的联系。老舍上学的时候还是清朝末年呢，即使到了民国，很多人上的也是私塾。过去上学第一天必须拜孔子，有些人之所以认为儒家思想是宗教，就是因为拜孔子，好像对孔子包含了一点宗教仪式的味道。今天我们去孔庙，它还叫庙，孔庙的庙当然不是佛教、道教的庙，在佛教、道教产生之前中国就有庙，“庙”这个字是很早就有的。反正有孔庙，有孔子可拜，大一点的孔庙里不光拜孔子，拜孔子他们一伙人呢，十来个人，连孔子的学生都成圣贤了。

老舍肯定跟儒家思想有密切联系，这是不用多说的。儒家思想核心的一些理念“仁义礼智信”，我们看看在老舍这样的作家身上是不是体现得很好，或者说最好。我为什么很重视老舍这位作家？几次开老舍课我都讲，老舍不是国民党也不是共产党，这是我们考察他的一个重要的出发点。我就发现，有一些文人，有一些知识分子，因为有了某种政治立场，却忽视了比政治立场更高的一些东西，那个更高的东西是什么？就是“仁义礼智信”。

我交朋友，不看你是左派右派，不看你是“海龟土鳖”，不看你是国民党、共产党、民进党，政协人大我都不看，我看人很简单，就是看这个人有没有“仁义礼智信”。我约你明天五点钟见面，我看你几点钟到，这是我考察你的第一步。但是我可以长期都不说这些事，你的一举一动、一言一行，都被我准确地摄录下来。那我用什么衡量你呢？就用“仁义礼智信”衡量。这个人仁义不仁义，懂不懂礼，脑瓜怎么样，讲不讲信用——这才是放之四海而皆准的“普世价值”；可以衡量任何人，男女老少，无产阶级、资产阶级，中国人、外国人，都可以，这比立场重要多了。

从儒家角度讲，老舍是不是忠孝双全的？老舍对工作怎么样，对单位怎么样，对国家怎么样，对他的老母亲——小时候他父亲已经去世了——怎么样？是不是楷模？

由于老舍是满族，由于他的民族身份问题——有一句话很有意思，老舍在《茶馆》里有一句话：旗人当汉奸，罪加一等！这话挺耐琢磨的，挺有意思。现在“汉奸”已经成为一个常用词，十几年前我说“汉奸”，那是受到一片讨伐！哪有汉奸啊？都什么年月了你还有这种封建思想？没有汉奸！一开始是大家否认有汉奸，包括好人都说没有汉奸：“老孔，你思想太旧了！”后来发现否定不了了，有人说：“汉奸只是大人物吧，我们小老百姓哪有国可卖呀？我们老百姓不能卖国，只有大官才可以卖国。——就变成这种论调。还有人说，汉奸，那就是汉族的奸细，我不是汉族！——不是汉族能不能卖国？

这些人应该读一读《茶馆》,《茶馆》里为什么有句话叫“旗人当汉奸,罪加一等”,是什么意思?他不是说汉人可以当汉奸,汉人当汉奸也不对,那怎么旗人当汉奸就罪加一等呢?这话挺耐琢磨的。我们前面讲过旗人的问题。这里是不是包含着一种旗人的心理?旗人觉得自己做了这个国家的统治阶级,好像多少有点“抱歉”,你看满清的统治者为什么那么玩命地学汉文化,整个民族的文化水平可能是中华民族里最高的,也就是旗人对这个国家有一种更强烈的责任感,所以才会有旗人脱口而出:“旗人当汉奸,罪加一等!”旗人更不能当汉奸,旗人更要爱这个国家。可是分明辛亥革命的时候说要“驱除鞑虏,恢复中华”,我们前面也分析了辛亥革命这个口号的问题,辛亥革命要推翻人家,可是人家自个儿说“旗人当汉奸,罪加一等”,这个观念的冲突、矛盾应该如何看待?

要是解决这些纠缠不清的问题,可能还要回到儒家的忠恕之道上来。孔子说他一辈子的思想无非就是“忠恕”二字,——你要是想不清楚,就简单化一点,无非就是“忠恕”二字。“忠恕”是什么意思,我也常跟人探讨,有很多种解释。我这个人喜欢望文生义,我们看“忠恕”的“忠”,上面一个“中”下面一个“心”,“忠恕”的“恕”,上面一个“如”下面一个“心”,都跟“心”有关。“忠”无非就是一颗正确的心,“中”就是正确的意思;“恕”就是如心,“恕”就是将心比心。你自己有一颗正确的心,对别人要将心比心,拿人当人,拿生命当生命。这样大多数问题都迎刃而解,都涣然冰释,就像今天的未名湖一样的。

为什么我们看着今天波光粼粼的未名湖会感到很舒服?就是因为这种涣然冰释的感觉,你看见湖水很舒服的一刹那,你其实是有一颗忠恕之心,你和湖水融为一体。为什么在北大待时间长了,你觉得北大这么美?其实北大不太大,面积真的不太大,但是你怎么觉得北大的环境这么好呢？那个“好”的秘密是什么？为什么在这里你觉得很舒服？我最近在网上开玩笑，故意写一些蹩脚的诗，都叫什么地方“好风光”，干点什么事“更舒服”。舒服是怎么来的？一定是有一个东西超越了语言，直撞击你的心，你们融为一体，那个东西叫“舒服”，而儒家给人的就是这样一种滋养。你要真有了忠恕之道，或者你们宿舍里有几个人有忠恕之心，有这个追求，你就会觉得生活是特别好的。

我最近和我的一帮小学同学联系上了，建了一个微信群，四十年没见面了。老有人说，孔老师啊，你这两年变老啦。我在微信群里打开我小学同学的照片一看，我说我还很年轻嘛！我把我小学同学的合影给我爱人看，我说，你看，这都是我小学同学。我爱人说，这是你小学同学啊，这不你老姨夫吗？【众笑】岁月是这样的流逝……我记忆力比较好，能够想起当年许许多多的细节，想起上学的时候我曾经伤害过谁。【众笑】因为我从小就学习好，学习好的人就有一些对同学不自主的“伤害”，就像鲁迅写的《风筝》一样，你小的时候伤害兄弟姐妹，当时可能不太注意，或者你记住了，人家早都忘了。

有一个女生，她让我猜她是谁，【众笑】我说你又不用真名，是个网名，你的头像又是大背影，还穿个羽绒服，那么臃肿，我上哪儿知道你是谁啊？她说我是你的同桌。我上小学的时候有好多同桌，因为我学习特别好，我特别乐意让老师给我换个同桌。【众笑】我就说，你是谁或者谁吧？我就猜了两个女生，结果她就生气了，她说你就记得谁和谁。【众笑】我就特别愧疚，竟然说了俩都没蒙着是她。后来终于知道她是谁了，我就向她忏悔，我说我当年怎么欺负你，怎么埋汰你，你回答问题错了，我下课是怎么挤对你，我都能想起来。她说“有这事吗？”她都忘了。我伤害别人的事情，人家早都忘了，他们记得的是我如何给他们励志的，记得的都是我正面的那些事，都是记得我如何给班级争光，如何给学校争光，如何到市里讲演拿第一名，如何在全校的大喇叭里屡次听到校长表扬我，全班振奋，他们想不到我怎么怎么“坏”他们。有一个女生上课老接我话茬，我作为班干部又不好直接出面打她，【众笑】我就安排了两个同学，下课每人踢了她一脚。【众笑】

四十年过去了，我觉得我的这些同学真好，虽然长得像我老姨夫，【众笑】但是都有忠恕之道。他们没有读过《论语》，没有人给他们讲，这个忠恕之道就是通过日常生活，劳动人民教给他们的。人家虽然学习不如我好，但是人家做人很好，做人很正，也不见得挣钱比我少，自己做人比较成功，同时对别人是将心比心。我跟他们聊了一会儿，他们说：“哎呀，孔教授你现在一定很忙吧，不要老陪着我们了，你赶快去忙你的工作，我们知道你成天干这个干那个的。”——用我们老百姓话说，非常懂事。所以我觉得跟他们交往比跟教授交往更舒服——舒服多了。

了解儒家思想不一定非要去看那么多程朱理学的书，它渗透在我们的生活中，肯定在老舍这样的作家身上，它是体现得非常具体而微的。中国现代作家，可能多数都会受儒家思想的影响，但是我们想老舍，由于他离政治中心比较近，可能对他的影响就更多一些。这是老舍跟儒家思想的关系，我们简单地讲一下。

老舍和科学思想呢？我曾经说过，老舍不是五四作家，在著名的六巨头“鲁郭茅巴老曹”中，老舍非常另类，他跟那五个不同的是，那五个都是“五四的人”——或者是五四运动的领导者、发动者、开创者、捍卫者，反正是五四那条船上的。老舍不是，老舍自己单独摇着一条小舢板，在五四的航空母舰旁边溜达，他也算一个“巨头”。所以你看老舍不怎么谈五四，你要仔细研究老舍作品，你会发现老舍很多东西好像是反五四的，老舍笔下写的很多坏人，越看越像五四培养出来的大学生。

因为咱们都是大学里的人，我们有天然的感情倾向于北大、清华这些学子。我们想新中国是怎么建立的？有共产党。共产党是怎么来的？有北大。北大青年在呐喊："还我青岛""外抗强权，内惩国贼"……我们想的大学生都是这形象。这种形象是谁给我们的？我们不要把自己的很多认识当成天然事实，这肯定是一种教育给我们的，我们受了某种教育，认为五四大学生是这样的。可是在老舍看来，五四大学生不是这样的，在老舍、沈从文这样的作家笔下，大学生是一群很不严肃的人，拿着父母的钱乱花的人，随便跟别人睡觉的人，这是中国老百姓对五四大学生的认识。要说这都是污蔑，好像也不能这么说。所以有一段时间，我觉得老舍好像是反五四的。

但是当我们一旦想把一种印象归纳为一句话，又发现它不全面。老舍反的这些是五四的本质吗？好像不是。难道说五四培养的大学生都成了汉奸吗？都成了崇洋媚外的人吗？因为要批判中国不好就投奔到帝国主义怀抱吗？好像这不是五四的主流。再看看老舍所肯定、所称扬的那些思想，又恰恰是五四新文化运动的产物。尽管老舍没有参与，可是他后来所拥护和执行的，正是五四所标举的"科学民主"，甚至有"新月派"所标举的"健康与尊严"，他也不是"新月派"，他也不是"新青年派"。我们很容易被老舍的柔情所打动，在柔情之外他又非常理性。

如果从在国外居住的时间长短来看，老舍可能又是这些作家里在国外生活时间最长的。他是真正的没有别的目的，没有政治目的，在欧美国家待了很多年的人。但是很独特的是他不炫耀。像其他很多人在外国待了一年半年、两年三年，那回来之后了不起啊，一开口就是，我们剑桥如何如何，我们哈佛如何如何——都是这样的。

当年我们北大的一个牛人要改革北大，要把北大建设成世界一流大学，那么一流大学是什么标准？说一流大学都是用英语上课的，所以将来的北大都要用英语上课。我们中文系有个老师不通世故，比较书呆子，还跑去质问：那我们讲唐诗宋词也要用英语讲吗?【众笑】人家回答："对！哈佛大学讲唐诗宋词就是用英语讲的。"【众笑】那位老师反应比较慢，就被他驳斥回来了，回来之后才想不对呀，他讲的是歪理啊，【众笑】这哈佛大学不懂汉语才用英语讲的呀——刚明白过来。

可是人家老舍不是这样的，老舍从不炫耀他的西洋背景。而老舍对西方文学是真的下了苦功，都读透了。老舍竟然能够把中国伟大的作品《金瓶梅》翻译成英语，至今都是权威版本。老舍从来不炫耀这些东西。老舍能够把西方文明消化在血肉中，说出来仍然是中国话。老舍在大学里是讲过《文学概论》的，他讲的文学理论是从西方来的，但是是中国化了的。所以老舍有他的科学精神、科学理念，有他的西方文明背景，但是他并不把它当成宗教。

为什么要强调这一点呢，就是因为其他很多现代知识分子不这样，那些人一旦沾了点洋的东西就浑身嘚瑟。所以老舍这样的人，我们都把他说成中国文化大师，在我看来，他也是西洋文明大师，融合起来看就很清楚。

既然讲宗教，我们要重点讲一下真正的宗教，大家公认的宗教。比如说佛教，佛教肯定是公认的宗教。老舍与佛教的关系也是非常深的，推荐大家看老舍有关的散文，有一篇散文就写宗月大师。他小时候接触过一个宗教人士宗月大师，宗月大师住的离他们家不远，老舍管他叫刘大叔。刘大叔是实有其人的，本名叫刘德绪，字寿绵。这位刘德绪是个乐善好施之人。现在很多老百姓想象佛教人士，一想就是穿着袈裟、剃着光头、在庙里。但大家可以看看汪曾祺的作品，汪曾祺作品中写的和尚是什么样的。多数和尚都是有家的，人家需要找和尚做法事的时候到家来请他，说我家老太太去世了，你给做个法事，他就去做个法事——它就是一个职业，就像请一个杀猪的帮他杀猪一样。

宗月大师是对老舍影响非常大的一个人，他本来就是一个普通市民，祖上遗产不少，因为自己乐善好施，后来到庙里当了和尚，但他是有家的——有妻子儿女的。他的慈善精神给了老舍非常大的影响。所以有另外的文人评价老舍，说老舍先生就是宗月大师。这是从老舍有一颗慈善的心评价的。

在这里讲一个材料，老舍像鲁迅一样，很少写爱情题材的作品，特别是没有写过现代风格的所谓男女自由恋爱的作品。既没有写过琼瑶式的恋爱，也没有写过金庸式的恋爱。但是，他们都有特殊的作品涉及这个领域。鲁迅写恋爱的小说叫《伤逝》，一写就跟别人不一样，鲁迅一写，也写自由恋爱，结局是女的死了，让你自由恋爱！【众笑】老舍也写过一个恋爱的小说叫《微神》，是非常重要的一个作品。《微神》的主人公，据考证就是老舍的初恋对象，但是结局也是很悲惨的。老舍的初恋对象是谁呢？就是刘和尚宗月大师的女儿。

那本来挺好，宗月大师是个好人，他女儿也是个好人，老舍又喜欢她，老舍经过顽强学习也获得了社会地位，后来当了京师郊外北区劝学员，管着马甸、北太平庄一带的学校，也是个有地位的人，那不挺好吗？可惜后来，宗月大师太乐善好施，把家产越捐越少，最后自己破产了，自己到了庙里，养活不了家，女儿也到庙里当了尼姑，后来连尼姑都维持不下去，可能就流落风尘。这是让老舍非常痛心的一件事。所以老舍在男女关系中，特别强调经济因素。鲁迅也特别强调经济因素，他们不是不赞成自由恋爱，自由恋爱可以，但是吃饭问题好像更重要。人不会因为吃饭问题而恋爱，但是吃饭问题可以毁掉恋爱。

老舍曾经在当劝学员期间，和刘大叔一起办过贫儿学校，这是做慈善事业。可是后来因为刘家的衰落，因为初恋对象的悲剧结局，老舍一度对爱情心灰意冷，曾经抱过独身主义，老舍觉得这没什么意思。

我们对那个时代要将心比心去考虑，那个时代很多人受五四影响，受西方影响，都“觉醒”了，都有了“爱情观”。这个爱情存在不存在咱们不知道，反正有爱情观了。什么叫爱情观呢？就是说这个世界上有我的另一半，她不知道藏在哪儿，我得找，我找着她我得追，通过一些方式让她同意，然后我们就怎么怎么着了，就美满了。这就是爱情观，有很多人“觉醒”了。

可是鲁迅早都说了，世界上最痛苦的是梦醒了无路可走。你有了爱情观，可是没有那个人，你找了半天那一半在哪儿呢？没有。特别是对男性来说，当时虽然有女性学校，有妇女学校，北大也开始收女生了，可是整个中国受过中等以上教育的女性毕竟特别少——没统计过，有一万个？反正没多少，跟男的根本不成比例。所以男的想找那种恋爱对象，只能在小说里找，只能在文艺作品中找，生活中没有。

我们不能去怪罪那个时候很多男性言行不一，他写文章是一种男女观，在生活中是另一种男女观，完全不一样。比如我党领袖陈独秀在开会、写文章的时候，肯定是主张男女平等的，肯定是主张个性解放的，但是开完会不耽误他去八大胡同，这两个一点都不矛盾，因为他在生活中找不着这样的女性，没有啊。

所以老舍抱独身主义也是对现实的一种绝望，他就不认为在生活中能找到那种理想的伴侣，找不着就算了。老舍后来为什么还是结婚了呢？是不是就找到另一半了？好像老舍不这么认为，鲁迅也不这么认为，他们为什么后来结婚了呢？不是为了爱情，是为了儒家说的“忠孝”，为了父母，必须结婚；为了人类的繁衍事业，必须结婚，这叫责任，为了责任而结婚。

老舍结婚的时候，就跟胡絜青女士谈了很多条件，结婚之后我们应该怎么过日子。比如说应该吃窝头，不能去吃西餐，第一不好吃，第二咱也吃不起。要吃窝头，要自己洗衣服，要干活。另外，星期天咱不能去海滩上晾排骨，第一，我觉得那有伤风雅，第二，我长得也太瘦，晾出来不好看。【众笑】你看，这说得一点都不浪漫，要是现在跟女生这么谈恋爱，谁要啊？但是那时候老舍就这样。

1924年老舍到伦敦去了，在伦敦他与另一位重要的现代作家许地山一起研究过佛理。许地山也是很有意思的一个中国现代作家，他也和许多宗教都有瓜葛。许地山跟老舍一样，世界上大部分宗教都跟他有关系，他还在南洋很长时间，跟南洋的小乘佛教关系特别大，所以研究许地山也必须研究佛教。老舍在英国开过一门课叫“道教佛教文选”，我想，在英国讲这个课肯定得用英语讲，所以这才叫世界一流大学，能到一个国家用这个国家的话来讲课，这才叫一流人才。能用英语讲，说明对汉语也理解得深。

金庸先生曾经说过，他研究佛教读佛经，有时候读不大懂，读不大懂怎么办呢？他说，我找来英译本阅读。一读英译本他说就读懂了。我觉得这段话很值得研究，佛经本来是汉语的，一个中国人读汉语还读不懂，然后读了人家翻译的英语读懂了，这不恰恰说明英语是一种通俗的语言吗？能翻译得特简单，汉语包括十个意思，英语只能翻译成一个意思，你读这一个意思当然读懂了，一读就明白了。所以我怀疑晚年的金庸，他的思想不如他的中年。他写出充满佛教精神的《天龙八部》时，是他佛教修养最高的时候，而那个时候他恰恰没读佛经。人家都说他懂佛，看了他的《倚天屠龙记》，看了他的《天龙八部》，都说这是佛教精神之伟大。金庸就去读佛经，读了很多年佛经，觉得自己很有造诣了，但是在我们看来好像倒退了，好像金庸先生晚年思想不如中年。

那到底读佛经是对还是不对？我想起一个段子，也可能是真事。一个老太太读六字真言，读了半辈子“唵嘛呢叭咪吽”，老太太不认字，就念成“唵嘛呢叭咪牛”。【众笑】她不认识这个字，读“牛”，读了大半辈子，吃嘛嘛香，身体特别好，精神矍铄，身体硬朗。有一天来了一个旅游的教授，听老大娘读得不对呀，怎么“叭咪牛”呢?【众笑】说大娘您读错啦，应该是“唵嘛呢叭咪吽”。老太太说，哎呀，你看我读错半辈子了，老太太第二天就开始注意矫正自己，每一次都不能念成“牛”，要念成“吽”。老太太自从念对之后，身体越来越差了，【众笑】不久就去世了。

这个故事特别合乎禅理，有必要给她纠正读音吗？纠正了读音，为什么使老太太死了？就是老太太的注意力全部转移到知识上——这个字应该怎么读，她的心和佛已经不再通了，这个残忍的教授切断了她与佛的联系，他觉得自己很有知识。当然教授也是好心，不是故意的，他觉得自己这样做很对，他未必真的懂佛。老太太虽然没有文化，但是老太太是懂佛的。

我曾经拍过一个我党早期的入党誓词的照片，我们党早期的一位党员自己写的入党誓词，一共二十四个字，有六个字都写错了，错别字是这么高的比例。我想今天任何一个学生都不会把入党誓词写错，但是两相对比，谁更理解党的宗旨？谁是真正的共产党？那个写了六个错别字的老党员，是烈士，已经牺牲了。而今天一个错别字都不会写的这些大学生党员，你们真的是为共产主义理想而入党吗？咱不用这么高的要求，你的公与私怎么分别？在这里，文字和文字的所指，到底是什么关系？

后来到了抗战期间，老舍还深入研究过佛教。他读过北大老校长汤用彤先生的《汉魏两晋南北朝佛教史》，这本书至今仍然是佛教权威著作，汤用彤先生就是汤一介先生的父亲。抗战期间老舍的演讲中，也强调佛教。他强调的是佛教的那种牺牲精神。佛教博大精深，里边什么精神都有。我刚才说的我不想打死蚊子，其实就是想炫耀一下我有牺牲精神，我让你吃，让你喝，这是一种牺牲精神，没想到这个蚊子还看不起我，它不吃我。修桥补路、施舍等等，这些都是牺牲精神。老舍在这个问题上，跟佛教有很深的渊源。有很多材料，我不给大家一一列举了。

在老舍的作品中，涉及了一些跟佛教有关的人。我们前面讲过《老张的哲学》,《老张的哲学》的主人公不好，脚踩三只船，信三种宗教，但是《老张的哲学》中有董善人这样好的佛教人士，董善人身上就有刘大叔——宗月大师的影子。后来抗战期间，老舍写了一个剧本《大地龙蛇》,《大地龙蛇》中有一个信佛的赵老太太，赵老太太有一句话叫“佛是要天天念的”。

像我这种知识分子研究佛教，大多数最感兴趣的是禅宗。禅宗是“上智之人”所喜欢的佛教，在我看来是人类思想的最高境界。它是超越文字的，是不立文字的，直指人心。当然入门先要有文字，文字是阶梯；过了这个阶梯，要过河拆桥，把这个阶梯一脚踹掉。所以禅宗是呵佛骂祖的。

净土宗跟禅宗经常有交锋。净土宗就是念佛，净土宗说，人特别笨，没有佛的接引你是到不了西天世界的，最简单的方法就是你不要努力了，修这修那都是瞎扯，你就每天磕头烧香、吃斋念佛，就念“阿弥陀佛”,最后佛就来接引你。所以老太太说“佛是要天天念的”。在禅宗看来，这有点笨。我也曾经批判净土宗，要这么强调的话，那和基督教还有什么区别？把自己交给一个外在的主，什么都交给外在的，那就接近基督教了。

可是我们回过头来看禅宗，会不会出问题？禅宗什么都不依傍，就讲自己的悟，讲自己的顿悟。这顿悟靠什么证明？会不会出来一帮人都说自己顿悟了，都说自己是大师，你说什么他都说这是虚的，这都是假的，别跟我玩儿这个——最高级的东西里边就会有骗子，有混子，有无赖，因为它不可证明，只能靠心与心的默契。比如我一见面，我会知道那个人是骗子，可是旁边的群众不知道，群众是分不清的，群众以为他是大师呢。

在这个时候，好像坚持修行的净土宗等其他宗派反而有了可敬之处，就是“佛是要天天念的”。佛是要天天念的，它可以象征为一个好事、一个善事是要坚持做的。假如禅宗的人，不坚持做一些好事、善事、普通事，那就落入虚空。禅宗说吃饭、睡觉都是佛，骗子会怎么说呢？怎么区分骗子和真的禅宗大师呢？禅宗大师说吃饭、睡觉都是佛，那必须得落实到每一天都好好吃饭，好好睡觉。当你看见你吃的饭，是由心里往外地发出热爱，像孔老师这样，吃个馒头都晒到微博上，没有想到我吃的普通东西晒到网上，会勾起很多人的食欲。那人本来没到饭点他就饿了，本来没想吃这东西，看了之后他觉得想吃。是什么东西打动了他？这里边其实是一种禅宗的境界。

我估计老舍在生活中经常看见赵老太太这样的善人，坚持做善事，坚持扫地。一个人如果说吃饭、睡觉都是佛，什么正事都不干，这是不可信的。一个人一面说得很随便，但是他工作很认真、很敬业，这就是昭明太子讲的“立身先须谨重，文章且须放荡”（《艺文类聚》）。文章中显得很放荡，胡说八道的，但是你得看他的人，这人是不是一个好员工，是不是一个好教师，得这样去看他。

老舍在抗战期间写的很多作品，都渗透了一些佛教的东西。他有一部长篇小说《火葬》，小说写得并不好，从艺术上讲不好。但是《火葬》的中心思想，就是讲通过抗日战争，全民族经过一场浴血的洗礼，获得新生。这个火葬就是涅槃，火葬的思想就是涅槃的思想。但是因为老舍不熟悉战争，写打仗的事不是老舍擅长的，所以从战争文学的角度讲，写得太一般了。

老舍擅长的不是写战争，而是写过日子，那就是《四世同堂》。《四世同堂》里写北京市民生活百态，其中就有和尚——明月和尚。老舍到了晚年，他写《正红旗下》，里面有一个人物叫定大爷，这个人物就是活生生的宗月大师。《正红旗下》已经把他小时候生活中的七大姑八大姨，他看见的那些好人坏人，都容纳进来了。这是他的作品中写的佛教人物。

当然老舍也写了一定的坏和尚。从文学角度看，从古到今都有很多坏和尚形象，而佛教界并不抗议，这本身就证明了中国佛教的伟大，不怕别人说坏话，承认自己队伍不那么纯洁。是不是所有的宗教都这样的？我们不能要求所有宗教都这样，但是可以客观地比较。因为可以说佛教的坏话，所以大家对佛教没有顾忌，哪怕说得不太合乎事实、说得夸张一点。所以中国有好多讽刺和尚的段子。当然也有讽刺老道的段子，都有。

从《西游记》就能看出来，《西游记》的伟大之处是写到最后，连佛祖都敢讽刺。最后到了西天如来佛那里取经，就因为少了贿赂，竟然取不到真经。如来佛身边的人都是贪官，这个讽刺太犀利了！【众笑】这谁想到了？而敢于这样写，这样写了之后能够流传，反过来证明佛教的伟大。它最后没有摧毁如来佛，相反，证明了如来佛是伟大的——而且如来佛还知道，如来佛告诉唐僧，你必须给他点贿赂，不然你拿不走真经我可不管啊！这事我管不着——这是多么深刻！

所以我读中国文学，特别是读古代文学，一写到庙里写到和尚，我估计就要出事了，专门在讲究清规戒律的宗教场所经常写淫乱事件，这是中国文学一个传统。所以我们想当年文艺复兴的时候，《十日谈》为什么那么轰动？《十日谈》写那些坏牧师、坏神父，作者那么写，他恐怕有生命危险，因为那个跟我们的文化是不一样的。中国的佛教，是真正的海纳百川的，连自己都可以嘲讽、可以打击的这样一个思想体系，它是不可战胜的。所以老舍是带着一颗佛心去接纳其他文化，因为他有佛心。

下面我们看看老舍和其他宗教的关系。我们着重要谈谈老舍与基督教的关系，这也是有一点现实意义的。我们当今有很多人信基督教，基督教发展速度极快。基督教，几百年来是中国文化的一个重要问题，特别这一百多年来。今天你到北京随便走一走，几乎每一个社区、每一个街道都已经有了基督教的影子。要么有教堂，要么一些楼里有家庭教会。星期六星期天，你会经常听到他们在那里唱歌，唱赞美诗。突然看见一家来了若干辆车，一帮人神神秘秘地就进去了。这个事由来已久。

我们单说老舍，老舍很早就接触了基督教。老舍是穷人，是没落的旗人，他热切地希望通过各种途径翻身。他又不是五四青年，他不归属任何一个政治团体，他就是要过好日子的一个善良的青年人。为了过上好日子，为了翻身，有什么他觉得可能的机会，他都要去尝试。就在他年轻的时候，离他家不远的缸瓦市有基督教堂，大家现在可以去缸瓦市看一看。虽然老舍已经混得不错了，但是他还想往更高处走，怎么办呢？又没有考上北大，又没有门路当更大的官，当时有一个办法，就是学英文，就跟今天上新东方一样，所以老舍就想了个办法上新东方。而正好缸瓦市基督教堂办英文夜校，老舍就用这个机会与西方文化接上了轨。在英文夜校认识了著名的基督教人士叫宝广林，宝广林有一部著作叫《基督教的大同主义》，是用英文写的，老舍给他翻译成汉语。

你看人家老舍那个时候是怎么学英语的？为什么我们今天铺天盖地学英语，竟然学不过那时的人？竟然学不过一百年前、五十年前的人？为什么今天书店里卖的外国文学名著都没法看？那不都是英语博士、英语教授翻译的啊？问题在于我们今天是怎么学英语的，当年的人是怎么学英语的？老舍一学英语就可以翻译《基督教的大同主义》，我们今天怎么翻译的？

老舍参加了一些基督教的组织，比如“率真会”，还有“青年服务部”。我和一些基督教的朋友有过交流，我说，你们基督教按照你们本来那个教义，我觉得挺好，我虽然有时候对基督教有些批评，我批评的是基督教国家所执行的一些侵略政策，还有某些像坏和尚一样的坏基督徒所干的坏事，但我是读过《圣经》的，我觉得《圣经》里很多话都很好，和我们老孔家说的也差不多，但是你们基督教在中国，到底真正地做了哪些充满正能量的社会活动呢？老舍那个时代，基督教有很多活动，有很多组织，老舍参与的“率真会”“青年服务部”，都是真正地服务于社会的。

在这里老舍认识了许地山，后来他们一起到英国，还研究佛教——这会儿还没研究佛教，这会儿一起研究基督教，还认识了易文思等人。这些人可以查一查，都是基督教历史上有名的人物。

他春天干这个事，到夏天老舍正式接受洗礼，成为基督教徒。我前面说老舍跟佛教的关系、跟儒教的关系，都是自然发生的关系。一个人受佛教影响，不需要经过剃度，不需要剃光头烧香疤，剃光头烧香疤的未必懂佛教。而老舍跟基督教的关系不是，是有仪式的，正式受洗，正式地“阿门”过，“上帝保佑你”过，是正式的基督徒。成为正式的基督徒之后，他在这里就担任了很重要的职位，参与制定了《北京缸瓦市中华基督教会现行规约》。他们这个基督教会前面还有两个字叫“中华”，不叫“缸瓦市基督教会”，而是“缸瓦市中华基督教会”，这俩字很有用。今天基督教在中国分两大系统，一个是“三自系统”，“三自系统”被认为是有官方背景的系统；还有一个是“家庭教会系统”。老舍那个时候没有受什么政府影响，是他自己要在前面加上“中华”两个字，也就是他自觉不自觉地在做基督教本土化的工作，他参与制定了规约。

入教之后不久，他就参加了很多重要活动。1922年10月，双十节的时候，老舍已经不在北京，老舍工作调动，离开北京到南开当老师去了。南开双十节开大会，老舍作演讲。老舍很会演讲，在演讲时就把双十节的“双十”讲成两个十字架。老舍说：这两个十字架，耶稣基督替我们背了一个，剩下一个，必须我们自己背起来——“我们也须准备牺牲，再负起一架十字架”。这个话不是《圣经》上的，这就是老舍的厉害，他读了《圣经》，能有自己的发挥创造。

南开中学是受基督教影响很大的，南开中学部有“青年会”，老舍还参加过它的会议。在一次演说会上，老舍和一个叫朱星樵的人表演节目说相声。在基督教活动中说相声，我不知道后来有没有，反正我现在知道的就这一次。无论从基督教本身的需要来看也好，从中国文化来看也好，基督教需要中国化。我们不能完全拒绝基督教，中国是海纳百川的，不能拒绝任何一种宗教进来，应该自由竞争。进来就进来吧，但是进来之后，从双方来讲都需要本土化。我已经看到基督教本土化的一些迹象了，比如说基督教贴对联，基督教贴对联就是在本土化，那么基督教能不能说相声？老舍开创了在基督教里说相声，因为他没留下来录音，不知道说的是什么，他不可能把天桥的相声原封不动地到那儿去说，肯定得跟基督教教义有关系。老舍在这里还参加过“辰更团”“查经班”等。反正老舍年轻的时候，在基督教里挺忙活。

在南开待了一段，1923年初，他又返回北京，担任了缸瓦市中华基督教会主日学总干事——还升了官。这总干事一直干到1924年8月他去英国。在这段时间里他写了一些基督教的改革文章，有一篇叫《儿童主日学与儿童星期设施的商榷》。老舍不是一个只在那里忏悔自己的，他是个真的基督徒，他有一颗很干净的心，真的信这个主，认为得跟着主建设一个纯洁的社会，他有建设性的意见。他又搞了一个“唯爱社”，在“唯爱社”担任书记。如果不去英国的话，说不定老舍以后能成为中国基督教重要人物，也许新中国成立以后就代表基督教成为中国政协的领导了。而后来呢，他在中国不过瘾，又到了英国去。

1924年9月到了伦敦，老舍给自己起了一个英文名——舒柯林（Colin C. Shu），这个“柯林”（Colin）从词源上讲是人民的胜利。到了伦敦不久，他就开展了自己的文学创作，最早就写了《老张的哲学》。1941年朱维之写过《基督教与文学》，其中就介绍了老舍的《老张的哲学》，是从基督教角度介绍的。文章中这么说：“客观地描写基督徒生活的，在长篇方面有老舍的《老张的哲学》，其中有李应、龙树古、龙凤和赵四，都是救世军教会的信徒。”救世军，是以前基督教最普及的一个群众组织，我们在有些老电影中还可以看到，吹吹打打的，敲着鼓在街上走。

“李应是个坦白的青年，他入教是因为它是个做好事的团体，并且教堂里整齐严肃，另有一番精神。”我们看这种青年，为什么要入教——“它是个做好事的团体”“教堂里整齐严肃”。“龙树古因为面包饭碗而投到救世军去，入教动机并不纯正，所以最后是为德不卒。”有人是为了饭碗入教的。“但他的女儿龙凤却是不施铅华的美人，大方，自然，活泼，好一个现代化的女子。至于赵四这个奇人，却因为基督教是勇敢好斗的宗教才进教的，他的义侠行为倒叫人佩服。”你看，有的中国的侠客，侠肝义胆的人，觉得基督教是勇敢好斗的，怀着这种动机去入教的。“作者老舍是个基督徒，但没有特别褒扬基督教，也没有诋毁基督教，他只是把中国基督徒的几种面孔从实描绘罢了。”这很难得，老舍自己是教徒，而且是有贡献的教徒，但是他在文学作品中写的却很客观。

我现在和一些牧师接触，我就比较小心，不敢触动一些东西，怕他们受不了；有时候稍微试一试，发现还真是不能触碰，真受不了——就是你不能够有一丝对上帝的不敬，他动不得。不像我跟道教、佛教的人士接触，我跟延参法师可以随便开玩笑，我说，你有一颗菩萨的心，怎么长着魔鬼的脸？【众笑】我可以跟他开任何玩笑，没事儿，他还可以自嘲。我说，我真的佩服你，你这才是真和尚！

老舍的第二部重要作品《二马》，里面的人物不论中国人、外国人都是基督徒，《二马》的人物后面我们再单独说。老舍后来有一部重要作品叫《猫城记》，《猫城记》里用了这样一个比喻，叫“毁灭的手指”，这是《圣经》里面经常出现的。就说某一个地方的人不义，所谓不义就是不信上帝，人家不听他的，上帝怎么办呢？上帝有一个“毁灭的手指”，这“手指”一摁，你们这城市就没了，一摁就“樯橹灰飞烟灭”了，所以有人说这上帝的手指不就是核按钮吗？【众笑】他一摁核按钮就行了。但是老舍的《猫城记》里说，猫城人的那种文明，不知道自尊，不知道自救，最后是要遭受“毁灭的手指”的打击的。老舍接触基督教，是有思想有实践，有他自己独特的理解。

下面我们分析老舍第二部作品《二马》中的基督徒。老舍在中国了解了很多基督徒，到英国又了解了很多英国的基督徒，所以老舍的《二马》中塑造了中国和外国不同的基督徒形象。有一个从英国来的伊牧师，在中国传教二十多年，老舍说，他是真爱中国人哪！怎么爱中国人呢？“半夜睡不着的时候，总是祷告上帝快快的叫中国变成英国的属国；他含着热泪告诉上帝，中国人要不叫英国人管起来，这群黄脸黑头发的东西，怎么也升不了天堂！”这是伊牧师的心理。他的太太比他更狠，伊牧师的太太“祷告的时候，永远是闭着一只眼往天堂上看上帝，睁着一只眼看那群该下地狱的学生”。这是俩外国人。

《二马》中主要写老马和小马。从北京来做生意的老马，像很多中国人一样到外国去就被人家劝着入教，他被伊牧师说活了心，就入教了。

为什么入教呢？“左右是没事作，闲着上教会去逛逛，又透着虔诚，又不用花钱。”【众笑】典型的中国人，典型的中国北京人。我们前面讲过《二马》，没事就看热闹，北京文化遇见西方文化都是这么对付的。我也是这么好心地告诉外国人的，我告诉外国朋友：不要老费事劝中国人入教，中国人爱面子，劝一劝他就真入了，你别以为他入教就是信你的上帝了，他的心理跟老马是一样的，闲着没事，去装个虔诚，又不花钱，又不买门票，看热闹嘛！【众笑】等他回国之后这事就跟没发生一样，这就是中国人信教。我说你们别费那工夫，不排除有中国人真信，但是像老马这样的人为数不少；你也不能说他坏，他不坏，给你面子了，他觉得你不容易——你都劝我好几次了，入吧。【众笑】老马的儿子小马呢，去教堂很简单：去教堂瞧瞧好看的姑娘——这最真诚。

看了小马我又想起季羡林先生，很多人说季羡林先生是文化大师，季羡林先生已经断然否决了。我最佩服季羡林先生的是他敢于在日记里留下这样的话。季羡林先生1933年日记中写道：“过午看同志成中学赛足球和女子篮球，所谓看女子篮球者，实在就是去看大腿。说真的，不然的话，谁还去看呢……附中女同学大腿倍儿黑，只看半场而返。”又一天，“过午看女子篮球赛，不是想去看打篮球，我想，只是去看大腿。因为说到篮球，实在打得不好。”【众笑】

我为什么佩服季羡林呢？绝不是因为他是媒体所造谣的什么“国学泰斗”，他跟国学跟文化没多大关系，他也不是搞文史哲的，是研究印度一种古代语言的，研究得好不好要由印度说了算。我佩服季羡林的是，第一，敢在日记里写这种话，这就不容易；第二，晚年了，名声那么大了，还敢把这日记出版。【众笑】而且人家编辑都说了：“季老哇，这个话是不是我们可以给您删掉呢？”季先生说：“不，一字不删！”我说这才是真汉子。【众笑】你想，当年上大学，有点这种思想太见怪不怪了，太不足为怪了，很正常。他之所以能成大师，是他坦然地真诚地表露自己的心。一般人晚年出版自己早年著作，这些恐怕全都删掉，我仔细想想要是我，我也删掉。季先生这是坦荡，这是他真君子的一面。小马就是这样，去教堂就是去看那里好看的姑娘。因为一般的西方人到教堂里还要多少打扮打扮、捯饬捯饬的。这是另一种到教堂去的心理。

老舍自己是这么虔诚、认真的基督徒，我们看看老舍夫人胡絜青的回忆。胡絜青跟老舍结婚后说："婚后，老舍可是从来没做过礼拜，吃饭也不祷告，家里也没有要过圣诞树……老舍只是崇尚基督与人为善和救世精神，并不拘于形迹。"——这段回忆很重要，老舍在家里没有任何一点像基督徒的那种形式，那种繁文缛节。我现在和中国的老外——他们中有不少基督徒——吃饭，看见他们吃饭时都要祷告，弄得我都没啥胃口了，正在吃饭，他们还得在那儿捣鼓一阵儿，我说这吃不吃啊？吃饭的时候，老想着有个上帝在那儿看着我，使我很注意自己的形象，一注意形象吃饭就没啥意思了，吃饭就应该不拘形象。我最喜欢的是西北人吃饭，这么大碗面，"咔咔咔"吃完了。【众笑】这是什么？这才是上帝的子民。老舍就很实际，吃饭不祷告，不弄圣诞树，不花这钱。

真正地做基督徒是什么呢？与人为善、救世。在这一点上，像老舍像鲁迅这样的人才是在行基督的经。《圣经》里老告诉我们要行义，要做义人，我觉得这个字用汉语中仁义道德的"义"去翻译是很对的。他在家里不拘形迹，可是在外面没耽误他行善、做义人，老舍在济南、青岛的青年会多次演讲，他是青岛的青年会的学术演讲委员。抗战期间，有一段时间他就寄住在重庆的青年会，青年会就是基督教的组织。

他通过基督教这个横向的人脉，认识了很多名流，比如说冯玉祥，冯玉祥有个外号叫"基督将军"。还有一个基督教重要作家冰心，他们都是好朋友，特别是抗战期间。所以我说老舍这种基督徒，是具有禅宗精神的基督徒，不拘形式，不立文字，直奔那个中心思想去。你信佛也好，信基督也好，不都是要行善、要对人好吗？儒释道，伊斯兰教也好，基督教也好，我们那个神告诉过我们、教导过我们，不都是要修好自己、对别人也好吗？你做到这个不就行了吗？为了做到这一点，才需要一些外在的形式约束。但是既然能做到了，就不需要这形式了。

马上就到圣诞节了，马上要大卖圣诞礼物、圣诞树了，圣诞老人马上就要来了，很多狼外婆都化装成圣诞老人来了，我们中国的消费市场要热闹起来了。这跟基督教有关系吗？我很多年前就写了一篇文章叫《圣诞与荒诞》，当然我这是重点批评我们中国人的，批评中国人不认真，不管什么教，最后都吃一顿拉倒。【众笑】吃，我也不反对，我也喜欢吃，能不能在吃以后或者吃的同时，有点精神方面的追求，真的精神方面的追求，别辜负了基督——你要信基督挺好，你别辜负了基督，基督真的是要救人的呀！

老舍其他作品中跟基督教有关系的也不少。比如《黑白李》，《黑白李》中讲哥俩儿黑李和白李，黑李就是信基督的，读《四福音书》，他是替弟弟白李上了刑场的；《新爱弥耳》里面，老舍说在街上看见一个妇女抱着小孩，就想起圣母与圣婴，他看谁都是圣母跟圣婴的关系；《选民》，书名就来自《圣经》，为神所拣选的人民，里面文博士就有实用主义的基督教心理；《骆驼祥子》里有一句话："雨下给富人，也下给穷人，下给义人，也下给不义的人；其实，雨并不公道，因为下落在一个没有公道的世界上。"这个话读起来怎么那么熟呢？一查，《马太福音》里有这样的话："这样，就可以作你们天父的儿子。因为他叫日头照好人，也照歹人；降雨给义人，也给不义的人。"老舍是熟读《圣经》，所以写《骆驼祥子》时，不注意就写到了雨"下给义人，也下给不义的人"——顺嘴就来了。

在他的百万字巨著《四世同堂》里，也涉及基督教的人物。有异国的窦神父，有一个中国人叫丁约翰。丁约翰在英国府工作，可是为了自己的私心，帮着日本人做假军医。异国的窦神父平时很信上帝，结果瑞宣去问他战争的局势：抗日战争局势到底怎么样啊？窦神父不讲局势，窦神父说，反正我就知道，你们中国历史上改朝换代是常有的事儿，这让瑞宣很失望。老舍在这部作品中，对基督教涉及得非常多。

我觉得老舍客观描写基督教的一个用意，是来反映复杂的国民性。比如《茶馆》里写过一个马五爷，一个不大的人物。一伙流氓要打架，马五爷站起来就说了一句："二德子，你威风啊！"说了一句话，这二德子就老实了。二德子："喝，马五爷，您在这儿哪？我可眼拙，没看见您！……这儿的茶钱我候啦！"然后二德子就走了。马五爷还不接受他的巴结，马五爷站起来要走。这观众就奇怪了，观众想，这马五爷谁呀？他怎么这么横啊？王利发说，"他就是吃洋饭的。信洋教，说洋话"，观众马上明白："噢，吃教的。"原来是吃教的。也就是说一个信教的人才有这威风，他能够镇压住小痞子。可见当时，晚清的中国，基督教之嚣张。

《正红旗下》里写一个牛牧师，他来中国为了淘金："他没有什么学问，也不需要学问。他觉得只凭自己来自美国，就理当受到尊敬。他是天生的应受尊敬的人，连上帝都得怕他三分。"这个挺有意思，我相信在欧美世界一定有很多好牧师，真诚的牧师，不管他的国家怎么样，不管他的政府怎么样，就像有很多好老师一样，一定有很多好牧师。但是到底什么样的牧师愿意来中国？比如中国现在遍地都是英语补习班，都是号称请"外教"，有些幼儿园都是双语教学。能到一个中国幼儿园教英语的外国人是个什么人？那得是在他们国家混得多惨的人？【众笑】然后到了中国，就能够在一些社区教英语。

他的自信是哪儿来的？他觉得凭着自己的一个国籍就可以代表上帝了，就有那样的优越感。但是又一想，这不是我们中国人给惯的吗？因为有了这个市场，惯出来他的那个自尊。朱自清先生有一篇文章，叫《白种人——上帝的骄子》，写他在公共汽车上遇见一个白人小孩，白人小孩的眼神使他不寒而栗；不过就是一个白皮肤的小孩，怎么会有那样的“上帝的骄子”的眼神？

再看一个中国人，《正红旗下》里写了个多老大，他为什么入教呢？“他入洋教根本不是为信仰什么，而是对社会的一种挑战。他仿佛是说：谁都不管我呀，我去信洋教，给你们个苍蝇吃。”这又是一种态度，在意识形态上被边缘化的人，他想获得一种中心地位或者准中心地位，他就要恶心你们这些人，为了这个目的投奔到一个团体中。

我们想现在中国有没有这种人？比如一个农村的上访者，可能自己有些毛病，遇到点事上访，多次上访，常年上访，不被重视，被村里人笑话，被村干部笑话——我们不要认为上访的人就一定都有理，就一定都是好人——在走投无路之下，忽然有教会了，有来传教的，他觉得这挺好，没有成本，可以随便去，先怀着看热闹的心情去了，后来发现在这里可以受人重视，他在这里面忙活忙活说不定还能当个小头儿，于是就信了洋教了——“谁都不管我呀”，他就信了洋教。信了洋教可能就受重视，因为他是宗教界人士了，当地政府还真得重视他了。他再有什么事有什么活动，他们的乡长、乡党委不敢得罪他，因为背后有洋人了。这种事在晚清就出现过，大家可以去看李劼人的小说——我们另一位现代文学史上重要的作家，李劼人，四川作家，被研究得很不够——看他《死水微澜》这个作品。

基督教本身是一个很大的学问，但是中国人信基督教本身又是非常复杂的，其复杂程度可能比基督教本身还要多好几倍。把基督教与中国一百年来的历史这个问题研究得深入一点，对我们整个的国民性，对当前世界的格局，可能都会研究得更深。

我们今天就讲到这里。下一次我们再来探讨老舍与伊斯兰教的关系。

好，下课。【掌声】

2015年12月15日

北大理教107

第十三章

有欠摩登：老舍喜欢什么女性

好，我们开始上课。

今天是冬至，一年中黑夜最长的一天又到了，慢慢地白天开始长起来。今天要吃饺子，但是好像各地不一样，北方很多地方要吃饺子，马上就有南方人抗议，说凭什么让我们吃饺子，我们不吃饺子，我们吃汤圆。每年都很有意思，好像总是北方人发起挑衅，说今天该吃什么，然后南方人表示抗议，说我们就不吃那个，我们吃另一种！这算不算是一种宗教呢？——我们今天要继续把宗教问题讲完，这算不算是宗教？其他民族、国家、地区过什么节，也跟吃的有一定关系，但是好像那个不是主要内容。

这表和里的关系很有意思。我发现中国所有的节日，第一，几乎都跟吃有关系；第二，研究来研究去，好像吃是主要内容，节日是个附加的，是个借口，是个名目。所以天长日久这个节日的来源，人们就不清楚了，需要民俗学家来解释。而民俗学家，也大多数没什么高深学问，往往是望文生义胡解释，民俗学家并没有统一的认识。比如说那种食品为什么叫饺子？大部分民俗学家都是胡说八道，——饺子就是“交子”，天交子时要吃它。那我说“桌子”呢？【众笑】天交子时开始“作”，叫桌子！这样的胡说八道的解释，充斥在我们的各种媒体上。如果这样都可以解释，还要专家干什么！当然我们不说民俗解释学，我们说中国人这种过节日的方法，不管你是喜欢还是想提意见，它是不是宗教？它近乎有一种宗教性的情绪在里边。所以如果跟其他民族、国家、地区比一下的话，我想说其实中国人是有宗教的。

中国人崇拜什么？中国人崇拜吃。【众笑】因为中国确实有的是吃喝，你活一辈子，吃不完中国的东西，根本就吃不完，已有的都吃不完，何况每月都在创新。你一个月不出门，街上推出多少菜品，赶都赶不上。当然我们科技也很发达，其他领域也很发达，但最发达的是跟我们生命直接有关的东西。中国的饮食男女文化是最发达的，特别是吃，我这样说是不含褒贬意义的。中国人喜欢吃，崇拜吃，很多精力用在吃上，有借口就吃，没借口创造借口也要吃。【众笑】

今天吃饺子、吃汤圆这是有名目的，过几天据说就是耶稣他老人家过节，中国人过得比西方人热闹多了，我看那圣诞老人快变成中国国籍了，【众笑】中国人过得最热闹。我很多年前就写了一篇文章叫《圣诞与荒诞》，中国人真是因为信上帝才过圣诞节吗？恐怕不是，又整个日子可以大吃，【众笑】还是一顿吃，而且这个吃得更好，没什么规定，吃什么都行。并不像西方人弄块面包蘸点盐，蘸点什么，说这是基督的肉，【众笑】人家还有那么几分虔诚在里边，中国人管它是谁的肉呢，吃！

从崇拜吃上，我觉得中国人其实是一种生活崇拜。所以鲁迅先生为什么说“中国的根柢全在道教”呢，道教的魅力为什么那么大呢？道教是赤裸裸地追求现世生活的欲望，道教是满足你各种欲望的。一般的宗教都要打着一个压制欲望的旗号，说有欲望不好，道教好像也这么说，可是道教骨子里是告诉你怎么生活得更好，怎么更健康，怎么多生子女，怎么搞男女房中术，怎么成仙，这全跟道教有关系。所以道教能够融合其他宗教。

中国人真正心里崇敬的东西都是生活中有的。我们最扎实的崇拜就是祖先崇拜，你说拜神拜佛拜仙，那都是不扎实的，中国人很早就确定了，我们真正崇拜的就是祖先。为什么呢？因为你见过你父母，你父母见过他们的父母，一代一代都见过，这是最靠谱的事，祖先是真正存在过的。我们崇拜的是这个宇宙间真正存在过的事情，而那个事情又跟我有关系，我怎么能不崇拜呢？

从崇拜祖先到崇拜吃喝，中国的崇拜是格外具有理性精神的。看上去很乱，什么都拜、什么都信，可是骨子里又透着一种理性精神。这种理性不是科学吗？它比那种对实验室里小瓶瓶罐罐的崇拜不是更理性吗？是整个民族用千万年的时间，在这片土地上实验出来的各种对生活有好处的东西，它不是最理性的吗？它不是最科学的吗？所以中国人信这个。

所以在这片土地上能有老舍这样的人，接触各种各样的宗教，你看他什么教徒都像，但是又都不像。最后老舍崇拜的是什么呢？上次我说老舍的思想有这么多"插头"，都能插进去，但是他还是老舍。就像令狐冲被桃谷六仙注入了六股真气，六股真气在令狐冲的身体里边激荡，但最后他并没有变成桃谷第七仙，他还有一个主体的东西在。

我们再来看看老舍跟伊斯兰教的关系。

我们中国文化是伊斯兰教之外的却和伊斯兰教相处最和谐的。按理说这种"一神教"，它到了另外的一个"一神教"地区去，就要产生冲突，因为人家那儿有人家的一个神，你带着你的一个神去了。而穆斯林到中国之后，竟然融入了这个国家，产生一个新的民族，叫回族，这是其他国家没有的。回族是什么族啊？

我跟伊斯兰教理论接触并不多，我努力读一些书，还是没有把这问题想清楚，但是我觉得这个问题是很有价值的，是值得思考的，是值得探讨的。民族这个东西是我们建构的，只要我们需要，可以多增加一些，可以减少一些，那么它的理论依据是什么，它现实的功能是什么？像北京这样的大城市，中国只要是大一点的城市，都是多民族混居的，本来就是相安无事的。因为我讲过，北京文化受穆斯林文化影响很大，比如北京人喜欢吃羊肉，他没觉得这是受穆斯林影响，其实是受了影响的。

直到现在，我想吃最好的爆肚，想吃最好的涮羊肉，还得去南城，还得去牛街附近，到那吃一回你就知道了，真的不一样。第一个是原料不一样，第二个那是经过阿訇念经之后宰杀的。我确实认同，经过正式的宗教仪式之后，那吃的东西更好。

而老舍虽然他们家不是南城，是北城，但他家住护国寺一带——你现在经过的新街口、护国寺、缸瓦市那一片儿——那片儿回民也很多。那一片儿也是基督教传教的重点，也是回民聚居区，回民很多。所以老舍写的小说我觉得很亲切，和我们小时候差不多。老舍自幼就跟穆斯林为邻居、做同学、交朋友。如果说穆斯林和汉族人比有什么不同的话，老舍说："我们晓得回教人的一般的美德。他们勇敢、洁净、有信仰、有组织。"（《〈国家至上〉说明之一》）我个人觉得这不仅是回族一个族的优点，很多中国境内的少数民族都有这个优点。

我不是长大之后学了国民性批判，要批判我们自己，我从小就这么觉得，发现人家比我们干净。我到回族人家去，觉得比我们汉族家里干净；到朝鲜族人家去，比我们家干净；到满族人家去，比我们家干净。【众笑】我是这样经验式地积累，发现少数民族就是比我们汉族家里整洁，有规矩，有组织，遇到什么事的时候，他们迅速就团结起来了。当然我没有想过他们是用什么团结的，我只是凭印象知道他们能团结。这个很有意思。你看老舍也是这么总结的：勇敢、洁净，有信仰，有组织。

老舍小时候跟回族接触这么多，1921年他当了劝学员，是从小学校长升了官，任京师郊外北区劝学员，管着今天北太平庄的那边很大一片，北太平庄、牡丹园、马甸那一片儿的教育都归老舍巡视。那里有一个清真教长叫李廷相，老舍支持他办过学。老舍跟回族朋友有很多交往，这里提一个比较大一点的事：跟回族朋友一起办学。但是老舍并不是在每个时间段只跟一个宗教来往，我们讲他跟伊斯兰教来往的时候，他也跟基督教来往，我们只挑一些大的事说一说。

1933年，20世纪30年代老舍基本住在山东。老舍写北京很好的小说都不是在北京写的，他在山东就认识了济南著名的回族拳师，一个武术家，叫马子元。马子元在武术界很有名，号称是“山东第一枪”。老舍著名的小说《断魂枪》的主人公为什么写得那么好？他是有生活原型的，生活原型就是马子元先生。老舍小时候练过一点武术，太极、形意之类的。他这段时间因为写作，又不怎么锻炼，所以身体不太好，身体有了病——作家、文人常有的一些病，他就想办法用练武术来治病，习武治病。跟马子元结下了很深的情谊，马子元教他很多种拳术。所以我说老舍要是出名不那么早，假如他以前还没出名，这个时候刚开始写作的话，完全可能成为一个武侠小说大师，老舍是具有写高级武侠小说的能力的。你看他简单写了一个《断魂枪》就多么厉害，只写了这一篇，这一篇就是一流的，甚至是超一流的武侠作品。金庸也写过几个短篇，那几个短篇没一个赶得上《断魂枪》的。那是因为老舍第一是有基础，第二是有思想。当然老舍也没有辜负我们，他不写武侠也是小说大师，如果专门写武侠，他能够贡献出很多好作品。

《断魂枪》是由《二拳师》来的，老舍有一些没有完成的小说，大师老有一些遗憾。《断魂枪》里主人公沙子龙，小说里没写他是什么族，但是你要往回族上一想，就对上了，非常像。首先回族人姓沙的比较多，然后再想沙子龙那个精神气质，勇敢、洁净、干练的那种气质，那种讲义气。

老舍后来还写过一些回族人物，比如在抗战期间他写的话剧《国家至上》。《国家至上》本来有个名叫“回教三杰”，就是写回族人物的，目的是为了促进回汉的团结。如果说历史上回族、汉族还有其他民族有一些矛盾，比如有一些农民起义，利用民族矛盾和纠纷，那么当整个中国、中华民族受到外敌威胁入侵时，你发现这些民族又是团结的。所以老舍抗战期间写的话剧，还有后面的《大地龙蛇》，都是应时代要求，结合他自己的生活积累来讲伊斯兰教的。

新中国成立后老舍在文联担任一定的职务，他有很多活动是直接关心回族文学的。他自己并不是回族，自己是满族，但是他很关心回族文学发展。

在他最后一部作品《正红旗下》里，也写了一个回族的商人叫“金四把”。所以很多用汉语写作的作家，其实涉及很多民族写作对象、民族问题。今天中国社会科学院专门有民族文学研究所，主要研究少数民族作家用少数民族语言写的作品。可是在中国很复杂，像老舍这样用汉语写作的作家，他涉及很多少数民族题材，这是不是也应该列入少数民族文学的研究视野中去？好，伊斯兰教跟老舍还有很多的纠葛，我们就点到这里。

最后我们来看看老舍，他到底信什么东西。他儒、释、道、耶、回，全都接触，现代文明、传统文化、马列主义，他没有不接触的。新中国成立后，老舍在一些有官方语言色彩的文章中写，他很热爱马列主义，他也很热爱社会主义。但是你要仔细看，他对马列主义也不太懂，并没有自己深入研究过。都是从生活表面出发，觉得来了这伙讲马列主义的人，把我们国家建设得不错，那估计他们信的马列主义不错，这是老舍的逻辑。老舍的逻辑是大部分中国老百姓的逻辑，他并没有去直接研究所信的那个东西，他看的是你给他带来了什么，然后他推测你信的那东西好不好。

我们从老舍所接触的所有宗教思想中，抽离出来一些具有普适性的价值，无非就是中国人的日常语言。老舍信什么？我觉得老舍信真善美。“真善美”本来也是宗教的词，基督教就说他们信“真善美”，伊斯兰教不信“真善美”吗？老舍是把这些从具体的教义中抽离出来，所以“真善美”变成我们中国人的日常语言，真的、好的、漂亮的，他信这个。

再说得细一点，是信“仁义礼智信”。“仁义礼智信”本来是儒家思想，可是像老舍这样的中国人，在使用中已经不管它的来源是什么，他在所有思想体系中都挖掘“仁义礼智信”。一个好的基督徒，一个好的穆斯林，他不讲“仁义礼智信”吗？他肯定也是讲“仁义礼智信”的。穆斯林是世界上最会经商的人，我们想一想阿凡提，阿凡提光给人幽默的印象了，其实阿凡提是一个杰出的商人。因为是商人集团，所以这个集团必须讲“仁义礼智信”。

到了现代，在现代背景下，根据时代的要求，老舍认可的是“忠”“孝”，他认可的是“和平”。“和平”是现代词，传统话叫“太平”，其实老舍是喜欢“太平至上”。这个“太平”看起来很传统，多么保守的一个观念哪！但是我们现在说“太平”的时候是经过了现代的洗礼，经过了杀人如麻的现代战争的洗礼，重新讲的“太平”。我觉得现在世界各国人民很盼望“太平”。

中国人民是盼太平的，我觉得“太平”其实比“和平”有一个更深的层次，“和平”经常是一个外交辞令，当某些国家缔结了和平条约的时候，往往是战争的前夜——我们要这样去看问题。

所以在现代作家中，老舍作为一个独特存在的“巨头”，他其实有一种综合地、均衡地去调整文化天平的这样的意义。看上去好像很普通，老舍没有提出什么独特性的思想观念，他和“鲁郭茅”那几个都不一样，但是正因为他有一种体量非常大的、代表老百姓立场的呼声——这个立场不见得都对，是可以分析、可以批判的，可以跟他商榷的，但是他最大声音地把老百姓的这点愿望给呼喊出来了，给说出来了——所以当你越了解老百姓，越了解草民，你会越理解老舍。当然你同时也就会理解为什么一些学者、很多学者不理解老舍，他们看不出老舍作品的好来。老舍在很大程度上，真的代表了中国人。

我开头时说中国人是“信生活”的，老舍就是“信生活”的。当然这个生活不仅仅是吃喝，是包括精神尊严的生活。老舍生在一个生活不好的时代，很难生存的时代，他的理想、他的愿望就是要生活得好。生活得好首先是有温饱，然后是有尊严。他终于看见了这么一个国家站起来了，这个国家一天比一天好——孩子、老人不再死亡，街上没有每天要收拾的死尸；人口一天比一天高速地增长，都有房子住了，都有衣服穿了；尽管穷人的衣服还有补丁，但是不再有光着屁股满街跑的孩子了——所以他拥护这个时代，拥护这个生活，准备一辈子讴歌这个生活。他没想到这个生活还有曲折，当然这个曲折，也不光是时代的曲折，跟他自己有关。

到了“文化大革命”初期，老舍被批斗，批斗之后第二天，他跳太平湖自杀。于是很多肤浅的人，不加研究的人说，你看，这是“文化大革命”的罪恶嘛，“文化大革命”迫害死了老舍，这又是一例。如果这样去研究的话，还是那句话，天下就不需要学者。老舍之死，仔细分析一下，什么人批斗老舍？老舍这么重要的作家，谁打了他、谁批斗了他，这是一个问题吧？

那么多人被批斗，人家怎么没自杀呢？归根结底，老舍是要生活特别好、生活特别完美，他有这样一个理想。我曾经在一篇文章中专门研究老舍的尊严问题，“尊严与屈辱”，老舍是为了尊严可以付出生命的人。如果说他小时候还没到这个程度，他此时已经是人民艺术家了。中国获得“人民艺术家”称号的只有老舍一个人，这是政府给他的。就好像围棋高手那么多，获得“棋圣”称号的只有聂卫平，尽管聂卫平现在根本进不了前一百名，他岁数大了，还有别的应酬，但这个不耽误他是棋圣。老舍是“人民艺术家”，可是他家里家外都没有尊严了。从这个角度就可以看到，老舍是特别热爱生活的，他不愿意他的生活出现缺陷，一旦出现缺陷弥补不了了，他就像古代的士大夫一样，一死了之。

这是讲老舍与宗教的关系的时候引发的一些思考。同学们也可以各自想一想，你信什么？同学们中也可能会有一些宗教的信徒，特别是一些留学生同学，会信主、信基督，中国的同学也难免会有信佛、信道、信什么的，都可能有。不管你信什么，我们大家都可以去找一个对话的基点，我们在什么时空里，用什么共同的话题来交流。我们是不是不管信什么都应该讲“真善美”，都应该讲“仁义礼智信”？要不要忠孝？要不要和平？当然这些不是口号。老舍与宗教的问题，到此告一段落。

最后的一个话题，我们谈另外一个老舍创作中重要的问题，谈谈老舍与女人。这个问题，本来我想讲得详细一些，但是已经给大家留了作业，就是跟女性有关的，所以我不便讲得太细。当然这也是为了“遮丑”，我自己没有什么深入的研究，只是意识到了这是一个重要的问题。

不光老舍与女人的问题很重要，所有作家与女人的问题都很重要。

为什么要单独谈女人呢？是因为通过女人可以谈性别问题。为什么不谈男人呢，性别不是分男女吗？为什么大家都喜欢研究某某作家跟女人的问题，怎么不研究某某作家跟男人的问题呢？包括女作家，也不谈她跟男人的问题，为什么不研究张爱玲与男人，却要谈鲁迅与女人、茅盾与女人、郭沫若与女人？大家可以想这是为什么。这是不是因为文学这个东西，它本来就是男性社会的产物？

当然你可以说，我们现在发现一些落后的原始部落，好像还有点母系社会残余，母系社会也有文学，我们可以找到这样的特例。但它恰恰和世界上其他大部分地区进入男性社会是同时的，是共时的。在我们以前还在母系社会的时候，是没有文学的，不但没有文学，连文字都没有——母系社会连文字都没有。我们现在赖以生活在其间的这个“文”，这套体系是与男性社会、是与父系社会共生的。这是没有办法的。所以一方面，我们天天讲男女平等，但是讲来讲去会发现，怎么讲得这么没有力量呢？生活该怎么进行还怎么进行。而我们男女平等的这些呼喊、这些口号，反而成了男女不平等的一种点缀。好像恰恰是要维护男女不平等的秩序，需要有一种声音呼喊男女平等。

就像慈善家的存在一样，慈善家的存在恰恰是残酷剥削劳动者的一个点缀。越是剥削得严重，越要有慈善家出来搞各种乱七八糟的基金。这恰好是一个体系的事情。文学这个事情本来就是男人创造的，包括女作家写文学——大家都很高兴啊，你看人家女作家能写文学！好像女作家就能代表女人了。是这样吗？好像经过我们的分析之后没那么简单，很多女作家其实是用男作家的眼光、男作家写作的规矩来写作的。还有一部分女作家想反抗，故意用跟男作家不一样的方式来写作，恰恰落入了一个更大的陷阱。所以谈作家与女人的关系，就是谈性别问题，谈文学的性别问题。

也有文学理论家说过，文学的几个永恒的主题就是暴力、死亡和性，这是文学几个主要的问题。当然每一个都研究不透、都研究不完，特别是性别问题。在古代，好像不存在这样一个研究课题，古代人好像不需要研究李白与女人、屈原与女人，古代不喜欢研究这种题目，恰恰是我们现代有了这种题目。

作为一个学者，我经常要反思自己、提醒自己，不要落入某种话语陷阱。比如人家都说男女平等，我必须也说男女平等。我这样说的时候，觉得好像很高尚，可是经过反思，这恰恰是一种媚俗——是怕人家批判你大男子主义，赶紧表示男女平等，这恰恰是一种心理的不高尚、不光明正大、不堂堂正正、不实事求是。所以要经过这样的自我质疑。

我们今天谈性别问题，是处在中西碰撞、交流，特别是中国经过了几次革命的这个背景下来谈。如果说有什么不同的话，中国倒是有一个优势。妇女解放这个东西看起来好像是从西方来的，但好像中国做得相对更好，相对更彻底。尽管整体上还是男女不平等，整体上不管怎么说还是男尊女卑，但是相对来说，好像中国女人比较厉害，好像这是世界公认的，起码表面上是这样。这不能不归功于中国的几次革命，人家妇女是付出了代价的，妇女地位的提高不是男人恩赐的。当然开始的时候是男人煽动的，但是一个事情你煽动完，它未必按照你的设想去演进，可能就像普希金那个童话讲的，魔鬼被你从瓶子里呼唤出来之后，你就控制不了它了。男人一开始为什么要呼吁男女平等？动机不可考，但是真平等之后，男人感觉有点失落了：啊？还真平等啊！——好像有点这苗头，特别在中国。

在我们国家的邻国，我谈中国妇女地位，他们第一个是不太相信，第二个是有点愤愤不平。因为他们国家虽然说经济很发达，但是实际上的情况还是妇女没什么地位，甚至会出现丈夫打妻子的事情。我说，中国也还有，但基本上是在文化落后的地区，城市里很少很少了。特别是在我们知识分子当中，有时候甚至反过来，【众笑】我就亲眼看见妻子打丈夫。有一天我上电梯，就看见电梯里边小两口，女的把男的摁在墙上打，【众笑】打得男的直哭。这些外国朋友听了不相信，说，孔教授，不可能吧？女人也打不过男人啊。我说你外行了，这跟打得过打不过没什么关系，【众笑】这又不是比武，不是打得过打不过。他说这个不可思议，怎么会有这样的事情！然后他们就开始说，中国革命也太过分了吧？我说，你再去读读中国的现代文学，你读读五四文学、20世纪30年代文学，读读茅盾、沈从文笔下的那些女人，比一比，妇女怎么一步一步走到今天，怎么她上了几年大学之后，就敢打男朋友了。

所以这些我们还要结合今天的背景去看。我们今天的妇女观需不需要质疑？每个人的妇女观是不一样的。大家认为传统的妇女观是什么？我们受了一堆教育，说传统都是不人性的，都是压迫女性的，男尊女卑，三从四德，三妻四妾，想的都是这一堆词。想当然地认为传统社会妇女地位很低，妇女不幸福，夫妻相处很糟糕，很血腥，很暴力，男人随便欺负女人，没有人性，妇女是人下人，所以必须解放。是这样的吗？

不否认人类社会从六七千年以前或者再远点，顶多一万年，进入父系社会了。进入父系社会以来，妇女都是这么过的吗？男女是这样一种关系吗？如果这样说的话，那么我们往前看，几十万年、上百万年的母系社会，难道你们女人是这么镇压我们男人的吗？男人和女人是这样一种复仇关系吗？——你们压迫、收拾了我们几十万年，我们现在可有地位了，报仇哇！刚报了一万年太少。男女是这样一种关系？男女位置的这种不对等，是不是恰恰还是一种对等？

在那几十万年的漫漫长夜中，每天早晨起来男人就出去打猎了，天黑才回来，在外面风餐露宿，有时候激烈搏斗还受了伤，还有人回不来。回来之后发现女人都坐在暖暖乎乎的山洞里边，围着男人打回来的豹皮、虎皮在那里看“综艺大观”，在那儿聊天、说评书、听相声，抱着她们的孩子——男人看了半天也不知道哪个孩子是自个儿的。【众笑】如果说这是不合理的，那男人早就反抗了。我那个外国朋友不是说女人打不过男人吗，男人为什么忍了几十万年才反抗呢？也就是说，那种模式是男人认为对的。

我们用马克思主义的角度看，当时的生产力，这样一种生活模式是最合理的、是最高效率的，就应该男人打猎、女人采摘，女人在后方，还得女人说了算。因为女人每天从事采摘，大脑的发展就适合做这种管家的工作，而男人在外边累了一天，回来就想有口热乎饭吃，吃完喝完了就倒头大睡。

我们是在几十万年中形成的这种思维模式，不可能经过千百年的科技发展，就进步就改变的。外表改变了，内在没改变。想象一下，我们长出半寸多长的毛来，我们是古人，我们跟那个时候有多大变化？没多大变化。现在很多男人下班之后，不愿意说话，一个人呆呆地看电视，他的妻子很生气：怎么不跟我说话啊？外边有人了？【众笑】这俩人一会儿吵起来了。然后她去找别人调解，她不明白为什么这样。

其实男人在外面工作，就相当于打猎回来，基本模式没变，而且他没什么可说的，男人不愿意在静止状态下瞎叨咕。而女人没事她“采采芣苢”，没事她就要叨咕，女人每天的工作是采摘，采摘就可以同时聊天。所以女人在几十万年的训练中，就要在一个共时性的状态下说话。男人不是，男人永远要捕捉运动中的东西，男人的空间感特别敏锐，男人的空间感特别好，他时间感没有女人好。所以男人下班了很累，拿个遥控器，看看动物世界，【众笑】他是要干这个。所以能简单地说谁欺负谁、谁压迫谁吗？这恰好是一个耦合系统。

一种生活模式发展到一定程度，不再适应生产力，就需要调整，所以母系社会到父系社会的过渡，有了很多调整，包括男人，构建了很多神话。我们的很多民族最早的神话，都是要把这个转折说成合理的。比如经常说一个女的祖先，她很奇怪地怀孕了，有的说吞了一个玄鸟卵就怀孕了——我们今天知道这是无稽之谈，这不符合科学，不可能吃一个鹌鹑蛋就怀孕了。还有人说，“履大人迹”，有一天在外面踏青，看见一个大脚印，这大脚印很好，她就走了两步，怀孕了——这更神了。还有基督教里说圣母有一天做梦，上帝就告诉她，我已使你怀孕，【众笑】然后又告诉那个木匠，你要娶她，我已使她怀孕。【众笑】这很有意思，然后主就诞生了，主的诞生是很神圣的——这些你不能简单地用科学去解释。

到了一百多年前，我们现代有了巨大转折，是不是因为传统的东西从根儿上就不好？我们可发现真理了！像当时的口号说，男人欺负妇女这么多年。怎么理解这个问题？我们可以借喻阶级社会的演进，比如现在说资本家剥削工人，我也批判资本家剥削工人；可是我们要知道，资本主义社会刚产生的时候它是进步的，资本主义社会刚诞生的时候，是作为对封建社会的克服。那个时候，无产阶级不知道自己被剥削吗？他也知道自己拿的少，资本家拿的多，但这是工人阶级和资本家阶级共同乐意的，他们愿意过这样的生活，因为他们进行比较的对象是以前的封建社会。资本主义社会再发展一段时间，才发现自身的缺点。

而封建社会在产生时大家也觉得挺好，因为它是跟奴隶社会相比的。我们说奴隶社会多不人道啊，没有人身自由，众多奴隶归一个奴隶主管。但是奴隶社会也是奴隶主和奴隶共同选择的结果，他们双方都得了好处，因为他们是跟原始社会比的。原始社会这个部落打败对方的时候，是把对方的人吃掉的，那是真的人吃人的社会，因为敌人抓来没什么用，就吃掉了。后来有一部分人发现，吃了太浪费了，能不能不吃？那就商量，我不吃你，你给我干活行不行？不许跑，你给我干活我不吃你，我叫奴隶主，你叫奴隶。那人一听很高兴，不吃啦？【众笑】那行，我给你干活。这是进步啊！这是奴隶主跟奴隶商量好的呀！它一定是发展到一定程度之后，人的欲望又不满足了，他已经忘了当初可能被吃那回事了，他光想着：哼！他是奴隶主，我没有自由，这怎么行呢？造反！

所以我们现在的妇女为什么要解放，要放在一个更大的视野中去看。我们今天不能够听信一些人瞎说，说五四怎么怎么不好，但是我们可以反思五四带来了什么。今年（2015年）是《新青年》创刊一百周年，搞了那么多庆祝活动。《新青年》到底给中国带来什么了？比如今天在座的有这么多女同学，这在一百年前是不可能的。当初北京大学刚开始招了几个女生，那是中国最重要的新闻——女生可以上学，女子上学堂。其实女生受教育并没有人反对，你可以在家里受教育；反对的是在大庭广众之下，跟一群男生坐在一起。所以很多国家和地区，都建了专门的女子学校。我到一些国家去，人家说，你们中国落后，没有女子学校，你看我们有女子学校。我说这正是你们落后的标志，你们是半进化。刚开始让女子上学，女子上了学之后，她就发现女人和女人在一起没劲儿，必须男女同学，这才叫现代。我说我们以前是有女子学堂的，我们有女师大啊，后来这女师大不干哪，非得跟男师大合并嘛。【众笑】我说这才叫进步。

那么五四带来了很多所谓的发现。我在读研究生的时候，和钱理群老师他们讨论，我们是每个星期都有讨论课，钱老师就说，五四有很多发现，五四发现了人，五四发现了科学，发现了民主；他还说五四发现了女人，五四还发现了儿童。我们当时对这些命题都很感兴趣，都很想去研究五四到底是怎么发现儿童的。现在的同学也有作儿童文学题目的，我也和这些同学讨论过。我说古代没有儿童吗？清朝没有儿童吗？没有儿童，《弟子规》是给谁编的？现在不是那么多地方弘扬传统文化，要让学生读《弟子规》吗？我最近还批判了这个乱七八糟读《弟子规》现象，有的地方不但读《弟子规》，还读什么《女儿经》《孝经》，把这当成弘扬传统文化，都让我一顿批。

但是起码说明那个时候人们心中是有儿童的，专门给儿童编了教材。鲁迅小时候看的那些书虽然是古代书，也都是针对儿童的。可是为什么说五四发现了儿童？当我们这样说的时候，在强调什么，在遮蔽什么？我们为什么说五四发现了女人，此前没有女人吗？此前有女人。但是我们要说“发现”，发现的是个什么东西？这样说的时候，是不是包含着某种时代的谋略。也就是传统跟现代比，到底有什么不同？不同的是原来妇女不出来，原来妇女是在家里的。她在家里其实也干活儿，在家里也可以念书。妇女不念书倒不因为她的性别，而是因为她的经济地位。

穷人家里男人也不读书，有钱人家里女人也读书，你看《红楼梦》就知道了，《红楼梦》大观园里边丫鬟都读书。这还不是后代，先古的时候就这样。你看看《世说新语》那个时候，大户人家的丫鬟都读书。有一个古代的笔记小说就写到，丫鬟犯了错误，主人命令她在院子里跪着，丫鬟就在院子里跪着，另外一个丫鬟看见了，就过来调侃，问她：胡为乎泥中？这个丫鬟回答得也非常风雅：薄言往 ，逢彼之怒。回答得多棒！这丫鬟的水平，是今天北京大学中文系女博士的水平。所以她读不读书，跟她性别没关系，是经济地位决定的。

跟现代比，现代是要把女人从家里拉出来，为了这个目的，进行了很多工作。所以到了现代，“家”这个字突然成了一个贬义词。有那么多的作品，都写发生在家里的坏事。古代很多坏事都把它写在宗教场合，你看古代小说一写到庙里边，快出来坏事儿了，写到道观里边，快出来坏事儿了。就跟我们看武侠小说，只要一写到酒楼，就快打架了，这酒楼要倒霉了，一会儿就砸喽。

到了现代社会，就忽然发现这个家是罪恶的渊薮。从鲁迅《狂人日记》开始，《狂人日记》那个家是个吃人的家；最后直到有一个大作家写了一本长篇小说就叫《家》，整个就把这“家”打垮了、否定了，家里没好事。你是有出息的人吗？你是有出息的年轻人吗？一定要从家里出来。所以从五四之后，很多年里，“家”的形象是越来越不好的。很多热血青年投奔延安，挎包里带的不是什么《共产党宣言》之类的书，带的是一本《家》，带着一本《家》投奔延安，他表示要放弃家，否定家——我从那小家出来了，投奔到一个大家里来了。其实大家里仍然有“家”的逻辑。

我们是经过了很多折腾、很多波折之后，才发现原来问题没那么简单。到现在，什么是女人我们搞不清楚。尽管研究文学的老得研究这事，我也是老琢磨这事，老琢磨女人，琢磨不清楚。当然有的时候，我觉得这是不是跟我们自身的性别局限有关——毕竟我是男人，没办法钻到人家心里去想人家之所想。有时候我也去努力读一些女学者的书，发现有些事情还是没法沟通，这好像跟性别无关，就是说这个问题可能是最有难度的。

我推荐大家读波伏瓦的《第二性》，这是女权运动创始人的风靡世界的权威性著作，可以说我年轻的时候读了是对我非常有启发的。波伏瓦既是女权运动的理论家，也是实践家。她是著名哲学家萨特的爱人，我年轻的时候也研究过萨特，还写过《萨特评传》。他们两个人并没有结婚，但是他们住在一条街上。每天她去萨特那里一下，他们互相有些约定，不干涉对方的自由，每个人可以有另外的情人，等等。他们进行这种伟大的试验，结合他们的理论研究探讨。但是这个试验并不完全是成功的，也不一定就适合推广和模仿。但是通过这种试验探讨，对于他们深入了解性的问题、性别的问题、妇女解放的问题，是很有启发的。

包括我研究《红色娘子军》，我曾经专门讲过一个学期的《红色娘子军》。到底什么是妇女解放？为什么说中国的妇女解放是走得最远的？当然不是说我们所有的妇女解放，都一定解放得正确了，有些东西可能还可商榷。所以要把人的性问题研究好，我觉得比研究原子弹难多了。因为一不小心就陷入了某种陷阱，进入了某种非理性的推测中去。因为我们不可能完全静态地研究，每个人受到的各种干扰太多。

在这个前提下，我们来看看老舍跟女人是什么关系。据说作家都得写男女问题，不写的是很少的，只要不写就很受人注意。首先我感觉老舍是一个冷男。现在有一个词叫“暖男”，【众笑】“暖男”这个词我不太喜欢，我理解人家这么说。我也不知道现在为什么喜欢“暖男”？我老觉得“暖男”不是什么好东西。【众笑】当然有一些文章还不错，我还转过周小平一篇文章《我待祖国如暖男》。我说：啊？你待祖国如暖男，那祖国是什么东西呀？【众笑】你在祖国面前你是个暖男？我借用这个词，我觉得老舍是个“冷男”。

我在文章里写过，不解风情的男人才是好男人。一般来说男人不解风情是挺讨厌的，就跟榆木疙瘩似的，这么不懂事呢！那我觉得是不是不太懂事，可能正是他是好人的一个象征？当然我们这个时代不一样了，这个时代要求男人多少都得有点坏，这不坏的男人就是不受人喜欢。所以明明你是好男人，得装得坏一点，得故意地跟女性调侃调侃，说点风言风语，说点玩笑，表示你很有人情味儿，其实你心里不是那么想的，你心里特纯洁特高尚，但是你非得装得坏一点不可。

老舍就是这样的。老舍有这样的话，他说他的性情与女人不相投——括号，除去我亲爱的母亲、姐——这是血缘关系，一家人，跟这之外的女人，性情不相投。这显然是有所指的。赵本山早年有个小品，里边的人物就说：我跟男同志基本没话！这说得很有意思，有一种人是跟男人没话，专门跟女人性情相投。老舍相反，他是跟女人不相投。这好像在现代社会里，特别是现代作家里，有点另类。现代作家都要跟女人相投啊！老舍说了，"在我读书的时候，男女还不能同校"，其实他读书的时候中国很多地方，有女子学校，有男女同学，但是老舍不处在文化中心地。"在我作事的时候，终日与些中年人在一处，自然要假装出稳重"（《我怎样写〈赵子曰〉》）——这说得很实在。

老舍师范毕业以后，当了小学校长，然后很年轻就当了劝学员。他成功得比较早，混到他那个位置，很多是中年人，所以一个小伙子跟中年人在一起自然要假装出稳重，这是可以想象的。我1990年到1993年当了几年中学语文教师，在那个中学一个庞大的语文组里，男老师基本都是中年以上的人，年轻的男老师只有我一个，其他的女老师比较年轻。所以这个环境就迫使我——"自然要假装出稳重"，要和其他的男老师差不多的风格。老舍说这个话，是很合乎他的生平实际情况的。

最后他总结出：我怕写女人。这句话就可分析了，为什么怕写女人？一个是不相投，一个是不了解，然后他说怕写女人。可是我们经过阅读发现老舍写女人写得很好，写得比专门写言情小说的那些人要好一百倍。正因为他有这种稳重的态度，怕写女人，不敢随便写，所以他一旦写起来，是非常有深度的。就像老舍没有专门写武侠一样，偶然写了一个武侠题材的，就特牛。鲁迅也一样，鲁迅不写恋爱题材小说，写一篇就是经典；鲁迅也不写武侠小说，就写一篇——《铸剑》，那是超一流的武侠。所以我们看，老舍以"冷男"姿态来写妇女以及有关的性别问题。我不系统地来讲妇女观了，不一点点梳理了，不按照时代和顺序来讲。我通过老舍的语言、小说的人物，来谈谈老舍的婚恋观。

《二马》中的老马、小马父子我们提过了，讲宗教等问题的时候提过：老马是一个中国瘦老头似的美神，有北京文化特点，看什么都好，爱面子，去教堂；小马去教堂是为了看漂亮姑娘。在《二马》中，塑造了一个正面人物——新人。中国现代文学的一个任务，是要发现和塑造一些新人，可惜那些新人，都写得不太成功，因为生活中没有基础，是他们的一个理想。只有到了社会主义时代才新人辈出。你想在旧社会写出一个雷锋来，没有啊，它不可能有这基础。但是这些作家在努力，老舍就写了他理想中的青年人，勤劳、勇敢、科学、民主都有，特别是他写了一个李子荣。李子荣的婚恋观是这样的，他说："爱情的底下，还藏着互助，体谅，责任；我不能爱一个不能帮助我，体谅我，替我负责的姑娘；不管她怎么好看，不管她的思想怎样新。"

20世纪20年代后期鲁迅小说中所写的爱情观，显然是有针对性的——针对的就是五四时流行的爱情观。当我们这些以男人为主体的文人，用各种花言巧语把女人从家里勾出来，要干什么呢？怎么看她们，怎么评价她们呢？其实就是两个标准：一个是好看，一个是思想新。老舍显然是针对这个带有五四色彩的流行观念。其实要求女人好看，传统是跟现代一样的。但是美的风格是不一样的，表面上千变万化，骨子里有一些东西没变。但是要求女性思想新是什么意思？为什么要求人家思想新？在恋爱中怎么体现思想新？就是"咱俩的事别告诉你父母，跟我走吧"。这叫思想新。那要思想不新呢？思想不新就是"那不行，我得回去跟我妈商量"。然后这男的就给她做工作："哎呀，老封建！都什么年代了还跟你妈商量，你妈老封建。"什么叫思想新？李子荣强调的爱情是有互助，不是一方依赖另一方，体谅，责任，这几件。

有了这个观念之后，他的选择性很明确，他说："我宁可娶个会做饭，洗衣裳的乡下佬，也不去和那位‘有一点儿知识’，念过几本小说的姑娘去套交情。”这是李子荣的选择。这很不时尚，很不符合时代潮流，符合时代潮流怎么能娶一个做饭洗衣的没文化的乡下佬呢？那什么叫有文化，什么叫新女性呢？一般的标志是知道点现代的事，特别是得念过几本小说，见面得谈谈大仲马、雪莱、拜伦，这就表示是新女性。而老舍竟然在20世纪20年代的时候反对这个，他能够看穿这个。

刚才说的是《二马》中的人物语言，老舍自己的语言，在他给朋友的书信里这样表达，他在给陶亢德的信里说："一个有欠摩登的女人，是怎样的能够帮助像我这样的人哪！”你看老舍自己，他要什么女人呢？叫“有欠摩登”。就不能摩登，不能时尚，他不要摩登的，不要时尚的。所以他跟胡絜青的感情，很值得研究，很值得琢磨。当然现在我们还不可能做到客观琢磨、研究人家的私事，得等很长很长时间，跟这事有关系的人都不在世的时候，才能研究。现在研究李清照，可以客观地研究，不会有一个人冒充李清照的孙子出来打官司——就是个人利益完全烟消云散之后。但是我们现在这些话都可以记着，老舍是要找一个有欠摩登的女人，他认为这个女人对他有帮助。

相反，他在致女友的信里边这么说："以玫瑰色的背心或披及肩项的卷发为浪漫的象征，是死与无心肝的象征啊。”这话说得好像挺狠，好像包含了深仇大恨似的。你干吗恨这样的姑娘呢？我们一般看五四时候的诗歌、散文，那都是赞美的对象啊。一个姑娘穿着玫瑰色的背心，有着披肩的卷发，多浪漫多好啊！可以想到很多好的画面，像电影一样。你说你不喜欢就不喜欢吧，可是老舍竟然说了这么狠毒的话，“死与无心肝的象征啊”。老舍怎么这么恨这些姑娘呢？难道说被这些姑娘抛弃过吗？好像不是，查他的生平不是这样。所以老舍在年轻的时候，就和五四流行的那种时尚，站在不同的立场上。

老舍喜欢什么样的女人呢？他赞美什么样的女人呢？他赞美的这种东西如果在20世纪20年代写出来的话不可能受重视——我们看老舍20世纪20年代影响不是很大，因为老舍确实是逆流而上。鲁迅写《伤逝》，因为那是鲁迅写的，作者太狠，发表的地方狠，还有那篇小说也确实击中了很多要害，鲁迅还有一系列文章配合。那么老舍的这种婚恋观在20世纪20年代不可能受重视，他所推崇的那种女人是到了以后的岁月，特别是中国人重新反思五四的时候，就是到了抗战期间，20世纪30年代后期、40年代的时候，中国人重新发现，把所有的女人都从家里拽出来让她们什么都不干，好像最后这国家也好不了。这个时候重新发现了女人，又发现一遍女人。

老舍塑造的光辉的形象是《四世同堂》里的韵梅。韵梅是没受过什么教育的传统市民。她跟她的丈夫之间，不是我们现在提倡的什么知己，互相很理解，互相很了解，志同道合，一个学物理，一个学化学，一个文史哲，一个政经法，根本不是这么回事。小说里写她跟她丈夫瑞宣是什么关系呢？“**在思想上，言论上，和一部分行动上，瑞宣简直是她的一个永不可解的谜。**”瑞宣就是一个普通老师，还不是什么高级知识分子，这个普通老师的思想、言论，她不可理解，一部分行动也不可理解。按现在的话来说这还过什么劲儿啊？离婚呗！但是，韵梅呢，她不愿费她的脑子去猜这个谜，她没有要求去理解，干吗要理解？而只求尽到自己的责任。她不想去了解丈夫的那些事，比如他在学校里讲什么课啊？不懂！他开什么会啊？不管！他跟一些朋友都叨咕什么呀？估计肯定不会把她卖了。【众笑】她是这样一个态度，叫知之为知之。而一旦丈夫遭了难，她也不知道具体为什么遭难，反正她知道她丈夫是好人，为营救丈夫，她不惜牺牲了自己。“**不要求感激，也不多心冷淡，她的爱丈夫的诚心象一颗灯光，只管放亮，而不索要报酬和夸赞。**”

她是没有什么文化的，不够文雅——“唯其她不大文雅，她才不怕去站队领粮，以至于挨了皮鞭，仍不退缩。”因为战争后期粮食供应紧张，日本人要求大家都拿着粮证，天天去排队买粮。这种事，一般中国人觉得屈辱，特别是知识分子觉得屈辱。像瑞宣这样的知识分子，又不能跑出去当游击队，又不能当汉奸，这种事又不乐意去。那这种事谁去呢？一家大小谁养活呢？这个时候就是韵梅这样的普通的妇女，她去。她在那里受了屈辱，仍不退缩，因为她心里想的就是责任。

在老舍的爱情词典里，“责任”特别重要。什么感情啊，其他的东西都必须建立在责任的基础上。他树立的韵梅的形象，是一个用男人的标准可以衡量的形象，用男人对国家的那种态度，来衡量韵梅对他们自己家庭、对丈夫的这种态度。当然如果站在女权主义立场上，或者说现在流行的那种女权主义立场上，你是可以批评的，你凭什么要赞美这样的韵梅呀？这明明就是落后的嘛！丈夫对她也不好，不领她去看电影，凭什么爱这家？走！——是有这么一种观点的。但是这种观点好像正好跟老舍作品里写的是相反的，是不一样的，老舍的立场不在这儿。

韵梅对家里是这样，韵梅这种人跟国家有没有关系呢？小说里这样写道：“尽管她没有骑着快马，荷着洋枪，象那些东北的女英雄们，在森林或旷野，与敌人血战；也没象乡间的妇女们那样因男人去从军，而担任起筑路，耕田，抢救伤兵的工作；可是她也没象胖菊子那样因贪图富贵而逼迫着丈夫去作汉奸，或冠招弟那样用身体去换取美好的吃穿；她老微笑着去操作，不抱怨吃的苦，穿的破，她也是一种战士！”这就很了不起。“她不只是她，而是中国历史上好的女性的化身——在国破家亡的时候，肯随着男人受苦，以至于随着丈夫去死节殉难。”

这话你要是分析起来好像很封建，那我们女性的独立在哪里呀？你们男人爱国也要逼着我们爱？跟着你们一样，为这国家殉难？——女性主义是可以这样批判的。我开会的时候就遇见过这样的女学者，愤然批判老舍——糟蹋我们女性，你们爱国凭什么让我们跟着爱，那不是你们男人的国吗？——好像很有道理。

而赞美韵梅“也是一种战士”，这个境界是很高的。在当时的中国能够有这么高境界认识的，跟老舍一样的，只有另外一个人，那个人叫毛泽东。我拿《四世同堂》讲抗日战争为什么胜利，《四世同堂》就证明了中国人里有这样的人，这样普普通通的人，他们才是抗战的脊梁！谁能够把这样的人团结了，组织起来，用于抗战，谁就得天下。抗战的胜利跟武器没有关系，跟军队多少没有关系。你抓一千万壮丁没用，抓三千万壮丁都没用。你得把抗战跟“韵梅”联系起来，她为什么要抗战。

而老舍不是政治家，他通过对他身边那些邻里、同胞的了解，他发现中国人里有韵梅这样的女人，他认为这样的女人是这么伟大，他把她放到中国历史上去比，她是历史上好的女性的化身。我记得我讲《红色娘子军》的时候，我也列了历史上很多了不起的女人，但是一般都跟打仗有关系。我还没有去列像韵梅这样的人，她不打仗，但她是战士。这是韵梅这样的女人。

可是韵梅呢，她也很幸运，嫁到一个好人家，她嫁到祁家，祁家起码老人都是通情达理的，老人可能老糊涂可能老封建，但是是好人。祁老太爷，爷爷辈的，然后她的公公婆婆，是好人，她丈夫是好丈夫，她丈夫是忠孝两全的好男人。当然两个人之间不能互相理解，她并不是她丈夫心目中理想的女性。那他没办法，他是家里的老大，被老人做主给娶了这么一媳妇，不太满意，但是越过日子发现这媳妇越好，他是越往后才发现这个媳妇真是娶对了。特别是跟别人家一比才知道，这比娶一大学生好多了，假如娶一大学生，没准此刻自个儿已经是汉奸了，甚至命都可能不在了。老舍的小说里有很多潜台词，老舍笔下的很多坏女人，颇有毕业的女大学生之嫌。

跟韵梅差不多的一个女性，是他《正红旗下》写的大姐。大姐跟韵梅比，命不太好。韵梅嫁到一个好人家，这个大姐是个贤妻，可是嫁到一个并不太贤之家。那她怎么样呢？小说里写，她有了委屈，不敢向丈夫说，怕挑起是非，也不敢向母亲说，怕母亲伤心，在长辈面前，她总是赔着笑容，小心侍候。在不利的处境中，在逆境中，老舍写出女性的那种优良品质——丈夫家不怎么好，仍然摆平各种关系。

我前面讲旗人问题的时候，举过老舍他大姐的例子，讲她怎么站得腿都浮肿了，侍候老太太们抽烟、聊天。在今天看来，这种女人怎么能赞美呢？逆来顺受不知反抗，丈夫、公婆对你不好，你还不在一个风雪之夜逃出家门去当红色娘子军吗？能不能那样去推理？反正老舍是有这样一套看法，和其他五四作家都不一样。老舍也不是说这“家”都好，老舍也写出一些不好的家，特别是《四世同堂》一条胡同里什么家都写到了，不是说是“家”就好。

老舍相对来说也写了一些时髦女性，我在这里着重引一篇小说《阳光》。为什么要引《阳光》？因为这篇小说不太被人重视，大家都重视它的姊妹篇《月牙儿》，《月牙儿》是名篇。其实老舍还写了一篇跟《月牙儿》故意相对的叫《阳光》。但这部小说写得不太好，从艺术手法上远不如《月牙儿》，所以它不太有名，大家都愿意分析《月牙儿》，《月牙儿》语言太好了，故事也太好了。《阳光》写得不太成功，但是我觉得他有意塑造一个不同的女性，这人在老舍眼中是被否定的女性，用来研究老舍的思想倒很重要。也是用第一人称来写的，大家可能未必读过这篇小说，那么我引用几段。

《阳光》的主人公，是一个时髦的、生在富裕之家的女孩，《阳光》里这么写道：“**对于功课，我不大注意；我的学校里本来不大注意功课。**”

我们就知道了，当时很多给女子办的学校，其实不是为了让女子受教育，不太重视功课的。“况且功课与我没多大关系，我和我的同学们都是阔家的女儿，我们顾衣裳与打扮还顾不来，哪有工夫去管功课呢。”当时办了很多女子学校，但多数穷人的女儿是不可能上学的，上学的多数是富家女。只有少数免学费的师范学校，才有一些平民女子来上学。还有像北大这样的学校唯才是举，这个女孩确实有才，才能要她。

“可是在清醒之中，我也有时候因身体上的刺激，与心里对父兄的反感，使我想到去浪漫。我凭什么为他们而守身如玉呢？我的脸好看，我的身体美好，我有青春，我应当在个爱人的怀里。我还没想到结婚与别的大问题，我只想把青春放出一点去，象花不自己老包着香味，而是随着风传到远处去。在这么想的时节，我心中的天是蓝得近乎翠绿，我是这蓝绿空中的一片桃红的霞。可是一回到家中，我看到的是黑暗。我不能不承认我是比他们优越，于是我也就更难处置自己。即使我要肉体上的快乐，我也比他们更理想一些。因此，我既不能完全与他们一致，又恨我不能实际的得到什么。我好像是在黄昏中，不象白天也不象黑夜。我失了我自幼所有的阳光。”老舍的语言很美，很善于运用各种比喻、想象，很有画面感，但是有时这种心理活动写得太多。

“中学毕了业，我要求家中允许我入大学。我没心情读书，只为多在外面玩玩，本来吗，洗衣有老妈，作衣裳有裁缝，作饭有厨子，教书有先生，出门有汽车，我学本事干什么呢？我得入学，因为别的女子有入大学的，我不能落后；我还想出洋呢。学校并不给我什么印象，我只记得我的高跟鞋在洋灰路上或地板上的响声，咯噔咯噔的，怪好听。我的宿舍顶阔气，床下堆着十来双鞋，我永远不去整理它们，就那么堆着，屋中越乱越显出阔气。我打扮好了出来，象个青蛙从水中跳出，谁也想不到水底下有泥。我的眉须画半点多钟，哪有工夫去收拾屋子呢？赶到下雨的天，鞋上沾了点泥，我才去访那好清洁的同学，把泥留在她的屋里。她们都不敢惹我。”【众笑】这个倒写得挺活灵活现，当时那种骄横跋扈的不务学习的富家女孩，却认为自己是新女性。

“入学不久我便被举为学校的皇后。”那个时候不知道为什么选皇后，后来叫校花。【众笑】“与我长的同样美的都失败了，她们没有脑子，没有手段；我有。在中学交的男朋友全断绝了关系，连那个伴郎。我的身份更高了，我的阅历更多了，我既是皇后，至少得有个皇帝作我的爱人。被我拒绝了的那些男子还有时候给我来信，都说他们常常因想我而落泪；落吧，我有什么法子呢？他们说我狠心，我何尝狠心呢？我有我的身份，理想，与美丽。爱和生命一样，经验越多便越高明，聪明的爱是理智的，多咱爱把心迷住——我由别人的遭遇看出来——便是悲剧。我不能这么办。作了皇后以后，我的新朋友很多很多了。我戏耍他们，嘲弄他们，他们都羊似的驯顺老实。这几乎使我绝望了，我找不到可征服的，他们永远投降，没有一点战斗的心思与力量。谁说男子强硬呢？我还没看见一个。”

她的整个精力都用在这方面。我们可以想当时普遍的学校里的女生是个什么情况，社会上的老百姓对学生是个什么看法，为什么五四运动不像我们想象的那么伟大，一说科学与民主中国立刻就进步了吗？不是那么简单的，我们看电影看书，都看的是很小范围的顶尖的先进的学生，老想着当时学生都像北大学生那样，爱国、有志气，天下兴亡匹夫有责——不是那样，那是非常少的一部分。中国要进步要富强，远着哪！

“家中还进行着我的婚事。我暗中笑他们，一声儿不出。我等着。等到有了定局再说，我会给他们一手儿看看。是的，我得多预备人，万一到和家中闹翻的时候，好挑选一个捉住不放。我在同学中成了顶可羡慕的人，因为我敢和许多男子交际。那些只有一个爱人的同学，时常的哭，把眼哭得桃儿似的。她们只有一个爱人，而且任着他的性儿欺侮，怎能不哭呢。我不哭，因为我有准备。我看不起她们，她们把小姐的身份作丢了。她们管哭哭啼啼叫作爱的甘蔗，我才不吃这样的甘蔗，我和她们说不到一块。她们没有脑子，她们常受男人的骗。回到宿舍哭一整天，她们引不起我的同情，她们该受骗！我在爱的海边游泳，她们闭着眼往里跳。这群可怜的东西。”不知道老舍打哪儿来的这些经验，很奇怪。【众笑】

“奋斗了许多日子，我自动的停战了。家中给提的人家到底是合乎我的高尚的自尊的理想。除了欠着一点爱，别的都合适。爱，说回来，值多少钱一斤呢？我爽性不上学了，既怕同学们暗笑我，就躲开她们好了。她们有爱，爱把她们拉到泥塘里去！我才不那么傻。在家里，我很快乐，父母们对我也特别的好。我开始预备嫁衣。作好了，我偷偷的穿上看一看，戴上钻石的戒指与胸珠，确是足以压倒一切！我自傲幸而我机警，能见风转舵，使自己能成为最可羡慕的新娘子，能把一切女人压下去。假若我只为了那点爱，而随便和个穷汉结婚，头上只戴上一束纸花，手指套上个铜圈，头纱在地上抛着一尺多，我怎样活着，羞也羞死了！”当老舍写这些时，我相信老舍是很愤懑的，是怀着气愤在写的，不光是嘲弄。

我们通过《阳光》这样的描写，可以看出老舍心中显然对现代和传统有着与其他作家不同的看法。当我们进入现代，必须控诉传统，说“传统文化戕害女性”。在这个口号指引下，我们进入了现代，男女合谋一块儿进入了现代。

我们要把人家女孩从家里勾出来，女孩就跟着我们走了，就不再要“父母之命，媒妁之言”了，有了也是一个形式上的东西。可是这样走了很远之后，忽然发现我们的生活并没有因此变得幸福。再看看似乎不如父母那一代幸福，不如爷爷奶奶那代幸福。但是，不是说我们原来批判的就都错了，我们批判的那个缺点——可能也是缺点，被我们看见了，可是我们走到另一条路上的时候，发现这条路并非坦途。

于是这样就有了新的困惑，传统与现代哪个更戕害女性？老舍写了一系列被现代这种时尚所坑害的女子。有很多对儿：王灵石被欧阳天风坑害，秀珍被小赵坑害，秀莲被张文坑害，马少奶奶被他的先生马克同坑害。马克同冒充马克思主义者，故意起一个名叫马克同。【众笑】也就是打着什么旗号都能忽悠人，什么信自由主义啊，信马列主义啊，都可以忽悠女人。

而老舍是很早很早把这东西看透的，他不看你举着什么主义，他看你要干什么。可是你说老舍反现代文明吗？他不反，他自己是按照现代文明前进的。所以老舍为什么是一流的大家？他和鲁迅一样，坐在现代文明的车上，他有自知之明，知道自己坐的不是一辆理想的车，但是姑且坐坐，不坐也没有别的选择，因为我们毕竟进入了现代。

跟这个相比，我们来看看，在《四世同堂》里写了一家人，就是冠家。《四世同堂》写的胡同里面，有好多人家，主要是三家：祁家、钱家、冠家。冠家是不太好的这么一家人，冠家是一男四女。

这个照片是话剧版的《四世同堂》，田沁鑫导演编导的《四世同堂》，

我是学术顾问。中间这是冠晓荷，两边是他两个太太，后边是他两个女儿。话剧版的《四世同堂》，把冠晓荷和他们家太太的形象都弄得比较好，我觉得外在的形象好一点，反而更能衬托出它的本质来。他的大太太就是大赤包，从这个形象上，可以看出老舍对某一类女人，有其他作家无法企及的厌恶、憎恨。

同学们也好，还是我这一代人也好，小时候受的教育都是要尊重妇女、保护妇女，还有热爱妇女，我们受的都是这种教育。我们接触的文字大多也都是说女性好，特别是作为男性，老被教育说男人不好，男人很黄很暴力，【众笑】所以我们见了女人老是不由自主地尊重。可是随着成长，我们会发现实际生活中的女人不全是这样，有时候会发现很多女人比男人还黄还暴力，还不文明，还粗俗，还坏。遇到这种时候就发现，文学作品中怎么不写呢？很久很久才发现，还是有人写的——只有老舍敢于直面，其他作家不敢直面。

比如让我写一篇东西，里边把女人写得很坏，我不敢写，我真的不敢写，我怕以后受到指责，我怕得罪大量的女读者。因为写的虽然是一个人，会得罪一群人、一类人。那一定是有切肤之痛，不写不行了，才能像老舍这样撕开了写，完全把生活的真相撕开。所以读了老舍的作品，你如果有了生活阅历，你发现写得太好了，我们的生活中就遇到过大赤包这样的人，这样的女人是有的，当然不多。大赤包可以从很多角度去分析，也可以从北京文化去分析，为什么北京胡同里会产生这样的女子？这也是地域文化可研究的。

他的二太太，尤桐芳，本来是个曲艺演员，是冠晓荷做小官时娶回来的，所以他们家里就存在大太太和二太太的矛盾，经常吵成一团。他有两个女儿，一个叫高弟，一个叫招弟，这个名字一看倒是很传统，都是希望再生个男孩，都是“招弟”。高弟和招弟不同，姐姐比较传统，姐姐写得很正面；妹妹由于岁数小，不懂事，爱慕虚荣，被宠爱，后来就学坏了，道德品质也堕落了，还当了女特务。当然，根本原因在于他爸就是一个坏男人，注定要当汉奸的那种人。

我分析《四世同堂》的时候，我说人不好好过日子是当汉奸的基础，平时想不劳而获，平时心眼不正，在遇到困难的时候是挺不住的，所以他会做很多无耻的事，会以耻为荣。他女儿当了特务，他竟然还到处去宣传，还拿来吓唬别人，觉得很高兴——“我们家招弟那是大红大紫的特务”，一个当爹的能这么说，我们可以知道汉奸都是什么人品。

冠家这一家人里相对好点的尤桐芳和冠高弟，多少有那么点正气，构成了跟另外两个女人的冲突和矛盾；在这里就更显出大赤包的无耻、冠招弟的可气。招弟本来和祁家老三是谈恋爱的关系，小青年谈恋爱，但是祁家老三后来出去参加了抗日工作，回来的时候两个人已经是敌人了。所以小说后面的结局很悲哀，老三亲手掐死了他当年的女朋友。老舍给这些他认为的坏女人，都没有安排好的结局。所以我想老舍生活中一定接触了许许多多的坏女人，自己深受其害，但是不便于直接写自己的悲剧，就通过小说把它展示出来。我们再想想老舍说的那句话：我怕写女人。我想老舍写这些东西的时候，心里也是很痛的，是带着一种阵痛在写那些女人。

好，老舍与女人的内容还有一些，我们下一次把它讲完。今天就到这里。祝大家冬至愉快！圣诞愉快！【掌声】

2015年12月22日

北大理教107

第十四章

冷男还是暖男：老舍与女权

今天是我们最后一次课，把我们最后一个话题讲完——老舍与女人的问题。

我们上次讲老舍与女人的问题，谈老舍是个冷男，借他笔下的人物谈他的婚恋观，重点谈了一个叫韵梅的人。韵梅这样的人如果在别的作家笔下会怎么写？但是在老舍笔下竟然获得了这样的地位！如果放到整个中华文学史上，放在人类文学史上，一个普通的家庭妇女能被塑造到这种程度，被赋予这样的价值观的意义，这可以说是老舍的一个独创的发明。千千万万的家庭妇女，看了这个应该很高兴，特别是那些贤妻良母。

但是韵梅这样的形象，是与其他的妇女形象相对应而存在的，我们上一次课讲了一篇不太被人注意的小说《阳光》，里面讲了一个时髦女孩子，在虚荣心指导下不断地堕落。这样的女孩子换到别的作家笔下也许不这样写，也许会把老舍写的这样的堕落恰恰写成个性解放。所以在我们这里，文学研究是没有标准答案的，我们要考察的是作家的声音是什么，他在强调哪一个声音。当然从这里我们也看到老舍的文学描写功夫，特别是心理描写的功夫很高超。

从这里我们引出，现代文明与传统文明哪个更有利于女性，这似乎也是没有标准答案的。特别是像男性学者，不论怎么去探讨这个问题，总觉得隔着一层。我们觉得对女性好，也许女性本身不那么感觉；我们觉得对女性不好的，也许有很多女性趋之若鹜，人心和人心是隔膜不相通的。

我在日本任教的时候，因为日本的地铁上经常有色狼骚扰女性，所以人家日本为了保护女性，就专门设一节车厢，这节车厢专门装男的，不许女的去，保护女性，好像就叫“色狼车厢”。本来就是保护女性的，可是听说专门有女性打听，哪一节是色狼车厢。【众笑】她想的跟大家是不一样的。那么这些现象都可以作为我刚才说到的文本来进行解读。

上一次课最后我们讲到老舍写冠家的女人，冠家两代女人，冠晓荷先生的两个太太——大赤包、尤桐芳，还有他的两个女儿——冠高弟、冠招弟。大赤包是他的正太太，不仅是正太太，比他地位还高，是一家之主。我们看老舍对一家之主的女性，在这个家里说一不二的女性，好像不太喜欢，经常把她们写得比较负面。他喜欢的、写得比较正面的，是在家庭里没有绝对话语权，不是权威的，有点弱小的，受欺负的这种女性，比如冠晓荷的二太太尤桐芳。

从一组一组的女性对比中，老舍再一次凸显了他要讴歌的韵梅式的女性。他这样评价韵梅：“**她没受过什么学校教育，但从治家与教养小孩子来说，她比那受过学校教育，反对作贤妻良母，又不幸作了妻与母，而把家与孩子一齐活糟蹋了的妇女，高明得多了。**”我们看这句话，老舍固然是在赞美韵梅，但是主要是借韵梅来发泄他对某种女性的不满。

哪种女性呢？有这么几个因素，第一个是受过学校教育。我们一般认为女性解放的标志和必要条件就是受学校教育的。我们北大是带头羊，带头招女生，其他学校也招了那么多女生，不受教育不行啊。但老舍却质疑这一点，他把这作为一个要素，受过学校教育。光受学校教育还不行，还得反对做贤妻良母。这两者恐怕也是有关系的，因为受了学校教育，所以就反对做贤妻良母，要个性解放，要男女平等。男女平等、个性解放就不能做贤妻良母。可是最后，“又不幸作了妻与母”，老舍这里是含有讽刺的——你不是反对做贤妻良母吗，你怎么又做了妻与母呢？做了妻与母但是反对做贤妻良母，可见就是不贤之妻、不良之母，这是内在的逻辑。既然是不贤之妻、不良之母，结果是怎么样呢？老舍说得挺愤慨，叫“把家与孩子一齐活糟蹋了”。

老舍到底目睹了什么样的现象？因为在老舍生活的那个时代，中国受教育的妇女还是比较少的，非常少，那么少的妇女，我们鼓励她们个性解放还怕力量不够，还来不及呢，还要鼓励更多的女性去上学，打破封建礼教。我们正在鼓励的时候，老舍受了多大的刺激，他才会反对这个？

所以在很多问题上，我们不得不说老舍和鲁迅一样具有前瞻性，当一个事情基本还是正面的时候，他开始反对它的负面，他开始看到这事很悬，这要出事。不幸被他们说中。这个社会上好多女性，包括男性，都把妇女解放简单地跟贤妻良母对立起来，最后就出现了老舍反对的那种妇女。也正是在这个意义上，老舍要讴歌韵梅这样的形象，他说韵梅“高明得多了”。

那么韵梅就是理想的女性吗，就是完美的女性吗？老舍自己怎么不找个不识字的乡下姑娘结婚呢？他自己又不这样。老舍怎么把自己的理想和自己的生活相结合呢？他心目中完美的女性在哪里呢？我们想老舍心目中完美的女性肯定不是没受过教育，他肯定希望受过教育，还得受现代教育，还得知书达理，还得知道现代科技。跟蔡元培一样，大家去查查蔡元培，他夫人去世了，他的征婚广告，蔡元培校长要求女性的几条，比如说不能缠足，那是他那个时候的标志，不缠足才是现代女性；还得受现代教育；然后，还得是贤妻良母。

我们想想，鲁迅他们是怎么选择自己的伴侣的？有选择成功的，按照自己的理想选到的，也有不成功的。比如说李大钊，李大钊就不选了；比如说胡适，就跟一个旧式的夫人在一起，那他用什么来弥补自己生活的缺憾呢？通过一些婚外的活动来补偿。

我们看过去的人一定要将心比心，回到那个时代，知道那个时代的人不容易，男性都解放了，没那么多对等的女性等着他。比如有一万个男的要求个性解放，要求找现代妇女，可是一共只有一百个女性，它是这样一个情况。在现代婚恋观是这样，换到别的领域，换到革命领域也是这样。参加革命的肯定是男人多，女人少，男人都想找一个革命女性，没那么多革命女性啊。当年已经有那么多革命的知识女性奔赴延安了，可是这种女性和延安的男性、八路军干部的比例是多少呢？是1：80。

再来看看老舍笔下最著名的一个女性，我们用这个女性来分析分析。讲了半天，怎么不讲老舍笔下最有名的女性呢？这就是《骆驼祥子》中的虎妞。如果让普通的老百姓举老舍笔下的人物，恐怕举不到五个就会举到虎妞，恐怕第一个就是祥子，下边举两个就举出来虎妞了。虎妞这个形象的确是非常值得剖析的，有多少学者也写过论著。我们发现在每一个时代对虎妞的评论、看法是不一样的，我们应该先回到老舍的原文中去看看虎妞是什么形象。

我为什么要强调中文系的同学一定要读原著呢，因为像《骆驼祥子》《三国演义》这样的作品，你不读也知道情节，不读就知道情节是很害人的，于是你觉得这个不读也行，结果你就这样地毕业了，其实你是不合格的中文系学生。像这样的代表作，你跟别人的区别，就是你读过原文。

最好读过原始的版本，因为后来修改过。读了原文你就知道，在《骆驼祥子》这本小说里，老舍所写的虎妞是个什么样的形象。在老舍的笔下这个虎妞是："老"——岁数很大，快四十了还没出嫁。"老"是很重要的一点。我没有研究过快到四十还没出嫁的女人是一个什么样的心态，可能这个问题又结合着阶级、地域、民族等因素，都不一样。

我从小是在东北地区长大的，我们说小姑娘，一般都是初中以下的才叫小姑娘；我们说女孩，小学生再往下才能叫女孩；上了高中大学的，都叫大姑娘，可能我们跟山东文化是一致的，二十多岁都叫大姑娘；三十多岁的我们叫"老娘们儿"，【众笑】我们是这么叫的。所以我刚到北大上大学很不适应，我看见北京人经常说："你看，有一个女孩儿！"我说哪有女孩儿啊？"你看，不在那儿走呢吗？"我说："啊？那是女孩儿吗，那不老娘们儿吗？"【众笑】我和当地人融合了很久才适应人家的语言，我想语言背后是有着认识的。后来我接触过一些北京地区三十多岁的女性，她真的认为自己是女孩儿，说话的时候也带着"我们女孩儿啊"怎么怎么着，我听着老别扭，都三十多岁了，怎么管自己叫女孩儿呢？不能适应。

后来我看了一个话剧，刘邦媳妇吕后在抒发自己的人生感慨，前面都是用普通话说的，挺小资挺小清新的有点鸡汤的话，大概就是说，青春一去不复返，人要珍惜生命怎么怎么地，突然，感慨上来了——"一转眼，俺都仨十叭（三十八）了。"【众笑】一个女的，一转眼她都三十八岁了——用方言说的这句话，才是她真的精神状态、精神面貌。

我们想，虎妞她爸开车厂，就相当于现在开一个出租车公司，她是她爸的CEO，她爸很会省钱，不再另外雇经理人，叫他闺女帮他干。而这虎妞特别能干，特别能干的原因——她管理的是祥子这些车夫。她怎么能管理这些男性的车夫呢？跟她后面这些特征有关系——她老，小姑娘管不了；她如果长得漂亮呢，这些车夫恐怕会骚扰她，她丑，她不漂亮；没有女性的温柔、含蓄，她凶，她无赖，她粗俗，她自私。在老舍的笔下说“她就是一个爷们”，这就是一个女性的爷们儿，我们今天说女汉子。我们今天说的女汉子跟虎妞没法比，今天说的女汉子多少是比较坚强一点的，就是“禁造”，能折腾能干的女性。有的时候我们说女汉子是带有钦佩之意的，比如有时候我会赞美这些人，我说“你真是一个女汉子”，这是褒义的。但是老舍说“她是一个女性的爷们”，这不是褒义的，这是贬义的。

后来我在北京待了三十多年，接触这么多北京市民，我发现，北京很多胡同里都有虎妞，包括我们北大家属区。就在蔚秀园，我就遇到了两次——北大家属，北京人，妇女，五十岁以上的，用最肮脏的词连续乱骂人。你看她也不像没受过教育的，你通过无数的事实可以证明。当然这不是北京一个城市的特点，平时我们在书本上看到的那些关于女性的描写不是真实的，我们这个社会总是宣传女的比男的善良，女人就好，孩子比大人好，女的比男的好，这种宣传是一种策略，是为了“什么什么什么”才这么做的。我们要理解这种策略，但是我们还要看清事实，事实是生活中就有虎妞这样的人。从小到大通过我的经历我就知道，什么样的男人我都不怕，【众笑】怕的就是三十岁到五十岁的女同志，别惹她，把她惹急了，你想找个地方钻都没地方钻。

虎妞就是这样的人，加上她的好吃懒做，一些男性的缺点，老舍都把它们放到了虎妞身上。我参加一些学术会议，遇到有的学者写论文批判老舍，说老舍通过虎妞丑化了妇女的形象。近几年来女权主义盛行，在我们学术界，比如某一次开会，如果有女权主义的论文，特别是女性学者写的女权主义的论文，男性学者没有人跟她反驳。大家都很小心，都知道这不能惹，不能反对女权主义，不然人家很愤慨地说“你们男人欺负女人”，如果把她们惹火了，我们以后怎么跟妇女打交道啊！但是我们冷静地想，老舍是不是丑化了妇女？我觉得没有，老舍在别的妇女身上汇聚了他的爱，他塑造了韵梅，还有其他一些好的女性形象，那就不许他写一个坏的吗？就虎妞本人来说，他是不是丑化了？第一，小说写的本身逻辑是不是自洽？第二，生活中有没有这样的人？用这个来衡量。

现代作家的心理是普遍不敢得罪女性，写一个坏女人是要冒风险的。男人你怎么写他坏都可以，反正这个社会是男人说了算，把妇女写得好，过于美化妇女其实正是男人的“阴谋”。到处鼓吹男女平等，实际上不平等，就像西方国家天天讲人权，其实没有你的人权，没有才要讲人权。正因为男女不平等，所以男人才敢糊弄着女人跟我们一块儿过，所以就说“男女平等”。很少有人有勇气敢捅破，老舍就是这样的，他不顾社会认同，或者要改变社会认同。

我们看《骆驼祥子》这篇小说是非常奇怪的，它不符合老舍一般创作风格。此前老舍给人的印象是幽默大师，你看《骆驼祥子》不幽默，不幽默的一本小说竟然成为老舍的代表作。它很薄，说是长篇小说，不到二十万字，按照今天的标准，也就是中篇小说的规模，甚至今天有的短篇小说都写了将近十万字。这么薄一本小说就成了老舍的代表作，这本小说给人的震撼太大了。震撼，一个是祥子本人的命运，还有一个，你总也挥之不去，就是对虎妞的描写，让人避不开，不管你喜欢不喜欢，你是不是同意老舍，你总觉得虎妞触到了你心中一个非常重大的问题。

我们讲韵梅的时候，说老舍喜欢那种没受过多少学校教育的，好像传统的妇女。我们看虎妞，虎妞就是传统女性，虎妞可没受过教育。所以你不能说老舍一概地不喜欢受教育的现代妇女，老舍就喜欢过去传统家庭妇女。不是。虎妞就是传统的妇女，老舍就写了传统妇女的这种可怕的现象。

我回忆了一下，小时候我家住的楼里，也有虎妞这样的女性——没有老舍写得这么扁平化，但是那个人要是撒起泼来非常厉害，那也跟泼妇一样。虎妞是具有文学理论中所讲的典型意义。虎妞是分析不完的，虎妞这种人到底在什么环境里是正常人？

可是《骆驼祥子》如果改编成影视作品，改编成其他形式的时候，我们看，就不能再严格遵循老舍原著里的描写。我们想在电视里、电影里，能让女一号是这样的形象吗？女一号，老、丑、凶、无赖、粗俗、自私、好吃懒做，你让谁来演啊？你让范冰冰演还是李冰冰演啊？【众笑】肯定都拒绝，而且市场效果不好。影视作品是直观的，直接冲击人的视觉，所以影视作品无一例外都在改编中进行了“去丑”，都要把虎妞的形象改得不那么老，不那么丑，不那么凶，甚至还要加很多正面因素。这样一改，她的性格也要加以重新解释，讲虎妞也是情有可原的，或者讲她也是被压迫者，也是这个社会的受害者。这样说好像都有道理，但这不是老舍的原意。

我在一篇文章中写道，《骆驼祥子》里祥子的命运，固然有社会性原因，但是祥子的悲剧有一个重要的原因就是虎妞，虎妞的个人原因造成祥子的悲剧是不可替代的。有一些改编要把他俩写成被压迫的底层劳动人民，只不过虎妞有点缺点而已，这不符合小说原来的结构。

虎妞跟祥子的阶级不一样，祥子才是真正的劳动者，世袭的劳动者，从郊区农村来到北京打工的，靠自己一身力气吃饭的纯无产阶级。虎妞她们家开车厂，出租生产资料，出租生产工具，是赚钱的纯资产阶级。所以我说《骆驼祥子》这个故事，是一个资产阶级老姑娘勾引无产阶级纯洁小伙子的故事，【众笑】是布好一个陷阱，一个污浊的陷阱，把一个纯洁的无产阶级小伙子坑害进去的这样一个故事。所以我们不同时代的人，即使没有受过马列主义教育，都会觉得这部作品了不起，具有震撼力。

再结合其他材料，知道老舍把自己就比喻成祥子。老舍一直想辞职，想当专业作家，这个想法就和骆驼祥子一心想买一辆自己的车，靠自己拉车养活自己一家是一样的，但是他总不能实现。

我刚才说改编的时候“去丑”，我们评论界也要媚俗，评论界往往不敢把虎妞说得太坏，当然有时候可能也是不自觉地受电影的影响——电影演得多好，张丰毅和斯琴高娃，他们演的恐怕还颇有几分恩爱。而小说原著不是这么写的，小说原著写的虎妞把祥子当成一个发泄性欲的工具，要无穷无尽地榨取他，直到把祥子榨干，原著把虎妞写成一只凶恶的猛兽。老舍是带着很大的仇恨来写虎妞的。我觉得正是由于察觉到了老舍这份仇恨，所以许多女权主义者不干了，甚至有的女权主义者要批判老舍。我也能够体谅她们对老舍的这份仇恨，谁让你把我们这点事都说出来了？所以要批判老舍。

那么这里面就有作家心理。首先我们觉得老舍的心理是特别强大的，尽管老舍那么随和。比如说我分析老舍自杀这件事，我就说老舍心里边有非常刚烈的一面。表面上对人特别谦虚、特别和蔼的人，心里往往有特刚烈的一面：就是坚持自己的某些原创性的世界观。老舍在男女的问题上，他就不向世俗低头，他就认为有这样恶心的女人，他就要把她写出来。他一时没有社会认同，但是他希望有一天能有社会认同。当然呢，其实有了社会认同的这些人，不见得敢说出来。

在我们这个时代，为什么有那么多的人——艺术家、学者要为虎妞和潘金莲翻案？这是一个挺呼应的事情。根据现在的很多观念，潘金莲有什么不对？人家嫁给武大郎多委屈，嫁给武大郎能三从四德吗？既然嫁给武大郎了，那我就得乱搞，谁让你把我安排嫁给武大郎呢？武大郎长得不行，经济收入不行，性格不行，没一样行的。没一样行的你还不让我乱搞，那你们这不就是老封建吗？不就是封建礼教吃人吗？我要勇敢地争取个人幸福。这是为潘金莲这种人呼吁的一个观点。为虎妞也可以这样呼吁——那我都这么老了，这么丑了，你不让我出嫁吗？我好人嫁不着，我就得想一个招儿嫁给祥子这样的人。再说我给他好吃好喝的，我也没害他。你要为她找正面的理由好像都能找着，但是有点脱离原著。

原著里有没有说潘金莲不能另找人？原著里潘金莲的罪过到底是什么？是自由恋爱吗？好像不是，而是她伙同别人杀害武大郎这样的人。谁是真正的弱势群体？是潘金莲还是武大郎？因为武大郎实在不可爱，所以读者很容易就忽略了，谁是真正应该同情和怜悯的人。武大郎确实没什么优点，所以我们就容易忽略那个真正被压迫的人是谁，真正被打死被闷死的那个人他有多么可怜。按照这种逻辑，那武大郎应该怎么做呢？

所以我们在女权主义这个问题上，也要看一看文学理论史。我曾经就把女权主义跟阶级斗争理论作对比。在以前盛行阶级斗争理论的时候，阶级斗争理论是个很犀利的理论，一开始学者们拿着这个理论来分析文学作品，发现非常管用，于是大家就形成一种模式，看什么都用阶级斗争的眼光去看。这一看还确实给他看出来了，还真是这样的，什么都有阶级斗争。

但是不是所有的问题都适合用阶级斗争理论来解释？阶级斗争是客观存在，你肯定能分析出东西来，那么男女斗争也是存在的。任何作品都禁不住学者的分析，一分析都能发现——哎，男性欺负女性。【众笑】是不是这样就算把作品读懂了？那将来还会出现别的理论。列宁为什么说“理论是灰色的，生活之树常青”（《论策略书》）？我们上了大学，特别是当了学者之后，一肚子理论，遮蔽了什么东西？我们忘记了什么东西？随时要提醒自己保持什么，不要忘记什么。

所以我把虎妞这个形象专门提出来，供大家来思考。在这样的问题上好好思考，有利于我们去读别的文学作品，因为虎妞这个形象在人类文学史上实在是很奇特的。

下面我们讲老舍作品中跟女性有关的一个特殊的问题，就是妓女问题。

妓女问题本身非常复杂，我曾经写过一本小册子叫《青楼文化》，那是二十多年前写的，还在读博士的时候写的。我觉得人类文化史上、中国文化史上有一些专门的问题要把它探讨清楚，比如武侠问题、青楼问题。我虽然不是专家，但是我通过探讨，把这个问题梳理一下。

妓女的起源是什么，妓女分多少种——妓女的种类、妓女的社会功能是什么。我写这类东西，都是考虑的古代的事情，没有与当今的妓女问题进行很有效的对比，但是我参考了一些学者的研究成果。比如中国人民大学潘绥铭教授，他研究这个问题几十年，他是带领他的研究生，一个团队，每年都去红灯区采访。他的工作很不容易，因为经常会受到误解，有时候可能还会有黑社会来打他们。我很佩服那些做田野调查的学者，真的深入生活去调查方言、民俗……特别是这种黑幕现象，很了不起。

通过读他们的论著，我发现古代和现代有很大的差别。我写青楼文化虽然写得不多，不深入，但是涉及了很多方面的问题。在古代社会，青楼制度恰好是家庭制度的一个补充。因为家里那个贤妻良母，倒是没受过教育，她就负责当贤妻良母，另外的功能由青楼女子承担。而青楼女子是古代最有修养的、最有文化的高级的女性。

古代去青楼是非常麻烦的。我还专门写过宋徽宗怎么去跟李师师幽会。宋徽宗去找李师师，不敢说自己是皇上。按理说，我们一般人想，说出来这不是很简单的事吗？不能，说出这个身份人家就看不起啊。他要装出自己是个知识分子，好像进京赶考来了，用自己的才华、气质来打动对方的心，让对方佩服你内在的精神品格，而不是用你的职业、钱来打动。所以第一次李师师都没理他，弹了一支琵琶曲就进去了。人家老鸨说，姑娘今天不高兴，下回再来吧。那得来很多次才行，跟谈恋爱一样的。

所以古代知识分子写的很多赞美女性的诗，经过考证往往赞美的都是青楼女子，很难找到一首诗是赞美自己媳妇的，没找到过，找到的那都是媳妇死了，专门有一种诗叫“悼亡诗”。说你活着时候太辛苦了，照顾孩子做饭洗衣服什么的，写一首悼亡诗，表示一种人道主义情怀。古代爱情诗都不是写给媳妇的，李商隐写了那么多爱情诗都叫《无题》，为什么叫“无题”呢？没法说出来，说不清道不明的叫“无题”。什么“春蚕到死丝方尽，蜡炬成灰泪始干”，我从小一到教师节就拿这诗献给老师，【众笑】后来觉得这是对老师很大的不尊重，这不是写给老师的，这是李商隐写给不知哪个女孩子的。

妓女到了现代有了很大的变化，最大的一个变化就是它的功能变了。古代青楼是一个文化交流场合，知识分子到那里去谈天说地，吟诗弄赋，包括谈事情，谈生意。他不一定住在那儿，那就是一个文化交流场合，相当于咖啡馆、茶馆、会所这样的功能。所以要求青楼女子有很高的文化修养。可是到了现代，女性在个性解放潮流下迅速分化，现代的青楼女子功能比较单一，太职业化了，太专业化了。所以不需要青楼女子给你背一段唐诗，背一段孟子，已经不需要了。

在现代作家笔下，出现很多妓女，系统出现的是老舍笔下。我前边讲旗人的时候讲过，辛亥革命之后，旗人的命运很悲惨，大量的男性旗人做了车夫，做了巡警，这是最低下的职业。女性比男性更惨，女性没有文化，又没有体力，大量的女性就做了妓女。就是一个体制崩溃之后那种可怜——因为他们不会干别的。

老舍写了一系列的妓女形象。有很多是次要人物，不太受注意，比如《赵子曰》中的谭玉娥，是个师范生。一般人想，都上了学，上了师范院校，毕业还能当妓女吗？一般人都这么从逻辑到逻辑去推论，逻辑推论是最靠不住的，因为有许许多多情况你想不到。老舍写的才是实际的，师范生照样当妓女。当然老舍不是说她有什么错，他是讲这个社会。《微神》中的女主角，也是师范毕业，还是学教育的呢，也是因为虚荣心做了暗娼。

《月牙儿》中是母女两代妓女。《月牙儿》是老舍最著名的写妓女题材的小说，电影也拍得非常好。当年这个电影的女主角是宋丹丹演的，宋丹丹本来是演这种悲情角色的。宋丹丹，人艺的栋梁，演艺是非常高的，后来就被小品毁了，【众笑】本来宋丹丹是演那种形象。我觉得宋丹丹很了不起，能演悲剧，也能演喜剧小品，当然演了喜剧小品之后，把她以前那个形象毁了。

《月牙儿》里这个母亲是家庭贫妇，她没有办法最后去做了妓女，为了养活女儿，供女儿上学。后来女儿还在一个学校帮助文书写写字，再后来女儿自己也养不了自己，最后女儿也走上这条道路。一开始我们还能看出那种为生活所逼迫，母女俩之间那种令人很纠结的情感，可是到了后来，母女两个都麻木了。老舍和鲁迅一样，最后写到的是对人心的戕害——人心麻木。

今天中国社会的这种情况，原因到底是什么？有多少是生活所迫？有多少是因为虚荣心？有多少是为了这个那个？我看过一个微电影叫《妈咪》，是讲演歌厅、娱乐场所里负责安排管理女孩子们的那个头儿。演得很好，从中我们可以了解一部分情况。这些女孩子都说，家里破产啦，家里下岗啦，有个弟弟在上大学，等等，基本说的都是一套，让客人多给她钱。有一个情节是有个女孩刚开始说，客人就说，你是不是有个弟弟在上大学交不起学费？这样调侃的桥段，反而有一种很戳人心的冲击力。

在《骆驼祥子》中，写虎妞那么凶恶，那么负面，可是有一个妓女小福子是很正面的形象。小福子是贫民，纯的贫民。祥子在堕落的过程中，除了被虎妞给挖陷阱、吞噬之外，他还在一家拉车，这家的夏太太勾引过他。夏太太是上流社会的人，夏太太也使骆驼祥子对这个社会充满了负面的认识。

老舍有一部不知名的小说，叫《新时代的旧悲剧》，小说不太知名，但是这个题目很好，我说这个题目可以做老舍很多小说的一个总的主题。老舍写的很多故事，都属于新时代的旧悲剧。我们一般认为新时代到来了，过去的事就没有了，不是！新时代仍然存在旧悲剧，时代翻新了，生活还是原样。

这个小说里有一个宋凤贞，也是师范毕业，还是小学教师。老舍好像对师范毕业之后当妓女的比较熟，【众笑】他下意识地写了好几个人物都是这条路子。《四世同堂》里的大赤包，之所以那么可恨，有很多原因，其中一个是她在日本占领期间，为了当个一官半职就特别无耻，给什么官都干，而且还打破了脑袋去争。最后终于战胜她丈夫，她丈夫没当上官，她当上官了。当上什么官了呢？当了妓女检查所所长。妓女不好听，冠晓荷给它改了一个字，叫“织女检查所所长”。“大赤包”这个形象显得特别无耻。

还有《鼓书艺人》，里边有个琴珠。老舍对曲艺这一行也很熟。旧中国，曲艺行、戏曲行都是特别乱的，只有新中国成立后，他们获得了政治上的尊严，才成了艺术家，乃至人民艺术家。社会给了他尊严，党和政府给了他尊严，他自己要尊严。但是，是不是就彻底把这一行的病治好了呢？未必。改造人是非常难的，不可能在二十年中就改变了，艺术界乱七八糟的事还是很多。

老舍对这一行也很了解。他可不是共产党作家，不是为了说新社会好旧社会不好，他是很真实地写出了中华民国有多“好”，你看看中华民国什么样！而且他没有政治目的，不是说为了损你，他就是写生活的原貌，生活就是这样的。我们前面讲过，《微神》的女主人公，据学者研究，还是老舍的初恋对象。所以老舍为什么对这个事情这么铭心刻骨！

我有时会收到青年粉丝跟我倾诉，说孔老师我现在失恋了，怎么办？我觉得失恋很平常，不失恋怎么成人呢？失恋好像是一个炼金术，帮助你成人，失恋了无所谓。但是你失恋的那个对象堕落了，这个事情恐怕对人的刺激是非常大的，它可能终生难以治愈，它会成为一个结儿，一个很深的伤疤，放在那里。

妓女们就没有爱情吗？她们就没有对美好生活的追求吗？用马克思主义观点来看，妓女也是无产阶级，而且是受压迫非常深的无产阶级。这些人未必就没有学问，特别是未必没有道德，很可能道德、学问还在这个社会的平均线以上，这是很可能的。

大赤包为什么叫大赤包，很多人不理解，我小时候也不理解。后来人家说，这个“赤包”，本来这么写——赤瓟，它是一种植物，老北京人家的院子里经常种。它有个什么特点呢？就是小孩儿捏呀捏呀，不小心捏破了，里边流出恶臭的水——黑水。我才明白为什么用这个来形容这个坏女人，它是一种比喻。北京人不读成赤（chì）包，要读成赤（chǐ）包——大赤（chǐ）包。好多北方地区把“赤（chì）”读“赤（chǐ）”。就像北京“大栅（shí）栏（lànr）”一样，外地人都读“大栅（zhà）栏（lán）”——你要到北京来才知道。

这个大赤包，是可以跟虎妞相媲美的。虎妞因为生活圈子不一样，她不可能向上爬，大赤包是有本事向上爬的。她和她的老公冠晓荷一样，老舍故意最后给安排了很悲惨的结局——都是巴结日本人、做汉奸，最后死在日本人的手下。老舍写得挺真实，很多人做汉奸，他以为能够获得荣华富贵，往往事与愿违。真正的主子并不喜欢叛徒，并不喜欢汉奸，他只是用一用你，能当汉奸的人，他会相信你吗？所以汉奸、叛徒，往往死在所投奔的那个势力的手中。

我们刚才说大赤包跟尤桐芳有矛盾，举一段小说里她们两个的对骂，这个对骂很能表现她们的性格。小说里有一段，大赤包怀疑尤桐芳偷了她的香粉，她就在院子里骂，说："我知道你偷了干什么去，你出去勾引野男人！"这时冠晓荷过来为尤桐芳辩护，说她很规矩，不会那样做的。"她规矩，我就不规矩啦？我那些胭脂花粉都是丁约翰从老英国府给我带过来的，隔着门板都能够闻着香味儿，这种香味儿，中国没有！"

你看她多羡慕、崇拜，可是冠晓荷说："没味啊！"【众笑】大赤包说："你也就能闻出狐狸精的臊味儿来！姓尤的，你给我出来！今天老太太要不给你点颜色看看，我就不是一家之主！你出来，你给我出来呀！没脸没皮的东西！老娘就看不上你这种缩头乌龟！"她自称老太太、老娘和一家之主，这是一种爷们儿说的话。

尤桐芳出来了，尤桐芳说："大赤包！你说谁是乌龟？啊？我告诉你，你爸是乌龟，你妈是乌龟，你爷爷是乌龟，你奶奶是乌龟，你们一家子都是龟窝子！没那么多王八蛋，能把你养这么胖？还我偷了你的胭脂，呸！你不照照镜子看看自己，一说话脸上霹雳啪啦地掉渣儿！我告诉你，你要是吃一碗清汤面，里面不用放猪油了，北海的水怎么脏的，是你泼洗脸水泼脏的！站住！我还就告诉你，就是我清水着脸出去，照样跟过来一大堆男人。不像你，男人见着了就赶，女人见着了就厌，死狗都不愿意搭理你！我每天捏着鼻子跟你住在一块儿，我不如住在粪坑里我！"

我们看这种女人吵架是多么凶，多么厉害。她这修辞多棒！【众笑】人家也没上过中文系，你说人家那修辞怎么来的？女人有语言天赋，不服不行。只不过人家说的是负面的话。【众笑】

大赤包觉得很委屈，大赤包说："反正我的胭脂花粉没了……"尤桐芳说："哼！"进招弟房间把这胭脂拿来了。其实胭脂还真不是她偷的，是招弟拿走了。"我告诉你大赤包，你以后嘴里再不三不四的，我找根棍儿把你嗓子眼儿堵上！你要是找不着，我帮你找！"大赤包说："没偷就没偷，干吗那么凶啊……"

"我告诉你大赤包，我，就是个唱玩艺儿的，我十七岁就被师傅糟蹋了，我没啥不敢说的！"大赤包失败了，只好骂冠晓荷："冠晓荷真是瞎了眼。"

通过这样的一场对骂，我们常说的人物性格呼之欲出，而且把家里的人物关系凸显得非常鲜明。尤桐芳是处在弱势地位，但是她反抗起来也是非常凶的。冠晓荷的家里每天就过着这样的日子。

我分析《四世同堂》，老舍写什么样的人家才能当汉奸，就是平时不好好过日子，平时在生活中就为人不正，家风不正，做人不端，才容易当汉奸。所以跟祁家、跟钱家，整个氛围是不一样的；那两家是有正气的，这家是没有正气的。

我们再来看看另一个，老舍倾注了很多感情的妓女——小福子。这是《骆驼祥子》这部小说里另外的很感人的一个形象。小福子当然没受过教育，是贫民——胡同里的贫民姑娘。她爸爸二强子，是个中年车夫。车夫这一行很惨，年轻的时候靠身强力壮来挣钱，可是年老了就不行了，跑不动了。我们想，那得相当于一个长跑运动员，天天跑多少路啊。且不说拉车，就天天让你在北京城里东跑西跑，跑上这么十多万米，你受得了吗？跑五万米怕也受不了，再拉车，车上再坐上一百来斤的人。

天天这么跑，也就是吃吃青春饭，可能跑到三十多岁就开始不行了。跑到四十多岁，家里有了儿女，儿女长大了。车夫为什么都过得很惨？车夫就是这个命运。

今天的出租车司机，虽然不用跑，但是开车，天天开十个小时的车，对身体的损害是非常大的，特别是发动机辐射。我前几年发起对北京市出租车司机免费体检的号召，很多媒体都呼吁。很多人说，司机也不用走路，你为什么同情他们？我说你不知道，司机开了三年车，一身都是病，特别是对生殖系统，损坏极大。从这个角度说，他们跟骆驼祥子的命运是一样的，司机这一行是特别值得关爱的。

二强子就是这样的，二强子这个形象就暗示着将来的骆驼祥子——你的命。骆驼祥子后来为什么堕落？年轻时候靠着身体好，这个好那个好，能挣钱，可是将来呢？将来前面有个二强子等着你呢。二强子家里穷，经常揭不开锅，家里有仨孩子，一个大女儿小福子，下面还有两个男孩，家里实在穷得不行了，就把小福子卖了。“**二强子在去年夏天把女儿小福子——十九岁——卖给了一个军人。卖了二百块钱。**”二百块钱大概相当于今天的几万块钱，大概五万块钱，就把女儿卖了。

“**小福子长得不难看。虽然原先很瘦小，可是自从跟了那个军官以后，很长了些肉，个子也高了些。圆脸，眉眼长得很匀调，没有什么特别出色的地方，可是结结实实的并不难看。上唇很短，无论是要生气，还是要笑，就先张了唇，露出些很白而齐整的牙来。那个军官就是特别爱她这些牙。露出这些牙，她显出一些呆傻没主意的样子，同时也仿佛有点娇憨。这点神气使她——正如一切贫而不难看的姑娘——象花草似的，只要稍微有点香气或颜色，就被人挑到市上去卖掉。**”

老舍有点有面，通过一个小福子写了很多这样略微不难看的穷人姑娘的命运，写的是这么自然，小福子是这样。可是小福子被卖了之后，先说二强子这边，二强子这种人不会挣钱他也不会花钱。二百块钱，他慢慢儿慢慢儿就花得差不多了。买衣服、喝酒、吃肉，有一次喝酒之后失手把老婆打死了。而小福子那边呢？她嫁给的那个军官是什么人呢？军阀是到处驻扎的，这军官每驻一个地儿，就花二百块钱左右买一个姑娘。他觉得这样又合算还又干净，他是这么想的。等到部队开拔的时候，他就自己跑了，剩下的那两个月的房租，还由这女孩儿来承担。当然他还剩下一点租来的家具，把那点家具卖了之后，正好还那房租。所以小福子并没什么好命，最后还得回来，军官跑了。回来之后怎么办呢？这一家人怎么吃饭呢？还有两个弟弟要吃饭呢。

"二强子喝醉，有了主意：'你要真心疼你的兄弟，你就有法儿挣钱养活他们！都指着我呀，我成天际去给人家当牲口，我得先吃饱；我能空着肚子跑吗？教我一个跟头摔死，你看着可乐是怎着？你闲着也是闲着，有现成的，不卖等什么？'" 这个话由一个当父亲的嘴里说出来，这是何等的人间惨剧！但是这是真的。那就有可能是成千上万的父亲说过的类似的话。今天要是媒体报道有这样的爹，那还不把他骂死？可是这就是现实，就有这样的爹。

"看看醉猫似的爸爸，看看自己，看看两个饿得象老鼠似的弟弟，小福子只剩了哭。眼泪感动不了父亲，眼泪不能喂饱了弟弟，她得拿出更实在的来。为教弟弟们吃饱，她得卖了自己的肉。搂着小弟弟，她的泪落在他的头发上，他说：'姐姐，我饿！'姐姐！姐姐是块肉，得给弟弟吃！"

老舍最简单地写出生活的真理，生活的真理就是活着，或者说就是吃饭。从这个意义上说，鲁迅和老舍才是真正伟大的马克思主义者。马克思主义最了不起的一点，是从人得活着、人得吃饭开始论述整个社会，别的都是瞎扯。在这里，不谈道德问题，不谈法律问题，直接谈生活的真理。你说这里谁错了？小福子错了？她弟弟错了？二强子是可恨，但是你仔细想，二强子怎么办呢？二强子只能趁着喝醉，把这么说不出口的话说出来。

所以在祥子眼中，小福子是这样的，他喜欢的是小福子。小福子这样的人再怎么说，在别的作家那里也不可能获得多大的赞美来，可是在老舍笔下，他通过祥子，这样赞美小福子，“**在他的眼里，她是个最美的女子，美在骨头里**”，——下边说的话很奇异：

“就是她满身都长了疮，把皮肉都烂掉，在他心中她依然很美。她美，她年轻，她要强，她勤俭。假若祥子想再娶，她是个理想的人。他并不想马上就续娶，他顾不得想任何的事。可是她既然愿意，而且是因为生活的压迫不能不马上提出来，他似乎没有法子拒绝。她本人是那么好，而且帮了他这么多的忙，他只能点头，他真想过去抱住她，痛痛快快地哭一场，把委屈都哭净，而后与她努力同心的再往下苦奔。在她身上，他看见了一个男人从女子所能得的与所应得的安慰。”

我们能看到老舍是饱含着深情写这一段文字的，他写的是祥子眼中的一个女孩子，我们也能体会到好像老舍真的喜欢这样的女人——就是“**一个男人从女子所能得的与所应得的安慰**”。他写的这个美是超越了外在的美，是内在的要强、勤俭。

所以当小福子走投无路，站在祥子的门口，祥子这时候没想娶了他理想中的小福子，为什么不能娶？因为她背后还有个爹，还有两个弟弟，你娶了她等于娶了四张嘴。也就是说，娶了她之后，祥子的路迅速地变成了二强子，祥子是没有办法负担的。所以祥子的路只能是继续买车，继续玩命地跑，攒钱、攒钱、攒钱。

可是那个社会不让你攒那么多的钱，他的梦是永远实现不了的。老舍自己也想：写小说、写小说、写小说，有钱、有钱、有钱，什么都不干回家写小说。那个社会是不可能让你这样的，他只有在新中国成立后才安安静静地坐在自己家的小院里，在干干净净的桌子上写小说，写话剧，写散文，有时候去开开会，到处受人尊敬。

所以老舍写的超越人的职业，他不是说知识女性就好，不是说传统女性就好，也不是说妓女就好，每一种职业里面都有好有坏；他超越了职业、学历这些外在的形式，去看性别问题，看女人问题，并且婉转地表达出他的妇女观。我们也可以曲折地去探究老舍生活中一些秘密，老舍生活中，到底他在男女问题上，有些什么不便说出来的东西……

老舍与鲁迅的妇女观一般没有人进行比较。我前边讲过，鲁迅，那是五四的光辉旗帜，是五四新文化运动的主将，鲁迅是高不可及的现代文学的一个灯塔。假如打分的话，假如鲁迅打95分、98分，那不论谁排第二名，都是85分以下，在鲁迅和第二名之间是这么大的差距。可是正因为鲁迅和他那个群体差距是这样的巨大，所以鲁迅反而和他那个群体不一样。也就是说，这个冠军，他不愿意跟亚军、第三名、第四名在一块待着、玩儿，我们经常发现一个领域的冠军，他喜欢和业余的人一块玩儿。

我从小就是我们班学习最好的，从来都学习最好，但是我从来不愿意跟所谓好学生一块玩儿，我放学都是跟老师说的坏孩子一起玩儿。我上学是三好学生，我放了学都跟“三坏”学生在一起。【众笑】有一次路上被老师截住了，老师说的话让我很脸红，老师说：“你又去学坏呀？”就是说我跟那些坏学生学坏了，说得我很脸红。但是我不知道为什么，当时没法解释，我就觉得那些好学生没意思，我好像跟他们有点什么不一样，我有些东西好像跟老师看不起的那些同学是一样的。他们不就是学习不好吗？除了学习不好这一点，我觉得他们很有人味儿，爱憎分明、敢打架、敢偷东西，敢做很多老师不让做的事儿——但是，不是无原则地做事，他们有他们的原则。后来我研究武侠才知道，我这些同学其实就是当代的侠客，【众笑】他们不会欺负弱者，他们敢于向规矩和秩序挑战。

那么老舍，好像跟其他五四作家，在组织上是一伙的，在思想上差距很大。我发现老舍这样的作家，他不是五四的，可是在很多的问题上，他恰恰跟五四的一把手——鲁迅是暗合的。就我们今天讲的妇女问题，当时整个时代主流都是歌颂新妇女，歌颂个性解放，不光小说里是这样，在生活中也是这样。茅盾的小说里就写到当时轰轰烈烈的湖南搞的妇女运动，妇女们走上大街游行，打着横幅，横幅上写着“打倒封建老公！拥护野男人！”。【众笑】这是湖南妇女，太了不起了，真有血性，标语上写着“拥护野男人！”——这都认为是时代进步，这都是革命女性。

但是我想，恐怕鲁迅是不会赞同这种妇女解放的，还有一个人不赞同——老舍。他们不赞同未必是站在男性狭隘的性别立场上。所以鲁迅的非常有魅力的小说，可以永远阐释不尽的，就是《伤逝》。我每次讲鲁迅《伤逝》，我发现同学的作业都写得特别好，这十几年都是这样的，就因为《伤逝》太深刻了。就在那个大家都号召自由恋爱的时候，鲁迅写俩人自由恋爱，是个悲剧，女的死了。这女的特勇敢，“我是我自己的，你们谁也没有干涉我的权利”。这话多鼓舞人，鼓舞了多少青年男女，可是这女的死了。

鲁迅在一篇文章，也是讲演《娜拉走后怎样》中，把这个问题用论文的语言说得更清楚。你们把女的都从家里忽悠出来了，或者说她们都走了——娜拉从家里出走了，前途谁负责？她的前途是什么，你们想过吗？前途只有三个，一个是回来，一个是饿死，既不回来又不想饿死，那还有第三条路，叫堕落，只有三条路。就像今天有一句话“女人变坏就有钱，男人有钱就变坏”一样，男人有钱就开始变坏，女人只要你要愿意变坏就有钱。这是现代人说的语言，但是事实早就有了。在这个问题上，鲁迅和老舍一样，写出了一种严酷的现实主义。

我刚才说生活真理，什么是生活真理？“肚子饿是最大的真理。”这是老舍《月牙儿》中的话，《月牙儿》中的女性是受过教育的，有多少人给她讲过这个那个，民主啊，科学啊，人权啊，平等啊，自由啊，讲了很多，都知道，你让她讲她也会讲，她吃饱了比你讲得好，但是她说“肚子饿是最大的真理”。所以推荐大家去读台湾作家李昂的《杀夫》，这是真的很好的女权主义作品，她把性的问题和吃饭的问题非常巧妙地结合在一起，肚子饿了是最大的生活真理。

在把传统与现代简单对立起来的那个刚刚进入现代的时期，老舍和鲁迅这样的作家，恰恰能够打破传统与现代表面上的不同，直抵生活的本相。在人们都讲平等的时代，他们能够打破平等与差异。他们这样打破是不是就为了显示自己高明，显示自己与众不同呢？你们说东我非说西呢？我们可以去分析他们的作品，与其他作家进行比较。

我们会发现，喊口号太容易了，媚俗太容易了。在一个社会主流中你说不违反这个主流的话这不算什么——人家说弘扬传统文化，你就领着孩子念《三字经》《弟子规》《女儿经》，这个大家都会做。但是在鲁迅和老舍这里，才能够看到，是对女性的真爱，是突破了那些口号和观念，是真的关注一个一个具体的女性命运，是为人家着想——她怎么活呀，她怎么过呀。

什么叫大作家？大作家体现在哪儿？这不是汉语中一个普通的空间词。我们老认为的那些了不起的作家，仔细想一想，其实是他对生命抵达的深度，在多大程度上说真事了、写真人了。所以这是像《伤逝》《骆驼祥子》这样的小说永恒的魅力。当然一个好的作品产生之后，学者、评论家不断地去研究、评论，这些研究、评论有时候会遮蔽小说很丰富的意义。时间久远了之后，观众、普通的社会成员，往往接受的是学者们已经给的现成的结论。所以我为什么强调要经常读原著，要经常回到原著去看看人家是怎么写的。

我们再回来看看这个作家，就不得不去想，作家在他自己的生活中，有过什么样的情感经历。有时候越是把性别问题写得很深刻、理解得很深刻的作家，他自己的情感，人们所知道的反而很少。不一定他有过什么事，大多数是他想出来的，他能用一点原料做出非常多的菜来。金庸写过那么多惊心动魄的恋爱故事，可是金庸本人的感情就那么三段，也没有特别复杂。我看过有记者问他：您现在的太太，像您小说里哪个人？金庸说，好像有点像温青青。不是像黄蓉，也不是像赵敏，他说有点像温青青，这很耐人寻味。

我们看看老舍，他自己的家庭、感情。我从小所知，老舍是夫妻恩爱，非常圆满的家庭。老舍夫人胡絜青，也是文化界有名的人。胡絜青是著名的画家，还是齐白石的徒弟，当然是后来拜的。老舍还假借胡絜青的名义，让齐白石画了好多画。有一段时间，老舍出题目，请齐白石

画画。据说有一幅画很著名，叫“蛙声十里出山泉”——很有诗意的一句话，就是你听见青蛙叫，十里之内就有山泉。老舍出了这么一个题目让画家画。

我们想，画家应该怎么画呢？你是画家，构思一幅画，画河边有几只青蛙在那儿叫，然后一个远景，远处有山泉流下来。齐白石画得很妙，画的是山脚下有泉水在翻腾，泉水里边有两个蛤蟆骨朵——蝌蚪，没有画青蛙。这个想象空间特别深。得有蝌蚪，蝌蚪哪儿来的呢？你一想，不在这里，在附近，在更远的地方，有大的青蛙——这是老舍出的题。还据说，老舍出题、齐白石画的画，老舍如果不满意，他当场就撕碎了。你想想，把齐白石画的画给撕碎了，这不是暴殄天物吗？这要留到现在得值多少钱啊！

从这个也可以看出，他们夫妻感情很好，一块儿进行文化建设。我以前都是这个印象。但是，慢慢觉得，这里边好像有事儿。我们去想象鲁迅、金庸这样的人的个人情感，老舍的情感就是这样的吗？那他怎么能写出他笔下的虎妞、月牙儿、小福子，这些是怎么写出来的呢？而且看各种报道，他跟胡絜青的关系，特别夫妻恩爱，和睦、和谐，没有风波——越这样就越让人疑惑。

金庸有一个小说叫《鸳鸯刀》，《鸳鸯刀》这部小说不是金庸水平特别高的，但是这里包含一个道理，它就讲，从来不吵架的夫妻绝对不是正经夫妻。这个道理很有意思，它很合乎老子的思想。这里面不是有一对夫妻老吵架吗，然后旁边有一个人说，我爸我妈从来不吵架，我爸我妈特别恩爱，从来没红过脸儿。旁边就有人说，你爸你妈从来没吵架，一定不是正经夫妻。你这不说人家坏话嘛！后来怎么样？果然真的不是正经夫妻，原来他爸是太监，他爸是救了他们一家，救了他原生家庭一家，有一个很复杂的故事。就是说看上去特别和睦的，背后一定有不为人所知的波澜。

我们这几十年来，老舍的一些复杂的情感经历，慢慢地有一些材料透露出来。包括很多人要追究老舍之死，很多人用老舍之死来证明“文化大革命”的罪恶——“文化大革命”中这么多作家自杀，可见“文化大革命”多坏呀！老舍就是一例。很多人就喜欢举老舍的例子，因为他被林彪、“四人帮”迫害死了。我就不知道，林彪、“四人帮”是怎么迫害老舍的，反正他死了。后来胡絜青她们很喜欢议论这事：你看我们家老舍就是被林彪、“四人帮”迫害死的，所以现在我们要感谢党，感谢周总理。

凡是这种说法背后，它容易透露出信息来，我们就要研究。研究好了，就研究出事儿来了。经过研究，现在就透露出来有另外一个重要的女作家，叫赵清阁。我们大家知道老舍多大，算一下老舍比胡絜青大几岁，再看看老舍比赵清阁大几岁，这是可以算出来的。

我小时候就读过赵清阁的作品，我家有一本书叫《杜丽娘》，是根

据《牡丹亭》改的，改得特别好，作者就叫赵清阁。当然我除了这个之外，对这个作家没有太大印象，只在读现代文学史资料的时候，偶尔遇见过这个名字。赵清阁，好像也认识鲁迅，也认识茅盾，也认识郭沫若，认识一大堆现代名人。她自己也是一个不错的女作家。后来才慢慢知道，老舍跟赵清阁有很复杂的感情纠葛。

我们都希望找到更多的资料。非常可惜的一件事是，赵清阁这个老太太，在她临终之前，把老舍写给她的八十封信全都烧掉了。我们搞现代文学研究的学者一齐哀叹，哎呀，太可惜了！但我想，这是我们从自私的角度，希望得到人家隐私，我们觉得可惜。人家自己的情感当然有自己处理的权利，凭什么要抖出来给你们看呢？你们不就是想知道人家这点秘密吗？就不给你们看！人家就烧了。

我们现在只能找到几封信，这些都是可以公开的，没有什么秘密的。我们只能从其他人的回忆中知道，老舍在抗战时，到了大后方，先到了武汉，然后又去了重庆，在这个地方担任国共两党共同认可的文协主任，实际上是当时的全国作协主席。他抛家舍业、撇妻撇子，跑到大后方，据说是周恩来同志给他介绍了一个女秘书，协助他工作，那个女秘书，文化修养也很好，就是赵清阁。

赵清阁非常能干，协助他工作非常得力，两个人相处得非常好。后来他们一块儿到了重庆。有一段时间，几乎就公开地双出双入，大家都知道。所以才有很多人能回忆起来。这个消息很快就传到沦陷区了，胡絜青就领着孩子去找老舍。细节不讲了，见面一定会比较尴尬，所以老舍面临着一个选择。怎么选择的不知道，反正最后是赵清阁走了。

胡絜青就天天给老舍讲北京沦陷之后的人民生活，胡同里边发生什么事，冠晓荷怎么样了，大赤包怎么样了，胡絜青讲的这些素材，就成了《四世同堂》的来源。但是赵清阁走了。

赵清阁后来去了上海，老舍去为她送了行。再后来老舍跟曹禺去美国，去了好几年，也是赵清阁去送行。据说老舍到海外，不想回来了，而且他已经在菲律宾买好了住所，准备接赵清阁过去。可是我们新中国需要老舍，新中国需要老舍回来。我们革命作家一大堆，革命作家不缺，缺的就是老舍这样一个平民作家，不是共产党员的人民性作家——特别需要。所以，一些人就给他写信劝他回来。最能打动他的一封信，是赵清阁写的，据说也是周总理安排的。所以说周总理了不起，周总理的伟大啊——他的光芒简直遍布全世界，到处都能看见周总理的丰功伟绩。

老舍就是看了赵清阁的信，他才回来，回来后投身革命工作，写《龙须沟》，写《茶馆》，但是他不再见赵清阁。赵清阁给他写信说过，“你我各踞一城，永不相见”，——你在北京，我在上海，永不相见。赵清阁终身未嫁。这个故事本身也是很感天动地的。一直到她——老太太临终，把老舍给她的信都烧了。我们现在能查到的他们的来信都是工作信件。

那么老舍跟胡絜青是一对恩爱夫妻，到底他们的感情跟老舍之死是什么关系？有人说就在“文化大革命”初期，老舍被批斗的时候，胡絜青揭发了老舍跟赵清阁的关系，写了大字报，这是对老舍最致命的一击。当然我们没有看到过这张大字报，也没有人留下材料来。但是我们知道，有很多的艺术家也好，学者也好，他其实可能对政治上被批判无所谓，说过去也就过去了，最重要的尊严就是怕生活隐私被人家揭露，很多人过不了这一关。好多人都是因为这一关，比如发现你跟谁谁谁有暧昧啦，这一关就过不去了。

老舍跟胡絜青到底是什么感情？我们可以看，老舍一直坚持不结婚，要结婚就找一个他自己写的那种会做饭、会洗衣服的。有人给老舍介绍了胡絜青，他俩见面之后，老舍就给胡絜青写信了。我们看看他给胡絜青第一封信是怎么写的。

“你给我的第一印象，像个日本少女。你不爱吭声，印象是老实、和顺。你我都是满族人，生活习惯一样。你很好学，我对外国名著、外国地理、历史、文学史也很了解，彼此有共同语言，能生活到一起。”

我们看这说的是什么话，这是谈情说爱吗？这是谈恋爱吗？这好像在谈合同，谈一个条件，你是啥条件，我是啥条件，咱俩合适。如果生活在一起，咱们就约法三章。老舍就跟她有了约法三章：

“第一，要能受苦，能吃窝头。”能受苦的标志是得能吃窝头，不能老天天要吃馒头，吃面包更不行。如果天天想坐汽车就别找我，这是第一条。

“第二，要能刻苦学一门专长。”后来胡絜青就学了画画，拜齐白石为师学画画，这是专长。

“第三，不许吵架，夫妻和和睦睦过日子。”这吵不吵架得规定。现在的女同学，如果你男朋友这样给你写信，你还跟他谈吗？那吵不吵架是能规定的事儿吗？是不是吵架那日子就不好了？我爸我妈吵了一辈子，我认为这就是他们的感情方式，不吵不舒服，就是要吵。那吵架，把以前的事都翻出来，吵着吵着就说要离婚，“明天就去离，谁不离谁是狗！”都是这么说的，说了一辈子。那吵架就不能过日子了吗？

老舍规定完了人家，再表白自己：**“我没有欧洲人的习惯，出去时夫人在前面走，我在后面跟着打伞，我不干。如果心里有气，回家就打太太，我也不干。我愿建立一个互相友爱和和睦睦的家庭。”**

这是老舍给胡絜青的情书，是这样写的，很像一个感情契约，这不就是《圣经》里的新约、旧约吗？这就是一个约定，非常理性。你同意，咱就往下走；不同意，算了，不同意你就去找别人。要不我就不结婚，我结婚就要找这样的。所以老舍倒是个表里如一的人，和他的主张、和他的世界观一样，和实践中一个样。老舍在别的地方还说过：我不去沙滩上晒太阳，我身材也不好，不去晾排骨，等等。这是他给胡絜青的第一封信，胡絜青肯定是满足了他，所以后边就继续来往了。

结婚第二天，他又说：我有一句话必须说清楚，平日，如果你看到我坐在那儿不言语，抽着烟，千万别理我。我是在构思，绝不是跟你闹别扭，希望你别打扰我。咱们要和睦相处，绝不能吵架拌嘴。从这些这么彬彬有礼的话里面，我们看到了很冷的东西。如果两个人感情特别亲密，这些话需要说吗？她看你抽烟，过来跟你闹腾闹腾，怎么就不行呢？她过来跟你撒个娇，怎么就不可以呢？你的构思那么神圣？都不能开个玩笑吗？先说好，声明了，而且恐怕人家跟他吵架，那不吵架那干吗呢？你在那构思，我给你做饭？他要过的是这样一个生活。

这样一个生活，我觉得现在看好像对女性有点不公平，对胡絜青不公平。那对老舍就好吗？老舍过着这样的一个日子，我想胡絜青能做到，做到之后这个日子它就好，他心里就没有别的想法了？他就满足这个日子了？他不需要感情吗？不需要一个随便跟你闹的女孩吗？就不管你干吗，她就跟你闹了，这不挺好吗？谈恋爱不就是要疯闹吗？一点疯闹都没有，还谈什么呢？你老舍就完全不需要这个？就需要这么一个契约式的家庭？

老舍抗战期间抛家别妻，到了大后方，他写过家信。这些家信后来发表了，1942年他写过一封家书。“某某”，就是给胡絜青的，“接到信，甚慰！济与乙，”这是他们的孩子，舒济、舒乙，“都去上学，好极！唯儿女聪明不齐，不可勉强，致有损身心。我想，他们能粗识几个字，会点加减的算法，知道一点历史，便已够了。只要身体强壮，将来能学一份手艺，即可谋生，不必非入大学不可。假若看到我的女儿会跳舞演剧，有作明星的希望，我的男孩能体健如牛，吃得苦，受得累，我必非常欢喜！我愿自己的儿女能以血汗挣饭吃，一个诚实的车夫或工人一定强于一个贪官污吏，你说是不是？教他们多游戏，不要紧逼他们读书习字；书呆子无机会腾达，则成为废物，有机会作官，则必贪污误国，甚为可怕！”

我们看，老舍的教育观是有道理的，我很同意老舍的教育观。但是给太太写信说这么一番话，这里边好像没有爱情什么事儿啊，这不就是嘱咐部下的话吗？只不过换成嘱咐太太了。

接着，“至于小雨，更宜多玩耍，不可教她识字；她才刚四岁呀！每见摩登夫妇，教三四岁小孩识字号，客来则表演一番，是以儿童为玩物，而忘了儿童的身心发育甚慢，不可助长也。

“我近来身体稍强，食眠都好，唯仍未敢放胆写作，怕再患头晕也。给我看病的是一位熟大夫，医道高，负责任，他不收我的诊费，而且照原价卖给我药品，真可感激！前几天，他给我检查身体，说：已无大病，只是亏弱，需再打一两打补血针。现已开始。病中，才知道身体的重要。没有它，即使是圣人也一筹莫展！

春来了，我的阴暗的卧室已有阳光，桌上有一枝桃花插在曲酒瓶中。”只有这一句话，好像是有点谈情说爱的意思，但是谁知道这支桃花象征的是谁呢？【众笑】这个不能细想，细思恐极，不知道忽然写这么一句指的是什么事儿。

然后就结束了——“祝你健康！代我吻吻儿女们！”他也不吻对方，他让对方替他吻吻儿女。这是他给久违的妻子写的家书。

我们再看看他跟赵清阁的故事，我没有时间、也没有把握给大家细讲，大家有兴趣的可以看这些参考资料：

老诗人牛汉，有一个回忆录叫《我仍在苦苦跋涉》，里面涉及老舍、赵清阁的事情；

吴营洲的《老舍的死与他的婚外恋》；

陈子善的书，陈子善是我们现代文学搞史料的大家，专门谈烧掉的那些信、看不到的遗憾；

赵清阁自己写过一篇小说叫《落叶无限愁》，写一段不能实现的爱情，颇带有自传色彩；

张彦林有一篇文章叫《锦心秀女赵清阁》；

傅光明，是老舍研究专家，他的《书信世界里的赵清阁和老舍》一书；

还有程绍国的《林斤澜说》，通过林斤澜的口，回忆有关资料。

有关这件事，有兴趣的同学可以去参考。

就在赵清阁去上海的时候，老舍和大画家傅抱石去送她，送得很隆重，竟然是傅抱石画了幅画，老舍题了诗。老舍题的诗：

> 风雨八年晦，霜江万叶明。
> 扁舟载酒去，河山无限情。

这已经是抗战胜利之后，河山已经光复了。“河山无限情”不是说祖国没有光复那个“无限情”，不是我们大陆对台湾的那个情，这显然是另有别情：巍巍的河山都是我对你的无限情，应该是这么解读的吧。我们看到老舍对赵清阁感情是不一般的。

我们知道像老舍这样的人，有一个词叫闷骚，其实他的内心世界是非常丰富的，他才能够写出这么多不同的栩栩如生的妇女形象来，是我们中国现代文学画廊里不可或缺的。一般人不容易想到，老舍会那么浪漫吗？一般人会觉得茅盾很浪漫，郭沫若很浪漫，只会这么想。其实呢，老舍有他的浪漫，而且他的浪漫可能是跟他的认真结合在一起的，他该重视的东西是非常的珍视。而浪漫多的人，不一定非常珍视，东西多了就不太珍贵。

在老舍与女人这个问题上，我们最后比较一下老舍跟鲁迅的妇女观。

前面我说了，他们都不是浅薄的五四主义。虽然是两极，鲁迅是五四的主将，但是他跟他那些同事是不一样的，跟胡适是不一样的，跟徐志摩、闻一多、朱自清他们都不一样，当然他们各有各的选择，那个时代比较丰富。而老舍不属于五四这帮人，老舍是平民堆儿里杀出来的一个大作家。我估计他也很少琢磨鲁迅的思想，但是竟然跟鲁迅有很多地方是暗合的。

鲁迅只写过一篇爱情题材的小说叫《伤逝》。尽管他的弟弟周作人说《伤逝》写的是兄弟之情。这也很奇怪，聊备一说。但是《伤逝》仍然可以单独作为爱情小说来解读。它写出了一种自以为是的现代爱情的悲剧。当然《伤逝》是很复杂的，《伤逝》不仅仅是这么一个主题能概括的。

那么刚才我们说，鲁迅认为，妇女出走之后，就这几条路，大家可以看鲁迅的一个讲演——《娜拉走后怎样》。五四的时候非常流行《傀儡之家》，易卜生的，号召妇女都成为娜拉，都走出家庭。以至于演这个戏的时候，没有一个女生要演娜拉：这个角色演了之后被人误解，以为我要走出家庭，要背叛老公。鲁迅那个演讲就指出，妇女解放的条件还没有具备。所以最早妇女解放的恐怕都是悲剧。只有到了新中国，女生从小上学，必须有工作，必须有收入，然后才敢跟男的叫板。这是新中国成立后呼唤出来的，新中国成立前不行。

这背后，他们有一个共同的认识，就是严酷的现实主义。这句话被老舍用大白话说出来：肚子饿是最大的真理。一切都敌不过这句话。说一千道一万，都好，民主好啊，自由好啊，个性解放好啊，但是肚子饿怎么办呢？饭从哪儿来呀？这是最基本的。《月牙儿》里斯琴高娃演得特别好，她拿了钱之后去买了馒头吃，然后就白菜熬豆腐，吃馒头吃得特别香，把这句话形象地展示出来，肚子饿是最大的真理。

他们在妇女问题上的观念，都打破了简单的传统与现代的区分。那么，传统是不是一定不好，现代是不是一定就好？父母给你相亲的那个是不是一定不好？是不是一定要自己多认识一个、新认识一个才好？这个怎么判断？

你也可以说，我就宁可是悲剧，我就不要相亲，我就自己胡乱认识——这是你的选择。但是选择就要有承担，就是存在主义讲的，选择了你就别后悔。从幸福率上讲，是传统的幸福还是现代的幸福呢？

他们同时还打破所谓的平等的差异，什么叫男女平等？是不是什么都要一样才是平等啊？这也是一个问题，在这背后才透露出真正的女性问题。什么是真正的性别问题？什么是真正的女性？是不是什么事都要压男的一头才算解放？如果某些女性就选择跟传统妇女一样的生活方式：虽然我大学毕业，虽然我研究生毕业，我博士毕业，但我就选择在家相夫教子，我们感情很好——那这是否可以？是不是就叫倒退？

在这些面对女性的真问题中，我觉得老舍跟鲁迅一样，表露出了他们对女性的真爱，而不是屈服地为了赶时髦、为了显示自己有时尚观念，不是那样的一种文人。在这个问题上，我觉得老舍同样值得我们尊敬。

好，老舍与女性——与女人的问题，我们大体就讲到这里。

最后我们把这门课总结一下。

这是我第N次讲老舍，和以前讲的不太一样。以前，我都是讲老舍的生平、老舍的主要创作或者老舍创作中的一些问题等，老舍的一些重要作品我也都讲过。本学期的这一次课，大家发现我是讲了几个专题，通过老舍与什么什么，来讲现代文化的一些重要问题。

我们不是文学课吗？我们不是文学专业吗？我们通过这样的授课，我也有一个意图：启发大家去思考，什么是文学。什么是物理，什么是化学，好像相对容易理解，不光是绪论里讲的容易理解，你上过几年，当然就知道什么是物理、什么是化学。而什么是文学呢？我说得大胆一点，多数中文系的教授好像也没搞清楚；我们可能心里模模糊糊有一个感觉，让你说出来就很难，因为文学这东西太不好说了。但我们会知道怎么说是不对的。怎么说对可能还没有共识，怎么说不对，我们可能都知道。

可以讲，文学不是作家作品的代数和。比如在高考中，有的题叫文学常识，有的人误把文学常识当文学，背了一些作家作品的知识——鲁迅生于哪一年，茅盾写了什么，托尔斯泰的《战争与和平》说的是什么事……把这些“呱呱呱呱”背一下，认为这是文学。

我这样说是不是有点贬低呢？不是，因为我接触过多少中文系的人，多少中文系的老师，有不少中文系就是这么上课的。所以有时，有的中文系的人被人看不起，我说那也活该，因为他们中文系上了四年，讲的就是作家作品的代数和。

在网上都能查到一些他们的教材，怎么讲的，都是很简洁明快的，跟上数学课没啥区别：每一章分若干节，每一节分多少段，鲁迅有几个特点，沈从文有几个特点，都很清楚，背下来可以考试，考完试可以拿文凭，就算中文系毕业。这就其实是“代数和”系毕业，【众笑】还不是数学系毕业，是刚学代数，几何还没看见呢。这个不是文学，大家很容易理解。

社会上还有很多人认为，文学是风花雪月的浪漫故事。文学嘛，反正就是不理性的、感性的、缥缈的、幻象的、很浪漫的。我也遇到这样毕业的中文系的人，他跟社会上的认识是一样的。我认识一个女老板，她说，当年我也是中文系毕业的，我这些年虽然在商场上打拼，但我始终怀着那样一颗初心，我总想在一个风雪之夜，穿着一袭白衣站在未名湖畔，觉得老美了。【众笑】我说我们中文系不是那样的啊！很多人想的中文系是那样的。

我们在中文系上了很多课之后，忽然就会发现，中文系是说着很多人家不懂的术语的，有很多理论的。就像我上个月去上海开会，遇见那个中学老师给我提意见，说你们给我们编的选修课教材我们都看不懂，讲的文学都是云山雾罩的，讲文学时说这个小说是个什么什么装置，什么叫“装置”啊，我们听不懂。大家以后再上选修课会发现，我们学好中文需要很多术语，需要很多理论——但是这些不是文学，是文学研究的工具。就像会计算账原来用算盘，现在用计算机，不论用算盘，还是用计算机，那都不是会计，那东西都是可以被淘汰的，还可以心算呢。

所以，文学是什么？这是莫衷一是的，反正我们先知道文学不是什么。我们看一下这张照片里面的老舍，他这么幸福地、舒服地，坐在自己的书桌前写东西。我觉得，文学啊，是人生，是用文字展现的人生，

是用文字艺术展现浓缩和升华的人生，这是我个人的体会。它有虚的一面，也有实的一面。

我学这么多年文学，我学文学对我的人生很有帮助。它使我在人群中能够迅速地给每一个具体的人定位，他是个什么样的人，我跟他打交道应该注意什么，不论是一个人要当我的学生，还是要跟我做生意，要跟我谈一个什么事，我能够在最短的时间内把握这个人的性格——这跟我学文学是有很大关系的。

同时能够让我去体会最多的人的心。我现在已经不仅能体会人的心，我能体会许多动物的心、许多植物的心。有时候我会摸一摸一棵树，我并不是在作秀表演，我真是觉得这树是有脉搏的。每天路过这棵树，我们做的很多事情，这棵树都看着。也许有一天我们忽然来了，发现工人正在砍这棵树，我的心会很痛。我表面上好像是挺粗糙的一个人，挺没心没肺的，其实我的心里很小资的，我会为一棵树的灵魂颤抖——那棵树我曾经摸过，现在被几个人拉走了。这可能是有点风花雪月了，有点浪漫了，但它不是虚无缥缈，不是没用的，而是有用的，因为人的思想会继续展开。

我们这样去理解文学，才能真正理解像老舍这样一个作家的意义。我们知道像老舍这样的人，知道他的一堆数字有什么用呢？知道他一些知识有什么用呢？我们学这个专业是为了求道的，孔子说："朝闻道，夕死可矣。"我们活着是要求道，而我们这个专业是最便于求道的，我们的文本天然是通向道的。

而老舍跟其他作家相比，他的优点是：他是一架多功能的相机。以前经常说某某的作品像镜子一样，比如列宁说托尔斯泰是一面镜子，那是因为托尔斯泰是一个现实主义作家，所以列宁说他是一面镜子。老舍也是现实主义，但是，我们中国的跟西方的现实主义不完全一样，一般人说老舍是“含泪的笑”，我也可以说老舍是“含笑的泪”，都一样。老舍跟其他作家比，他是多功能的相机，今天大家手机上都有很多功能，还有的可以美颜，可以自拍等，老舍是这样的多功能的相机。做这样的比喻，可以帮助我们理解老舍跟其他作家比，他高在哪儿。

通过一个作家也好，一个文学主题也好，去把握整个的文学，进而去把握“人”这门学问。有一个很传统的说法，叫“文学是人学”，这来自高尔基，我很赞赏。文学其实是研究人的学问，它比其他的社会学、心理学、哲学……其他的东西加起来，还要丰富、还要便捷——对于我们研究人。

其文学的主题是很多的，文学大概有十大主题。我们这学期讲了五个主题——通过老舍，讲了阶级、种族、宗教、地域、性别问题。当然，仅仅通过一个老舍不可能穷尽这些问题，文学还有其他的主题，比如变异、家族、道义、性爱、生死。我们也可以结合其他作家作品来讲。我们看，这些问题不恰好是我们一生中都要面对的问题吗？当然，你也可以转过身去，不面对它，但是它仍然在你的周边，仍然影响着你的生活。

所以我总是要提醒同学们，不论你是什么原因、什么途径来到中文系的，你现在要清楚：文学不是好玩的，文学不是轻松的，文学不是浪漫的，文学是很高深的，文学是最复杂的方程式。不然，为什么那么多问题都没有标准答案呢？因为缺少太多的已知项，有太多的系数、太多的辅助线要做。文学是残酷的，为什么一有政治运动，总是先波及文学界呢？难道是看文学界好欺负？不是这样的，文学界的人才不好欺负。

正因为文学本身就是政治，是最政治的政治，一点不是风花雪月，而是刀光剑影，但正因为如此，文学最后是庄严的。大家去读一读曹文轩老师的文字，读一读钱理群老师的文字，读一读谢冕老师的文字，你会从这些教授身上看到文学的庄严，和我们北大中文系的庄严，还有北大的庄严。

好，这是我这学期要告诉大家的话。

最后祝大家新年快乐！【掌声】

2015年12月29日

北大理教107

致谢

本书经东博书院书友会、月刊编辑部整理校对，我们对此深表感谢！